沉默的风马旗

熊育群 著

chenmo de fengmaqi

重庆出版集团
重庆出版社

图书在版编目(CIP)数据

沉默的风马旗 / 熊育群著. 一重庆:重庆出版社,2020.9
ISBN 978-7-229-14923-9

Ⅰ.①沉… Ⅱ.①熊… Ⅲ.①散文—中国—当代 Ⅳ.①I267

中国版本图书馆CIP数据核字(2020)第041272号

沉默的风马旗
CHENMO DE FENGMAQI
熊育群　著

责任编辑:徐　飞　吴　昊　康聪斌
责任校对:廖应碧
装帧设计:刘沂鑫

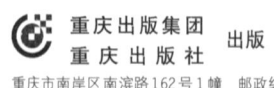

重庆出版集团
重庆出版社　出版

重庆市南岸区南滨路162号1幢　邮政编码:400061　http://www.cqph.com
重庆出版社艺术设计有限公司制版
重庆三达广告印务装璜有限公司印刷
重庆出版集团图书发行有限公司发行
E-MAIL:fxchu@cqph.com　邮购电话:023-61520646
全国新华书店经销

开本:787mm×1092mm　1/16　印张:28　字数:436千
2020年9月第1版　2020年9月第1次印刷
ISBN 978-7-229-14923-9
定价:78.00元

如有印装质量问题,请向本集团图书发行有限公司调换:023-61520678

版权所有　侵权必究

序一

xu yi

熊育群

一次远行。它的意义一直在持续，在不断的回望中，在我走向世界各个角落之后，当年我走过的高原，显得愈加圣洁、神圣和不可超越。

所谓的人生，不经意的岁月，短暂如此，只在一念间。时间和空间这些纯然客观的存在又是如此主观，一天有时很长，20年有时很短；少年的时间很漫长，中年后的时间多少年弹指一瞬。空间也如此不堪，现代交通的速度早已让地球村天涯若比邻，所谓的远行，早已不复存在。唯其如此，才愈加凸显从前远行的可贵！

人活着，20年就成了历史沧桑旧貌。一切唯原貌稀有，一切唯山河依旧。时代的急骤变化，一代一代陷入怀旧。

《沉默的风马旗》在我活着的时候，就可当作一部历史著作来读了。1999年它首次由湖南文艺出版社出版，书名《西藏的感动》，接着由花城出版社出版修订版，书名《雪域神灵》。这次由重庆出版社再版，恰好20年。其间，西藏的变化天翻地覆。这部书见证了岁月的变迁，具有另类的价值。我和出版者皆有相同的认知，即无需添加当前的任何内容，只有天葬部分因为情势略作删节，一切以原貌为重，它与现实恰成对比。出版社把它作为重点图书精心对待，为了不破坏文字的阅读感受，图片另册印刷，随书附送。

去年，本书在意大利翻译出版，我受邀参加罗马书展。在意大利读者见面会上谈西藏之行，他们把我的回忆当作了时下的西藏。20年的时间差因为我活着而被抹去。回忆只是我个人的事情。意大利读者面对着作者的现身说法，面对着散发油墨香的新书，一切都是刚刚发生，他们对于西藏的想象也是当下的。被忽略的时光只有我深刻感受到——因为记忆开始变得模糊。过去重置在当下的时间是如此艰难，若不是书的存在，我的记忆已少得可怜。甚至书中的内容我也不如译者熟稔。我害怕提问。感觉带着一段凝固的时光前行，我不堪重负，自我陈旧。时间如汹涌而至的海浪，沉溺每时每刻都在发生。但这部作品经受了20年时光的冲刷依然没有溺亡，这也让我对未来生出了某种期望。

2019年7月25日

序二

xu er

费沃里·皮克
（意大利）

2018年9月3日晚，意大利布雷西亚洛瓦托市政府古老而高贵的钢琴大堂，一场由自由书本文化协会主办的名为"西藏的感动——探索一座神秘高原"的读书活动隆重举行。这是中国作家熊育群长篇纪实散文《西藏的感动》（本社再版更名为《沉默的风马旗》）一书的读者分享会。这部20年前在中国出版的书影响波及到了意大利。活动不但吸引了本地众多读者，还吸引了来自利古里亚省、特兰提诺—阿尔托—阿迪杰省的记者、出版家，钢琴大堂座无虚席。一些读者为这本书感动得流下了眼泪。洛瓦托市政府大楼是意大利文艺复兴著名画家莫雷托·达·布雷西亚16世纪居住创作的地方。大楼内展出了熊育群当年拍摄的大量西藏的珍贵照片，飘起了"酥油茶"香。

熊育群创作的长篇纪实作品《西藏的感动》意大利文版由意大利特兰托市七巧板出版集团自由形式出版社出版，刚一出版就在意大利厄尔巴岛书展上获得了当地读者的喜爱。作为译者我感到由衷的高兴。作者当年只身去西藏游历与探险，五次大难不死，几乎走遍藏区。他以自己的生死经历书写了一段传奇故事。《西藏的感动》经历了时光的考验，今天读来仍然令人砰然心动，常读常新。

作为一名翻译，当我决定翻译一部作品的时候，我首先会考虑它的价值。一部作品的价值包括许多方面，其中有语言的品质、故事的独特性、作者的思想和对世界的态度，以及他与现实之间的关系。从个人的角度来说，我选择一部作品的时候，是因为看中了它的内在艺术价值。我特别喜欢有人类学家视野和情怀的作品。熊育群在《西藏的感动》中创造了一个迷人的世界，富有人类学和考古学内含，作家的人类悲悯情怀渗透于字里行间，通过非常感人的故事向我们传递了一种温暖，并使读者体验到了纯正的美感。

一谈到西藏，外国人就听得出神。他们喜欢神秘，喜欢有异国情调的故事，喜欢发现有关不同文化的一切。熊育群深入藏北无人区的时候，用特别敏感的心灵和一个诗人的感受给我们描写了最原始、最神奇的西藏。绿绿的草原、高高的雪山、蓝色的湖泊、野生的动物……在他的笔下变成了一幅细腻又大气的油画；温柔的羚羊、顺服的牦牛和洁白的羊群，让寒冷而荒凉的高原充满诗意。

关于描写，我喜欢比较详细的作品。这部作品中的每个景观都令人着迷，大自然色彩的组合和协调太奇妙了。我们感觉自己处于一个超现实的世界。熊育群描写的人物特别生动，尤其是原始部落的人。藏民是这本书的灵魂，是熊育群创造的生灵。他们留给我很深刻的印象，在他们身上体现出文学的丰富性。

作者写到在一个无人地带的山谷，他看见一个男人走出帐篷。这个男人直直地看着他。男人想笑笑，但却不会笑。原始部落的人长期没有与外界打过交道，所以他们变得毫无表情。这个人身上的每个细节似乎很神奇地出现了：那树皮一样粗黑的脸，那蓬乱的头发与两个小辫子，破烂的衣服和羊皮……仿佛就在我眼前。

荒原上的淘金者和尼泊尔的背夫，似乎是来自另一个世界的人。他们个性鲜明，像是神话中的传奇人物。体力劳动和贫困艰苦的生活使他们富有感染力。

作者给我们描述念经作法的密宗法师，他们可怕的面具、古老的仪式，还有藏族人对死亡、对葬礼和灵魂的观念，对我来说，这不仅是一种翻译工作，也是一种对于宗教与生命的探究。

这部作品具有很高的精神价值。我们能感觉到藏族人的宗教信仰对他们而言是非常重要的。他们信佛，相信来生，愿意过着艰难的日子：不怕苦，不怕穷，不怕孤独，也不问自己什么叫幸福。藏族人一无所有，但他们却拥有天生的快乐。我们在大城市里什么也不缺，却几乎已经没有快乐的能力！草原上的流浪者忍受着漫长的寂寞，可他们却找到了自己的生活道路和心灵的平静。这样的人物很优美，他们让我想起我书中的人物，我热爱的少数民族，我描写的人物同样十分淳朴和真实。

人生真能苦尽甘来吗？转山的朝圣者在岗仁波齐上淋着雨雪一群一群从作者身边走过，让他想起遥远的中世纪。他们十几天甚至大半月没吃东西，有的鞋破了，有七八岁的孩子，也有背已很弯的老人。因为心中有佛，尽管经历过非人的长途跋涉之苦，他们脸上的表情仍是友善而亲切的，放射着光芒。我们能感觉到他们的情感和痛苦，无法不受到感动。

熊育群渴望流浪远方的强烈内心需求也使读者

感受到他的冒险精神，还有那自由的感觉和寻找快乐与平静的来自心灵深处的愿望。何以获得幸福并生活在和平与宁静中，人类真正需要什么？作者在书中经常提出这样的问题，并引导我们思考生命的意义。

　　这部作品还是一部长篇历史作品，它给我们介绍神秘的古格王国。这个古老王国的遗址现在是国家重点文物保护单位。它的壁画、佛像、建筑还保存得那么完好，作者对这些宝藏的描述令人陶醉。特别是写到一幅以红色为主调的壁画：这是一个巨大的画像，只能看到一双巨爪伸压在莲花台上，中央掉下一串彩珠，边上绘有小佛像，而巨兽已被时间褪色，看不清它的真容。这个壁画很有感染力而充满神秘感，就像古格王国的灭亡之谜。

　　在一片奇异的土地上，一个富饶而繁荣的王国突然消失在虚无之中。到目前为止藏族人还不知道如何解开这个谜。我认为有必要让西方人知道这个古国的历史和存在。通过这本书，熊育群给我们讲述生命和大自然的奇迹，还有历史、艺术和宗教的魅力。这部作品是许多知识的珍贵源泉。它不仅向我们打开了宏大的文化窗口，也使我们深刻地理解人类的本质、感情和内心世界。

上卷
shang juan

目录 MULU

序一 / 1
序二 / 3

第一章　在路上 / 3

3　我要去西藏
4　火车上一次有趣的观察
8　西部的传奇

第二章　穿过后藏 / 11

11　阿里，像闪烁在天空中的星座
13　荒野中的日喀则
15　一个叫"乐乐"的村庄以及荒原迪斯科
19　让人尴尬的生羊肉
21　来自地层深处的声音
23　在泥坯上挨过冰雪之夜
26　对山水的一次文字素描

第三章　阿里　离太阳最近的土地 / 32

32　措勤，藏语说的是一个大湖
34　深入藏北无人区
39　荒原上的淘金者
40　傍晚，与狼的一次周旋
45　草原上出现的两个黑点
47　孤身穿越藏北的荷兰人
48　山那边，一片神秘的地光

52　流浪者的草原
56　荒原上的"乞丐"
59　狮泉河，一个天边城市

第四章　札达　时间的守望者 / 61

61　札达，无声的召唤
63　这里曾经是特拉斯海
64　土林，凝固的时空隧道
66　神秘消失的王国
68　佛教，立国之本
70　照亮雪域藏地的一盏明灯
72　揭开"古格银眼"之谜
74　古格，文明的碎片
78　超越生命和战争的艺术
80　一场没有见证的杀戮
82　真假藏尸洞
84　异乡人留下的最后清梦

第五章　传教士笔下的历史 / 86

86　翻过喜马拉雅山的神甫
88　一片奇异的土地
90　异教徒的高原福音
91　内外交困的古格王国

- 93　争夺国王的宗教之战
- 95　暴动引发的惨烈悲剧
- 97　千古难破的谜团

第六章　圣徒们的宇宙中心 / 98

- 98　寂寞的巴尔兵站
- 101　扎达布热的裸浴
- 102　教徒们心中的神山
- 106　转山中出现的不谐音
- 107　神山道上的朝圣者
- 109　山谷中的一个幻想
- 111　大峡谷里的宿营
- 112　人生真能苦极甘来？
- 116　玛旁雍措温馨一夜
- 117　长途跋涉的背夫
- 119　科加村的男人节
- 120　媳妇是站来的
- 122　陷落雪水河
- 123　圣湖边的情歌

第七章　在喜马拉雅与冈底斯山脉间 / 125

- 125　告别阿里

- 128　帕羊河畔的不眠之夜
- 131　一纸让人欢天喜地的便笺
- 132　渡口，大嚼了一顿羊肉
- 135　边陲小镇的风姿
- 137　世间没有不散的筵席

第八章　来自冰塔林的诱惑 / 139

- 139　神女峰珠穆朗玛
- 142　自称"民间体育领袖"的奇人
- 144　珠峰下不平静的一夜
- 145　出师不利，光C摔断了踝骨
- 147　月亮和太阳在同一条山沟出现
- 149　来自冰塔林的神奇力量
- 151　迷失在峡谷中的攀登
- 152　不知道这就是一号营地
- 153　遭遇大雪崩
- 154　冰窟窿切断了去路
- 156　滑向幽深冰川的瞬间
- 158　是幻觉，还是人群？
- 160　跑过无人峡谷

第九章　灵魂升天的仪式 / 162

- 162　定日，神界与凡间的分水岭

164	暴雨席卷高原	207	米拉山的难眠之夜
166	随黑夜降临的魔幻世界	208	一辆军车救我们出困境
168	高原上的葬礼	210	波巴人的土地
169	一个灵魂的高地	214	原始丛林中的边防部队
172	不准外人踏足的地方	215	墨脱难进,我差一点打了退堂鼓
173	没人敌得过时间的镰刀	218	告别亲人,我写下一封长长的信
175	诀别亡灵		
178	神圣的天葬		
179	葬仪,只与死亡观念相关		

第十章 拉萨的世俗生活 / 181

第十二章 走马大峡谷 / 220

181	日光城,一个没有孤独的城市	220	雅鲁藏布江边的一次夜行
183	快活的旅店,快乐的日子	224	亲人解放军
184	大喇嘛尼玛次仁	226	门巴人向往的军转站
186	"天涯孤女"	227	神秘的世界第一大峡谷
188	晚上,BB机响了起来	230	采松茸的藏族妇女
190	厚厚的一封来信	232	峡谷策马,感受乡情之美
192	一路西行	234	进入大峡谷纵深地带
194	高原上的爱情		
197	永远的秘密		

第十三章 翻越多雄拉山 / 236

236	门巴人冬立带来了5个姑娘
238	多雄拉冷杉,一幅天然国画
241	多雄拉的真容
243	山坡上出现的奇异花朵
244	鬼门关的浓雾
247	融雪,下山如涉水
248	从岩缝滑下去

198	哲蚌寺的大佛高高挂在山坡上
200	拉萨,说再见的时候到了

中卷
zhong juan

第十四章 原始森林中的穿越 / 250

250	如同海底世界的森林
252	大岩洞,一个水世界雨世界的中心
254	深入蚂蟥地带
256	汗密,半夜来的"吮血者"
258	老虎嘴,手掌被利岩切开

第十一章 踏上林芝的土地 / 205

205	重又上路
206	暴雨,冲毁了公路

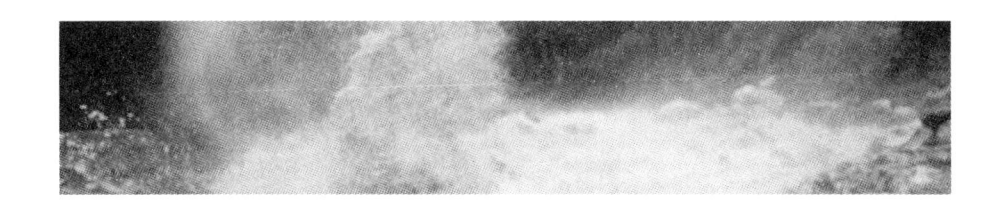

第十五章　山崩地裂 / 260

- 260　阿尼桥，一位老人的劝阻
- 262　冲过大塌方
- 264　钻入乔木、灌木交织的山坡
- 266　蚂蚁群的遭遇战
- 267　从悬崖荡过去
- 270　塌方，一步步紧逼
- 272　横贯头顶的大裂缝
- 274　死亡一刻伸出援手
- 276　奇迹总在发生

第十六章　高山上的村寨 / 278

- 278　那一片浮动的金黄
- 280　告别医疗队
- 281　"风云突变"的本来意义
- 283　又见雅鲁藏布
- 284　羊背村，以古老方式栖息在山坡
- 285　不用碗筷的原始部落
- 286　自酿黄酒和刀耕火种

第十七章　神秘的墨脱 / 289

- 289　闪现在丛林中的身影
- 291　一个现代人的改造过程
- 292　弯弯小道上的一天
- 295　神奇的动植物和传说
- 296　野人，在墨脱不是谜团
- 298　崇拜男性生殖器的部落
- 299　部落间奇异的婚俗
- 300　诡秘的那尔东村
- 302　走出荷扎，我是真正的流浪汉了
- 303　整整9天，我走得太远了
- 305　月夜里的野浴
- 307　世界上物价最昂贵的县城
- 308　争饭吃的技巧
- 310　一个外来干部的困惑
- 311　晨雾缭绕里，我转身而别

第十八章　走出圣地 / 313

- 313　真正的"战地记者"
- 315　珞巴人看到无所不在的灵魂
- 316　荒废铁桥上一次"文明"的联想
- 317　告别大峡谷　我精神恍惚
- 319　迷失在黄昏的密林
- 321　垃圾也成了救星
- 323　闻之色变的大雷雨
- 324　80K，我们修炼成了气象专家
- 327　半夜，汽车开进转运站

329　司机丢下一句话:"你们不走我走!"
331　我放弃了自己对生命的把握
332　嘎隆拉,汽车像飞机一样翱翔

下卷
xia juan

第十九章　翻越横断山脉 / 339

339　波密,心似波动的海洋
342　大塌方隔绝了音讯
346　然乌湖,拉开横断山序幕的地方
347　艰难的抉择
349　八宿,勇士山脚下的村庄
352　翻过业拉山
355　我的记忆变得不那么可靠了
358　高山峡谷里的生活
363　一座见证历史的古老哨卡
368　芒康,飘扬在黑夜里的情歌

第二十章　谜一样的盐井 / 372

372　从溜索上滑过大塌方
375　马蹄踏响的茶马古道
378　大峡谷深处的盐田
380　下盐井,充满迷人情调的边镇

第二十一章　在滇西北的大地上 / 385

385　走近红土地
389　雨夜,穿行在澜沧江上
392　滇西北的崇山峻岭
396　不得不扔了那双胶鞋
398　夜闯碧塔海
401　沼泽地上的泥人
404　原始丛林生起的篝火
407　森林里突然一声巨啸

第二十二章　泸沽湖的神话 / 411

411　走进女儿国
414　维系母氏社会的阿注婚姻
417　现代生活带来的烦恼
419　摩梭,寻根问祖的民族
424　百年老屋里的地尔家族
427　火边,跳不完的锅庄舞

后记 / 432

上 卷

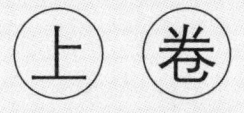

SHANG
JUAN

[第一章]

在路上

我要去西藏

"要去西藏"这个念头不知始于何时，每每听到或见到朋友从那片高原风尘仆仆下来，谈起高原藏民的糌粑、牦牛和青稞酒，那里的辽阔草原、千里雪山和佛教喇嘛寺，总给我一次次强烈的震撼，直撼得我心尖都颤颤的。尽管我一直没有行动，然而，我从没怀疑过自己去不了那里。在内心里，我总是安慰自己：时机还未到，起程的那一天总会来的。

也许是出于英雄情结，从那里回来的人，总把高原反应，如缺氧、头痛、呼吸困难等夸张到无限大，以至我出发时，还与朋友道了"永别"，我虽然是开玩笑的口吻，可心里还真没底，颇有一点"壮士一去兮不复还"的悲壮。毕竟我的同事中，有从拉萨下飞机就住进医院急救的，有去高原后患上终身不愈的怪病的。连我的好友都劝我慎重，去冒这个险不值得。

我是讲不出要去的理由的，却有近乎盲目的坚决。

我就是这样莽莽撞撞、迷迷糊糊上路的，我坚信自己能活着回来，尽管临走之前，与家人一一道别，有时也会掠过一丝半点的不祥之感。也许，正是因为这一信念，在以后的历险中，几次命悬一线，我都表现出了超常的冷静，好像死亡只是过一道门槛，太过平常。

事后，我对自己的这种冷静越想越觉得不可思议，越想越觉得神奇，这不是我真正面对死亡的态度。也许，那时我根本就没想到自己会死，头脑里的意念十分单纯，只是本能地驱使肢体做下一个动作，仿佛神示，我的所作所为似乎都与己无关。这真是奇妙的体验，它竟有一种诗意。不像病床上的人，面对死亡时那样阴郁、惊恐和绝望。那里是有一种死亡气息弥漫着的。

1998年7月17日，就是这一天，我怀揣两万元现金，带了20筒柯达和富士彩卷，背上我那台尼康全手动相机，就上路了。

同行的张宇是第二次入藏，他把一切计划都弄得十分周详，还给我借了一个有一米多高的旅行袋。我把衣服、雨披、药品、洗漱用具等统统往里一塞，往身上一背，哈！背囊高出了我半个头。从我的住处走下楼梯，柔软的胶鞋踏在一级级台阶上，远走天涯的感觉就像空气一样包围了我。走在我身边的女儿和妻子，仿佛离我遥远了。从这一刻开始，我的心就已属于高原了。

火车上一次有趣的观察

去西藏是乘飞机还是坐火车，在去的方式上，我选择了后者。我要亲眼看着脚下的土地是怎样由江南的河渠纵横、绿草葳蕤，一变而成为中原的千里沃野、西部的黄土高坡，再到青海的荒凉戈壁，大地一步步由平原走向高原，一步步升向天空，其过程与目的地同样重要。

我可以整日整夜坐在车窗边，看风景的流动，看窗外的山川一点一滴的变化，看忽闪而过的村庄和无缘相识的人群，怎样构就了大地上真实的生活图画。它是我所生活的世纪画面。平日，我只是这个图画中的一个可以忽略不计的局部，像一座山中的一颗石子，在某一道山梁的某一条山沟里，迎迓日出和送别日落，虽然也沐浴时间，却是微不足道。

若把历史称为"纵"，把现实世界当作"横"，纵横世界，纵已不可追，只能读读史书、寻觅点遗迹，作适当弥补；而作为横向的扫描——对同时代人的生存状态的观照，却还是有机会的。

火车一开，我就打定主意：观察和发现南北方民居和农作物变化的过程以及它们的分界线，展望亚洲腹地的地貌变化。我虽然不能了解人们的生活习俗与观念，但却可以走马观花浏览其生活环境，它们是交错的、渐变的，还是真有那么一条截然分开的线？这是我对付寂寞旅途的好办法。

火车驶出广州站，经过一个下午和一个晚上的奔驰，穿过了我熟悉的广东、湖南。第二天天刚蒙蒙亮，一觉醒来，窗外仍是江南景色，稻田处处，水渠密布，一个叫李新店的小站从窗外闪过。估计是河南驻马店的某一个镇。

小镇布局为东西向，与南北向的铁路垂直相交。小镇南面是稻田，过了一条小街，相隔一二百米远，北面种的就是玉米、花生等旱作物了。其地势比南面高，不见了那么多反射天光的水面池塘，水稻与小麦在这里进行了交接，水稻文化与小麦文化，也就是吃米饭的南方人与吃馒头的北方人在此分开。也许，楚文化与中原文化，南方的八面玲珑与北方的憨厚耿直，其分水岭也莫不与这几百米相关，这里可以用泾渭分明来比照了，不知鄂方言与豫方言、豫剧与楚剧，是否也在这里摆开了战场，长期地进行拉锯战呢？

火车一闪而过，放眼是无际的大平原，玉米的绿铺到了天涯海角。

火车继续哐隆哐隆往前奔驰。没多久，房子挑檐消失了，北面窗子不再是一扇窗户，它小得如同一个洞口，有的连洞也没有了，民居在这里发生了极大的变化，这也可以被视作南北方的分野，也许床与炕也在这里交错了。这里，还有江南的梅雨季节吗？还有桃花汛吗？有清明时节雨纷纷吗？这是干燥的中原大地，即使在春天，土地也不会是湿漉漉一片，落一场雨，水迅疾被土壤吸干，留不下一洼一洼的水泊。就连风也少了一份湿润，多了一份干爽，冬天，凛冽的北风，在这辽阔的平原大地上疯狂地肆虐着。鹅毛大雪，纷纷扬扬，给大地披上一层银装。静悄悄的雪原，只有几缕升起的炊烟，飘扬在视野里。

下午，车过洛阳，只走了几分钟，平屋顶的四合院便呈现在车外。中原的大平原向黄土高坡转变，只在几里之间就完成了这一伟大的地貌交接。这大大出乎我的所料。大地舍弃了中间地带，忽略了过渡阶段，让不同的地貌直接相连了。

我注意着这样的对接：先是平阔的土地微微隆起或低陷，就像沟渠一样自然；接着，幅度增大，一二里内就出现了一块高一块低的山地。泥做的四合院便自然地出现并隐没在高低错落的山坡边，农作物依然是玉米、花生和红薯等，只有苹果园渐渐多了起来。

南面，崤山次第隆起，先是泥土的山包，慢慢杂有石块；山上树木稀少。随着山势的陡峻，远山显得幽蓝；而峡谷中也出现了溪水。这是西部山脉的特征。

过三门峡市，终于看见了一孔标准的窑洞。半圆形拱门，上面贴了窗花；门洞嵌在一处平整竖直的黄土崖下。全村只有这一个窑洞，而下一个村庄就全变成窑洞的世界了。

全村为何只有这一户人家是窑洞呢？它就像一个异类侵入到这一群平屋顶的四合院中，却落落大方，显示着自己的与众不同，放弃了与自己同类的唇齿相依。这户人家的主人也许性格上就有那么点刚直和血性吧，也许，什么都没有，只是很偶然很平常的一桩事？不得而知。

唱过那支《黄土高坡》，再眺望这片黄土地，仿佛在眺望一首古老的民谣。

农家窑洞，总是在一块高坡与一块低地的落差间出现。顶是高坡上的平地，院是低处的地坪，沿两边斜下来的山坡是小道。当年毛泽东在延安，就是站在这样的院子里，听陕北老乡唱着民谣，一路走下坡来。他邀老乡到他的院子里来唱上一段。伟人们大抵创业时期都是能够与平民百姓打成一片的。那时候，百姓们是从自己的感同身受中来热爱领袖的。

火车进入陕西，窑洞消失了。在这里，大地又开始变得平展，黄河流域极目远眺，一条条带状的树林，一层叠着一层。其间笼着淡蓝的薄雾，直延伸到若有若无的山影之中。由平屋顶四合院组成的村落散布其中，万顷良田纵横交织，鸡鸣声与晚炊呈现一派苍然古意。

这里是黄河文明的发源地，让人想起遥远的先祖，想起我们民族起起伏伏的纷争。历史在这片土地里行进得十分艰辛、缓慢。

远处的秦岭山脉，山势雄伟，黄石上披着绿色植被，只有草，鲜见树木，巍巍华山峭立一旁，傲视着脚下的苍茫大地。

火车在深夜里进入了甘肃，山势越来越高，海拔开始急骤升起，列车明显减速。

植被稀疏了，山坡地上一小丘一小丘枯黄的小麦，低矮而密集的玉米，青稞偶有出现。

房子只剩下一面坡了。半夜里下起了雨，雨点打在疾驶的火车的窗户上，打在冷冷的山坡上。车厢摇摇晃晃，就感觉这像是在某个遥远的想象里，似梦非梦，年代模糊。

苍茫夜色中，不时闪过几盏昏黄的灯光，照亮了黄泥巴的屋檐和一两棵树的主干。高高山影与天合为一体，不知深浅。就这样似眠似寐，离了黄河又靠近黄河，一路晃到了兰州。

专程去黄河铁大桥看过黄河，紧接着下午又转车去西宁。一路上念念不忘的还是看民居。

青海一面坡的房子出现了雕檐。先是支撑起坡顶进深的圆木在伸出墙边时，露出了等距离排列的圆形，它被涂上了鲜艳的彩色。圆木上铺的是一层碎木条，碎木条上再铺泥土。这就是高原上的屋顶了。

为了装饰檐口，沿房边，在圆木上砌了一横一纵两层红砖。房子仍围成一个四合院，单坡屋顶都斜向院内。

青海民居，门十分讲究。门顶按檐口的式样做了突出处理，这是回民的住宅。这种形式与藏族的房屋十分相似。后者不过加入了富有宗教意味的色彩处理。

再往高原深处走，游牧民族的毡包房在草原上出现了。

这一路展开的民居系列，让我看得如醉如痴。它们就像一组风格各异的民歌，在夏日习习的南风里为我吟唱；又像一组凝固的田园诗，押着列车哐隆哐隆的韵脚，一同创造了我旅途的浪漫情调和田园意境。我因此而记住了我们民族在大地上动人的栖息姿态。它是一个民族承接传统的纽带之一，通过它，我不只是看见现在，也看到了过去，眺望了未来。

西部的传奇

　　西部是荒凉的。这里人烟稀少，空气干燥，大地荒芜。石头的山横贯在蓝天之下，不时飞来的沙暴遮天蔽日……美国的西部是这样，中国的西部竟也如此酷似。

　　当年美国人开发西部时，强人出没，匪患成灾。在青海西宁至格尔木的列车上，人们谈起这里的治安，也无不忧心忡忡。

　　这是一条穿越柴达木盆地的高原铁路，沿路戈壁茫茫，沼泽和盐碱地无边无际。由黄色、褐色、红色石头组成的山脉不生一根草，没有一棵树，死寂一般堆砌在大地之上，它们连绵不绝，向着天地交界之处，奔涌而去，嶙峋而狞厉的巨大山体，扭结着、交错着，赤裸裸呈现着力的较量。

　　它们抛弃了时间，拒绝了生命的呈现和衰荣，永远是天荒地老凝固着的表情。罡风吹得时间发出了铜管一般的声响。

　　还在我抵达西宁之前，在摇晃的车厢里，梦雨（她与女儿到西宁，与我们同路，随后去拉萨）在我面前摊开青海地图，指着一个叫德令哈的地方，告诉我，从那里往北进去数百里，就是她度过童年和青年时期的地方。这个地方差不多进入了柴达木的腹地。

　　地图上，它的周围布满了竖线条、横线条的平行线和密密麻麻的小黑点，横的短线代表普通沼泽地，竖的线条表示盐碱沼泽地，而黑点表示的就是茫茫沙漠和戈壁了。

　　20世纪50年代，梦雨的父母被打成右派，从苏州带着一家人长途迁徙来到这个大盆地深处接受劳动改造。

　　大盆地，打开柴扉就是无边无际光秃秃的荒山。白天狼群在荒山野岭中睡觉，晚上，它们成群结队出山觅食，绕着干打垒的泥巴房子嚎叫。狼眼的莹莹绿光，在晃动的黑影里忽远忽近。

还有一种动物叫狈，它与狼群混在一起。狈的前腿搭在狼的身上，在旷野里狂奔，那情景就像一只六条腿狼一样，一溜烟就不见了。

狈是镇定自若的"将军"，指挥着狼群作战，其狡猾胜过豺狼百倍。但狈前腿短，不善跑，它与狼是优势互补，名副其实的狼狈为奸。

我坐上这趟穿越大盆地的火车，一路向西而行，只见沙漠中种下的一排排井字形的苇草，固守着沙坡，在盐碱地，路基用一层盐土一层水浇实，垒成一道高高的堤坝。蓝天下的大盆地一望无涯，不见一个人、一栋房屋，火车呼哧呼哧跑了半天，才见一两栋道班的平顶房出现，让人生出一分企渴、一分好奇。偶尔看到一只狼从荒原走过，大摇大摆像个王。

我想象当年梦雨与她母亲一起去看望在另一个农场劳改的父亲，走在这样无边无垠的旷野上，其背影是多么孤单、渺小，但这片荒漠给予人的却非只有苦难，它也磨炼出了梦雨坚强的意志和不肯向现实屈服的韧性。她一步步走到今天，那支撑她的力量，有一部分就应该来自于这片荒凉。

有一年中秋，梦雨被禁闭在一间房子里，又怕又饿。到了晚上，她从小小窗洞里突然看到了一轮皎洁的月亮悬挂在广漠的天空，那是多么明亮多么宁静的月亮！在这高原纤尘不染的朗朗夜空，银辉如水一样流泻在大地之上，抚慰着灵魂。

梦雨久久凝望着它，忘了一切，直到在这片银色梦境里睡去……从此，她爱上了高原的月夜，开始用笔记录自己的人生感受。作为一个诗人，那一夜令她终生难忘。是高原让她的幻想如南方的野草一样蓬勃生长。

柴达木尽管这般荒凉，却有令人不可思议的事情。这天下午，在中铺上，有两个来自湖北襄樊的妇女，一人带着一个孩子。最小的孩子只有几个月大。在这样荒芜的高原上旅行，怎么还带着孩子？

原来，她们是锡铁山矿的职工，前几年随冶炼厂内迁到了湖北，她们的丈夫还在这片盆地的深山里采矿。她们是来探亲兼避暑的。

火车到了锡铁山站，远远的黄色山体下，有高高竖起的构筑物。青天白日下，让人不敢相信：这样一毛不生的地方，有着一个人群密集的世界，几千人长期生活工作在这片戈壁滩上！在这里，生存本身就是一奇迹!

　　到了格尔木,我去万丈盐桥,又被面前的景象所震惊:这片盐碱地早已开发,上万的露天采盐工,常年驻扎在这个盐湖腹地,察尔汗盐湖中的盐可以供全人类食用两千年!

　　矿区建有盐壳球场、盐壳舞台,连房屋也是用盐砌的。在正午的阳光照耀下,远处水茫茫一片,闪动着粼粼波光。有林带、亭阁和车马,它们在阳光下露出清晰的剪影。

　　我在盐湖穿行,想走近湖边。湖面总是在前方闪耀着银白色的光芒,最后,我不得不放弃。后来才知道,那都是幻觉,是柴达木的海市蜃楼。

[第二章]

穿过后藏

阿里，像闪烁在天空中的星座

阿里，那片被称为世界屋脊的屋脊，海拔最低也达到4500米的半荒漠的高原，是一片至今仍然神秘莫测的土地，它就像一颗悬挂在天空的遥远的星座，闪着迷幻而又神奇的光芒，令人怦然心动。

拉萨人却并非如我们一样有着如此之多的激情，他们视阿里为畏途。我们租车时就遇到了困难。

在拉萨，丰田越野车跑一趟阿里，开价到了两万。找卡车，当你说明是去阿里，司机们都懒得跟你谈，大摇其头，口里连连说："不去！不去！"

我们要租两部车，一部小车坐人，一部卡车装物。两部车同行，是一种安全措施，因为去阿里根本就无路可走，汽车不但要自己开路，还要像船一样过河。车陷入河床之中是家常便饭。有两部车，遇到什么意外，另一部车还可以用，或者拖车，或者去找援助，不至于困在大草原上受到寒冷、饥饿和狼群的威胁，这常常是要付出生命代价的。

我们在拉萨街头跑了两天，连一部卡车也没有租到。最后，通过朋友找到了区政府车队，租了两部丰田越野车。司机索多和扎西都是藏族司机，他们多次去阿里，在藏北无人区与考察队最长时待过三个月，过惯了与野人无异的生活。他们开出的价钱是每公里3.5元钱，停车一天收费300元。我们无话可说。

接下来，大家忙着准备上路的东西。张宇事先从广州空运来了大批物资，有银鱼、午餐肉、粟米羹等罐头，有苏打饼、薯片、压缩饼干、麦片、腊肉、腊肠等副食品。连口香糖、咖啡、朱古力都捎带上了。除了吃的，空运的还有两顶进口帐篷、一个睡袋。我们在拉萨又买了五床军用棉被、两口高压锅、几十斤大米、两箱水果和一袋蔬菜，如同搬一个家，样样俱全。

这些物资把两台丰田车的"货仓"塞得满满的。司机又塞进一个大汽油桶、一个汽油炉和一个羊毛睡袋，关门时，还得两个人一起使劲才能扣死。

去阿里的队伍在拉萨又重新调整了一次。田斌、周小兵两位女士同从广州乘飞机过来，她们是同学。路上她们遇到三个男子汉，凑巧的是，这三个人也专为阿里而来，竟是田、周的校友。他们的名字是岑伸、冯远、冯嘉祥。张宇却因与一位姑娘找到感觉，恋情炽热，竟中途退出。后来他们结为夫妻，张宇性情因此大变。

那天下午，我们组成了一个六人行动小组，大家互报姓名，一一握手或击掌，像老友重逢似的兴高采烈。大家清楚，从这一刻开始，我们就是一个生死与共的集体了。只有我心头掠过一丝不安与孤独的感觉，毕竟他们当中我谁都不认识。对我来说，这是一个完全陌生的群体。但找到这么多志同道合者，毕竟也是一件值得庆贺的事情。

岑伸、冯远、冯嘉祥为表示自己去阿里的决心，个个剃了光头，以绝回头的念头，没想到，沿途无处可以洗澡，光头倒大大方便了他们，这也算作一个意外收获吧。

为便于称呼，冯远、冯嘉祥、岑伸按年龄大小，分别被授予了光头A、光头B和光头C的称号，简称为光A、光B和光C。

六人都是摄影发烧友，长枪短炮扛来了不少，光 A 还带了微型录像机。

出发前的一天，我们去拜访了拉萨的一位活佛，又聚在一起举杯互祝平安。

7月28日，高原阳光浮动在拉萨城的街头，我们在这饱和的灿烂光芒里，走出了这座历史悠久、有着过于沉重宗教色彩的日光城，走向了遥远的阿里。

荒野中的日喀则

雅鲁藏布江两岸，高山陡峭，耸入云天。山体裸露着砂石和石头，笼着薄雾似的若有若无的绿色，那是稀疏的草宣布夏季对于荒山的一次小小占领。

这些山体十分松散，从格尔木进入拉萨时，我已领教过它的滑坡和泥石流的淫威。

这时的雅鲁藏布江却显得温顺，江面卷起漩涡，涌起一个个数十平方米大的水花，流水声已温和多了。

阳光透过车窗照射在我的身上，火辣辣像挨着一团火。丰田车跑得呼呼生风。那个晚上的经历就像风一样飘过，被时间消融了。

黄昏，车在一个加油站加油，扎西说，日喀则到了。我四处寻觅也看不见这个后藏的中心城市。走出公路，在右面山沟里，发现树影丛中露出的屋顶，一座山坡下，有一座剪影一样的寺庙（它就是有名的扎什伦布寺，历代班禅大师的驻锡地）。在这个荒无人烟的地方，我想那一定是城市无疑，尽管它给我的仍是荒郊野外的感觉。

晚上，我们住进了日喀则。

第二天天还未亮，我们又匆匆上路。寂静的街道上，只有我们车轮碾过时发出的声音。我们计划当天赶到二十二道班。

这一天，太阳再也没有出来，路面一片泥泞。雨时停时下，有时，突然一阵冰雹袭来，草地上白花花一片，不消数分钟，一切又烟消云散。有时，不知从哪里冒出来黑压压的铅云，像要把我们包裹起来似的，车子像在恐怖片中穿行。走不多远，银白的天空又一次出现。

天空中，有的地方是白云环绕的蓝天，有的地方是阴天，远处的山脉上却是阴沉沉近乎黑色的云，它与山顶的积雪形成了强烈对比，让人觉得那一线白光像是一道天缝，透着天国的诡秘之光。

几次沿着江边行走。我问扎西江的名字，他说随便的一条江，怎么叫它都行，我为这些江河叫屈，这么大的一条江，若在内地，该是名扬四方了。翻地图，附近只有一条多雄藏布，也许就是它吧，无人能证实。

在高原，像江和山的名字张冠李戴的事情时时发生，我想原因大致也不外乎一是人迹罕至，就是偶有牧人来过，他也不知道这条河、这座山是否有了名字，他完全可以按照自己一时的意愿来称呼它们；二则，目前高原地图还十分粗略，不是大江大湖和有名的山脉，它实难录入。阿里和藏北在地图上，就是大片大片的空白地带，有不少密密麻麻的湖泊，却没有一个是标注了名称的，它们本身就还没有名字。

我们一路发现了许多大的湖泊，地图上却找不到踪影。有的湖地图上有标记，却又不是我们所见湖的方位，是地图上的湖就是我们所见的湖，抑或是另外的湖呢，还是地图画错了呢？这些都是谜，谜团解不开时，就来个张冠李戴，这也是无可奈何的事。

这些山和湖，就像高原上的原始部落，无人了解它们。它们也没有自己的称谓，是另一类"野生动物"。

麻烦的事情就被我们遇到了：有一个村庄，藏民叫"LuoLuo"，我不知它应该叫"乐乐""洛洛"还是"罗罗"，见藏民个个快乐得近乎疯狂，我便私下里叫它"乐乐"了。

藏族人特别是游牧的藏民，也许还不习惯叫自己的村名，我猜想有些"村"也许根本就没有名称。村庄只是对于从事农业的人群而言的，游牧民逐水草而居，一户一户分散在大草原上，最多一个地方驻扎两三个月，就又搬迁到别的牧场去了。要是哪家有人出外读书，或是长时间出远门，回来要找到自己的家，那可不是一件容易的事情。内地有些来自藏北草原的学生，学校放假，他们在考虑回不回去时就颇费踌躇。除去长途跋涉的辛苦外，回到那片大草原，他上哪里去寻找自己的家？数百公里内，他得一步步去寻找，等到找到家时，可能假期都过了。因此，在藏北和阿里问地名是令人迷惘的事情，甚至问远近也是让人挺为难的问题，他们只能用自己走路要多少时间来回答距离，至于你用车行走多久多远，那完全是另一码事。

　　只是近年有的牧区，牧民有了定居点，也许政府为了工作之便给取了村名。但这村名对于与世隔绝的藏民来说却没什么用处，一是没有左邻右舍，一个村庄离另一个村庄动辄上百公里，来往极少，村名是取给外人叫的，不是用于自己叫自己的，没有外人谁还需要村名，记得村名？二是他们也极少出远门，既不通邮又不通电话，与外界没有联系，这村名实在派不上什么用场。

　　与此相反，那些高山大湖受到藏民的崇拜，他们封它们为神山圣湖，不远千里前来朝拜。它们不但一个个有自己的名字，还有一个个动人离奇的传说，那些神山圣湖都是能够行走，有着与人类一样世俗感情的神灵。一些藏民还信誓旦旦，说自己真的看到过走动的山，说起来还活灵活现。藏民都知道哪一座山与哪一座山是夫妻，哪一座山是情人，哪一座山又是儿女，大家坚信不疑。

一个叫"乐乐"的村庄以及荒原迪斯科

　　29日下午，我们穿过昂仁县城，大约两个小时后，山势变得平缓。进入一个开阔的峡谷地带，远远地看见一群妇女从一座山脚下，向草地的公路走来。

　　艳丽的服装，像油画家泼下的浓烈色彩，红红绿绿成一线，一路迤逦，一路跳跃。如此多的人出现在荒芜之地，就像神说变就变出来的幻影。我只在出拉萨不远，见过身穿艳丽服饰的年轻人骑着枣红大马，从公路一闪就隐入了一片柳林。这支完全暴露在平坦草地上的色彩缤纷的队伍，是让我惊讶得失去现实感的一幕。大声喊着停车，车未停稳，门已拉开，人已冲向了人群。

这群藏族妇女不知道发生了什么事，迟迟疑疑，走走停停，只在片刻间，她们就双手叉腰，扭胯摆臀，又跳又唱，大步迎向我，有的是奔跑着冲了过来。

走在队伍前面的一个老妇人，穿一件杏黄色外衣，里面是黑色的藏式长裙，腰里围了一条有红黄蓝黑横线条相间的彩裙。藏裙一侧无袖，曙红色的内衫从里面露了出来。她伸出右手高高地摆了摆，带头向我走来。

我才抢拍她几个镜头，她人已到了我的跟前，问她可不可以拍照，她似懂非懂地点头。我连连按动着快门。

后面的人唱起了藏歌，我转过镜头对着她们，她们已将我团团围住。

每个人都戴着一顶米黄色圆顶礼帽，腰间围着的五彩短裙，里面一律黑色的藏裙，衬衣则红、蓝、绿、白，色彩纷呈，有的胸前挂着各色宝石镶嵌的坠子、项链，双手佩戴一个或多个玉石手镯，有的腰前挂了银锁，耳饰彩石圆环，她们有的围着我大笑，有的唱着歌，有的跑着跳着，奔向我的同伴。草地上到处是她们飞扬的彩色衣裳。

一个妇女扑过来抓住了我的手，另一个妇女从后面冲过来抱住了我的腰，有一个中年妇女把一个少女猛地推到了我的胸前，不待我反应，我的四肢就被她们紧紧抓住，我的身子瞬间离开了地面，抛到了空中，我被抬起来了。

皮带松了，衬衣被扯了出来，有人在我的身上乱摸，我急得大叫。

她们笑得前俯后仰，一个争着一个来抱我。我拼命挣扎，冲出人群。又有几个妇女追来围住我，跳起动作十分夸张的舞蹈，口里连连哼着节拍，兴奋得气都喘不过来。

我看到同伴也一个个陷入"困境"，连周小兵、田斌都在喊叫着。我的恐惧瞬间冰释。兴奋转眼袭来。随着她们的节拍，我竟跳起了迪斯科。

我一跳，藏族妇女纷纷仿效，模仿了几个动作，她们的迪斯科跳得比我更疯狂更地道。

快乐就像血涌，如此突然地喷射到全身。周小兵激动得哭了起来，哭声惊天动地。一个不受礼数、文化和道德约束的身体原来是这样风一样轻扬，内心的欢喜可以随身体的放松而如此地肆意，快乐没有极限！这是全身心消融的快乐，个人消融到集体中，没有一丝自我的烦扰，没有顽症般个人的孤独，欢乐是阳光普照，驱逐了生命中的阴影。客套、伪饰，在草原如此宽广的胸怀里飘散。

真正的欢乐是与大自然融为一体的，因为大自然率真、自然、健康！因为欢乐也像庄稼一样生长！因为只要你高兴，就连空气和石头都能投入欢乐！

我把小时候学过的几首藏歌唱了出来，藏族妇女那高原特有的有着辽阔穿透力的嗓音立即像波浪一样把我的歌融化了。同样的旋律，同样的情感，不同的语言，使欢乐旋转。

当我从欢乐的云团滑落，一种落寞的情绪悄悄把我淹没。一生为名利所累，这样无缘由的快乐，在我看来有点不可理喻。我的欢乐是有条件的。我感到了惭愧。藏族妇女一无所有，但她们却拥有天生的快乐；我们什么也不缺，却几乎丧失了快乐的能力！曾经多少次与人讨论幸福是什么，曾经向人宣示幸福只是一种感觉，它不等同于物质、地位，它本质上属于精神，明明知道了幸福的生活是什么样的，却无法超越现实，无法去实践自己的诺言。人要有多大的定力才能逆时事而动！一百多年前，美国人梭罗一个人拿了一柄斧头，跑进了无人居住的凡尔登湖边的山林中。那时期正是美国经济快速上升时期，多少人在做着发财梦。他们的人生因此而充满着算计、欺诈和抑郁的情绪。只有梭罗心如浮云流水，可以为一只啼叫的鸟、一朵开放的花而欣喜，他因此获得与自然息息相通的宁静和快乐。在物欲炽盛的年代，要获得这样特立独行的品质毕竟太难，他是真正懂得生命的人。

穿玉色衬衣的女孩站在一侧，正以少女特有的一种目光凝视着我。她正是被推到我胸前的那个姑娘，她微笑着，露出两排雪白的牙齿，黑色眼珠含着一股柔情蜜意，凝聚了少女特有的娇恬、妩媚，它明亮、清澈，把全部心事都流露在这双无遮无拦的明眸里。她不懂掩饰。

血在升腾，像点燃的一座草原。我慌忙抱住镜头，并不停地按动快门。面对这份真诚的爱意，我能怎么样！？我只能以钢铁的镜头把她一变而成镜头中的人物。她的美丽被我一一定格。

足足拍完了一卷,少女的眼神有了另一层东西,像火花闪过之后,眼中水晶般闪光的东西在渐渐黯淡、消失。她面对的永远只是我的镜头。她也许明白了什么,后来在喝青稞酒时,她怎么也不肯饶过我,追着要灌我,直到我表情十分痛苦,她才开心地大笑了。

公路前面的草地上,早已堆好了一排石头,每个石头堆由四五块石头垒成,高度以垒得不垮为止。我们与藏族妇女手牵手走上公路,来到这片石头堆前。妇女们从背包里拿出糌粑,像小孩玩游戏,一堆撒上一点,一路点了过去,认认真真。石堆排成一条直线,伸向公路,指向公路那边的一座大山。在这排石堆后面,有一个更大的石头堆,人人都向它撒糌粑、敬青稞酒。我们不知道她们在干什么,也不清楚后面会发生什么事情,一切只在神秘地进行中。

她们向石头敬酒,也向我们敬酒,一人手里端着一个大碗,从一个个塑料水壶中倒出一碗碗青稞酒,双手高举,每人连敬三大碗,你若不喝,她们就在你面前放声高歌,直唱到你喝完为止。一个敬完了,又来一个,盛情之下,人人都成了海量,喝得天昏地暗。

我实在喝不下半滴了,拔腿就跑,她们哪里肯依?四处追赶着我,让我无处可逃。

光B喝得最多,他一激动就来者不拒,一口一碗,喝到脸红脖子粗后,跳起了他自编的斗牛士之舞。这倒是一个躲避的办法,我也仿效。

撒过糌粑,喝过酒,妇女们纷纷撤到石头后面,排成了一列横队。她们人人手捧一捧糌粑,高高举向天空,三声高呼,青稞粉纷纷撒向天空;接着,她们解下身上的围巾和衣服,双手各执一端,围成一个圆圈,歌声一起,队伍沿着顺时针方向跳起了舞蹈。

彩巾两边摆动,她们动作缓慢,跳几下伸一下腿。她们不再嬉笑,表情严肃。

歌声轻轻,像银色月光。由于舞蹈动作幅度大,她们喘起了粗气。每唱完一段歌,就是一连串的"嘿、嘿、嘿",舞蹈也变为有节奏的顿足。

不知她们为谁而舞,没有一个观众,只有空阔大地、天空和我们几个不速之客。没有一件哪怕最原始的乐器,只有歌声相伴歌声。她们是在娱神还是在自娱?

天,仍阴沉。草地斜着向西伸展,峡谷的尽头,是一个闪着银色光泽的湖面。这片辽阔无边的天地,只有一群人,一团舞动的鲜艳色彩。

她们像儿童一样快乐天真,你不得不被一种虔诚感染,也在冥冥中感受到天地之间神的注视。

这是孤独的心灵对于寂寞大自然的呼唤?这是祭神?

藏民相信万物有灵,就连山川河流都成了神的化身。他们需要神来相伴漫长的游牧生涯。当他们一日日独自面对天空和大地,他们就幻想神灵。这种幻想,当我一个人面对珠穆朗玛峰绒布冰川时,空无一人的大峡谷让我心生巨大恐惧。那些巨大的山石突然之间像有了生命,幻化出某种魔幻的力量和错觉,我体会到了神的由来。那实在是对神秘不可知的大自然的恐惧和崇拜使然。在我的幻觉里,竟还有活生生的人出现在大峡谷中。

阿里,在我踏入这片神秘高地的一刻,就感受到了神灵的注目。

让人尴尬的生羊肉

司机催我们上路了,要赶到原定目的地已经不可能了。我们只能走到哪里算哪里。

分手的时候,我与藏族妇女们互相拥抱,随后,她们在公路边站成一排,向我们挥手、唱歌。我想起寄照片的事,忙摇下车窗问她们村庄的名字,扎西翻译后,她们高声说:"LuoLuo。"这村名连扎西也没法向我们翻译,扎西说:"没办法寄,只有我们再来时带过来。"

车走不多远,就看到了一座拥在山坡边的村庄。开阔的草坪上,扎着一圈白色的帐篷,男人们围在帐篷下聊天、打牌、喝酒。远处的油菜花和青稞像一片片烙在大地上的彩霞,一面鲜红的旗帜,竖在中间,迎着风动人地飘扬。

村民正在过望果节。

望果节是在河谷里青稞黄熟的时候，藏民祈求雪山神、乡土神和龙神赐给阳光、雨水，不要放出冰雹和害虫，以保丰收。为此，他们要向巫师卜问丰歉，全村男男女女要转庄稼地、聚餐，还要跑马射箭，彻夜歌舞。

我们远离了"乐乐"，走到了湖边山坡上。湖面与天空一样漫射出一片惨白的光。一路上，大家都沉默不语，怅然若失的情绪在车内弥漫。

我首先打破沉默：我们是不是回去？没想到我话一出口，坐在我身后的田斌和周小兵同声响应，她们好像就等着一个人说出这一句话来。扎西出奇的爽快，一踩油门，追上了前面的车，并把我们的决定告诉他们。三个光头欢呼雀跃，当即全体下车，让司机在前面调转车头，又向"乐乐"开去。

当我们再度出现在帐篷边时，那群妇女已经回到这里，还在围圈跳舞。我们被邀请进帐篷共进午餐。

为表达我们的心意，我们送给他们一箱苹果。

我在帐篷内的草地坐下，坐在我身边的是位中年男子，长脸，还有一副又黄又长的牙。他一笑牙就全露在外面了。他递给我一块干羊肉。又把他手中的刀让给我。这块肉至少放了几个月，是一块风干的生羊肉。

我平生第一次吃生肉，犹豫着不想吃，男子笑望着我，一个劲抬手相劝。

生羊肉是他们的美食，只有过节才拿出来吃的，平日还舍不得呢。我怎么能拂人家的一片好意？

用刀切下一小片，又用牙撕了一丝，在嘴里轻轻嚼着，一股难受的滋味进入了喉咙，令人作呕，抬头看到所有的目光都集中在我的脸上，眼一闭，只好吞了下去。再也不敢咬第二口了，我只是装模作样嚼，嘴里其实什么也没有。手里的那片生羊肉却丢不得，直捏得手指都出了汗。

中年男人又把他五指捏好的糌粑送了过来。望着他手中那个黑乎乎油腻腻的羊皮袋（糌粑就装在那个袋子里），同样油腻发黑的双手，我头皮发麻。糌粑是由炒熟的青稞粉淋一点茶或奶做的，吃时用手团成坨。我硬着头皮自己伸手到皮囊里抓了一小坨，往口里一塞，那滋味比生羊肉还难吃。

主妇敬给我一碗酥油茶。这种茶，是由粗茶、酥油、盐和开水，倒进一个大竹筒里，像抽风箱似的用力上下抽动，搅拌制成。酥油从牛奶中提取，是未经加工的黄油，有强烈的膻味。这些都是我从未接触过的饮食，我清楚地听到了自己胃的反抗声。瞅准一个机会，我赶紧开溜。

兴尽之后，饿肚子的味道不好受，晚上睡帐篷，也让人忐忑，大家一合计，还是决定继续往前赶路。

这天晚上睡在一处有温泉的小旅馆。温泉引入了室内。由于高原白天和晚上的温差太大，洗温泉浴时，我冻得身子直抖。

第一次看到晚上的云是那样清晰，它们一朵一朵浮在夜空，发出白玉一样的光，低低地不肯远离大地。

半夜里先是狗叫，又听到狼嚎。第二天起床，看到屋檐下睡了一大片人，都钻在厚羊皮做的睡袋中。他们是半夜里赶到的卡车司机。

来自地层深处的声音

没用多久，我们赶到了二十二道班。从这里直走，是一条隐在喜马拉雅山脉和冈底斯山脉之间的路，它经过萨噶、仲巴、普兰、札达到达狮泉河，称为南线。右转90度弯，往北走，经措勤、改则、革吉到狮泉河，则称为北线。北线一路行走在藏北高原上，平均海拔为5000米，沿路大部分是无人地带，去的车极少，路不熟的话，大峡谷中的草原、荒漠容易让人迷路。路途也几乎没有给养，车出毛病的话，有生命危险。数月前，一台阿里开出的东风车，突遇一场雪暴，三个司机冻死在车厢，直到前不久才被发现，肉已被狼吃光了，只剩下一堆白骨。

南、北两线除南线断断续续有一些筑平的泥土路外，路都是汽车自己走出来的。沿途河流密布，却没有一座桥梁，更没有船，汽车过河只能从河床里蹚过去，车在河床里熄了火，不是被雪水冲走，就得等上十天半月，等待过路的车来搭救，结果，车不是报废，就是丢弃在荒野，司机要回去请人来修理，前后一两个月也是可能的。尽管我们有手机，但它出了拉萨就成了一坨废物。

我们有备而来，车上的食物足够我们吃上半个月，又有两部车同行，但多次走过阿里的扎西，还是千方百计阻止我们走北线。本来在拉萨我们就讲好从北线上、南线回，到了日喀则他就跟我们商量走南线。快到二十二道班又一个劲说南线好，不要去北线了。每谈到北线，他就掩饰不住一脸的惶恐。

我们态度十分坚决，能北上无人区看一看藏北大草原，无论付出什么代价，我们都愿意。

扎西无可奈何转向北面，嘴里还咕咕哝哝不知说些什么，一脸不高兴。

与南线相比，路往北一拐，路况明显差了。所谓路，是车轮在石头上压出的印痕，广袤的大地上到处都是石头，石头泛着白光，若非隐隐约约还分辨得出小草，真有踏上火星的感觉。

有人在路边垒起了一排石堆，那是向神灵祈求保佑。无边无际的石头铺在无尽的视野里，是那么奢华，没有节制，一起随着车轮向前延伸着。汽车颠得筛糠似的。

远远的地平线，一座孤立的山峰，聚集了大片乌云，其状恰如正在喷发的火山。丰田车跑了半天，渐渐抵近山脚，迎面流来了一条河，河床上蒸腾起缭绕雾气，并伴有咝咝响声。数百处地热喷泉冒了出来，有一处喷向高空，高达数十米，让人感到山崩地裂如在眼前。喷泉下的地表被硫黄染成了红色。

我们早已忘记了这样一个事实：作为一个茫茫宇宙中的星球，地球仍是不稳定的，尽管离混沌初开、山崩地裂的时期远去了，但地震、海啸、火山、龙卷风却从未停止过。这片年轻的高原也在不断地上升着。我们已经习惯于歌颂大地的美丽和馈赠，由于过分的安逸，而忘记了地球内部的活动、世间沧海桑田的变迁，正像我们舒适了，就忘记了作为生命的自己也在变化着：皮肤正在起皱，骨头正在钙化，血液变得黏稠，直到我们迈动脚步也十分艰难的一天，才正视生命，感觉它的大限。我们也不正是在耗竭着地球的资源，污染着她的环境，破坏着她的生态平衡吗？

地球在吼,只是我们没有听到。踏足这片灼热的红土,我听到了来自地层深处的声音,它是恐怖的、令人战栗的声音,是让人不得不马上逃离的声音。只要你听到过它的嘶吼,你就会觉得自己一生都是在"掩耳盗铃"的自欺欺人中生活,永难回复从前的平静。

我一步一步走向山坡上的车,胸闷气虚,头昏眼花,四肢乏力,脑涨欲裂,强烈的高原反应第一次让我面如土色。

这里海拔高度估计超过了5000米。人在大自然面前多么渺小。我吃力地挪动躯体,向着百米之遥的丰田车走去。我感到了地球、天体和茫茫宇宙,感到了那个遥远的洪荒年代,感到自己如同蝼蚁。

山上的云雾露出一角天空,皑皑积雪就在我们的头顶。那山顶正在下一场大雪。

翻开地图,这个方位只有一座叫格布日的山,海拔6185米,山下有一个湖,一切都相符。然而,我们是在山和湖之间,地图上的路却在湖的东面。这座山也许是格布日,也许是别的什么山,我为对它的一无所知而难过。

雪山是不会要求人给她取一个什么名字的,那是人类自己的事,与她毫不相干。我能看一看这样的大自然美景就足够了。重要的是我看到了,记住了,震撼了,其他一切都不重要。

在泥坯上挨过冰雪之夜

沿着雪山的皱褶转着,就这样一点点向上升高,湛蓝的湖面慢慢落到了脚下,前面出现了两道山脉相夹的草原。

走上草原,草地就像一个凸起的球,四面雪山都陷落下去了,高原上的云放射出青绿色的光,一束金黄色的太阳光穿过云层,射向大地,把一个山头镀得锃亮。起伏的山脉慢慢呈现出五颜六色,造出一个梦幻的世界。

— 23 —

车与积雨云在草原上赛跑。太阳爬出来，把白云灼得与积雪不分，天空正闪动着一片靛蓝色的光芒。

　　突然袭来一片乌云，冰雹横扫而过，大地苍茫一片。碾过草地上的白色冰粒，汽车进入一段泥泞的路段，下雨的时候，前面出现了两个骑着一白一红两匹马的藏民，他们赶着四头驮着麻袋的牦牛，匆匆走在雨幕里。见车开了过来，他们丢下牦牛紧紧追赶我们的车，由于是稀泥路，丰田车跑不过马，他们又跑到了我们的车前，放慢速度后，转过脸打量我们，与我们并行。

　　一路上，我看到藏民从不避雨，也没有什么雨具。他们视下雨如无物。我也打量他们，想揣度他们追车的目的。这两个高大的青年人，戴着淡黄色的圆毡帽，长脸阔鼻，面无表情，默默陪着我们跑，他们是我们这一天唯一碰到的行人，我们也许是他们几天才见到的一群人吧？人与人在这里相遇，尽管语言、民族都不一样，一样会产生惊喜。

　　我举起镜头拍下了他们威武英猛的形象。他俩既不知道躲藏也没有一丝表情，跃马扬鞭的矫健身姿颇像古代的骑士。

　　一只苍鹰从车顶飞过，翱翔在雨中。

　　一群牦牛正从咆哮的河谷中涉水过河。

　　这两个藏民要去哪里呢？

　　天色昏暗，黄昏时起了大风，草原尽头出现了一列山脉，左侧露出了一个数百平方公里的大湖。我们早餐只吃过一碗面条，已经一天没吃东西了。我建议在这个湖边搭帐篷，安营扎寨。

　　车刚一停，一阵大风把车都刮得摇摇晃晃，帐篷无法扎牢，只得放弃。天色已晚，何处才是归宿？

　　扎西默想了一会，说："山那边好像有一户人家的，不知记没记错，也不知道那户人家走了没有。"正在犹豫，天下起了纷纷扬扬的雪花，接着是冰雹。

　　车犹犹疑疑沿着湖畔爬上了山坡，路面变得更加泥泞。俯瞰湖面，湖水蓝得发黑，浪涛冲击着滩涂，激起一道弧形的白色浪花。洞庭湖边长大的我，不习惯这么大的湖面没有一叶樯帆，没有一根水草，空荡荡只有连天的波涛。好寂寞的湖！只有我们注视着她的存在，证明着她的存在（地图上没有这个湖)。然而,对于她是个淡水湖还是个咸水湖,我们也一无所知,大湖漫长的等待,等来的是我们这一群匆匆过客。

好似我们走多远,她就决心要陪多远,长方形的湖面一直向前延伸着,从黄昏走到天色完全黑了下来,在泥泞的山坡上走了足有三四十公里,湖水仍然在我们的脚下涌动着蓝色的波涛,色彩越来越幽深。

我们无心赏湖,听着雨点打在车窗上冰冷的声音,灯光下的路几乎无法行走,气温随黑夜的降临大大降低了,刺骨寒风从车缝间钻了进来,让人冷得缩成一团。

就这样在风雪飘荡的黑夜里慢慢向前滑行,大约10点,我们发现了前面的一间低矮泥房,它紧挨着路边,平屋顶里里外外都是泥巴。果然住着一户藏民,他们专为过路的人服务。

泥屋内架着一个大牛粪炉,牛粪火把房子烘得热乎乎的,浓浓的牛粪味也弥漫了整个低矮的房间,空气本来就稀薄,才进房,我就感到窒息,呼吸十分困难,赶紧退了出来,在门口大喘粗气。主人为我们点起一盏汽灯,讲好价钱后,我们用主人的火和锅自己动手做饭。

泥垒的房酷似一个地窖。坐的凳也是泥做的,用泥坯围成一圈就是了。没有床铺,晚上一人一条棉被,垫一半盖一半,睡在泥坯上,我们头抵头,正好围成一个马蹄形。

半夜,从阿里过来的司机想挤进来。他们高大的个头一齐堵在门口,身上扎着羊皮袄,头戴毡帽,足蹬皮靴,腰挎大刀,黝黑的皮肤,雪白的牙,久久看着我们这一群人,不知想些什么。我本能地警惕起来。

僵持了一会,他们一声不吭,转身就走。有的去了另一间房里,有的打开车门,躺到了驾驶室里。

吃了"乐乐"村的东西,一路上拉着肚子,半夜里还要爬起来去屋外方便。天黑得伸手不见五指,睡在房内,头痛欲裂,怎么也难以入睡。荒原上只有风声、雨声。

光A那一边漏雨,被子打湿后,他被冻醒了,后半夜突然呕吐起来,呼吸困难,一声声呻吟着。他挣扎着爬起来,用双手紧搂着胸口。

六个人全都醒了,慌忙给他找氧气筒。光A吃了药,坐一会,斜着躺一会,偶尔呻吟一声,眼睁睁等着漫漫长夜挨过去。

那一夜，想起了遥远温暖的家。

对山水的一次文字素描

我曾醉心过绘画，画过不少南方的山水。也曾以文字描绘大自然，但那些文字不是片断的，就是只取其意象，目的都是表达自己或者别的什么东西，山水只是属于次要的角色。而今天，阿里之行，在一日接一日只有山水露面的寂寞旅途中，大地景色变化几乎是唯一发生的事情，它成了无法回避的主角，进入我的文字，我必须以文字的方式对它进行一次全景式的描摹。

然而，一开始我就感到了困难重重，除了文字无法直接表现山水之外，我甚至连它的方位、地名都无法知道，我不知如何告诉别人，它们如何能够被找到。我只能说，它们是藏北的一方山水，是纯自然的，连名字都没有的一个新世界。于是，我在不断颠簸的车上，歪歪扭扭作了一次偏重于客观的简要记录。

天蒙蒙亮，起床见雪山在灰与蓝的天空下，静静呈现在草原的一端。一条白云如同哈达，绕在雪山间，似乎睡着了，像藏民对于神的供奉。狗蜷缩在土墙一角，一动不动。它是睡云？

一切是那样的静。世界空无一物。草地上不见牛羊，不闻半点声息。只有光在变幻，不知不觉间曜亮了夜云，曜绿了草地。地上的积雨如一面面小镜子，把漫下来的天光反射向天空。

早起后，火已熄了，没有开水，老板娘连火也不想生，要她烧点开水，她恶狠狠地发起了脾气。无奈，交了住宿费、柴火费，只得空着肚子上路。

丰田车在熹微的晨光中跑上草地，雪山越来越多，越来越高，脚下的草地却变得十分平坦了。路，几乎到处都是，只要你愿意，车可任意开过去，大地就像一个旋转着的轮盘，你向任何方向都可以走去。

过第一条河时，太阳出来了，被四面云翳包裹。清澈的河面闪动粼粼波光，河水像丝巾一样滑过石头。

扎西一身是泥。一路上，车不是这样毛病就是那样问题，他时不时就要停下来钻到车底下去。有时修了车又要修路，一把铁锹铲泥铲石子。有时遇上雨，就由它淋着。他就这样差不多成了一个泥人。但无论多脏，他只要拍一拍，就算自我安慰一样，算是没事了，干净了。他很少吃东西，饭量也很小，但烟抽得很凶，他可以用它来当饭，每当饿时，他不是找我们讨要吃的东西，而是叼上一支烟，猛吸几口，肚子就奇迹般不再饿了。

天空中的云，像凝固了，一动不动。有几朵形状奇特的白云，偎在土山前，没有一丝一毫的变化，像固体一样定型了，如山拥着的孩子，让人感受到自然相互依存的温馨、宁静和亲昵。昨晚温度最低时应该是零下二十多摄氏度，云都冻住了。它们是冻云还是睡云呢？

田斌、周小兵晚上没睡好，车颠得都跳了起来，她们仍抱着被子睡着了。

扎西发现四头野黄羊，停车让我看，我还以为他也跟我一样在观察那些奇形怪状的云，等我反应过来是发现了黄羊时，它们早跑得无影无踪了。

光A、光C这时候出现了严重的高原反应，他们各抱着一个氧气瓶，表情痛苦，脸色苍白，两个活蹦乱跳的人，一夜之间完全变了一个样，他们斜躺在车上，抱着被子，闭着眼睛，连话也说不出来了。

我冻得流起了清鼻涕，穿起了羽绒衣，索多开始咳嗽，扎西打起了喷嚏，他嚷嚷着："不听我的，现在怎么样?! 怎么样?! 前面还远着呢，比这个还厉害!"索多告诉我们：不久前，一个印度人就死在二十二道班那一带。高原上死人太平常了。

我紧张起来了，犹豫着要不要把他们俩送回去。如果这样，我们也只能放弃了。

车在河边停了下来，索多用一根长皮管插入汽油桶里，另一头用嘴吮吸，汽油被吸了出来，从皮管里流到了汽油炉中。

我和光B取出方便面，它们一包包都鼓胀起来了，如同气球似的。大气压降得很低，密封的方便面才从里向外鼓凸。在这里烧开水，如果不是高压锅，估计沸水也不会超过七八十摄氏度。

我用一口大高压锅从河里打了雪水，把十包方便面丢了下去，又捡几块石头垒成一个灶，索多把汽油炉点着，呼呼直响的蓝色火舌舔着了锅底。

吃过一点东西后，光A、光C有了一点好转。他俩示意我们继续往前走。

10点30分，翻过一个垭口，车开始往下走，前面呈现出层层叠叠、迷迷蒙蒙的山，它们都戴上了雪帽。

一直不见太阳。我们沿着河下到一条大峡谷。

这里危岩耸立，峡谷逼仄，河滩绿草成茵，河边牦牛悠闲地啃着草，终于看到了一个简易帐篷，一个少女飞跑到路边，笑着向我们挥手。小车一闪而过，给这位跑得气喘吁吁的小姑娘留下了更深的寂寞。

车转过来兜过去，总不时见到一座黑色的山，山肩有两朵白云。

峡谷渐渐开阔，河流漫出河床。阳光从云隙间探了出来。

我们慢慢抵近了那座青黑色的山。它展开成四座联袂的山峰。山顶残雪清晰可见。白云仍然偎在山肩一动不动。看着山体颜色一点点由青黑转绿，像施什么魔法似的，远看与近观是完全不同的山，不知哪一个才是真实的，山上藏着的玄秘，让人不敢直视。

更多的是普通的似曾相识的山。在我的经验里，那些山麓或山垭，总会有村庄或行走的人影出现的。车绕着这些山转的时候，我本能地瞪大眼睛，潜意识里总在等待一个村庄或一个人影的出现，但永远是山与山的起承转合，心中的村庄与实际上的无人山区不断重叠、交错着，一会儿是幻想、错觉，一会儿是现实的荒凉的景象，心里有着一种奇妙的东西在交织着、恍惚着，似真似幻。

尤其当湖泊在前面呈现时，湖边平缓的山坡倒映于水面，我就总是本能地在山坡上寻觅升起的炊烟，在粼粼波光的岸边，搜寻浣衣的村妇和嬉闹的孩童。我相信那里是有人的，可能距离远，看不清楚，可能在远处被山遮挡了。这样熟稔的山河，对于人的缺席让人不敢相信，即便理念上相信了，可人的本能和潜意识里总把过去的经验翻出来，不断地在这片无人区制造着幻觉和错误。

现在想来，我那时是不是特别渴望着人的出现？西藏人视万物皆有灵魂，是不是与我出于同一种心理？只是他们从理念到潜意识深处都认同了"无人"这一事实，这是一种多么可怖的认同，我制造人的幻象的时候，他们只能制造神的幻觉，我只是生活层面的一种孤独，而他们却是来自生命深处的孤独。

在城市我们排斥人，在荒原我们渴望人，于是，神灵属于了高原，物欲追逐属于了都市。

绕过那座由青黑转绿的山，一道斜向天空的绿色草原颇似通天之梯。白云从它的后面升上来，好像那道天际线后面就是世界的尽头，是一个无底的深渊，白云是从地平线下冒出来的。那横在蓝天白云间的天际线一时令人浮想，让人猜度。

汽车一路升上去，永远是这样不变的景象，像变魔法一样，只见轮子在转，不见景色有变。看着草和石子在迅疾后退，但天际线和前面的草坡永远定格了。这是多么奇异的现象！

在往阿里的路上，这样的情景不断得到重复，仿佛你真的在走向天堂。那往往是一个转折，到了极平缓坡地的顶点，见到一堆有五彩经幡的玛尼堆后，就是大地开始向下倾斜的时候了。它又像大地板块插入地球的腹地。

藏北的路几乎都在峡谷中，先是逼仄的峡谷，渐渐地草地越来越开阔，山脉向两侧慢慢张开、后退，直到山色由绿转为蓝。这时，你说不清，你是在一个大草原上，还是在一个巨大的峡谷之中，那些退避得远远的山，是镶嵌在草原上，还是它们抖开了这一片辽阔。草原与峡谷实难区分。如果不是从峡谷里一步步走到草原，你是无法想象那些如此低矮而又遥远的山脉曾经挟持过这片草地。

草原大都有微小的坡度，向上升高可进入另一个峡谷；向下往往会出现大湖，湖边可以看到几条延伸而来的峡谷，那里，往往成为从一条峡谷进入另一条峡谷的转折点。有的湖泊，远远地就能看见湖岸和浅滩的一片雪白，那一定是盐碱湖无疑了，那耀眼的白是凝结的盐或碱。

这一天，我们几乎就在两个峡谷间穿越，出现有两个湖。从那座青黑色的山绕过，斜插入另一个峡谷后，进入草原。

进入这片草原，灰兔被突然而至的车惊得四处乱窜。草原先是上升，接着又下降，湖出现在前面被我们俯瞰着，湖后面一排排重重叠叠的山投射到湖面。我不知道那些一块亮一块暗的斑驳山峰变幻出无穷的气韵来，却是云团投射的结果。所有的云朵都在大地上玩着这个寂寞的游戏，而渺小的我却一时难以窥破天机。

汽车直向湖面扑去，回头一望，从一道欹斜的山坡上，一座钢黑色的山像春笋破土一样一寸一寸表露出来，越长越高，最后以陡峭的不同于周围平缓山体的造型耸立在身后，闪着蓝幽幽的光，以怪异的、默默无言的神情望着我，像一尊威武护法神藏在绿坡的后面，一丝云绕着它，偶尔抖动一下银白色的身。我从未见过这般让人惊惧的山。

太阳出来了，空气暖洋洋的，大地袒露在正午的阳光中。湖那边的山，云的阴影与云一样奔跑着，一块深色，时而是山峰，时而是深谷。同一座山明暗只在转眼间变换，透出神秘的含意。

我们绕着湖，湖绕着山，山绕着我们，宁静的世界因为我们的加入都在旋转了、运动了。一朵云飘到我们的头上，低低的伸手可及。它突然压了下来，一阵雨夹雪，笼罩了我们，使得远处的山影和阳光都变得湿淋淋、迷蒙蒙，雨把车窗玻璃当成一块印花布，印了又印，反复涂改。一两分钟，一切又恢复到先前的情景，仿佛什么都没发生。

到了下午两点，前面出现了一群马，有三栋泥垒的平房，一个帐篷。其中有一栋是一对四川夫妻开的饭店。店坪前，几只鸡正在觅食，它们的尾巴离身子很远，翘得像凤凰，脚长得像踩高跷，身子瘦得悬在空中。我们吃午饭时要了一只。

吃饭前，狂风大作，飞沙走石，雨点和石子噼啪而下，转眼又了无踪迹，依然是蓝的天，火辣辣的太阳。静静的马群在湖边草地上吃着草。

从没吃过这么鲜的鸡，大饱了一顿口福，光A、光C的身体完全恢复并适应了藏北高原。

进入另一条峡谷，丰田车疯跑了近两个小时。山谷是盐碱地，泛着白光。一匹野马远远地站在盐碱地上，看着我们绝尘而去。也许它心有不甘，不一会儿，它猛地狂奔起来，与我们的车赛起跑来。这种来自生命的冲动与自由让人兴奋莫名。

我远远观赏着它狂热奔跑的雄姿，它很矮小，比刚才的一群家马还要瘦小许多，但它却十分敏捷，奋起的四蹄有着狂野的节奏，把草原击踏得如同一面紧绷的鼓。它又像一颗发射的子弹，射过长长的山坡。它总是与我们保持着距离，目不斜视，只管尽情奔跑。

　　跑了十几公里，它一偏头，跑向了另一道山坡，消失在一片阳光之中。

[第三章]

阿里离太阳最近的土地

措勤，藏语说的是一个大湖

又见河流，又见湖泊，河中草滩野鸭成群，河洲之上，两只天鹅悠闲地漫步。措勤就在河流拐弯的地方出现了，小得如同内地的一个村庄。

这是进入阿里地区的第一个县城。它与藏北那曲地区的文布办事处相邻，都是人烟极其稀落的草原地带，汽车跑上一天，也难遇见一户牧民。

这一带的人不吃鱼。措勤县东面有一个大湖，名叫扎日南木措，湖中的鱼多得伸手就能捞。我们在城边一个加油站加油，我问一位妇女为什么不吃鱼，她说："害怕。"鱼被他们视为神灵。

西藏其他地区并非不吃鱼，在拉萨就有一种鱼叫拉萨鱼。高原鱼一年才长一两，拉萨鱼一条几两重，却要长几年。它全身雪白、无鳞，腥味很重，肉却极滑嫩、鲜美，为吃拉萨鱼，我们转了两天街，才在一家四川人开的小餐馆预订到。由此可见，拉萨吃鱼的人也不多。后来，在藏东昌都地区八宿县的邦达吃过一次鱼，那是另一种高原鱼，同样肉嫩味鲜，各有其风味。

我对高原鱼却心存戒意。在青海湖鸟岛，我吃过一条湟鱼，它是用锅煮的，因为气压低，鱼没有熟透，那时我太饿了，鱼一上桌，我就一个人狼吞虎咽起来。老板说我一人准能吃一条，我也颇赞同他的意见，直到肚皮撑得圆鼓鼓的，一条鱼还有差不多一半没有下肚。我问老板鱼有多重，答曰："三斤半。""天！我上他的当了。"那天下午，我的肚子就开始抗议了。回程的路上，我一路拉肚子，车半夜12点才到西宁，也不知拉了多少次，人都快虚脱了。

措勤也叫县城，确实让我不能接受。它是我见过的最简陋的县城。它与村的区别就是多了一个电视转播塔。

在它的周围既没有村庄，也没有牧民。县城的房屋都是泥坯垒的单层平顶房。全县两层高的楼房只有三栋。街道虽宽，却跟草地没区别，从东到西，长不过百米。全县只有一所小学，上中学都得去千里之遥的狮泉河。

西边山坡上，有一处塔群，塔下堆满了刻着经文的石片。几个老人在拨着念珠，诵着经文，绕塔转圈。

一切都是静静的，只有群集的乌鸦在夕阳里成群地飞起又落下，把嘶哑的叫声播撒到无比寥廓的天地之间。

进城的草地上，不知为何搭了几顶又大又漂亮的帐篷，藏民骑着马飞奔着。是不是有赛马会呢？我们无心去问。

扎西建议我们去扎日南木措抓鱼吃，他说，那个湖就在东边那座山下，他曾在措勤待过很长一段时间，去过那个湖。

大家上车去湖边，扎西却找不到路，问了好几个藏民才弄清。车开上一个坡，走上了一片开阔的草原，那座蓝色的大山就在草地的尽头。

丰田车像两只发怒的野兽，让旋转着的草原纷纷退避。扎西从方向盘上松开双手，任车像野马狂奔。他点上一根烟，猛吸一口，慢慢吐出烟雾。

这天，我们犯了一个错误，这位高原跑了二三十年车的扎西竟也会犯这样的低级错误。在西藏，空气太清爽了，能见度之好，上百公里远的山都看得清清楚楚，像近在面前。我们常常看到湖岸就在眼前了，却总是跑不近它。看到山，似乎徒步也走不了十几分钟，开车却要开上几十分钟。这片空间是离奇怪异的，其距离也常常生长出幻觉来迷惑你。近的你以为远，远的又以为近，真真假假，让人失去了对距离的把握，你不得不放弃对空间的感受和认识，不再去理睬什么远和近。

这天黄昏就是这样，大家以为马上就到湖边了，扎西也口口声声说湖不远，（他是不是记错地方，把别的地方的湖当作了措勤的？）那座山是这样近，草地也不大，但跑了好久，山依然是那样一点变化也没有。草原像是从地底下冒出来似的，永无穷尽。

看看天色已晚，尽管湖中到处是鱼群，我们也只好放弃。再一次迎着落日返回措勤。

晚上就在一口井边做饭，吃我们自己带的罐头。

一群小学生把我们围了起来，有的拿出笔和本子，让我们签名留念。这群学生的汉语说得十分流利。

深入藏北无人区

措勤再向北，山低矮了，起伏的草原变得无边无际了。

这是一块更加神秘的地方，人类的足迹鲜有踏足这一领域的。巨大的号称世界第三极的西藏，在这里进入了它自己的极地。严酷的自然环境已不适合人类生存，这里是属于野黄羊、野牦牛、野马、野羚羊、野驴、盘羊、岩羊和狼的世界。草原上的草极其稀薄，近看像荒漠，几乎不见草，用手拔，不到一寸的如同松针一样的草叶极富韧性，它带出的根却长达二三寸。草原只有当放眼远望时，它才是绿色的，而近处的土地上都是白色的石子。

我们刚出措勤，地平线一侧的山坡上，一条炫目的光带像黄金一般闪着金光，它使整个草原变得明亮。

不久，蓝得发黑的天空俯冲而下，重重撞击在斜向天际的草原上。我们在绿色与蓝色两大纯洁的板块间深入，空间像数学中的数列一样无穷无尽地在两大色块间拆开、展现，好似在冲刺世界之尽端。

这里，连西藏人也极少来，拉萨人谈起无人区，也像西半球的人谈到世界屋脊一样陌生而遥远。由于高寒、荒凉、僻远，旧时代这儿曾是"自由民"居住的地方，藏北有句老话：进了无人区，地方没有名字，人不分身份地位。就是现在，哪怕你官再大，这里的人也不会把你当一回事，更没有弯腰吐舌之类的谦卑礼节，无人区之冷，则可用一句话来形容：吐一口痰，半空中就冰冻了，到了地上则成了一根冰柱。旧时藏政府有正式行文记录：某日，一个藏兵领命前往北方察看，回来报告说，前面天和地已经连在一起（沉沉的蓝天和上翘的大地确像粘连在一起），水用绳子捆在背上（人们喝水只有砸冰，将冰块捆在背上，从湖边背回去），火挂在腰带中间（当地人生火用的是火镰），叉子枪划着天空喊里喀喳响，已经到了天边，再也不能往前走啦！

这一天，我们还是碰到了人，他们是高原上的原始部落。

一次是在一条浅谷里。那时太阳升起不久，远远见一个帐篷，偎在一处低矮的山坡边，一缕炊烟正徐徐升腾。白色帐篷后面有一大片羊群。

见着帐篷，尤其是看到了那一缕升向天空的炊烟，我激动不已。大家都下车，抓了相机去拍摄这个难得的景象。尽管我们踏在草地上的脚步很轻，帐篷里的人还是听到了动静。在这无人地带，脚步是唯一的声音，即便如此轻微，仍大得足可使整个山谷都能听见。

出来的是一个中年男人，他望着我们，那眼神是我从没有见过的，既不好奇又不同寻常，既凝视着你，眼光又似乎游移，无法集中思想，可能他就从没思想过，只是呆呆地看。它是内视的，有着一重重迷惘的无法用思想穿透的光。你一遇到这样的目光就明白语言是多余的。他的脸色几近黑色，两道僵硬的圆弧形的皱纹，从鼻翼两边弯向下巴，像木刻般不动。我分辨得出那是笑容，只是太模糊、太难辨别了。他一头蓬乱的头发，两条小辫子搭在胸前，一件用粗绳缝成的羔皮衣裹在身上，已经破烂得不成样子，像一件烂棉絮，四处是洞和磨破的卷口。

他始终都是这个表情，像凝固了冰冻了。他没有说过一句话，连喉结都没有动一下。身子直直站在那里。也许见我们并没恶意，他向我们走近了几步，又以刚才直立的姿势和凝固的表情面对着我们。这是缺少与人打交道的结果。

接着帐篷内又钻出两个一大一小的人来，小的十来岁，大的约二十岁。青年的笑容要生动一些。但他们都一言不发，只是看我们拍照。在我们所遇见过的牧民当中，从开始见面到我们离去，没有说过一句话的恐怕只有这一次了。

帐篷的炊烟消失了。我没有进帐篷看，不知里面还有没有女人，这三个男人又是什么关系呢？如果是父子关系，那个青年与这个中年男人年龄相差太小。如果是兄弟关系呢，中年男人与那个小孩年龄又相隔太远。语言的无法沟通，就连他们最表层的生活状态我都无法了解。

第二次见到人是在抵达一个湖畔时，那是一群人，有老人、小孩和少女，附近找不到他们的住处，他们的身后是一个湖。

一个少女站在一个小土墩上，好奇地望着我们的车。她的脸十分古怪，一道道白粉把脸颊涂得满满的。

扎西说，可能是用牛奶涂的，用来美容扮靓的。难怪她见了我们，没有任何回避的意思。

部落的人，所有的生活资料几乎都来自牛羊：吃生牛羊肉，喝牛羊奶，穿羊皮衣、羊毛鞋，住牛毛制成的帐篷。用牛毛编袋子、捻绳子。就连梳子也用野牦牛的舌头，把它风干，牦牛舌头上的刺就成了天然的梳子了。不少人还不识数，计算羊群数量时，守在羊圈门口丢羊粪蛋，出来一只丢一颗。若有人问他有多少只羊，就兜一襟羊粪蛋让人家去数。

西藏实行的是天葬，但在无人区，人死后，有的让尸体丢在地上，任其腐烂。我见过路边很多动物尸体，它们大都是冻死的。尸体上，有的地方露出了白骨，有的地方却还有一层发绿的皮毛，像一块破了的布包裹着一堆柴薪。

也许是因为无人区不具备天葬的条件吧，没有鹰，又无天葬师。掘地又没有工具。藏民认为，埋在地下让蛆虫吃了，人的灵魂就难以升入天堂。

离开面涂牛奶的少女，我们绕着这个湖行走。对岸的雪山倒映在湖面上，也好像白粉涂抹在蓝色的湖上。

湖中鱼很多，一种白色的鸭子见我们的车开来，惊得箭似的射向湖中。它专吃鱼的眼睛。

面对这个生来就只为照见天空和雪山的湖，我突然感觉到了身处的遥远。我思绪开始飘忽，对于那个离得很远很远的熙熙攘攘的都市世界，此时，我似乎获得了一种审视它的最佳距离和心境。

我想起了在拉萨药王山上的一幕。那天中午，在那座可俯瞰拉萨市容和布达拉宫的药王山上，我碰到了一对藏族恋人，他们是在望果节这天来敬神的。少女身材瘦小，戴着墨镜，穿着时髦，极像汉人。我从他们脚前的一包柏枝开始了一场对话：

"这是什么？"

"柏枝，用来敬神的。"

少女用很流利的汉语回答，她偏头望了望我。我能感觉墨镜后面那双友善的眼睛。

"青的能点着吗？"

"能，它冒出的烟可香呢。"

"我可以拿一根吗？"

"行。"

我拿着柏枝放在鼻子底下，一股浓烈的植物芳香袭来，那真是难得的专为神祇而生的芳草。

我望着他们双双坐在石块上很休闲的样子，又问："你们也来拜神吗？"

"是啊，我们是来祈求世界和平、人民幸福的。"

这些话好像来自于课堂，我望了望他们，见他们一脸认真的神情，并无开玩笑的意思。从他们的气质看，像受过良好的教育。

我又问："去过内地吗？"

"去过，到了北京、天津、上海，大城市都去过了。"

"去过广州吗？"

"去了。"

"印象怎么样？"

"不好，到处是高楼大厦，那里的人太冷漠了，谁也不理睬谁，没有一点意思，去了就想快点走，不想再来了。"

"你们在内地去寺庙拜佛吗？"

"我们去拜。那里拜佛的人也很多，但让人恶心。"

"为什么？"

"我们拜佛从来不是为自己，都是为别人。没有谁为了生儿子、为了发财、为了升学去求佛，那样太具体太功利了，是对佛不恭。"

对话结束了，我内心受到了某种震撼。我知道他们对我是真诚的。在我们还在炫耀高楼并一个一个竞赛似的比高时，他们却感到以它为象征的城市文明对于人性的压抑和扭曲；在我们各地纷纷修建寺庙热中，他们看到了正在汹涌而起的恶俗。我更为他们不盲目崇拜"文明"和大都市，忠实于自己真实的感受而生出一份敬意。这不但需要思想，更需要气度和品质。我也发现了自己对话前深藏于潜意识中的某种优越感，觉悟到了自己的浅薄。

在我把两根柏枝夹好放进包内时，姑娘取下墨镜，笑着与我道别。这个笑容令我至今还感动着。她是那么友善、纯真，没有博大爱心的人是不会拥有这种笑容的，笑容让人不再感到孤独。它像一缕阳光温暖并照亮我的前程。我被深深感染。在后来无数次拜谒寺庙的佛像时，那些程式化的雕像都让我麻木不仁。而姑娘的笑容却让我感到了神一样的光芒。

绕湖半圈，像思想绕到它的对面，像文明绕到它的另一面。远远的雪山如同可望而不可即的天国，依然是那么遥远。它的白色的光芒，有着丰富的内蕴，让人百看不厌，令人心旌为之摇荡。身后的湖如同一片蓝色的云，又似一片抖动的光，挂在了山腰上。平凡的事物有了不平常的面貌。

我想，一切美好而使人感觉幸福的东西，都不会离自然太远。幸福从来都是最简单的事情，领受它的恩赐并非需要非凡的智力，并非需要锲而不舍的追寻。一朵小花、一个微笑、一句问候，甚至一片阳光、一阵鸟的啁啾，都会是幸福的源泉。重要的是，我们必得心怀感念，我们就会为这个世界所感动。贪欲的人从来都与幸福无缘。

雪山越来越近，走近它却不知转了多少座山，以为它就在眼前了，转过一座山却依然又是一座山。一路上都是风光无限：溪流闪动着耀目的波光，土拨鼠一只只窜进洞中，躲了起来，有几只胆大的从洞口回头张望并打量我们。小鸟飞来飞去。几匹野马东张西望,总有一两匹奋蹄而起,与我们平行而驰,以它们的善心揣度着我们的善意。万物都在享受阳光的静谧和温馨,世界平和而又宁静。

我的心灵从没有像现在这般空明,轻松,自如。

荒原上的淘金者

在往改则的路上,我们遇到了采金人。他们在视野中出现,只是一个小小黑点。慢慢地,它变大,渐渐成形、渐渐清晰。近了,才看清,是一台手扶拖拉机,拖斗上,堆了很多麻袋。这些麻袋被塞得鼓鼓囊囊,堆得足有一层楼高。车上坐了三个人。他们好奇地看着我们,那一张张风吹日晒的脸几乎与非洲黑人毫无二致。他们刚刚修完车,用摇把子发动了车,拖拉机冒出一股黑烟,他们就急急忙忙慌慌张张爬上车,仿佛有谁追赶他们似的,与我们朝着同一个方向并行。

这些大包里,也许装的是棉被、帐篷、水、柴火和食物等。扎西说,这些淘金者大都来自四川、青海和甘肃等地。从他们的行装来看,起码在路上跑了几个月,全身衣服都黑油油的,几乎看不出底色。脸被高原阳光照得像张粗黑的树皮,全身只有一双眼睛是白的,像卫生球一样的瓷白。那些麻袋因为长期的手摸肩扛,边都磨出了毛,毛又被磨得油光滑亮。这样的长旅,一定有许多不为外人所知的艰难和危险吧。

走不多远,他们的车又熄火了。转眼,他们和那台手扶拖拉机又变成了一个小小黑点,慢慢从视野里消失了。

扎西说,改则一带有不少金矿,内地人早在几年前就来这里淘金了。他们每年经过长途跋涉来到这片广漠的无人地带,带足几个月吃的和用的,等到秋深了,草原慢慢被冰雪覆盖,他们又得在刺骨的寒风中踏上归途。没有人能够在无人区熬过冬季。

我感到惊奇的是,中国西部与美国西部,一个在东半球,一个在西半球，当年美国开发西部时，淘金者蜂拥而至。今天，藏北同样出现了采金人，西部真是惊人的相似。与美国西部不同的是，这里是高原，是人类难以生存的极地。在这里淘金，是向人类的生存极限挑战。我不得不敬佩淘金人的勇气和毅力。

傍晚，与狼的一次周旋

我们走入了一条大峡谷，两边山脉都是红色的砂岩，座座山峰的石头酷似海底礁石，有着被海浪冲咬的累累伤痕，大自然的无穷变数只写在石头上。

我觉得此情此景，恰似美国某西部片中的一个场景，说不定哪个山口就会冒出一个骑高头大马的牛仔来。

丰田车开上一个缓坡，正欲转进峡谷口时，果真有一帮人、一群我从未见过的最漂亮的马。人呢，躺在草坡上，把艳丽的衣服和被子抛撒一地，马则悠闲地在草地里吃草。这幅画面的出现，不是神话就是梦境，总无法真实起来。

从他们的马群中穿过，那群懒洋洋的人，竟连跟我们打招呼的兴趣也没有。

我们从那条红色砂页岩峡谷出来，进入一个平坦的草原。

草原向西倾斜，尽头是一个巨大的湖，从湖岸银白色的闪光看，它应该是一个碱湖。

草地上到处是车辙。两台车向湖边并列而行，一路狂奔。

只一会儿，就互相找不到对方了，索多的车走偏了，不知冲向了哪里，扎西不无担忧地说："往东开到那曲就麻烦了！"他把车一停，下车后急得绕着车转来转去。

谁都以为前面不远就是湖。车一阵疯跑后，这才知道，这片草地是如此巨大。那些山已远远地退到了后面，小得只有一线低低的蓝影了。湖仍然如最初看见的那样，在前面闪耀着银光。

等了好一阵仍不见踪影，我拿出高倍望远镜四处察看。原以为草原空无一物，从望远镜里看到，右边的草地上一大群野岩羊正在吃着草，它们被阳光照得全身散发出光。

在这里，无论你向哪个方向走，周围的一切都不会改变，远的依然在远处，近的永远是一模一样的草和石子。失去方位感的司机把草原碾出了几百条车道，只要稍稍偏一点，一会儿工夫就走得不知相差多少里了。

我从周小兵手里拿过她的红色外衣，站在车顶上挥舞着，试图能引起迷路者的注意，但大草原没有半点声息。我高声喊叫，声音小得像被什么东西扭曲了，只是环绕在自己身边，散不出去，或者刚散出去就被一片虚无吞噬了。一切都是徒劳。

索多的车油不多，汽油桶在我们车上，一旦迷路，耗尽了油料，他们是走不出这片草原的。

天空中的云一朵一朵离我们远去，空出了头顶上黑蓝的天穹。起了一丝风。我们为刚才疯狂的奔跑而后悔。

不知过了多久，火辣辣的太阳也不那么毒了，云又聚拢过来，低低地，凝固在我们伸手可及的头顶。我觉得干渴。平日从不知道急躁为何物的扎西也有点沉不住气了。

我们开始还有兴趣四下眺望，望到后来困倦了，谁都懒得看了。我打了一个盹，醒来瞥一眼天空，它愈加蓝得可怖。

扎西突然冲上车，叫着："上来！上来！"车发动后，一个急拐弯，调过头就往回跑。

狂奔了一气，扎西像个泄了气的皮球，把车一刹，打开车门，两脚交叉，一屁股坐在地上，叼了一根烟，狠狠地点上。

我饿得头一阵阵发黑，从措勤出发时，只吃过一碗稀饭，是晚上吃剩的饭加水煮的。早晨7点到现在6点，整整11个小时，只吃了一点饼干。水不多，连饼干也不敢多吃。

太阳西沉时，我们的车又往来路开了一段，仍然见不到车影。扎西虽然熟悉路，但来来回回一折腾，他也害怕自己搞迷糊。在阿里，有的地方是完全凭感觉来走的，若找不到感觉，十有八九就会迷路。扎西已经不敢再开了。

有一种不祥的气息在草原上环绕着。扎西说,他们肯定停在哪一处地方,那点油走不了多远。

太阳落山的速度明显加快,大片乌云围住了它。就在这时,一线夕阳从云层射了出来,像激光扫在草原上,远处一块草地金子般闪出炫目的光芒。一群奔跑的黄羊像上演舞台剧,在那片草地上亲昵、追赶。

我推门而下,背着相机向它们走去,想拍下这一大自然和谐而美好的景象。但我一时忘了这是在高原,奔出的速度太猛了,跑了不到40米,我的心脏像拳头般猛烈撞击着胸腔,我两眼直冒金星,面前一片黑暗,差点窒息昏倒。我本能地随势躺在了地面上,张大口拼命呼吸着,我看见天空像一块布匹欲把我紧紧裹起来。我觉得自己透不过气了。

大约半个小时后,我恢复了常态,田斌、周小兵从远处的草地上走了过来,问我行不行。我站了起来,那束阳光早已消失,草原被天边燃烧的晚霞映得呈现了一层迷幻的光,灰调子上浮起一层金箔。我朝那群黄羊的方向望去,它们依然还在那里,小得只有一个个小白点(黄羊的屁股都是白色的)。

我不假思考,举步就向黄羊走去。田斌、周小兵走得气喘吁吁,头昏目眩,半途放弃。

黄羊见有人过来了,都抬起头来望着我,呆呆地一动不动,好像不知道发生什么事情,一时还判断不了跑还是不跑。待我刚一停步,举起相机,它们"轰"地一下,一溜烟就跑得远远的了。

我不愿就此放弃。我第二次靠近它们之前,把光圈、速度都调好,人还未停,镜头先举了起来。但这一次,它们更警觉了,在我镜头刚举起的瞬间,它们分作两批,又往草原深处跑了。我的镜头前只有近处浮动的暗黄色和远处的黑褐色,像油画笔排过去的渐变色谱。我慌忙一侧镜头,抓拍了一张,镜头里只有它们在色块上跃动的小小影子。之后,我目送着黄羊从影子变成一点点光斑,再被那层黑褐色完全吞没。久久地,我站在那里,大地变为黑沉沉一片,像无边无际的海洋那么深。

就在我回头准备离开时,我看见了一双闪动着莹莹绿光的眼睛。那是一对狼的眼睛,它在离我数十米远的地方,正注视着我的一举一动。

我吃了一惊，身子不由自主地抖了一抖，同时，一个念头在提醒我："冷静！冷静！"

那莹莹绿光像鬼火飘拂了一下，就凝固了，像一对深嵌在黑色天鹅绒上的绿宝石。血往头上涌的感受就像自己在往深渊沉陷。

我身上唯一的武器就是这台相机，草原上不会有其他有用的东西了。我本能地抓石头一样抓起了它，装作若无其事的样子往回走。我竖起双耳听着草地上的动静，用眼角的余光注视着周围。

为防止狼从背后袭击，我不停地改变方向，走起了"之"字形的路。

走了一百多米远，回头一望，天空也暗得几乎与大地不分。我什么也没看到。我加快步子疾走。

在估计快到停车位置时，我却找不到车的影子。这时，我才真正慌乱起来了，我感到恐惧像血液一样传遍周身，进入我躯体内的每一个细胞。我头皮发紧，双腿几乎支持不住身体。在躲避狼的时候，我彻底迷失了方向。

四周找不到参照物，天空如深海，空无一物。我不知自己身在何处。绝望的感觉让我闻到了死亡的气息。

我深知那条狼一定还远远地跟着我，甚至在为我的迷失方向而狞笑。但我必须先冷静，我想，我往错误的方向最多走出不到两公里，我先得走回去，再换一个方向寻找。也许，这样会错得更远，但总比站在这里强，那毕竟还有一丝希望。

就在我往回走的时候，我看到了跳跃的影子，不知是我眼花还是因为过度恐惧，那跃动的影子还不止一个，我不敢相信它们是一群。黑暗里似乎出现了舞动的群魔。

我再也理智不起来，在草原上疯走。

草地上只有我的脚步声，和一颗颗石子被我踢飞的声音。

我已经精疲力竭。这条狡猾的狼也许就等着在我耗尽最后一点体力时，向我发动进攻吧。

想到这一点，我又慢起来，并把碰痛我的大石子捡起来装进口袋，作为武器，又把羽绒衣拉链拉到顶，把衣领竖起来，再把照相机的防雨胶布扎进脖子里，防止狼咬到我的喉管。再把皮带解下来，紧紧抓在手里，并保持着高度警惕。

时间在慢慢过去。饥饿使我有点意识不清，我不得不站住，屏息、凝神，小憩一会。

正当我几乎陷入绝望时，突然发现了远处的一点光亮，那不会是星星，它没那么低，也不会是石头或其他什么的反光。月亮虽升起来了，但月光稀薄，不可能有那么强的反光。那一定是扎西为我打开的车灯！

我的身子激动得抖了一下，差一点眼泪都涌出来了。

不知从哪里来的力量，我大步向光点奔去。它越来越大，渐渐变成了灯光，可以看到车灯照亮的草地了。

我一边走一边四处扔着石头，一路大声呼喊着，想让车上的人听到我的声音，也为自己壮胆。

扎西终于听到了声音，车向我这边开过来了，当那刺眼的灯柱照射着我时，我的眼泪止不住直往下流。

扎西他们见我久去不回，天都黑了，知道我可能出了问题。他知道这一带是狼群出现得最多的地方，牧民的羊常被狼叼走。为了防狼，不得不挖出地窖一样的羊栏，把羊子密封在里面。他开车往我去的方向寻找，没有找到。怕自己失去方向感，走不多远他便开回了原地。他打开所有的车灯，期望我能看到灯光。

我上车后，狼也跟来了。扎西对狼有着特异的嗅觉，他突然打开车灯，果然照到了好几条狼。它们只是在灯光下稍稍移动了一下身子，就远远地蹲在那里，不离不弃，与我们对视着。扎西也不敢去惹它们。他说："狼一般是不向人进攻的，今天它们肯定是饿极了。"

扎西虽然沉着，但仍然有点害怕。我们没有任何武器，只有一桶汽油。扎西一踩油门，向前方狂奔而去，速度开到了140公里，这样跑了差不多一个小时，车才停下来。

估计狼群被我们甩掉了。停下车熄了灯，我们就坐在车内等待漫漫长夜过去，盼望着曙光降临。

虽是八月，藏北的草原却是那样寒冷，我穿着厚厚的羽绒衣仍抵挡不住一阵阵寒意，每人拿了一条棉被盖在身上。

高原之夜，月光闪着蓝莹莹的光，不像常见的那种银辉。天空愈加深遂、夐远，蓝黑的天体中，云像白色的蒲公英又大又近又清晰，又似散开的鱼翅，漂浮在深海里。满天星斗是这样明亮，像一朵朵绽放的烟花，密密麻麻，铺天盖地。它们闪烁着，有雪花一样毛茸茸的光。流星不断划过，放出一道道冷光，拖着长长的又粗又明亮的尾巴，像一把冷剑刺穿夜空。我感到自己已置身于茫茫宇宙之中了。

草原，被一轮满月照得明晃晃的，远处的湖像天空落下来的云，低低地伏在大地之上，不再作白昼的飘游。

我毫无睡意，就这样看天空，听一听寂静草原上那空洞的没有半点声息的时空，那是连声音也荒芜的草原啊。直到天亮时分，我才迷迷糊糊睡了一会儿。

草原上出现的两个黑点

太阳出来后，我第一个醒来，然后把扎西叫起来。没有水，干燥的空气把皮肤上的水分都吸干了，嘴唇起了一层白皮。咽了两块苏打饼干，就干得吞不下去。扎西抽完一支烟，决定开车回头去找他们。

扎西是个有心人，一路上他不断丢些罐头瓶和烟盒，这些都成为了他确认方向的路标。两个小时后，我们就开回了原来的地方。再继续前行一段，他走起了"之"字路，遇到有车辙的地方就顺路追过去。

我拿着苏联产的军用望远镜，四处搜寻。直到太阳升上了中天，死寂一般的草原上，什么动静也没有。

天空中的云团像神灵们放牧的羊群，浮在黑蓝的天幕，随着草地上的阴影慢慢飘过头顶，洁白如同积雪。我们谁都不说话，像低低擦过我们头顶的云朵一样缄默。我幻想端坐云团的情景，想起古人腾云驾雾的想象其实也是有现实来由的。一些从前淡忘了的事情，竟在脑际萦绕。我不禁感慨连连。这次轻率的决定令我心生悔意，一切已无可挽回。我几乎绝望了。

扎西的耐心惊人，几个小时在草原上横冲直闯，他仍不肯罢休，仿佛要与这块草原纠缠到底。我拿望远镜的手都酸了、麻木了。

一次，我无意中扫过一眼窗外，瞥见了两个小黑点。放了望远镜后，才意识到刚才好像看见了一点什么，那两个微不足道小如蚂蚁的黑点又引得我再次举起了望远镜。再看一遍，依然是若有若无的两个黑点。我犹豫片刻，把望远镜递给田斌，叫她看一看。她看了半天，轻轻说了一句："是石头吧，要不就是狼。"

"狼不会白天出来的，"扎西说，"去看看。"

我们斜插过去，直奔黑点，想探个究竟。黑点真是微乎其微，不仔细看是看不出来的。

黑点在慢慢变大，当我从望远镜看清是两个人时，心几乎跳到了嗓子眼，我简直不能相信自己的眼睛。

周小兵和田斌都抢过望远镜来看，激动得脸色都变了。

近了，近了，两个人在向我们挥手，其中一个手里还挥动着一件衣服，那是光C的褐色背心。望远镜里，我看清了他们闪闪发亮的光头。车内人欢呼雀跃！

他们是光B和光C。今天一早他俩出来寻找车和水。昨天，索多的车果然跑偏了，意识到走错路后，车往回开了一段，就没有油了。在草原上待了一夜，第二天天一亮，光B和光C就出来寻找我们，并希望找到一点水。他们以太阳为参照，沿直线行走，已经走了整整一个上午，既见不到我们的踪迹，也没有寻到一点水，两个人已经累得精疲力竭，嘴唇干得裂开了一道道口子，脸色蜡黄，没有半点血色，绝望地坐在草地上。

上车后，光C就差一点晕过去，也许他们太过兴奋了。光C的嗓子嘶哑得说不出话，按他们指点的方向，扎西又像骑着野马一样飞车过去。

跑了一个多小时，也没有见到车影，扎西连连说："偏了，偏了。"他又走起"之"字路搜寻着。

终于找到了索多的车。大家兴奋得互相拥抱、击掌，询问分开后的情况。扎西和索多商量了一会儿后，由扎西带队寻找失去的路。

丰田车横着开，半个小时后，发现了车辙，扎西下了车在这些车辙间走来走去，判断哪一条才是我们要去的方向。几分钟的犹疑，凭他的感觉，认定其中一条，我们又继续往前走。

由于获救后的亢奋，大家都忘记了饥饿。

孤身穿越藏北的荷兰人

下午四点多，我们终于抵达改则县城。这个县城有一点怪异。我用望远镜看，逆光里，城外有一排灵塔和帐篷，走近县城时却无影无踪了。北面，忽然升起几缕轻烟，它们旋转、舞蹈，像寂寞灵魂在空旷大地舒展广袖，旋即又消失得如同梦幻。

到了县城，路口见一个衣冠不整，像重病在身的人歪倒在一边，他的身边有一辆倒在地上的自行车。丰田车冲过去的瞬间，我看到那人的目光在追踪我们的车。我心里掠过一个念头：这又是不是我的幻觉？

改则县与措勤县几乎一样，一条宽而短的路，两排泥垒的平房，荒漠的风格倒是十分地合拍，它使得这个半荒漠地带愈加显得荒凉、冷酷和险恶。这里，草原植被全是干枯的柴草和针茅草。

我们吃过饭后，躺在县城口的那个人走进来了。他的胡子足有十几分长，戴着高原上的圆礼帽，一件布满口袋的橄榄色衣服，凡凸起的部位都磨得油黑。我这才看清他的蓝眼睛、白皮肤，原来他是一个外国人。

他要了一个蛋炒饭，又要了一些蔬菜，是洗干净的生菜，他用袋子把它盛好，准备留在路上吃。

吃过饭，喝过水后，他的神态好转了。他朝我们笑了笑，我们向他挥手表示问候。有一个小伙子陪在他身边，他没有吃东西。如果是同路者或者是翻译，他为什么不吃东西呢？"老外"的疲惫显而易见，这是长途跋涉的人才有的一种疲倦。好不容易到了一个海市蜃楼般的县城，他只要了一个蛋炒饭，无论从长时间的忍饥挨饿还是从恢复体力来考虑，他都应该像我们一样点上几个菜的。如此节俭，只能有一个解释：那就是他身上的钱快花光了。也许，他的经济状况不佳，也许，路上丢了钱或遇到了强人。

他大约在三年前离开荷兰老家，骑着自行车开始周游世界。一年前从香港进入内地。他孤身一人骑着自行车到了阿里。抵达改则，他的身体已经非常虚弱。我不敢相信他是一个人闯进这片土地的，更无法想象他怎样一步一步走到了这里。他为什么这样折磨自己呢？他对待生活和生命的态度一定不同于常人。因为语言障碍，我无法得知他更多情况。

我想，不同的人对于人生的理解和选择是不一样的，有的人看似不珍惜生命，实则是他们太懂得人生了。无论是谁，也不论你拥有多少世上稀有的财富，你都得考虑活在世上的几十年如何度过才最有意义。因为个体生命无论怎样辉煌或显赫，它都只是一个过程，数十年后，它必定走向寂灭。用不了几十年，我们周围的人就一个也不会活在世上了，大地上又是另一代人展开的另一种生活。生命的舞台就是这样来来去去、新陈代谢的。大多数人活在人世，他们工作、顾家和周而复始过着一成不变的生活，是他们构成了一幅幅世俗生活的图画。而出门流浪者，他们选择的是人类天性中最富诗意的生存方式。

山那边，一片神秘的地光

在改则吃过饭，又休息了一会，两台车都作了检修，傍晚6点15分，我们又上路了。我们决定走一段夜路，赶到盐湖去，把损失的时间抢回来。

从地图上看，这段路有184公里。

这一路风光独特，山不再是原来的模样，它们如千层糕一样隆起，泥色的页岩，外部被风化成了碎石；有的状似火山岩，有的呈黑色，如同火烧过的焦炭，黑色巨石倔强地从泥土里裸露出来，就像山的铁骨。路上惊起一群群小鸟。野黄羊在路边吃草，见人也不跑。只是车一停，它们就逃得无影无踪。一匹野驴站在200米远的地方与我们对视。它的样子极像野马，只是耳朵略长，背上有一条黑纹。比起马尾巴的蓬松多毛，野驴的尾巴上半段细而缺毛，下半段较长。它全身灰褐，腹部和四条腿洁白如雪。

我们停车，它只是斜着走了几步，就又停下来与我们相对着，眼神像个悲悯万物的哲学家，正在思考着什么遥远而缥缈的问题。在我们对它好奇的同时，也许它也对我们感到了新奇。我们不忍心追它。

据说，这样的庞然大物，居然斗不过狼，当狼扑向它喉管的时候，它就在劫难逃了。

7点，太阳仍挂在天空，阳光从车前挡风玻璃射进车内，照在我的身上，晒得人仍如同火烤。真不敢相信，同是一轮太阳，这时，它在广州是一轮黯淡的落日，而在阿里高原，它却阳光普照。天地之大，我以为自己到了天之尽头。我所有走过的路，却又全部在太阳的照耀之下。大地又是多么小，人类依靠科技，越来越藐视自然，在这样浩渺无边的宇宙面前，显得多么幼稚渺小！我们的视线是多么短浅！

高原，让我直接面对了自然和宇宙，让我明白了生命的局限和它的真正意义。也许，一切冒险的代价就在这里：我与自然有了一次真正的接触，获得了一个正确的姿态，从而有了全新的认识和沟通，彼此进入了对方。在此之前，我一切的一切都只是在人类内部发生的行为，都只是关于人与人的关系，包括虚荣、地位、名望和利益，我为之奋斗半生，都只在与人纠葛着。自然不需要这些，生命只不过是自然的一部分，像花一样作了一次盛开。

摆脱人的社会属性，直面纯粹的自然世界，就只有这最后一块未被人类征服的高原了。

我想，人类的知识之所以充满着谬误，是因为大多数时候，人的认识行为是为着人类的一己私利，是它蒙蔽了来自生命的智性之光芒。大自然本与人类的知识无关，如何认识世界只是人类自己的事情，自然就是自然，人类社会虽然发展了，那只是作为社会的人生存方式的改变，而作为自然的人却在退化——人类适应自然的生理机能都在退化着，而这才是生命的根本。

车迎着夕阳在群山间转着，这里是一个迷魂阵，若不是夕阳的指引，谁也分不清东南西北。为了防止司机迷路，每隔一段就有一对水泥柱子，有的柱子被车撞倒，可能是车速太快躲闪不及吧。高原，在这里变得异常美丽了，它像一条绿色地毯，铺了这谷那沟，还嫌不够，一寸寸往那些荒山石头上铺，有的滑下来了，就从缝里往上钻，像女人的似水柔情要感化这片历尽沧桑巨变的原始岩层，让它们在汪洋绿色中也显出几分温情，不再狰狞，不再苍凉。

于是，在这片群山之中，牧人出现了；羚羊、黄羊成群；狼也来了，它们各为自己的生存展开了周旋。牧人的羊群不得不关进密封的羊栏。羚羊在群山间奔跑，如同一道闪电，速度始终是生命的有效保障。这一切，如同一幅宽银幕的电影，在我们眼前展开。

这时，群山让开一道平坦的峡谷，给我们展现了一次高原落日的壮丽景色。

落山的太阳钻进一朵乌云中，那乌云四周立刻镀上了金边；乌云下像升腾起了冲天火光，高原因此而抵达黄昏的岸边。

那些原是白色的云朵，都相继变作了乌云，只有那些散淡如薄纱的云，才依然一片银白。

9点过后，太阳从那朵又青又灰的云中分离出来，草原立刻一片金黄。西边的云，有的变作了青云，像湖洲上的苇丛，有的底部被点燃，似炉边烧红的铁板，又如点亮的钨丝，闪出了万道金光，而云层之后的天穹，像落一场金粉，金光烁烁的光的粒子让西天辉煌一片，有如宏大的铜管乐队奏出的强音在飞舞。

丰田车顶上的天空仍然蔚蓝一片。

彩霞慢慢变红变紫，大地变灰变暗，开始失去了丰富的色彩与层次。正剧过后，尾声分外落寞。

奇迹是突然出现的，当我无意中眺望南面那一片群山时，我发现了那道山脉后面冲天而起的火光。我一声惊呼，扎西忙把车停了，我们纷纷下车观望。

那光长达数十公里，好像那边山脚下是一个钢厂的炼钢炉，光芒从下向上散射出去，把山脉映得又紫又青，把云层镀成了橙黄一片，就连大气层也闪烁出金属的光辉，群山因之而瑰丽无比，灰调子的山体透出了紫、青、蓝、红、橙五彩之光。天空也由近向远呈现一幅光色迷离、云影诡秘的魔幻景象。我感到脚下金箔似的草原像遥远的咏叹调，加入了自这一片天地飘向茫茫宇宙的恢宏之声。所谓大音希声，我觉得自己正被天体间回荡的宏大声浪淹没。我被微微震动，并有飘然欲去的感觉。梦境似的我加入了这一场景，忘记了自己身处何地，在哪一个奇妙世界流连、恍惚、迷失。

起伏的草原因之而抖动，而不宁。

纯金的夕光镀上了每一片草叶。饱满的金汁仿佛要从叶尖上滚落。

是雪地的反光？脚下一粒雪花也没有。是湖面的反射？我们已经绕过了两个湖泊，往那边看，并没有神奇的光。

照相机的咔嚓声，让我回到现实的世界。但是，我再也无法感受真实的世界。捡起一颗最普通的石头，我都有一种做梦的感觉。晚风拂面，吹动我的发梢，也引起了我不曾有过的强烈而又异样的感情微澜。那层层不息的涟漪，让内心涌动的思绪繁星般明明灭灭，像那片不真实的色彩，无法廓清，稍纵即逝。我几乎相信自己在哪里一定迈过了一道神秘的门槛，从而进入了地球上的一片异地。我的思想不能清醒，更无法进入思考。我感觉到了每一棵小草都在歌唱着，在同一个旋律里发出了辉煌的和声。那是来自天堂的声音吗？

就这样久久痴望，这天象，这地光，这幻觉一般的高原，今生今世，令灵魂永不安宁。

望西方，晚霞漫天。下面的云彩暗了，上面的却依然橙黄一片。时间慢慢收走一切，明亮的云霞在每一分每一秒里不断变红变暗，像正在熄灭的火焰，一点一点失去了光芒。

我们上车，迎着霞光而去。

草原的金光，灿烂得像要浮起我们似的。晚霞全都变作了青灰色的云，失去了最后的绚丽，西天只留一线亮光。

草原最先沉入黑暗。

在这复归于平淡的幽暗大地上行走，我心里突然涌起了儿时归家的那份温馨，绵绵的思绪像晚风一样飘荡在草原上。这时候，有家可归的人都已纷纷推门入室，那里早已是灯火通明。热气腾腾的晚餐摆在了桌面，朦胧的笑意像炉火一样温暖。无家可归的人，是那样可怜，他们眼巴巴望着路上行色匆匆的归家者，心里翻倒着酸甜苦辣的滋味。在今夜的高原，夕阳还是那抹夕阳，黄昏还是那个黄昏，但茫茫大地何处是归途？那个已经遥远的家，那声最平常普通的呼唤，成了黑暗中最悠远的回想。

夜行草原，天空是从东边暗下来的，当大地上的黑暗与天空里的灰暗连成一片，像潮水一样溢满天地之间的每一个角落，高原的黑夜就开始伸展开它神秘的帷幕。狼群出现在草原上，昼伏夜行的动物让黑暗有了秘密的骚动。

打开车灯，草原像被触摸。它起起伏伏，让车身摇荡，使人有了莫名的伤怀。

远处几点灯火，忽隐忽现。时间已是10点40分。开到灯光处，有几个小伙子冲到我们车前，狂呼乱叫，对我们的到来，表达了强烈的兴奋之情。

流浪者的草原

盐湖名副其实产盐。这里之所以建有小旅馆，还住有十几户人家，却并不完全是盐的缘故。在藏北高原，盐湖有的是。

这里出现人烟却是因为产硼砂。

硼用于制造合金钢，也可用作原子反应堆的材料。用硼制出的硼酸可以做消毒防腐剂。硼砂还是制造珐琅、釉药和玻璃的原料。因此，卡车不远千里来这里拉硼砂运去拉萨，仍可赚取大钱。

我们在小旅馆住下来，同样是泥房，简陋的床铺。盐湖的水咸，我们用的水是从几十米深的井里打上来的。

在盐湖，流传着驮盐人的故事。生活在藏北草原上的牧民，吃盐全靠人畜去盐湖驮运。他们由于放牧地与盐湖相隔遥远，每驮运一次盐巴要在路上花去数月时间。每当春夏之交，他们就要从家里出发，赶着牦牛或是羊群，寂寞地行走在这片世界上最高的土地上。藏北草原也因为有了驮盐人踏响的脚步而产生了传奇。

驮盐人每天从太阳东升开始起程,到日落西天扎营,整日都在草原上行走,他们把一袋袋盐驮上畜背又卸下地来,四五个人每天光装上卸下就达数万斤。如果是羊群驮盐,上千头羊,每头驮上十几斤,要一头一头装卸,劳动量太大,驮盐人只好让羊群昼夜负重了。驮盐羊就是这样,背上的毛磨光了,就磨皮,皮磨破了,就磨肉,直到肉也腐烂,发出酸臭。不少驮畜因一路上的饥渴劳累而毙命路途。驮盐人呢,他们形容枯槁,精神疲惫,一路风餐露宿,忍受着漫长的寂寞,过着与牲畜毫无二致的生活。遇上风雪雨雹,旧时还有强人,那就更是雪上加霜。因此,干这一行的只有男人。驮盐路上男人们说话、唱歌,有一种不是驮盐人就听不懂的语言,他们在漫漫长旅以创造这种语言为乐。语言的全部内容都是关于性事。

盐运回来了,除很少部分自用外,大部分等到农业区丰收了,再经长途跋涉运到那里去换取青稞和日用品。

对驮盐之苦有一首辛酸的藏北民歌《驮盐歌·途中悲歌》唱道:

> 我从家乡出发的时候,
> 我驮盐人比菩萨还美。
> 当走过荒凉草滩地带,
> 我驮盐人成黑色铁人。
>
> 我从家乡出发的时候,
> 我身穿美丽的羔皮衣。
> 当历尽艰辛赶到盐湖,
> 我皮衣变成无毛靴底。
>
> 我从家乡出发的时候,
> 我脚穿配彩两层底鞋。
> 当走过岩石磊磊的山,
> 我彩鞋像竹编滤茶筛。

我从家乡出发的时候，
我赶着羊子千千万万。
当走过无草无水之地，
我可爱的羊纷纷死去。

我从家乡出发的时候，
我花袋装满酥油肉茶。
当步履沉沉踏上归途，
我驮盐人吃草喝雪水。

我从家乡出发的时候，
我亲友唱起送行的歌。
当独行在茫茫风雪中，
我苦思着家乡的亲人。
……

还有一首《途中歌》对于遥远的旅途进行了吟叹：

首先要越过的是无边的"钢戈"草原，
像这样辽阔无边的草原要走三个；
无数的小草坝比石头还多，
愿母神安详的眼睛注视着我们。

"尖丹"大山算是群山的开头，
要翻过这样出名高峻的山峰整三座；
数不清的小山比星星还密集，
愿母神亲切的眼睛安抚我们。

大河"嘎曲"只是第一道水，

要过如此宽阔著名的大河三条整；
蛇行的小溪比羊毛还纷繁，
愿母神慈祥的目光庇护我们。

这是人与自然的一场毅力与耐力的大比拼，是生命不屈不挠的一曲赞歌。人类不断向自己的极限挑战，现代体育竞技令万众瞩目。而挑战耐力在藏北却成为人们普遍的生存方式。

大苦大难中有大美！

驮盐人一旦远离了驮盐，总会回味那段生活，并以此为荣，向别人津津乐道其中的发现。

如今，由于有了汽车，驮盐者的歌声在这片无人草地上越来越稀薄、越来越渺远了。它那流传的悲伤的歌吟却仍撼动着人心。

作为流浪的人，每年春夏走盐湖的景象已经不多见了。但草原上却还有流浪者，它们依然按照一定的时令，远涉千里，行进在这片广袤的草原上。它们同样构成了这片土地上的奇特风景，让人叹为观止。

流浪者就是羚羊，它们没有固定的家，连躺的习惯都没有，哪怕睡觉，也只是站着休息一会儿。

草原上不时会发现一条条细长的小路。在无人地带，这样的路令人纳闷，外人想不到，这是羚羊踩出来的路。像大雁一样，到了一定的时令，羚羊就要沿着这条路，像驮盐人一样走过，再沿原路返回，这种远距离的迁徙好像是它们生命的一部分，如同宿命。生命的形式离不开流浪，它使大自然充满着玄秘。

每年藏历四月，母羚羊就抛夫弃子上路了。它们由少数公羚羊护卫，前往遥远的地方产子。护送它们的公羚羊是通过格斗挑选出来的。经过漫漫长途跋涉，到达羚羊固定的产子场，成千上万的母羚羊在同一个时刻开始生崽。公羚羊分布在四周警戒着狼群的袭击，它们高翘的长达两尺的弧形双角，锋利无比。狼见了，只得远远地躲开。

此时，生命的奇迹总是准时呈现：草地上一片血光，蠕动的胎盘，一双双幼崽睁开的眼睛；天空中黑压压飞来的雁阵；低低地挂在山边的白云……只有造物主注视着这场生命的华诞。

接着，大雁吃起了羚羊的胎盘。不久，大雁拉下了一坨坨粪便，它又成了羊羔的天然美食。两个长途跋涉者，两类流浪的动物，成了相依为命的伙伴，一个天上，一个地下，迁徙者把流浪的诗篇写在了天地之间。

到了返回的时候了，与来时不一样，它们有了幼羚羊。还是公羚羊护卫着，过河，它们排成一列，让幼羚安全通过，有的还用角把落水者轻轻托起，送上岸。一路上，但见烟尘滚滚，数万只蹄子踏击着大地，发出闷雷般的声音。

也许，它们会遭到早已知晓它们路径和时间的猎人的伏击和暗算，枪声一响，队形乱了，有的羚羊倒在枪口下。但在前面不远，它们又排好了队形，在公羚羊的带领下，又行走在这条羊肠小道上。千年不变。

荒原上的"乞丐"

在盐湖的这个晚上，我们碰到了一个"乞丐"。晚上11点，我们到盐湖唯一的一家餐馆吃饭，每人要了一大碗面条。高压锅里面条下得太多，吃起来半生不熟的，很难吃。但人一饿，个个狼吞虎咽，一大碗面不消半刻，就只剩汤汤水水了。只有扎西和索多不喜欢吃，每人剩下半碗。

扎西先出去了，一会儿又折转回来，身后带了一个人。这人身体粗壮，一脸油光。穿的衣服比我们的更脏，但还有几成新。他胸前吊着一个棉布袋，右手拿着根棍子，冲我们笑着，露出一副雪白的牙齿。扎西跟我们说："要饭的，剩的面给他吃吧。"那人向我们点头微笑，用普通话说："饿了，三天没吃东西。"他一边说，一边把大家吃剩的汤面一碗一碗往他的碗里倒，埋下身去就呼噜呼噜吃起来，喉咙吞咽的声音响亮得很。那吃的气势像是恨不能把世上一切食物都统统扫光。他几乎是倒进肚里的。

我走到门口，忍不住又回头看他一眼，只见他肩膀吃得一耸一耸，最后端起碗来，仰起身子，直往口里倒。

一夜狼嚎。第二天一早起床，我走到土墙围的院子门口。那"乞丐"

也站在门边。

我突然想到，这地方荒无人烟，怎么会有乞丐？讨饭从来是往人多的地方跑，哪有往无人地带跑的？这不明摆着要挨饿！这么一想，我就对他产生了兴趣，走过去跟他打招呼：

"你也起得这么早呀？"

"嗯嗯。"他一脸灿烂的笑容。晚上他就睡在门边。

"你讨饭怎么讨到这里来了？"我直截了当地问他。

"我吃饭随缘。"他有点腼腆，在回避我"讨饭"的字眼。

我心想，明明是讨饭还装蒜。但他这句话使我打量起他来，仔细一看，他确实不像一般的乞丐，他的脸上始终绽放着笑容，红光满面，说起话来，声音洪亮如钟。

有一个小伙子从卡车边过来，我问他是不是来运硼砂的，他反问我是从哪里来的。我告诉他从改则过来。

站在一边的乞丐突然兴奋地回转身来，问我："你从改则来？"不容我回答，他连连发问："那里是不是搭了一大片帐篷？那里是不是四处拴着马？那里是不是人山人海？那里的姑娘小伙子是不是打扮得漂漂亮亮？"他边问边挥着手，眼睛里闪烁着期待的光。那亮光晶亮晶亮，灼灼逼人。

我迷惑地摇摇头。

他又追问："你是不是从那里来？你看清楚没有？"

我说："我昨天下午才从改则来，街上什么人也没有，哪里有帐篷有马？"

我看到他那眼睛中的亮光倏然黯淡了，像一朵凋谢的花。

看到他失望的样子，我问他："你问这个干什么？"

他缓缓地说："都说改则有赛马会。"

原来，他是从狮泉河用身上仅有的20元钱搭人家的货车去改则赶赛马会的。汽车只到盐湖，他便在这里继续等车。由于身无分文，他饿了三天三夜。他说，在狮泉河听别人讲，改则和普兰都有赛马会，改则的赛马会更加盛大，他于是便奔改则而来。

一场赛马会对他有如此大的吸引力，甚至不惜冒饿死的危险，这人也称得上是个奇人。

再了解，我就为自己刚才把他当乞丐而不安了，他确实不是个一般意义上的乞丐，我甚至还对他生出了一份敬意。

他姓刘，是山东人。几年来，他走遍了东西南北。今年初进新疆，天山南北跑过了，又从喀什翻越昆仑山，进入西藏的阿里地区。一路上，风餐露宿，就靠给人补鞋赚点饭钱。没有金钱支持的旅游免不了饱受饥寒之苦。但穷有穷玩法，富有富玩法。躺在大地上，天当被，地当床，晚上醒来数星星，也自有它的浪漫。他的经历比我们的更富有传奇色彩，更加刺激。在他的人生之中，是不是曾经发生过不寻常的事情呢？是不是因为这样的事情使他越出了生活的常轨，走上了流浪天涯的漫漫长旅呢，看他笑口常开，他一定对自己选择的生存方式感到满足，并因此而感到了幸福和快乐。他是一个余纯顺式的人物。

离开盐湖，我从车上看到，他一个人蹲在墙边，掏出他那本漂亮的日记本在认真记录着什么，神情十分专注、安详，忘了他的午餐还不知在哪里。早晨的太阳照在他的身上，也照在砂地和土墙上，除了我们的远行，一切依然那样宁静。

当盐湖从我的视野里消失的时候，我也从盐湖消失了，在这个世界上，我们都不过是一个匆匆过客而已，本无什么区别的。

流浪，在高原其实是一直陪伴着人的一生的。有的人为了朝拜神山圣湖，磕着等身长头，不远千山万水，一路用自己的躯体丈量着大地，他们只为了来生的福祉。有的人为了挖金走上了高原，他们风餐露宿，哪怕一批批死在路途，也不断有前仆后继者，他们是为了现世的荣华富贵。有行乞者，只为了看一看这个世界，为了感受生命在流浪中的奇特滋味，过起了苦行僧一样的生活。有把骑车周游世界当作人生最大幸福的。有为了生存，在藏北高原寂寞地唱着驮盐歌的人，用自己的一双脚，走过茫茫无人地带。有赶着牦牛群，从遥远的牧区赶往秋收后的农业区的，驮去的是盐巴、羊皮、羊毛、酥油，换回的是青稞和日用品。还有长途驮运尸体的人，他们把亲人送往远处的天葬场，为的是让灵魂升天，肉体不落浊世。更多的是草原上迁徙的部落，他们每转一个牧场，就要搬一次家，牦牛背驮的就是他们流动的家。他们构成了高原上另一类的行走。

人生的方式，都不无诗意，也不无悲壮。是他们共同表达了生命的多种解说。而作为这个世界的匆匆过客,流浪,其实是唯一的形式。

狮泉河,一个天边城市

　　从盐湖到革吉再到狮泉河,高原越走越荒凉,几成荒漠。光秃秃的山,只有标点符号一样点在山坡上的小草堆。坡上巨石滚落四处,像刚刚地震后坍塌的山体。河床干枯,河谷中只有一种藏语叫"刺么"的草(是不是沙漠植物红柳的一种呢?)生长着,它透着生命的顽强和无所不在的气概!

　　日轮当中,山慢慢变作灰褐。跃上一片平坦的石头地,远山又都是或红或黄的砂石山了。宽阔的峡谷成了沙漠风光,踏动石子,有铁器之音。天空也变成了另一种蓝,那如色块一样纯净的蓝,像一个穹庐盖了下来,颜色从头顶向四周渐变,越变越浅,在靠近石头山的天际,放射出了靛蓝色的光。

　　又一次迷路,好在扎西果断改变方向,向右朝北斜插过去,我们才找到另一条路。

　　革吉在砂石山和沙漠戈壁中出现,赤裸在阳光下。这里与塔克拉玛干大沙漠边的维吾尔族人的村落没有什么不同。干燥的空气,让我鼻血直流,口唇裂开。奇怪的是,戈壁中居然有成群的鸟在飞,有的还跟着我们的车追。立在戈壁上的鸟,车来时反应不及,惊慌起飞,扑动翅膀的声音就像捣衣槌捶打在衣服上。它们对快速而来的汽车没有任何准备,也从没遇到过这么快的庞然大物,有几只鸟还险遭不测。

　　沿着浑浊的狮泉河走,不时有风卷起的沙柱,快到阿里行署所在地狮泉河镇时,突然刮起了阵风,只见高空中,一边是阳光白云蓝天,一边是灰蒙蒙一片,颇似《西游记》里妖魔出来时的情景。当年唐玄奘西去取经的路途离这里也不远,就在北面的昆仑山下。唐玄奘是翻过喀喇昆仑山的。

抵近狮泉河镇，河面出现了草滩，凡进城的人和车，都在草滩上洗车，搭帐篷，一洗旅途风尘，以一个好的精神面貌进镇。我不知有这样的习惯，看到货车停在河边冲洗，还以为是他们又要扎营了。那份悠闲分明就像度假。

我们直奔而去，经一处高山峡谷，陡峻的山头，巨石狰狞。丰田车一个急转弯，狮泉河镇就出现在眼前了。

远远望去，终年积雪的喜马拉雅山脉横贯西天，切断了延伸的高原，那就是天边了，是中国版图的尽头。大地好似在那边真的不存在了，弯弯的云彩都降落在山巅之上，不肯再飘向远方，云的后面是一个虚无渺茫的宇宙。狮泉河镇守望的这条大峡谷，天荒地老苍茫一片，一股扑面的苍凉向人袭来：混浊的天空、遍地的砂石、光秃秃的山头、蒙尘的房屋、寒冷的空气……北面，一条土路可直下塔里木大盆地，弥漫的风沙正从那里刮来。

进镇时，扎西开车直冲而去，明明一块路牌上用大字写上了"前方修路，此路不通"，他却置若罔闻。撞了南墙不得不倒回来时，我问他怎么不看路牌，这一问不打紧，他倒向我发脾气了："你明明看见，为什么不说！"我说："你自己也看到了嘛。""我不认识汉字。"他气呼呼的。天，汉语说得这样流利，竟然连一个汉字也不识。

到了城里，别有一番风景。水泥街道，大小商店，来回奔跑的出租车，还真有点城市气氛。

我们像出土文物一样进了城，车还未停下来，风沙过来，街道突然消失，气温陡降，满目只有滚滚沙尘。

一个小时后，又出现晴空，一切如旧。我们几个用竹扫帚扑打旅行袋上厚厚的尘土。车窗玻璃全被尘土积满。

找遍全城，没有一家带卫生间的旅馆。在地区招待所住下，连冷水也没有，需要服务员去打，每个房间只有一桶。上厕所也得下楼，去楼外的公厕。我们离开拉萨已有6天没洗澡了，晚上好不容易在邮电局找到了一个对外开放的公共浴室，8元一个人。原来，全阿里地区洗澡堂就独此一家。

原计划在狮泉河休整一天，洗却一路风尘的，一看这个条件，我们第二天就上路了，直扑札达。

[第四章]
札达
时间的
守望者

札达，无声的召唤

札达，位于狮泉河镇南约300公里处，坐落在喜马拉雅山脉与冈底斯山脉之间的峡谷地带。那里，不但有土林的奇异地貌，还有一个神秘消失的古格王朝，它给世人留下了一个千古谜团。

从狮泉河镇去札达，要翻越冈底斯山脉，过一条大河噶尔藏布，穿越迷魂阵似的土林峡谷，此行是阿里境内最危险的地段。

过噶尔藏布遇到了一台油罐车。面对又宽又急的雪水，扎西、索多和那位油罐车司机都不敢冒冒失失过去。油罐车司机在这一带来来回回跑得多，他侦察一番水情后，犹豫了一阵，就爬上了驾驶室，他发动车子，一踩油门，奋不顾身冲向了激流。

水慢慢淹了上来，轮子在一点一点下沉，直到全部被水淹没。汽车速度明显慢下来了。大家眼睛发直，紧紧盯着它变作了一条船。

车子在往前移动着，轮子又一点一点地开始浮出水面，哗哗的水从车厢内流了出来，形成瀑布。经河水冲刷过的胶轮变得又黑又亮。

它终于冲上了对岸沙滩。

轮到我们了。油罐车的成功无疑给予了我们极大的信心。扎西、索多又看了看水面，仔细分析了一番水情，就叫我们上车，一部接一部向河中冲去。

水淹到了门边，渗进了车厢，扎西全神贯注。这时候极有可能熄火。我看到奔流不息的河水就在窗边翻起波浪，若非我们重重地压在车上，车就要浮起来了。

终于渡过了中心地带，水慢慢往下沉去，车厢内的积水又从门缝里漏了出去，水声哗哗作响……我们冲上了滩！

翻越冈底斯山时，突然山脚下出现了一个村庄，一条清亮的溪水从山坡流了下来。溪水走的不是一条河床，而是我们的车道。这有点索溪寻梦的况味。这样的村庄出现在如此苍茫的山谷，就像它的绿色树木一样不真实。沿着这道溪进入深沟，让人生出连绵幻想。

车是从深沟开始爬山的。还未在"之"字形的上山道爬到山顶，突然，一声爆炸声，我被惊得从座位上弹了起来。扎西的打火机因为气压突降爆炸了。

翻上海拔6000米的山顶，但见万山俯首，云和山峦直涌天际，罡风浩荡，大地浑黄一片，苍苍茫茫的世界仿佛呈现了数万年的岁月。

从一片积雪下到一条峡谷，再翻上一座山巅，才进入平原地带。下山的路最险，由松散石子形成的斜坡直泻谷底，像是一个巨大的谷堆。公路就在这样自然坍落的石子坡上画起了"之"字，每分每秒都令人心悸。

三个小时翻越了两座山，我们踏上札达的土地。

左侧，冈底斯黄褐色的石子山高高隆起在草原上；右侧，头戴雪帽的蓝色喜马拉雅山脉横贯西天；中间，一马平川的草地，像一条巨大的河床，从南到北，无遮无拦。冈底斯山伸下来的一条条深而宽大的山沟不断地拦截、切断这片草原。我们斜着进入沟底河床，又斜着爬上沟坡。正是这些巨大的水沟冲向平原深处，参与了土林的塑造。

这里曾经是特拉斯海

距今8000万年的白垩纪，这里还是一片汪洋大海。塔里木盆地是亚洲大陆的海岸。这个名叫特拉斯海的古地中海，与印度洋板块上的喜马拉雅相距2000公里至3000公里之遥。也就是这个时期，印度洋的海底开始扩张，印度洋板块以每年平均5.5厘米的速度向北漂移，推动古地中海洋壳沿雅鲁藏布江—印度河一线古海沟向亚洲大陆下俯冲。

到距今3000万年的第三纪渐新世，印度洋板块与亚洲板块相撞。

在印度洋板块向北漂移与亚欧板块碰撞的过程中，北部受到刚性的塔里木和柴达木地块的阻挡，导致青藏地区地壳大规模缩短，印度洋板块俯冲插入亚洲大陆之下。于是，一场轰轰烈烈的造山运动开始了。

大海渐渐消失，陆地呈现。一个一个大湖和一片一片的森林相继出现在这片新大陆。

大陆不断上升着。青藏高原只是在近300万年左右的时间内，从海拔1000米的高度达到了现在的海拔4700米的高度。

每个地质时期它隆升的速度并不均匀，在距今200万年前的早更新世时期，它上升了1000米；在距今100万年前的中更新世时期又上升了1000米；但从晚更新世以来的仅10余万年，它却上升了1500米以上，平均每年升高10毫米，其中，从距今一万年前起，它上升的速度加快，平均每年上升70毫米，一万年就上升了700米。现在，它仍处在快速上升的时期。

森林出现了，又消失了。接着是灌木出现、消失，然后是草原，如今草原植被也在向高寒荒漠草原和荒漠过渡。相连的湖泊在一个个退缩。外流湖泊成为了内流湖泊，并向盐湖发展，有的趋于干枯。沼泽退化。藏南日喀则河谷开始出现沙漠，阿里狮泉河一带已经沙漠化了。山峰一个个进入了冰雪世界。这就是著名的地球板块漂移说。青藏高原，人们确实发现了海洋化石、煤矿。在传说中，人们会告诉你，现在的荒漠草原曾经是茂密的森林。

根据西藏剧烈的地壳变化,甚至有人大胆地提出:人类的起源就在这片高原上——青藏高原强烈隆升造成了特殊的生态环境变化,迫使猿类改变生活习性,逐步向人类过渡。这又是一个假说。这一切都给这块高原留下了重重谜团。

青藏高原是如此年轻,如果把地球的历史比作一年的时间,青藏高原的隆起只是除夕之夜新年钟声即将敲响的最后八分半钟内完成的。

它之年轻,在我走遍西藏东南西北的旅行中,处处可见它极不稳定的山体,还未来得及风化的切断、扭曲的岩层擦痕。那些山大都是松散的石块堆砌而成,用不了多久,因为重力作用下的塌陷和风水侵蚀下的切分,它们又会是另外一种模样。

喜马拉雅山脉是地球上最高而又最年轻的山系。"喜马拉雅"一词来自梵文,"喜马"意为雪,"拉雅"意为家乡,喜马拉雅意即雪的故乡。它全长2400公里,宽约200公里至300公里,主脊山峰平均海拔6200米,其中海拔超过7000米的山峰就有50多座。最高峰珠穆朗玛雄踞地球之巅,万山之首,海拔高达8848.13米。

冈底斯山和与之相呼应的念青唐古拉山,是西藏南、北部的分界线,也是西藏外流河与内流河的分界线。"冈底斯"藏语意为"众水之源"或"众山之根"。西藏最著名的神山冈仁波齐就在它的山系中,放射出神秘的雪光。

在喜马拉雅与冈底斯这两道著名的山脉之间的西端平原上,发育了土林。而它100万年前还只是一个大湖。而今,从冈底斯山下来,进入这个辽阔的地带,我们看到了一幅活生生的时间切片,截面深度是一百万年。

土林,凝固的时空隧道

汽车一个右转弯,钻进平原上的一条土沟。这是一条极普通的小土沟，谁也想不到会有什么奇迹发生。尽管来西藏之前，我看过了有关土林的文章和照片，但千百种想象里，没有一个是像我面前这样的：土林把它形成的过程一点一滴展示，它的不断累积，一点点的改变，慢慢的成形，突然的辉煌一片，在一个小时里就全部展现了、暴露了、打开了！

先是土沟越来越深，沟坡越来越陡，小草慢慢失踪了，土坡出现了水流过的痕迹和沟缝。渐渐地，裂缝越来越多，越来越密，山坡不知是越来越高，还是我们越走越低。两大山脉消失了，天空只有狭长的一条，我们像被谁骗进了一条胡同，这是一条岁月的地质的胡同。

就这样不知不觉进入了一个开阔的厢形峡谷，宽宽的底部，有干河床从中冲出的沟。

地貌成形了，那个时间的巨匠开始工作了。

他先竖着把一个个古怪的圆柱体排列成行，有的砍头削尾，有的一层压着一层，有的突然鼓出来，像要冲出去，有的单个孤立，像天堂里遗弃的保龄球。它们像佛塔，如希腊神庙的石柱，似宫殿、碉楼，有的就是一座活生生的城堡，也许，里面还留下灰烬，灰烬还有余温。

这一定是由一双有着痛感、会衰老会流血的手抚摸过、雕凿过的，这双手雕镂了百万年后，突然缩了回去。像是突然的撒手不管，它把这片曾经是市井般喧闹的地方最宝贵的东西——声音——也带走了。于是，土林欲说无言，欲诉无声，只剩下一片死寂。那触摸过它的手指留下生命的气息，弥漫于其间。

为阻止这群有了灵魂的尤物四处移动，这个工匠点化它们之后，又一道道抖出绳索，捆绑它们，使它们彼此粘连，把它们叠罗汉一样堆成绝壁，谁也动弹不得。

这是怎样威武雄壮气势磅礴的雕像墙！鬼斧神工竟与现代的灵塔难以区分！我进入了一个魔幻世界，一条凝固时空的隧道。

我想象只要越过这道高高的土林，我就能够逃离这片引诱与压迫，迷幻与恒久，重新进入开阔的大草原。但是，想象也不能突围，当这条厢形峡谷与其他众多的峡谷不断会合，不断交叉，以至不辨东西时，我这才明白：头上平坦的只有天空了，土林主宰了这个世界！

土林，它是时间的杰作，反过来，又感天地泣鬼神地表现了时间和岁月的真实面容。

高处的土林红如赤炭。黄昏悄悄降临到了奇异的大地。像数万年出现过的情景一样，夕阳把四面土林的宫殿镀得辉煌一片。那残缺的、像战火又像岁月摧毁过的殿宇就如失落的文明依然放射出它的光辉，时空在不动声色中呈现出它神圣又诡秘的力量。这一个特定的属于我的黄昏就因此而非凡而瑰丽而摄人灵魂、撼人心魄！

土林，一天接着一天上演着这样的正剧。今天，我们是它唯一的观众。

神秘消失的王国

往时间的深处走，就像黄昏走入一片迷蒙，一个使人心魂震荡的史实显影：数座真正的古城堡，一个真实的古格王国，在这里神秘地失踪。

一个令人心神不宁的谜团：比古格更遥远、模糊，史实中似有若无的古象雄文明，也在这里展开、繁盛，最后悄悄消亡。它甚至与古格之间都找不到联系，其间是一道断裂的时间。它永恒地沉默于远古，像自然的土林一样千古成谜。

札达，只留下了古格的城堡与土林的城堡合二为一、浑然一体的遗存。自然与人文这么偶然却又天然一体地走到了一起。

我生出这样的联想：没有大自然气势雄壮的城堡，也许古格的城堡就不会去依附它，它会去创造自己的气派。有了创造的气派，古格又怎么会坐以待毙，怎么会安于一隅，任强敌起于四方而不自觉呢？

假如土林古罗马式的城堡非天然的，而是古格人以石头垒筑的，它的文明就不会像那些龟缩在山中的洞穴、那些用土夯实的寺庙一样弱不禁风，在那个天主教徒勇敢闯入这片封闭的王国传播另一种文明时，他就不会遭到激烈的抵制。它实在与西方那片土地挨得太近了，同是游牧民族，不会不受到一点影响。可惜，无情的喜马拉雅隔断了一切。那不是一道山脉，而是一条天缝，世界在这里断裂了——外面的进不来，里面发生的一切也传不出去。

时间回到公元9世纪中叶。

曾经强盛的吐蕃王朝正在衰落，同为统治者的僧侣集团和世俗贵族集团矛盾激化。对于赤祖德赞的兴佛措施，特别是把王朝的军政大权交给佛教僧人的做法，贵族们强烈不满。公元838年，俗官赤祖德赞的哥哥郎达玛在贵族的支持下发动政变，谋害了赤祖德赞，他自己成为了吐蕃的末代赞普。

郎达玛在吐蕃强行灭佛。王朝寺院遭毁，经书被焚，僧侣一律还俗，有的甚至被迫带上猎狗弓箭，上山打猎。吐蕃因此而陷入混乱。

接着，连连的自然灾害，弄得人心惶惶。

郎达玛上台4年后的一天，一位僧人在大昭寺行刺，郎达玛的政治理想和生命同时结束。

郎达玛死后，他的两个妃子依靠贵族的支持，争夺王位继承权。两位王子及其王孙混战了半个世纪，结果次妃一派的王孙吉德尼玛衮战败，向西逃到了阿里。

为了生存，吉德尼玛衮投靠阿里原有的地方势力布让土王扎西赞。扎西赞对于吉德尼玛衮所具有的吐蕃王族的高贵血统及他所代表的西藏腹地的较高文明满怀敬慕之情，便将自己的女儿嫁给他，并立他为王。

作为曾经孕育过辉煌的象雄文明的地区，阿里尽管文明失落，也许其余泽仍沐浴其地。此后，古格王国奇迹般崛起并深深影响了整个西藏高原，历时七百余年，也许与其不无关系。

吉德尼玛衮生下三个儿子。到了晚年，他不顾老臣们的劝说，把王国一分为三，分别分封给三个儿子。正是当年自己与兄弟争夺王位的厮杀，使他作出了这个历史性的决定。一个王国再次削弱成为三个小王国。吉德尼玛衮想不到的是，仇杀依然在国与国之间展开，灭掉古格的恰恰是长子贝吉衮的后代。

吉德尼玛衮封地的选择以云彩的形象为标志：大儿子贝吉衮选择了云彩汇集处的普兰，次子扎西衮选择了云彩弯弯处的古格（札布让，今札达），幼子德祖衮选择了云彩最高处的玛隅（拉达克，今日土），即是后来的普兰王朝、古格王朝和拉达克王朝。这便是"阿里三围"的由来,藏族史书上称其为"三衮占三环"。三环是对三个王朝所在地的一种形象概括:普兰称作被雪山环绕的地方,札达是岩石环绕的地方,而日土则是湖泊环绕的地方。

那时,古格疆域之大,北抵日土,最北界到了今克什米尔境内的斯诺乌山,南界印度,西邻拉达克(今印占克什米尔),最东面其势力范围一度达到冈底斯山麓。其都城札布让位于现札达县城十八公里处的象泉河南岸。札布让北面的香孜、香巴、东嘎、皮央遗址,西南的多香,南面的达巴、玛那、曲龙遗址等,都具有相当的规模。除了这些由于今日仍然作为村庄或行政所在地而有幸被标明在地图上的地点外,古格王国境内还有大量的无名遗址散布在荒原大漠和土林中。断壁残垣、坍毁的洞穴、倾圮的佛塔难以计数。如果不是亲临其境,很难想象王国当年的恢宏气势。

佛教,立国之本

古格王国自开国之日起,就确定崇信佛教、崇尚佛法,并以之作为立国之本。也许,王臣们还念念不忘吐蕃盛世佛教兴旺的历史,也许,他们认定了佛教将给自己的王朝带来昌盛。

埃松王子怀着对佛的无比虔诚,禅让王位于其弟松艾,自己出家修行,取法名为拉喇嘛意希沃。

这个时期,藏地佛教处于虽复苏但却杂芜混乱的状态,邪法炽盛,僧侣中有的酗酒纵欲,有的以"合修"为名,奸污妇女,更甚者随意杀人。面对这种局面,意希沃决心去请印度高僧阿底峡大师来弘扬佛法。

请高僧历来需花费巨额黄金,为此,年迈的意希沃率兵攻打古格西北方的穆斯林国家噶洛,以索取黄金。

意希沃不幸兵败被俘。噶洛国王亲自面见,并好言相劝:"如能放弃佛教,改崇伊斯兰教的话,可以免您一死。"

意希沃回答："不！"

噶洛国王又说："用您同等身量的黄金赎身，亦可免死。"

意希沃答："不！"

噶洛国王只好遗憾地说："那么，您就只有等死了。"他派人以火炙烤意希沃的脑门，欲使他愚痴。

消息传到古格，举国为之震惊。人人尽其所能为意希沃捐献黄金。待到筹集到与意希沃身体等量的黄金之后，立即派意希沃的侄孙绛曲沃携黄金前往噶洛，营救老人。

噶洛国王没有放人，又提出要求："你们的黄金还差与他头部等重的分量，快快回去筹集吧，不然，他就没命了。"

绛曲沃含泪去狱中与老人告别："我马上赶回古格，筹足黄金便来救您！"

白发苍苍的老人瞪大双眼，对侄孙说："我脑子已毁，有如牲畜，救我还有何用?！请不要为我费心，把黄金带到印度去迎请阿底峡大师。"

绛曲沃再三恳求不过，只好挥泪而别。

舍身求法的意希沃引颈受戮，终遭杀害。他死后，遗体被运回古格，安葬于塔中。

从意希沃对佛教的热情和坚定意志，不难理解，当佛教的诞生地印度都弃佛而改信印度教，环绕其四周的克什米尔、阿富汗、孟加拉、尼泊尔，甚至内地的河西走廊，都改崇伊斯兰教时，这片高原却几经浴血仍不改初衷，其缘由或许就暗含了某种历史的玄机。古格之亡，或许能从其中寻出一点因由。

曾担任过印度18座寺庙住持、年近花甲的阿底峡大师，被古格的诚意和意希沃的献身精神深深感动，决定前往古格弘扬佛法。在他动身之前，他的本尊及座前空行母告诫他，若去西藏，他将减寿30年，但阿底峡去意已定："只要对佛法和众生有益，折寿又何妨！"

公元1042年，阿底峡从印度起程，翻越喜马拉雅山脉，经长途跋涉，来到了象泉河畔的古格王国。

阿底峡的到来，对确立古格王国在西藏西部的佛教中心地位，起到了重大作用，开了藏传佛教后弘期的先声。

照亮雪域藏地的一盏明灯

从郎达玛灭佛导致王国的分崩离析，到古格的兴佛，以佛法立国，带来一个盛名远播的王朝，历传28代后，又到古格的一朝毁灭，这片土地上演的盛与衰的历史剧，都紧紧联着一个"佛"字，其昌盛在于佛法，其毁灭亦在于佛法。

客观地审视一个教派，不难看出，佛教教人积德行善、不杀生，它代表的是人类天性中善良的一面，也是人与自然万物和谐共处的最高法则和艺术，与如今人们提倡的保护环境、可持续发展的时兴口号不谋而合，前者是从人的本性生发开的，后者则是现代社会破坏环境遭到大自然的报复不得不妥协的结果。前者反映的是人性，后者反映的是理性。应该说，这样一种教旨的教派于人于社会都是有益的。但人性又有贪婪、凶残的一面，它威胁着善的生存。善与恶的争斗几乎贯穿了人类的历史。当两类不同信仰的人走到一起，几乎无一例外，善者莫不以悲剧告终。这真是佛的悲哀！人性的悲哀！

信佛者没有竞争的法则，以身饲虎是他面对强者恶者的态度。其最终的结果是走向毁灭。善要生存必须靠恶，但善变恶了，善又焉存？佛教的只求来世的做法，无疑又走向它的反面：不能善待自己，没有真正的幸福可言。它就像一道无形的枷锁，沉重地套在信徒们的头上。放弃了对于现世的追求，等于放弃了进取和探求，等于对现代文明的疏离。

阿底峡来古格后，兴建了一座规模最大、也是后来最具影响的寺庙托林寺，他以该寺为驻锡地，讲经著述，弘传佛法。

据文献记载，这座大殿是仿照吐蕃时期藏地的佛教大寺桑耶寺的布局建造的，象征着一座巨大的佛教密宗曼陀罗（也称为"坛城"），它的中心方殿象征着须弥山，四向的四座小殿分别代表着佛教的四大部洲。四角高耸的小塔代表着护法四天王，中心方殿主供遍知如来。大殿的外圈则由四大殿、十四座小殿组成，各供有佛、菩萨、度母、罗汉等塑像。

如今，这些塑像已经全部被毁，但从残存的佛像台座和背光上，还可以想见当年的辉煌。其中最大的一尊强巴佛像的背光，高达7米左右，同类的大塑像在古格王国故城的殿堂中也曾有建造。这说明当时这一带流行塑建高大的佛像，表明当时的古格工匠已具有高超的技能。

此后，古格一座座寺庙相继建成，规模达25座之多。

阿底峡在托林寺期间，古格还有一位重要的人物大译师仁钦桑布，那时他已85岁高龄。

仁钦桑布是古格当地人，13岁出家，后被意希沃选中，成为古格派往迦湿弥罗（今克什米尔）学习的21名青年之一。由于不适应迦湿弥罗炎热的气候，又遇到瘟疫流行，派出的21名青年，仅有他和一位叫作玛·雷必喜饶的人活着回来了。仁钦桑布在意希沃的大力支持下，从印度、克什米尔一带迎请了许多佛教高僧到古格，与他一道进行佛经的翻译工作。

据传，阿底峡到托林寺后，刚开始，这位大译师对比他小一辈的阿底峡不甚信服。当认识到这位尊者果真是名不虚传的大智者时，从此，大译师拜他为师，虔诚之至。

在阿底峡指导下，他闭门苦修了10年。《青史》载："译师也听从尊音教言，作了三层门道，于外门上写道：在此门内，如果我生起一刹那的贪恋世间轮回心时，诸护法当粉碎我头！于中门上写道：在此门内，如果我生起一刹那的为自利心时，诸护法当粉碎我头！于内门上写道：在此门内，如果我生起一刹那的凡庸的分别心时，诸护法当粉碎我头！"

大译师因此而获得殊胜成就，享年98岁。他翻译了17种佛经、33种论、108种怛特罗（密宗经咒）。西藏佛教把他视为一条界线，他和他以后翻译的密宗经典，被称之为新密咒，而把他之前的叫作旧密咒。

阿底峡在讲经、译经的同时，还在托林寺写下了著名的佛教著作《菩提道炬论》（又译作《菩提道次第明灯》）。他对于当时西藏西部佛教教理、修持戒律的规范化、系统化发挥了极大的作用。

阿底峡在托林寺住了3年，后被迎请到卫藏地区传教，历时9年，直到老死西藏。后来，他的弟子仲敦巴创建了佛教四大派之一的噶当派。

这一个时期，古格成为西藏西部佛教文明的中心。来自克什米尔、拉达克、印度、尼泊尔等地的艺术家和工匠会聚古格，修建寺庙、塑造佛像、绘制壁画，兴起了一场"文艺复兴"活动。

托林寺最为辉煌的时刻，是公元1076年（藏历火龙年）所举行的"火龙年大法会"。这次大法会为了纪念阿底峡尊者的逝世，从卫藏各地及阿里三围，无数的佛教信徒赶来赴会，掀起了佛教复兴运动的一次高潮。会上，来自乌斯藏、纳里速、朵甘思等藏地诸部各大寺的高僧争相辩论，传授显密。

会后，160多人先后前往天竺、迦湿弥罗等地求学佛法。他们学成后大多成为了西藏佛教译经大师。

走出去的同时，迎请高僧更加频繁，先后有80多位天竺僧人被迎请入藏。卫藏各地相继兴建了大批佛教寺院。

郎达玛灭佛后西藏百年"黑暗时代"中，古格点燃的这盏明灯，终于照亮了雪域藏地，也从此确立了古格在西藏"后弘期"佛教史上的神圣地位。后世将阿底峡的进藏与这次火龙年大法会的召开，作为西藏佛教"后弘期"复兴，并从阿里进入到卫藏的重要标志，称之为"上路弘法"。

揭开"古格银眼"之谜

佛教的兴盛，不但把古格的建筑、雕塑、壁画、文学、服饰、歌舞等艺术推上了一个新的高度，就连冶炼技术和艺术也因之而发展，并达到了炉火纯青的程度，这不能不说是一个奇迹。

札布让的北面，有一个名叫"鲁巴"的地方，今天这个地名仍旧被保留了下来。"鲁巴"藏语的意思是"冶炼人"。

历史上的阿里，是一个"黄金之乡"。传说这里差不多每条山沟都有矿藏、开矿者和银铜匠。古格的富强，或许与它盛产黄金白银不无关系。在托林寺、札布让、皮央、东嘎都发现过一种用金银汁书写的经书，而且其出土的数量极大。这从一个侧面证明了这一传说并非空穴来风。

正是丰富的金银矿藏，加上佛教的兴盛，使得古格的冶炼技术闻名于四方。

古格王国时期，鲁巴人精于冶炼与制造金银器具。当年阿里三围以托林寺为主寺的下属24座寺院的金属佛像与法器都由鲁巴铸造。鲁巴造佛像时，用金、银、铜等不同原料合炼而成，工艺精湛，通体全无接缝，犹如自然生成，其价值甚至超过了纯金佛像。鲁巴铸造的净水铜碗，放在太阳底下聚焦，可以点燃柴火。

鲁巴铸造技艺最精彩的、也是最为神奇且一直流传于后世的是一种叫作"古格银眼"的东西。它只有古格才能制作，是佛像中的精品。因为极少流传于世，长期以来，世人只知其名，却无法得知它为何物。

直到去年夏季，考古工作者在皮央遗址杜康大殿考古发掘时，才揭开了这个谜团。

考古发掘发现了一尊精美的铜像，他头上戴着化佛宝冠，四臂各执法器，结跏趺坐于兽座莲台。他头生三眼，额上正中一眼为纵目。三只眼的眼珠全部采用镶银的技法做成，在金黄色的铜像背衬之下银光闪闪，晶莹锃亮。这就是闻名遐迩的"古格银眼"。

由此可见，当年的金属制造业已经达到了相当高的水平。

在西藏，几乎一切艺术、技术都是围绕着佛教而展开的。要了解探索这片高原文化，你非得进入佛教，深入到寺庙中的雕塑、壁画、建筑，甚至各类法器中去不可。在这过程中，你甚至弄不清，你是在进行着艺术的发掘，还是在探求着佛教的教理和历史，它们是这样相连为一个整体，让你无法分离。就连建筑、铸造这样纯粹的技术也莫不与佛教有关。

正如马克思所言：所谓文化史就是宗教史和政治史。自古以来，宗教不但创造了文化艺术，它还是人类艺术最伟大的守护神，并使得它在其特定的精神轨道上运行。可以说，是佛教带来了高原的灿烂文明。没有佛教就没有一切。

但从另一方面看，当佛教几乎囊括了人们生活的全部内容，一切聪明才智都为它所有时，甚至把数月数年磕长头这样的肉体苦役也当作功德时，这时就不得不思考它的现实意义了。

佛教在创造自己的文明时，它又分明在限制着另一类文明的发展。无论你走上高原还是走出高原，你都会有一种恍若隔世的感觉。如果仅从物质生活着眼，西藏的生活不能不说是苦难的。

但是，如果我们把思维的触角再向前延伸，你又不得不承认，这种苦难感是你自己个人的感受，作为一个外来者，你只是站在自己的生活立场和方式上去感受与评判，而藏族人却不一定有同样的感怀。谁能代表公允的评判立场与评判准则呢？文明的多样性决定了准则的差异性。当我们也对自己所生活的环境失望，特别是消费主义引起物欲的恶性膨胀，我们拥有了空前的物质享受，却感受到人性中爱与善的失落、以邻为壑的孤独、人与人只讲利益的冷漠无情，人群在一个个变成经济动物……我们还能坚持把自己的准则带给另一种完全不同的生存方式吗？到底什么样的文明才是最适合于人类的呢？不同的生存方式的存在，才能使我们不断地去触及这样的问题，不断地接近人生的生命的真谛。

我们又把目光投向了佛教。我们要逃离人头涌涌的都市，走上高原。

当21世纪来临之际，我们会有更加幸福的生活吗？人类学的视角也许能使我们不犯五十步笑百步的低级错误。

世界需要认同和尊重，而不是一种文明对于另一种文明的侵略和压制。文明的冲突真的如亨廷顿所预言的那样成为21世纪的灾难吗？

古格，文明的碎片

到达札达的第二天，我们去古格遗址。

阿里行署专员带着地区文化局局长、札达县县长、县文化局局长一帮人与我们同行。专员是来参加一个建塔仪式的，顺便去视察遗址的保护情况。

车出县城，遇上了塌落下来的土林，路被堵死了。一帮民工正在加紧清理。

县文化局局长达珍下车一个个收了我们的身份证，说回来时我们要向她交60元钱的参观费。身份证留作抵押。

自从进入土林，我就失去了方向感。昨天，我们明明是由东向西进入土林峡谷的。过了象泉河，往相反的方向进入县城时，落日却出现在前方，它又到了自己升起的地方。这天去札布让遗址，走的又是一个方向，不记得是否过了河，县城却出现在对岸。我不清楚自己是在象泉河的南岸还是北岸，也不知车往东开还是往西开，土林如同一个迷魂阵，唯一的参照物只有天上的一轮太阳。

路还在修，我一个人跨过塌方，沿象泉河向前走去。

开阔的河谷。哗哗的河水。牛奶一样清新的空气。明晃晃的阳光下，土林木刻般黑白分明，那黑色阴影就藏匿了远古的时间，令人遐想。我的心境沉静如海，心绪却飘然似风。听着脚步叩响泥土的瞪音，我步入一片空明。

太阳变得火辣的时候，路通了，丰田车追了上来。

乘车沿着象泉河岸继续前行，不久，汽车走下了更加宽阔的干河床。河谷中生长了一种似灌木又似树的低矮植物，当地藏民称之为"Z"。这是札布让一带唯一的植被。

远远地出现了一个村庄。穿过村庄，又横过另一条干河床，一座高高的土山出现在蓝天白云之下。

粗一看，它与其他山没有什么两样。走近了，才看到山体上密密麻麻的洞穴。刺眼的阳光下，洞口黑如墨汁。

山上和山下有一道道泥土的墙，有的涂成了深红色。整个山体像蜂窝似的，这是一座几乎被掏空的山。

直到车在山脚下一处泥屋的地坪里停下来，才看清泥土的断壁残垣触目皆是。它们十分壮观地赤裸裸地展示在猛烈的日光下，让我闻到死寂的时间，悄无声息，空洞无物。

从城堡的选址和构筑来看，这是一个典型的战争年代的产物。城堡完全是为了战争的需要而修建的。

推开一扇咿呀作响的大木门，踏上残损的台阶，古格城堡就真实地出现在面前。

这座消失了近400年的古格城堡，像中美洲的玛雅文明、意大利的庞贝古城一样，它们都是在其文明鼎盛时期突然遭到灭顶之灾的。正是因为这突然的变故，一切都保存下来了。其后的几个世纪，人类几乎不知道它的存在，更没有后人来破坏它的建筑和街道，修正它的文字和宗教，篡改它的壁画和艺术风格，它们甚至保留着遭到毁灭时的现场。只有岁月的风霜交替，给它烙上自然的沧桑。

世事无常，许多事情冥冥之中似乎又都遵循着某种天道。所谓物极必反，盛极必衰，正是佛教走向极端，其影响足可以与王权相抗衡时，悲剧就已经悄悄拉开了序幕。这似乎又在重演赤祖德赞悲壮的一幕。

据考古统计，这座山头上共残存有445座各类殿堂和房屋，洞窟有879孔，碉楼58栋，各类佛塔28座，防卫墙10道，塔墙1道，暗道4条。遗址分布面积达72万平方米。一座高300米的荒山，几乎是洞挨洞、房叠房。

城堡山坡及山腰以下，大多是民居，房屋开间不大，洞穴亦不深。寺庙也集中在这里，保存完好的神庙有四座，依次是白殿、红殿、大威德殿和度母殿。这一带应该是世俗社会，百姓的起居场所。不少洞窟内，被烟火熏过的洞壁，依然黑黢黢的。洞中的泥土里有石锅、石臼。古格臣民市井生活的场景依然历历在目。

山腰之上，山势陡峭。抵近山顶处，四面悬崖，只有一个洞口可直通山顶。洞是竖直的，洞内挖了梯级。这里真可谓一夫当关，万夫莫开。

上了山顶，视野突然开阔无比，土林尽在极目之中。山上现存一座坛城殿。山顶房屋都为大开间。这里应该是王宫和王国的首脑机构所在地了。夏宫在这一片废墟中不知去向。冬宫则在上山不远处，是一个地宫。高寒的冬季，只有地下才能保暖。打开一扇小小的门，露出一个黑乎乎的洞口，洞口几乎垂直而下，像一口井，里面又暗又凉。一条铁索贯通上下，必须用手抓住它，方可沿陡梯下到底部。

我一个人往这黑暗的深处一步一步探身下去，脑子里不时闪出不祥的念头，竟害怕遇上古格人，或者是他们临死时狰狞的面目。就是一声浩叹，都可以把我惊出一身虚汗。

只有黑暗，只有我摸索的声音在空中回荡。我似乎在往那个遥远的年代下滑着，我分明感到了一股森森的气息。

同行者都已下山，光C起初还跟着我往洞内下了几步，见大家都没下来，他也退了出去，与他们一起走了。现在，整个山头只有我一个人了。

　　我站在半空中，犹豫不决。我听到心脏突突跳动的声音。我不能想象，西藏电视台的一个朋友张焰，他为了拍古格的片子，一个人在山洞里待了两个月。那可是大雪纷飞的日子，他就守在这里，守望着一片荒芜，什么都停滞了，只有胡子在疯长。在拉萨看到他自拍的照片，他简直成了一个野人。

　　在这样的环境中，你没有可能回到现实，你不能不时时感受着350多年前的王国，他们的幻影总是若有若无，总在你脑子里晃荡。你在那片锈蚀的时间丛林里，时时面对着灵魂的申诉。你得时时提醒自己，否则，你就会发现自己也在自言自语，在努力地辩白着什么。那是一种神秘的力量，那些提问凭空而来，真实无疑，却又空洞无凭。我恍然听到询问，有一个人在回答：自己来于何方，为何到了这里。那个人就是我自己。我的脑子里也在自己向自己提出问题：他们穿什么衣服？国王下山要穿过臣民区吗？臣民回不回避呢……

　　下到洞底，一个更大的洞横在面前。洞的两边套着一个个洞穴。洞的深处仍是黑咕隆咚一片。向外的洞口，射进一束束强烈的阳光，一股股山泉一样清甜的风冲了进来。那外面才是现实的世界。

　　我俯身将头探出洞外，脚下是万丈深渊。对面同样一座陡峭的山，山后是无边无际的土林。薄薄的洞壁只要我一用力，砂土随时可能破裂、塌落下去。头一晕，倒吸一口冷气。我不敢停留，又攀着铁索往上爬。我承受不住一个人面对着它的巨大压力和吸力。

　　山上，还发现了一条暗道，它与后山的碉堡和两眼泉水似可连通。它可能是取水的密道。

　　我不明白，这么宽阔的国土，为什么百姓、贵族和军队都要挤在一座山上？以致寺庙、民居、宫殿和碉楼、城墙挤作一堆。果真是战争一触即发，或者是战乱随处可见，那为什么不建立一支强大的军队？为什么只知道被动的防御？为什么毁灭得如此惨烈？这些是否又与佛的教旨有着什么关联？

超越生命和战争的艺术

古格遗址的寺庙保存得如此完好，蓝天白云下，它们就像现世的建筑。那色彩艳丽的挑檐，天窗上藻井的彩色图案，仿佛没有经历时间的洗礼，依然鲜活如昨。时光在这里轻如一层薄纱，只消一缕轻风就能将它吹远。古格人的一个动作、一个幸福或痛苦的表情，像气息一样不曾散去。像只隔了一个黑夜，我就来到了这个突然寂静下来的城堡。

寺庙中的佛像被砸得七零八落，有的断臂缺腿，有的只剩一个头像，守庙人无可奈何地把它们供作一堆。天窗射下的阳光照着了它，那被涂红的部分，像刚刚干枯的血液凝结在额际。毁坏的佛像很大一部分竟是"文化大革命"时期红卫兵寻来砸掉的。我的心一阵隐痛，不仅仅是因为被毁的佛像，我感到了一种可怕的东西，它离我是如此靠近，它被潜伏了下来，与我们一同在生活中向前走着。但是，在五光十色的人流中，你看不到它们。古格像一面镜子，让我突然感到了一股阴冷。

只有壁画保存得十分完好。在一面面五彩纷呈的墙壁上，神头戴花冠或宝冠，耳饰大环，佩戴着项饰、臂钏、手镯、足镯等饰物。他们肩披条帛，天衣飘飞。与内地及卫藏地区的壁画有着明显区别的是，古格壁画更接近现实中的人。他们身材窈窕而丰满，女性乳房裸露，腰肢柔美，更富人性。特别是对待人体的态度，自然而健康。佛或半裸或全裸，不像其他地方，全都要给佛穿上衣裳，甚至连身材也要加粗，有的塑成了桶状。

在画风上，轮廓线采用富有弹性的线条勾勒，用明暗变化的晕染法突出其丰满的女性体态，显得个个温柔而妩媚。

这些都是古格人未受僵死的教规禁锢而保持着活跃思想的反映，同时也证明着边缘地带开放的画风，接受了来自尼泊尔、克什米尔、印度等国的文化辐射。位于亚洲腹地的这个古国，把环绕于它周边的，甚至更远的亚洲国家的文化全面吸收、融汇，终于创造了自己灿烂的文明。这一切，无不与佛教紧密相联。是佛教带来了一场文化的大融合。

从壁画内容也不难看出这种巨大的影响。有些动物并非阿里高原所有,一类是孔雀、狮、象、鸭、鹿、牛等现实生活中的动物;另一类是神话动物,如凤、摩羯鱼、龙鱼等,显然它们都是舶来品。从壁画中的食物种类看,有供王室与贵族享用的酥油、红糖、茶叶、酒类、干果等,它们大部分也来自异邦。制作华丽衣饰的布料就来自邻邦尼泊尔、克什米尔和印度。

红殿、白殿、大威德殿壁画中,有直接表现从境外运输木材等建筑材料的画面。站在阴暗的庙内,抚摸一根根巨大的木柱木梁,在这片寸草不生的土地上,竖立着如此硕大的方木,思绪立刻飘向了遥远的异邦之路。那些曾在大地上出现过的热火朝天的建筑场面悄无声息地消失后,只留下了这根根木头和木头后面梦幻一般的壁画。

我久久立于柱下,唏嘘再三。

古格与其周围国家的文化与物资贸易的频繁往来,使得这块曾诞生过象雄文明的古老土地又呈现了繁荣的景象。它广收博采,终以自己的特殊魅力而影响一方。它的佛教影响到了卫藏,就连该地区的鼓和长号,一种叫堆谐的踢踏舞也是从这里传入的,并遍及整个西藏。有人甚至把古格的壁画称之为"古格画派"。可见古格文明辉耀一方,曾经是一道多么亮丽迷人的风景。

古格人还开创了壁画记史的传统。王国的重大活动、重要人物都是壁画表现的对象。札布让壁画有古格王系的画像,东嘎、皮央石窟壁画中,有供养人(出资开凿石窟以宣扬佛法,同时为自己留记功德的人)画像。红殿东壁有一组壁画,表现了古格城堡落成后举行宏大庆典的情景。它长2.6米,画面有老百姓运送石材、木料的场面,人和牛、羊背负着木料一同前行。城堡落成后,妇女们欢歌跳舞,人们击鼓、吹号、舞狮、跑马、说唱、舞蹈、杂技表演等,以各种方式表达自己的喜悦之情。

还有一些表现战争的壁画。古格遗址上散落四处的盾牌和盔甲竟与壁画上的一模一样。

现实主义与浪漫主义同时出现在一座寺庙中的一堵墙壁上,这是古格人的创造。

一场没有见证的杀戮

中午，我一个人在山顶的断壁残垣中徘徊，阳光如泻，天空蓝得恐怖。冈底斯山脉与喜马拉雅山脉远远地在天边各画出一道起伏的蓝色曲线，峡谷中不断有鸟的鸣叫随风而来，它是现世唯一活着的声音。

我喘着粗气，克服着高原上的晕眩，从一间间徒有四壁的房间穿过，越走越深。无意中，我发现一面几乎快裂开、塌陷的墙壁上，有一幅清晰的壁画。我被它那依然鲜艳的色彩所震惊。这是露天经历过四百年时光的色彩！房子的主人和描画了它的人早已去了，化作了尘泥，它却依然存在着、张扬着。也许，我是第一个发现它的人；也许，我是最后一个见证它的人。只要一场雨，它可能就同样会消失在岁月的烟尘之中，无影无踪。一个不被后来者见证的事情就像历史上许许多多的史实一样永远地烟消云散。

壁画以红色为主调，粗而泼辣的线条勾画了成千上万个人物。在壁画的四周，他们手拿各种兵器，跪、坐、单跪、立、舞，似在练功，像在护卫，有的还头戴钢盔。在这些小人像的周围，夹杂了一个个小寺庙和一头头牛。壁画正中央是一幅巨大的画像，只看到一双巨爪伸压在莲花台上，中央掉下一串彩珠，边上绘有小佛像。那伸爪的巨兽已被时间褪色，上部全是裸露的泥坯，再也难现真容。

这是一个军机处？

山头到处可见并非山中之物的卵石，那是当年御敌的武器。据说还有专存竹箭、石头的房子，我没有找到。

就是这间小小的军机处发布了抵抗外敌的各种命令？果真如此，从这间不起眼的房屋足可看出古格人对于军事的看轻。那头有两只利爪却不见头身的猛兽，屈居于这露天的一隅，比之仍光辉四射的佛像，自然要落寞得多。无意中，只有我拍下了它的一张照片，留下了它从历史尘埃中伸过来的两只巨爪。

古国就这样一朝灭亡，一说是拉达克进犯，也有说是克什米尔森巴人入侵。攻打城堡时，久攻不下。围困了两年之久，也奈何不得。坚固的防御系统发挥了重要作用。入侵者便把老百姓一批批抓来，又一个个杀死在城堡前，血把河床都染红了，尸体堆到了山脚下。国王实在不忍心看下去了，不得不出来受降，死在背信弃义的侵略者刀下。城堡立刻遭到清洗。

古格历代弘扬宗教，人人从善如流，从没有过犯人之心。一味只讲防御，竹箭和石头又怎能敌过长刀和火枪！

古格灭亡还有另一传说：王室与寺庙为争夺权力，争夺属民，形成对立。导火索则是一个来自葡萄牙的天主教传教士。国王欲凭借天主教来打压和削弱僧侣集团的势力。国王皈依天主教，并下令拆民房，建教堂。此举使矛盾激化，引起内讧，并由此走向了自我毁灭。后人说，外敌乘虚而入，进行了大规模的杀戮。

一切无从证实，历史如同一团烟缕，越飘越远，随风而去。

古格城堡陷落，侵略者欲攻打多香时，相传多香的野鸽子密密匝匝地把寺庙遮盖起来。多香的老百姓脚穿特制的铁鞋来到札布让，劝侵略者不要去多香，因为路途遥远，他们走一趟铁鞋都磨穿了。

也许，实有其事；也许，这也是人们的杜撰。事实是，多香也杀得一个不留。

自此，札布让死一般地沉寂了。古格有文字，却不曾留下记载它的一字半词。藏族有丰富的民间传说，却找不到有关古格人惨死的说唱。没有一个人从这片土地走出来，告诉他的后一代，或者外面的人，把那里发生的事情披露于世。这里有的只是沉默，一时显赫的文明，陷落时，历史竟不提一笔。

喜马拉雅与冈底斯不相信历史，它们只承认河流永恒，寒冷永恒，冰雪永恒。历史像潮湿的大气，永远地被挡在了外面。时间在土林凝固，如锈蚀的箭头，如板结的土地。

古格像水一样蒸发掉了，像城堡下当年汹涌的河水，已经干枯，只留下河床；像魔镜照见了它又神奇般地隐灭。

大地上只有时间不朽。

两百年后，札布让的城堡下响起了一阵脚步声，打破了土林的寂静。四户躲避战乱的藏民最先来到了这里。

他们突然发现了这个城堡，竟欢天喜地。不用自己建房，就可直接住在洞窟；不用自己架锅，炊具一应俱全。他们庆幸，他们也惊讶。

又过了两百年，这个札布让村发展到十几户人家。他们依然对这个城堡充满着迷惑和敬畏。每年到了某一个日子，每户人家都要抽一个人出来，绕着城堡所在的山头转一圈。他们虔诚地认为，自己这样做了，城堡里的神灵就会保佑他们无灾无难，粮食丰收，人丁兴旺。他们跪在当年被攻打的山崖下，献上青稞、美酒，点起一炷香，那袅袅烟缕在空明的山谷里飘摇着，不知飘向何方。是飘到神灵的供台，还是飘到亡魂的祭案呢？

站在山下，抬头再望城堡，那一个个漆黑的洞穴，就像古稀人延伸着的眼睛，枯望着这个几乎永远不会改变的世界。又似一张张开启的嘴唇，想喊却发不出声来，他们早已喑哑了，像土林那样被时间的工匠带走了声音。哪怕常年居住在它的下面，札布让的村民，也听不到那声长长的却是无声的呐喊。

我突然感到了惊悚，奔跑着离开。我到底为何来到这里，是人生的一个梦境还是一场真实的屠城？

真假藏尸洞

札布让村的村民在离城堡不远的山沟里，发现了一个山洞，洞口有一人多高。爬上洞口，就能看到里面白森森的尸骨。尸骨大多是靠洞壁站立的无头尸。几百年的时间过去了，里面还闻得到腐烂的气味。在这样干燥的高原，这件事的确令人迷惑。

看守遗址的原来是一个名叫旺堆的老人。老人退休后，现在是一个叫普布曲桑的中年男人和一个年轻人。这个年轻人带我们去看藏尸洞。

爬过两条山沟，来到一个陡峭的沟坡下。一个洞口出现在高出头顶一尺多的山坡上。必须双手攀爬才能抵近洞口。有两个石凹已被人抓摸得光滑滑的。我抓住它没费多大劲就爬上去了。我看到的骨头又粗又大，既不像人骨，也不像是经过了几百年岁月的那种白骨，更像是存放时间不长的兽骨。

开这样的玩笑，不知是为了吸引游客，还是小伙子有意捉弄我们（我们与他有过不愉快的争吵，按规定，寺庙壁画是不准拍照的，小伙子让我们拍，说好5元一次，下山却收我们50元）。

扎西以前来过这里，曾亲眼见过藏尸洞。为验证是不是捉弄我们，他又跟我们去看那个假藏尸洞。才进入那条山沟，扎西就一个劲嚷开了："不在这里，不在这里！"他带我们去寻找真正的藏尸洞。转来转去就是找不到。

几条山沟，地形并不复杂，我们在里面却像钻进了迷魂阵，连扎西也感到不解："怪呀！就在这里的，怎么找不到了？"他甚至还用一块石头去捅一处山坡，说就在这里的。

奇怪的事情还不止这一桩。那个小伙子带着我们一行人去藏尸洞，他走得很快，我和光A紧紧跟着，才没掉下。转了一个山坡，后面的人就找不到我们了。我们看完洞上来了，也看不到他们的人影，我大声喊叫，一点声息也没有，午后阳光下的山坡死一般的寂静。我以为他们去了真正的藏尸洞，把我们撇下了。没想到，他们就在下面的山沟迷了路，正在四处寻找我和光A，一路大声呼喊，担心那个带刀的年轻人对我们有什么危险的举动。我和光A枯坐在车上，居高临下，竟一点声音也听不到。在城堡时，我轻轻叫了一声索多，站在山脚下的他能听得清清楚楚。难道声音在这个小山坡被什么东西吃掉了？

等了好久，他们才从山沟爬上了坡。见我们就在山坡上，也不理他们，竟因此引起了一场不快。我怎么解释，也没人相信。这场误会至今也没有消除。

异乡人留下的最后清梦

下午很早就回了县城。我和光C顶着火辣辣的太阳去找那位文化局长，拿回我们的身份证。

文化局办公室空无一人。又去电视台，也不见人影。最后找到家里才见到她。问起有关古格的情况，这位女局长除了知道一个遗址外，什么也说不上。她告诉我们，全县几千人里面，只有一位名叫巴旦益西的老藏医知道古格的事，但他去了拉萨。

现今生活在札达的人都是外来的移民。达珍本人就是外来人，她父亲是印度人，年轻时，看上了阿里这边辽阔的草地，像其他许多印度藏民一样，翻过喜马拉雅山脉，到这边来放牧。在游牧的漫长岁月里，他认识了达珍的妈妈，他们成家后就在札达定居下来了。

这天黄昏，我们决定去象泉河对岸拍摄高原长河落日的情景。

匆匆吃过晚饭，收拾东西上路。丰田车一阵疾驶，阴影投在地上，长长的尾巴像巫婆骑着的竹扫帚，飞速掠过。眼看太阳就要落山，我们就想抓拍它那最后的一抹余晖。

过了象泉河，夕阳已把县城这边的土林染得彤红，而象泉河却在阴影中不见浮光烁金、流霞淌银。继续上山，等爬到一个台地时，连土林顶上的最后一抹残阳也消失了。只有深蓝的天空与黯淡的大地，河边乌鸦满天。

大家失望而归，个个垂头丧气。

象泉河切入大地太深了，夕阳根本无法落在它的上面。

晚上，几个康巴汉子拉着一把胡琴，手拉手围成一个圈，边唱边跳。已经半夜一点多了，那胡琴又细又长的声音和康巴汉子的一唱一和的歌声仍飘荡在夜的大地上。在这个只有几百人的小县城，人人都能听到这夜半歌声。

是夜，月色皎皎。托林寺和那几座残塔及刚刚砌筑的一个塔座，都沐浴在它清冷的光辉里。

据说，札达人跳的"玄"舞与古格人跳的一模一样，只是时间这堵墙把古格与现在严严实实地割开了封死了。这些唱歌跳舞的人，一点也不知道这片土林曾经承载过的灾难和悲恸。他们甚至不知道大量等着复耕的田地，不少保存完好的灌渠，它们是从哪些人手下遗存下来的。

第二天一早就要离开札达了，最后一夜，我站在县武装部院内一排排高大的白杨树下，想起了两年前看马丽华的《西行阿里》时的情景。那时的札达是多么遥远和陌生，在我的脑海里，它仿佛逸出了现实世界。我想也未曾想过自己也能来到这个近乎天方夜谭的地方。再后来，我又知道了一个叫范春歌的女记者到了札达。为等车，她待了不知是一月还是多久，一天一天挨，裹着一身尘泥不成人样。我当时觉得，这样的地方，无论发生什么情况都是正常的，无论什么事情都不会是过分的、矫情的。

只是两年时间，我就来了。来之前，我连自己也不知道我能到达札达。我实在目的地不明，一切都只是凭着朦胧的冲动。我不能不相信俗世的所谓缘分。有的地方有的人，你以为与自己永远不会有缘，它却突然就在你身边出现；有的虽在咫尺之间，甚至是做了周详的计划，却是永难相见相识。世界之大，芸芸众生，你却有幸到了这样一个人迹罕至的地方，冥冥中那线看不见的缘，总让人浮想翩翩。

札达，今生今世，我来了，也许，永难再见；自此之后，你还是你，我还是我。在两个遥远的时空，我们将互不相干。人生就似匆匆过客，尤其流浪者天涯处处，许许多多的事，缘悭一面。这是何等的无奈！天也有限，生也有涯，都要经历，恐怕只有来生。

起风了，夹带着少许的沙尘，风搅起白杨叶哗哗似河水的喧响。月色把树叶曜成斑斑碎银，闪成一片。明日一早就得起程，不能不入房了。面对这宁静如海的月夜，我以深深的不忍遽去的目光遥望了一眼深邃的夜空，就转身而去了。只把一个异乡人的一夜清梦留在了这个依然离我遥远的土林。

[第五章] 传教士笔下的历史

古格消失的谜团意外地在一位传教士的日记中呈现,依靠想象,那逝去岁月的一幕幕烟云似乎又扑面而来,历史在我的书写里开始复活。我终于越来越接近,正如我从那个洞穴中触及古格人的梦呓一样,跟随着传教士的眼睛,我正进入一个遥远的时空——

翻过喜马拉雅山的神甫

1624年3月,天气还十分寒冷。葡萄牙人安东里奥·安德拉德和玛奎斯,从印度的果阿向远处的喜马拉雅山脉走去。他们要翻越白雪皑皑的山峰,前往西藏的古格。他们是天主教传教士,此行的目的是去西藏传教。

17世纪初,印度不少城镇建立了天主教的耶稣会。果阿位于印度西海岸,耶稣会在这里建起来后,就像在其他许多城镇一样,都在努力把教旨向周围传播和扩展。

一次，果阿主教听说了在莫儿人中流传的一种传闻：喜马拉雅山的北面，一个不知名的地方有天主教的传播，并且还能找到多年前"福音"传播的遗迹。主教于是打定主意派人去探访个明白。

安东里奥·安德拉德是位神甫，玛奎斯是个修士，这样的行动对他们来讲，无疑是一次宗教冒险，但这正是他们所乐意做的。

他们先在印度教的圣地巴德林拉斯各路前来朝圣的香客中寻找北方来的山地人，向他们打探通往喜马拉雅山脉玛拉山口沿途的情况。

在获知这条艰险无比的路线后，他们没有退却，雇了当地的印度人悄悄踏上了向北的路。

古格声名远播，尤其对于印度不算陌生。许多高僧曾从这个佛教发源地的国家前往那里传教，古格的青年也曾来这块佛地学习佛法。两国的文化交流并没有因为之间横隔着一条喜马拉雅山脉而断绝。这两位葡萄牙人也许正是受了这些事情的启发和鼓舞，或者是出于对基督的执着，才顶着寒风踏上了或许是没有归途的长旅。

说起古格人对于佛教的执着，恐怕很难有与其可比的国家。它自10世纪中叶立国，便确定了以崇信佛教、崇尚佛法作为立国之本。在很短的时间里，它就发展成为西藏西部佛教文明的中心。王国的臣民达10万之众，人们虔诚信佛，安居乐业。

安东里奥·安德拉德和玛奎斯沿着萨特累季河，走近了这座世界上最高最险的山脉。

他们用不着抬头，山峦之巅的终年积雪，在阳光下，总是闪耀出幽冷的光，何况是在这样一个寒冷的季节，冰雪尚未开始融化，大小山岭都还是银装素裹。谁也不知道这两位来自西方的传教士是否动摇过，是否想到过死于路途之上，再也回不了家乡。也许，来自耶稣基督的力量让他们意志异常的坚定。正是凭着对主的信仰，他们才敢踏上那片佛的国土，那片号称世界屋脊的屋脊。

这一次宗教之旅，直到8月，他们才到达目的地——古格的都城札布让。

但他们怎么也想不到的是，自己的西藏之行，会使一个国家走向彻底的毁灭。

佛教，在这片外人鲜有涉足的冰雪高原，上演了一幕幕王国兴亡的历史剧。

一片奇异的土地

海拔越来越高，空气愈来愈稀薄，空中气温骤然变冷。

胸闷气短，目眩头晕，举步千斤，人如处虚脱与梦游之间，意念也变得模糊。高海拔的地方永远都是生命的禁区。

神甫最终还是从海拔5700米的玛拉山口翻过去了。带着西方人的幻想，进入了冰雪高原。他沿着象泉河一路西行，眼前展现出一片奇异的土地——

干竭的河谷上，一堵堵以各种奇特造型的砂石混合的山体，它们一排排，如同壮观的灵塔，如同废弃的古代构筑物，如同祭祀天地宇宙的神秘堆砌。它们如笋似柱，一队队，一片片，全都赤裸着黄褐色的砂土，宛若列队的武士，构成一个巨大的迷宫。

这就是最奇妙的土林地貌。安德拉德不由得喊出："主啊，感谢您赐给我们又一个梦中的圣地！"

在安东里奥·安德拉德的面前：河谷上空是展翅的群鸦，河床中是哗哗奔泻的雪水。一座300米高的土山上，全被密密麻麻的洞穴掏空；山坡上，红墙、白墙的寺庙林立；陡峭的山巅，在黑蓝的天穹映照下，宫殿的墙体虽相距遥远，却是十分清晰。

他在惊讶之中，一步一步走近山脚，一直走进了这座古格的都城札布让。

安东里奥·安德拉德走到了双扇木门跟前，抬头见到形如斗拱、色彩艳丽的门檐，跨过这道山门，就进入一座迷宫似的都城。

他最先看到的是王国的殿堂，它们依次是白殿、红殿、大威德殿、度母殿四座佛殿。只有一座是白色的墙体，其他都是暗红色的。这种色彩不只是被涂在寺庙的墙壁上，还被染在喇嘛们的袈裟上。它是这片高原最庄严最神圣的颜色。

殿堂是平屋顶的。几个屋顶墙角上立着黑色的经幢，它由牦牛尾扎成圆柱体，外面绑着白色布带。神甫随后就会发现，它几乎遍布高原大大小小的寺庙，甚至大多数的民居。这些殿堂内的墙上绘满了壁画，屋顶天窗的天花板，像藻井一样画上了色彩极其鲜艳的图案。门楣、门框以及木柱、梁架都经过精心雕饰。高大的塑像也被施以彩绘。

沿着石级而上，近千的洞窟蜂巢似的一个紧挨一个，数百栋干打垒的泥屋密密麻麻，其间夹杂着碉楼、佛塔。

洞壁大都被烟火熏烤得漆黑一团，在高原明亮刺目的阳光下，阴影中的洞窟更显黑暗。

人们普遍用的还是石锅、石臼，穿的是五彩藏袍，在唯一一条狭窄的梯级上上下下，来来往往，对于路途难得见到一个人影的神甫来说，这简直有点像是神话了。

人们忙碌着，炒青稞、做糌粑的，打酥油茶的，拨着念珠祈祷的……更多的是坐着在闲聊。人们看着两个红头发白皮肤的人在印度人引领下走进札布让，惊讶是完全可以想象的，都城一定引起过不小的轰动。

见到国王要经过一些周折。他必须上到山顶的坛城殿。那里有国王的夏宫和冬宫，以及大臣们的殿宇。

山有300余米高，走过山脚的臣民区，就是陡峭的山崖。上山的唯一通道是一个地洞，洞身垂直向上，洞中开凿的梯级可以直接爬上山顶，山顶洞口还有一块盖板（另有一条秘密通道抵两眼泉水及后山的碉堡，暗道或隧道有四条，一般人是无从知晓的）。这很有些山大王的味道。如此壁垒森严的城堡十分罕见。在过去年代，动不动就有人来攻城，人口密集的地方，居地大都建成城堡，倒也不会让人见怪，但札布让如此庞大而又威武的气势，却是令人震撼的。

神甫拜见了国王赤扎西扎巴德。已过不惑之年的国王，对这两个深目高鼻的异域白种人虽然怀有戒备，更多的却是充满了好奇。

在听完神甫对于天主教耶稣会的陈述之后，国王疑惑地问："你们的教会向人们传送的是什么？"

安德拉德回答："尊敬的赤扎西扎巴德国王，我们向人们传达的是神明的主的福音。"

国王赞许地点了点头。

异教徒的高原福音

安德拉德受到国王的热情接待，国王留他们住了下来，并特许他们在都城内外随意走动、参观。

在很短的时间里，神甫就了解了古格的情况，明白古格虽地处一隅，却是通往卫藏的门户。

他在写给果阿主教的信中，不无得意地说：我长时间地讲解我们的教义，并告诉教义的主要奥秘所在，国王和王后怀着极大的喜悦听取我们的讲述。自那以后，他们再也离不开我们。他们对有关天堂的事情总是百听不厌，尽管他们对我们所讲的一切不能完全听明白，因为我们的对话要经过三道翻译，而这些翻译人员对我们谈及的内容又知之甚少……我们几乎每天都收到他们馈赠的礼物：羊肉、大米、青稞面、奶油、糖、葡萄干、青稞酒等等。由于送得太多，我们又常常将这些东西施舍给别人。

国王经常来神甫的住处，有时一聊就聊到了深夜。

有一次，安德拉德给国王讲地狱中的苦难，讲人们因为罪过而被打入地狱，只有赎罪才能避免落入其中。一旦打入地狱，就永远无法逃脱惩罚了。几乎在场的所有人都痛心疾首。

国王的眼睛是那样忧伤，凝视着黑夜中寂静的山川，久久不语。王后则失声痛哭。有人当即表示要帮助神甫修建教堂，愿意来搬石头、运送材料，他们希望自己的行为能使上帝宽恕个人的罪过。

神甫看到他们如此激动，纷纷表示自己的忏悔之心，他就站了起来，一句话也没有说，就往外面走。

大家都要求他再坐一会儿,但他还是走了。

安德拉德写道:我这样做是为了不影响他们的情绪。

安德拉德在秋雪封山之前要返回印度了,这一次古格之行,他在札布让只停留了一个多月。他在日记本上写道:"是上帝的力量为我们打开了进入这一地区的大门,来年我们将充分利用这一机会开始工作。"

国王派员护送他出境,并约定来年冰雪解冻后再来古格。国王命令沿途村庄每天都要给神甫送羊肉、大米、青稞面和奶油,甚至在途中还给他送去了六篮无花果。这种水果属进贡品,路上要花半个月的时间才能送到古格。

古格国王还叫安德拉德带了一封盖有玺印的手书给果阿主教。在书中,国王写道:"安东里奥·弗朗古因(印度人对葡萄牙人的称呼,即安德拉德)莅临我地,以圣教启迪斯民,我甚为欣喜。兹令其为喇嘛首领,授以弘教传法之权,任何人不得侵扰之……我切盼主教迅速派遣安德拉德返回,使其协助我人民。"

安德拉德在古格受到格外厚待,他不会简单地认为是自己的运气好,或者只是国王笃信耶稣。敏锐的传教士隐约感到其背后还有什么更大的原因。

他不明白自己的介入,如一条点燃的导火索,正在引发一场高原上最惨烈的悲剧。

安德拉德唯一要做的是把上帝的福音传播到这片奇异的高原。因而他像自己最初意志坚定地要翻过玛拉山口,他认定了要把天主教在高原传播开。

内外交困的古格王国

这时的古格已不是以前富强的王国了。它作为阿里三围盟主的地位已不复存在。邻国拉达克常在边境滋事,有时还侵入腹地。它从古格掠走了大量马匹、牦牛、绵羊。

1615年，发生了一桩退婚事件。事情的经过是：古格国王生下了一个儿子，但王后在生下儿子之后就精神失常了。经过两年的医治，王后还是疯疯癫癫，不见好转。国王于是决定再婚，委托媒人去拉达克，娶的新娘是拉达克王的妹妹。

按照教规，国王是不能再婚的，这一次却破了例。在这位新王后走到距札布让只有两天的路程时，国王突然禁止她前进，并命令她原路返回。

国王的背信弃义，使两国从此交恶，由此引发了一场长达18年之久的战争。

长期的战争极大地消耗了古格的国力，以至连一些周边小国如加瓦尔等也联合起来，举兵来犯，更使古格国力日益衰弱。

1625年，安德拉德换了另一个同伴神父苏扎，又踏上了玛拉山口的路，向着古格走来。

他这一次有了一个更加明确的目的，那就是在古格建起一座天主教的教堂。他还打算学好藏文，要用藏文来讲经布道。他知道藏文几乎在整个高原通行，这对于有宏大目标与理想的神甫来说，是一件紧迫而重要的事情。

与上一次不同的是，他对自己的想法能否实现不是没有把握，相反，他完全有理由相信这一切都将成为现实。他知道国王会站在他这一边。

但对于自己的对立面——喇嘛教，安德拉德又感到了不安。古格自一确定佛法立国，就注定了喇嘛们享有崇高的地位。数百年佛教的发展，僧侣集团已经发展成可以与朝廷分庭抗礼的强大集团。1622年，赤扎西扎巴德一坐上王位，就感受到了以其兄弟为首的寺院喇嘛集团的威胁。他的弟弟、叔父、叔祖都是格鲁派寺院集团的领袖人物。他们大力扩建寺庙，招收信徒，势力越来越庞大。

古格毕竟是一个地力瘠薄、人烟稀疏的地区，大量俗民走入寺庙后，农牧业受到严重影响，连战争补充兵员也告急。国王与僧侣之间的矛盾因此而变得日益尖锐，甚至还有僧人起来公开与国王作对。加之卫藏腹地政权体制已经发展到了政教合一，它无疑在向喇嘛们作着某种示范。

四世班禅对古格喇嘛们给予了支持，形势朝着对国王越来越不利的方向发展。

安德拉德明白国王想利用天主教来压制喇嘛教,以巩固自己的王权。这对自己来讲是一次千载难逢的好机会,他要把握好它,让天主教从此在高原扎下根来。

争夺国王的宗教之战

事实果如神甫之愿,他们得到了国王的全力支持。国王不但应允在城堡内建教堂的要求,还亲自帮助选定教堂的位置,下令修改道路,拆除民房。1626年4月1日选址,4月12日复活节国王亲自为教堂奠基,4个月后教堂落成。高原第一次建起了异教徒们的大教堂。

人们从很远的地方就能看到教堂上的大十字架。这成了高原最奇特的一道风景!神甫兴奋地在教堂向主祷告,他发誓要把上帝的福音传播到高原的每一个地方。

教堂刚一落成,从果阿增派来的3位神父也抵达了札布让。神父们忙着宣扬天主教教义,向民众派发基督教圣物十字架。

国王和王后带头到教堂听神父们讲教义,作祈祷。王后比国王更加迷恋天主教,首先和一位王亲接受了洗礼。

王室的成员、达官贵人和高级军官都相互仿效国王和王后,以佩戴十字架和其他圣物为荣。

传教士们紧锣密鼓,又在古格国王辖区的日土建立了教会站。

古格立国之初,王子埃松宁可砍头也不肯改变自己的宗教信仰,是何等的悲壮!几百年时光一晃而过,令人难以想象的事情终于发生,异教最先在古格的都城札布让打开了缺口。高原佛教王国第一次被异教攻入堡垒。

葡萄牙人的宗教冒险,获得意外的成功。这对于以佛法立国的古格意味着什么呢?

很快，神甫安德拉德就知道古格不是印度，发展新教徒的工作远没有那么容易。1627年11月10日，一位传教士在写给果阿会长卡尔瓦洛的信中说："已行洗礼的人很少，只有12人。"3年后接受洗礼的人数也没有超过100人，直到古格亡国，其最高记录也只是400人左右。

但是，安德拉德是一个可以为天主教发狂的人，他一直在为主努力工作着。他知道国王对自己传教有着非同一般的意义，经常与国王在一起就显得特别重要了。他要把喇嘛从国王身边赶走。

安德拉德既然决心已定，就不会轻易放弃。

一次，国王想了解他派出去的军队作战的情况，按惯例，他请来了一位有名望的高僧，要这位僧人对战事作出预测。

通过仪轨，僧人预言军队会在某日取得胜利，并带着战利品返回。

神甫安德拉德当即指出这只是一种惯用的骗术。

几天之后，前方传来军队的消息，由于敌我双方实力悬殊，古格军队不敢冒险，一直在逃避，根本就没有投入战斗。

国王气极。自这件事后，每有军队出征，国王不再请喇嘛念经，而是以传教士取而代之，诵读福音。

国王为了借天主教打压僧侣集团，也主动向神甫靠近。他经常去教堂祈祷，向圣像表示自己的崇敬和虔诚。他向外表示，等他学到了足够的教义知识，他就会接受洗礼，做一个天主教徒。

这引起了僧侣们的强烈反对，连大臣们也表示不能接受，赤扎西扎巴德不得不作出妥协。

自从国王身边的位置由传教士占据后，每有重大活动，就总有白皮肤红头发的异教徒的身影在活动着。喇嘛们的心里再也无法获得平衡。

一天，国王在野外举行庆典，拉达克亲王和王室贵族都参加了这一盛会。国王又做出了一个惊人之举，邀请安德拉德与他同睡一顶帐篷。

这非同一般的殊荣，就连神甫也受宠若惊，更令冷落一旁的拉达克人和高僧们又羞又恼。从此，两种宗教开始了直接的交锋。

喇嘛们为使国王回心转意，特地迎请他和王子到山下的寺庙小住。僧侣们与国王一起念经、默想，一起礼佛，以此唤醒国王自幼就熟悉的对于古老宗教的感情。

他们劝国王再娶新欢，使他违反基督教规，而不能成为天主教教徒。但一切都是枉然，国王更加坚定了对天主教的信仰。

旋即，喇嘛们又展开了对传教士的围攻。神甫与喇嘛面对面进行辩经，国王毫不犹豫站在神甫这一边，结果喇嘛们大败。

安德拉德在日记中写道："国王回到了自己家里，对我们仍像以前那样尊敬，并当众嘲笑喇嘛的风俗乃至礼仪。"

安德拉德对主的事业是如此忠心耿耿，他克服了生活中的种种不便，从饮食、高原反应、卫生习惯诸方面，都要适应古格。

他是那种意志坚定的人，身处异国他乡，常常感受着孤独，他永远都把自己的情绪压在内心深处。他一心想的就是传播福音。他对自己短时间里取得的进展感到欣慰。尤其是取得国王的信任和支持，这让人对前景充满了遐想。

暴动引发的惨烈悲剧

国王赤扎西扎巴德决心彻底铲除僧侣集团，像郎达玛当年灭佛一样，他也要把佛教从古格的土地上清除出去。他先把寺院大规模招收的俗民还俗，把弟弟庄园的租税缴了上来，并警告，如果仍继续招收僧人，连他身边的奴仆和士兵都要撤除。

1627年春天，国王下令所有的僧人一律还俗，对于坚决不肯还俗的上层僧人，强行赶他们出城，让他们去远方的山洞中生活。

安德拉德轻而易举就排除了根深蒂固的佛教，他冒险的事业正在出现重大转机。

1630年春天，他决定返回果阿，带一批传教士入藏，他需要更多的人来做这项工作。

一切似乎都在朝着安德拉德预期的目标发展，尽管发展教徒的工作还不能令人满意，但最大的障碍已经没有了，谁能说这不是大好的机会呢？

安德拉德急急忙忙翻过玛拉山口，带着他对未来的憧憬，走向果阿。

在他的身后，一场深重的灾难正在悄悄来临。这对刚刚离去的安德拉德也成了一个谜。

王国走向彻底毁灭，越过喜马拉雅山的神甫也不知道真实的原由，有不少的猜测、假想，但都难以解释古格突然间空无一人的事实。

到达果阿的安德拉德对一切全然不知。

比较可信的说法是，国王突然患上了重病。早已秘密串通的喇嘛们，酝酿了一场暴动。他们先在边远地区发难，一些地方长官和僧人控制的军官加入了暴动，他们组成一千余人的队伍，直赴札布让而来。

喇嘛们四处鼓动，让人们起来反对国王。

札布让的卫队扼守住城堡，效忠国王的贵族官员联络各种力量，举兵护卫王室。

暴动者不久即处于下风，为挽回败局，他们不惜引入拉达克的精锐之师。

札布让被团团围困。一部分还在观望的人，见大势已去，也加入了围攻。但是札布让险要的地形与严密的防守，令暴动者和侵略者只能望城兴叹。英勇的卫兵顽强不屈，拼死抵抗，打退了敌人的一次又一次进攻。在长达一个多月的时间里，拉达克人始终都未能攻破防线。

侵略者士气渐渐低落，眼看严酷的冬天就要来临了，古格人对自己的国王敬佩的感情与日俱增，形势也越来越对拉达克人不利，拉达克王不得不下决心撤兵。

僧侣们一听说撤兵，恐慌万分。他们明白后面等着自己的不是流亡就是死。于是，僧侣们设计了一个骗局，由国王的弟弟上山劝降。他向国王保证，只要投降，每年向拉达克进贡，拉达克人就撤兵，并让他继续当他的国王。

国王不知山下情况，为不致生灵涂炭，就同意了。当国王带着他的卫队走下山顶，早已埋伏在周围的拉达克人一声号令，冲了上来。

国王被俘，只有一小部分卫兵退回山上城堡。他们继续战斗，最后突围出去。

据说5位传教士也一直在山上，目睹了这场悲剧。他们与国王、王室成员及贵族一起被押解到拉达克都城列城。考虑到印度卧莫儿帝国与传教士们的关系,过了一段时间,拉达克王放了他们。

千古难破的谜团

　　转眼就到了第二年,安德拉德已经当上了耶稣会果阿省的会长。他为自己有了这样一个身份感到欣喜。这对于自己去古格传教是大有益处的。他为自己能第一个把福音带上冰雪高原不知激动过多少回了。眼看着上路的日子越来越近,安德拉德开始着手准备。

　　这一次,他已经挑选了一批传教士,路上不再是孤单的两个人了。

　　他给他们讲古格的事情,讲国王赤扎西扎巴德,讲那些喇嘛们的悲惨境况,讲那座修建起来的大教堂……回忆总是被抹上了一层温馨的色彩。

　　坏消息这一天终于来了,古格亡国了,国王已做了他人的阶下囚。他的教堂被毁,传教士被关。这无疑给了雄心勃勃的神甫以致命的打击。

　　等到他明白过来所发生的是一件怎么样的事情后,他决定派遣传教士前往古格,他要了解事情的真相,他要继续自己在高原开展起来的事业。

　　传教士不久就回来了,古格那样的大好机会不会再有了。

　　安德拉德是不会轻易就退缩的。他决心自己带上传教士们再走一趟古格。遥远的玛拉山口的风雪似乎在向这位主的使者发出召唤。这条自己开辟的高原传经路线,刚刚开始就似乎已成绝路。安德拉德不会心甘。

　　就在他筹备上路的时候,1634年3月19日,在安德拉德去西藏冒险刚好10周年的日子,上帝向他发出了召唤,这一天他离开了人世,突然死于中毒症。

　　传教士的日记是完整的。但在安德拉德离开之后,古格所发生的一切却仍然是个谜团。

[第六章]

圣徒们的宇宙中心

寂寞的巴尔兵站

从土林中爬出来,重又回到现实中的大草原上,我们像离开了一个刚才还在面前,此刻却显得异常遥远的世界。它突然地出现又突然地消失,视野里只有平坦的草地和喜马拉雅、冈底斯山脉。札达和它的土林就像根本不曾存在似的,我甚至连它消失的方向都找不到了。

前路依然是神秘的。正因为不知有什么出现,人们才有了冒险的热情。幻想与现实总是旅游者漫长旅途中不断交替出现、相互印证的两样东西,它是一种乐趣。我不知道自己还要翻一个龙拉大坂。不知道一些在我之前到过的人,把它描绘得极其恐怖。这是我从后来的一些旅游书中看到的。我过这个山时,连它的名字都不清楚,扎西也没有把它当一回事,甚至都懒得告诉我们一声。

山路很平坦,只是觉得越来越冷。我已经没有什么高原反应了。按札达约4000米的海拔一路往上行,估计着海拔高度可能是5000米左右,或者更高一些。

一阵小雨过后，阴沉的天空就开始向山谷抛洒冰雹，密密麻麻的冰雹使山谷、路面、坡地一片雪白。有一辆卡车十分艰难地从对面山坡下来，轮子在泥泞里不时打滑。扎西停车，犹豫一阵后，便调转方向往山沟雪地里冲，冲过了一条小溪，从另一面山坡爬上了公路。他插了一个捷径后，开始爬山。

在山上转了很久。高山上开了一种硕大美丽的花。山头岩石像一片片巨大花瓣，五彩纷呈，是个童话一样的世界。

危险是在下山时遇到的。一段悬崖，路面极窄，山崖都是由松散的小石子和黄泥混杂而成的，极易塌方。我们提心吊胆开过去。一处塌方，把本来逼仄的路基塌陷得只余一米多宽，轮子挨到崖边才开过去，让心都堵到了嗓子眼。

在巴尔兵站吃午饭已是下午两点多钟了。我们计划今天赶到神山。兵站指导员付卫东是个热情的人，他以近乎哀求的口吻要我们留下来。

这是阿里最高的兵站之一。兵站的战士最难忍受的恐怕就是寂寞，它比高原反应更可怕。

指导员和连长带我们去河里抓鱼。上午下过一场雨，河水猛涨，按理，他们应该知道鱼是抓不到的，但是，他们依然兴致勃勃带着我们在半荒漠的草原上寻鱼。

汽车转来转去，又过了两条流水很急的河，才在一条小河边停车。我们沿河边草丛一路寻鱼而行，河水清亮得发黑，水花白得似雪，鱼的影儿却闪也没有闪现过。冒雨走了很长一段路后，无功而返。

扎西一个劲取笑我们："晚上有鱼吃啰！""是煮汤还是红烧？""这个袋装得下吗？"他是不愿我们留下来的，他唯一的目的是想在这里加点油，既然目的已经达到，对我们留在这里不走就十分不解了。

我们之所以留下来，是受到了这位指导员的蛊惑。他给我们申述了三条理由：第一条是去河里抓鱼，第二条是打野兔，第三条是晚上与战士们联欢。鱼是抓不到了，打野兔也打不成，指导员说，野兔身上带有一种病菌，不能吃。最后一条就是晚上联欢。

也许，一路上太过于寂寞了，我们对于联欢仍兴趣盎然。只是停下车后，觉得无事可干，等待的时间过于漫长了。

为了使联欢气氛更浓一些，我们提出去买一只羊，晚上与战士们共进晚餐。指导员带我们找到那户唯一的藏民家，人家就是不卖。回到兵站，剩下来的就只有时间了，要一分一秒地花完它，可不是一件容易的事，于是，我们挤在指导员的寝室里唱歌，唱了《青藏高原》，又唱《北国之春》，一首接着一首，越唱越来劲。情绪一上来，时间就不知不觉被我们打发了。

吃过晚饭，正当我们满怀着希望时，却只看到三四个战士，他们像没这么一回事一样，吃了饭就懒洋洋地躲到房间里看电视去了。看来，联欢也是个空头支票，我们自己乐了一回自己。这多少让我们有点失望。

在巴尔兵站的那一晚，特别觉得头轻脚重，像在漫游太空。我们都到付卫东房间听他说当兵的故事。他是经过大难的人，汽车兵出身的他，几次死里逃生。他跑新藏线跑了八年。这条路不是雪崩就是泥石流，谁遇上重则丧命，轻则不是冻伤就是饿出胃病。在这条世界上海拔最高、人烟稀少的路上，就是车坏了，也有被活活冻死、饿死的危险。付卫东的战友有冻掉耳朵的，冻坏手指的，有的在雪崩中永远地消失了。

有一次，三个司机没检修车就匆匆上路，结果半路抛锚，又忘了带零件。第二天遇到雪崩，三个人死里逃生，从雪地里爬了回来，结果还挨了批评。20世纪六七十年代，从这条路由新疆的叶城上昆仑，常常是一边修路一边走，有时走了半个月，才走出二三百公里，这对人的忍耐力是个残酷的考验。

到了巴尔兵站，付卫东结束了汽车兵的生涯，没那么险和苦，但寂寞又随之而来。平日难得见到一个人，冬天一到，兵站就没人来了。大雪把兵营都埋了。留守的战士从这时候开始就得与时间展开一场白刃战了。他们最惦记最高兴做的就是每天去撕一次挂历，一天接一天钻被窝。有时偶尔飞来几只麻雀，战士们半天都处于兴奋之中。这是生命在向他们发出声音啊！大半年时间苦熬过去了。当夏天听到第一辆汽车开近的声音时，他们如同茫茫黑夜看到了曙光，都忍不住流下热泪。

巴尔兵站的连长有一个爱好，他喜欢摆弄照相机，面对这片空旷的高原，他天天拍的是云，他把高原各种各样的云都拍了下来。他以权威的口吻说："没有一朵云是相同的。"

在这个夏末秋初的美好季节，看着来来往往的汽车和营房里收拾得整整齐齐的空房，留我们住上一晚当然顺理成章。

据说，离巴尔兵站不远还有一个世外桃源一样的地方。那里海拔很低，四面都被高山围困。付卫东说，那里春天还有桃花盛开，但那里的战士几乎见不到外人，他们更苦。

这一夜，付卫东滔滔不绝的倾诉，让我懂得了我们这一群匆匆过客对于他的重要。恐怕他这一年的话都被他说完了。

当我从他房间走出来时，清冷的高原月已滑过了中天。

扎达布热的裸浴

扎达布热是扎西主动带我们去的。第二天上午，我们经过一个叫门士的煤矿，丰田车往右一拐，大约跑了20分钟，扎达布热就到了。

扎达布热留给我最大的印象就是堆砌在山谷里的圆形和直线形的玛尼堆，它是我在高原见过的最大的玛尼堆。若不是知道它的来历，我甚至会怀疑它是外星人干的。那直线的玛尼堆像一道堤坝，足有上千米长，它上面的每块石片都刻满了经文。

这个由溶岩形成的色彩斑斓的充满了喜气洋洋气氛的山，见不到人居住的痕迹，是个荒山野岭。这些石片都是信徒们从远方背过来的！

我在小小的庙前，见到两个远道而来的藏民，他们颇像古代的信使，抵达驿站后，翻身下马，把马匹拴于寺庙前的木桩上，取下行囊，就往庙前的台阶上走。他们去向佛像烧香、叩拜。

一群又一群上了年纪的朝拜者，更多是步行而来的。他们在这里转玛尼堆，像是一群游手好闲无所事事的农夫。因为悠闲，生活又是另一种情调，只有藏民能超然于这个快节奏竞争激烈的世界，以自己独特的方式生存着。那种不浮不躁内心充满宁静的人生让人歆羡。

在信徒们的眼里，大地万物有灵。佛教是典型的泛神论，巨大的玛尼堆就是他们对于大地、天空和宇宙幻想的产物，是灵魂窃语的地方。扎达布热被佛教徒想象成了神山冈仁波齐的衣领。

山下，有一个喷涌而出的硫黄味很浓的温泉。它流经的山坡冒出团团雾气。上一次还是在狮泉河洗的澡，我顾不得体面，泡在温泉里享受了一下大自然难得的恩赐。高原温暖的太阳、热气腾腾的喷泉，第一次让我感受到了在自然中赤裸的愉悦。把自己敞开的一刹那，我感到了自己在融入天地之间。人本来就是属于大地的，我内心一片虔诚，心从未这样放达和超然。面见神山，我无意中进行了浴身，我将以一个洁净的身子去面对这座高原最神圣的雪山。

教徒们心中的神山

神山冈仁波齐在左前方出现。我们还在长途奔波的单调乏味中昏昏欲睡，扎西轻声说："神山到了。"

就是这个令英国人爱伦在格尔木连声抱憾的山（他因故不能来），令千万里之外的信徒朝思暮想的山，令传说如同云团飘向四面八方的山，她就在我的面前出现了。没有半点预兆，没有半点排场，在我还未有充足的思想准备时，她平平常常就立在那里，以至我怀疑扎西是在开玩笑。

如果说艰苦的阿里之行，札达是一个人文奇迹的话，那么，神山就算得上是一个自然的奇迹！只是这自然奇迹的出现是如此平凡，尔后又是如此神奇，一步步让人震撼。最初，她多少让人有一点失望，只是这失望中又夹带了一丝莫名的激动。

冈仁波齐没有连绵的雪峰，只有单峰孤立。山峰上覆盖着一层厚厚的雪，像一朵尚未开放的莲花，又似大地母亲的一个丰满乳房，其外形近似于标准的几何形体。在她的下面，平庸的山体拱卫在她的周围，构成了一排连绵不绝的山脉。我们就在山脉下平坦的草原上，仰视她被云团缭绕、时隐时现永难呈现全部的尊容。

冈仁波齐海拔高度只有6714米，它由水平向的冈底斯砾岩构成，是西藏少有的构造变动微弱的始新世地层。她的周围有着群峰争雄的塔式和古城堡式的山岭。

我的想象中，神山在两大山系的围绕之中，世人极少能够抵达那里，她荒僻、怪异，不染尘凡，只闪烁着冰雪的冷光。她在天体中倨傲一切，向偶尔到达她脚下的人类，呈现天堂似的玄秘容颜。我甚至为宗教选择这样的山系和山峰而感到一股寒气。每一个被佛教相中的圣地，大部是人迹罕至的荒漠地带或严酷的冰雪地带。人们把自己的一切妄想和传说，像抵达于她的目光一样，层层加于其上。神山的沉默仿佛鼓励了这种狂热的激情，人们甚至为自己鼓舌的种种假说和梦呓搞得迷迷糊糊，到最后连自己也搞不清是真是假，他们拜倒在自己所创造的妄想之下，战战兢兢，魂不附体。这看似人类在自己欺骗自己，自己作践自己，实则是大自然的神秘威严，不得不令人生出妄想，生出崇拜的感情。面对这样的山体，除了宗教的感情，你还能有平常心吗？

我就在神山下体悟人类最初的这种感情。因为现代文明对于自然的解构，它对于一个有着足够科学知识的人产生不了敬畏的情感，却也产生了一份惊奇和震撼：在如此神奇的雪峰下，人何其渺小；那与天庭纠缠在一起的雪之峰峦，若隐若现，能不令人想入非非？神山与我想象不同的是——她的峰巅更加神奇！

于是，人们道听途说，不管合不合理，应不应该，几乎是盲目地不加选择地都把各自的解释加于这座山峰。印度教、耆那教、苯教和佛教争相把她加封为自己的圣地。苯教封她为"九重万字（卍）山"。苯教祖师敦巴辛绕此而降，沿雪顶天然的梯级走下人间。传说居住于山中的神灵达360位之众。

佛教中最著名的须弥山指的就是冈仁波齐。

耆那教封她为"阿什塔婆达"，其创始人瑞斯哈巴那刹在此获得解脱。

印度人把她称为"凯拉斯"，认为她是宇宙中心。印度教认为她是破坏之神湿婆的居所。这位湿婆法力无边，既可毁灭世界，亦可创造世界。世界因她的舞蹈而运转。她时而端坐于莲花座上，时而从山巅显现慈祥面容。

佛教与苯教在争夺信徒的斗争之后,最后也要来争夺这一座山峰,尽管这只是纯粹精神上的争夺。

传说佛教高僧米拉日巴与苯教修行者那如本穷为争夺神山,先以对歌斗智,后比试神变。那如本穷输后仍不服气,决定以2月25日那天谁先到达山顶裁决胜负。

一大早,那如本穷骑鼓向峰顶飞升,米拉日巴正在睡觉。太阳升起来了,他穿好僧衣,当第一道阳光迸射而出,米拉日巴乘着光线瞬间抵达了山顶。那如本穷还在山脖子上飞呢。看着米拉日巴飞上山顶,那如本穷惊得连鼓都掉下去了。那鼓顺着山坡一路滚了下去,留下一条垂直的深壑(冈仁波齐西侧有一条形如梯级的浅沟)。

胜了的米拉日巴出于同为信徒的考虑,便抓了一把雪往东面山上一撒,说:看在佛面上,你就住在那边吧。那座叫作本日的山就成了苯教神山。

这可不是精神胜利法,佛教与土生于西藏的苯教确实有过激烈的竞争。发源于象雄的苯教在佛教尚未从印度传入高原时,曾经统治过西藏。甚至在吐蕃时期,其权力膨胀,参与国政,势力压过了吐蕃王室。

公元5世纪初,佛教传入藏区。公元755年,吐蕃王赤松德赞提出让佛教和苯教代表人物互相辩论两种宗教的优劣。当辩论结束时,早已倾向于佛教的赤松德赞宣布:佛教更有道理,他信奉佛教。接着,他把苯教徒集中起来,给他们指出三条出路:一、改信佛教;二、放弃宗教职业,做普通百姓;三、二者都不愿者,流放边地。苯教从此被打入冷宫,龟缩到边地。后来,苯教借鉴了佛教的教义作了大的修改,一直存续至今。

就是这座神山,聚拢了数以亿计的包括蒙古人种、雅利安人种及一些马来人种在内的崇拜目光。他们以自己最丰富的想象来抚摸这座遥远的圣山,以自己最诚挚的心来祝福她歌颂她敬奉她。人们把她视为世界的中心而拜倒在她的脚下。

作为自然的冈仁波齐,有着神奇的地貌和地理特征。

西藏的四大河流狮泉河、象泉河、马泉河和孔雀河都发源于冈底斯山。经考证,四条河流中,狮泉河与象泉河都发源于冈底斯山,孔雀河虽不源自冈底斯，但其源头喜马拉雅山兰批雅山口就在神山的对面，同属普兰县境。马泉河则是喜马拉雅山脉与冈底斯山脉共同孕育的河流，其源头亦靠近神山。

马泉河向东发育成了全西藏第一条大江雅鲁藏布江，它在横断山脉的阻挡下，向西南一个大拐弯，流入印度，被称作布拉马普特拉河；在孟加拉再与恒河相汇。狮泉河向北进入克什米尔，成为印度河的上游。象泉河一路向西，进入印度被称作萨特累季河。孔雀河向南出尼泊尔再进入印度，成了恒河支流哥格拉河的上游。

这四条河几乎从同一个地方冈仁波齐出发，各自向东南西北流去，汇聚沿路山峰上的雪水和雨水，越走越远，越走越壮大，经过千里万里之行后，却最后又奇迹般同时以惊人的力量和气魄，劈开阻挡它们前进的巨大山脉喜马拉雅，又汇聚到一起，一同流入印度洋。

这神奇非凡的巧合，让人迷惑不解，冥冥中显出了神示：世界中心不在这里又在何处？

在冈仁波齐的南面约40公里，圣湖玛旁雍措闪动着一片奇异的蓝光。站在湖边遥望冈仁波齐，只见簇拥着她的山峰都消失了，只余一道幽蓝的山脉，低低地伏身于地平线上。唯有冈仁波齐高高在上，她是那么洁白无瑕、亭亭玉立，像临空升起的一轮晓月，又如一枝摇曳生辉的风荷，开放在一片幽蓝的湖面之上。这是宇宙间少有的奇景，圆球形的冈仁波齐代表的是太阳、是父神，弯曲的玛旁雍措代表的是阴柔的月亮、是母神。这里是一个日月生辉的圣地，神示再一次暗谕了世界中心的旨意。

与藏族人一样，古印度人对于这些与他们生命紧密相连的大江大河，怀有特殊的感情：他们在恒河中沐浴，当作一种特殊的神圣的礼仪；他们把河水顶在头上当成圣水，脸上绽放的是那么安详灿烂的笑容。"光芒闪耀、绚丽多彩、不可战胜的印度河，带着千川百河横过田野，快中之快，就像一匹美丽的牝马一闪而过。"他们由衷地赞美这些轰然如奔马的壮阔河流，并由此而上溯大江大河的源头，并加以膜拜。他们总是在北望喜马拉雅冰雪峰峦时，满含着感激与敬畏的表情，向那里投去神圣的目光。

他们终于被诱惑，有的人爬过了峻拔的喜马拉雅山脉，沿着河流来到了神山圣湖，惊奇地发现了冈仁波齐，发现了他们神圣河流的源头。于是，他们坐在山脚下陷入沉思，发现了他们的宇宙本原、生命本原，天堂于是在冈仁波齐神奇的雪光中呈现，缥缈梵音自天而降，他们的神就居住到了这样的天堂。

对于敬山爱水的西藏人来说，他们有着对于山川的原始崇拜情结。冈仁波齐神奇的形象，是高原的唯一，苯教、佛教都无可避免地挤到了这一座山峰。

转山中出现的不谐音

于是，这一个杳无人迹的海拔近5000米的半荒漠高地，这个只有狼和野驴迎迓日出送走日落的神秘雪原，人类的脚步声惊动了安详的自然之神。

起先是骑马者到了这里，接着步行者也来到了这里，经过漫漫长途的跋涉，他们觉得自己对神山还不够虔诚，于是，有的人从走出家门的第一步开始，就五体投地，一路磕着长头，经数月数年的风餐露宿拜到了神山脚下。这些虔诚的教徒们见到的神山不再是一座自然的山了，她已经是他们生命的一部分，是他们的未来与梦想，是他们用一生时间来想象的天堂。他们因此而忘记了语言，只有感激的泪水。

这是人们最初对于神山的圣洁感情，以对自己肉体的折磨来表达一种超凡出俗的宗教情感，他们投入了最真挚的信任。

后来，神说，转一圈冈仁波齐可洗清本次轮回中的罪孽，转十圈可洗清一"该巴"（劫）罪孽，转一百圈，今生可以成佛。

于是，杂沓的脚步声接踵而来，神山脚下难有宁日。接着，现代的马达声在山脚下响起来了，有开着车来的，他们拿着望远镜来窥探神山，在这里喝酒行令。最后，神山成了现代人的旅游景点。

我们是一帮不信佛或者并不虔诚信佛的人，来神山的目的又是什么呢？为了躲避什么、祈求什么、抚平什么？我是一个无神论者，游过许许多多的名山大川之后，神山自然成了一个独特的好去处。田斌、周小兵呢，她们似信非信，来之前，一再声明非转神山不可，此行好像就冲她而来，结果吓得张宇终于打了退堂鼓，他耗不起时间和体力。她们为什么转呢？为了洗却罪孽？为了许下某个心愿？不肯轻易示人，属个人隐私。光B声称自己是一个虔诚的佛教徒，一路带着一本密宗的书，每晚临睡前，无论多累多晚，他都要打坐半小时以上。然而，他一路上杀生最甚，迷恋饮食，嗜酒成瘾，以美食家自居，尤其是在激动时，目光中常有凶光闪过。而平常举动里，他又事事让着别人，不争吃、不抢位，助人为乐。在转神山时，雪雨中把自己的雨衣让给别人，在去林芝的路上，屈着双腿挤在车厢后，让位于他人。可见人是多么复杂的东西。光A、光C一副随大流的样子，来也行去也行，无可无不可。扎西、索多是佛教徒，他们却不转山，住在神山脚下小旅馆等我们，并暗自盼望我们转不成，溃不成军败下阵来。果如他们所愿，我们从原路回到营地，一副残兵败将的样子。

这是我们这一批转山者真实的心态，神不可不知。

神山道上的朝圣者

神山下，挤满了转山的人。草坡上搭了一片白花花的帐篷。荒山野岭突然聚集了这么多的人，他们什么也不干，只是为行走而行走，个个却像在做一件重要的事情，表情严肃。不知情者一定会觉得奇怪、觉得荒诞。人的行为有理性的合乎逻辑的，也有非理性的不可理喻的。这一片涌动在山脚下的人群，他们的行为是不是属于理性与非理性之间呢？

一条溪流从帐篷中穿过，玉色的雪水直泻而来。人们自由自在于溪边草坡上漫步。山脚下，只有这条溪流是清洁的，在此一洗风尘，令人怡神。跨溪而过的木板桥下，吊着三个血淋淋的牛头，也许桥底阴凉，雪水旋起的冷风有冰冻作用吧。直面血腥，让人无所适从。

把行李打点、捆扎在两头牦牛背上。光B又去买了一箱矿泉水，正欲往上放，给我们驮行李的小伙子过来了，说要加50元钱。这两个当地藏民是扎西、索多帮我们找来的，他们这个季节专为转山人驮运行李。听他们报出驮行李的价钱后，扎西吐了下舌头。他嚷着："抢钱啊——"这个价钱比他前次来涨了一倍。几个皮肤黧黑的藏民面无表情，好像从不讲价的。见我们犹豫，转身就走了。扎西主动帮我们再去找，也没有什么结果，只好又去把他们叫回头。

我们上路了，开始大家还有兴趣要小伙子唱唱藏族歌曲，他不会唱，只会唱流行歌曲。才唱了两首，我们渐渐力气有点不支了，一步一挪，口里直喘粗气，牦牛和两个藏民走得很快，不一会儿就不见踪影了。

路在低矮的山坡上起起伏伏向西延伸着，57公里的转山道，我们计划用两天走完。对于在高海拔地区走长路，我们心里都没底。我以长跑的经验，屏息敛气，紧闭双唇，用均匀的步子往前迈，但仍是气喘胸闷，提腿似有千钧之重。由于缺氧，人像低烧一样，脑子里有点晕晕乎乎的。也许因为信念坚定，步子有节律，我越走状态反而越好了。

神山被丘陵遮住了。山坡下是个大草原。草原的南边纳木那尼峰雄峙一方，皑皑白雪，映在碧蓝的天穹。它海拔7694米，白云全聚集在它的山巅，在阳光照耀下，与积雪不分彼此。山峰下，鬼湖拉昂措闪出一线诡秘的蓝光，它是那么艳丽、饱满、妖媚而晶莹剔透，横卧于草原，像露珠滚动于草丛。

羊肠小道上，转山者络绎不绝。他们一群一群从我身边走过，有的超越我向前快速而去，他们是佛教徒；更多迎面而来的是逆时针转山的苯教徒。每遇一批转山人，我和光A都要问候一声："扎西德勒。"这句藏语的意思是吉祥如意。从不同的发音和声调里，可以听出他们来自四面八方。装束上，有的戴圆毡帽，有的梳小辫，有的围红头巾，有的戴有舌的太阳帽；穿的衣服也大相径庭，少数人穿汉服，其他大都着藏式羊皮袄、氆氇，式样五花八门；无一例外，他们人人背着一个布袋或羊皮囊，里面装了糌粑和酥油，这些食物最适宜于旅行了，有这么一袋东西，十天半月不怕饿肚子。

转山者个个面容友善，透着安详平和的神情。因为心中有佛，尽管历经非人的长途跋涉之苦，有的鞋帮磨穿了，裤腿都走破了，他们脸上却洋溢着幸福和亲切的表情。

朝圣队伍中，还有七八岁的小孩，他们因劳累而造成身躯的弯曲，脸上流露出疲惫不堪的表情，看了令人心痛。甚至还在襁褓中的婴儿，他们也被其父母背在背上，参与了转山。有的一家老少倾巢出动；有的也许是一个部落，人数有多有少，一起来到了神山脚下。他们全都专注于行走，除了快速的脚步声，一切都是静悄悄的。在这漫长的沉默不语中，他们心里想起了什么？

山谷中的一个幻想

转山，使人全神贯注于行走，万事万物都在远去，杂乱的思绪渐渐趋于平缓。单调的迈步，滤去了脑子里的纷扰，心境在平和中变得空明。

抬头望山，初时目光带着点猎奇；再望，已是平平淡淡不为所动；最后，走成为了中心，山在可有可无间。佛教教人以平常心见事见物，这种看似不无荒诞的转山苦役，也许正是灵魂摆脱凡尘的最好途径。走路也是这般有了节律、有了韵致、有了愉快。

人在行走，意识也在流动，走的与想的步调一致，共同朝着一个方向。我感到自己的意识如同一片轻盈的白云逸出了体外，自由自在地飘游、冥思、幻想，真真假假，一个我变成了两个。那个我与自己并行、对话，他是自己的过去，是未来，是幻想、虚拟，但闻得到声息，见得到面容，真实而恍惚的神秘时空雾似的飘忽。

我在想象一个人。我把他描画成一个流浪汉。他似乎已在我心中存在了很久，只是偶尔从意识里一闪而过就不见了，我无法把他拼凑成一个有血有肉完整的人。每每惊鸿一瞥，总让我失神半日。我终于可以把昔日掠过脑际的片断收集起来，用想象描画出一个具体可感的人。以后的一些日子，他不时进入我的梦里来，与我说话，又幻觉一般逝去。在我的凝神里，我看着他，我相信他一直在世界的另一端疾疾行走。

他长发披肩，背着一个硕大的行囊，眼睛中有一种奇异的光，那是与信念有关的一种光芒。他有一副洁白的牙齿，笑时总露出它来。他很少言谈，行动怪异，总爱做无休无止的不速之客（尽管这个世界越来越不欢迎这种人了）。他爱犯的毛病是异想天开，这种错误一犯再犯，永无改正的时候。他总是后悔，直到下一次后悔重来。他想走进人群，但他却强烈地感到格格不入。他有时想哭一场，因为他总是以坚强来标榜自己。想哭的时候，流露在脸上的是笑，他哭不出声音来。那只是想象哭得起伏波折将内心难以言说的东西宣泄得淋漓尽致，涤荡得痛痛快快。但他只有笑，他所熟悉的世界在他的笑声里建立。

他是孤独的。孤独不仅仅因为是独行客。起先，他把路途上的见闻说给人听，他的听众不是分神，就是半路说出一些与他所谈内容毫不相干的话来，他就停住了自己的诉说，懂得说话的无意。他渐渐沉默，许许多多的事像秋天的落叶一层层沉积在他的心头。他的心里深得像一片原始丛林。后来，他只是对人笑。人们说他平易和气，是个好人。又后来，他学会了当别人的听众，他只是面对人的宣泄欲、表现欲。他闻而不言，试图去满足人的这种欲望。他这样被人群接纳的时候，他其实面对的仍然只是孤独。正如一天他意外获得了财宝，财宝带给他的也只是更深的孤独。他明白人的嫉妒心就像冬眠的蛇，为了不惊动它，他悄悄收藏着稀世的珍宝。他习惯了孤独。孤独开始给予他力量。

孤独人的笑，包蕴无穷含义和意味，常常令人缄默而生敬意。有人想探究他时，他的心永远只漫游在世界的边际，隔着千山万水的烟岚，像一只憩息于水响风唳之上的候鸟……

漫长的羊肠小道，我漫无边际地给他增添着独立特行的品质，满足着我的欲望。当我差不多要把他弄得面目全非时，他拒绝了我，幻想由此而断。我的目光从遥远而虚幻的时空收回到现实的峡谷里。

也许，佛家的闭关修行，冥想中见到佛身，与我有异曲同工之妙吧。在这越走越荒凉，连草也消失了的高原上，离生命和人烟越远，离佛教灵魂却更近了。西藏苯教的发源地和佛教的神山圣湖因此而选择了这个半荒漠的土地。我理解了荒芜中人们对于虚幻事物的渴望是怎样强烈地呈现幻觉和冥想。我何尝不是一个生命的流浪者，走到了世界的中心，欲历尽所处世界未曾见过的一切，让灵魂有一个浩荡的空间，存放梦想和企望。没有安分的灵魂，哪里会有流浪者止步的地方？人有双腿，他就永远在路上了。

大峡谷里的宿营

又见到神山，这次她是在我的头顶上。我们已走进一条厢形峡谷中。从峡谷向南边开阔的平地眺望，让人想起一位印象派画家的一幅法国南部山区的风景画，那也是从山谷远眺平原的画面，但构图相同，景色却大异——这里只有一种红褐色的石头。

由南向北，峡谷越走越逼仄，两边是巨大连绵的红色砾岩峭壁，它们像两把巨型钢刀，切向空中，留下一小条天缝。谷底一条河流，波翻浪急，由北向南奔去。有幸坐落于陡岩上的山峰，都有几分狰狞几分冷峭，嵬嵬然，岩岩然，显出高处不胜寒的冰雪肌体。神山像座金字塔巍然端坐于头顶，如泰山压顶，从云雾中显出少有的威严。那隐没在积雪带和云雾中的天梯直让人产生攀登的幻想。没有神在哪有如此的神威和诡秘！

我们已经走了3个小时，从晴空万里到乌云满天，高原上的气候说变就变。从纳木那尼峰飘过来几朵乌云，峡谷立刻山雨欲来。

两个藏民在一处草地放牧那3头牦牛，等我们赶上来。

几道细长的瀑布从陡崖顶直落谷底。我们刚刚走过瀑布，就噼里啪啦下起了雨。

光B急着搭帐篷。我抬头一看，发现我们正处于一堆乱石坡上，石头都是从上面山沟滚下来的，一旦雨水冲击，石头滚落，后果不堪设想。我忙阻止，叫大家往前再走一段，走过这片乱石坡。

我们在河滩搭起了帐篷。那位藏族小伙子想阻止我们，他要求往前赶路。雨越下越大，我们懒得理他。

这是一个进口帐篷，第一次使用，不知如何把它支撑起来，越急越乱，最后还是光B发现了天机。刚刚搭好，雨又不下了，只有阴风惨惨，铅云低垂。犹豫片刻，小伙子又在催，我们看看时间7点多，又拆了帐篷继续赶路。

9点多了，我们还在神山的雪冠下面行走。天空出现晚霞，像一团团飘动的火苗。大家走不动了，在两条峡谷交汇的一块平地上搭起了帐篷。朔风如同刀子一样刺人。

晚餐准备了方便面，没有开水。藏族小伙子到河边一个毡包里弄来开水卖给我们，5元一瓶。温温的水泡不开面团，吃在口里还脆脆作响。

天很快就黑了，黑得伸手不见五指。站在帐篷外，只闻水喧风啸。突然对这个荒无人烟的陌生峡谷恐惧起来。钻进帐篷，睁着眼睛听四处动静，大自然从来没有与我这样靠近。我与这个荒野只隔着一层薄薄的布。

半夜，睡得迷迷糊糊，听到了一头野兽的喘气声。帐篷在动。我壮着胆子猛咳了一声，窸窸窣窣的声音仍绕着帐篷响。大家都醒了，谁也不敢吭声。

又朦朦胧胧进入梦乡。才过了二三个小时，藏族小伙子过来了，踢着帐篷叫我们起来。我用电筒照了一下表，才3点钟。爬起来探头望一望外面，黑乎乎的什么也看不清，只有天上似有若无的一两颗星。见我们不起来，小伙子悻悻地走了。

夜里又下起了雨，雨点打在篷布上，冷在心头。不到4点，小伙子又来喊，仍没有人理他。他一连来了三次，搅得人一夜都没睡好。谁知他心里在盘算什么，是不是为了赶下一趟生意？

人生真能苦极甘来？

第二天天蒙蒙亮，熹微的晨光中，见转山人一拨一拨从我们身边走过，让人想起遥远的中世纪。这是一幅古典主义的油画，恍若西方上个世纪所表现过的宗教场面。

用河里的雪水擦了一把脸，差一点没把脸皮冻掉。大家急急忙忙收拾东西，就匆匆上路了。走了一会，雨又下起来了，还夹带着冰雹。我们只带了三件雨衣，躲了两次雨，也不见停。冒雨走了一段，冷得直打颤。

雨越来越大，大家钻进路边一户藏民的牦牛帐篷，要了一瓶滚烫的酥油茶，身子有了暖和的感觉。

第二次上路，走不多远，又是雪花飞旋，雨点噼啪，浓浓寒雾把我们裹进一团迷蒙，让人莫辨东西。我们又反身躲入帐篷，藏民不让我们进去，要进去就得买他的酥油茶。我们只得从牦牛背上取下篷布，找了一处有大石头的地方，大家把雨布顶在头上，挤坐在几块石头上。

藏族小伙子开始嚷着闹着要原路回去，对我们躲雨大为不满。今天一早，他一到帐篷边就要我们再加钱，说他赶来了3头牦牛，至少要加50元钱。现在又喊着，前面的路难走，牦牛上不去，要再加50元，要不就原路返回去。

我们冻得顶不住了，如果冒雨行路，淋湿了衣服，患上感冒，在极易引发肺水肿的高原，随时都有生命危险。往前走还是往后撤，让人犹豫。

我们已经走到了神山的北面，差不多走了一半的路程。往前走，按小伙子的说法，海拔更高，路更难走；往回撤，又似不心甘。田斌、周小兵两个最坚决的转山者也不再是坚持的表情了。

在我们长久的犹豫观望中，藏民一个个仍在往前走着，雨雪淋在他们身上，就跟没有这回事一样。几个年迈的老人，几个幼小的孩子都是这样意志坚定，从容而行。我不禁生出一股心痛的感情，为这个虔诚的民族而心痛。他们何曾怜惜过自己的身子！人生真能苦极甘来？也许，磨难正如一杯苦茶，品过之后，就会回味起甜来，大难才见大美。肉体的劳碌能使人活得坚实，甜腻腻的生活会使人浮滑、空虚和无聊。在西藏的游历，让我更加坚定了一个信念：人生在世，本是不可过于追求享乐的，我相信粗粝的生活是对生命有益的。转山，就能使人的精神超拔、纯净。宗教的仪轨大部要经过肉体的惩罚而获得。佛教修行，有的要求在幽闭的山洞中与世隔绝，时间从数月到数十年，"或断发，或椎髻，露形无服，涂身以灰，精勤苦行，求出生死"。这是灵魂的炼狱，去人欲而存佛心，高僧们的脸上洋溢着的是永远的慈祥、宁静和豁达，是洞透人生的智慧和襟怀。

迟迟疑疑，心有不甘地往回走了。渐渐地，雨小了，云开了，裸露的石头山已是厚厚一层积雪。又回到厢形峡谷时，天已放晴。只有神山始终在云雾中若隐若现，难窥全貌。

在峡谷出口，碰到了一群小学生，他们排着队来转山。

有四个磕长头的，蠕动的身影离我们慢慢近了。在前面的是一个中年妇女，中间是两个年轻的妇女，后面是一个头发花白的老太太。举手、合掌、曲腰、前仆、俯卧、再伸手，爬起来走三步，到刚才伸手所及的位置，又一次重复。一个又一个磕出的等身长头连接着，两米、四米、六米……艰难的距离，用身子在大地上丈量着。

她们一起一伏，扑地的响声，甚至衣服的摩擦声，在空旷的峡谷是那么响亮，一幅多么奇异的画面！这是用肉体在强化着一种信念，依靠了多么强大的精神动力才驱动了这繁重的运动！

她们穿厚厚的红色藏袍，胸前系皮质的长可及地的围裙，手戴一双硬皮护套，脚穿胶鞋，有的戴着线制袖套，厚厚的头巾把蓬乱的头发全束扎在里面。老太太每次扑向地面，手都无力支撑，身子重重砸在地上。满地的石子被碰压出一阵又一阵沙沙声。她爬起来更加吃力，脸上流露着既痛苦、疲惫而又坚定的表情。那头巾里露出的白发，那白发上的厚厚尘垢，那磨光的皮裙，那从新穿到旧的胶鞋，都无言地诉说着漫漫长途中的艰辛。

两个年轻女子脸庞晒得黧黑，脸颊上两块又大又深的紫斑。见我照相，她们坐起来，用一只长长的护套遮住嘴巴，向我露出善意的笑。语言不通，只有笑容才是唯一的交流。

我不知她们家在何方，走了多远。路上生病了怎么办？没有吃的了又怎么办？

记得在青藏线那曲到当雄的公路上，我见过两位妇女，她们正在公路上磕长头。汽车开过去，她们只是一闪就从车窗消失了。那里到拉萨大昭寺还有近300公里之遥。她们是要一路磕到大昭寺去的。

磕长头一般都有负责后勤服务的人，他们或去前面等，或在后面跟，帐篷、衣被、食物、炊具和牛羊均由他们负责携带和放养。他们先在前面安营扎寨，等磕长头的人一路磕过来。吃的一般是糌粑。牛羊是一路的盘缠，他们或以之换取食物，或卖了它再去买点日用品。也有没有后勤服务的，磕长头者先步行到前面，把糌粑、衣物藏在石头后面，再回到自己磕到的地点继续往前磕。据说，磕长头转山，一圈相当于徒步转十几圈。

磕长头的人去了圣地回来，都会受到人们的崇敬。若额头上留下了磕头的疤痕，这是磕头人的骄傲，它被视为善和美的标志，受到人们的敬爱。

面对这样的场面，现实起了变化，它不再显得重要，它是轻飘飘的。

我这个无神论者，夹在虔诚的信徒中间，感觉自己像个奸细。我不理解她们的举动，她们也绝想不到我只是来游山玩水的。在这样的氛围里，即便不信奉神灵，也是不能妄语的。我就为自己说过的一句胡言，经受了一次内心可体验得到的小小惊慌，唯恐有什么不测发生。这也见出我并非一个彻底的无神论者。在这一个巨大的"磁力"场，谁能举头遥望云缠雾绕的雪峰时，不会生出幻想？当我觉得转山不无荒诞时，转山人也一定感到了我的荒诞。

目送她们一步一步远去，好像另一个世界也在离我远去。那是怎样的一个世界呢？我见而我却不知。

乌云又带来了一场雨，我们躲在篷布下。两个向导把我们的矿泉水和食物都丢了个精光。我们走不动，要他们先回去，通知司机开车过来接我们。小伙子非得先给钱才走。我们解释，东西都在你那里，远远不只值你的工钱数，他就是不干。

我们就像他押着的一群俘虏，垂头丧气往回走着，只觉路越走越远，来时觉得很短的山坡，走起来一坡连一坡，永无止境。

见到扎西、索多，我们果然被他们嘲笑。尽管回到出发地已是晚上7点了，我们都异口同声要求马上走，离开这个遍地是垃圾的地方。更主要的是，我们想尽快摆脱这个小伙子。给他工钱后，他竟然还要求我们送给他雨衣。

玛旁雍措温馨一夜

我们开车冲进山脚下的大草原。辽阔的谷地，使我们长长舒了一口气。夕阳落山的时候，我们冲过了40公里的草地，冲到了圣湖玛旁雍措的沙滩上。圣湖已经在苍茫暮色里斑斓成一片色彩的迷阵。一路上，夕阳涂抹得金箔似的草原波浪一般起伏，那真是天底下最美的色彩和土地，阳光暖得让人心痛。但现在，夕阳已经隐去了，灰蓝的湖面只余霞光的碎金闪露。晚风一起，冷得人缩成一团。跑向湖边的脚步就此打住，按下快门，黄昏一刻的圣湖就成了永远的记忆。

玛旁雍措即"永恒不败之湖"，它面积412平方公里，海拔4587米，最大深度77米。湖泊有五彩石和金砂环绕，周长120公里，转湖要走3天。据说，湖面凸起，站在湖边看不到对岸。船至湖心，总是狂风大作，巨浪滔天。瑞典探险家斯文·赫定到了玛旁雍措，他夜闯圣湖，遭遇飓风，险遭不测。

这一晚，宿于圣湖与鬼湖之间的一个村庄。

夜探山崖上一座空庙，风把经幡猎猎吹响，那天之涯、山之角的圣湖隐在夜色的滞重里，仍然要透出一层更凝重的蓝来。风铃响处，万物之灵似乎醒在这声声清脆而寂寞的音响上。分明有森森然逼面而来的灵气，让攀爬者骤然加快离去的步子。

这一夜，月亮很晚才从圣湖升起来，它像这片土地一样荒蛮、僻远。想起家乡的月亮，那月光亲切、古典，是唐诗宋词里的婉约，伴婆娑竹影柳梢而动。而现在它照见了自己苍茫荒旷的天地，把千年的风韵一朝驱散，这两个月亮真是同一轮吗？

而在如此荒凉中的晶莹剔透之水，是怎样的奇异动人！圣湖，遥远的朝圣者，从四面八方向她走来。他们来到湖中沐浴，让水渗透肌肤。因为圣湖，能让有罪的人沐浴后洗心革面而成为新人。他们千里万里从这里把湖水背回去，点一滴在亲人的手心，或撒甘露一样轻拍于额头，那将是人一生中最大的荣幸。一个湖被人们提升到："凡是身体触到玛那沙罗发尔（指玛旁雍措）的土地，或在它的浪潮中沐浴过的人，将走进勃拉马的大堂；凡是饮过它的水的，则将升上湿婆的天宫，并解脱百次轮回的罪孽……"这是印度教徒们对圣湖的赞颂。在《大唐西域记》中，唐三藏称之为"西天瑶池"，它是西天王母娘娘栖居之所，佛法无边的清净地。

在一对老年夫妇宽大、温暖、干净的房子里，这一夜有了家的感觉，睡得好不舒适、温馨。这是老年夫妇慈祥的笑容里溢出来的温馨。我因此想起了我的祖母，想起了幼年睡在她床上的气息。天涯长旅，我渴望着温情。

长途跋涉的背夫

第二天，绕着蓝晶晶的鬼湖，从纳木那尼雪峰下，我们去普兰。

鬼湖与圣湖有一河相通。圣湖是淡水湖，而鬼湖则是微咸的湖。靠近鬼湖走，湖一眼比一眼蓝，掀起那有浓郁暗影的波涛的仿佛不是风，而是来自于她内部的力量，像一个人身体的颤抖，像妖艳女子的电波。人们把凄美的鬼湖打入另册，实在是因为惧怕一种勾魂摄魄的美。美，常常只会让人生出满心的怜惜。

到了纳木那尼峰之西，一群尼泊尔信徒挤在一部卡车上，他们从孔雀河上游的一条雪水河河床上开了过来，前去神山朝拜。河滩边，两个尼泊尔人、一个印度人，正在生火煮咖啡。他们与新疆来的两个司机、一个生意人在这里熬过了一个长夜。两个尼泊尔人跳入早晨的雪水中沐浴，又赤裸着身子在刚刚升起的太阳下打坐，手持莲花指，双目紧闭，念念有词。一个年轻一点的给另一个长络腮胡的画符，在他的额头上、鼻梁上、胸口和手臂外侧涂上了白色的奶粉。他俩围坐在小火堆边，旁若无人，进入了一个冥想的世界，任凛冽的寒风劲吹而不自觉。

雪水河，由纳木那尼峰上的积雪融化后形成。每天下午，经正午的太阳一照，积雪大量融化，河水猛涨。昨天，一辆吉普车过河时就被雪水冲得无影无踪；又有一辆陷落河床，被新疆来的卡车搭救上来。吉普车刚开走，卡车却陷进河滩开不上来了。新疆的三个维吾尔族人和搭他们便车去转神山的尼泊尔人、印度人，就在这条雪水河边冻了一夜。

去普兰，我们也得从雪水河上过去。丰田车开上宽阔的河床，河床上到处都是石头，石大如盆，一条接一条的流水密布其间。小车不是被大石头卡住，就是险些陷入河中，这对司机的技术和胆略是一个严峻的考验。我们虽然顺利过去了，但下午要在雪水上涨之前赶回，还得冒一次险。

赤地千里，千里赤地。普兰的山地又回到了狮泉河的地貌。只见一队尼泊尔的背夫出现在这个砂石满天、烈日炎炎的土地上。他们踽踽而行，在无人的荒漠，成了最吸引目光的风景。

他们头戴尖顶的毛绒帽，身穿破烂肮脏的棉袄或兽皮袄，有的穿着胶鞋，有的打着赤脚，就这样走在太阳炙烤着的砂石上。背上的大麻袋和藤筐，从臀部直盖过头顶。他们弯腰弓背，汗水如浴。远远看去，只见到巨大的袋和筐，一双短短的腿，一寸一寸挪动在无边无尽的山坡上。

在这片充满终极关怀的高原上，这样的情景使我顿悟：非人的苦役、长久的沉默，于是出现幻觉，人们渴求并找到了佛教。因为有了佛教，他们才能够忍受一日复一日的背夫生涯。寂寞的荒原，连驼铃声也听不到，只有赤足踏响大地的蹬音。没有宗教，他们一日也熬不下去。宗教又变成了最好的现实关怀，它使人对苦难麻木。

我曾情不自禁想象过自己一个人在大地上行走的情景：大地辽阔，杳无人迹。一座没有顶盖却能够看见星星和月亮的房子，它总是在前面等着我，在它的里面，即使睡着了，呼吸也和自然连在一起。我风雨无阻地行走着，不时有令人惊喜的山谷、河流出现，遥远的风跟着我吟唱流浪的歌……

这是多么浪漫、多么富于诗意。当尼泊尔人的脚步走过这片高原时，我看到了大地上真实的行走是怎样的令人心酸。他们喝生水、受雨淋，夜宿荒原，一个个面如炭灰，形如枯槁。也许，他们曾瞥见过城市的图画，偶尔会想起那些高楼大厦，梦到车水马龙的街道。我们互相做着相反的梦，我的都市成了他们的梦想，他们的行走成了我的梦境。然而，人一旦在某个地方降世，在某个地方谋生，一切似乎就命定了。尽管我们也能彼此相遇，更多的却是在对方的梦中。所谓命运，就是这些非人力所能为的命定。高原人献身佛教，都市人节衣缩食出来游历，都是为了求得某种摆脱。这个世界并没有什么天堂，只存在差别。城市人的竞争、倾轧之累，患心理疾病的人日愈增多，环境的步步恶化，我的流浪的梦想就不只是轻飘飘的浪漫。它是对人挤人、人叠人、人踩人的都市生活的反抗和精神弥补，是对永难离弃的人群的心理反弹，也同样有着苦涩的内涵。

背夫在梦见都市光怪陆离的生活时，只能见到那里的繁荣和绚丽；我在梦见他们的长途跋涉时，也只能看到苦役，看不到他们内心向佛的欣喜。没有哪一种生活是只有苦难而没有欢乐的，正因为苦难，才有了战胜它的喜悦，有了人与人之间的团结与关爱，人们这才有了好好活下去的理由。

科加村的男人节

尼泊尔背夫运送的是各种生活物资，还有转山人的行囊。到达科加的科加寺时，他们放下背包，朗声交谈。到了自己国家的边境，他们该高兴了。没有谁不认为自己的家乡是天堂。

我们通过边防检查站后，未在普兰县城逗留，就直奔尼泊尔边境上的科加村。

一条奔流不息的孔雀河在喜马拉雅山脉的深山大峡谷里喧哗而去。被雪山围绕的科加村岑静又宁谧，连蜂翅的振动声都清晰可闻。这里有一座著名的寺庙科加寺，一些转完神山的人要来这里拜一拜庙里的主神文殊菩萨。不少外国旅游者也从这里进入中国边境。千年古寺落下了岁月的沉沉寂静。庙内香火几点，僧人几个，冷落中自有几分出俗。

散落在山坡上碉楼式的农舍，一律两层，皆由石料砌筑，楼下如同地窖似的，是堆放柴草、关圈牛羊的地方，楼上住人。村里人放牧的放牧，干农活的干农活，地坪里难以见到人影。

一路上，从进入普兰县城开始，砂石地上就出现了一块一块梯级的青稞地，路边不时有高大的绿色乔木。在这个寸草不生的边地，这真是一种奢华的绿、仙界的绿、神话的绿。科加村拥有这样的绿，还有潺潺而下的银光闪亮的雪水，他们是生活在自然的奇迹里了。

在这个边远的偏僻村庄，流行"女尊男卑"，像内地有"三八"妇女节，这里的男人也有男人节。从祭土著神的第二天开始，2月11至15日的5天，就是男人的节日。18岁以上的男人在这5天里全汇集在科加寺的小广场喝酒看藏戏，吃的糌粑、酥油、肉和酒都是由有威望的老人上门凑的。看藏戏时，男人坐垫子，妇女小孩都只能站着围观，并且每户都得派女人前来斟酒。

这真是富有戏剧色彩的生活场景，男人们要女人们来宠，想起来就令人忍俊不禁。

媳妇是站来的

男人们撒娇自有他们撒娇的道理。在科加还保留着母系社会的遗风，男人娶媳妇要站门口（以前是抢）。你看上哪家的姑娘，先要在天亮前把酥油点在门楣上，然后在离大门几米远的地方摆上酒壶，求亲者就开始直挺挺站在人家的大门前，等主人起床了，开门了，然后赶紧脱帽致礼。主人发现有求亲者站在门外，他们往往爱理不理。到了吃饭时间，求亲者家里送来了饭菜，或来人替代站门者，让其回去吃饭。临走，站门人还得高声向门内喊话，说自己回去吃饭，特地请假。

如此3天下来，如果对方还没动静，男方就要再来一位亲戚陪站。这一站，长的有时达半月之久。

男方"站婚"一般都能"站"来媳妇。女方如果不嫁，也有办法，那就是知道男方要来站门口，一大早就起来把住门口，不让对方点上酥油，男方因此而失去站的资格。

"站"来了媳妇，并非像其他地方的人那样把媳妇娶过门，夫妻另立门户，就算一个新家庭诞生了。科加推崇的是夫妻分居。不到100户人家的科加，分居的就有30多户。男人在新婚之后就得回自己的家，只有农忙季节、逢年过节来走动一下，帮忙做些农活，有时也做针线活。有了小孩，做父亲的就可以经常来看望孩子了。孩子大了，只要协商好，父亲也可以带走孩子。在此之前，父亲并没有抚养子女的义务。

之所以还保留这种婚姻关系，科加人讲了两点理由，一是经济原因，因为婚礼要花费大笔钱，男人还得向女人付奶钱，家里穷的付不起钱；二是人际关系，一般家庭都由女儿掌权，有了妯娌，人多是非也多，弄不好还要分家，大家庭和血亲关系就难以保持了。

这种"母系氏族社会"的家庭结构，我在云南宁蒗的泸沽湖也遇到了。一个多月后，我进入这个深山中的女儿国，住进了摩梭人的木楞房，摩梭人对这种婚姻关系十分敬重，老人们还担忧年轻的一代经不住外来生活方式的冲击，把他们这个世代因袭的好传统丢掉。他们把它称之为"走婚"。与科加人不同的是，摩梭人男女青年相爱，男的要半夜三更偷偷地溜进姑娘的花楼（成年的少女都有一个花楼，姑娘长到十四五岁，家里人就让出一间房让姑娘单独居住，家人从不去打扰）。直到女方生了儿女，婚姻才正式公开。男人由母亲做主，到女方家大摆宴席，承认这宗婚姻关系。也有极个别不愿承认的，这也没有太大关系，因为男方不存在抚养义务，又被排斥于血缘之外，因此婚姻变得十分自由。我问一群摩梭族小孩，知不知道爸爸，他们都点头。我问爸爸妈妈中喜欢谁，几个孩子异口同声说"妈妈"。

泸沽湖与科加村都处于边地的崇山峻岭之中，前者位于云南、四川和西藏交界的横断山脉之中，后者则处于与尼泊尔相交的喜马拉雅山脊里。天然的屏障，使他们保持了遥远的古风。

陷落雪水河

　　下午往回走，车过普兰加油，我们去看所谓的"国际市场"。这真是一个戏谑的词语，"国际市场"的规模还比不过内地一个镇的圩场。去国际市场要经过一个桥头市场。我看到一个甘肃小伙子与一个尼泊尔青年做生意，好像是在做一场游戏。腼腆的尼泊尔青年要买一件衬衣，双方态度都十分随便，又是调侃，又是推搡，又是笑，虽是做生意却没有多少买卖味，反而觉得很有诗意和人情味。这个日用品市场，几乎都是甘肃人摆下的摊，他们中许多人还是亲戚。这种做生意成帮的现象还真普遍。在青藏线的班车上，我就遇到一个青海湟中县的小伙子，他是到樟木去进货的，主要进的是印度香、翡翠玉、念珠、手镯等小工艺品，他说，他们全村都做这个生意，几乎全国各大城市的小摊，都有他们贩来的这些小玩意儿。

　　因为要急着赶路，我们匆匆浏览了一遍就上路了。正午融化的雪水已经开始从山峰向河谷汇聚。扎西把车开得飞快，车后面拖着一个长长的灰尘的尾巴。

　　赶到雪水河，水比来时大多了，哗哗的水声响彻河谷。扎西不愧为一流的司机，几个来回，调过来转过去，又是颠又是抖，已经在河滩上过了几条小河。在主河道，他铆足了劲，看准了路线，一踩油门，车滑进冰冷的急流，挂低挡，加大油门，抓紧方向盘，车歪歪斜斜，慢慢过了河心，又颠着向上爬，终于冲过了这道鬼门关。

　　索多的车紧跟而来，到了河中，突然被石头卡住动不了了。车子吼了几声，一屁股坐了下去，顷刻，汹涌的河水把它淹得熄了火。

　　坐在车内的三个光头慌得急忙脱鞋，把裤腿高高挽起，推开车门下到河里。刺骨的雪水还是把裤子打得透湿。

　　扎西见状，忙叫我去借钢缆。下游不远，一台装满货物的东风车陷在河边，司机正坐在岸上发呆。我快速地在石头间跳着，跃过了几条河汊，到了离货车不远的地方，被又宽又深的主河道拦住了。

扎西见我站在那里，他又火急火燎跑了过来，一看主河道汹涌的河水，他也束手无策，急得团团转。他打着手势，要索多从那边上岸去借。

水在一个劲涨，冲得车身左右摇摆。索多急急忙忙背来钢缆，在两台车之间一挂，他回到车上，抓紧方向盘。扎西发动汽车使劲猛地一拉，没想到，"嘣"的一声，索多车上的铁钩被拉断了。扎西冲过来，用钢缆一层一层绑住车前的横杠，又回到车上再拉。烟在冒，轮在滑，石在动，索多的车在水中被拉得歪歪扭扭，挪前了一点就再也不动了。

大家都急了，忙向轮前丢石子，又把大石头挪开……扎西再一次发动车子，改变了一点方向，一点一点，终于把车从水中拖了上来。

前面还有几条河汊得马上冲过去，我们不敢再延误时间。扎西又打头阵，他开着车在石滩上来回择路，几次犹豫，最后奋不顾身一冲，闯过了最后一条较宽的河，索多跟着一头扎进雪水里，有惊无险，他也冲上了岸。

过了雪水河，大家欢天喜地。我们对扎西的车技大加赞赏，扎西的脸上一半留着惊慌，一半是胜利者的骄傲，他一根接一根抽着烟。大家说，到了圣湖，晚上要好好喝点酒，以示庆贺！

圣湖边的情歌

再宿圣湖边，我顶着心悸、头晕、腿软的高原反应，爬上了那座有一栋寺庙的小山，拍下了鬼湖流金溢彩的辉煌日落。晚风浩荡，山谷间一个经筒被风吹得咕噜咕噜疾转。鹰在苍茫暮色里划过头顶，把凄厉的叫声播向空旷的山谷，山垭中一群外国人搭起的帐篷，几次都差一点被风刮倒，帆布被吹得啪啪直响。神山这时是那么宁静，那么平易，酷似俄罗斯大教堂上的"洋葱头"屋顶，在草原的一端呈现，不动声色地注视着这一切，她与我们挨得如此之近，如同一个幻觉。

沉默的风马旗

晚上，村里狗也不吠了，月亮迟迟还未升起，一切都似乎沉入到远古的时间中去了。我从温泉沐浴后，一个人借着微弱的天光返回河床上的村子。几个藏族少女在河岸唱起了一首情歌。那是从心里流出来的声音，它有一点缠绵，有一点感伤，飘逸中凝着深情，婉转里带着直率，在深夜无人的河边时起时伏，时高时低，让我的脚步如赴情人的幽会，让我的心绪缥缈如闻天仙的召唤。在藏区我从没有听过这么美妙、这么柔情的歌。它与这夜色一样显得神秘幽深。我第一次感受到了藏族少女内心的别一种情怀。不论哪个民族，少女的情怀总是诗。

歌声在我抵近的瞬间消失了。我在几块大石头间寻觅，唱歌人神秘地失踪了，没有半点声息。大地又复归于千古沉寂。难道这是我的幻觉？

第二天一早，我们起程。房东的院子里站了不少人，都是这个村的年轻人，有男有女，个个打扮得朴素又漂亮。车子离去的一刻，他们齐齐向我们挥手。我看到两个少女的明眸里有一团晶亮的神奇的光在跳跃，像生命的火苗动人地一闪。

我的心涌过一股暖流。曾经年少，家乡的父老乡亲也曾这样送我。只是阔别有年，每次回家再也没有相送的人了，20年来，漂泊四方，辗转他乡，也常常影只形单，独来独往，久违的一幕重现，却是这一群素昧平生的人，不由得我思绪万千。望着快速闪过的草原，对这个小小村庄，我陡地生出了一股眷恋和不舍。

[第七章]

在喜马拉雅与冈底斯山脉间

告别阿里

扎西的车在下午6点陷落在急流滚滚的帕羊河中。这一次,河床宽阔,水势浩大,水面已淹到车窗边了。小车就像一个随时可能会漂走的小岛,显得孤立无助。

这是一个巨大的草原,疯生的草长可及膝,喜马拉雅山脉与冈底斯山脉都远远地退于一隅,只露出冰冷的雪峰。我们呆呆地望着她们,眼睛深处结着两粒雪光。

这一天,沿南线一路东行。这条路与北线大不相同。满目的野草不再是一寸见长稀稀疏疏近乎半荒漠的了,它是疯长的一片,虽稀疏,却足可呈现一幅风吹草低见牛羊的风景画来。大的石子少了,土地变得有了一些油性。从两大山脉发源的河流,蛇行于草地,银光一闪就是它们凝脂聚玉的面容,牝马一样地突然出现,又马尾一样寂寞地纠缠你,让车绕着它转来转去。只有找到一个合适的位置,你才能别它而去。由于河床中泥的成分大大增加，即使不深的地方，看得不准也可能陷入河床淤泥之中。

一路上都有河流相伴。我们甚至在霍尔发现一个地图上没有标注的大湖。

尽管草这么深，扎西说，牛羊并不喜欢吃，它们中意的是那些低矮又有韧性的草。沿途还真难见到牧人和羊群，只有不时出现的一具具倒毙于荒野的动物，有马、牛、驴，内脏都已腐烂成泥，外表皮毛依然完好。这是去年冬天雪灾所造成的惨相。厚厚的积雪把草原覆盖了，动物们一点草也吃不到，活活饿死、冻死。

就这样，眺望着遥远的雪峰，观赏着无边无际的草地，我们一步一步走出了阿里，又远离了阿里，别了这个西天云彩弯弯的神秘的土地。我在颠簸的车里写下了这样的诗行：

> 天上的雪峰神的殿堂
> 接纳我逡巡的目光
> 纵有大地相连　迈动的双腿
> 只能徘徊在遥遥谷地
> 抵达不了圣洁的天庭
>
> 圣湖边缥缈的藏歌
> 黑夜里潜行草原的河流
> 如风的行者的跫音
> 都是远行人无边的遐思
>
> 牦牛踏开的土地
> 羚羊飞奔出的草原——
> 大地紧绷的羯鼓
> 游牧者守望的家园
> 岂只是风景如画
> 岂只是追你到天边的漫游
> 云朵般留下浮影

找不到风雪里扎下去的根

不只是行走更有灵魂的洗礼

高原　苍鹰与神同在
寒冷的头昏目眩的高原
疲惫的饥渴的高原
让我千百次感受你冷峻的光辉
承受你永远的缄默
只把六字真言带走
长旅中心念口诵
一遍又一遍

　　路上出现了修路工人，这条一到洪水季节就无法行走的路线，终于开始在江河上架桥了。路修了两年，架成的桥却只有一座。
　　在一条大河边，河水逞威般流得满滩都是，喧腾的声音里，既有浅滩的哗哗，又有深水的嗷嗷。对岸一台东风车陷在河里，还有一台停在岸上，不敢过来。
　　我们来到河边，扎西、索多沿河滩走了半天，也找不出一个有把握的地方。光C、光B去修桥工地交涉，这座桥似乎已合龙，也许侥幸能够过车。等了足足40分钟，结果是桥还不能走车。有人说出20元钱给我们带路，扎西一听连连摇头，他信不过这些人。他说，到时他把你带到一个陷车的地方，再等着向你要钱拉车。
　　要过河，只有自己下水探路。光B、光C脱下鞋子和长裤，就往水中走。扎西在岸上指挥。
　　涉过两条浅河，他们蹚到了下游的主河道，那里较为宽阔，水应该浅一些。两个人一步一步向急流中探脚，摸索着前进。水淹到了大腿，光B、光C赶紧撩起上衣，溅起的水花把内裤全打湿了。光B一个趔趄，差一点扑进河中。光C扶住了他，两个人手牵手，互相交错往前走。光B战战兢兢，显得很紧张。过了河心的急流，水又浅了，他们上了岸。

扎西壮了胆，叫我们上车，按探出的路线开始过河。

民工都过来围观。这一次让人觉得有点凶多吉少。丰田车像一条船，蹚过了一条又一条河汊，最后在几乎就要熄火的一刹那挺了过来，冲过了主河道，开上了沙滩。

帕羊河畔的不眠之夜

尽管我们一路成功地渡过了众多的河流，但这条深深的帕羊河还是让我们功亏一篑。这是最后一条大河。过河前，我和光B、光C一齐下水探路。水已淹到腰部，冰冷的雪水冻得骨头都失去了知觉。我探到一个坑，底下石头不多，是一个危险的地方。我们上到对岸后，见扎西发动汽车仍往那个地方开，我急得大喊大叫，他一点都听不到。我们眼睁睁看着他把车开下了陡岸，顷刻，水就淹没了轮子，淹掉了前灯，直淹到顶盖，车身像船那样漂了几漂就沉了下去，无声无息了。

我们冲下水，直扑落水的车。车里装的棉被、食物、摄影包都是不能打湿的。水往车内哗哗灌着，我们一趟一趟往岸上抢运。田斌、周小兵吓得脸色惨白。周小兵几乎要哭了。她们被背上岸后，车里已灌满了水，扎西像个落汤鸡，沮丧地泡在河里，低着头，一步一步向岸边蹚来。

情况急转直下，一是晚上水涨，车可能被冲走；二是荒原上，这点食物维持不了两天；三是索多的车油也不多了。

沉默，死一般的沉默，只有河水湍急的奔涌，留下一路沉沉的水流声。

换上干的衣服，天色渐渐昏暗。

唯一的办法是去前面经过的工地找车来拖。然而，我们离开那个工地已经太远了，天又黑了，油料也不知道够不够。顾不得那么多了，即使走路，我们也只得去试一试了。

为防意外，扎西、索多、光B和光C都上了车。这一路全是荒野，没见过一户牧民,黑暗使美丽的草原变得恐怖起来。

我抬头看到那些浮动在天边的乌云,那不时刮来的一阵阵阴风,似乎早就隐藏了玄秘的阴谋,一旦我们陷入困境,它就显露出了凶恶的一面,不再温情、浪漫与含蓄。这片无人地带,我们对它一无所知,不知还隐匿着什么杀机。想起在改则遇到的那群狼,当索多的车灯最后一点光亮也在草原深处的黑暗里消失时,我的心不由得紧缩了一下。

我们剩下的四个赶忙搭起了帐篷。

天黑得好快,一会儿工夫就几乎伸手不见五指。天边隐隐滚过一阵雷声,沉寂的大草原,就只有流水冲击车身发出的声音。

我们躲在一个帐篷内。我把照相机的脚架从另一个帐篷搬过来,荒原上我听到了自己脚步踩压草根的声音,就像踩着了整个草原一样。声音引来黑暗的包围,我感到草原的谛听,在那黑暗的深处,总觉得有什么东西在注视着我们的一举一动。

我把铝质的脚架放长、扣死,放在门边。大家啃了几块巧克力,就坐在里面静听着大草原在黑夜里发出的声息。只有风一阵阵吹过草尖,忽儿来忽儿远去。一阵轻微的脚步声,由远而近,踩着了我们的篷布,发出窸窸窣窣的声音。声音由西向东,又由东向西,还夹带着喘息声、嗅吸声,也许真的是狼来了。

我把一个脚架递给光A,自己紧紧抓住一个,不无悲壮地说:"你们两个在里面,我和光A出去,是狼的话,就先吃我们吧。"

铝制的脚架又轻又不坚固,靠它打狼还不如一根木棍好使。帐篷里只有它勉勉强强算作一件武器。真后悔没有带铁棍或者刀具之类的铁器,那才让人壮胆。

我叮嘱光A,我先出去,你随后跟来。

我撕开拉链,一撩门帘,一声大吼,便冲了出去,把脚架举过头顶。黑暗中却什么也看不见,光A冲出来了,我们面对的是一片黑咕隆咚中被冷风吹得窸窣响的草原。

我警惕地在帐篷周围转了一圈,也没有发现狼。也许,在我撕拉链的时候,它躲到了草丛中吧。那喘息声分明像狼发出的。

我们又钻进帐篷,一惊一乍,神经高度紧张。我一直竖着耳朵谛听着

- 129 -

草原上的动静……

不知过了多久,终于听到远处传来发动机的响声,拉开门帘,看见了黑暗深处的灯光,有救了!一定是索多的车。

我打开电筒看表,时间正好是深夜12点。

索多他们的车子开出之后,觉得前面工地太远了,说不定丰田车半路就会抛锚。扎西想起帕羊河下游还有一个工地,好像离我们这里不太远,不如冒险去碰碰运气。

下游果然有一个修桥的工地,听说要拖车,他们怎么也不肯援手。无奈,只好求其次,借钢缆自己来拉。为了这根钢缆,大家好说歹说,就差一点下跪了。磨了足足半个小时,交了400元押金,这才借到手。

要拖车了,还是光B、光C主动要求下水。他们喝下从工地买来的沱牌白酒,光C又用酒在身子上擦了擦。扎西交代他脚踩哪里,方向盘往哪边打。索多把车开到距河边最近的位置。

他们两个在几支手电筒的照射下,下到了冰冷而漆黑一团的河水里,一步一步向那台车靠近。

摸到车尾巴,光C、光B俯身挂钢缆,身子浸到了水里,全身衣服都湿透了。挂上钢缆,光C爬进驾驶室,索多发动了车子。

汽车往前开动,一个猛冲,钢缆突然一绷,河中的车子动了。由于浮力大,车子乖乖地一点一点向岸边靠过来,只一会就露出了尾灯、车轮。索多一鼓作气,直到拖上岸来,拉到了草地上面。

大家欢呼雀跃,激动得眼泪都流了出来,一切不祥的预感就在这一刻全部烟消云散了。

半夜1点,我们又忙着做饭。这时才感觉肚子饿了。还是在圣湖吃的面条,已经18个小时没吃东西了。

这一晚,是人生中少有的激动之夜,大悲大喜,一天内人的情绪降到了最低点,又升到了最高点。吃过饭后,我们情不自禁地唱啊跳啊,人人争着表演,铁锹变成了话筒,锅碗盆筷变成了乐器,把从儿时学会的歌到最新的流行歌曲,挨个唱了个遍,依然难以尽兴。兴奋的心情需要时间发泄,我们在黑暗中狂呼乱叫。这个不知沉寂多少个地质年代的大草原,第一次有了人声,第一次打破了死寂,我感到了它的惊讶和困惑。

这是一片任你狂呼哪怕喊哑了嗓子也无人见证的荒野,任你乱跳哪怕蹦得最高也让人自觉渺小如尘埃的大草原,它永远没有感觉,永远让你感受孤独,但我们仍要向这死亡一样深广的草地宣泄,调动我们生命中具有的全部疯狂。我们为自己而歌,为自己而跳!

东方发白,时针已指向凌晨4点。大家余兴未尽,十分不情愿地进了帐篷。

第二天就过来了一个车队,他们从对岸来的,6台车有4台陷进了我们陷落的位置。4台车连成一串,拉那台陷进去的东风车,拖了三四个小时才把它拖上岸来。

扎西修车修了一个上午,索多拖着他的车在草原上跑,直到过了正午,小车才转过气来。

我们再不敢过河了,扎西决定回头走他们昨晚走的路线,去下游工地,求人家过桥。那座桥已经合龙,只有局部要搭木板。

一纸让人欢天喜地的便笺

直到现在,我也不明白,是我的记者证管用了,还是田、周两位女士起了作用。那天下午,我带着她们两个去武警部队,开一张让我们过桥的命令。我深知,在这个几乎与世隔绝的地方,一个纯粹的男人世界,突然来了两位姑娘,那会是一个怎样轰动的场面。弗洛伊德他老人家的理论,此时此刻,我是心领神会的。

我们3个就这样满怀希望而去,前面纵有最大的难关,也要把它攻克。(光B、光C、索多、扎西在昨天晚上就败下阵来,连一根缆绳都差点借不到,还奢谈让你过水泥尚未凝固的桥?)我们像墨点一样移动在那片草原上。

从工地到设计管理这座桥的武警部队,有一段很远的路程。我们走得热气腾腾,平日疾走成习的我,就像拽着她们一样迅走。两位女士真是好样的，她们甩开膀子，把路走得跟跳舞一样，却不表露半点不快，相反，还一脸的喜色，像急着去赴什么约会。从这一刻开始，我真正佩服她俩了。女子并非个个娇弱，田、周两位可称得上巾帼英雄。

还未进院子，就看见卡车边一个着军装的人在方便。我不便靠近，等他完事了，我急忙上去问他："李连长在不在?"他对我的突然出现吃了一惊，镇定下来后，不紧不慢地扣好裤子，问我找他什么事。从他的口气，我断定他可能就是那位连长。我一问，果然就是他。我向他说明昨夜我们的车陷进帕羊河的惨相，又把记者证掏出来。他忙问："是不是要我们拖车?"我赶紧说："是过桥。"

进了他的办公室，果然，士兵们都围过来了，气氛眨眼之间就热烈起来了。问长问短的，表示关心的，大家话题多得一时不知接谁的说下去。连长很爽快，马上写了一张字条，叫我们找工地负责人过桥。

我们如获至宝，连连道谢。回来的路上，冒着铺天盖地的雨夹冰雹，向我们的车跑去。

渡口，大嚼了一顿羊肉

扎西一路对我都是一副无所谓的态度，这次见我弄来了条子，对我肃然起敬，以至后来去樟木，路途中要收草原建设费时，他大声告诉对方，我们是记者，对方于是免收。他更高兴了。再后来，凡过卡或遇到收费，他就迫不及待地告诉对方：我们是记者!

当我们一路兴高采烈，第二天穿过仲巴，中午冲到了萨嘎，欲过雅鲁藏布江时，不想，又面临了一道更大的难关。

雅鲁藏布江水猛涨，渡口接上面的命令，为了防止意外事故发生，一律停止摆渡。我们从这里直插樟木口岸的计划眼看就要泡汤。

管理渡口的是一个公路道班，我与扎西去找他们时，道班的人在搓麻将。我们站在一边，等他们决出胜负。当头的是一个脸上有块烂皮的中年男人，我拿出记者证，向他陈述了一大堆理由。他最后表态是：他去请示县公路段，如果上面同意他摆渡，他就摆。他说，万一出了事他可负不起责任。

于是，我和这位班长又坐上索多的车，返回几公里外的萨嘎县城。不巧，段长下公路道班了，很晚才能回来，我们无功而返。

晚上，我们就在道班的院子里搭帐篷。院内已搭了一个牦牛帐篷，篷内住了几个日喀则的藏民。他们赶着一大群羊从普兰过来，边放牧边赶路，走走停停，过起了吉卜赛人一样的流浪生活。道班班长说，他们是去转山的，现在是赶回日喀则去。

这几个藏民正为一只病羊忧心，见我们来了，找了班长，要他劝我们买下他们这只羊。

我们遇到过很多前往冈仁波齐转山的，大都是开着东风车，天一黑，车往有河流的地方一停，一帮人，有的扎帐篷，有的生火，妇女孩子像到了家一样欢天喜地，这也算得上是旅游吧；像这群放牧着羊群一路徒步去转山的，若不是别人介绍，我们根本分不出他们是牧民还是转山人。路上遇到的放牧者也许就是去转神山的。

病羊我们当然不要，200元一只，要就要一只好的。牧民开始不肯，见我们不买就同意了。我跟光 B 跳进栏里抓羊。平生第一次捉羊，想不到羊是这么温顺的动物，一头毛色洁白个头高大的羊很容易就被我们捉住了。望着它那双善良的眼睛，我有点不忍了，又松开了手。

牧民可能急等钱用，见我们空手出来，又找来班长劝我们买。光 B 进去抓了一只，要牧民给我们宰。

班长的小儿子一个劲地闹，不让杀羊。我也不忍心看下去，进了屋内。一个牧民用一根绳子就结束了它的生命。世界上可能没有比羊更老实的动物了。那牧民把它拢在怀里，用一根带子把它的嘴和鼻子绑紧，羊无法呼吸，只是蹬蹬腿就在牧民的怀里窒息了，一双善良的大眼睛瞪得又大又圆，鼓凸了出来，瞳孔中已经没有了那束生命的光。

牧民熟练地剥下一张整皮。扎西想要这张羊皮，可为了让班长给我们摆渡，我们把皮给了班长。扎西为这张羊皮生我们的气，两天都是气呼呼的。

破开羊肚，里面全是黑红的淤血，我们把血和内脏给了这几个藏民。光B又慷慨地送了班长家一条腿。剩下的羊肉我们全部给了班长的媳妇，让她帮我们弄熟。

晚上，班长一家和道班的人与我们围成一大桌，共进晚餐，一大块一大块的羊肉，每块足有几两重，盛在一个塑料篮里端了上来，一人拿出一块，大家狼吞虎咽起来。

我咬了一口，满嘴生香，鲜嫩无比。听说羊肉吃多了容易上火，我一直流鼻血，吃了一大块就不敢多吃了。

光A坐在我身边，一连吃了三大块还不解馋，一个劲地说："好吃，好吃！"

不一会儿，桌上两篮盛得满满的羊肉，吃得一块也不剩了。

吃得太饱了，这一顿不好消化。无处可去，我们来到了雅鲁藏布江边。

江水不嚣张，但那沉稳的奔流偶尔激起的水花声，让人感受到大江的浑厚和博大，大地也在这沉沉的涌动中凸显了它的苍苍茫茫。大勇若怯，大智若愚，雅鲁藏布江不动声色，已把滔滔逝水送到了遥远的大海。

临江总令人思绪绵绵，令智者感怀人生，唐时张若虚一曲《春江花月夜》发尽千古感叹。站在黑暗中的大江边，我还有何感慨？千古一绝，要说的似都说尽了。

光C提议大家再开一个晚会。这一次要轮着唱了，当任务来完成。时过境迁，人是不可能两次踏入同一条河流的。那夜草原的心境不再，今夜的歌舞也只得草草收场。

第二天一早，我和班长再去县城，段长十分通融，看过我的记者证后，他说："既然你们情况特殊，那就作特殊处理吧。"

摆渡开始了，一根巨大的钢索横贯江面。汽车开上浮船后，班长和他的妻子把两根挂在钢索上的缆绳，一根放长，一根缩短，浮船与钢索形成了一个斜角，激流一冲，船就开始沿着钢索滑向江心。这真是一个奇妙的发明，利用水力就把船推过江去了。我们大开了一回眼界。

藏族人以自己的发明再一次证明了他们的智慧。

边陲小镇的风姿

穿越高原,我们始终在世界屋脊这片大地上行走。半个多月里,总是远处为雪山,脚下是草原,两边是山脉,不同的是地质和地貌的改变。我们就像在一个旋转舞台上,没有台阶走下来。漫长的时光,单调的路途,有时也不免让人生出厌倦,生出乡愁,尤其当旅途上发生了不愉快的事情,我总要自觉不自觉地抬头仰望苍穹,思念亲人,想念朋友,重温往事,盼能早日走出这片土地,盼能快一些回到自己熟悉的环境中去。这愿望在莽莽荒原之上,显得这么无力、空洞和无助,连忧伤都是徒劳。

在弥漫着羊膻味牛粪味的高原,天天盼望见到人群。偶尔相见,总是一两个穿着藏袍的藏民,我们只能点头微笑,没有一句可以交流的语言。藏民们远远地见车来了,飞奔到路边,也许,他们的心情也与我有着某些相似——孤独是相通的;但我们却只能挥挥手,就绝尘而去。孤独和寂寞就像雨季里被雨水冲击的山谷,越冲越深;像阴天上的乌云,越聚越浓。

这一天,聂拉木出现了。这是扎西好意推荐的。我们从萨嘎向它斜插过去,横渡雅鲁藏布江,绕过佩枯湖,爬过被洪水冲得乱石满滩的峡谷,终于到了这个神奇的县城。

聂拉木坐落在喜马拉雅山脊上,它是这个巨大无比的高原画出的边线。才过一个山口,就感觉风景大变。河谷里的水绿了,迎面吹来的是潮湿的风,下面的山头座座云缠雾绕,岩石间生长着青青葱葱的草。县城的房屋也不再是一色的藏式碉楼(它总是由石料或黄泥石子垒得四四方方,门窗外侧涂了一个黑色的框,门楣挑檐斗拱上,供着一个牛头,平屋顶上的经幢伫立四角),有了普通的水泥楼房,有了其他色彩,宗教的气味像被雾水稀释,现代生活的气息如清新的空气扑面而来,让人感到亲切。

聂拉木与尼泊尔接壤。从县城去尼泊尔,一路是下山,从海拔5000米直下到尼泊尔境内的几百米。樟木是聂拉木的一个镇,位于国界线上,离县城30公里，海拔已降到2000多米了。它是西藏最大的对外口岸。从樟木到尼泊尔的加德满都只有122公里。

我们终于走出高原，沿喜马拉雅山脉的南坡走下山来。来自印度洋的暖湿气流立刻把我们裹入其中。

翠色逼人，青岩耸立，涌动的云雾如黄山云海，遮天蔽日。公路宛若一条飘带绕来绕去，飘向山麓。海拔急骤下降着。

水的声音在天上地下轰鸣，大朵大朵黄色的野花开满路旁山崖，参天巨松在云雾中骤现又遽去。往下看，深涧如同地缝。云雾涌来，白茫茫一片，我们的车犹如腾云驾雾，穿行仙境。一峰飞来，又急急隐去。空中有飞瀑直落而下，有的砸在车顶，有的从车顶飞过。山山岭岭都披上了江南的春装，葱葱茏茏好一个绿色世界。

几个"老外"激动地跳下车，叽里呱啦叫着，可惜，照相机派不上用场，只能看，无法拍。我抓着相机也无从下手，扑面的云雾，使一切稍纵即逝，天地都在这层层叠叠浓雾的包裹之中，一片阴暗。

这段路险象环生，其中最险的一段由于经常塌方，已有上百辆车翻下山崖。数千米的大山，车翻下去如同飘下一片树叶。我们的车被人截停，前面又发生了塌方。修路者正在放炮，炸掉堵在路上的巨石。

抵近樟木，云雾升向山巅。一座座被雾切了头顶的山峰露出了山腰，一座山峰的山腰上点缀了一片红白色彩，一条蛇行的飘带从中穿过，那就是樟木了。

这是一座陡峭的山。山上碧绿一片，处处飞瀑。山下幽深的峡谷，出口处就是中尼边界，一座友谊大桥横跨两国领土。

樟木的房子在山腰垒得密密匝匝。镇里没有大的建筑物，大多是二三层的，开间极窄。它们因地而建，式样各异；材料有水泥的，也有木头的；颜色大多涂成了红色，万绿丛中自有一种风味。藏式碉楼在这里几乎绝迹。

一间间挤在一起的房屋排列成了街道，逼仄的街道呈"弓"字形转过来折过去，很快就从高高的地方转到了山坡下面。山溪穿城而下，有时沿街而流，有时横过街面，形成一道道飞瀑。街道两边开的都是琳琅满目的百货店、日杂店、饭店、旅店等，招牌字一律用三种文字书写：英文、藏文、汉文。街上，白皮肤的欧美人，黄皮肤的汉族人，棕色皮肤的南亚人，他们或背着旅行袋，或扛着包，或空着双手，在街上行走，还真有点国际味道。就连饭店也是西餐、藏餐、中餐，还有尼泊尔人的餐饮，样样俱全。

我们住进樟木宾馆。这座设计考究的宾馆，其豪华可与沿海的星级宾馆媲美。我们的房间是三楼，先从大厅往下走，下了两层才到三楼。原来，大厅为五楼，楼是从陡坡下面往上砌的，四楼以下都在街道下面。

久违的红地毯、空调和浴室，引发了我对于都市生活的向往。人是一个奇怪的动物，我搞不清自己最需要的到底是什么。

推开铝合金玻璃窗，外面就是绿色的峡谷，潮湿的云雾涌了进来。据说，樟木全年大部分时间都是云缠雾绕，雨水不停，空气从来都是湿漉漉的。这一晚，在浴室洗澡，由于不适应光滑的地面砖，我竟一连摔了两跤，屁股都摔痛了。

入夜，霓虹灯五彩缤纷，歌声此起彼伏，宾馆歌舞厅内强劲的迪斯科音乐飘浮在夜空中。在装饰豪华的餐厅吃着中西结合的饭，听尼泊尔侍应生说生硬的汉语，我竟有了不知身在何处的感觉。

世间没有不散的筵席

樟木，就像从高原边上快速掠过的一个绿色之梦。当我们第二天离开它重又进入高原时，它立刻遥远得如同一个梦境。人在旅途，翻山越岭，一路走来，也无非只是留下一段记忆、一些感动、一丝回味。在樟木的一夜，我觉得高原这个巨大的舞台，瞬间就像被拉上了厚重的帷幕，一切都不见了、遥远了，面前已是一个声色迷幻的世界。当从聂拉木又走上高原，走上中尼公路，樟木又像漫漫长旅中偶尔打的一个盹，偶尔的黄粱一梦。人生也有着相同的过程，你身在其中总难见庐山真容，跳出来，真面目清晰了，但你又在另一个迷局中。总结人的一生时，只有你最后的那个处境才是真实的，你总会不自觉地以它为参照，作为现实，去观照、评价你走过的漫漫征途。它们都是局外的不在此山中的风光，但都变得迷离了、虚幻了。人生就是一个过程，你走过去了，一生最后归于自己的，就只有这个"现在"，过去的都显得不再重要，人生短暂到只余一刻，有如剥笋，剥到最后只剩一个心。生命看似是以积累的方式叠加，实则是在以减法进行着。

阿里远去了，它就只是一段回忆了，不再有真实的场景。只有面前的中尼公路才是真实的，我可以触它、摸它、踩它，但它最终也是属于时间的，存在于时间的序列之中。我走过它的时候，它就已经在变为过去。

这种人在旅途快速转换场景的游戏，给了旅人无尽的联想和感怀。我之向往流浪的生涯，更确切一点说，是中意这种情感的起伏。流浪的人，目标总是在远方，他抵达了一个远方，远方就不再是远方了。但只要你抬起头，远方依然还是远方，无穷无尽，不可抵达。流浪者就永远只是在途中，不会有终止的一刻。生命因此而变得富有和充足，浪漫和迷离，像一个谜，让你猜了又猜。

这一天黄昏，我们赶到了老定日。在这里，田、周两位女士与我们分手，她们的假期到了，要先赶回去。我们要去的珠穆朗玛峰，她们在第一次来西藏时已经去过了。

晚上结账、分行李。完毕后，点着蜡烛打牌。大家依依不舍。特别是光B，一路上，我们开他和田斌的玩笑，他俩至今仍是单身。为成人之美，也为我们这一趟能有个"成果"，在萨噶时，我就与光B对换，从扎西的车换到了索多的车上，光B和田、周两位同乘一部车。光B对田斌十分体贴，事事照顾，眼看他们情分越来越浓，晚上吃饭时，扎西都公开向他们祝福了，关键时刻却要分手了。摇曳的烛光弥漫出些许离愁。

这一夜，我们遇到了广东的游客，一个胖子带着一群姑娘，他们也是去珠穆朗玛峰的。

[第八章]
来自冰塔林的诱惑

神女峰珠穆朗玛

珠穆朗玛,藏语意为"吉祥长寿仙女",是藏族人女神的化身,世界最高峰,海拔8848米,雄踞万山之首,号称世界第三极。它是远离尘凡超拔俗世抵近天堂的冰雪之峰,在它的周围聚拢着十座海拔8000米以上的高峰。

今生今世我终于有幸来了。一路风尘,跋涉了千山万水,经受了漫漫旅途的饥寒,历尽了种种险恶,不知是一种什么样的力量,是来自何方的召唤,使我这样义无反顾地向她奔来。越向她靠拢,我变得愈加坚定自信,愈加心境开阔,愈觉得自己正在飞升,一个奇妙的世界大门正徐徐向我打开!

这天一大早,两部车在三岔口分手,一个往右拐,直奔珠穆朗玛峰下;一个继续向前,回到拉萨。

我们走着"之"字形的路,翻越海拔约6000米的大山,一连翻过两座，又穿过了两个村庄。

河流出现了，河床中的石头越来越大。往前走，再也见不到人烟了。

当两个穿肥大羽绒衣的外国人出现时，我们已经进入了一条大峡谷。车在一条石头沟里颠簸着，颠得人五脏六腑都要吐出来。那两个个头高大的"老外"在沟里走走停停，拿着相机东拍西照。然而，除了石头什么也看不到，浓浓的雾遮掩了一切——在这里本可以看到珠峰和著名的卓奥友峰（海拔8201米）、洛子峰（海拔8516米）和马卡鲁山（海拔8463米）。

走不多远，停了车，我们已经到了珠峰脚下的绒布寺了。这个地方海拔5100米，是旅游者的目的地。天气晴朗的日子，从这条大峡谷正前方可清晰地观看珠穆朗玛峰。

绒布寺是世界上海拔最高的寺庙。我们进寺庙时，里面空无一人，显得十分荒凉。庙前一座灵塔，也是孤零零的。也许寺庙太高了，闻不到什么香火味。站在灵塔下，旁边有一间低矮的小屋，这是一家小饭店。河谷石滩上，有一片帐篷。这个季节是观看珠峰的旺季，游客都在那里扎营，等着珠峰一露尊容。

时间已到下午3点，我们饥肠辘辘，便钻进小饭店找一点吃的，先填饱肚皮。老板是一个年轻的藏族小伙子，听说他曾陪登山队上过峰顶，小伙子不会说汉语，英语却说得很流利。我们点了三个菜，由于山上物资严重匮乏，他不想我们点得太多。我们才点完，又有两批来自欧洲的游客，占据了我们边上的两张桌子。

随着叮叮当当铁锅的碰击声，满屋里弥漫起了烟雾。这个泥土石头加木条垒起的房间让人感受到了一份走江湖的味儿。房子里的男人个个显得孔武有力，既粗犷又文雅。欧洲人戴着礼帽，一副绅士派头。

我们大嚼大咽，一大碗饭，转眼一扫而光。筷一丢，碗一放，点上一支烟，跷起二郎腿，谁也不多说一句话，就看着这个有点印第安人气质的小伙子跑来跑去，像正在上演一场新龙门客栈的戏。

突然，门外传来一阵清脆又放浪的笑声，声到人到，一个头戴圆礼帽，上身着灰色毛衣，腰间系着一件外衣，下身穿米色长裤的女孩，带着一阵风和笑声进了房间。但见她雪白的脖子下，系着一条暗花丝巾，一双黑亮的眼睛晶莹闪烁，薄薄的嘴唇下，一笑露出一排洁白的牙齿。她眼光一扫,像一道光划过,就径直落座门边的一张桌。后面两位男士随她进门后,就坐在她的左右。

那一刻,在座的男人都把目光集中到了这位姑娘身上,她有一种文雅又野蛮的气质,好比荒山上的玫瑰。

一路上,我们极少遇到同族的女性。整天坐在车里,冗长又单调。到了萨噶,大家都忍不住大谈女人,把自己的初恋情人和浪漫故事一个跟一个比赛似的往外倒。

荒原上突然出现的玫瑰,真有点像羊羔出现在狼群之中。这让人联想起了一个故事片的精彩启幕,后面的情节充满了诱惑。

已有人沉不住气了。

姑娘坐了一会儿就起身出门了,他们没点任何东西。光C是决不肯放弃这样的机会的,他背上相机就跟了出去。

姑娘在面包车前停下来,站在那里东张西望。光C走了过去,开口便夸:"小姐真漂亮!要不要来一张?"姑娘对他一笑,十分爽快就答应了。

她大大方方走到一堵墙下,摆了一个姿势。光C一连照了三张,又叫她到餐馆这边窗檐边,木窗显得笨拙、夸张,却有风味。光C摆出他人像摄影的看家本领,拉着她的手,扶着她的肩,教给她一个动作,然后退远,聚焦,成像。

照完相他大大方方掏出本子,要她留个地址寄相片。姑娘还是那么爽快,拿过笔来,龙飞凤舞,刷刷几下就写下大名和地址,把笔和本子交给光C。

她叫林雪,就在广州工作。

我们出来后,光C就像她的老朋友一样,把我们一一介绍给她。她也大大方方给我们写下了地址。我送给她一张名片,开玩笑地说:"你上他(指光C)的当了!"

她笑答:"你别那么小气嘛。"

问起她怎么到了珠峰,她说出了一番不平凡的经历。她一个人从川藏线入藏,与别人合租一部车来珠峰。看不到珠峰,同行者先走了,她独自上了大本营。那里也看不到,她这才搭人家的顺风车回到绒布寺。她还计划去阿里,半年后才回广州。

光C又带着她去绒布寺照相。我们约她晚上来我们帐篷玩。

车在绒布寺一停，索多就不肯再往前走了。峡谷里的路都是高低不平的大石头，车胎已经爆裂了一条缝，再一颠簸，他担心胎一爆就回不去了。他一个人在车下捣鼓了半天，不知怎么又同意往前开了。

沿着河滩石头路走8公里就是登山大本营，那里有一个登山队的房子，海拔5200米，只有极少数游人抵达那里。

显然，去大本营就不能回绒布寺，在爱江山还是爱美人的选择上，大家毫不犹豫选择前者。我们爬上车就走，望着灵塔下的那片帐篷，有人自言自语："今天晚上林小姐可惨啰！"

自称"民间体育领袖"的奇人

大本营近了，峡谷里只有一条横坝上建了一栋水泥平房。一个穿着红色羽绒上衣、绿色羽绒裤子的人，站在门口远远地望着我们。这是电视上经常见到的鼓鼓囊囊的专业登山服，颜色实在是太刺眼了，让我想起了戏剧中小丑的装扮。我分不出那人是男是女，也不明白登山服弄得这么艳是不是为了山中容易识别，特别是遇险抢救时易于寻找。

听到汽车发动机声，从门里面又伸出了一个黑脑袋，加入了行注目礼的行列。

平房的坡下，有一口小水塘，那里搭了一大一小两个帐篷，停了一台车。虽是旅游旺季，这里也冷清得可以。

一路是浓浓的云雾，我们进入了一个黑白世界。雾和雪是瓷白一团；峡谷和山坡（极少看见山头）都是灰色一片。在这里照相，用彩卷和黑白胶卷效果差不到哪里去，大地几乎丧失了生动的色彩。难怪那个眺望我们的人衣服那么刺眼。

我们下车后，空气愈加寒冷，四处望望，不知珠峰在哪个方向。抱着一线希望，在这里搭起了帐篷。为安全起见，我们远离了山坡。

附近的山如同一个巨大的矿山废料场，大石块和细碎的石子堆成了两边的大小山脉。它们像刚刚倒下的废料，工人们下班了，片刻之间就显出荒芜。这荒芜是没有半线生机的亘古荒芜。

穿登山服的人沿着石级走下坡来。

"你们哪来的?"

"广州。"

"打算待多久?"

"住一晚。能不能看到珠峰?"

"难说，这两天都是这种天气，看你们的运气。"

"你是登山运动员?"

他很浅地笑一笑："也算是吧，不过我要算作业余的，业余体育中的领袖吧，像美国的×××（我记不得这位外国业余体育界领袖人物的大名了）。你们知道吗，欧美的业余体育很活跃的，不像我们国家那么不成气候。"

话题越来越深了。住在这里找个伴聊一聊，是唯一的业余爱好。他主动介绍自己，他叫阎更华，是哈尔滨医科大学的体育老师。他声明自己现在只住那里，早就没有教学了。得知我是晚报的记者，他情绪高涨起来，说："你们体育部的×××采访过我。"

大约10年前，阎更华一个人徒步跑长城，曾轰动一时。后来，他又一个人步行横穿中国，从黑龙江的漠河走到了海南岛的天涯海角。我所在的报社就是那时报道他的，他到了广州。像这种考验人的意志和毅力的非凡运动，他几乎都是唯一和第一个去做的。

这次来珠峰，他要创造一个人登上珠穆朗玛峰的纪录。大前天，他一个人上山，已经冲刺到海拔6000多米的冰雪地带。天空突变，狂风夹着雪花铺天盖地。他在那里搭了个小帐篷，挨过了一夜。第二天仍然是风雪漫天，不能继续往上攀登了，他原计划上到海拔7000米的，不得不往回撤。

他说："这次主要是来热身的，登顶安排在明年。先来珠峰适应一下，也可以回去作点宣传，找朋友搞点赞助。"他有几位登山界的朋友，这两天就会过来，他们一道先登海拔8012米的希夏邦马峰，那里容易攀登一些。他的朋友有登山经验，他可以先跟他们学习一下登山技巧。

阎的橄榄色的厚帆布帐篷就扎在我们旁边，登山服、登山鞋及登山设备和氧气瓶一应俱全，厚厚的睡袋堆在地上像座小山。

这位仁兄，年届不惑，个头瘦小，但长发飘飘，精神充沛，颇有行者之风。为着这份执着，他在国外读博士的妻子都跟他分手了。在工作、家庭和爱好不可鱼和熊掌兼得的情况下，他毫不犹豫地选择了后者。对这位自封为民间体育领袖的英雄，我只有敬佩的份。是他大大鼓舞了我们的士气，我暗下决心：明天一定登山！

我想不到的是这个热情、充满理想的人，第二年在冲刺珠峰时死在了山上。一些媒体对他的死作了报道。他与别人在冲顶时天气变化，显然无法实现理想。在其他人下山后，他仍不甘心就此撤退，一个人留在了山上，想等待第二天奇迹出现。没想到第二天天气突然变恶，他已经无法下山，在与暴风雪搏斗中牺牲。几天后，同伴在海拔6000—7000米的地方找到了他的尸体。这个穿着红衣服绿裤子的人，把自己的生命献给了这座神女峰，他是为大自然的壮美献身的。而大本营这一夜，他就与我挨在一起，睡梦里彼此闻得到鼻息。是什么力量让我们从天南地北相聚于冰雪高原的荒山野谷？只有神奇的自然让人脱身俗世，是生命中美的本能让人把一切置之度外！

珠峰下不平静的一夜

阎更华带我们绕过平房，指给我们珠峰的方向。那是峡谷的延伸处，空旷的谷地，只有雾气在那里滚动，忽而近忽而远，偶尔露一个积雪的山头，又被迅疾扑下来的雾罩得严严实实。左边山脉有一个垭口，一条雪水从那里冲泻而下。阎说，爬上这个山口，看珠峰会更近更清楚。

我不无豪气地对他说："我要正面登山。"他看了看我，犹豫了半天，然后用十分肯定的语气说："你肯定行！"一段时间后，我想起他这一句话，他是出于找到同为爱好者的心理，纯粹鼓励我，还是看我健壮的身体和在大本营的表现（我们完全适应了高原，当别人在这里步履艰难、气喘吁吁时，我们都表现得若无其事），掂量后作出的判断呢？他毕竟犹豫了好一阵，也许，更多一点是后者吧。

那时，我自己也有足够的自信：既然人家做得到，未必我就不行。看到我这架势，阎更华才把他在海拔6000米看到的奇迹描绘给我：那是一个冰清玉洁的世界，尤其是进入冰塔林，那些自然形成的冰塔，有的像玉马，有的似金字塔，有的如冰笋，它们一排排在阳光下闪烁着奇妙的色彩。随风飞舞的雪粉，如翩翩起舞的仙女，欢迎你的到来。这些世界上最奇特的风景，只有珠峰和昆仑山才有，它是世界上的唯一。任何人见了它都不会无动于衷的。

他仍是十分肯定地说：你可以到达那里，但不能待得太久。一定要在中午1点左右赶到，大约爬5个小时的山，然后就要往回赶，否则，你会冻死在那里。

他又告诉我如何辨别路线：大石头上是踩不出路的，只能寻找牦牛粪，每隔几米、十几米总能找到。大方向是沿峡谷走，应该不会迷路的。

这天晚上，陪伴珠峰的就只有我们和旁边的几个"老外"。我们早早钻进了帐篷。

峡谷里却并不安静，风声和雪水的哗哗声彻夜喧响，远处不时传来冰川塌陷和雪崩的声音。一条狗围着帐篷转来转去，不停地踩踏篷布，偶尔吠几声。阎更华起来了一次，把它赶开。

夜晚奇冷，我不敢脱衣，就穿着羽绒衣，盖着棉被睡去。好像做了梦，又好像是自己在幻想，晕晕乎乎脑子失去了重量和记忆，飘飘然，直到天亮。

出师不利，光C摔断了踝骨

在平房内每人15元吃了一碗面条，这已经是不错的美食了。这一路，我们每天差不多只能吃一顿饭，通常是早餐泡点方便面或麦片，中午啃几块饼干，晚上到了目的地，运气好的话，有一顿饭吃，不好的话，还得自己动手做。这已经形成习惯了。今天这一顿饭不比往常，毕竟那是坐车，而今天要爬珠峰。按阎更华所说，上到冰塔林，最快来回也得10个小时，没有体力，等于去送死。

我们带了一袋压缩饼干，一小瓶氧气，每人一瓶矿泉水，背上各自的相机就上路了。

早晨，从绒布寺上来了几个外国人和国内游客，他们走到平房下的河滩就不再往前走了。阎更华站在平房的坡顶上目送我们，远远地向我挥了挥手，就一直站在那里，直到我看不见他。

这片大河滩，有十几条小河汊，都是山峰上融化的积雪流下来的。我们来回寻找窄一些的地方，然后来个跑步、起跳、飞跃。那些在河滩走太空步的游客是没法跑和跳的，只能望河兴叹。

过最后一条小河时，光C不幸脚踝折断。他往一块大石头上跳，那石头不稳，落脚的瞬间，身子一歪，他脚未立稳就滑倒了。光C坐在河滩上痛得龇牙咧嘴，口里倒抽冷气。

我们又跳过河去，问那几个游客是否有跌打伤痛膏。有一个帐篷是中国科学院的，他们在钻探冰川，测定冰川形成的地质年代。他们都没有药膏。

我扶着光C往前迈了一小段路，他痛得一瘸一拐，一屁股坐在石滩上，既痛苦又无奈。

正在这时，突然前方的云雾撕开了一个小缺口，出现了一小片蓝天。蓝天衬出一座雪山的尖顶，那正是珠峰。她好像是从天空中呈现的，那么玄秘神圣。艳丽的蓝和通明如玉的白，使天地瞬间变得生动无比，童话一样梦幻。她就是一尊神，偶尔睁开眼睛，散发出层层清辉，默默注视着一切。大地上仿佛响彻了辉煌庄严的乐章，我分明听到了那恢宏博大的声音。一条像薄纱似的云雾从白茫茫一片的云海里飘了出来，飞上峰顶，轻轻掩住了她。这是珠峰特有的旗云，由罡风吹起的浮雪形成。

一切复归宁静，幻影不见了，只有珠峰前面的几座雪山仍闪烁着幽蓝的冷光。

光C走不动了，他痛苦地宣布放弃。我和光A、光B三人，进入一条石头山沟，开始向珠峰冲击。

月亮和太阳在同一条山沟出现

不久，珠峰又在前面出现了，呈现出一个玄妙深邃的天穹，好像那是不同的时空。飞散的雪粉，抖动着，旋转着，如同舞动的纱巾。雪的屏风是重重峰峦，藏在屏风后面的纯净的幽蓝，比天空更虚幻，是无底的宇宙的黑洞，比深渊更深，把雪峰衬托得无比雄伟瑰丽、神奇非凡！它们像来自遥远不可知的地方。

变幻的云让雪的峰巅一会儿飘扬如帆动，一会儿曼舞似仙蹈，一会儿飞升，带动地球腾空，激荡着四海浮云翻滚。天堂响彻空空的梵音，有空灵圣气扑面而来。阳光穿空，如一支吹响的金笛，如一束透明而冷冽的罡风。

天下大美，叫人忘言。她不再由眼观而是心悟，不再是观赏而是灵魂的融合。我的心是一片打开的辽阔大地，眼里空明一片。我看到自己的灵魂早已弃我而去，飞上了云遮雾绕雪的峰峦，正在那里呼喊着我，肉身却在拖着她的后腿。我想跑起来、飞起来，想到灵魂的高处、冰清玉洁的雪峰，灵肉合一。

昨天还对那位舍弃了工作和家庭的阎更华不能理解，不理解他的这份狂热和执着——生命之帆已飘进了不惑之海，他依然是那样我行我素，一副仙风道骨，我甚至想到他的心理失衡或生活的失败；那些数次进入西藏的人，我也一直怀有好奇，猜度着他们人生中某些断裂的不正常的环节，也许，是它导致了非常人所为的举动；当我自己也加入到这一行列，并深深迷恋于这片高原时，我才真正理解了这些流浪者、背囊客，我不再怀有阴暗的心理，去探究田斌的独身与二度进藏甘受苦刑的关系，不再把漫游世界当成生存方式的行为视为异端。我说过，人有双腿，灵魂永不得安宁。

  大自然的壮美，引发人们崇高的献身精神。这一刻，纵使前面危险重重，纵使生命在某一个瞬间突然沉寂，突然断裂，那也是一种壮丽、神圣与崇高。常人不能体会这种感情，珠峰却让我深深体验到了这股来自生命深处的神圣情感。人来自自然又迷恋并献身于自然，这是最自然不过的事了，生命的运动自有她神奇玄妙之处！我的脚步从容又迫切，我感到了身体的前倾、步子在加大变快，几欲飞升。

  我的相机这时出了问题，胶卷转柄的螺丝松了，倒不动片，几次都拍重了。相机偏偏在这个节骨眼上坏，是不是珠峰允诺只有前来的人才可仰望，无缘者，照片也不让一睹？事实上，那些照片就像失去了灵魂的僵硬兽皮，全都没有了神韵，只剩一个自然的标本，找不出半点生命的气息和壮美！

  我哀求着，一次又一次拧着螺丝，偶尔拍出一张，心里就欢天喜地一回。

  我的动作是疯狂的。我跨过一块块巨石，追上了一个来自哈尔滨的小伙子。他的同伴都不敢上来，只有他一个人在往前走。没多久，他也气馁了，那沉重的迈步，有着千钧之力，一点一点磨掉了他有限的毅力和体力。

  海拔越来越高，峡谷越来越窄，石头缝里不时有钻出来的土拨鼠好奇地观望我们。

  从山沟的一线天里，突然呈现出一幅奇景：太阳和月亮同时出现在山沟里，左边是白色的太阳，右边是冰一般的下弦月，两者挨得那么近，仿佛它们都是刚从这大山沟里爬出去的。我以为是自己产生了幻觉，叫光A、光B看天上，是不是太阳和月亮挨在一起。他俩驻足观望，证实并非我的妄想。

来自冰塔林的神奇力量

光A开始气喘吁吁了,提起的腿好似一个个铅桶,头轻脚重,走起了太空步。光B一直不吭一声,走在最后,一步一步十分缓慢。我的精神状态变得越来越亢奋。

当冰塔林进入我们视线时,大家精神都为之一振。石头山下的冰塔林,排成一条水平线,不发光不闪耀,在阴影中却有一种内敛的光,像一个自给自足的世界,独立于雪峰和石山之外。她冷冷地屹立着,静静地放射出一种神秘的力量,让人热血沸腾。我们的脚步立刻有了神奇的力量,我又好似拥有了最初的体力,迈开大步向前跨进。

冰塔林是那么清晰,那么近,只隔着一道山坡的距离。尽管我们已经在高原为距离远近上过无数次的当,这一次却是那样真真切切,那里如果有人的话,高喊一声都能听见。我们抵达冰塔林已经是胜利在望了。

但我又有些怀疑,我们从早晨8点45分开始爬山,现在还不到中午12点;阎更华说要5个小时,而且要靠牦牛粪寻路,这一切都不相符。尽管我们迷过一次路,但不用寻找牦牛粪,只爬上一个制高点就又发现了路。这条路还能隐约看出人踏的痕迹,难道又是一个错觉?

冰塔林千真万确就在前面,如果能够跑步,也就十几分钟的时间。但有了多次的经验教训,我们还是先坐下来,每人吃了半块压缩饼干,又喝了半瓶水,这才开始最后冲刺。

峡谷里出现了一个又一个大窟窿,往里一望,才发现是幽深的冰洞。我们的脚下可是著名的绒布冰川?融化的冰水在窟窿底下形成暗流,喧腾着的流水声在寂静的山谷里扬起了宏大的声浪。急流不断冲击冰层,一块块、一片片的冰在剥落、坍塌,轰然倒下时,山鸣谷应。来自冰洞的声音阴冷、恐怖。

据说,冰川是山上越积越厚的雪,由于压力不断增大,天长日久,顺峡谷往下移动形成的，长达几十公里。

又走了一段时间，冰塔林渐渐恍惚，似乎越走越近，又仿佛丝纹未动，永远是这样不近不远。走上一个碎石形成的斜坡，越走越陡，越走越高，慢慢拐向了左边，前面又出现了一个峡谷，一条冰河从那里冲闯出来，汇到这边峡谷中来。我们走的这条冰河上的路被拦断。

我们的信心动摇了。前面可能没有人了，我们不能再相信冰塔林就在眼前的事实。

光A一屁股坐在地上，眼睛里闪出悲哀的光。他再也走不动了。光B不声不响靠他坐下，不出一言。我不甘心，又爬上一节，想看清左边那条冲闯过来的冰河，从哪里可以跨过它。

只有几十米高的坡，就像长跑到了极限状态一样，我脑袋又晕又涨，四肢发麻，胸口郁闷，气喘吁吁。我也瘫坐在一块大石上。喝过几口水，咽下半块压缩饼干，那味道已令人作呕，实在难以吞下去。我强迫自己吞下肚。

一阵风起，冻得全身起了一层鸡皮疙瘩。见他们还无走的意思，我急了，站起身，说："你们慢慢来，我先走一步。"

我仍为就在眼前的冰塔林激动着。尽管我一时看不到她，但她深深烙在心里的影象，睁着眼睛也在面前飘忽。我是决不会屈服于这一段距离的。我保持匀速，紧闭嘴唇。以我长跑的经验，只要呼吸和脚步有了协调的节律，再靠意志支撑，人就能够坚持下去。学生时代每次长跑，我就靠这样的意志和办法超越前面所有的人，直到我成为第一名。

山坡越爬越高，我几乎就要瘫倒了。我的眼前闪过登山队员蜗牛似的慢动作，那是影视中见过的情景，我今天算是体会了他们慢动作的滋味。恶心、想吐，像晕车一样，高原状态，令人痛不欲生。我清晰地感受到了自己的意志，它像一根坚挺的柱子，又像一堵坚硬的墙壁。我尽量不去碰它。我知道，它其实很脆弱，有另一种力量在与它较着劲，我怕直接碰撞的时刻，意志一触即溃。我在逃避着，不去让它思考、冲突，来回拉锯。我不考虑去与不去的问题，只认同机械的行走，踏过一步又踏下一步。

终于斜着走过了高坡，我离这条左拐而来的冰河越来越远了，它已到了我的脚底下。这道山坡，总以为转过一个山嘴就过了，却总是转不完的一个接着一个的坡。当我突然转完它时，我已经完全进入了另一条峡谷了。对岸由碎石形成的陡坡，几乎没可能攀上去。冰河则更难以跨越。我再无可能看到冰塔林了，它被对岸的山体完全遮挡掉了。原来还清晰可见的路，现在也变得模糊。我不能判断，是继续沿这条峡谷前行，还是设法过冰河，再从对面山坡转回前面的那条峡谷去。

眺望冰河对岸，似乎有一条小路。那时我还不知道是自己的错觉，当时心里太盼望有一条路了。

然而，总得有一条通向冰塔林的路吧？阎更华才从那里下来，他究竟走的哪里？为此，我又往下走了一节，冰河的咆哮声逼面而来。我想，如果我强行从这里过河，我可能就要葬身冰川了。不消几分钟，我的手脚就会被冻僵，没可能爬上岸去。

正当我左右为难、进退维谷之际，前面走来了三个黄头发的白种人，两男一女，他们还牵着一条狗。

我打手势询问他们前面是不是有路，一个男的指了指前面，又指了指对面，说了一通什么，我一点也弄不明白他的意思。我用简单的英语问他前面能否走，他一个劲地"NO、NO、NO"。

迷失在峡谷中的攀登

光A、光B仍不见踪影，我开始犹豫了。我决定先在这里等一等他们。

三个外国人走过一个山坡不见了。不久，他们又在另一个凸出的坡上出现。如此反复两次后，直到他们消失得无影无踪，光A、光B仍未出现。我的身边只有咆哮的冰河，天上的一轮太阳不知什么时候洒下了冰一样薄而白的阳光。天空蓝得发黑，虚无得让人顿生恐怖。我像一个人面对一个荒芜的星球。

我冷静地想，光A、光B有可能走不动往回撤了，我还要不要一个人往前闯？另外，冰河我过不去，阎更华也同样过不去，但他又到了冰塔林，说明另有路径；再有，"老外"是从前面来的，至少还可以向前走一节，也许有路过冰河，也许另有他途。但有一点是肯定的，那就是路途比我原来估计的要远得多。

看看表还在正午12点多，我决定一个人继续往前走一走。

走上了一个缓坡，我的面前再次出现了冰塔林，与刚才的一样，也是在峡谷的尽端。天，好像比第一次见到的还要远一点！也许，去珠峰走的就是这条峡谷，阎更华看到的就是这个冰塔林。但是，如果又出现岔路或别的峡谷怎么办？我会不会迷路？以我的经验，这么大的冰河水，上游一定还有汇入它的另一条峡谷的水。我再度犹豫，感到了惧怕。阎更华的经历再一次鼓舞了我，只是一个瞬间，我的脚步出现了点犹豫，现在，它又开始大步向前迈了。

石头越来越粗大，完全没有了人踩踏的痕迹。阎更华靠寻牦牛粪的经验起了作用，我就是这样，每走一段，看到牦牛粪，就等于获得了一次认可。牦牛粪第一次具有了亲切、温暖的感觉。

我无心旁顾，只知一个劲往前走。石头越来越尖利，我的胶鞋开始破裂。这双平地都要打滑的胶鞋，我却穿着它来攀登珠峰，后来连阎更华都说我在玩命。

不知道这就是一号营地

一心一意赶路，我不敢面对整个山谷没有一个人的现实。

又走了一个小时，我看到地上撒了一摊被切得一样长的干草，它只有几寸长，颜色金黄，可能是青稞秆。又在右侧发现了用石头围出的一个不大的牛圈，周围有废弃的生了锈的罐头盒。看到这些被人搬动过的石头，我突然闻到了另一群人的气味，眼前浮现出人和牛群的幻影，好像他们出现就在我到来之前的一刻。我感到了孤单被瞬间融化后的温暖。

一号营地的海拔是5800米（我当时并不知道这里就是一号营地）。偶尔会有人守在这里阻挡游人。只有专业登山队员才有可能继续往前。但这天我没遇到一个人。

冰塔林仿佛离我近了。我在乱石堆中攀爬，它一会儿出现，一会儿又消失。没有看到牦牛粪的恐惧时时向我袭来，我害怕自己走错路。我并不知道牦牛在前面就止步了。当越来越高的巨石堆横亘在我面前时，我慢慢意识到：牦牛不可能抵达这里。

我在一处低洼的小沙地上发现了一只鞋印，我蹲了下来，情不自禁摸了它一下。进入这条峡谷时，开始还见到有人垒的小石堆，让人感到一份宽慰。自一号营地后，这一切都没有了。只有这一个鞋印让我感到了另一个生命与我同行的信息，我在心里把他看成了与我是在同一个时间的，它的方向也是朝向前方的。我因此产生了幻想和期望，并因此而祛除了胆怯。我早已感到自己的身体因恐惧而发抖，但我想都没想过放弃。

我不敢休息，也不再回望，数次回头之后我已经绝望，我知道光A、光B不会再来了。

遭遇大雪崩

当我再抬起头来，我被震惊了：我行走的这一面山坡，不再是碎石的山头了，而是一堵峻峭的金黄色的石头山，整座山峰就是一块岩石，它古怪得好似经历过无数巨刀的砍伐，岩体上留下了千万道伤口。它高高拔起，顶着头上蓝得不真实的天空，以奇怪的神态望着我。只要一块小小的石子砸下来，就能置我于死地。它是一个伤痕累累的变态的神灵，仿佛一个巨人刚刚经历了一场仇杀，那刀枪的砍打声才退去，暴戾的表情还没有收藏，它望到了我这个闯入者，雷霆之怒正在欲发未发之间。

我避过它，害怕触发了它，把目光投向冰河对岸的山。那是一堵绝壁，山体乌黑，山顶厚厚的积雪像盖了一床棉被。

就在这时，积雪层上突然飞起一线雪雾，一阵隆隆的响声随之而起，震荡着整个峡谷，仿佛天崩地裂。

雪崩开始了。它正位于我的左前方，我已无路可逃，无处可躲。我看到它飞起的雪霰如同云团一般腾空而起，遮蔽了蓝天，不见了山影，铺天盖地直扑而下，飕飕的冷风把整个山谷都刮得尖啸起来。

我惊得呆立，感觉大地在抖动。我不知道是雪崩，只感觉大灾难的来临，不知是地震还是山体塌陷，或是火山爆发。这一刻，我知道到了自己的生死关头，大自然开始了它疯狂的毁灭。

天地阴暗一片。我本能地藏到了一块大石头的后面。只有轰隆隆如同雷鸣般的撞击声和什么东西的断裂声交汇着，我自己正在经历着死亡的过程。

一阵沙沙声之后，再无一点声息，一切宁静得可怕。我的身上覆盖了一层厚厚的雪粉。周围的石头上一片银白色，太阳照在上面发出刺目的眩光。我懵懵懂懂爬出来，抖掉身上的雪花，脑子里仍嗡嗡作响。对岸黑色的绝壁上，雪像被人横切了一刀，留下了一个水平方向的与山崖垂直的断层截面。雪几乎填埋了冰河。

庆幸我离它还远，这边山坡下只是洒了一层雪粉。

我白痴一样站在那里，有点不知身在何处的味道。许久才回过神来，又本能地向前疾走。那雪崩还可能再度发生。这时，我才真正害怕了，恐惧如同潮水席卷我的全身。我的身子在抖动，牙齿不听指挥，上下牙磕碰着。不断有巨响从远处传来。中午猛烈的阳光把积雪融化了，雪崩在大大小小的山谷里发生着。那传来的声音像儿时睡在乡村平原上，听推土机在深夜的田野里隆隆开过；又像虎啸，吼声悠长，震荡着山谷。冰川咔咔响着，像扳动大木船的桨橹，又如破冰船压上了冰层。连续"咔""咔"响过几声，突然"哗"地一下，坍塌的冰块掉到了水中。

冰窟窿切断了去路

我不敢等，不敢停，脚步跑得飞快，似乎只有这样才能抵消我心中的恐惧。我没有丝毫犹豫，继续向冰塔林奔去。它仿佛正给予我力量。只要看到它，我就觉得亲切。冰塔林太像人工做的灵塔了，潜意识里，我把它当成了人的象征。它是这条峡谷中唯一有人类气息的自然奇景。

一阵窸窸窣窣的响声——此刻，对于声音的敏感，我的耳朵比猎犬还警觉——原来是一股雪水从对面山头上冲了下来。这是正午的阳光融化的冰雪。

在大岩石上跳跃，我看到了石头下面的水。有时，当我刚刚跳过一块石头，那石块就"哗"地一声，带动相邻的几块垮了下去。还有几次，当我踏过低洼的流沙时，它差一点把我陷了进去。这一堆堆石块，一坑坑流沙，才冲下来不久，极不稳定，危险陡然增加。我只能依靠速度来冲击。我一路飞奔过去，身后不断传来石头塌落的声音。

只一会儿，我就跑不动了，坐了下来，想起了光A、光B，盼望奇迹发生，希望他们突然出现在峡谷里。我不知道，这个时候他们已经走在回去的路上了。在我走后不久，他们又往前走了一程，光A几近虚脱，若再前行，怕有生命之虞了。他不无悲哀地在一块大岩石上写下了："老熊，我们回去了！"他希望我能看见它。

坐了一会儿，身子一阵阵凉。冰塔林仿佛就在我的身旁，正发出幽幽的蓝光。看看表快下午2点了。然而，冰塔林已使我失去了理智，我无法放弃。

爬上一个高高的大石块堆垒的坡，它几乎就是一座小山，我终于抵近了冰塔林。它挨我是这么近，就在离我不到200米的地方，连塔下覆盖它的砂石我都看得清清楚楚。那一刻我呆呆地望着她，一切都凝固了。世界上还有什么美的事物能让我如此痴迷、心魂萦系！？

它似乎是由不断陷落的冰川形成的。塔下的冰川被一层厚厚的砂石覆盖着，只有坍陷的地方，才露出洁白幽蓝的冰来。我脚下的冰川分明是一块块塌落成大坑的，怎么解释那排列得很密的冰塔林呢？也许是强烈的太阳把冰层融蚀成了冰塔。但千万年了，冰塔林不是在融化而是在增大增高，有的形成了冰帘廊道，有的形成冰钟乳，有的如蘑菇、似春笋。它那塔身一道横向的棱，酷似灵塔的底座，却是太阳创造不出来的。冰川的发育我不懂，冰塔林的成因就更加迷惑不解了。

我边看边慢慢走下山坡。在我的前面,一个巨大的足有半个足球场大的冰窟窿横在面前,它一边与冰河相连通,一边是一面陡峭的山坡,坡面直插入坑底。山坡不再是金黄色的岩石,而是灰褐色的碎石。

最后胜利的一刻,我被这个深不见底的冰川巨坑挡住了去路。

滑向幽深冰川的瞬间

我审视着这个陡坡,它是由泥石流形成的,从下往上看,好似不是十分陡峭,也许我能从坡上爬过去。要去冰塔林,这是唯一的选择。

我想都没想它的危险,就迈上了石坡,慢慢地、小心翼翼地,朝着斜向上的方向,开始了穿越。没多久就上到了半山坡,我不敢往脚下看。无意中瞥过一眼,从上往下看完全不是从下往上看的情景,我好似攀附在峭壁上,脚下是万丈深渊,只要我一失足,就连人影也找不到了。

我胸部几乎是紧贴着石缝爬的,越爬越心慌,我看到了新色的黄泥砂,还有石头下流动的小股暗流。这个陡坡是大滑坡后刚形成的!由于我的走动,已经有石头在往下滚动。

正当我抬起右脚,身子重量全集中在左脚上时,左脚一滑,脚下那块石头滚下了坡。它一滚,带动了几块石头往下滑,我往石坡上一扑,紧紧抱住石头,我感到整个山体在徐徐往下滑动,我心狂跳。

下滑止住了。心发怵,矿泉水、压缩饼干全丢了。我抬头望山坡,头上约20米处,隐约有一条横贯而过的浅白色的线,线之上坡度要缓一些。那条线一定是不同坡度的坡面相交形成的,是否是一条路呢?

我背好相机,目光搜寻上爬的路线,发现紧挨我左手边有一条浅沟,那里一线浊黄的水,正在汩汩往下流。我慢慢地移过身躯,把身子全伏于这道约有约无的沟中,开始沿着浅沟一点一点往上挪。这时,我的头脑变得十分的冷静。

我又犯了一个大错误:我越爬越高,根本没有一条线,山势反而更加陡峭了。似乎在我的头顶上又有一条线。我惊得出了一身冷汗。那条路是我的想象？

当真的险境出现，也许人有超意志力量。我表现得很理智，仰过身子，竟取出了相机，对着离自己只有100多米的冰塔林连拍了三张照片。

我知道自己没法到达冰塔下了，眼眶里滚出了两颗泪。一切都要在这里画上一个句号了。

这次出行又一次面临生死关头。第一次险情发生在青海湖。那天黄昏，天下着雨，车子从鸟岛往西宁开。司机把中巴车开得左右摇摆，像坐上了海盗船，山坡草地和湖滩飞快地闪过。我知道会出事，叫来导游，要她告诉司机开慢一点。我说，这样疯开，非出事故不可。导游不但不听我的，反而责备我说话不吉利。无奈，我没有选择的余地，只有听天由命了。汽车一个左转弯，走上朝东的路时，突然失去了控制，从路的这边摆到那边，只两个回合就一头扎下路面，翻滚向山沟。

那时我出奇地冷静，当汽车超出正常摆幅时，我知道大祸临头了，我猛地站了起来，双手抓紧左右侧的两根扶杆，双腿叉开抵死两边座椅，眼睛注视着车前的路，等汽车一头冲下坡去时，我就随势跟着车翻起了跟头。事后，我对自己当时的冷静不胜惊讶，知道了避无可避，只有沉着面对。

满车的人鬼哭狼嚎，四周都是撞击的声音。好在山沟边有一堵凸起的坡，挡住了翻滚的车身，中巴车只滚了一下就停下来了。虽没有出人命，但许多人手脚骨折，鲜血直流。只有我安然无恙。那天半夜一点回到西宁，同行的张宇、梦雨急得团团转，正准备报警。

这一次我的心绪很乱，但却同样十分理智。我知道克制慌张，我躺着等自己心情平静后再作抉择。

这时，我想到了光A、光B，明知道他们不会来了，仍忍不住要望一望来路，希望那里有一个人奇迹般出现。这时我是多么渴望人的到来！

是幻觉，还是人群？

我仰望蓝天，只有一轮火辣辣的太阳放射着炫目的光芒，把近处的雪峰照得银光一片，令人晕眩。空洞的蓝天上听不到一点声息，世界仿佛离我远去。

左侧的冰塔林闪烁着细碎的光晕，一股寒风从那边刮过，塔林发出了玉笛似幽幽的清音。我听到脚下暗洞里流动的水声，那空洞的共鸣声仿佛到了我的背后。冰川发出一片片蓝莹莹翡翠似的冷光。静默的雪峰在悄悄地注视着我，她不再只是山，我懂得藏民为什么视她为女神，我分明感到了她目光的力量。

静静地，时间在一分一分过去。我突然就看见了山坡边出现的人群，他们越来越多，冰河对面的山坡好像也有了走动的人影。心一阵狂喜，我紧紧闭上了眼睛，不敢相信眼前的事实。

当我再度睁开眼睛，才发现是自己的幻觉，那都是石头的阴影。我心一沉，无法克制一阵又一阵袭来的恐慌。一个没有人的世界该多么可怖！

阳光的热量正在被一种无形的力量吸收而去。我身上的热量也在一点点被吸掉，我的手和脚差不多冻得失去知觉了。我感到自己的心绪平静了许多，是开始行动的时候了，即便是死，我也变得安宁，不会是一个面目狰狞的厉鬼。我要以最平静的心态去面对也许是我人生的最后一刻。

用手抓石块，上面粘着的砂粒极有黏性，我对大石头的稳定性有了一些信心。我想，踩准大的石块，四肢平均分配身体的重量，也许不至于滑下冰川。

我翻过身来，伏在石头上，当我准备往来的方向移动时，我的右腿却伸向了冰塔林的方向。真不知是一种什么力量驱使了我的右腿，这一举动令我自己都感到震惊：难道我的潜意识里还不愿放弃它吗？虽然经历了这么多艰难险境，毕竟这道滑坡是不可逾越的啊！我在心里咒骂自己。

我开始向下移,挪一步停一下,才走了七八步,就有石头往下滚,掉下去的石头连一点回音也听不到。我顾不了那么多,我只想快一点摆脱险境。我又看到一块大石头时,它在离我10米左右的斜下方。我快速向它滑过去时,身后的石头纷纷滚动,有的滚几下就止住了,有的砸到我刚刚移开手的位置上,有的擦过我的衣服,滚落下去。我站到了这块巨石上,我走过的坡上大小石头"哗哗"滚落成一片!

　　还有二三十米就是冰窟窿的岸。这段距离山坡都是小石头,没法慢慢爬行,只能采取快速冲刺的办法。这样做极有可能与石头一起滑进冰川。考虑到我所处的位置有一定的高度,可以在石坡下滑的同时,冲到岸边;但如果石头滑动厉害,还不等冲到岸边,就已经掉入冰坑了,这种可能是有的:胜算只有一半。

　　我想起是不是该写几句话,把我遇难的情况交代一下,万一出了事,也让家里人明白我的死因。又一想,人都掉进了冰川,遗书又有何用?这乱石坡有人来吗?我想起了亲人,想起了妻子和女儿送我时的情景,他们现在在干什么呢?泪水不知不觉在眼眶里打转。我轻轻擦去,它抹到手背上冰凉冰凉。我已经没有选择的余地。

　　我鼓起勇气开始冲刺。石头在滚,人也在滑,我一脚踩空,一阵心悸,和石头一起下滑着,全身发冷,眼发黑……

　　一块石头奇迹般卡在冰缝里,我卡在石头上,下滑止住了。我身上砸着滚动的石头,由于紧张,我已经失去了痛觉。我滑到了岸线的下面。

　　冰川的寒气丝丝袭来。深处绿色的冰幽幽一片。我得爬上去,才能从冰窟窿回到岸上。

　　抬头看岸,我并没有滑进多深。我抱住一根冰柱,把双脚移到上面,再攀上一块石头,我的手已经够得着岸了。我不知道自己是怎么挣扎着最后爬出了冰窟窿,我似乎是依靠着本能在行动。

　　脚下坍陷的巨大响声轰隆隆传了上来,一阵接着一阵,仿佛整个山坡都要坍塌下去。我疾步向来路飞奔。时间已到下午3点了。

　　我得感谢自己强壮的身体和顽强的生命力。我感到了无穷无尽的力量。我居然能在海拔6000米的山谷里飞奔,跃过一块又一块巨石,越过一座连接一座的石头山,这是连我自己也感到吃惊不小的事实。

跑过无人峡谷

刚才还是生死关头，精力全都集中在对付死神上。这时，意识到整个珠穆朗玛峰方圆数百平方公里只有我一个人时，恐惧像寒气丝丝透彻脊背。所有的山峰在这一刻都变得有点异样。我无法形容这荒凉的峡谷给我的空旷感。面对这种宇宙亘古的荒旷，我仿佛到了另一个星球。孤立无援的绝望，产生出前所未有的压迫和恐惧，任何声音都变得可怖，哪怕是极其细微的响动。这种神秘恐怖的力量，让神经敏感脆弱，脑海里闪动着各种念头，我的背脊一阵阵发紧，觉得恐惧像寒流一样正在使胆囊收缩，理智完全丧失。我奔跑着，鞋子已经破烂。

走了好远，回头一望，冰塔林似乎还在身边，这回它让我感到了害怕。

下山要容易得多。在奔跑中我才明白，我来时一直是在往上爬的。又看到了一号营地，看到了那些金黄色的青稞秆。

这时，天空阴沉，下起了小雨，雨中夹着冰雹。只要老天愿意，它就可以把这场雨变成漫天雪花。我宁愿是雪，也不愿是雨。下雨将带来泥石流和塌方。

感谢神灵，也许是她在助我，那乌云和雨夹冰雹总在离我200米远的前方，以与我几乎同样的速度向前推进，仿佛是我放牧的一群牛羊，被我驱赶着。我的头上总是那轮已经失去温度的太阳。

才过一号营地，前面就出现了一个人。她是一个中年藏族妇女，系着颜色鲜艳的短裙。一如我所常见的藏族妇女一样，她站在高处的石头上往我这个方向眺望着什么。我高呼着，取下黄色太阳帽向她挥舞。近了，越来越近了，我甚至能看到她黧黑的长脸庞。我激动得血直往脑门上涌。

已经三四个小时没有看见一个人了，时间就像过去了几个世纪，每一分每一秒都是那么漫长。不管她是谁，我扑过去，我要拥抱她。

我感到恐惧正在潮水一样后退。我喜悦，我的喜悦让我变得疯狂，40米、30米……她仍站在那里一动不动，直到我几乎能触及她的瞬间，她突然变成了飘动着红色经幡的玛尼堆。我大惊失色！我不相信这是幻觉，我被眼前的事实弄得迷迷蒙蒙，我第一次强烈地感到了神的存在。难道是我极度恐惧所致？我来时好像并没有看到过有经幡的玛尼堆。我这个无神论者，似乎闻到了"神"的气息，她就在我的身旁，无处不在却又踪影全无！我惊悚，我惴惴不安。

一切又恢复了大峡谷的本相。恐惧因此却大大减轻。

一群不知名的小动物，麻鸭一样的禽类，飞快地往山上跑了，闪进石缝，遁无形迹。

一路上，只有我一个人走动的脚步声，一直到了登山大本营，也不见一个人影。连大本营的河滩上也见不到人了。

最后的考验就是河滩上的十几条小河了。我已精疲力竭，每跃过一条，几乎都用尽了最后的力气。

到了大本营，我连一步路都走不动了。

索多站在坡边望我。三个光头都坐到了车上，他们已吃过晚饭。我的举动招来了他们激烈的批评，甚至是大骂。只有我自己知道，今天的遭遇对我的生命有多么重要的意义。我无力说话，也动弹不得，轻微的转身，腰也钻心的疼痛。

[第九章] 灵魂升天的仪式

定日，神界与凡间的分水岭

翻越嘉措拉山，只是隔了一个晚上，它完全是另一番景象：一夜飘飘大雪，千山万岭银装素裹。远处的天空，阴沉沉压到了雪坡上。视线里，除了银白的雪原，就是灰冷的天体。它们都能够触摸。

道路十分泥泞，如同走在江南的水田里，几次差一点车就陷进去了，轮子不停地在稀泥里打滑，车尾摆来摆去，若非司机走惯了这种路，这一段路是别想开过去的。

索多开着车，逢泥过泥，逢水过水，他的胆量也许一部分来自于归家心切。出来这么久了，经历了这么多，只有二三天的路程就可以到家了，索多的情绪也变了，两眼直瞪瞪盯着前方，仿佛他的家随时都可能出现似的。

山坡上，一辆东风大货车停在路边，车厢、踏板都积了一层厚厚的雪。司机还没睡醒。冲上海拔5220米的山顶，一群藏民向我们兜售蘑菇。

我们下车照相，个个冻得缩成一团。

下山了，路边一顶小帐篷，帐篷边横倒着两部变速自行车。这两位勇敢的外国旅行者，也许正在两人世界温存着呢。雪花为他们这一夜添了不少浪漫情调。也许，他们早就累得不行了，一夜酣睡，根本不知道外面的世界发生了什么，大雪改写了天地间的面目。想象着他们钻出帐篷时的惊讶，那也是人生难得的一种惊喜。与自然相遇的惊喜，是诗意生发的珍贵瞬间。而此刻，大地处子一样纯洁，一片安谧。

无人打扰他们，只有我们的车从帐篷边疾驶而过。

昨天从珠峰下来，天完全黑了，我们才赶到定日。路边的珠峰宾馆已经住得满满的，大多是外国人。在珠峰的游客只有寥寥的十几人，到了这里怎么冒出这么多人呢？面对这些比我还来得遥远的"老外"，我替他们感到遗憾。他们中的绝大多数只是站在绒布寺的峡谷里，远远地眺望了一下这座世界最高峰。看到他们，我内心荡出一份骄傲、自豪的情感！

在珠峰宾馆，人们全然没有了珠峰脚下那种冷峻的表情，个个喜笑颜开。人群熙熙攘攘，像参加什么婚礼大典一样。已经回到了俗世的地界，需要的只是物质上的吃喝，这里是人间的气象。这种强烈的反差让我不能加入到他们的队伍之中。我居高临下，我格格不入。

定日大概就是精神与物质、神界与凡间的一道分界线吧。久违的吃的场面也令我感慨！

又碰到胖子和那群姑娘，他们也刚从珠峰下来，跟我们一样找不到住的地方。我们一起到路边的小旅馆找住处。

晚上，胖子来推我们的房门。西藏人不锁门的，也没有安装门闩，门一推就开。他想搭我们的车走。

胖子是深圳人，在拉萨专门组织广东游客游西藏。这批游客就是他组织的，原计划去阿里，走到二十二道班，路断了。游客中也有人出现严重的高原反应，一时生命垂危。他们只得原路返回，有高原反应的回了拉萨，其余的来了珠峰。阿里去不成了，游客都已交了钱，提出去其他地方玩的要求理所当然，胖子却想一走了之，丢下他们不管。我们当然拒绝了他。

沉默的风马旗

暴雨席卷高原

第二天，大家一起同行。路上，他们的东风车几次陷进泥里，拖了后腿，被我们远远地甩在后面。

然而，正当我们一路向前，直扑拉孜时，没想到一股泥石流也把我们给挡住了。这时候我们才知道，自从我们离开拉萨后，除阿里和羌塘草原外，高原连续下了半个多月的暴雨，一时河水猛涨，几乎所有的道路桥涵都被冲毁，像当年长江、松花江遭遇百年罕见洪灾一样，西藏也同时受到了洪水的无情冲击，许多地区灾害严重。驻藏部队参加了抗洪抢险，一位战士壮烈牺牲。这一切，我们闻所未闻，我们与外界隔绝了。

自出拉萨，我们只在狮泉河看过一次电视，这些大灾难的新闻是到了日喀则才得知的。这时，一场轰轰烈烈的全国人民为灾区捐款的活动正在开展。我的家乡湖南岳阳屈原行政区正是水灾最严重的地区。当我在日喀则得知这一情况时，急得寝食难安，却又一筹莫展。

1998年的夏天，中国人经历了一场百年难遇的洪灾的考验。

我的老家所处的位置，原为洞庭湖东汊，20世纪50年代末的围湖造田运动中，这一片原是浅湖沼泽的地区被人为地筑堤围垸，建成了一个农场。于是，人们总是生活在洪水灾害的噩梦之中。这几年，洪水凶猛。去年的大洪水，家家把屋内家什搬了个空，堤垸却奇迹般地保住了，没有垮下来。但人的精神却垮了。民间一时谣言四起，说明年洪水比今年更大。我父亲就说，即使淹了，以后也坚决不搬家了。没想到不幸被言中，到了1998年夏天，滔滔洪水果真以前所未有的气势又卷土重来。

面对大自然的无穷威力，人类终于屈服了。围湖造田，严重妨碍了洞庭湖对长江水的蓄洪泄洪能力；大量的砍伐森林，又使灾情进一步加剧。人们与自然对抗，终于付出了惨重代价。痛定思痛，我们不得不与自然重新达成妥协——退田还湖、封闭林场。

我由此想到藏民对于自然的态度与感情。他们崇拜土地，高山湖泊永远如神灵一样受到他们的敬仰。这种对于大自然的敬畏情感，不只是产生了泛神的苯教，使藏民找到了精神的皈依，也使他们找到了与自然相处的方法，他们从不破坏自然、对抗自然，一直保持着人类最初对于土地的有限索取。世界和谐、平衡，大地上才永远牧歌悠然。

前面路段被泥石流冲毁了。它是从一条山沟突然冲下来的，山脚下的公路立即被冲得无影无踪。走在我们前面的一辆货车和一台丰田吉普试图冲过去，结果双双陷入泥淖。货车只有车厢露在外面，车厢以下全部陷入淤泥，司机放弃了任何努力。小车陷到了轮胎顶，一帮人挖的挖，推的推，反而越弄越陷得深了。

我们赶到后，泥石流已经停止了，只有一股股黑水仍在一摊石子上汩汩地流着。我们全下了车，光C因为脚踝受伤，留在车上。索多发动车子，他归家心切，不愿等，要碰碰运气。

冲过去的希望实在太渺茫了。索多选择好路线后，小车一阵狂吼，他加大油门，一踩离合器，小车便箭一样往前冲去。到了泥石滩上，车子很难使上劲了，一时变成了慢动作。但只要轮子往前走，就不会有大问题，怕的是车轮打滑，只要一打滑轮子就会下沉。索多专拣石头多的地方走，几十米宽的滩涂，他居然成功地冲过去了！

轮到我和光A、光B过泥石流了。我和光A绕到山上，一条一条水沟跳，也跨过去了。光B没这个耐心，干脆脱了鞋，挽了裤脚，就从车子碾过的地方，深一脚浅一脚踩了过去。

我和光A在山上转，下不了山坡。光A尝试斜着下去，前脚一滑，仰天一跤，身子就往下滑。幸好我反应快，一手抓住他的衣领，他才没有滚下山去。

索多的车走了还不到100米，峡谷中的河水又斜冲过来，把路基都冲跑了。河流之上，是个山坡，要过去，就得在山坡上另挖一条路出来。

对面停了一长串车，已经有人在挖路了。他们是要开过来。开路者有喇嘛、士兵、牧民、游客和"老外"，可谓一个国际联合阵线。高原上的车，都备有铁锹，这时都派上用场了。有锹的铲土，无锹的捡石头，大家都干得热火朝天。只有司机们在山坡上蹲成一排，一边抽烟一边看大家劳动。

　　大约一个小时，路快修通了，一个矮个头小伙子站在山坡上吹起了萨克斯，把众人的目光都吸引了过去。乐声一起，大家更是兴高采烈，热热闹闹的劳动场面带给我们的不是苦而是欢乐。工地上弥漫着只有节日才有的愉快气氛。大家素不相识，劳动中彼此的配合与默契如同老友。

　　当第一台车开过去时，人群爆发出一片喝彩声。掌声、萨克斯迷人的旋律和哗哗的水声，使这个时刻有了妙不可言的情调。

　　快节奏的生活把人们弄得失去了应有的耐心。学会把困境当成享乐，看来，西藏在不知不觉间改变着游客的人生态度。

　　索多把车也开过来了，我们又快速上了路。

　　路途上，不是公路被洪水冲掉了大半边，就是桥被冲断，车要绕到河滩下，从水里"游"过去。有一段路，落了许多大石头，都是山崖上砸下来的，道班的人正在清理；又有两处塌方，堵了一长串车，道班抢修了半天后，让小车先过去。

　　就这样走走停停，赶到日喀则时已经是黄昏了。尽管我们未遇到洪水、未经历暴雨，一路由洪水肆虐所留下的破败残局，已经让我们领受了那份惊骇。

随黑夜降临的魔幻世界

　　睡在日喀则桑珠孜宾馆，半夜被人吵醒，一看表已是深夜一点多了，胖子他们刚刚赶到，饿得正在冲快食面吃。又一次相会，胖子约我们凌晨去天葬台。

　　大约5点，胖子来敲门，我们早已醒了。天还是黑乎乎的，窗外有一丝昏暗的灯光。晚上下了一阵小雨，空气清凉又潮湿。大家起床时都蹑手蹑脚，仿佛去干一件什么神秘的事情。

　　我们确实是去关注一个生命的终结，看藏族人对于死亡的宗教诠释。

死的神秘，几乎每个国家和民族都会作出自己的解释。高原上的死亡与内地的死亡是不同的。到底什么是死亡呢？无数的宗教和哲学正是因为这一简单而又玄秘的疑问而产生。对于藏传佛教的理解，如果舍弃了它的天葬，你将很难走进其中并体悟到它的精髓，你只是在知识这一层面了解，无法真切感受到它。

恍恍惚惚的灯影里，我在顷刻间进入了另一个时空，嗅到了一股奇怪的气味。漱口、洗脸、收拾东西，朦朦胧胧，看不真切自己的一举一动，仿佛一个真实的自己已经在很遥远的地方，此时的我已非完全的我。

我们齐聚大门。铁门紧锁。又在积水的反光里，走到侧门，叫醒了守门的老人。睡眼惺忪的老人像阴阳两界的人物。"哐当"一声，锁打开了，我们出了院子。汹涌的黑暗立即把人裹入其中。我们到了另一个世界。

狗在远处吠着，风吹得树叶簌簌而响，雨滴从叶尖上滚落下来，打在脸上、手上，冰凉冰凉，也不像是这个世界上的东西。我们的说话声，像呓语，飘浮在半空，如同张开的一张蛛网，飘向黑暗的深处。

白天和黑夜是两个不同的世界，我无法把白天所见到的与现在的一切联系起来。大地是一个舞台，人类随光生活其间。光去了，人们神志模糊，进入沉沉梦乡，另一个魔幻世界随黑暗降临，像遥远难及的天国，形迹缥缈，那里既有神灵，又有魑魅魍魉。死者的灵魂，也许就在这黑夜中行走。

高原人对于鬼的描述是：它们长得像人，只是时隐时现。"鬼"背是透明的，走在"鬼"的后面，可以看见它肚子里的五脏六腑。在我的老家，人们也以极大的热情来想象鬼的形象，他们大都是夜间行路时开始鬼的冥想的。村里一位铁匠，力大无比，一天，他用两个铁皮桶挑了一担菜油赶夜路回家，看到前面有一个人影，于是叫他等一等，欲与他结伴同行。他一连呼了十来声，那人就是不搭理。他追，那人始终与他保持着一段距离，偶尔，他再仔细一看，发现那人是没有脑袋的。正当他惊恐万状之际，那人影往路边甘蔗林里一钻就不见了踪迹。是往前继续赶路，还是往回走？铁匠犹豫不决。最后，他找了一根树棍，一边敲打铁桶一边疾走，走到家一看，铁桶敲扁了，菜油也漏了个精光。

我们一行十余人，高一脚低一脚，走在若有若无的路灯光晕下，远处如墨的暗幕,让人闪出层出不穷的幻觉和联想。清晰的脚步声惊扰了夜的宁静,引来了夜风。坚硬的夜色一块一块如山似的耸动。那个鬼故事的恐怖气氛也在这里弥漫,我不敢抬头望远处的夜空。

这个铁匠是在一个冬天的晚上当着我的面说那一夜经历的,他说得很认真,甚至仍保持着当时恐怖的表情。在那个漫长冬夜的火炉边,人们最神秘最关注的话题就是鬼与人的遭遇。有些明显有编造的痕迹,有些却是真诚的。

对于灵魂的关怀,湘北那块楚文化浸淫的土地,人们各行其是,想象五花八门。由于没有一个系统的宗教教规,对于死亡的想象与态度,人们莫衷一是,左右摇摆。对灵魂大都采用一种宁可信其有,不可信其无的态度。因此,葬礼的仪式,既有一定成规,又总是随意和马虎,显得无所适从,有时甚至是自相矛盾,绝没有高原那么神圣、真诚和严谨。这里,既有道家的神仙鬼怪、佛家的地狱天堂,又有无神论的假戏真做。人们对于死亡和灵魂的问题,更多的是采取回避的态度,他们把全部精力和关怀投注到现世中来。死亡无疑是一个巨大的深渊,人们背过脸去,不敢直接面对,因而没有恒定的精神力量、虔诚的信仰和平稳的心态。

高原上的葬礼

又一次去接触冰冷的死亡,我感到它坚硬的棱角正深深刺痛隐处,脚步有些散漫,心里有一份好奇,又有一份郁闷。

相对而言,虔诚信佛的人是有福了,他们免除了死亡的恐怖,他们对待葬礼的态度是真诚的。他们坚信"舍身饲虎"是人生最后一桩善行,坚信灵魂脱离躯壳后,徘徊七七四十九天便可飞升,尸体已成无用皮囊。因此,他们选择了极端的对人体的毁灭——天葬。

天葬,一方面表现了喇嘛教徒对于自己信仰的无比虔诚;另一方面,它彻底地把现世的生命毁给人看,让世人惊醒,要轻薄现世的一切欲念,忘掉今生的利禄纷争，一心向善，专修来世。

天葬给无神论者带来的是死的极度恐怖，给信徒带来的却是来生的无限向往。

喇嘛教对天葬有一套严格的仪轨，一要择定吉日，二要请神职人员天葬师，三要请喇嘛念经超度亡灵，一般要念七七四十九天。

苯教徒念《却巴》经，每天念两遍，共念一百遍。人死后，三天里灵魂尚在体内（汉人死后停尸三日的习俗，是不是与之相关？），先得念使灵与肉分离的经。其后，灵魂仍徘徊不去，直念到第四十九天，灵魂才醒悟："噢，我已经死了！"最后一天的经，要请有名望的喇嘛念，为灵魂升天送行。

念经作法的密宗法师戴着缀有骷髅头饰的马头形帽，面罩黑纱，为的是不让灵魂看见活人的眼睛。超度经主要内容是劝灵魂往前走，一一列举路上可能遇见的东西，给灵魂讲解那都是些什么，劝其不要害怕，给他壮胆、导游。最后祈祷灵魂升天。

在这灵魂升天的漫长的四十九天中，死者家人要每天焚烧两次酥油糌粑，为灵魂充饥。

一个灵魂的高地

一辆无尾红色夏利出租车悄无声息地从夜幕里滑到了我们身边。司机听说我们去天葬台并未拒绝，也许因为他是个汉族人吧。我们分作两批，我和光A、光B先上了车。

车灯撩开夜的一角，往黑色深处的神秘地带开去。这是一条灵魂远离人间走向天堂的路。红色夏利车走起来并没有异样，它隔离了寒意、孤独和恐慌。在我的眼前虽然道路荒芜，却有明亮的灯光。灵魂走起来会怎么样呢？路上会遇见什么？会害怕什么？而我们又会看见什么、遇到什么呢？它知道我们害怕它吗？

喇嘛的诵经声似有似无地飘荡着，给灵魂壮胆，也给我们增添勇气。

在卫藏一带，亲人亡故，尸体在家中停放三天后，第四天凌晨三四点就要被送往天葬台。尸体将要经过的左邻右舍，早早就在自己房屋的窗子下面、门前和水渠边，撒上了弧形的白灰或黑沙。人们坚信灵魂惧怕白色。而黑沙很滑，灵魂是一只蜘蛛，它爬不过去。

爬不过黑沙的灵魂，也一定爬不上光滑的车身。

灵魂是一只蜘蛛，这一形象来自于一个传说。从前，一对恩爱夫妻，妻子熟睡时，总有一只毒蜘蛛从她的鼻孔里爬出来，深更半夜到外游荡。但她本人并不知道。一天夜里，丈夫突然醒来，看见这只毒蜘蛛从妻子的鼻孔里爬出来，十分害怕。他观察它的行踪，发现它出来后就朝外走了。天亮时，这只蜘蛛又回来了，朝着他妻子走来。丈夫急中生智，在妻子身边撒了个弧状且陡的黑沙堆。那蜘蛛爬上又滑下，就是越不过沙堆。丈夫看着它可怜，就用手指划了一道沟，蜘蛛才爬过去，爬进妻子的鼻子里。妻子醒后，对丈夫说：昨晚我做了一个梦，梦见自己在努力爬一座沙丘，但怎么也爬不过去。丈夫于是认定那就是妻子的灵魂，它变作了一只游荡的蜘蛛。

于是，人们用黑沙来防止亡魂的入侵。

为了不让灵魂出窍，藏族人在人死后把尸体四肢并拢，捆成一团，再用白色氆氇蒙上，置于房屋一角的土坯上，再给它戴上五佛冠，然后以长布当屏障把它围起来。为了不使灵魂滞留在房内，尸体背走后，土坯也要扔到十字路口。这样灵魂才彻底离开自己的家。

人们相信灵魂无处不在，每一棵树，每一块石头，甚至脚下的每一块土地，都有神灵或鬼魔寄居。重要的活动就须驱鬼迎神，举行净场仪式。每隔一段时间，喇嘛们在寺院要举行一个声势浩大的驱鬼仪式。西藏电视台的朋友张焰曾拍了一部驱鬼作法的纪录片。冬天，外面银装素裹，寒气逼人。作法驱鬼的这一天，喇嘛们穿上绣着各种神像的长袍，戴上面具。凌晨，天还没亮，寺庙里就法号声声，油灯闪烁。喇嘛们齐聚大殿，团团围住一个秸秆搭的巴林，诵经念咒。他们戴的面具，有的是牛头马面，有的青面獠牙，有的是骷髅……喇嘛们变成了牛神、羊神、鹿神，各种金刚、护法神，还有阎罗王。

巴林形如高大的三角架，上面贴满了各种颜色的纸带，纸扎的骷髅头像立于架顶，天亮时分被抬出寺庙，被人群簇拥着绕庙一周，然后放在大院中央。喇嘛们围着它开始了跳神仪式。一种由糌粑做成的人形怪物，被一手拿大刀的喇嘛扔到院外，一边对其诵经作法，一边以刀砍剁。最后，鼓乐齐鸣，巴林和"鬼怪"被熊熊大火烧毁。

藏民在门框上悬挂破鞋或放置牛粪，这是民间的一种驱魂习俗。因为秽物，灵魂不能进入房间。

面具是藏民对另一世界充满大胆想象与自由创造的产物，神和鬼通过面具进入宗教的仪轨，又随宗教的仪轨进入藏民的日常生活。

人们害怕灵魂，渴望驱除它。藏民内心深处，对死亡一样有着普遍的焦虑。这恰恰说明了人对于生的留恋，对生命的神性的强烈宣示。

喇嘛教也是人创造的，它也不可能摆脱常人的感情。这种惧死恋生情绪也表现在宗教仪轨上。

人们以黑为恶，以白代表善，以红色象征王权与神明，以黄色表示智慧，以绿色代表母亲。逼真的面具，里面贴上象征神灵的密咒佛经，进行过开光仪式后，它就被赋予了生命和神的灵性。其夸张而富于艺术的奇异造型，能给在场的人制造出幻觉。

一切生命皆由天地万物之神掌握。人们要消灾祈福，就要神灵保佑。于是，高原出现了"通灵人"。有的巫师自称可以神灵附体，神降临到通灵人身上，他的身体就成为神的附着物，代神与人进行交流。

神灵是藏民日常生活里的重要内容。一座高山，一个湖泊，一块石头，一副面具，一条经幡……藏民们可以随时向它们施以五体投地的大礼。因为神灵就游动在那里。牧民每一次迁徙，搭好帐篷后的第一件事就是系挂经幡，以祈求周围神灵的护佑。朝圣者千里万里走过荒漠和高山湖泊，也一定扛着经幡，以求神灵使自己免入迷途或遭遇灾祸。在农牧区，藏民春天开犁播种，耕牛的角上也披挂了经幡，那是向土主地母致意，祈求五谷丰登……

在寺庙、民居、路口、桥头、村边、河湾、渡口、神山圣湖……无论山有多高多险，无论湖泊怎样远离人烟，哪怕无人的羌塘草原、冰天雪地的喜马拉雅山口，玛尼堆和经幡总会出现，如期与你目光相遇，如神灵们幻影相随。这是大地艺术还是大地幻术？它们随风而舞地窃窃低语，石片上梦想一样的刻影，一千遍一万遍向大地和天空传达着牧人的祝福和祈祷，呼唤着灵魂的依附和护佑。此世界与彼世界的时空共处，大自然就成了神灵的化身。

高原行路永远是孤独的，也永远有不停息的幻想，都是有关神灵的联想、幻觉。在都市，永远只关心生存，关注现实的利益，几乎忘掉了还有灵魂的存在与诉求。这里，灵魂凸显出来了，现实的利益消失了，人进入另一重非现实的时空，像失重，像白日梦。普遍而又最简单的石头，表达出了对于最神秘的生命的幻想。当世界步入奢华的时候，它是荒芜。当世界都荒芜的时候，它却具有了灵性，它呈现的是生命的意蕴。

藏民对于灵魂的坚信，对于死亡的轻视，让高原看不到死亡踪迹。在高原，无论哪一个角落，都找不到坟墓。即使天葬台，也看不到尸骨，只有极个别的留下头颅，垒成了围墙。高原构筑的五彩经幡和玛尼堆，既面对死者，也面对生者。

夏利车在郊外的泥路上左弯右拐，车灯里出现了野草、土沟、黄泥，那些黑暗里灯光不能照见的沟壑，藏匿着孤魂野鬼的张皇。灵魂升天的路上，却没有经幡，没有玛尼堆，连一条平坦的路也没有。去了另一个世界，你就脱离了人类。人为亡灵做最后一件事情，显得不是心甘情愿？

这条路你要小心摔跤，如果你也是靠双脚行路的话。

不准外人踏足的地方

一块告示牌出现在车灯里，车嘎地一声停住了。打着手电筒看牌文，上面是藏汉两文写的条文。

出租车倒回去接人，被卡在一条土沟里。发动机一声声吼着，把夜色轰得四处涌动。冲出土沟后，一转身，只有两点尾灯的红光。的士远了，灯光似萤火，一个完整的黑暗被扔在这里。我们立刻裹进了无声无息的神秘世界。

扎西说，天葬师收入十分可观，但现实生活中，他们却被人们敬而远之，连老婆也难娶到。他说，天葬太残酷了。我至今仍记得他那副龇牙咧嘴的表情。

等第二批人都到齐了，我们开始进入死亡腹地，进入肉体与灵魂彻底分离、两相消失的地方，进入一个生死冲突、精神强刺激的场所。

手电筒照着一道木栅栏，左侧是一个山坡，右边是一条山沟，前面两座大山的朦胧影子，粘贴在高高的夜空，一座尖尖如金字塔。山下的日喀则远远传来几声狗吠，那里几点微弱的灯火，护卫着人们的尘梦。不知天葬台在哪一座山的哪一处坡地。

我们沿着天葬师和抬尸人走的小道，一步步走向漆黑的山谷，只有脚步声、喘息声，一切都是静静的。死亡的大门就在寂静的深处悄悄张开着。

胖子来过一次，当我们转到两座山的垭口下，他用电筒指了指一面黑魆魆的山坡，说："可能就是这里。"这时，纷纷扬扬的夜雨从头顶飘然而下，山谷里有了轻轻地抚摸一样的声音。

屏息驻足，谁也不敢往前跨步。我想，前面也许就有尸体，也许，有人的骨头，也许还有寂寞的灵魂迟迟不肯上路，留恋着人间。我用电筒照着脚下的石块，一股极小的水流从中流过。空气中一种异味飘来。

没人敌得过时间的镰刀

西藏人绝不杀生。他们与大自然的万物平等相处，从没有感觉作为人在其中的优越地位。一切有生命的东西，站在生死的角度都是宝贵的、平等的。人类应与自然万物共生共荣。

佛教告诫人们，人死可以再次转世，既可转世为牛、羊、猪等牲畜，也可转世为人。同样，牛、羊、猪也能转世为人。人只是六道轮回之一（六道轮回，这才真是生命的大流浪）。这是所有生命平等的宗教，是比人道更大的生道。

记得一位小孩指着天上的鹰对我说："叔叔，那只鹰也会把我的眼睛叼走吗？"我无言以对。有生必有死，这是天律，人只有顺从。庄子面对亡妻击盆而歌，那是他对生和死的大彻大悟。这位圣人，临死前告诫门生，把他的尸体抛到荒郊野外去，曝尸黄土。他的门生不愿意，他反问：让牲畜吃也是吃，埋在土里让蝼蚁吃也是吃，为什么一定要给蝼蚁去吃？他在自己临终前一个人走向了苍茫大地，世人再也寻觅不到他的踪迹。他走向了生命的大化。

雨越下越大，草地和低矮的树丛都在喃喃自语。我打着手电，第一个走上那座山坡，我看到了凸凹不平的一个大石坡，石头上溅满了腻腻的一层浮油。一件破烂的衣服，一只黑布鞋……这个生命的消失地，自然、荒蛮、原始，一个荒芜凄凉的大石坪而已。

雨在对面山上落，雨在峡谷下面落，雨在来路上落……雨打在这块石坪上，溅起轻轻的水雾。是天在落泪吗？灵魂无语，与我只隔着薄薄的一层黑暗。我如何闯进了这个无声无息、却有呢喃四起的世界？夜的雨凄然而清凉，流到了我的脸庞和手背上。死亡就在我的脚底。

  我……看到黑夜吞掉伟丽的白日；
  看到紫罗兰失去了鲜艳的青春，
  貂黑的鬈发都成了雪白的银丝；
  看到昔日用繁枝密叶为牧人
  遮阴的高树只剩了一根秃柱子，
  夏季的绿秧都扎做一捆捆收成，
  载在柩车上，带着穗头像白胡子——
  ……
  甜美的生命总是要放弃自己，
  见别人生长，自己会迅速凋谢；
  没人敌得过时间的镰刀……
  就连金石、土地、天涯的海洋，
  最后都得消灭在无常的威力下，

那么美,又怎能向死的暴力对抗——
看她的活力还不过是一朵娇花?
啊,夏天的芳香怎么能抵挡
多少个日子前来猛烈地围攻?
要知道,就算巉岩巩固,顽石坚强,
钢门结实,都得被时间磨空!

300多年前的诗人莎士比亚对死亡发出了无可奈何的感叹。他一生都在感受着死亡的恐惧和死亡的无所不在。他的感受仍在文字里穿越时空向我们传达着,然而,他和他的恐惧早已灰飞烟灭了,连白骨也都成泥,连死亡也死亡了。今天,我咏诵着他死亡的诗句,明天,就是别人来吟咏我的死亡文字了。

此刻,我的脚下,死亡就是这片冰冷的岩石和岩石上冷冷的雨滴,冷冷雨滴上洗不去的浮油,浮油之上的形体毁灭;死亡是一个凝固的时间,时间堆砌的深谷,深谷里300多年前的旧死亡,叠压在昨天的新死亡下,犹如薄薄的雨衣又把我们包裹;死亡就与雨滴一起在我们的身躯之外流淌着,时间却在我们身躯的里面流动,一分一秒是我们不断衰败着的躯体。

皈依佛门,是对于死的无可回避的回避。禅宗以物我双忘、空明见性的修持来超然于个体生命之外,以圆寂和坐化来超越于生死。道家以求取长生不老药而东海放舟、密室炼丹,最后错把自己当成了仙人,可以白须飘飘,洞中七日等同世上千年。喇嘛们坚信六道轮回,视死如归,置生死于度外……宗教,无一不是对死亡的超越。

诀别亡灵

山下,日喀则出现了两点缓慢移动的灯光。声音在长长的默哑后,穿过时空之隔,涌现在山上,像一台坏了的收音机突然就有了响声——那是手扶拖拉机的突突声，遥远、渺茫、隔世，让人触到了它穿过这片夜色的疲惫和衰弱。

不知死者是谁。今天，死亡落在他的头上，明天又会落在另一个人身上。每天必有人来这里，来填充死亡的空白。这是一条死亡之路。

突突声越来越清晰。这是日喀则最早出现的声音，是大地里最孤独的声音。人们还在睡梦里，曙色未启，死亡却在悄悄潜行。

拖拉机的声音已经到了山坡下了，白炽灯的强光刺破了黑暗。那个人的葬礼从上路的那一刻其实就已经开始了。天葬师们把尸体和早餐都一同放到了车斗里，亲人们只远远地磕了头，就向死者诀别了。

我想起了祖母的葬礼，那可是鼓乐齐鸣，炮仗轰然。亲人牵着一条白布走在灵柩的前面，乡亲们站在各自家门口，在她的棺椁抬过时，点燃一串串鞭炮为她送行。我们在制造一个死亡的仪式。

我与祖母诀别的漫漫长夜，春雨哗哗，把大地上的万物吵醒了，叫它们复苏。春雨鼓涨起了河床，让它漫溢。它是大地上生命的脚步，我看到了她悄悄走在无垠黑夜里。它像一面江南小鼓，敲击得灵堂顶棚好不寂寥。春雨一夜，凄凄切切，寂寂惨惨。

祖母静静地卧于棺内，对一切无知无觉。她就在我的面前，我却第一次感觉到了她的遥远。这就是死亡？祖母，你若远行，你冷吗？你孤独吗？你想念亲人吗？油灯下，那碗冷肉，那杯残茶，你真能吃到喝到？道士在招魂，引领祖母的灵魂："魂兮归来兮，东方不可以托栖，太皓乘震兮，旸谷宾日出，鸟兽孥尾兮，青帝曷所依，归来归来兮，东方不可以托栖。魂兮归来兮，南方不可以托栖，祝融居离兮，明都方永日，鸟兽希革兮，赤帝难附依，归来归来兮，南方不可以托栖。魂兮归来兮，西方不可以托栖，蓐收当兑兮，昧谷饯纳日，鸟兽毛毯兮，白帝难附依，归来归来兮，西方不可以托栖。魂兮归来兮，北方不可以托栖，玄冥乘坎兮，星昴日短矣，鸟兽氄毛兮，黑帝难附依，归来归来兮，北方不可以托栖。魂兮归来兮，中央不可以托栖，勾芒居中央，坤厚能载物，戊己属土兮，黄帝曷所依，归来归来兮，中央不可以托栖。母兮母兮，上下四方无一可展，故土难忘兮，返斾还归，酒醉时食兮，祫祀蒸尝，庶几式食兮，子孙拜奠而焚香，当此清风明月夜，请上高台。"

这是吟咏了多少年的唱词？是春秋时的死亡吗？是在屈原作他的《招魂》时就在汨罗江流传的巫歌楚辞？还是三闾大夫写出《招魂》后巫师们的跟风吟咏？死亡多么漫长，两千余年的生离死别是同一阕辞章。

春雨初歇，夜入三更，远处的洞庭波澜不惊。道士们绕棺齐齐高歌："春色到人家，满露英华，马蹄芳草夕阳斜，杜宇一声春去了，减却芳华，叹人生，少年春色老难赊；长夏火光红，绿树荫浓，汨罗江上鼓咚咚，魂招屈子归来未，剩有骚风，叹人生，须知长夏醉荷筒；秋月不寻常，桂子飘香，仙风吹下夜芬芳，想见广寒仙子面，舞罢霓裳，叹人生，团团秋月晦无光；残冬冻不开，一段香来，暮年光景瘦如梅，头上戴霜霜又雪，白发难挨，叹人生，断送残冬酒一杯。"

没有宗教信仰的家乡人，把生命看成人生的一场空，就如道士所唱："南来北往走西东，看得浮生总是空，天也空，地也空，人生杳杳在其中；日也空，月也空，东升西坠为谁功；田也空，土也空，换了多少主人翁；金也空，银也空，死后何曾在手中；妻也空，子也空，黄泉路上不相逢……从头仔细思量看，便是南柯一梦中。""青山还是千年屋，居住如同借宿船。"醒悟者早已看透生死，执迷者仍在为世间名利奔波。

突突的响声，惊跑的记忆。悲伤如雨之飘拂，恍惚、寂寥、清凉。此雨与诀别祖母的春雨，已是新旧之雨，隔着人世间无数的雨，与死亡一样逝去无踪。

今天，陌生的亡魂，陌生的葬礼，只有死亡才是我熟悉的。我的身子克制不住抖动。曾有过多么近的死亡！它就像发生在自己的心上。同样是黑夜面对着亡魂，同样地接通人类绵延不绝的死的感伤。

那人端坐在一个"井"字木架上，被白色尸布裹得严严实实。他像胎儿一样坐着，怎么来到人世还怎么归去，完成生命的一个轮回。

一切都在静悄悄地进行，连拖拉机的声音也像一朵野菊一样熄灭。五个人的脚步声踏响了我们刚刚走过的小径。一人手牵一条白布走在前面，四人抬着木架，不出一声。偶尔有人咳嗽了一下。也许，他们怕吵醒了上路的亡灵吧。他像胎儿一样长睡了。

天渐渐放出了一点光亮，天葬师抬着尸体绕着两山相夹的山口走了三圈。那里有一个圆形的祭坛——用石头象征地摆成的一个圆圈。然后，他们抬着他往山坡上去了，把他放下，躺倒，解下裹尸布。

雨还在下着，他们把一块布盖在他赤裸的身上。他的冰冷的尸骨就紧贴在那油乎乎的坚硬的石头上了。

天葬师向我们站的这边山坡走来，他们要烧酥油茶，吃糌粑，用过早餐后再送亡灵上路。

神圣的天葬

听说这是一个穷人。"穷人"这个字眼刺痛人，它包含了太多的辛酸。这个世界的温暖总是远离他们，就连死也要带着这个不平等的字眼离去。

一个年轻的天葬师从一块大岩石下找出放在那里的铝锅，把背来的木柴丢在地上，开始生火煮茶。

水沸腾了，他们围在火堆边的脸也开始有了生动的表情，彼此热烈地交谈着。两个白塑料桶是他们才从山下背上来的，我以为是汽油。（由于不了解天葬，我想象人的骨头要么用汽油烧，要么埋掉。随后才知道，天葬连人的骨头也一齐捣碎，拌上糌粑，喂了秃鹰。即使火葬，也不能用汽油的，要用柏枝、糌粑来烧，异味是对神灵的不恭。）塑料桶装的是青稞酒。天葬师们倒下一碗碗青稞酒。

吃过早餐，两个年轻人从后山爬上了那个金字塔一样的山顶，站在天葬台看，那山又像一道天然屏障。他们是去山上点燃柏枝的。有人说，秃鹰闻到香味就会飞来。果然，就在那两个年轻人下山后，一排秃鹰兀立于山腰。

又来了一个年轻的喇嘛，他撑着一柄红伞，走上山来。接着，上来了一批男人，他们可能是死者的亲戚朋友。上山后，他们就在天葬师吃饭的地方点起了柏枝，并一轮又一轮不停地在上面撒着糌粑，又把那个祭坛的石头一块一块放上柏枝并一一点燃，再一圈圈撒着糌粑。他们相信，天葬台上，有一条神秘的通道从空中划过，它形如彩虹，灵魂就从这里走向了天堂。这些巨鹰是神的使者，它们使躯体脱离了凡尘。

藏族人用自己的方式消灭死亡。生命以灵魂的方式获得永生。西藏无处不在的玛尼堆和风马旗，展现了一个无生无死美妙无比的灵魂的世界，它们是灵魂的居所，是人与神沟通的地方。

年轻的喇嘛就在天葬台对面的山坡上烧起一堆火，摆上供品，焚烧经文。他口诵佛经，声音悠然，有洪亮的胸腔共鸣。念经声如浪如波涌向四方。

三个天葬师，拿着锋利的刀子、斧头、铁锤，走向山坡上的尸体。

天葬开始了……

西藏，天葬并非唯一的丧葬方式，其他还有活佛用塔葬，高僧、达官贵人用火葬，乞丐、无依无靠者死后用水葬，只有盗贼、杀人犯和传染病人用土葬。所有丧葬方式中，土葬是最恶毒的。天葬是最多的，达到了九成。

铅云低垂，秋雨淅沥，山谷里香烟缭绕，唱经声缥缈若幻。天葬师手拿刀子，唱着佛歌，在进行着他们神圣的工作。

一只一只从后山飞起的秃鹰如同起飞的战机，滑翔过山谷，一只只落在天葬台上面，很有耐心地等待着最后一刻的来临。它们偶尔张开一下巨翅，打开的翅膀足有二三米长。山坡上叽叽咕咕叫成一片，秃鹰们挥翅、伸头、张嘴，一步一步围了过来。

天葬师一挥手，才转过身来，秃鹰便蜂拥而上。有两只为争一块肉，打了起来。一具完整的尸体在秃鹰的咕咕声里瞬间就消失了。

葬仪，只与死亡观念相关

心堵闷得慌，大脑更是恍恍惚惚，无可名状的哀伤让人万念俱灰。

走在回城的山路上，大家沉默无语。

雨停了，日喀则喧闹的市集声远远传来。那里黑暗早已散去，梦呓不再。

　　不想吃早餐。进了路边的扎什伦布寺，看着高高在上的佛，我更深切地理解了人们的虔诚。人活着还有意义吗？利禄纷争智者能为吗？世间真有高贵低贱吗？一切都是人为的，一切都不过是一个幻象、一场空欢喜。连佛我也无心观看了，强烈的刺激让我昏昏沉沉，不知身处何夕何方。

　　人一旦接受了某一种观念，即便像以前看来惊世骇俗的天葬也变得自然而然了。人反正已死了，怎样处理尸体还重要吗？人世间许多离奇的事物，只是你不了解它时才觉得怪异，一旦熟悉了也就平常了。

　　对于死，无神论与泛神论都把尸体当作了无用皮囊。无神论认定生命走向了寂灭，泛神论认定灵魂已经升入天堂。无论哪种葬仪都变得无不可了，失去了生命的体验，所谓残酷不残酷并不存在，存在的只是不同的观念和因此而生发的想象罢了。它只是对现实生活中的人构成了一种残酷的指认，丧葬方式是直接表现观念的，而非现实中的善待生命。

　　两天后，在拉萨吉日旅馆，站在午夜的走廊上，我与一帮广州的大学生讨论起天葬时，不少人竟提出了天葬最环保的论点。是呀，还有什么比生更重要的呢？一位叫程骥的女孩说，"跟解剖人体一样"。她是学医的，天葬甚至没有给她带来预期的刺激，她是十分平静地看完全过程的。她的言论马上遭到了激烈反对，一位叫朱海伦的女生指着她说："你变态，你是个十足的书呆子。"对于程骥的没有感觉，她无法接受。小朱是学中文的。谁也想不到，程骥新婚不久，死于一场车祸。

　　看来，即使面对生命的毁灭，也会有不尽相同的体验，这全看我们对于生命的认识和对于死亡的态度了。也许，人类只有在这里才没有科学可讲。无论什么样的人类文明，都绕不过它，都要作出自己主观的解释。

[第十章]

拉萨的世俗生活

日光城,一个没有孤独的城市

历经千辛万苦,终于回到了拉萨。在拉萨的日子是有意味的。这个"日光城"不仅阳光灿烂,鲜美如同牛奶,空中更弥漫着一种散淡出俗的悠闲。这种气氛感染了每一个抵达高原的人。不管你是行色匆匆的过客,脑后可能有着繁忙的商务,或总也干不尽的工作和酬酢;不管你是莘莘学子之一,囊中羞涩,学业繁重到想出来喘息;更有那些攒了大把时间,怀着对世界的好奇和期待,要出来潇洒一番的背囊客;或者是一个身无分文的乞丐,或者是一位虔诚的朝圣者,或者是跨洋过海的蓝眼睛白皮肤的外国人,甚至是情场、商场、官场失意的颓丧者,企求解脱;它都给予你所希冀的,并加以抚慰,绝不让人失望。

这一切无不与四处林立的寺庙和那缕缕飘浮着的桑烟有关。也许,它正在过滤着你的千头万绪,使你变得单纯起来。它的悠闲的情调正在使你急切的步履变得平缓一些、随意一些。这一切都在一种不经意中完成着、改换着。你只觉得时间突然变得充裕了、漫长了,一天仿佛有许多事要做也不会担心时间的压迫。你可以无所事事抬头痴望一下山那边的一朵白云,它正凝固在那里,凝成一种奇特的形象;或者,它正在慢慢踱向太阳,如泳者一样泅过深蓝的天空。你也可以坐在一家旅馆的长条靠背椅上,与同是游客的某个陌生人交谈。那地方一般都收费低廉,但却十分舒适、温馨。一个大院里,大家仿佛与你熟悉了多年,不需要你的介绍,甚至不需要知道你的姓名,就能随意交谈,坦诚相见,彼此友好而充满了善意。你完全可以与他们中的随便哪一个出街或结伴游玩。你发现,这个千里万里之遥的高原,没有孤独。

所有的人,都是在住进这个日光城一两天内改变的。

也许正因为这样,拉萨有着世界上最多的求助者(我不愿把他们称作乞丐)。有个别内地来的人,他会找你赞助学佛,当然是极其友好、不强人所难的。他会是朋友式的,他也可以以他所有的一切来帮你。

街头上的人,随时可能向你伸出拇指,嘴里不停地说着"格叽、格叽",那是要你布施。他也许真的是一个乞丐,以乞讨为生;他也许是一时来了兴趣,或者无事可做就伸出了拇指;有的挎着一把长长的两弦琴,就在你面前唱上一段什么"一个妈妈的儿女",或者是"流浪的人儿走遍天涯"。在西藏,这不是一件丑事,见不得人,人人都可能随时伸出拇指成为乞求者,人人也可以施以援手成为施舍者,只要他们有需要。正如你如果对他们有所求时,无论什么,他们都会与你分享,很公平的一人一半。如果这东西是吃的,而他也就只有这一餐,他也会慷慨地给予你,哪怕他自己明天饿肚皮。当然,这指的是淳朴的牧民,你绝不要误会,那些开餐馆的、那些卖食品的会免费提供给你午餐或食物。

世界因此而变得有点走样了,好像都是你的,也都是他的,彼此是没必要分得那么清的。你还能斤斤计较自己的得失吗?你还能老想着自己的不快吗?何况,远远近近的佛,把自己的佛理撒播到每一个角落,每一个人的头上,期待着你的无私和善心。

快活的旅店，快乐的日子

在拉萨，我一边等着雪顿节的来临，一边享受着阳光。白天常常坐在吉日旅馆中央那间屋子的楼顶上，聊天、打牌、痴想，那份宁静温馨不无诗意的氛围让人着迷。大家兴奋地交流彼此的感受，耳闻目睹的风情，对陌生事物的看法。有时是两个人的交谈，慢慢地加入的人数越来越多，最后变成了一次小聚会，彼此激烈地辩论起来。譬如与台湾人谈李登辉，谈两岸统一；譬如对西藏的自然山水、内地的名山大川，怎样去评价和比较；譬如对旅游是不是另一种污染，参团好不好，旅游是走路、坐车还是乘飞机，哪个方式更合适等等。

光B、光C总是不无骄傲地大谈阿里，毕竟去那里的人少而又少。他们把别人的胃口吊得高高的，弄得人家把我们当成英雄。我个人最喜欢与人自然相处，一旦被人注意，便觉得不自在起来，总感到自己像在表演，做什么都难有真实的感觉。有两晚，我从外面回来，在那条长长的走廊上，就被一帮人揪住，他们中有台湾的，也有广州、北京和上海的；光B喝了不少酒，夹在他们当中，正兴奋得满脸通红。他们要我来回答一个问题，接着就要我唱一支歌。结果，一首《青藏高原》我一开头，大家就憋不住一齐唱了起来，独唱变成了大合唱。

旅店服务员也瞅准雪顿节的晚上，搬了音箱和话筒出来，又翻出二胡、笛子和扬琴。在露天屋台上，大家又是唱又是跳，兴奋异常。他们个个能歌善舞，让人眼界大开，刮目相看。迷人的夜色里，坐在凉风中的露台上，真有点不知今夕何夕的感觉。

有人买来西瓜、啤酒，不分彼此吃喝起来。那些"老外"也一个个激动得坐不住，一个劲地"谋杀"菲林。

白天，在洒满阳光的长廊上，只要你留意，就会发现一般旅馆中不常见的事情。那几天，一个日本游客总是一个人或是坐在长椅上，或是坐在楼顶的凉棚下,打开一个厚厚的本子,又是画又是写,身边不时摊开一本书或一张地图。他留着长长的胡须,像个行者,又似一个智者,一个人一坐就是一天。

又有一个北京人,捧着一本《十月》杂志,入迷地看起了里面的长篇纪实小说。

院子里有一辆既非客车又非货车的大篷车,那上面是一个大房间,起居设施一应俱全。这是一辆自己改装的房车。几个"老外"天天又掏又修,当起了悠闲的修车工,准点上班下班。

一个台湾中年妇女,我们去阿里前与她相识;我们回来了,她仍住在这里。这地方好像就是她的家。

大喇嘛尼玛次仁

梦雨和她的女儿丁丁在大昭寺出现了;林雪奇迹般在布达拉宫门口与我们相遇;田斌、周小兵还未走,我们又在拉萨的旅馆相聚;在街头,扎西、索多喝着啤酒,无意中看到我们,拉我们一起加入了喝啤酒的队伍。醉眼蒙眬里,拉萨充满了亲切的味道。

几天时间,我们的朋友像滚雪球一样,一天比一天壮大。

这其中,有两个人值得一说,一个是大昭寺的大喇嘛尼玛次仁,他是大昭寺管理委员会的副主任,拉萨市佛教协会副会长。另一个就是珠峰脚下遇见的姑娘林雪,她出现伊始不无神秘,消失之后更是谜团重重,她实在是另类生存,流浪也罢,行骗也罢,浪漫也罢,她是行云野鹤自由自在地活着的,真真假假,忽实忽虚,她有自己的一套逻辑与伦理。

那天梦雨在电话中出现,她说正在大昭寺喇嘛尼玛次仁家里,约我到喇嘛家里会合。西藏电视台的张焰也在那里陪她。大昭寺离吉日并不远,很快我就找到了大昭寺侧院楼上的一间房里,梦雨正在采访喇嘛尼玛次仁。

这是一间不大的套房，喇嘛尼玛次仁一个人居住在这里。小小的房子里有两面墙壁都摆满了书架，书架上摆的大都是有关佛教的书，也有不少是我熟悉的。这使我感到亲切。书架上面还摆了他与名人的留影。尼玛次仁还是一位摄影发烧友。他拿出几本影集给我们看，上面有他拍的寺庙和世俗生活的画面。房内生着炉火，尼玛次仁给我们倒着热气腾腾的酥油茶。梦雨介绍我与尼玛次仁和张焰认识后，我们三个一起与尼玛次仁聊起了佛教。

尼玛次仁十多岁就进了著名的大昭寺。大概人一生从事的职业，大多与他小时候所受到的影响不无关系。尼玛次仁从小就生活在宗教气息浓郁的乡村，村里老百姓对喇嘛的敬仰给他留下了深刻的印象。他认为喇嘛知识渊博、无所不知，他从内心敬佩他们，并幻想做一个受人尊重的喇嘛。

他到大昭寺却是来打杂的，有时也读一点书。几年后，大昭寺清退闲杂人员时，他有幸留了下来。他从此刻苦学习，终于当上了喇嘛。

大昭寺的喇嘛与其他寺庙一样都是有编制的，人数极少，他们拿国家工资。这是一份国家承认的正式工作。

我感叹西藏佛教的兴盛景象，尼玛次仁却面露忧虑。他说，你看到的都只是表面的，内在的东西委顿得很。现在有些喇嘛不钻研佛学，不读经书，那些寺庙里摆得满满的经书只是做做样子，很少去翻动它。国外一些佛学家来交流，很谦虚地请教一些问题，结果，有的喇嘛回答不了，还得请来者解释。尼玛次仁说，有的并非是不想学，由于日常工作太繁杂，没有多少时间来读经。

宗教信仰自由以后，人们都来信佛，寺庙天天人山人海。但由于没有人来开导他们，教给他们佛教知识，老百姓信佛也很盲目。

谈起自己的父母和弟弟，谈起个人的前程和独身生活的感受，尼玛次仁就像是一个世俗中人，有着正常人的感情。一个寺庙里满脸肃然、遥遥站在佛国那边的僧人，在这个温暖的卧室竟是一个如此亲切而真实的人。听着他娓娓道来，佛国也不再那么遥远了，它就在我的生活中，在凡俗世界里出现。

"天涯孤女"

一天上午，光C、光B参观完布达拉宫从前门出来时，在一家工艺品商店与坐在那里的林雪又一次巧遇。她就住在后面的布达拉宫宾馆。这时的林雪，一袭闪光的长花裙，披散着犹如黑色瀑布的长发，雪一样洁白的肌肤——她不再是一个"牛仔"形象，而是一个无比妩媚动人的少女。

光C的兴奋不难想象，他甚至忘了跟我们联络。我们几个从后门出来，一直等到大门关了，仍不见他俩的踪影。直到我和光A从后山绕到了前门，才发现光C坐在那里与林雪聊个没完没了，就像分别多年的老朋友。

再次见面，林雪责怪我们不讲信用，害得她那晚到处寻找我们。于是，我们又各自留下拉萨的住址和电话，约好再一起去玩。

第二天，田斌、周小兵和光A要走，他们一个接一个与我们分手告别，又一个接一个从广州、番禺和深圳打来报平安的电话。现代化的交通工具，一天之间，就使得他们从这座神秘的高原城市消失，又在另一座现代化的大都市出现，好似走的时空隧道，其间巨大的反差，一定让人难以适应。我从云南飞回广州，就有这种强烈而陌生的体验。回到自己的家也像一个客人，时常有梦里不知身何处的感受，睡着睡着就会惊醒，睁开迷惘的双眼，怔怔地望着天花板，半天才回过神来——这个豪华的空间不是别处，正是自己曾苦苦盼望过的家。每当夜深人静，听着电视台播放的流行歌曲，想起藏族歌星亚东和德乾旺姆唱的《唐古拉风》，我立刻明白了无病呻吟是什么，装模作样又是什么。我们一直生活在流行的快餐文化之中，生活原来是那么苍白空泛。相反，高原人生活得真诚、朴素，他们懂得什么才是永恒的、值得歌颂的；懂得什么样的生活才不会让人空虚，使人活得坚实。高原的魅力不仅仅只是身处其间所面对的，更使人受益无穷的是在日后漫长的回味里，它所放射出的强大的精神冲击力。

光 A 走的那个凌晨，我忍不住追了出去，恨不能与他一起回去。世上没有不散的筵席，曲终人去的凄惶所弥漫出的人生况味，让人默然。那片昏黄的灯光，那声厚重的关门声，那个从拉萨街头永远消失的背影，那响起在黑暗街道上的引擎，至今仍打动我的离愁别绪。

接下来的日子，我们把一张出让物品的清单贴在了留言板上，一大堆罐头、高压锅、棉被、帐篷等都要处理掉。

林雪如约出现，给我们落寞的氛围添上了一丝喜气。

我们与她一起逛街，去罗布林卡游玩。她给我们讲自己的故事，谈自己如何上高原，如何信了佛；谈自己以后的打算，发表人生的感想。

她是河南洛阳人，大学毕业后独自跑到了广州，在一家建筑工程公司干起了文秘工作。在打工的生涯里，沉沉浮浮。她找来佛教的书看，并开始信佛。于是，她只身来到了高原。

一天晚上，我们在一家四川人开的小餐馆吃饭。林雪跟我们谈起一件事，福建一个地方，联合国一组织资助办了一所孤儿学校，她想去那里工作。这所学校要求工作人员一律为女性，且不准结婚。每人要带十多个小孩，既当老师，又当妈妈，要把全部的爱都献给这些无依无靠的孤儿。学校不让结婚是不想让孩子第二次失去母爱。林雪与学校已经联系上了，但他们信不过她，要作严格考察。她说出自己这一志愿时，态度十分坚定。她并非征求我们的意见，只是把自己的志向告诉我们而已。我们一方面为她感到可惜，一方面又为她的善心所感动。大家都劝她慎重，不要因一时的情绪冲动而做出不智的选择。她说，这已是第二次了，第一次在她老家开办一所同样的学校时，她的愿望落空了。

这一晚，我们喝了六瓶酒，都有点飘飘然了。林雪频频举杯，她的脸颊早已飞起两片红霞，生动无比；晶莹的双眸，含着脉脉情谊。我们萍水相逢，只留一段真性情。

时间已经很晚了，光 C 主动送她回去。

这一晚，还有两件事情发生。给我们送菜的小姐竟是一位马来西亚人。她刚刚从广州暨南大学新闻系毕业。她的钱快花光了，还有一些地方没有去，她致电家里要求寄钱；父亲不依，要她速速回去。于是，她边打工，边与父亲耗起来了。她叫陈向慧。

光C送走林雪，在返回的路上迎面遇见一个日本朋友。两年前，他们曾一起从云南的西双版纳玩到丽江的泸沽湖。拉萨巧遇，让他们感到了人生的某些神秘莫测的东西，为此他们大喊大叫，相互拥抱，兴奋不已。

雪顿节很快就到了，林雪却失约，神秘地消失了。

一个多月后，我们回到广州，光C按她留的BB机号码打她的传呼。一位小姐回电，她也叫林雪，她没去过西藏，也不认识光C。

又过了一些日子，在惠州，光C遇见一帮刚从拉萨回来的摄影发烧友，他无意中聊到了林雪，没想到他们也见过她。那是在那曲，她与那家工艺品店的老板在一起，她称他是自己的老公，称自己是湖南人。他们还给了她三筒胶卷。

最后一次，光C和我仍不死心，又一次传呼，总台小姐告诉我们这个号码已经取消了。光C拿着他拍的照片陷入了迷糊：这个真真切切的人就这样不明不白消失了，她究竟是谁？一切是真还是假？光C写了一封信："小林：明知道这个地址是假的，这封信和这批照片你不一定能够看到，但我还是要寄。我宁愿相信过去的一切都是真的，也不愿相信你在骗我们。让我有一个永远的等待，希望有一天能够等到你的出现。"

晚上，BB机响了起来

我愿接着把林雪的故事说下去。这后面的情节是在我的书出版后才发生的。回到广州，我即投入了这部书的写作。

我一直在想，她是骗子，还是对我们才这样做？我不敢肯定她对所有人是不是都是这样。我相信她的钱是不多的，长时间出门在外没有钱是行不通的。不敢想象如此潇洒浪漫的人，会把这一切建立在欺骗之上。我不知她的人生是怎样的，又为何作出这样的选择。

时间飞快而逝，我的两部书《西藏的感动——阿里雪山神秘之旅》和《走不完的西藏——雅鲁藏布大峡谷历险手记》一年后出版，并引起反响。

广州购书中心为我举行了两书的签名售书活动，并在大厅展出了两部书的图片。

　　林雪又重被读者提起。她是个什么样的人？读者与我一样都想解开这个谜团。我想，没有奇迹出现，恐怕永远也解不了谜团。人生所遭遇的事情，大都是一晃而过的，这其中许许多多都是不会有下文的，也并不需寻求答案。

　　一天，我的BB机里出现了一个手机号码，很久我才回电话，接电话的竟是林雪！她与那家工艺品店的小伙子一起到了广州。

　　这真是个奇迹！他们到广州哪也没去就偏偏到了购书中心，偏偏看到了我的西藏图片展。

　　工艺品店的小伙子赶紧找了书来翻，从中找到了上面写林雪的章节。

　　林雪本不打算与我联系的，看到图片展后也不相信我会写到她。在西藏，这样的遭遇太过平常了。但那个小伙子却抱着希望，真的给他翻到了。

　　知道我对她的态度后，林雪把电话打到我的单位，问到了我的BB机号码，于是，消失了一年多的她，又一次神奇地出现了。

　　这时，她与另一批人在一起，他们是这年去西藏玩的广州人。

　　我忙与光C联系，并告之林雪的联系电话。他去了福建，一二天后回广州。

　　等到光C回来，两天后的晚上，我们见了面，相聚在一家咖啡店。

　　像所有在西藏相识的姑娘一样，在高原她们显得十分漂亮，然而，一回到广州，就变得十分普通、平常了。林雪也不例外，珠峰底下，她有着惊人的美丽，但在这个灯红酒绿的大都市，在一切都是如此豪华富丽的背景下，神话般的色彩消失了，人几乎变得无足轻重，谁都是普普通通的人。

　　还离得很远，我们就彼此认出来了。虽然同是兴奋，我却感到了一种压抑。在这样温文尔雅的环境里，无拘无束的兴奋是显得不相宜的。比起拉萨相遇时的情景，那种无所顾及的性情表露，已是天壤之别。

　　我们都文质彬彬，很有礼貌地表示了高兴的心情，友好地叙述分手后各自的情形，频频举杯庆贺久别重逢。

工艺品店的小伙子叫邹君，是湖南人。林雪与他这次回来是结婚的。

那天晚上，我们聊得很晚。出了咖啡店，又到了一家餐馆吃宵夜。尽管谈了很多话题，但对于林雪的了解并没有增加多少。

她对我那样写她，并怀疑她是骗子也并不介意。她说，反正也没有谁认识她，她觉得自己是一个与现代社会脱节的人，远在天边，一切对她都无损丝毫。

我趁机要她把自己的故事写出来，并寄给我，她满口答应。

席间，我见她几次出去打电话。对于广州，她并不陌生。

是什么使得她放弃了繁华的大都市广州，而选择了高原呢？又是什么使她选择了这个乡下的小伙子，愿意与他厮守终身呢？这一切如果是真的，她的谜更难解了。

我盼着她的来信，希望她这一次不会又神秘地消失。

厚厚的一封来信

信很快就收到了，厚厚的一迭，信笺上字写得密密麻麻。她赶在婚礼之前写完了这封长信。

在信中，她说，自己多年来被一种相思所困，虽然自幼就生活在河南开封，却总有一种异乡人的感觉。她从小就萌发了一个愿望：等自己长大，一定离开这里，到别的地方去，远方有一个属于自己的故乡。

她的故事就这样开始了：她最先到了广州。与众多来自异乡的青年一样忙忙碌碌，为了生存，奔波在大街小巷。"我在太阳下低头，流着汗水默默辛苦地工作……"浪漫、情感、理想……都淡却了，夜深人静的时候，瞪着一双冷静的眼睛，望向黝黑空洞的天空，心里一片茫然。

他出现了。在林雪心中，他学识渊博，正直高尚。辛苦工作过一天之后，他们相约酒吧。

两个人都爱喝酒，都有说不完的话题。在珠江边的鹅潭，各执一扎啤酒，就随意聊了起来。这成了最好的心灵释放的方式。

渐渐地，约会就成了习惯，一天不见，就觉得不完整。

有一天，两人都静了下来，林雪望着身后波动的江水，远处的运砂船驶向饰满霓虹的大桥，想起了自己少年时的理想，竟有了人生如梦的感怀，不知自己找到了什么，失去了什么，一片茫茫然的情绪。她把自己的感受告诉他，两人有了同样的感怀。

她写道："一时间，我和他都有了一种又慈又悲的感动，执起酒杯，深饮一口，真是'相见情已深，无语已知心'。我们的交往就这样深刻起来，我的心灵由于他的启发而复苏了，生气与活力又重新展现在我身上。"

有一次，他突然很严肃地向林雪提了一个问题：你这一生最大的理想是什么？林雪告诉他，她希望走遍大地，看许许多多的风景，感受更多的人生。她一想到自己现在的艰难处境，情不自禁泪水就涌出了眼眶。

他听后说："我支持你，只要你快乐。"

"那一瞬间，我简直不敢相信我的耳朵。我也知道，只有他才能理解我如此之深。他让我考虑好之后告诉他我的决定。我陷入了极度的迷惘中，左思右想，突然，我发现自己已爱上了他，爱得深不可拔……每天都见面，有时午饭时也会抽空凑到一起吃饭……可是从未涉及谈情说爱，彼此都笑称酒肉朋友。如今猛一回过神来，才发现这份相知之情已深入骨髓。

"当我再次见到他时，先是有些拘束。他不言语。我再也忍不住，红着眼睛，盯住他，说了一声'我爱你'。他的眼光游离不定，始终不曾看我。他的沉默我全然不顾，只想让他明白我爱他！'我不走，请求你别让我离去，因为我爱你！'

"就在这时，飘来一首歌。我还未明白是什么歌时，只听他喃喃自语地说：'我让你离去，只因我爱你。'我的泪水奔流如瀑，伸手握紧了他的手，抚在我满是泪水的脸庞上，泣不成声。

"只听他继续说着：'相信我没有看错，你的性格是比较大气、流动的，你不适合困在城市里，你也不适合家庭的小环境。你需要的是广博的天地，广博的情感。你是飞鸟，我是鱼。纵有太多的不舍，我却不能留你，因为我懂得如何珍惜你，成就你！'

"那首'飞鸟与鱼'成了我们之间的绝唱。也只有他和我才明白这首歌里的爱与哀愁……"

在他的鼓励下，林雪辞了工，做好了上路的准备。出发前，她向福建省莆田SOS儿童村筹委会寄去了长达6页的申请书。她说早在1995年开封成立全国第六家儿童村时，她就报了名并过了初审，进入了培训。最后被淘汰，村长告诉她，她的家务基本功不行，针线活都不会。林雪争辩说可以学。村长这才告诉她真相，说有人反映她偷了别人的鞋油。

林雪没有申辩，只是说自己是出于真心、爱心。

"我就要去旅行了，去做我生命中最挚爱的事情。"

"那日清晨，我背着行装，向他所住的方向眺望了片刻，就大踏步地出发了。"

"尔后，我要将心中蓄藏的千万种博爱的情结化为最单纯的爱付给那些孤儿们。这种工作是对我情感最好的诠释……"

一路西行

生命之本性是固守一方，还是四处流浪呢？到处漂荡的游牧民与扎根土地的农民，呈现着不同的生存状态。哪一种生活更合符人的本性？也许，每个人都有自己不同的生存方式吧。林雪似乎有着一种与生俱来的流浪情结，她听从了自己心灵的召唤，踏出了勇敢的第一步。有时，人生在迈出第一步之后，从此就没有了回头的路。

从她的信中得知，她一路西行，走过了陕西、甘肃、宁夏、青海。交通工具都是乡间的汽车、货车和拖拉机。

在宁夏同心县一个名叫喊叫水的村庄，她心灵受到极大的震撼。

她到这个村子的时候，正逢上普降甘露，4年了才下这么一场雨。每家院里都有一口小井，它不是用来打水的，而是用来盛水的。它就像一只只枯望天空的眼，等着老天什么时候下一场雨。

村民把雨水接到井里储存起来，人渴了，牲畜渴了，煮饭，等等，就全靠它了。

小孩子只在春节时洗一次脸，还是妈妈把水含在口里，再喷到脸上，用布擦一下就算好了。女孩出嫁，才特许给一盆水净面。

林雪到了这里，取出相机拍照。小孩见了"轰"一下就跑了，躲了起来。待回头看时，他们又探出脑袋来偷窥。他们手里捏着坚硬的馒头，小狗一样满村跑着。

林雪问大人为什么不送他们去读书，一位老汉笑呵呵地说："曾经有过先生的，后来被饿跑了。"

旁边的村民与孩子哄然大笑。林雪弄不清楚他们笑什么，是笑老师还是笑自己。

这天夜里，她搭上了一辆大货车，连夜向兰州赶路。坐在驾驶室里，车外是一轮有着黄晕的月亮，它是那么巨大，出没在那些山坡和山涧之间，清辉洒在大地，就连那些小豺狼都能看得清清楚楚。

她觉得一切都恍若梦境，又感到一生中从未有过这么清醒的状态。这一夜因此而无法入眠。

她就喜欢生命中这种难得的感受。为了这，她宁可风餐露宿。一路上，她吃的是黄瓜、西红柿和大饼，住的是乡村间的小旅馆。这种小旅店大都没有门闩，林雪就搬了床和桌堵在门后，人一躺下，很快就进入了梦乡。

路途上，让人体味了从没有过的对于活着的踏实感。她体会了乡间生命坚韧、顽强和博大的一面。

这期间，她与他联系过几次。"他除了问我钱够不够用之外，别的一概不理我，冰冷的语调能把人打倒。我明白他是怕我情绪上受影响，坚持不下去。可是我还是很伤心。给我一句温情的话语，我会在旅途中倍感幸福。因此，我不再联系他了。再苦再累，我自己可以克服。

"在漫长的旅途中，我把深深的思念藏在心底。每到一地，总会先拿出他的照片摆在桌上，然后才洗脸，整理物件。晚上，点上一支烟，望着照片中的他，想着一天的经历，静听外面的车马声，让疲惫的身体渐入梦乡。

"经常在半夜哭醒,刻骨的思念与离情,令我再无法入眠。这种情况持续了半年多才好转。"

林雪在格尔木待过6天后,觉得自己适应了高原,才开始进藏。

"走过昆仑山的道路平坦、漫长、寂静。冰冷的夜色里,我舍不得闭上眼睛。到了五道梁,头开始沉重了。下起了大雨,铺天盖地的雨浇得我心都凉了,又饥又冷。师傅示意我到后面躺一下。

"谁知这一躺不要紧,我再也不想动弹了。深夜12点,司机叫我起来吃饭。我的身子不听使唤,怎么也挣扎不起。他硬是拽我下车。我眼前一黑,几乎背过气去。

"一阵雨水淋在脖子上,一激灵,打了个冷颤,缩着脖子钻进了小饭店。一口气吃下5个包子和一碗羊肉汤。只记得师傅说吃得越多越好,我直吃到肚子撑不下了才罢休,又喝了两杯咸茶,十分惬意。

"大雨将道路冲得七歪八扭,货车就像无头苍蝇一样扭来扭去。天地漆黑,只听车旁一条大河在汹涌,却看不清在哪里。我不敢说出心中的忧虑,只有听天由命。"

三天三夜,一路艰辛,林雪终于到了拉萨。高原以其博大、苍茫,让她深深震撼了。

布达拉宫金光闪耀,让人拜倒。这一天,她想起正是他的生日。在雄伟的宫殿前,她为他祈祷。她觉得自己终于找到了故乡。

高原上的爱情

第二天,林雪就在布达拉宫那家工艺品店认识了邹君。他在她看店里的唐卡和各种工艺品时给她讲解这些东西的制作、用途和含义。

"他宽宽的骨架,大大的脸庞,加上黝黑的肤色,笑起来眼睛弯弯,令人轻松愉快。我对他印象很好。

"第二天,我带了一个大西瓜送与他和邻居的藏族小孩。他介绍我住在布达拉宫门口的城楼上……他成了我在西藏交的第一个朋友。又通过他认识了当地的藏民，与他们一起吃糌粑、喝酥油茶，吃他们的土豆拌辣椒酱、酸奶……或坐在门口跟阿加拉们学织毛衣。阿加拉有一个女儿叫'仓木久'，意为'再也不生了'。她很喜欢跟我黏在一起，像小狗一样跟着跑来跑去。有一日，她突然问我：'阿姨，你是不是叫达娃小雪？'我愣住了，她又肯定地点点头：'你是达娃小雪，你是达娃小雪。'邹君说，这是她的习惯，对自己喜欢的漂亮小姐都这么称呼。"

不久，林雪病倒了，高烧，说胡话，一时有生命危险。邹君日夜守护着她。

林雪住的城楼有个阳台，靠在煨桑的炉旁，既直面布达拉宫，又可环视远处的山川。病愈后，她就和仓木久在上面爬上爬下，拍照，一起享受高原阳光。仓木久脸上笑容像阳光一样灿烂，她问林雪："我可以叫你妈妈吗？"林雪无比的兴奋，觉得一切都太美好了。

她开始游历高原，尽自己所能，走到哪里算哪里。游完拉萨，她最先去了江孜，看了白居寺，被十万佛塔和白度母的佛像震撼。接着到了珠峰，与我们在小石头房相识。她说："虽然萍水相逢，我却不会拘束或矜持什么，我的性格一贯不善猜疑，只要自己有原则，其他就不拘小节了。在西藏，人更应放下世俗陋习，放开性情与大自然相对才是。"

雪顿节与我们失约，是那晚吃了拉萨鱼，半夜胃里翻江倒海，上吐下泻，折腾了一夜。第二天，邹君进来，她几近虚脱，连连向他摆手，表示自己不去看晒大佛了。

邹君说不可以不去，背着她就往外面走。他一直把她背到山上的寺庙，林雪因此大为感动。

儿童村求职一事再次落选，林雪十分失望，几天都是默默无语。何去何从呢？"望着蓝天白云，我的心一片空白。"她觉得只有西藏才能够容纳她，于是，她与邹君走到了一起，帮他一起开店。

对于这一段生活的回忆，林雪的笔下充满了幸福和甜蜜："我很喜欢西藏的衣饰，我在拉萨穿的一套是藏服，另一套就是尼泊尔的棉布休闲裤配T恤衫。每次穿藏袍的时候，门口的阿加拉们就会跑过来，一个帮我系腰带，另一个帮我围'邦甸'，还有一位帮我梳辫子，可热闹呢！再戴上大颗的绿松石项链，加上我这一张晒得黑黑的脸，已经酷似一个藏族女孩子了。

"不知不觉间，我被这片土地同化了。我与藏族朋友挤在店门口晒太阳，他们找我要烟抽，送我糌粑和酥油茶。每次我换了新衣，他们就会在路边大喊大叫'漂亮——漂亮——'，羞得我低头从前面逃过去。邹君则站在门口，和他们一样笑着，望着我。这样的日子，暖融融，就像水一样融化了我。

"有一日，好像是什么节，我同样快快乐乐的。邹君终于说话了，他说：'我想成个家，有个人伴我在这里过日子。'我不假思索，就快活地说：'如果你想要的那个小女子还是我的话，我没意见。'就这样，我可爱的西藏，成全了我的爱情。

"当他向朋友宣布我会嫁给他时，那些阿加拉们用发音不准的汉语欢呼：'达娃小娃，小猪的阿加拉，小猪好，小猪好！'我成了世界上最快乐的女子。

"每次看到我和邹君手牵手走过来，阿加拉们就在后面喊叫：'小猪，小猪，我爱你！'我笑得前仰后合，把邹君推向她们。她们就跑过来抢新郎一样绑架他，好不得意。一张张黑红的脸庞，明眸皓齿。她们的美超凡脱俗。"

在高原，生活有着别样的情调，人们对于最平凡的事物都充满了兴味和爱心。林雪说他们店对面有一个叫波拉的老人，60多岁了，以前当过兵，做过国家干部，现在开了一家专营佛像的小店。他嗜酒如命，称酒是他的小老婆。近来由于肠胃不好，就常抱怨与小老婆要分居了。

他晚上偷偷回到店里喝酒，自己戏称为与小老婆约会叙旧，常坐在门口，星光月华之下，醉得陶然忘形。

有一次，林雪看中了他店里一对能活动可分离的双修佛，讲好价钱，却不知为何分不开了。波拉说："现在是上班时间，所以难分难舍了。"

林雪失望地回去了。下午快关门时，只见他飞快地跑过来，双手各执一佛，高喊着："分开了！分开了！他俩终于下班了！"

藏民对于感情，爱就爱了，恨就恨了，从不掩饰。婚姻也一样，并不受什么礼教与道德的约束。男人们大都爱喝酒，爱泡妞，不太管家务。林雪的一位女友，她的老公一有钱就去喝酒和泡妞，她经常捉奸在床，但每次她都原谅了他。为了安全，她干脆不让老公出外工作了，自己挣钱养活两个人。

林雪结婚后仍是我行我素，经常游荡在外。邹君却欣赏她的这种性格，总是骄傲地对人家说："我的老婆最会玩了。"有时，林雪出去的时间长了，他就挨家挨户去找。

林雪最后写道："从一开始，两个人就像一对搭档，生活上的搭档，生意上的伙伴。我在其中，只感觉到单纯的快乐与轻松。这种亲切而朴实的关系，使两个人达成了默契。"

永远的秘密

这就是林雪，更确切地说，是林雪向我描述的林雪。谜团似乎依旧未能解开，离开广州应该不会这么简单。突然对佛产生向往，也一定隐藏着不平常的人生经历。能够坦然面对旅途的种种艰辛，又不是一般人所能做到的。一切的一切，是她的人生理想，还是她的真实人生呢？

苍茫时空，芸芸众生，演绎着纷纭变幻的人生故事。我想，我要做的只是把自己所知道的记叙下来，作为人生的一种参考。

在这个世界上，绝大多数人都是过着千篇一律的生活，他们缺少的正是一种浪漫而洒脱的人生态度，缺少对于生命本真的把握与认识。麻木的生存于珍贵的生命的确是一种伤害。尤其是在物质消费成时尚的年代，当引诱人的只是无穷无尽的物欲时，林雪的故事就显得不无意义。

从遥远的拉萨，一位女子的电话打到了我家里。林雪在办过喜事、过完春节后又回到了拉萨。

她告诉我，她成了一个网站的西藏旅游联络处，她还告诉了我她网上的名字；过几天时间，她将与首漂雅鲁藏布江的人一起走川藏，9月再去阿里；又问了我写书的情况。

我突然觉得，自己写的也许是另外一个人，是我和此时此刻在拉萨的这个女孩共同创造的一个人物。真实的林雪究竟是怎样的，我反倒觉得越来越遥远了。

又是两年后，载有我这一段文字的书《灵地西藏》也出版了。寄过书给林雪后，我们就失去联系了。一位读者拿着这本主要写滇藏线的书，沿着我走过的路线孤身从云南走到了西藏。在拉萨离大昭寺不远的地方，她进了一家咖啡店。进门后，看到店里一个孕妇，她觉得很面熟，但又一时想不起来是谁。她喝着咖啡，看着这个怀孕在身的老板娘，慢慢搜寻着记忆，突然想到了随身带着的《灵地西藏》，想到了林雪。莫非她就是书里的人物？果然就是林雪。这让人不能不感到惊奇。

一本书在她们之间传来传去。林雪没有这本书了，她把书送给了"林雪"。

此后，她再无信息。

哲蚌寺的大佛高高挂在山坡上

日子就这样悄悄而过，雪顿节在不知不觉间来临。

这一天，我与广州来的一批大学生早早起床了。天还是黑乎乎的，街上却已经十分热闹了，车灯大开，拖拉机、中巴、的士都在来回奔跑，喇叭声此起彼伏。我们很容易就在门口拦住了一辆中巴车。

路上，人们纷纷往同一个方向赶。全城除了夜色仍不合时宜地滞留在城市的上空外，几乎一切都提前苏醒了，都在行动着。脚步声、呼叫声、发动机声，交织成一片。若你不是事先知道这是去看晒大佛，你准会张皇地起床，张皇地跑到街上，问人到底发生了什么事情，为什么往外跑。这绝不会仅仅是我的想象，这样的情形说不定真的发生过。并不是所有到达拉萨的人都知道这一天是雪顿节，知道的就知道了，这是不言而喻的事情，并不需要相互转告。不知道的就不知道，不知道他才不会发问。

夜色里，我很快就失去了方向感，分不清东南西北，不知车子往哪个方向开。只知道了一件事情：车子开到了郊外。

车在郊外的马路上走了一段路，我看到了一大片车停在一个低陷下去的地坪上。司机把车也开到那里，一踩刹车，就嚷："到了，到了！在这里下车！"

我迟疑了一小会儿，就随着一股散发着羊膻味的人流往前走。这群人既不笑也不大声喧哗，只知道低着头往前赶路。路边有卖桑叶、哈达的。有人买了就在路边点起了桑烟，撒起了糌粑，伏身就拜。缭绕的桑烟呛得让人窒息。

脚下的路渐渐陡了，走起来有点气喘吁吁。抬头一望，右边山后出现了一线白光，那是东方无疑了。太阳被人们提前闹醒了。

慢慢地，身后河谷里的夜色像一层笼着的雾一样，浮起了朦胧的金属一般的光亮。西边山顶一团神秘的光放射出五彩缤纷的色彩，人们驻足惊叹。那团光自北而南，由柠檬黄、橙、曙红，逐渐变出丰富艳丽的颜色。没多久，它就像一朵花一样在那座山坡上凋谢。

哲蚌寺一座座随山势而建的寺庙群，在前面的一条大峡谷里呈现出朦胧的轮廓。翻深沟，爬石坡，穿密林，天已经放亮，空中露出了乳白和淡蓝相交织的一团晨光。

随着人流裹进大门，买了门票再左行，迎面一座山坡上，巨大的色彩斑斓的释迦牟尼佛像早已展开在那里了。

人们纷纷涌上前去。只见哈达纷飞，前边的人用手去抚摸佛像，用头去拱佛座，丢下钱币，双掌合拢，眼睛微闭，喃喃自语。挤不到前面的，就在别人的屁股后面五体投地，磕起长头。人群中夹杂的中外游客，也受到这虔诚的礼佛气氛感染，纷纷合掌祈祷。人们有着同样肃然的表情，面部都闪耀着神性的容光。无人高声喧哗，众人只是默默地凝望。

这生动新奇犹如中世纪宗教活动一样巨大的场景，宛如西欧古典主义时期宗教题材油画的再现，我联想到了伦勃朗、丢勒和鲁本斯。

法号声声，经幡猎猎。唱经的喇嘛，身披红色袈裟，趺坐成一片，诵经声如海如涛，响彻山谷。四处飘起的桑烟把中世纪的古老寺庙浮得如蜃楼幻景。

山下，人们诵着经，潮水一样继续向这边漫过来。这是一个民族的大聚会。漫山遍野的人群，有的就地生火煮茶，有的一张塑料布往地上一摊，全家人围坐于一起，把从城里带来的食物倒出来，津津有味地吃着。更多的人往佛像前聚拢过来。

　　我从人缝里挤到大佛前。这个佛像差不多有半个足球场大，站在下面，只能看到它的局部。抬头，山顶上晒佛的喇嘛小得不见鼻子眼睛。佛像就是他们从藏佛楼抬出来的，前面是开路的法号，后面是抬佛像的长龙。待爬到固定在山坡上的巨大铁架上时，喇嘛们一齐呐喊，巨佛的长卷迅疾沿着铁架从上滚下来，白花花的一片。接着，几根绳子从上面放下来拴住那层覆盖在佛像上的白布，徐徐向上拉。于是，佛像慢慢呈现，先是莲花座，然后胸、脖、脸，最后，五彩斑斓的一片佛光呈现于天地之间，颇像后现代的大地艺术。

　　这一切完成得如此之早，我们摸黑起床都无缘得见。

　　在绕着佛像转圈的过程中，我一直被遗憾的情绪左右着。而那些比我还后到的藏民好像对看没看到亮佛一副无所谓的态度。他们看重的只是大佛，是向佛之心，我注意的是外在的形式。我意识到了，一个内地人与藏民一起过雪顿节，完全不是同一回事。虽处同一个热闹的场所，可心境和感受却是大相径庭。

　　这不是一般的节日。有的节日不管你来自何方，是何民族，都可以同欢共庆。而作为佛的节日，我们永远是一个局外人，像一粒沙子夹在流水中，虽然向前流动，却不能与水相融为一体。我们与藏民的区别在于：他们看到了佛，我看到佛像。

拉萨，说再见的时候到了

　　返回的路上，天空渐渐明朗起来。人群仍络绎不绝赶了过来。与夜色中同行的藏民不同，阳光下，他们穿着的五彩缤纷的服装全都十分耀目，男女老少，喜气盈盈。

来的人实在太多，往回走的车都挤满了人，我们只得步行。那些坐上车的人，高兴得手舞足蹈，得意扬扬。

拉萨的郊外与荒野几乎没有区别，在高原那轮太阳的照耀下，草地和树木都呈现出了葱翠的颜色，地平线上浅白色的山峰闪现着金属的光芒。一切都显得明亮、激动和热烈。

拉萨仿佛是一座空中突然飞来的城市，旷野上只看得到一座孤立的布达拉宫，她在东方地平线上升起并放射出朦胧又辉煌的光芒，如同海市蜃楼，象征着一个缥缈神秘的世界的召唤。它是远古的非现实的宫殿，又确实是我们将要抵达的地方。

我突然感到了现实的脆弱。一个节日与一个年代都同在它的注目下匆匆走过。当年法国人大卫·妮尔化装成乞丐，混迹在朝圣的队伍中，她看见过的节日和节日中的布达拉宫，我们又远远地从一座山头看见了。我们却看不见大卫·妮尔和她看到的同样着五颜六色服饰的藏民。她看不到时间后面的我们，看不到又一次的五彩斑斓。拉萨，是一个非现实的城市，它只是被我们看到。

第二天，我们就匆匆别它而去，带着一丝天堂的幻想，开始了更加神秘莫测的滇藏之行。世界第一大峡谷雅鲁藏布大峡谷正在向我发出召唤。

拉萨，远远地成为模糊的记忆，像一片拂动的经幡，在意识的深处不断地飘扬、翻卷着。

是到我与它说再见的时候了，尽管我身仍在高原，但作为一段刻骨铭心的日子，它已飘然而逝了。

如果神在，请佑我一路平安！

中 卷

ZHONG
JUAN

[第十一章]

踏上林芝的土地

重又上路

　　光 B、光 C 第二次剃成光头，是因为我们要去一个更神秘莫测的地方。要到达这地方，不但要靠双腿爬过喜马拉雅山脉，穿过茫茫无边的原始森林，还要穿越蚂蟥地带，冲过泥石流和塌方区，沿途飓风、冰雪、野兽和塌方时时威胁着生命安全。因此，它几乎与外界隔绝。

　　每年只有当喜马拉雅山冰雪消融的季节，当地的门巴族、珞巴族人才从这条险道出山，从外面买回一些生活必需品；大雪一封山，他们就如同陷入一座孤岛。这个地方叫墨脱。它被人们称作佛教圣地，风光绮丽无比。世界第一大峡谷雅鲁藏布大峡谷就在那里一个马蹄形的大拐弯，进入了墨脱的崇山峻岭之中。

　　我们在拉萨稍作休整，便完成了去墨脱的准备工作。我知道最危险的时刻正在向我逼近，我和两个光头又有了一种新的心境和精神状态，一种重新开始的心理。

沉默的风马旗

暴雨，冲毁了公路

　　上路前，不断有消息传来，滇藏、川藏线塌方严重，就是到林芝，因为修路要绕道北线，也得走一个星期。一位去林芝旅游的湛江游客，买了车票又退了。那辆班车约500公里的路程，走了整整7天才到拉萨。

　　今年高原发生的暴雨造成道路瘫痪之严重，是西藏几十年以来少有的。几天前，我们从日喀则到拉萨，200多公里路程，从上午10点出发，直到晚上9点才到市区。路上，每隔不远，就有从高山上冲下来的水把路切断。砂石堆积在路面上，推土机每过三四分钟就要清理一次，每清一次过三四辆车就又堵上了。

　　在曲水，暴涨的水把桥都冲歪了，桥边的路基被冲走了三分之二，汽车堵了几里路长。为了及时疏通这条主干道，西藏自治区交通厅厅长、拉萨市市长及武警、公安都出动了。不少车从上午9点就被堵，到了晚上8点，只有小车才能通过。

　　在曲水往拉萨的路上，只见雅鲁藏布江水势迅猛，原来高挂在半山腰的路都到了江水边上，水面卷起的漩涡直径达数十米。一辆吉普车被山上滚下来的巨石砸中，驾驶室被砸扁。我们的车就在巨石阵中绕来绕去。一阵阵大雨，把映在窗玻璃上的山岭淋得歪歪曲曲。

　　到机场的路也被水淹没，汽车像摩托艇一样飞过，两侧溅起高高的水瀑。

　　然而，我们已经决定的事情，谁也没有退缩的意思。既然班车敢开，我们就敢坐，无非多带干粮多备水，大不了步行。这个时候，一心只想着墨脱，我们无心也不愿去考虑那么多的困难了。

　　出发前，一位姓王的小姐主动找到我们，要求跟我们一起去墨脱。出于多一个人多一份力量的考虑，我们同意她加盟。

米拉山的难眠之夜

一路沿江边而行,水势果然浩大。因为修路,路面铺满了石头,凹凹凸凸,班车跟步行的速度差不多,一早出发,到了晚上11点才走了170多公里。

夜深了,四周漆黑一片,我们开始翻越海拔5000米的米拉山口。

夜幕中的米拉山,一片岑寂,连汽车发动机的声音也显得十分遥远。山上气温大降,冻得人发抖,我感到头痛目眩,意识恍恍惚惚。

越过山口,汽车走了大约不到半小时,就一头冲下路面,在一处河滩草地上走了几十米远。这部破烂得如同从垃圾堆里捡来的客车,陷进了泥淖中,不能自拔了。原来,前面修路,路面挖开了一条深沟,汽车只能从下面河滩绕行。

全体乘客冒着寒风冷雨推车。大家齐心协力,用了二虎九牛之力把它推了上来,才走了几米又陷了进去,再推,前面堵满了货车。货车前面什么也看不清,黑咕隆咚一片,只听到河水哗哗地从石滩上急急流过的声音。雨点噼噼啪啪打在车身上。货车一点动静也没有,司机都睡着了。

今夜是过不了这道关了,司机熄了火,车门一关,我们就在这海拔4000多米的地方过夜。

坐在这辆四面透风的破车内,我把身上的衣服都扣紧了,仍抵御不了寒风的侵袭,冻得人一阵阵战栗。唯一一个睡袋与行李一起被绑在车棚顶上,我们只有硬顶了。

这一夜,晚餐只吃了几块饼干,不一会就饿了。无休无止的流水就像无边无尽的夜色,在我的期盼和蒙眬的睡梦中凝固了、永恒了。

多次冻醒,依然如故,一切尽在黑暗中,只有河水的响声溢满了夜空。终于盼到东方揭晓,大地上出现了迷蒙的晨光,地面上已洒了一层冰雹,草叶上像撒了一层盐粒。我推开窗玻璃,探头一望,前面竟停了20多台货车，司机还在驾驶室里睡觉。

我在寒冷的晨风中下了车，从草地绕到货车前面，这才弄清楚困了一夜的原因。一辆货车在爬上公路的坡上，陷进了泥泞中，动弹不得。路面碾压出的两道车辙有半米多深，货车的底盘都压进了稀泥里，没有半点开出来的指望。

这是上公路的唯一一条通道，左侧是陡坡，右边是河滩，货车把路一堵，谁也别想走。

快10点钟了，司机才陆陆续续起来，有的在草地上生火煮茶，有的仍躺在驾驶室里不愿下来。没有一个人有兴趣到前面来看一看，好像这一切与他们没有关系。这种无所谓的态度让人又急又恼，却又无可奈何。

听说货车司机与修路的把关系弄得很僵，上午11点了，也没人来睬一睬。在西藏，道班可是老大，有的拉车是要付钱的。我变得烦躁不安了，眼看饼干都消耗完了，再等下去，就要饿肚子了。这荒郊野外到哪里去找吃的？

一辆军车救我们出困境

中午时分，从拉萨方向开来了一辆吉普车。司机没有开下河滩，他把车停在公路上，先察看了一下地形，然后决定铤而走险，从公路上面的山坡上冲过去。它加足马力，往山坡上冲，几次倾斜到了极限，但都化险为夷。大家为他捏了一把汗。

只一会儿，他就镇定自如地把车开过来了。没人不敬佩他的胆量。我和光C跑过去，希望搭上他的车。

这是一部林芝军分区的车，是来拉萨办事的，车上包括司机已有5个人了。我和光C说了不少好话，又说要去墨脱采访边防部队，司机犹犹豫豫答应下来。

我们欢天喜地去搬行李。

一辆小车一共装了9人，前排坐了3个，后排挤了5个，光B坐在车尾堆得满满的行李上，他的身上还压了一个包。

我们终于离开了这个了无希望的地方，又继续向前走了。客车上的人眼巴巴看着我们离开，目光既羡慕又妒忌。

小车颠得十分厉害。颠簸带给我们的并非痛苦，而是愉快。每颠一下，就意味着我们向前走了一节。

一个多小时后，抵达了一个小镇，我们下车吃了一碗面。司机这时候想把我们丢在这里，他心痛自己的车，担心我们把他的轮胎压爆了。如果我们真的走不了，后面的车一时上不来，我们还得在这里死等，不知要等多少天才有希望出去。光C提出给他800元钱。我再次向他求援，并再三表示谢意，司机又不忍心丢下我们，再次点了头。

一路不知蹚过了多少水沟。每隔一段，公路就被挖断，修路工人正在砌涵洞，小车只得从路边的水沟里绕行。实在不能理解，为什么修路不修一段挖一段呢？有必要全都挖烂吗？

大约下午5点，前面一块巨石横在了路面，道班工人正在钻眼放炮。他们正准备收拾东西回去，见来的是一部军车，才又继续往下干。等炸碎巨石又铲走碎石后，太阳已经落山了。奔腾的河水在黄昏流得越加响亮。这里，山山岭岭都披上了绿装，不知从什么时候开始的，山坡上树木已葱郁一片。我想，工布江达应该快到了。

小车从碎石上开了过去。才走不多远，又是一块巨石竖立在路边，比刚才的那一块还大。一辆大客车紧挨着河边陡坡，欲绕过这块石头。几十个乘客牵牛鼻子一样，一齐用力往里拉，客车一边拉一边往前慢慢挪，好半天才转过大岩石。

我们从巨石边上擦过，公路就开始远离河面，越爬越高。夜色亦渐浓渐暗，锯齿形的山影不再剪出一排侧影，我们完全隐没于黑暗中的深山峡谷中。

到达工布江达时已是晚上10点多了。灯光下的县城与西藏其他地区已大不相同，水泥的楼房和街道，大开间的玻璃窗门，街上来来去去的汉族人，很有内地城镇风味了。

雨夜里看不清县城外的山水是个什么模样，但可以感受到湿润的空气，路边的草地和硕大的树木全在若有若无之间。这里已是有西藏江南之称的林芝地区了。

车上下来一个人，她是四川来这里开餐馆的。又有一个小伙子坐到另一辆车上去了。光B终于可以坐到我们这一排座位上了，结束了"酷刑"。

继续夜行，路面变得宽阔而平坦。不时听到下面江水的流动声。一棵又一棵大树在路边出现，有时是一片，它们在夜色里露出朦胧的影子，使我想起了在老家行夜路时的情景，脑子里竟涌动起古代和现代的一些诗句。

这才是我所熟悉的、被两千多年的诗歌和自隋以来的国画所表现所审美过的山水，它有了我熟悉的文化气息。我的视线在本能地搜寻那树影婆娑中的柴扉，柴扉后面那盏橘黄的灯，那灯光里熟悉的梦境、熟悉的鼾声。

夜风吹来，带着田野清新而湿润的空气，我竟有了归家的感觉。

第二天凌晨4点，我们终于到达林芝县城，住进了一家小旅馆。司机只肯收我们400元钱，还为我们找来旅馆服务员，又帮我们卸下行李。他给我们的藏东之行留下了第一个温暖的回忆。

波巴人的土地

当我明白，只要自己睁开眼睛，一直处在幻想中的林芝，立即就能浮现，就像通过黑暗的隧道，突然抵达了它的中心，就像我念动了一句咒语，飞越了千山万水，心中的愿望陡然变成现实，此时，我的心情是怎样既好奇又激动！

尽管极度困乏，漫漫长夜的奔波，已使人昏昏欲睡，我却极度亢奋。

当太阳把窗帘外面的世界照亮时，我明白，一切的向往，一切的陌生，一切的梦幻，就全在打开门窗的一刹那了。而我不肯轻易起床开门。

在这个陌生的小小旅馆里，我久久沉浸于这一人生难得的幸福之中，看着太阳光把房内的白色墙壁映得熠熠生辉，我害怕这一切来得太容易太猛烈。

我决不肯重拾"西藏江南"这种陈词滥调，它把大地上许多美好又独特的风貌轻易抹杀了个性。如果这个世界之美都是在江南的比拟之下，我又何苦舍弃江南而历尽生命的艰险去浪迹四方？

一位朋友从蒙古大草原回来，不无遗憾地说：那里的草原太令人失望了，草叶稀疏，羊群不多，根本不是什么"天苍苍，野茫茫，风吹草低见牛羊"。我听后久久沉默，对他流露的只有怜悯，他缺少美的感受能力，他只懂得概念，遥遥此行只是为了印证。印证了他的想象，他就兴奋，就觉得不虚此行，反之，他就失望，对一切视而不见，看不到真实的草原。草原永远不会是一首古诗，它有自己真实的因而更加独特的美。朋友独缺的就是这种对于大自然千差万别不同美丽的感受。是概念蒙蔽了他的眼睛。

我不愿把西藏诗化，我甚至认为有时它是平淡的。如果你带着过甚的好奇，你同样会深深失望。我们所在的大地不提供猎奇和印证。每个人心中的山水都不尽相同，它面对的只是你的体悟、你的感受和心境，否则，猎奇同样会蒙蔽你的心智，让你只见树木不见森林。

我就是这样怀着一颗抛弃了成见而又躁动不安的心，带着永远对大地上的事物充满着最初的好奇，再次面对亚洲腹地的这片奇妙山川。

差不多一个世纪前，它曾撼动过一位法国女子的心。外人踏足这块秘境还是最近二三十年的事。就是现在，在它连绵的群山和密密的丛林中，还有着不为人知的原始的无人地带，这仍是一个与世半隔绝的世界。

我第一眼看见的是它的山，那沉郁的森林描画了山的荒蛮与勃勃生机相融合的戾气。它就像一位康巴汉子，油黑的脸颊，蓬乱的长发，夹杂着的红色头带，但那雪白的牙齿，那亮光闪闪的眼睛，生命活力正从那里不停地向外喷发着。这是一种奇异的、有着灵性和粗犷的奇妙组合的山，是我所陌生的山。

一条从县城流过的水，像没有堤岸和河床，就在地面上流过似的，愿意怎么流就怎么流，仿佛你一不小心就会踩着它。它的流动同样粗蛮而又内敛，见不出汹汹气势，但却内藏玄机与凶悍。它的冰雪一样的水温，任何人只要投入其中，立即就会麻木而失去知觉。它的破碎的浪掩盖了它迅疾而去的流速，即便平坦的地方，它也绝没有温柔的表情。

空中，阳光透明，大气透明，飘浮的声音也是透明的。这种透明像来自脑内而非什么别处，我感到心灵的空明。而蓝天又似某种实实在在的物质，能被人触摸，它好像离你很近，又好像离你遥远，全凭你的感觉了。

就这样走在大山围困中的林芝小县城，同样是水泥的街道、水泥的房子，我却有了遥远不真切的感觉。这种僻地隐匿的感受，使脚步变得轻慢、犹疑和淡定。我感觉到了自己正在滋生的浪漫情调。

"这里，为数很少的村庄都隐蔽在森林中，从道路上根本看不到。我们也很少遇到一名过路人。这里仍是荒凉偏僻之地，虽然如此，但是受心理影响，我们认为它与已抛在自己身后的大旷野完全不同了。"

这是80多年前的法国人大卫·妮尔见过的林芝。那时，她化装成一个乞丐，用锅灰涂黑脸庞和双手，染黑金发，穿着破烂不堪的藏服，昼伏夜行，生怕被藏民识破天机，几次差一点就冻死在雪山、饿死在路途了。她为的就是看一眼这个神秘的高原。作为第一个走过林芝的外国人，她的兴奋也是难以自抑的。

若不是一本《一个巴黎女子的拉萨历险记》的书，无人能知道有一个这样的外国女子曾历数月之艰险，走过了这块古老又新奇的土地。想不到的是，随后我也走到了巴黎，在巴黎街头众多女子的背影里我想起了她。80年过去，那里也不是她的世界了。更没有谁知道，就是从这样的街头，有一个背影从中消失了，到了一个梦一样遥远的地方——东方的高原——西藏。

我怎样描述我所面对的这片土地呢？与大卫·妮尔眼中的林芝相比，这里的变化令人瞠目。这是古老西藏变化最巨的地区之一。八一镇可以与广东沿海的一些城市媲美了，其现代化的气息，不但只表现在高楼光洁的饰面材料、穿梭的的士、林立的商场旅馆和灯红酒绿的夜景上，现代化的通讯设施、流行的时装和生活时尚更表明了它是一座现代化城市，甚至比起拉萨还要前卫得多。这里没有了浓郁的宗教色彩，也很难见到一身藏服打扮的人，全城几乎都说川话。走在八一镇的街上，再也找不到高原的感觉了，而是一种说不出的既陌生又熟悉的奇异感受。

在大卫·妮尔的笔下，这里是一个神秘的波巴人居住的地方，人烟稀落，强人出没，人们"穿一种皮袄，富人们再在皮袄外面穿一种用熊皮制作的坎肩，普通村民则穿用深色山羊皮裁制的坎肩。男女衣服的样式都一样，唯其长度有别。男子们将皮袄翻卷起来，并用腰带扎住，以使它不拖到膝盖以下，其坎肩仅仅到腰部；女子们则穿着拖到踝骨处的皮袄，坎肩触到了膝盖，如同在西藏的所有地方一样，皮袄均是毛朝里"。

她还听到了这个地方稀奇古怪的歌曲："有一天，我又一次听到了从距离道路不远的地方传出的一阵撕人心肺的哀号声，我便循声向着树林走去，边走边想象那些令人悲伤的葬礼或某些招魂巫术那令人恐惧的仪轨。我在一种很有趣的情景激励下，很快就到达了一片林间空地的边缘。那些悲怆哀婉的女歌手们都在那里，身穿羊皮袄，头戴民族圆毡帽。但她们忙碌的工作中没有任何悲惨气氛，仅仅是把其部落的男子们从大山上更高处砍掉和锯开的大树运下来。每根沉重的木头都用绳索捆着，由十几位女伐木工抬了下来，她们那悲剧性的忧郁进行曲被毫无诗意地用于指挥她们前进的步伐。"

"这种奇特的音乐出自何处呢？我在西藏其他地方从未听到过类似的乐曲。"

确确实实的文字记录，大卫·妮尔写的就是我踏足的这块土地，但这一切都像梦境一样随着时光的流逝飘远了。也许，在那些深山密林中，这样的情景并非梦境，改变是会有的，那种忧伤的歌声却不会消逝得无影无踪。

我相信，只要离开城市（就像在拉萨那样，立即就进入荒野，高原城市没有郊区），或许，我能寻到当年的蛛丝马迹。在这里，汉人属于城市，藏民属于自然山川。藏族人看不起生意人，更不习惯灯红酒绿的都市生活，他们宁愿守着祖祖辈辈生活过的山谷，过着耕作与放牧的自由自在的生活。

于是，我虽在城市，目光却早已穿透水泥屋顶上的那片天空，越过其上的幽幽山林，投向了那个遥远的古老的波巴人居住的深山密林。

沉默的风马旗

原始丛林中的边防部队

去墨脱，在林芝遇到了想象不到的困难，我几乎打了退堂鼓。

我和光C到了林芝军分区，我们找到政治部宣传科。我想去墨脱采访那里的一个边防营。

对于这个边防营，我在报社当编辑时，曾发过它一个版的报道文章。报道是成都军区一位部队作者写来的。从报道中我知道了墨脱，知道了那里还有一支边防部队。

文章介绍了墨脱的基本情况：高高的喜马拉雅山脉几乎把它与世隔绝。一年之中，只有三四个月冰雪融化的季节，当地人从一条穿越原始森林的马行道上，翻过海拔4000多米的多雄拉山口，到山外的派乡换取一点生活必需品，或帮部队背一些军用物资进山，挣一点劳务费。

从墨脱县城到多雄拉山口下的派乡，步行要走4天，沿途经过泥石流区和蚂蟥地带。尤其是多雄拉山口，它是喜马拉雅山脉上的一个缺口，其周围都是海拔六七千米以上的雪峰，从印度洋吹来的暖湿气流从这里刮向高原，每当中午过后，其风速之猛烈，常常能把人吹得飞起来。即使开山季节，也常有雪、雹袭击，不少人和牲畜毙命于路途。

文章重点写了飞行员紧急运送物资的事迹。那一年，冰雪提前封山，墨脱县粮食还没有运送进去，老百姓和部队只有一两天的口粮了。情况紧急，成都军区不得不调动从美国进口的世界最先进的黑鹰直升机，抢运物资。

高原上空大气流变幻莫测，直升机要绕道北面昆仑山，从青藏线飞越唐古拉山后，进入高原，再从多雄拉山口的强气流中冲过喜马拉雅山脉，进入墨脱。

那一天，飞机接近山口，大气流吹得机身上下摇摆。飞行员沉着应战，分析和观察气流的分布情况，然后选择一条路线飞过去。机队抵近了左侧的悬崖，螺旋桨刮起的风阵，吹得峭壁上的小石头纷纷落下山崖。这时，只要机身稍稍一偏，就会撞个粉身碎骨。他们硬是擦着峭壁飞了过去。

当地军民见到直升机如同见到救星，人们欢呼雀跃。战士们差不多一年与外界断绝了音讯，一捆信件集聚了所有人的目光。那是一种怎样的目光，谁看了谁都会心酸！战士们狂奔过去，扑向飞机，拿到信的哭，没有拿到信的也哭。常言道，男儿有泪不轻弹，但这捆信非比寻常，它意味着万里之遥的亲人，意味着亲人的消息。有的做了几个月的爸爸了还不知道，有的亲人过世一年了才迟迟收到噩耗。悲和喜在这里交集。

就是这一次，部队为了运送物资付出了惨重的代价。两架昂贵的黑鹰直升机在多雄拉山口被强大的气流直直压下了山口，几位优秀的飞行员牺牲了。成都军区一位将军也在这里遇难，献出了自己宝贵的生命。

对于这个曾经令我感动并产生过无数想象的部队，我既然来了，又怎能不去与战士们见上一面呢？

墨脱难进，我差一点打了退堂鼓

事情远没有想象的那么容易。我和光C找到了大院一角的宣传科，两位宣传干事很热情，他们要我们等一等，其中一位去请示领导。

等了一会儿，宣传干事回来了，他说要作训科批准。作训科又推给军分区领导。干事找到了一位叫赵跃光的副参谋长，得到的答复是：如果我们有西藏军区作训处的批函，他们就接受采访。

我们被拒绝了。我不肯就此罢休，请求这位干事带我去找赵副参谋长。他显得十分为难，在我一再要求下，才带我来到大院内的一个连队，赵副参谋长在这里蹲点。干事告诉我房间号码后就不肯上去了。

我和光C敲门而入。没想到，这位副参谋长是一位热血男儿，待我们如同老友。他忙给我们让座、沏茶、摆糖。

我说明了自己要求去墨脱的迫切心情后，赵副参谋长面露难色。他说这是军事禁区，上面规定，任何去墨脱的人，都要有西藏军区作训处的手谕，否则，谁也无权放行，更别说采访了。

事已至此，他给我们出主意：找拉萨的朋友出面，只要作训处给他一个电话，他都作安排。

到拉萨找谁呢？只有西藏电视台的张焰了。那天晚上打了一个晚上的电话也找不到他，第二天也白白浪费时间。那几乎是令人绝望的等待。

然而，放弃墨脱，连赵副参谋长也替我们惋惜。他在10年前曾去过墨脱，他给我叙说了他的所见所闻。那地方，从海拔4700多米下到海拔800米，一路上经历四季，各种植物排列成了一条垂直的生物谱带：山顶是终年积雪的冰冻地带，山峰银装素裹，其间怪石嶙峋，仿佛远古先民的遗存、洪荒时代的弃物。

雪被下是寒带灌丛草和草甸带。山坡上杜鹃、报春、点地梅、驴蹄草、银莲花等竞相怒放，五彩纷呈。有的像小树一样举着花冠迎向雪层，有的星星点点灿烂一片，就是一个神话世界。

海拔4000米到2400米，属山地暖温带和寒温带针叶林带，高达80米、直径达两三米的云南铁杉、墨脱冷杉、苍山青松，密密地直插云霄，其上松萝长垂，如梦如帘。这里充满了植物争夺空间的相互倾轧。

海拔2400米到1100米，又是另一番情景。这里布满了亚热带常绿、阔叶混交林，有刺栲、薄片稠、墨脱青冈等壳斗科植物，还有香樟、楠木、木荷、木莲、含笑等珍奇林木。至于香蕉、菠萝、柠檬和柑橘等果树则野生于林间，应有尽有。

最后快到墨脱背崩乡了，那里是海拔1100米以下的河谷地区，雅鲁藏布江在喜马拉雅山脉与横断山脉之间一个大拐弯，深深地切过喜马拉雅山脉，形成了世界第一大峡谷后，又转到了墨脱，在这里形成了一个低山热带雨林。这里更是树木品种繁多，常绿雨林和半常绿雨林间。还有缠绕其间的巨大藤蔓，一株株高大的树干密布了许多附生植物。连竹林也像树木一样粗大，一片芭蕉叶足有三四米长。龙脑香、千里榄仁、阿丁枫、桄榔等热带植物，更是竞相疯长，一派古貌苍然、蓊蓊郁郁的景象。赵副参谋长夸张地把双手在空中比画出一个空间，说那些树的叶子有这么大，你不去那可是终身遗憾哟！他还说，曾有一个女记者因为去不了，在他这里哭了3天，眼睛都哭肿了，哪有你们这么容易就打退堂鼓的！

他劝我们重返拉萨，去军区弄通行证。由于去墨脱一路上没有吃没有住，随时都有生命危险，离开部队几乎寸步难行，他说："你总不能拿自己的生命当儿戏吧？"

他给我们说了两件真实的事情。几年前，一支中日探险队到了墨脱，想尝试首漂雅鲁藏布大峡谷。当时，看到这么凶猛的水流，中国队员要求放弃。两个日本队员心有不甘，想下水试一试，结果一个名叫武井义隆的日本队员，被卷进了水中，连人影都没露一下，就冲得无影无踪了。赵副参谋长说："只要你落进水中，一两分钟就会冻僵；冲出200米，人就会被冲撞得只剩下一副骨头。去墨脱不只是爬山，还要涉水，许多小河都得蹚过去，你说险不险呢？"

第二件事是他亲身经历的。那一回，他和战士翻过多雄拉山口，下到无边无际的原始森林中。一天从早到晚都在密密的森林里穿越，两天下来，就让人生出绝望的情绪。一名战士走着走着，一屁股瘫坐在地上，再也不肯走了。他眼睛里露出了绝望的光，无论谁怎么劝都无济于事。他的意志完全崩溃了，宁肯就这样死去也再不愿往前走半步了。如果不是战友相救，他将如那些路途上的尸骨一样，永远也出不了那片森林。去墨脱，连走路都有生命危险！

西藏军区一位司令员就是这样走死的。这位将军是在路上拽着马尾巴倒下去的。人们把他以身殉职的地方取名为"将军崖"。

"这么危险的地方没有部队的帮助，你能走过去吗？"赵副参谋长加重语气问我们，他说："没有军区的通行证，你连冈嘎大桥都过不去。"

我们聊了一个下午，对墨脱也神游了一个下午。赵副参谋长留我们一起吃晚饭，我哪里还有心思吃这顿饭？只要想起我们如何从拉萨赶到林芝来的，我就绝没有信心再往拉萨来回跑一趟。我只得相信命运了，相信那个被佛教徒誉为圣地中的圣地的墨脱，与我的缘分不会就此为止了。

沉默的风马旗

告别亲人，我写下一封长长的信

我们从林芝县城转到八一镇，试着走一条民间路线，即按边防和公安允许的路径办边境通行证，找当地老百姓当向导兼背夫，冒死一试。为此，对于林芝的花教寺庙和2500多年的巨柏，我们都无心观赏了。我们直奔墨脱县办事处。

这天中午，办事处空无一人。等到下午，我找到了办事处的阿达主任，他提供的情况是：近一段时间无人进墨脱，连绵的暴雨，把路都冲坏了，别说墨脱进不去，就是到派乡都不可能了。墨脱的县长、书记都困在八一镇回不去。

晚上，我们又找到县长普巴次仁，他的家搬到八一镇办事处大院里来了。对于我们这时候进墨脱，他也力劝我们缓一缓，等一段时间走。

我们出来的时间已经很长了，我们毕竟不是真正的流浪汉，无限期地等下去几乎是不可能。这时，我们打听到滇藏线从八一镇往东去波密的路早已塌方断了，而且短期内不可能通车。其实，那时塌方的路根本不止这一段，许多地方塌得连路基都不见了，只是我们当时还不知道罢了。我们陷入这个波巴人的地方，一时无法走出去。

去墨脱有一个好处，那就是从多雄拉山口进墨脱后，可以往东，从大峡谷的拐弯处翻越嘎隆拉山，直达波密，可以绕过八一镇到波密这一段塌方区。在四面楚歌声里，我们被逼上了绝路。

办证先得找公安，在公安处我们又碰了钉子。这一次，是这张小小的记者证帮了我们。公安处开出证明后，再到边防局办证就容易多了。当一张边境通行证终于拿到手时，我们已经在林芝耽搁了4天。

有一天，两男一女找到我们住的房间，他们也计划去墨脱，听人说我们是同路人，便来寻找同盟军。第二天，那位来自北京的姑娘知难而退。两位男士比我们提前一天匆匆上路，他们是专程去墨脱的，结果，走到背崩由于泥石流断路，不得不原路返回。我们因办证拖延了时间，到了下午才开始找车。找了几个小时的车也无人愿意去派乡，路不好走，司机不肯去。

那天下午，我站在墨脱办事处的大门口，看着雨中来来往往的车，情绪低落极了。事情不顺利，老天已经向我发出了警告，然而，我不顾一切，完全忽略了前方正在光临的死亡的魔爪。

看见马路对面一辆停在路边的老式帆布吉普车，抱着最后一试的态度，我冒雨跑了过去。刚刚说完去派乡，司机就摇起了头，说那边路冲断了，走不了。我向他声明，车跑到哪里算哪里，跑不过去了就算到达目的地。司机犹豫一阵后，开出500元钱的租车价，我二话没说就答应下来了，请求他留下一个联系的电话号码。

接下来是紧张的准备工作。光C在珠穆朗玛峰骨折的脚还未完全好，这几天一直在做热敷、按摩，希望能尽快恢复。我和光B、王小姐冒雨上街，买高帮的军用胶鞋和绑腿。商店售货员听说我们买胶鞋就知道是去墨脱。这种鞋和绑腿只有墨脱人和去墨脱的人才买，它可以用来抵御蚂蟥的袭击。我们又买了少量的沙琪玛和饼干。清点行装后，大家把多余的衣服和杂物统统寄了回去。我们都给家里打了长途电话。

晚上饱餐一顿。我又提笔写了一封长信。凭着预感，我知道这有一点告别的味道，我不能肯定自己能够活着回来。

这一夜，我思绪万千，想到了我走过高原东南西北所遇到的种种险境，一次次死里逃生；想到了离开家里一个多月来，对亲情的渴盼，对家人的牵挂，对自己未尽的责任，我感到了深深的内疚。待情绪稳定后，想想再无特别重要的事情需要交代了，我只是告诉妻子：要很长一段时间不能与家里联系了，我将去一个危险的地方，但我相信自己能平安回来。对于过去的生活，我不无留恋地写道：现在想来如同天堂一般美好，回到广州，我将懂得珍惜了。这一次旅行，对于我将是终生难忘的。

看看表已经是深夜12点多了，大家都已入睡，我这才熄了灯，钻进被窝。

[第十二章] 走马大峡谷

雅鲁藏布江边的一次夜行

早晨醒来,天空仍阴沉沉。见约好司机的时间快到了,我下楼去打电话。那位司机还在犹豫,我再三劝说,他才答应开车过来。

我们终于上路了。司机还带了一个年轻的助手——与其说是助手,还不如说是一个保镖。一路上,我们租车,出租者都是两个人一起来的,为的是防止路上出现意外,当然也提防租车者怀有不轨之心。高原人烟稀少,他们也担心安全问题。只是这样一来苦了我们,又得四个人挤成一排了。

这辆破车走了不到10公里就爆了胎,两个司机把拆下的轮子沿来的稀泥路一路滚了回去。待他们修补好又滚回来,我们已足足等了3个小时,11点多才往前开。

路途吃过午饭,到雅鲁藏布江边的岗嘎大桥时,已是下午2点多钟了。通过边防检查站,我们过了岗嘎大桥后,一个左拐,就进入了往派乡的简易公路，恰与来路形成一个"U"形，沿着雅鲁藏布江顺流而下。

雅鲁藏布江的这一边属米林县管辖，紧挨着江边的山就是从阿里一直延伸而来的喜马拉雅山脉。与其他地区不同的是，只有这里，这条世界上最高的山脉出现了冷杉组成的原始森林，呈现了一片郁郁葱葱的景象，再也见不到那些灰褐色的裸岩了。它紧挨江边的山麓和江滩上，生长着柳树、桃树和大量带刺的低矮灌木丛。

浑黄的雅鲁藏布江正是洪水季节，宽阔的江面一派天际横流的苍茫气概。这里是雅鲁藏布江最宽阔的地段，泛滥的洪水已经淹到路边。江面最宽处达到了数百米。雅鲁藏布江流到派乡后，突然两岸山峰紧逼，陡峭的山坡直插云霄，江面像受到惊吓，倏地缩到了三四十米宽，江水像忽然醒来的猛狮，一声声狂吼，夺路而去。这里成了世界第一大峡谷的入口处。

吉普车在石块和泥土筑成的乡路上左转右拐，一会儿是一摊浊水；一会儿是两根树木搭的桥，车轮从上面小心翼翼碾了过去，没有高超的技术是不敢走这样的独木桥的；一会儿又是稀泥地，车随时有陷下去的可能。偶尔出现一个村庄，房子大都是木头做的。

路上遇到了一支长途拉练的野战部队，他们背着背包、扛着枪，有的背着锅、挑着筐，有的扛着锹和十字镐，个个一身泥水，朝我们迎面走来。有一个战士走不动了，伏在另一个战士的肩上，边走边喘粗气。路边的树冠上笼着淡淡的雨雾，草尖上坠着雨珠，空气中飘浮着士兵胶鞋踩踏泥浆路的声音。

我发现路边是一棵又一棵的桃树，树上挂满了野桃，颜色红艳，果子极小。还有不知名的野果，遍布在平缓的山坡上。有几次下来推车，我摘了一大捧野桃，一尝，味道甜中带酸，十分开胃。

在走过一个木材场后，天又开始下雨了。

穿过一个村庄，前面出现一道坡，路变成了一条湍急的小河。雨水在离村庄不远处的路中央汇聚后，形成一口水塘，水从左侧流入雅鲁藏布江。

司机不敢从水塘冲过去，看到有车辙从右侧绕行，也跟着绕。绕过大半个水塘从水中往公路上冲时，吉普车后轮一颠，陷进了泥坑。

我们打着赤脚在冰冷的水里寻找石头。那位助手用千斤顶一点点把轮子顶起垫高。我的脚被草中的刺戳得出血。原来这一带的灌木都是带刺的。车子试着冲了两次都不成功。

一个挎长刀的藏族小伙子一直在看着我们,他是这个村里的货车司机。见司机没辙了,我们要藏族小伙子去村里开车来拉。

货车开过来了,吉普车司机要往回走,说不去了。我们不同意。车先拖上来了,正在这时,迎面一辆吉普车从水塘冲了过去。既然人家可以开,我们也可以去。我们给了藏族司机100元拖车费,又说好租车费再加100元,司机无可奈何地开车从水塘冲上了公路。

这哪里还是路?明明是一条河了。雨越下越大,水流湍急,吉普车往上冲时,两次熄火。司机冒着雨下去修车,打得全身透湿。

望着车外翻滚的江水,前面一道山坡斜插入江中,那里大雨落成了茫茫一片,我变得不安起来了。

车开过这条公路河,司机停车要我们先付钱。僵持了一会儿,我们付了钱。他往前才开了几百米就不肯再走了,前面路基被雨水泡成了泥浆。

这时,雨刚停,天色已经暗了下来,四周只闻雅鲁藏布江的流水声。在这个天苍苍野茫茫的地方叫我们下车,把我们扔到一个完全不知底细的荒山野岭,还不知会有什么事情发生呢。大家当然不依,跟司机吵了起来。付钱时他答应至少送到鲁霞乡有人居住的地方。出于对即将面临的困境的恐惧,我抓住方向盘不让司机走。

僵持了好一阵,司机熄了火。

我下车来到前面的烂泥路段,理智告诉我,即便司机肯往前开,也未必能开过去,他们陷入泥中也回不去。

望着越来越幽深的大山、没有尽头的稀泥路,潮湿的晚风拂过荒野的灌木,一层若有若无的烟云在远树间氤氲,隐匿着无穷的神秘,我竟深深地陷入了一种从未有过的荒诞之中。

我们这一群来自大都市的人,放着好好的环境不待,竟跑到这样一个荒无人烟危机四伏的山中来了,这是为了什么?

司机忙着修车,又拿起锹来铲土,弄得手忙脚乱,他又是为了什么?他的劳动价值何在?是为我们?我们又是为了什么?为了碰运气?为了探险?探险又是为了什么?!人不好好活着,为什么要自虐要去冒险?真的有意义吗？在我们生活的城市，成千上万个南下打工仔，他们忘我地工作，努力地挣钱，不都是为了好好地活着？

我不能理解自己的行为了，我也从没有认真考虑过就一步一步走到今天了。只要吉普车一走，我们不只是陷于黑暗之中，更陷入了孤立无援、危机四起的困境。毒蛇猛兽，黑暗中不小心踩入雅鲁藏布江，都可能致人于非命。

我平静地回到吉普车前，向同伴轻松地挥挥手，示意让司机走，我径直走到车边打开车门取出行李。我们没有了选择，这一切都是自己找上门来的，怨不得任何人。

沉重的行李压上双肩，手里又拎上一个包，拧开手电筒，往漆黑的夜空照了照，我深吸一口气，就不顾一切往前走了。不管走多远，走多久，注定今晚只能这样走过。但愿不出什么意外。

吉普车掉转车头，一阵轰鸣声过后，就消失得无影无踪了。哗哗的流水声爬上了天空，淹没了天地。寂静的山谷间不闻一声鸟啼。

树叶一阵簌簌作响，用电筒一照，原来是一条犏牛。

夜，沉静如海。雨珠滴落草地的声音犹如夜的呢喃，犹如大地发出的微微呼吸。潮湿清新的空气，是凝固的夜色，在我甩动双臂时，轻轻从手背滑过。

走了不远，就感到腰酸背痛，气喘吁吁。尽管这一带海拔只有3000米，但几十斤重的行囊压得人直不起腰来。

前方传来湍急的流水声，哗哗响成一片，比起雅鲁藏布江低沉浑厚的流水声，它就像大山上飘着的一朵浮云。

一条小河横在我们面前，路被冲断了。我和光B放下行李，脱了鞋，一步一步往河中探路。

河水冰冷刺骨，硌脚的大石头没硌几下，脚板已失去知觉……我们安全探过河后，又回来背行李和人。

到了一片开阔地，前面高处出现了灯光，它就像一股强大的暖流，立刻流遍了我的全身。从没有见过这么亲切温暖的灯光，它一点一点从黑夜的深处跳了出来，就像最亲近熟悉的人聚拢在一起，向我张望着、召唤着，投来了最关切又亲昵的一瞥。

哪里有灯光，哪里就有人群就有家。我们加快了步子。

灯光是从一个院子里照射出来的，大门远远地伸到了路边。找不到门牌，我们推开铁门走进院门内，两排整齐的营房。在我们发现武警战士们时，他们也同时发现了我们。

这是鲁霞派出所，一支由武警部队组成的边防派出所。

所长是个云南人，叫罗吉林，才从西双版纳调来这里。他热情接待了我们，给每人煮了小面盆大的一碗面条。我们吃得一根不剩。

亲人解放军

第二天从鲁霞到丹娘大约20公里，我们早早起来，路上遇到一个藏民牵着一匹马，我们租了他的马驮行李。下午1点走到了丹娘乡。唯一的一家饭店没有煮饭，老板娘揭开锅盖告诉我们，炉灶上的锅盆都是空的。因为是周末，乡政府大门也落了锁。

从这里往派乡还有30多公里的路，我们想租一台卡车。出租马的藏民叫来一个司机，开口就是500元。我们只能作第二天步行的打算。

我们饥肠辘辘，到哪里找吃的呢？

一群战士从我们面前经过，主动跟我们打招呼，问我们是不是来考察的。我们摇头。他们又问是不是来雅鲁藏布江漂流的。我告诉他们是来旅游的。战士们热情地邀我们去连队玩，并告诉我们营房就在前面。

我们到了连部大门前，被站岗的战士拦住了。我说明了情况，战士进去叫连长。

只一会，连长出来了，询问我们是怎么回事。我如实告诉他，我们想去墨脱看一看，走到现在还没吃饭，能不能在连队弄点吃的，晚上还要麻烦解决住宿问题。没想到这位连长十分爽快，他几乎没加考虑就答应帮我们弄饭，并声明是五菜一汤。至于住宿问题，因为没有空铺，还不能答应我们。

战士们见连长同意了，纷纷上来帮我们背行李，把我们带到连长的办公室兼卧室，又是倒茶，又是递糖果、瓜子。做饭的是两个湖南籍战士，他们见到我这个老乡，有着说不出的兴奋，这是一种他乡遇故人的喜悦。

很快饭菜就煮好了，一个战士还出门专为我们买了一瓶酒。在我们吃饭时，连长又给我们调出了床铺，特意告诉我们晚上住宿也一并解决了。

光B在大门外发现有一辆往派乡去的货车，跟那位藏族司机讲好价钱后，就来叫我们赶快搬行李上车。我们急急忙忙要交伙食费，连长怎么也不肯收。出于深深的感激之情，我们邀连长、指导员和战士们合影。可惜，这张傻瓜机照的相片照糊了。连长还一再告诉我们，到了派乡去找部队一位姓杨的科长，他会给我们提供帮助的。

我想起一句儿时流行的话——"亲人解放军"，一时竟无法表达感激之情。在以后的日子里，这一幕总是不断浮现在我眼前，是它激励我为需要帮助的人尽一份心意。这是人间最美好的一刻。我记下了连长的名字，他叫杨文平。

路更加难走。货车司机把车停在派乡政府门口就不肯走了，要我们下车，说我们讲好到派乡的。翻越多雄拉山口还得往前走几公里，那里有一个部队的货物转运站，民工都集中在那里，我们去的应是转运站。从转运站往山上还可走一段路至松林口，公路就再也不肯往前延伸了。翻山大都是从松林口开始的。司机要我们再加50元，我们只得乖乖地交钱。

路上碰到了3个走路的：姓杨的中年男人带着他的嫂嫂和侄女正在冒雨赶路。他们是墨脱人，从墨脱走路到了波密，本想在那里搭车去八一镇的，路断了，他们只得从波密走到八一镇；到八一镇坐车去米林亲戚家，住了几天后，他们又从米林动身往派乡走，几百公里路就这样一步一步走过来了，已经走了20多天。

那位嫂嫂关节都走变形了，脚板也肿了。这一家人后来与我们一起走进墨脱，一路上，那妇女边走边痛得不停地呻吟。

他们搭上了我们的货车，一起到了军转站。

沉默的风马旗

门巴人向往的军转站

  军转站位于雅鲁藏布江边。雅鲁藏布江在这里一个左拐弯，往北走了一公里后，又一个右拐，继续向东流去，进入大峡谷地带。
  山坡下，军转站二三十栋坡屋顶的平房分作两排，里面住了人、放了货物。
  每当开山季节，从墨脱和甘肃、四川等地来的民工都集中在这里，用竹编的筐背上几十斤上百斤重的货物，从南面的山坡爬上多雄拉进入墨脱。货物按公斤计价，部队给的价钱最高，每公斤18元。我们经过讨价还价，每公斤14元。
  军转站只有很少的几家商店和饭店。许多经过长途跋涉的墨脱人翻过山来，就是为了到这里换上一点东西，再由原路返回去。能到这个简陋的军转站，他们已经很满足了。平日，手里即使有钱也不知它有何用，只有到了这里，小伙子用钱买来一箱啤酒，一瓶接一瓶喝个够后，再买一台收录机提着回去，那就是天下最美的事了。这颇有点像80年代初，内地的城里人提着个录音机，招摇过市一样，不无得意。这钱也许是他辛辛苦苦背运东西赚来的，只有这个时候，他才体验到了钱的价值。
  墨脱没有电，收录机要靠干电池，因此不能常开，只有客人来了偶尔放一阵。我们到了墨脱最偏僻的乡村，那里的青年居然也在唱香港最新的流行歌曲《心太软》，让人简直不能相信自己的耳朵。走遍大江南北，都在证明一件事情：流行歌曲传播的神奇！它如同空气，哪个角落都离不开它！
  我们到达军转站时，已经接近黄昏。地上到处泥泞一片。这个墨脱人心向往之的地方，在我的眼里却讲不出个什么味道。它既像乡村，但由于它的房子都由砖砌，且排列得整整齐齐，它又像工厂或某个建筑工地搭建的临时工棚。但见天色阴沉，骤雨初歇，四处飘荡着炊烟，民工们从高处的屋台上痴痴地望着我们。

　　对于我们这种身份的人，他们见得实在太少了。进墨脱旅游的人这几年每年才有一两批而已，我们怎么看都像这个转运站的局外人，来得太遥远，太格格不入了。在别人眼里最繁华的，在我们眼中成了最简陋的。只有当我们自己也经历了世界上最艰难的跋涉，住过了世界上最简陋的棚屋，我们的眼光才能慢慢与他们靠近。在同样是转运站的80K，我们就闻到了它城镇的气息、它的商业味儿，感受到了繁华的滋味。

　　黄昏，我们踩着稀泥，由杨科长带着找到一处用木板钉起来的简易木屋。我们把行李搁在木条床上，阴暗的屋内黑得白天都要点蜡烛。刚刚习惯旅馆的我们，又重新回到比阿里之行还要艰苦的环境之中。那种惶然凄然，真的一言难尽。

　　军转站的杨科长派人叫我们吃晚饭。那又酸又硬的米饭，少得可怜的几片菜，使我们意识到自己已经到了全中国物资最匮乏的地方了。而这里到八一镇，仅仅只有一百多公里。

神秘的世界第一大峡谷

　　第二天，我遥望大峡谷的入口，决定独自往峡谷里面走一趟，因为明天就要翻越多雄拉山了。

　　在军转站仍然看不到大峡谷的气势，只见远处一个凸出的山嘴，雅鲁藏布江拐过山嘴后就看不到了。直觉告诉我，转过那个山嘴，峡谷可能出现完全不同的景观。

　　上午，走过雅鲁藏布江拐弯处形成的一个大沙滩，我爬上了山坡上的一条简易公路，顺着山嘴往前走，被挡住的山崖随着弯曲的路不断地呈现出来，像一幅逐渐展开来的长卷，无止无尽。

　　简易公路远看几乎是平的，走起来却十分吃力，原来它有一个坡度。我走得太快了，不得不放慢速度。

回眺军转站的房子，一栋栋变作了小积木，它们拥在一座大山的脚下，只有白色的坡屋顶隐隐可见。

终于走到山嘴的尽端，正如我所预见的，展现在面前的是完全不同的两个世界。远处的山与我所见到的山，没有一点相似之处。它幽蓝一片（而一路上，山都是葱绿的），像一声呐喊陡然就从地平线那端腾空而起，直冲云端，巍巍然，气势宏大，磅磅礴礴，横空出世！

它刺穿云雾，爬上蓝天，露出尖利而钢蓝的山脊（沿途的山都看不见山峰，总隐没在云雾深处）。云团绕在它的山腰，山脊上一道道垂直而下的蛇行线，洁白如练，那是深壑中的积雪，如同天空扎向大地的根系。

猛然觉得雄风扑面，原本平淡的村庄，在这里居然也不同凡响了，如同仙居，少了一点凡间的烟火味，多了一份天界的超然、岑寂。

我怔怔地立于山坡上，脚下是一片开阔的青稞地，雅鲁藏布江从青稞地之下划过一道优美的弧线，绕向那片高山深谷。从那里远远地传来急流的喧哗声。

这就是不久前才宣布的世界第一大峡谷：两岸高达四五千米的山，直直地插入江心。那被逼得狭窄的江水，就像从地底之下突然冒出的一条蛟龙，吞云吐雾，排闼而来，如一缕长烟载沉载浮。它怒吼的涛声盈溢于整个山谷，随着阴森森的冷气冲了上来，即便在高高的山腰，高分贝的音量也让人震耳欲聋。

6年前，美国地质学家理查德·费舍尔就在这里进行了一次令世人都为之惊讶的测量，测量出的数字让世界震惊了：这条峡谷长496公里，最深处达到5383米。它的长和深都远远超过了秘鲁的科尔卡大峡谷和美国的科罗拉多大峡谷。

随后，费舍尔向吉尼斯世界纪录提交了申请报告，这条峡谷成为了世界第一大峡谷。

就在我离开墨脱后的第4天，国务院正式将这条峡谷命名为雅鲁藏布大峡谷。

在我走出大峡谷两个月后，中国一个大规模的科学考察团来到了这里，首次实现了人类横穿大峡谷的壮举，从无人地带的悬崖峭壁上，从山羊都难以走过的猴行道穿了过去。分作两支的队伍就在我写下这一段文字的同一时间在扎曲胜利会帅了!

我抬头看见了著名的南迦巴瓦峰,它是世界排名第十五的高峰。在世界上海拔7000至8000米以上的高峰中,它是最后被人类征服的高峰,它的海拔高度是7782米。南迦巴瓦被雅鲁藏布大峡谷环绕,其攀登难度成为了世界之最!

在它的对面,一江之隔,雄峙着另一座雪峰加拉白垒峰,海拔达7294米。是它们紧紧夹住了雅鲁藏布这条巨龙,还是这条巨龙挥舞自己的利剑劈开了一条通道?雅鲁藏布江在这里一个大拐弯,从东北方向突然掉头转向西南,切开了喜马拉雅山脉,冲到了墨脱县境内,从那里流入印度,汇入印度洋。

正是沿着这一条大峡谷,印度洋的暖湿气流蹿进了高原中的林芝,使得这个波巴人的地区成为了高原江南。

也是6年前,9名日本登山队员向南迦巴瓦发起冲击,一位名叫大西宏的队员壮烈牺牲。人类终于征服了这座雄奇的雪峰。

但是,对于这座形如雄鹰展翅般的高峰,其神秘却并未因此获得丝毫破解。一位学者惊奇地发现:与南迦巴瓦峰几乎对称的西端克什米尔境内的南迦帕尔巴特峰,也同样被一条大江围绕,都呈现了奇特的马蹄形大拐弯,同时也形成了世界级的大峡谷。有人把这两座高峰和两个大拐弯说成是喜马拉雅山脉两端的"地结",它们像两颗巨大的钉子,将一条高大的山脉紧紧地挂在了高原的南端,并将欧亚大陆板块牢牢地固定在印度板块之上。这是偶然的巧合,还是展现了几亿年前地壳运动的某种奥秘与规律?两大板块相撞,印度板块插入欧亚板块之下,并拱起了原为特拉斯古海的青藏高原,雅鲁藏布江就是一条天然的接缝。

科学家在两岸发现了成分完全不同的岩石,从江底找到了海洋中的蛇绿岩套(一种黑绿色岩石,因为是一整套岩石,上面有蛇纹化石且带绿色,所以地质学上称它为蛇绿岩套)。

这条峡谷还是最活跃的地震带,两岸山峰仍在不断上升。

科学家把这神秘的地域当作了打开地球历史迷宫的金钥匙,而这两个大"地结"理所当然就成了两个神秘的锁孔。

1950年,大峡谷发生过一次8.5级的大地震,江边的房子被震得弹了起来，落入江心。

山坡上一条名叫则隆沟的大冰川，被震断成六节，其中一节坠落在一个叫直白曲登的小村庄，将这个一百多人的村庄夷为了平地。只有一位在地里干活的老太太幸存。

一节冰川掉入江中，把雅鲁藏布江堵住，下游江水断流，村民可以在河床底捕鱼。

没多久，天然冰坝被越涨越高的江水击溃，滔天洪水一泻千里。下游印度境内一时洪水泛滥，酿成大灾难。

这个发生在墨脱境内的大地震导致了大部分的村庄毁灭，地面陷落，谷地河床落差大瀑布瞬间消失，山川为之改貌。它是活生生的现代地壳构造运动。

在我抵达大峡谷的一个多月前，这里还发生了一次小的地震。

采松茸的藏族妇女

我踏上山坡下的青稞地，阳光也从厚厚云层中投下了它秋天所特有的橙黄一色。收割后的田地里，盛开着一片野花，紫色的如丝般的花瓣，托着中心的黄色花蕊，高高的枯黄的叶秆把它举到齐膝的高度，使大地呈现了宁静的浪漫与缤纷。

远处村口的经幡在风中飘扬。它们由高达十余米的竹竿或木杆组成，自上而下穿着一条窄窄的白布，上面写满了向神祈祷的经文，竖立成一排排，组成了经幡的方阵。如旗的经幡经风一吹，哗哗而响。藏民认为风正在一遍又一遍替他们向神诵读经文。在阳光的照射之下，经幡闪着透明的银白的光，如同秋天沾满阳光的阔大芭蕉叶。

那里有一所小学，正是放学时分，一群孩子兴奋地朝我呼喊、挥手。声音震动了凝固的空气，产生了很好的回音。

我在田间小道和犏牛的吃草声、鸡群的咕咕声中走向又一个山嘴下的村庄，我心中升起了对于另一景象的期望。就这样，我由自己的脚步声陪伴着，一步一步走向大峡谷的纵深。

两个藏族小孩，一大一小，紧跟着我。他们对于我身上的一切感到了无穷的新奇。我丢弃的一个空胶卷盒，他们也赶紧拾了起来，紧紧抓在手里，如获至宝。

在村口，遇见了一位村妇，她怔怔地望了我好一会儿。正当我为村中道路一片泥泞，几乎无法穿过而左右为难时，小孩主动给我指了一条路。

这条路越过路沟边的矮墙，从一片可能是红薯地也可能是花生地的黑土地上延伸过去，绕过大半个村庄后，又从一处菜园子里，穿过蒺藜编扎的围墙，再接上大路。

我在翻越矮墙时，又遇到了一位采松茸的妇女。我看到了只有这一带才有的特别的穿戴，想起大卫·妮尔所描述过的波巴人的穿着，也许就是这一种式样吧。这位老年妇女穿的是一条深棕色的袍子（是不是一种叫氆氇的袍子呢？），样式极像江南人过去的蓑衣，无袖无领，前后两块布直拖到脚踝，两条白色边线锁住两侧，由肩部画了一道弧形，很优美地伸到了脚下。这种衣料厚厚的，像是由羊毛或牛毛编织成的。

村妇蓬乱的头发上戴着一顶白色民族圆毡帽，帽沿有一条棕色的边，一串橙红透明的珠子挂在她的脖子上。她喊着我，叽里咕噜说着话，笑容有点呆痴。

小孩打着各种手势，又指着她手上的松茸，好半天，我才明白过来，她以为我是收松茸的，问我要不要她采的。

那包塑料袋装的松茸很少，不到一斤，最后我以5元钱买下来了，想试一试据说在日本被视为上品佳肴的美食。后来在军转站炒了吃，果然鲜美无比。滇藏线上，到处是采松茸的，只是价格成倍地上涨着，到云南已涨至几百元一斤了。由此可见这个地方偏僻的程度。

穿过这个叫做大渡卡的藏族人的村庄（这里的藏民长相最接近汉族人），我继续沿着一条被两道矮墙夹住的乡间小道，走向山嘴。

蹚过一条溪流，我走得有点累了。路边，一个年轻人正在往两匹马背上堆放草料。随后，我知道他叫桑吉次仁，参过军，一路上只有他懂汉语，说一口很地道的普通话。他告诉我南迦巴瓦峰边有座神山，离我不远的山后面有一个圣湖,但我没有时间去看这个至今无人提起过的神秘的高山湖泊。老实说,遇到桑吉次仁后,我的胆子才大起来了。他的汉语使我认识到,这个地方并非荒蛮到与外界一点联系也没有。恐惧是因陌生而起的。起先,我极担心大卫·妮尔笔下的强人出现,每有一群人从对面走来,我总是有点忐忑不安,只要他们中任何一个动了那个念头,我是无能为力的。一路上人们告诫我,藏东线上仍有许多强人出没。我一直盯着他们的一举一动,甚至是脸上的表情,是他们友善的和好奇的眼光一直在鼓舞着我往前走着。我也对这里的一切充满了同样的好奇。

尽管很累了,肚子也开始饿起来,我还是决定租桑吉次仁的马再往前走一程。

峡谷策马,感受乡情之美

骑着白马,沿着一条寂寞的几乎没有行人的山间小路继续前行。在这8月最后一天的下午,阳光若有若无。大峡谷只闻马蹄踏在石子上的嚓嚓声,马脖子下铃铛的有节奏的敲击声。

刚上马,我还有点紧张,这是我第一次以马作为交通工具。以前虽上过马背,那毕竟只是上去骑一骑,装模作样照一照相,或者走一小段路,体验体验而已。这次,我要依靠马力来使自己继续深入前方地带。它行进的速度比我步行时快多了。

我脑子里不时产生一种浪漫的联想,我想到了长途跋涉的马帮,想到所谓白马王子,就觉得打马峡谷,有了几分潇洒、几分诗意。我挺直腰板,尽量做得像个驭手。

记得有一次在新疆的喀喇昆仑山,我与一位女同事到了慕士塔格雪峰下的卡拉库力湖。那天湖上正下着大雪,一帮柯尔克孜人牵着马在湖畔兜揽生意。我这位女同事很潇洒地骑着一匹枣红色马沿着湖边踏雪赏湖去了。而我上马后,马总不驯服,一直由一位柯尔克孜男子牵着,连照相也把他一起照进去了。我那时就非常气恼自己，觉得太窝囊，简直废物一个。

这件事我一直耿耿于怀。如今终于有了一个显示身手的机会，我当然要一洗窝囊，做一回堂堂汉子。

有几次因为马突然改变路线，我差点摔下马背。为了不使白马王子成为窝囊废，我努力镇定自若，一副风度翩翩的样子。

路上遇到了一处塌方，巨大的褐色石块把这条傍着悬崖的小路堵死了。

我翻身下马，马停步，犹豫着不肯爬过乱石堆。桑吉次仁在前面牵，我在后面推，好不容易才赶着它爬了过去。

再翻身上马，脚下就是万丈深渊，只要马一失蹄，或一闪身，我就会坠下悬崖。我夹紧马腹，不再扬鞭，由着它慢慢迈步。

糟糕的是，马也有惧高症，它拼命往石壁上挤。我得时时注意头上和脚边的岩石，不时有凸出的石头划痛我的脚。我拉紧缰绳把马往悬崖边上赶，它根本不听。好在不久就走出了这段险径。

又一个村庄呈现在眼前，幽蓝的山峰到了头顶上。路上遇到了一群采松茸的妇女，我知道她们可能又把我当成收购松茸的贩子了，忙向她们摆手。她们还是在我的面前停了下来，并直直地看着我。我从她们身边穿了过去，在她们疑惑的眼光中摆着手，我们都回头看了对方很久。

很远看到一个老妇人带着个小孩子，低头赶路，好像走了很长一段路了，看样子像是走亲戚的。宁静的山道因这祖孙俩弥漫出淡淡的乡情。

我想起小时候，自己也是这样跟着祖母走上大半天去亲戚家的。走亲戚是我那时最向往的事情之一，有时甚至不惜逃学。一路上，不但可以掏鸟窝，还可以看到许多陌生人，许多不熟悉的田野、河流和村庄，各种各样的庄稼、树木，一棵苦楝树我也能打量它许久。那份惊喜即便是现在的旅游也是难以相提并论的。那毕竟是一个儿童对于世界最初的好奇。

我久久注视着这祖孙俩，他们的脸上有着难以自抑的幸福表情。这是一种对于生活感到满足的感情流露。

前面就是尼定村，经幡远远地在村口飘扬，昭示着神的无处不在，也象征了一种宁静而悠闲的乡村生活。这是古老的田园牧歌与超凡脱俗的大山水最诗意最完美的组合，人文与自然在这里达到了一种和谐的至境。

我很害怕，当峡谷又成为一个旅游热点时，蜂拥而至的人群不但会扰乱平静的生活，更因为带来了现代人的观念和生活方式，这里将同样大兴土木，一切将变作经济资源，被称作产业的旅游就是这样扫荡着每一处自然的山水和人文古迹的。淳朴的民风因之而荡然无存，人们疯狂地追求着金钱，有的甚至不惜坑蒙拐骗。不少被开发的旅游地就是这样，自然和人文的双重破坏，让人去了如同转了一趟自由市场，旅游变成了一场买卖活动。现代人的要玩要乐要吃要享受，使得旅游成了又一种污染。

进入大峡谷纵深地带

雅鲁藏布江在这里出现了最神奇的变化，它宽阔的河床突然变窄，从200多米缩到40余米。这一变化只在二三十米距离内就完成了。从山坡上俯瞰这一河床的变化，它颇似一个烧瓶，长长的瓶颈伸向了深深的峡谷。

江水从此失去了沉稳的君子风度，江涛争先恐后夺路而逃。顷刻，激荡的涛声带着巨浪卷起的旋风扑向两岸高高的山岩，山岩又反弹向更高的大山，回响就是这样溢满了整个大峡谷。

从此没有了寂静和闲适，一切都因之而变得狰狞、险恶。

滔滔声浪淹没一切，马蹄的踢踏和铜铃的叮当，不再清晰入耳。猎猎经幡的裂帛之声也成哑剧似的，只余飘扬的动作。

巍峨群山不再是无言地静待，好似蠢蠢而动，招云揽雾。

刚才还是淡淡阳光的峡谷，转眼阴霾密布，翻滚着的铅云，沿着大山的脊梁扑了下来，一切都在隐藏、晦暗，只有豆大的雨点打在灌木丛，那簌簌的声音只在联想中出现。

峡谷不肯再露尊容，连马也不肯前行，连续几个原地转圈。一阵风把雪山上冰冷的寒流卷了下来，冻得人一阵阵颤抖。我不得不考虑返回了。

我已经走了3个多小时的山道了。往前，还有两个村庄就是无人地带的峭壁巉岩，单个人根本无法攀缘。

黄昏已近，给我返程的时间也不多了。我立马仰天一声长叹，在遗憾中调转马头。

走不多远，景色又在变化：乌云缩回了山头，雪山像天庭里的景物，只在高高的天空里，露出一鳞半爪，好像神话传说中的山水，又似一幅挂在天堂里的壁画。当它总在我的背后，抹也抹不去时，它又像一双双眼睛，在云层偶尔露出的间隙里张望着我，梦幻而不真实。

回到了军转站，差不多是吃晚饭的时分了。一阵瓢泼大雨，我打着马一路狂奔赶到住地。

饿了整整一天，由于看到了大峡谷，饥饿也就算不得什么了。桑吉次仁只要了我十几元钱。他的友善更使我对这片奇异山水生出了一份难以割舍的情感。

沿途，这位藏族小伙子十分高兴，他的兴奋来自于一个外人对于自己故乡山水的迷恋和赞叹，他为我不能再往前走一段而深感遗憾。这是一种真正淳朴的感情。

[第十三章] 翻越多雄拉山

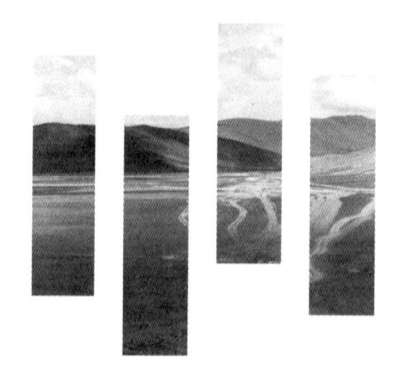

门巴人冬立带来了5个姑娘

冬立是我们请的背夫,他是门巴族人,长脸,小眼睛,有一身粗大的骨骼。他家住墨脱地东村。那里是墨脱海拔最低的地方,大约600米。地东的农作物主要是水稻。利用丰富的水力资源,地东人自己发起了电,率先告别了点松枝的黑暗岁月。地东是墨脱县最富裕的乡。

冬立在昌都当过兵,转业回乡有了两三年。今年开山后,他出山来背东西挣点钱。他能说普通话。

这天晚上,冬立与我们谈价,他一个劲要我们出价,就是不肯自己说。我们比市价压低了5毛,每斤6块5角,他又一个劲要我们再加一点,说我们就是兄弟呀,不会亏待你呀,拼命地给我们灌迷魂汤。光C还允诺将身上的两件衣服给他,我也说好到墨脱后将不锈钢饭盒送给他。他倒很爽快,把手一挥:"是兄弟好说。"他把几个包挨个拎了拎,说:"重量算120斤吧。"

我们一时愕然，哪有东西不过秤随便估量的呢？若按我们的估计，行李顶多100斤。一下多出20斤，谈了半天的价等于白谈。谈价钱实际上转到了谈重量上，重量也是能谈的吗？我们明显吃亏了。

然而，冬立那么爽快先应了我们的价，如果我们再跟他计较，倒显得我们气量太小。心理上他明显占了优势。

光C憋了憋，说："没有那么重，就算110斤吧。肯定是多了，不相信的话就拿秤来称一称啰。"

冬立见好就收，点头应承。

晚上，我们请他一起吃饭。冬立很随和，他告诉我们门巴话：姑娘叫"乌鸡"，兄弟叫"阿达"，喝酒叫"加米休"。门巴语没有文字，只有语音。

光C、光B教他粤语，冬立学得很认真，说"饮酒"时，走调的发音和舌头别扭的动作让人喷饭，大家笑作一团。

喝下一瓶白酒，冬立说出去一会儿。到他再出现时，身后跟了5个姑娘。他自己先落座后，招手叫她们靠过来，转身对我们说："这都是我的亲妹妹，你们看谁漂亮随便挑。"

我一时搞糊涂了：他哪里会有5个年龄不相上下的妹妹呢？是叫她们来跟我们一起吃饭，还是给我们拉皮条？

他见我们没有一个人吭声，又说："真的，都是亲妹妹，不要客气，随便的。"他在"亲妹妹"三字上特别加重了语气。

这回我明白了，他的"亲妹妹"不过是一句表示友好的词。这几个是他拉来的"小姐"。

我侧目扫了一眼，5个姑娘很像70年代人民公社社员的模样，个个胖墩墩，面无表情，木柱子一样立在那里。

她们站了一会儿，谁也没有说一句话，见我们谁都不吭声，一个个讪讪离去。

到墨脱我们听说地东村是墨脱出美女的地方，她们共同的特点是：胸部丰满，骨盆宽大，脸上长着少许雀斑。

饭后，饭店老板拿出一台收录机，嗞嗞放起了音乐。我们几个一时兴起，就在这个四面透风的简陋饭棚里跳起了舞。冬立的扭腰跨腿动作还挺地道，大家疯到一起。我们一个劲喊"阿达冬立"、"阿达冬立"。

也许是喝多了酒，第二天我们讲好一早出发的，冬立居然没来。店老板帮我们把他叫来，果然不出所料，这家伙回去后，又跟他的一伙人喝了酒。早晨到了我们的房里，他不停地说："昨晚没睡好，两个妹妹跟我挤在一起，挤得没法睡。"

等到吃完早餐，把几件行李扎成一捆，已经是上午10点钟了。周围的人都劝我们别上山了，中午肯定过不了山口，山上已经在刮大风下大雪了。一个门巴男子对冬立说："你敢带他们上去，死了人你负得起责任吗？"

我们一打听，山口附近没有可以住人的地方，即使黄昏翻过了山口，也无处安身，晚上气温降下来，人非冻死不可。

若是等一天，可以与昨晚赶到的一支部队同行。他们是一支医疗小分队，是去墨脱背崩抢救一个病危战士的。第二天部队打算派车把他们送到松林口。没有车送，光松林口这一段上山的路都够呛。冬立夸下海口想独个背我们的行李（背夫一般只背五六十斤），没有车送到松林口，他也不敢肯定自己能否把行李背过山去。

就这样我们在军转站多待了一天。光C继续休息，想保持体力，也让受伤的脚多一天时间恢复。光B与店老板跑到沙滩去捉野兔，就坐在沙滩上，对着雅鲁藏布江打起了坐。我便有了一天的时间往大峡谷去。

现在想想，若不是冬立睡懒觉，大峡谷将与我失之交臂，那才是人生的大遗憾呢！

多雄拉冷杉，一幅天然国画

9月1日，一辆有十个轮胎的军车，载满了民工、部队医疗队员和我们这些身份不清不楚的人，还有大包小包的行李、货物，正准备往山上的松林口开。我挤得都没地方落脚。此刻，对于就要面临的早被宣扬得极其恐怖的场面，我反倒没了什么感觉。我的好奇心开始膨胀。我脑子里不知想些什么，好似一片空白，像一个白痴。

我有着莫名的自信，信心来自于一种理念：既然这么多人都能翻过山去，我又不是特别差劲，为什么我就不行呢？因此，我一副神定气闲的样子，晚上也不像有的初进墨脱的人，做自己吓唬自己的噩梦。

车上的人，个个着装不一，但脚下却像一支部队一样整齐划一，都穿着高帮帆布胶鞋，小腿上扎了齐膝高的绑腿，很有点当年红军长征时的模样。去过了那么多地方，只有去墨脱确实不一样，车上人说话的语调都变了样。

我们买了一箱方便面，又买了一口铝锅，加上压缩饼干，算是对付这4天原始森林的。

这样全副武装，倒让我生出一个念头，经验告诉我，许多被宣扬得神乎其神的事情，大都有夸大的成分，不管人们出于什么样的心理，很少有人把自己所经历的艰险说得不痛不痒的。我当时的念头是：这些东西可别白带了，扎牢的绑腿到时可别一条蚂蟥也碰不上。这么多人往山那边走，有的一年还要背着东西跑几趟，怎么可能就那么难呢？

这么一想，我心里真是少有的轻松，甚至车子开动时，我激动地吹起了口哨。

大概怀有我这种好心情的人也不在少数。一个甘肃来的小伙子就情不自禁唱起了歌，连唱3首后，他一停下来，旁边的人叫好，要他再来一个。

我想他的高兴还是有别于我的。昨天，他还找过我，要求背我们的行李。因为冬立在先，他只有扫兴的份儿。今天捞上了活干，他当然高兴了。

我的同伴也很兴奋。他们大概像车上绝大部分人一样，是因为从军转站到松林口这段上山路终于不用自己走了。大卡车都要走上两个小时，人爬上去可不是一件轻松的事。为此，昨天我们找过杨科长，希望他能帮一帮我们，用军车送一程。雨季里，一般货车上不了这段路，十轮大卡车又去接医疗队了，他只能表示爱莫能助。

看着卡车吼着，一路吃力地往上爬坡，一座又一座山从头上渐渐矮到车轮下去了，一片又一片云雾把来路遮了又遮、盖了又盖，千万层云团里，军转站成了坠入五里云雾的怀想。这是一种快乐的怀想，若非亲历是很难体验的。卡车吼一声，走路的话，可是要出一身汗的。

只有冬立是个例外，这家伙居然躺在行李上睡着了。天知道他昨晚又干了些什么。

刚出发时，天还落着小雨，我们都穿上了雨衣。车开上山路后，雨就停了，只有浓浓的山雾遮蔽了高耸云天之外的大山。湿漉漉的空气，湿漉漉的云，被雨水淋得湿漉漉的黑松林，构成了我们一路的风景。偶有山坡，撩起一角翠绿，或者喷出一节飞泉，立即又被云雾抹掉。

第一次看见汪洋一片无边无际的原始森林，它由清一色的冷杉组成。

冷杉一棵一棵笔直如椽，直插云天，高的达到80余米。它主干挺拔，只有上部才横出枝叶，一种粉绿色如同流苏一样的东西，披挂在它们的枝丫上，直到后来我才知道这种东西叫松萝。最初我以为是树上生长出的气根，树太巨大了，养分的供给也许太困难了。下山时，我抓过一把，才发现它们无根却能生长。这是我从未见过的一种植物，它把森林装扮得更加神秘。

有的冷杉已经枯死，光秃秃的枝丫在张扬着对于死亡的恐怖；有的倒下了，正在变成腐土；更多的是密密麻麻挤在一起，纷纷爬上天空，抢夺有限的空间。

我就一直仰头望着头顶的树冠，看它们粗糙原始的黑色树皮，那是经年不见阳光以致积垢累累的树的皮肤。一滴又一滴雨珠从它们枝杈的高空砸了下来，打在我的身上，冰凉冰凉。

我想起国画中的山水画，对于松林的描绘，画家们粗粗的几笔，那韧劲、傲岸和挺拔就表现得活灵活现。只有中国的宣纸、毛笔和墨汁才能活脱脱画出它的风骨来。不少西洋画也画过，但与中国画相比，就只是徒有其形了。

仰看这群冷杉，我想起中国大师们内敛千钧之力的笔正在运行的情景，想起刘海粟七上黄山画下的那些松树。

我也曾痴迷过山水画。师法自然，我专心研究起冷杉们的结构和造型。我想，若是画家们能来这里走走，画松画杉定当出色。原始森林中那种粗犷的生命活力和荒蛮旷远的精神风骨是令人震撼的。它们顽强的生命力永远挑战着画家们的苍苍笔力。

我在用手腕默默运气描摹着它们。

多雄拉的真容

松林口到了。冷杉林转眼通通到了脚下，与幽谷中的云雾沉浮起伏去了。平视是一片乳白天空，猛抬头，一堵峭立的绝壁，有如仙国城池，高高地遮蔽了大半个天空。其上，白蒙蒙的云团正在翻腾。

绝壁下是一个乱石坡，路就从这里开始蛇行而上。

大卡车在陡坡下再也不能前进半步。这条专为墨脱修的军用道，可谓荒凉之极，松林口见不到一丝人间的烟火味。它的终端是一堆长了绿霉的乱石堆，闻不到一点有人来过的气味。

医疗队的战士在这个"V"形峡谷的顶点上排成一列队伍，来自林芝军分区后勤部的欧阳仁生正在给大家录像，他大声说："1998年9月1日上午10时30分，我们医疗小分队抵达多雄拉山下的松林口，正式开始了翻越喜马拉雅山脉的壮举！"一声令下，战士们开始登山。

这支小分队有4个是医生，他们来自八一镇的一所部队医院，一位是内科室副主任刘伟宏，一位是医务处的仲小舟，一位是传染科的王辉，还有一位是检验科的魏辅强。队伍里有一个是墨脱县人武部的副政委王建业，他是刚刚被任命去墨脱报到赴任的。同行的还有通讯兵等几位战士。

欧阳仁生是湖南桂阳县人，与我同乡。帮我在松林口照过一张相后，他就急急忙忙追赶队伍去了。他要我们快一点，争取在中午翻过山口。

下车的人一个个慌忙往山上赶，他们几乎全是背运物资的背夫。他们用藤筐装好东西，系紧绳索后，往背上一背，起身就走。这种藤制的筐有三根藤带，其中一条顶在额头上，两条背带系在双肩。若是距离不远，一般只用顶带。门巴人很小就开始背东西，用额头背东西的习惯是从小养成的。等背到年龄渐渐大了，头上也差不多被顶带勒出了一条沟痕，印痕从左耳连到右耳，男人尤其明显。长途背运物资，背带、顶带都得用上，另外还得加上一根拐杖。门巴人的拐杖是木制的，呈"T"形，又短又粗，手拿拐杖下山或在平地上行走时，即便是手伸直了，拐杖也够不着地，只能把它挂在手臂上做做样子。它的作用主要在于爬山时帮助脚力，或者歇脚时用它支撑背筐，这样就不用把筐放下肩了。这对于短时间的歇脚确有极大的帮助，那些大的背筐绑着又高又沉的货，卸下又背上的确很麻烦的。

门巴人在长途背运时，长时间歇脚的次数很少。歇脚大多数是要生火煮茶了，吃一顿再走。他们喝的是清茶，能加点牛奶就相当不错了。茶里要放盐，放盐时几根指头搓磨半天，也不见有几粒盐掉进锅里。由于食盐缺乏，放盐后的手指不管是否还有剩余，都要重新伸进盐袋，弹几下指头。

有意思的是，那些汉族背夫很快就学会了这一套，他们也用三条带来背运东西。

等到背夫走得差不多了，冬立才把散了的行李重又扎好。山下只剩下我们几个了。

我心里开始有点紧张了。这道被两边大山夹紧的乱石坡，虽然不是什么悬崖峭壁，但由于它处于喜马拉雅山脉的一个特殊的气候位置上，人们都把它视为一道"鬼门关"。

我爬得气喘吁吁，大腿酥软，山顶始终一节一节呈现出来，一个高过一个，我不得不承认它的艰难的确名不虚传。

冬立走得很慢。我们旅行袋中主要装的是衣服、摄影包。食物和水都是我们自己背的，4个包扎在一起堆得很高，包上再盖一层雨布，从后面只能看到冬立的两条腿。其他民工都背一个藤筐，上面再横着绑一件东西，只有冬立的包显得夸张，我们都为他能不能翻过山去而担忧。

雨时下时停，浓雾始终包裹着山头不让它露出一点点形迹。我和光C走几步歇一会儿。光B陪着冬立走在后面。

那些开始还走在前面的民工，一个个慢下来，走不了几步就要停下来歇一歇，他们喘着粗气，吐出的一团团热气，像烟一样四散而去。

有两个四川民工背的是健力宝，有两三箱，我们在山下刚刚认识。昨天他们想背我们的行李,其中一个大个子声明自己是个大力士。现在,他完全瘫软下来了,大汗淋漓,呼吸困难。我朝他笑了笑,他大概明白我笑他的意思,上气不接下气地说:"这种鬼地方谁都一样。"说完就用那条已经发黑的白色毛巾擦汗,毛巾湿得像从水里捞上来的,一半是汗水,一半是雨水。

雨大了,左侧山上突然一阵虎啸似的,接着是一阵沙沙声,朦胧的雨幕里,但见山腰间悬着一道白练,像银河似的飘然而下。我想一定是山洪暴发了。

我站在雨中抬头张望,想判断出它对我产生了多大的威胁。

白练一点点在下移,过了一阵,也不见从那块挡住它的巨石下流出来。我这才想起来,可能是雪崩。我在珠穆朗玛峰曾遇到过。

好在山谷开阔,否则,我们避无可避。

声音渐渐小了下来,飘动的白练也固定成一个"人"字形,就挂在离我几百米高的山崖上。在它的左下方,还有一条细长的白带,同时飘挂在那里。

我叫身后的光C走快一点,在这里多待一分钟就多一分钟的危险。

蒙蒙细雨透过雨披,外衣都有点湿了,绑腿以下的脚早已湿透了。风越来越大,把细小的雨粒吹打在脸上,麻麻的,像往脸上撒碎玻璃似的。我冷得发起抖来,五指冻得几乎失去了知觉。

山坡上出现的奇异花朵

山坡偶有极稀疏低矮的小草出现,我几乎忽略了它们的存在。突然,在离山路不远的坡下,一朵硕大无朋的高达三四十厘米的花映入了眼帘。我们无不感到惊奇。光C慢慢爬过去,我也受不住诱惑爬下坡来。

在这高寒山头赏花,完全不是花前月下的心境,我只是惊奇,想探一个究竟。它有密集的带刺的长柄绿叶,坚硬无比,有如利剑。绿叶上面是一朵莲蓬一样的圆柱形状的白花，其上也冒出了褐色的长刺。它是不是雪莲呢？虽是白色，与我看到过的雪莲却大不一样。我小心翼翼地用手去拈那团丝棉一样裹着的东西，还是被长长的针刺戳了一下，我只能用脚去挑。它酷似一团蓬松的棉花，里面包裹的是密密的淡绿色花蕊。

大自然的神奇造化让人感到震悚。在一会儿是冰雪，一会儿又是灼灼骄阳的高寒地带，如絮的花套形成了一个天然屏障，是它把花蕊与外界隔绝了，既保持了温度，又遮挡了强烈的太阳辐射，还能保湿。其密密麻麻的刺，即便人类，如果不借助于工具也奈何不了它。

当我爬上山坡，回到原路时，又发现更远的地方，有几棵塔形的巨花，它们形同塔松，高度在60厘米至90厘米之间，塔身全是嫩黄一色，塔尖是极其艳丽的如同火焰似的红色花束。它的出现，使得这片洪荒时代的乱石坡如同呈现出了一个神话，令人迷幻、惊异和恍惚。我禁不住喃喃自语："太神了！太神了！"

久久望着它们，我恨不能冒险爬过去。

由于这些巨花的出现，我才注意到路边植被上出现的如同灯笼似的小红花，如同野菊一样的小小黄花。

想象不到这样一个地方，当其他号称生命力顽强的植物都躲得无影无踪，只留得荒坡一片时，以娇嫩著称的花朵却依然张开它们鲜活的色彩，在这个冰雪地带孤独地释放着芬芳。这才真正是"孤芳自赏"的大境界，它冰清玉洁不染凡尘的清高和脱俗，是生命的别一种诗意，开得轰轰烈烈，却并不要求张扬。

鬼门关的浓雾

再往上爬，就是终年积雪带了。山头上出现了一片片白褐色，远看如岩，近看才知是雪。

一座雪桥横跨山坡下的一条溪流，积雪被下山的水冲开了一个天然圆拱。

我摸着石头，小心翼翼下到了"拱桥"边，只见雪面皱起方形的波纹，有的棱角发黑，粘着一层油乎乎的东西。我不明白它为何物。为什么没有人间烟火的地方，会有这种东西呢？

一条伸出来的雪舌，舌尖只有薄薄的几毫米厚，我用拳都砸不动它，它比冰还硬。

我在积雪上走，水在雪下流，彼此相安无事。

不远处，一头刚倒下不久的驮马，毛色如雪，不仔细看还分辨不出它来。当第一次见到死马时，我还倒抽了一口冷气。那些门巴人却像没看见似的，只知赶路。他们的态度影响了我，后来，再看到死人骨时，我也只是比他们多望了几眼。

大家都抱着侥幸的心理，只要死亡不落在自己头上，这一切就都可以视而不见。不断有人死去，不断有人继续翻越山口，这是认命了，还是麻木了？或者是山外面的诱惑太大了？想想我自己，也加入了这翻山的行列，想找出个堂而皇之的理由来说服自己也难。有些事情古怪到拿生命去打赌，还不知是如何作出的决定。

大约一点，我们成功登上了山顶。

山风浩荡，天地为之撼动。多少人从这个山口翻过，走向了墨脱，或走出了封闭。多少人在未抵达山口之前就已魂归西天，山口成了他们灵魂永远安息的地方。

"墨脱"在藏语中是"花"的意思，藏文大藏经《甘珠尔》中写道："佛之净土白马岗，圣地之中最殊胜。"白马岗即是墨脱的旧称，是藏语"莲花"的意思。传说世界上有16个隐藏着的莲花圣地，而白马岗是最神秘的一个。人们预言，当佛教在西藏遭到破坏时，民众就会到白马岗去，佛教将在那里得以复活，并最终传遍全世界。

以我的经验，凡被佛相中的地方，绝对可以磨炼人的意志。但是，墨脱传给人们的信息却是：那里四季常绿，物产丰富，美丽无比。它地里长的玉米棒子像树那么粗，树上挂着肉，摘了又长，年年不断。森林中随处都是珍禽异兽，虎骨、麝香俯拾皆是。牛奶多得就像河里的水，花朵大得可以在里面睡觉。光绪三十二年（公元1906年），四川巴塘的1000多名藏民就相约上路,他们是首批被墨脱吸引而去的人。自此之后,总是有信徒走向墨脱,消失在那片神秘的原始森林里。

今天,我也被吸引而来。就在这个山口之下,被冰雪和云雾遮挡着的地方,墨脱正呈现着它的神秘。

山上一堆石头和竹棍,几面飘飞的经幡,它们是生与死的分界。就是这里,两架黑鹰直升机坠毁,将军遇难。几年前人们还能看到飞机的残骸。

有一年,刚刚开山,战士们想家想得厉害,5个战士主动出山背信。也是走到这个山口,一场风雪,顷刻,战士们牺牲了。一个只有17岁的小兵,坐在石头上,肩上还背着器材;一个紧抱着战友们捎的一大包信;还有一个嘴张着,像在呼喊;第四个在雪中往下爬了好远,离雪线下沿只有十几米了;最后一个落进了崖下的雪谷中。5个战士全部遇难。

死在路上的民工就更多了。其中一个,前边塌方路被堵死,往回返时,山口又被大雪封了,被活活冻死。

浓浓的云雾,四处密密实实,像铁桶般围住我们。用不了一个小时,罡风将刮过这里。上下蠢蠢翻动的云脚,预示着一场风雪和雷雨的到来。

翻山者惊慌地一路往山坡下小跑,没有一个人像我一样站在这个石堆前停留哪怕数十秒钟。他们高呼一声"神必胜",就慌慌张张离开了山口。

这一天,不知是老天格外开恩,还是我一路经历的险境太多,我在十分平静的心情中,一步三回头,走下了这个不知夺去过多少人性命的山头。我试图看一看多雄拉的真面目,甚至幻想能够远眺一下墨脱,再次凝望南迦巴瓦,但浓重的云雾让人如同身处傍晚,那些翻滚的阴森森的云层,犹如地狱一般。

听那些多次出入多雄拉山的民工讲,多雄拉的真面目很难见到;至于眺望南迦巴瓦,那只有极少数的人能够遇上这样的幸事。多雄拉不是云雾,就是风雪,要不就是暴雨,从不肯轻易露出真容。

融雪，下山如涉水

　　下山快多了，能见度也在增加。我渐渐看清，我所面对的又是一个"V"形大峡谷。峡谷的两翼有几十条飞瀑直泻而下。瀑布上宽下窄，到下面几乎落成了一根丝线，最后消失在一片浮云之中。

　　从没见过这么深的山谷，这种高度弄得我怀疑那下面是否还有大地，我还是站在一块属于地球的土地上吗？

　　冬立下山走得飞快，背着行李，他居然敢沿着悬崖的狭缝往下滑，一眨眼就不见了人影，我真担心他是死还是活。

　　上山前我已被告知，下山比上山更难，为此，我还特意买了一双大一码的胶鞋。离开山口不远，这条被人走出的乱石子坡就完全不是路了。它是一条地地道道的雨水、雪水的下泻道，蓝得发暗的雪水一股股冲击着石头，一路哗哗奔流而下。

　　起先，我还想不打湿鞋，很小心地踩着大一点的石块左跳右闪，时间一长，我就失去耐心了，加之几次失误，鞋差不多透湿了，我再不愿把这样的舞蹈坚持下去。但是，本能驱使，我又总不愿把脚踩到冰冷刺骨的水里，就时而跳，时而又放弃，乱踩一气，因为这样，几次差一点滑下悬崖。

　　一条河横过山道，直落涧底。要过河就不只是打湿鞋的问题了，而是连裤子也得打湿。我的心情开始变得恶劣了。人就是在这样恶劣的情绪下开始变得忽视生命安危的。

　　涉过湍急的河水（之所以称它为河，是它在我们横过去的地方，有两米宽是水平向流淌的，上面和下面都应称之为瀑布），脚一定得站稳，否则，稍稍一滑，人就像石头一样落下山崖。我显得漫不经心，长时间的紧张和极度的疲劳，已使我对生命的态度变得粗暴，活不活着已不再有兴趣去考虑了，一切由着本能，脑子里是一片空白。

过了河，膝盖以下都被打得透湿，鞋子里灌满了水，皮肤被冰水刺得麻木。再往前走，不管是水还是石头，只管踩下去，任水击踝而下，完全是一副堕落的心态。

光B毅力之好令人惊讶，他不肯自暴自弃，居然有心思脱下登山鞋换上胶鞋，过了河再换回来。他这样做要花去大量时间。河流越来越多，越来越密集，它们都是在山顶看到的那些银丝线一样的瀑布。光B脱来换去，其实都打湿了，他还是要换，我们等得心烦了。

我再不认为他是正常心态，这完全是一种自虐行为。他就像一个木雕人，一句话也不说，脸上没有一丝表情，连眼光都是凝固的，只知道机械地换过来换过去，谁劝也不听。

无休无尽的下坡，永远的水流，千篇一律的石头，只有我们在走动。

宇宙间的一切都从眼前消失了，心中只有一个"走"字。

从岩缝滑下去

民工都跑到前面了，只有我们三个落在后面。山谷里，那层灰白色的浮云变成了一大片积雪。

走到谷底，踏过积雪，雪水在第一层平台形成了一条大河。河水平静地流过一段后，突然向下落，跌成了一条大瀑布。陡坡上一块块巨石激起的水幕白花花一片，声音如雷霆响彻峡谷。这道瀑布直落第二层平台，云雾中深不见底。

我们要穿过这条瀑布。

水如飞虹，丢一颗石子，石子随流水射了出去。几块可以踏足的石头，已经被水冲得光溜溜的。石头下是一道垂直的刀劈一样的巨壁，曾有几位战士牺牲在这堵巨壁下。

光C第一个过，他一脚踏入水中，等身子立稳了，再抬腿踏到另一处选好的石凹里。水流冲得他的身子在微微摇晃，有一次冲得身子一歪，险些摔下崖去。他手一抓，边上的一块大石头救了他。

三四十米宽的瀑布过完后，他的下半身全都打湿了。

轮到我了，望着飞快的流水，我一点把握也没有。我刚刚踩进水中，强劲的冲击力让人身子无法直立，我不得不弯下腰来，用双手紧紧抱住水中的石头，四肢并用，一只脚一只脚地慢慢往前挪，不敢有半点大意。既忘了水的刺骨，也忘了脚下的绝壁，眼里只有水幕下的石头，它才是我生命的唯一保障。

轮到光B时，他又要换鞋，几次欲踏进水中又缩了回去。看得出他的犹豫与惧意。到了这里是没有退路的，纵是刀山火海也只得往前冲了。等了十几分钟，光B也终于明白自己的处境，他鼓足勇气，向不可知的结果挑战。

他的速度更慢，有时停在水中动都不敢动。我站在瀑布的下面望着他，直到他蹚过来了，才深深松下一口气。

胆量是越走越变大的。我也开始不愿随着水道左转右拐，让石头硌得双脚疼痛难忍。看准了有人滑过的石缝，我也跟着往下滑。虽然险象环生，却省了不少冤枉路。我体会到了为什么当地人不走水道，这不完全是双脚整天泡在水里极其难受的缘故，也非完全是为了抄近道，实在是这无穷无尽的水道走得人的忍耐力到了极限！冒着生命危险往下滑，毕竟给予了这单调枯燥的行走以强烈的刺激和一次次侥幸成功的喜悦。人的心情就是因为它而变得开朗一些的。

在冗长的山道上，没有一个人有兴趣多说一句话。

到达第二个平台，出现了低矮的灌木林，湿漉漉的树叶闪着水光，仍然是雾海茫茫，不见天日。

不同的是，气温明显升高了，身上不再感到瑟瑟寒意。

峡谷中冲下来的瀑布，在这里形成了河流，虽是水平向流动，却流得白花花一片，水腾空升起又深深伏下，这一起一伏之间已经箭似的流出很远了。

我们追上了等在这里的冬立，每人吃了一块压缩饼干，喝了几口矿泉水。我一闻压缩饼干的气味就想呕吐，但为了克制饥饿，仍然强令自己吞了下去。

[第十四章]

原始森林中的穿越

如同海底世界的森林

从此,不见天日、没完没了的原始森林,就把我们整个吞噬了。真像一次漫长如世纪一样的泅渡。

我们的眼神也一定如同赵副参谋长讲的那位战士,由期望变成无望,再变成绝望。3天里,我们没有见过一块完整的天、一块开阔的地。那是人的意志和毅力与大自然的直接较量,要么放弃,最终被这片森林所吞灭;要么坚持,不管走多久多远,要克服一次又一次绝望的情绪,不要让它干扰已经僵硬且极度疲乏的双腿,只有这样才能走出这片茫然无际的丛林,走出这片使马和驴一匹匹走死、横尸路边发出恶臭的巨大林莽。意志薄弱者在这里放弃了生命,有的成了野兽们的腹中之物,有的成了一堆白骨。

我们没有任何思想准备就进入了这片浩瀚的汪洋之海。

第一天还在为阴沉沉云雾如铅的天空烦闷,没想到,一进入原始森林，连这样阴沉沉难见大日的天空要想见到都成了一种奢望。阴暗的密林，只有一根根巨大的树的躯干，它们遮天蔽日，在几十米的高空一层层裹着遮着压着，不给你喘息的机会。人在下面行走，如同进入了幽暗的地下隧道。不停顿的雨，永远晦暗的冥光，潮湿发霉的空气，腐烂的植物气味，发臭的动物尸体，甚至瘴气毒气都在这个拥挤的幽冥世界盘桓着、缠绕着，如同海底深潜。已经为永远脱不下的雨衣而烦心，又进入了一层包裹，更加令人窒息。

首先是巨大的冷杉，它们高大挺拔，垂下如幻的松萝。从一株拱破土层的稚芽到高可参天的巨树，其间悠悠岁月一去便是数千年。数千年的岁月，阳光和山风都被堵在了外面，那渴望接近天空而生出芽床的土地，反倒因此再也见不到了阳光，看不到了天空，永诀了星星和月亮。

贪欲的冷杉疯长，几乎望不到顶了，几乎把每个空间都占尽了，却仍不愿退下来。在它的下面，还有更小更嫩的树苗正在渴盼着阳光；由于得不到阳光，有的渴盼至死。这种局面只有一次飓风，或者是菌类，巨树被摧倒或蛀空，那庞然大物的树干才颓然倒地，一点一点腐烂，重新化为泥土。又有新的树苗蜂拥而至，争夺这个空间，补上这一个天洞。

土地上一层厚厚的松针，上面的在积聚，下面的已经变成了腐土。腐土中又冒出草和藤，在树与树之间爬行。

我们就像小人国的流放者，踩踏着这片空寂的森林。在脚下伸展的路，仍是石头，石头上依然是哗哗淌着的水流。有时出现一片腐土，一脚踩下去，陷进去半条腿，慌得连忙拔出，绑腿上沾满了黑乎乎的泥土碎枝，鞋子里灌满了泥沙。

为了尽量少地陷进腐土，我开始分辨那些浸在水下的路是石头还是腐土：腐土上的水一般都极少流动，水质变黄或发黑，颜色有时如同铁锈。这时，要过这段路，就要寻找那些露在水面的石头或泡在水里的树木，一路从其上面跳跃着飞奔而过。有时因看错，或一脚踏空，脚仍被陷了进去。

这种水毒性极重，浸泡久了，皮肤会一层层溃烂。我们就是这样玩起了没完没了的杂技。

时近黄昏，林子更加昏暗。雨声和河流的奔腾声也分辨不清了，满世界除了水的声音,几乎什么也听不到。湿天潮地,雨气蒸浮,没有一丝空气拧不出水来,没有一寸土地不爬出蠕虫。只感觉衣服湿淋淋,皮肉湿淋淋,骨头和血液都湿淋淋,幻想的水蛭爬到了发梢。就像进入了一个冗长而无尽头的梦境,幽冥的光让神思恍恍惚惚。

大岩洞,一个水世界雨世界的中心

几次不小心,一头撞到了倒下的大树躯干上,眼冒金星。

光C在水沟里一失足,全身倒进了水中。

冬立走得十分吃力,速度越来越慢,又走到了队伍的后面。

大约5点,我们到了一个叫拉格的地方。这里砍倒了一片树林,用尼龙纤维布搭起了两间极其简陋的棚子,里面用粗大的木板条,钉成了一个平台,这就是床铺了。翻过山口进入墨脱的人,第一晚就在这里歇息了。这地方只有一个名字,连一户人家也没有。搭棚子的人只有开山季节才上来,一到大雪封山,这条小道没了人影,他们也跟着撤出森林。

看着黑色的稀泥、纤维棚里油黑的脏木头,不由一阵恶心,进都不想进去了。

时间尚早,冬立说再走一两个小时。前面有个大岩洞还可住宿。我们决定继续往前。

大岩洞也是同样的纤维棚,棚子搭在一块大岩石下。抵岩的内侧还算干燥,出岩的地方却在雨中,棚布纤维被雨打得炒豆子似的响。一条溪流从棚的左侧岩石上冲了出来,绕到棚子前面,流向坡下的森林深处,奔腾的喧哗声溢满了天地。

开店的是一个门巴族小伙子,他告诉我们,从他到这里来就一直是这种雨天,大约下了3个月了,天晴只有两天。他带我们到棚子的左侧,指给我们那排木板床,它就是我们今晚几个人睡的地方了。

过道上烧着一堆火,挤满了烤火的民工,烟和从衣服上烤出来的湿气在棚内环绕。光B挤了进去，就不想动了。王小姐和光C在从冬立的背篓里翻寻干的衣服。我呆呆地立在房中，下身湿透，站也不是，坐也不是，任四面雨声团团围住，把我围成一头困兽。

好久才回过神来，觉得该换下湿衣了。翻找了一阵，还有一双干的胶鞋。先脱湿鞋，再松绑腿，脱袜和裤，把身上湿的东西全换下来后，心情稍稍平和了一些。

冬立拿过锅烧了点开水，每人泡了两包方便面，天就黑了。

夜里，森林恰似一个海底世界。棚上咚咚雨点，像贴面打在脸上。两面流水狂吼，人恍惚到了流水的内部，那水流像从头上、手下，四面八方从身体的里面无处不在地流过。我就睡在水世界雨世界的中心，只要一伸手就可抓住一把雨，只要一翻身，被窝里就会搅起水的漩涡。

店主点了一支蜡烛，小火苗跳跃着，照着一张张阴郁刻板的脸庞和那些阴森地挂在壁上的湿衣裳。

半夜，水声浩大，响得人不能入眠。一直找不到地方方便，夜里只能干憋着。

天亮了，穿起雨衣出门，到处是灌木丛，连一处蹲的地方也找不到。转到流水边的一处乱石堆上，石缝间仍有高高的草冒了出来。我用右手一抓，突然手掌和手臂一阵麻木，如同触电似的，一种极细的刺扎满了我的手掌心，又麻又辣又痛。我气得用脚狠狠踩了几下。

它可能是荨麻，触了它，手两天都是木木的。从此，我再不敢轻易去碰路边的草了。据说，有一种毒草，一片叶子就可使一头犏牛致命。

在寒冷的早晨，重又把昨天冰冰的湿裤子套上热乎乎的大腿，把温暖干燥的脚伸进湿淋淋的胶鞋，再打上同样是潮乎乎的绑腿，那滋味实在是难受。它绝对可以成为一种新的刑法。

以后的日子，只要想起这一幕来，我的身子总要激起一层鸡皮疙瘩。

深入蚂蟥地带

出门就要过河,流泻得白花花如冰似玉的水,又把下身湿透了。

森林开始有了变化,不再是冷杉一统的世界。高大的树木中出现了松,还有那些小卵形叶的乔木。低矮的灌木,粗杆上生出了绿苔。石头上有了地衣。藤像蛇一样在林间爬来攀去。

天上地下更加郁郁葱葱,密不透风。

林子里的空气越来越潮湿。一条多雄拉河出现在森林里,那水不像是在流,而是在泻在喷,它们流得如一团团烟云,都看不到水了。整个森林升腾起它的咆哮声,如一阵阵惊雷滚过耳际。我们离它时而近时而远,不管远近都是满天满地的哗哗声,想说句话一定得凑到别人的耳朵边大声地吼,声音才不会被淹没。

我们碰到一个马队,又遇到了不少出山的墨脱老乡。

冬立走不动了,远远落在了后面。

长时间的下坡,顶着鞋头的脚趾像锥子钻心似的痛了起来,走路开始一跛一跛。一不小心,在水沟里滑了一跤,水淹到了腰部。

今天我们要赶到汗密,又要钻20公里的原始森林。

出现了一小片空地,可以抬头看看天了。只见一侧天空划过两道白光,那是两条临空而过的瀑布。蒙蒙云雾里除了这一节白色水幕,什么也看不到,这是真正的"黄河之水天上来"、"疑是银河落九天"。

正当我大步朝坡下迈动时,感觉左手腕似有似无一点痒,抬手一看,一团黑乎乎的东西粘在我的手腕上,上面渗出了殷红的血,血与皮肤上的雨水混流在一起,已经染红了半边手背。

我吃了一惊,一声大叫:"蚂蟥!"同时,右手拼命扯那团滑溜溜的肉乎乎的东西,却怎么也扯不掉。

光B见状,打着火机,准备火攻。我急得叫他:"快点烟!快点烟!"

火烧岂不连我的皮肤也烧伤？

点了烟，一点点炙，蚂蟥终于敌不过火，松开那个大的吸盘，从我的手腕掉下去了。

手腕上的血却怎么也止不住，往外汩汩直冒。光B又找来一块创可贴，粘在蚂蟥咬过的部位。

因这条蚂蟥，大家的心都吊起来了。

我们不知不觉进入了蚂蟥区。树上、草丛和地面，都是铺天盖地的旱蚂蟥，一片叶子上，多时达到七八条。它们的吸盘牢牢吸在树叶上，把头昂得尖尖的细长的，不断地转动着，一旦嗅到人和动物的气味，就从树上往人身上掉；路边的蚂蟥在人走过时，只要碰到它，它就牢牢地吸附上来了。薄的衣料和粗一点的纤维，它都能钻进去，有的隔着一层薄布也能把血吸出来。还未等你发现，它已吸得饱饱的。

被旱蚂蟥吸过后，即便它走了，血也大流不止，它放出的毒素破坏了血的凝固功能，有的甚至让人感染、中毒。

每个人分发了两条创可贴。我赶紧把雨披的头篷扎紧，又检查了一下绑腿，发现一条蚂蟥正在上面昂着它尖细的头，并一拱一拱往上爬。我试着用指甲一弹，猝然的一击，把蚂蟥弹了出去。从此，我就以这种弹指法来驱赶吸附在身上的蚂蟥了。

我再也不敢把手裸露在外了，全龟缩进雨披中。人也尽量不靠近路边的灌木。有的路段被低矮的树木完全遮挡了，又不得不硬着头皮往里钻。每走过一段，就要清理一次。

不久，光B被咬了，血流得比我还多。他炙掉蚂蟥后仍不肯罢休，直到用火把它烧死为止。

冬立说："我们不杀蚂蟥。"看看行路的门巴人，没有一个身上是不带血迹的。他们信佛，信奉不杀生的教条。冬立还告诉我们："不要停留，这样可以少一点惹上它。"

汗密，半夜来的"吮血者"

汗密到了。一片砍伐出的平地上，有两个棚子和两栋用木板搭的房。木板搭的房，地面为木板，临空架起一米高。它是部队建的接待站。医疗队在中午就赶到了，这时正躺在接待站舒适的床铺里呼呼大睡。

我们赶到时，接待站不但没有床位，连地板都被民工占了。欧阳仁生要接待站的站长出面帮我们联系住处。只有与昨晚同样的棚子和简陋的木板床了。更糟的是，这块地坪淤泥极深，黑得像煤，还散发出一股臭味。用水是接的屋檐流下来的雨水，接水的铁桶里有长着尾巴被水泡得发白的蛆，与粪坑里的一模一样。我们得用它来煮饭、漱口和洗脸。

医疗队跟接待站打了招呼，说我们是一起来的，站长答应给我们一餐饭吃，但他的锅煮不了那么多，便给了我们米，让我们自己来煮。

我们刚安顿好，对面山上两块巨石滚下山来，发出雷鸣般的巨响，震得大地都在抖动。

冬立把饭煮好后，站长给我们一个五香花生米罐头、一个红烧肉罐头。两天了，第一次吃上了大米饭，我们个个馋得口水直流，互相道贺："有米饭吃了！有米饭吃了！"

5个人团团围住一张代表着美食的久违的餐桌（只有两天，我们却对它如此陌生），当揭开冒出缕缕米饭香的锅盖，用勺子插入那白花花的富有弹性的米饭中，心里就像被5个爪子抓搔般难耐。对于吃的等待，对于汗密兵站的慷慨，对于这顿突然降临的美食，心里盈满了感激和温暖。那真是一种人生最难忘的幸福。现在想来，美味仍然令我难以忘怀，即便世界上最昂贵的山珍海味也顶不过那餐只有肉罐头的晚餐。

对于这顿饭，直到走出墨脱还余味在口。我的胃口就是在这种极度饥饿又极度饱餐里渐渐增大的，以至到了云南，随旅游团吃饭，我那吃相和饭量都无不令人侧目。尽管我也面露羞赧，但从此我决不亏待自己的胃了。那风卷残云的吃的气势，让我感到了这个世界的美好。

这顿饭吃得一粒都不剩，连医疗队吃剩的一盘腌菜罐头也一扫而光，甚至连盘中的油水也不放过，拿开水冲了做汤喝。我们还兴奋地议论，到了墨脱要好好吃一顿肉。我不无激动地说："我再不挑肥拣瘦了，要吃上几块大肥肉过过肉瘾。"出乎我们意料的是：一个县城居然吃不到肉，就连这样的肉罐头也得有口福才能享受得到。在墨脱的半个月，把我们一个个培养成了名副其实的饿鬼。

这一夜不停地漏雨，雨滴时而掉在眉毛，时而落在嘴唇，但抵不住困乏，迷迷糊糊就睡了。

半夜，不知怎么突然醒来，觉得右手中指与无名指的夹缝间有点隐隐作痛，打开手电一照，一条差不多有小拇指粗的蚂蟥正在吮我的血。它已经吃得肚子鼓凸，圆滚滚如一支钢笔。

我慌得又甩又弹，好不容易把它弹下床去。左手紧紧按着流血处。

躺在森林中这间纤维布围出的漆黑的棚子里，我的眼中闪现了成千上万条蚂蟥蠕动的幻景。我绝望地想，我这些同行者是不是正常人？我们一步步深入，到底去干什么？我不敢相信，是自己作出了这样的决定。

一天又一天，走了又走，没完没了。从进入派乡，雨就在下着，把人心都下霉了，把神经敲得几乎要绷裂。我双脚走得肿大了，两个大脚趾肿得像根萝卜，趾甲化脓，又黄又绿，已经松动，动一动趾甲片，就可以扯下来了。医疗队的王医生说，两个大脚趾甲都保不住了。若是平日，早就动了手术，早已包扎，早已休病在家了。不小心碰一碰，那可是如同碰着伤口一样钻心的疼痛啊！但是，只要明天天一亮，我还得跟没事一样，把这双浮肿化脓的脚，重又硬塞进那双大一号胶鞋。我们却连原始森林也还没有走出，甚至蚂蟥地带才刚刚涉足。

这一夜王小姐哭了。这位我还不了解，只知道她性情乖戾，比男子还要逞强的奇女子，也去过阿里。那时，她一个人住在拉萨的吉日旅馆，找到我们，说要去墨脱。谁知她一路上火气十足，训起人来像骂街似的。就是最平常的谈话，她的语气也跟吵架似的。我想，她是没办法理解诸如"温柔"这一类感情的。我们3个都开始怕她了。

这天晚上，她坐在那帮民工中间，"嘤嘤"地哭了。她的双脚比我肿得还要大，趾甲也红肿化脓。

老虎嘴，手掌被利岩切开

天又放亮了，医疗队一早就上了路。欧阳仁生找到我，嘱我们快点跟上。前面就是泥石流区，是最危险的地方。出门时，他悄悄塞给我两支针剂葡萄糖。一股暖流，涌出胸口，涌向全身，我什么也没有说。"谢谢"两个字是不配表达这份感激的。我不知说什么好。

河流越来越密集，气温也在不断升高。

森林中有一种攀附植物，它们附上一棵大树后，迅速沿树干向上生长，并同时垂下气根，伸入土中。它们逐渐粗壮，气生根相互交织成一体，如同一件网状的外套，牢牢地绑住了大树干。于是，绞杀开始，它先缠紧树身，抑制和破坏大树的养分运输组织，又爬到大树的顶部争夺阳光，根同时扎入深土抢夺养分。最后，大树死亡了，而它倒成了更高大更粗壮的巨树。

随着海拔的不断降低，那些在内地最多只能长到一两米高的灌木，在这片奇异的土地里居然长成了参天大树，像小棵紫薇，最高达到了50米，树蕨竟达到15米。那些攀附的巨藤长得有上百米，门巴人用它编织成了藤网桥，横跨过一条条河流。

我们赶上了医疗队，他们在一处瀑布边等我们。这个陡瀑只在一处地方跌了一下，跌处不足半米宽，又直落万丈深渊。

战士们怕我们过不了瀑布，已经在这里等我们半个多小时了。

过瀑布只能从跌水处那块错出的岩层上走过。3个战士手拉手给我们筑成一面人墙，我们与他们身贴身移了过去，瀑布砸在身上，没雨衣的被淋得全身透湿。

穿过了这条瀑布，脚下林莽中出现了又宽又长的香蕉树叶。一片塌下来的小泥石流挡住了去路，我们下山绕行。从这里开始，进入了热带雨林，也同时进入了泥石流区。

被人传得耸人听闻的老虎嘴出现了。它是从一片峭立的岩壁凿出的一条路，由于路深嵌入悬崖，形似虎嘴，故得名。其下就是咆哮的多雄拉河。

走在这条窄窄的凹进岩内的路，并没有让人感觉惊险。

走着走着，突然脚底一滑，我在一块斜向崖下的石面上摔了一跤，双脚滑出了路面，悬在峭壁上。我右手本能地支起倾倒的身子。光C冲过来抓住我，把我拖上路面。

有惊无险。但我的左手掌被刀劈般的锋利页岩切出了一条深深的口子，伤口长二寸，切开部分可以看到肉和白生生的骨头。创口贴盖不住伤口。光C找出一块伤痛膏，再往上一贴，算是处理了。

不知是手冻麻木了，还是别的什么原因，我的手十分惨白，伤口一点血也没有。我把它捂在胸口，待手掌暖和过来时，伤口隐隐作痛，我又不得不把它从胸口挪开。

连续不停地行走，双脚已经僵硬，不听指挥，不时打跪，有几次跪在了石头上。

下山的路越来越陡，峡谷变得逼仄，可以看到周围的山头了。

[第十五章] 山崩地裂

阿尼桥，一位老人的劝阻

到阿尼桥时大约12点。我们剩下的食物只有几块饼干、十几粒花生米了。站在河边的一小块平地休息，每人分两块饼干，轮到我没有了，我要了花生米，又分了几粒给欧阳仁生。

我和光C、欧阳仁生到马尼翁河上的阿尼桥照相。这里差不多是汗密到我们这天的目的地背崩的中间点。

这是一座铁索桥，桥身不长，铁索上铺了木板，河风将桥身吹得摇摇晃晃，但用不着担心掉进河里。相对于藤网桥，这已经是现代化的桥了。

为筑这座桥，几十个战士硬是从派乡把几十吨重的钢缆抬进了墨脱。他们以哨子为号，同时把钢缆扛上肩，同时迈步，同时停步。长蛇阵似的队伍遇到拐弯，还得想尽各种办法拐过去。他们一次抬一根，从开山走到封山，沉沉的号子在这片原始森林中回荡了一百多天。架桥时，钢缆是用迫击炮射过河的。

冬立赶了上来，他走不动了，怎么也不肯再往前了，一定要在此休息一夜。这里有两间棚屋。

王小姐走得腿都迈不动，也不同意继续赶路。

我心急，按原计划用4天时间赶到墨脱县城，在县城休息两日后，再出山。时间太有限了，往云南的路上还不知会有什么事情发生，能够争取一天时间，对于我就多一分宽裕。

我和欧阳仁生先走了。我俩过桥后，在一个甘肃人开的店等两个光头。

光B、光C过来了。欧阳仁生见王小姐没来，他又回转头去叫她。

这个甘肃人开的店里，木板铺上睡了一个人，他是一个民工，累得大白天倒头就呼呼大睡。另有一间小屋，窗下摆了方便面和烟。我们见里面有一个柴灶，铁壶里的水正在往外咕咕冒着热气，每人便要了一包方便面。

也许，是老天有眼，在这个节骨眼上给我们提供了这一顿面。没有它，真不敢设想，在随后的灾难中，我们如何以微薄的体力去抵御这一场劫难。

店主是一个年过半百的老汉，他见我们执意要往背崩，一个劲劝我们不要走，他说："前面过来的人说，路凶得很，太难走了！"他的不准确的表达，引不起我们足够的警惕。他只是说太难走了，可这一路又有哪一处地方是容易走的呢？我反而生出疑虑：是不是他想留我们住宿才这样劝我们呢？他连连劝说了几次，见毫不奏效，终于放弃劝阻，站在门口目送我们上路。

欧阳仁生半路碰到了走过来的王小姐，只有冬立看来是真的不肯动了。我们一行就在甘肃老汉的目光里，又消失在莽莽丛林之中。

冲过大塌方

离开小店才走了200米,就遇到了一处塌方。路下的山坡全垮到了河里,小路也塌掉了,我们从路上面的山坡林地中攀缘而过。

沿河谷上的山道走了一个多小时,医疗队的人都站在前面路上不动了。只听两声轰隆隆的巨响传来,我以为是在放炮,走近了,才知道前面正在塌方。

有两位战士已经从几百米宽的大塌方中,沿多雄拉河穿插过去了。他们是前去探路的,欲从河岸石头中找出一条通道。副政委王建业成了前线总指挥。

我望着一路咆哮而去的河水,终于在远处的乱石堆中发现了两个蠕动的人影。他们已冲过大塌方,到达了河床的那一头。

又一次石头坍落,岩石夹着几十米高的树干,从塌方区的顶上冲了下来。先是"哗啦啦"一响,接着发出呼啸,巨石滚动如春雷的隆隆轰响,山谷都为之摇荡。声波和气浪把附近的树震得悚悚而抖,有的被拦腰震断,有的连树皮也扒了去。呼啸而来的声浪如同轰然扑来的火车,从上面碾了过去。我被这空前的大塌方震呆了。

3个月大雨的结果是,所有的山都被泡软了,几乎在同一时刻,千山万岭开始了上百年不遇的大坍塌、大滑坡、大改造!这一场灾难,有的人被洪水卷走,有的被石头砸死,有的被埋进深深的泥石流中。到我们离开墨脱时,死亡人数仍未统计出来。在这个人烟稀薄的地区,仅县城附近就有5人死于这场灾难。

不少村寨,玉米地被塌掉,到手的粮食转眼颗粒无收。不少桥被洪水冲走,从背崩到墨脱县城的亚让大桥就被洪水冲得只剩下几条光溜溜的铁索,离河面很高的桥墩也被冲塌了一边。大塌方先截断了河流;河水被阻,不断上涨,最后把松散的泥石冲垮了;汹涌的河水夹带着泥石,一泻千里，横扫过河床两岸。高高的吊桥，木板顷刻被冲得散的散、碎的碎。这时，亚让桥上两个过桥的，一个是中年人，一个是青年，被突然而至的洪水卷了去，消失得无影无踪。全县唯一的马行道中断。

只是以为这是一次平常的局部的塌方，我们却不曾意识，这次塌方已不同往常。事实是，这时我们已陷入大塌方的汪洋大海之中了！

身为军人，王建业副政委指挥若定，一副从容不迫的大将风度。我从心里庆幸自己遇上了他们。假若只有我们4个，我无法设想会是个什么情景。

王建业双眼一刻也没离开那两位探路勇士消失的地方，直到他们从树林中出来，找到了这条延伸过去的小道，向这边挥手。探路成功了！

王副政委下达命令："一个一个过，要边看头上边看脚下，以最快的速度通过。"

当时的情形，就像通过敌人机枪扫射区，唯一的办法只有以最快的速度来减少危险和牺牲。

我与一个战士同时往路断处的砂崖下爬。塌下去的地方实在太陡，我的脚无处可落。王副政委一看就急了，他从我的左侧直挺挺就往下滑，滑到崖底石头上，重重摔了一跤。他爬起来顾不得拍一拍满是沙土的衣服，大声叫我仿照他的样子往下滑。还不等我下滑，他见大石头就爬，遇坡就溜，到平地就跑，完全是战场上的冲刺。

我的心"突突"跳着，逃命似的紧跟着他跑。石块划痛了手指，刚刚受伤的手掌沾满了泥沙。从一处刚刚塌下的砂石堆往下滑，带动石头也一起向下滚落，一块块砸在手上、背上。我已经顾不得那么多了。

头顶塌得凹下去的崖壁，正如冒烟一样往下一阵一阵掉粉尘，蠢蠢欲动，塌方一触即发。

不知自己是怎么滚爬过来的。当我冲过塌方区，站在河床中的巨石上，回望那些石块、断树、泥沙时，我不敢相信自己只用四五分钟就冲过了这个死亡区。

我再抬头，发现崖顶那道裂缝正在扩大着，光B、光C和王小姐都还在下面跑着。我的心又悬了起来，甚至连呼吸也停止了。我紧张得发抖，我后悔自己不该一个人先跑过来，我有一种深深的自疚，我觉得死神正在临近他们。

突然，一块石头滚落，它砸了下来，在乱石堆里碰撞、翻飞。

我眼睛一眨也不眨紧盯着那道裂缝，大气也不敢出一口，心里快速念着"快点！快点！快点！……"

他们跑得太慢了！感觉太麻木了！大难临头还遗一份余力似的！

直到光B走近了我，看到他还一脸胜利者的得意，我真恨不得踢他一脚。

惊魂甫定，我们得从树林中爬上山坡上的路。从巨岩上下来，河滩上一片泥淖。这是塌方从河床挤压出来的淤泥。对它，我们谁也不在意。直到有人陷到了腰部，这才紧张起来。大家手拉手，一个拖一个，没陷的拉陷下去的，在泥淖中挣扎着一步步前挪。

轰隆隆，那巨大的塌方终于开始了。气浪从河床转过来，冲向我们。河水溅起的水雾随风飘来，大地打了一个冷战。我们不知如何用的力，几下就跃过了沼泽一样的稀泥滩。

钻入乔木、灌木交织的山坡

清点人数，大家都到齐了，还多出了几位后面赶到的门巴老乡，其中一个男子，背篓里还背了一个两三岁的小孩。

我们懒洋洋地往前走。经过这一吓，疲惫感也吓跑了。正当我们长舒一口气，为刚才的一幕而庆幸时，一场更大的劫难又悄悄来临了。

现在想想，人是多么渺小，只要我们稍稍站得高一点，看得远一些，我们就知道自己正处在死亡的阴影中。但那时的情形却恰恰相反，我们正在成功后的喜悦里，为自己有一双能够逃脱厄难的腿而自我敬佩不已。

只走了不到200米，一个更大的塌方再一次把路切断。与上一次不同的是，这一次甚至不能接近塌方区，还在离它几十米远的地方，山坡上就裂开了几道二三十厘米宽的地缝，一道一道斜跨过路面。我们站的地方，随时可能塌陷下去。

王副政委叫我们大家赶快后退，直退到裂缝外面才又站定。

派谁去探路都意味着可能"光荣"。欧阳仁生和一位战士的目光与王副政委的一相接，王副政委马上明白了这个无声的请求，他点了点头，叫他们侦察一下就赶快撤回来，千万不要耽搁太久。塌方区能过则过，不能过不要强行下去冒险。那道沉沉的目光，分明还含有一层生离死别的味道。

现在再回想当时的情景，欧阳仁生一定是知道自己生死只在一瞬之间的。其实，我们那时全体同样也处在生死悬于一线的危险境地，区别在于我们自己全然不知。塌方几乎在每一条路上发生，无论哪一条小道，走不了多远就会遇到塌方。这是两天后我们才知道的。而在我们的头顶上，一道裂缝正在裂开，它贯通了两个塌方区，正在一点点扩大，一个十几万平方米的山体正在蠢蠢欲动，在它下面的人如果不在短时间内出去，将被埋葬入几十米深的泥石之中。而我们所看到的只是密密的丛林、寂静的山坡，还以为自己处在一个安全的地带。我们只是急于冲过前面的塌方，好在天黑前赶到背崩。

欧阳仁生没去多久，就从已有几十厘米高差的大裂缝中跳了过来。他紧咬双唇，满脸肃然，竟一言不发，只是摇了摇头。不用多问，他的表情已告诉了我们，那是一个极其恐怖的场面，他被震惧了。

有两个老乡开始往回走了，打算突破刚才冒着生命危险闯过的塌方区。

我们还在犹豫，王副政委的表情十分复杂，再也没有那种镇定自若的风度了。他仰面看了看高高山崖上的黑幽幽密麻麻的丛林，好一会儿，才往一处指了指，淡定地说："从这里上，由上面绕过塌方。"

一个老乡取出随身携带的长刀就往上砍，大家一个接一个开始钻进密不透风的乔木和灌木相交织的丛林。

先是如芦苇一样的深草，那苇秆又高又长，前面的人踩倒了，后面的抓着它正好可以攀缘。厚厚的草丛下隐藏的不但有蚂蟥，还可能有毒蚊毒蛇等，生命的威胁时时存在着。前面的人踏过去了，后面的没理由不跟上。这样的环境里，带头的临危不惧、勇敢坚强，所有的人也同样会勇敢起来；带头的如若怯场和惧怕，那么，其他的人同样也会惊慌失措。由于从下往上看，树林太密，别说看不到山头有多高，就是山体有多陡也无从看清。往上攀不到三四十米，山就陡了，好在有密密的杂草和灌木，人体靠四肢着力挂在了山崖上。

前方开路的速度越来越慢了，后面的每攀登几步，就要站着等上一阵。从被刀砍断的横枝看得出，树枝太密，人钻不过去，只有频频动用腰刀。

跟在我身后的是背小孩的门巴族中年男人，他背篓中的小女孩，居然出奇的安静，既不吵不闹，亦不惊不慌。她不明白发生了什么事情，一双黑眼珠滴溜溜转来转去。处在这样恶劣的生存环境，童年的欢乐还会多吗？小女孩对我们的行为感到好奇和不解。同样是历经生死之劫，她的体验只是些惊奇而已。

越往上爬，草越少，出现了黑色的尖利的石头，石头上染了一层薄薄的灰烬似的东西。腐烂的草叶像泡发的紫菜一样，一捏就变作了水。

有一次上直立的陡坡，找不到树枝，我抓着草根刚一用劲，草被连根拔起。左右犹豫，最后把几根草合在一起，用手一带，另一只手迅速抓住上面的树枝，身体正欲下落的时候，树枝正好把人吊了起来。人在悬崖上晃荡了几下，脚终于找到了踏足的地方，一使劲，翻身上了崖顶。

又有一次，刚抓住了一根树枝，没想到它是一根断了的枯枝，人立刻往下掉，好在胳膊下不远有一株大的芭蕉把我挡住了。

蚂蚁群的遭遇战

往山上爬了一个多小时，开始往右转弯过塌方。我好不容易爬上了一块背靠巨岩两面临空的小块平地，队伍停下来了。不知前面发生了什么事，我既不能前进，也不能后退，被卡死在这块悬崖上。

站了一阵，见边上的通讯兵不断地往身上扑打，又是跺又是跳，不知道他在干什么。我好奇地望着他的脸，那惊恐万分的神态更让我迷惑不解。

他看到我在注意他，用手往我的腿上指了指，顾不上说话，又全力以赴投入他的扑打之中去了。

我低头一看，天，黑压压的大蚂蚁爬满了我的双腿，正往我的上身运动着呢！

我一下就被激得筛糠似的，双手死命地扑打开了。好在下面扎牢了绑腿，否则，蚂蚁早已钻到衣服里面去了。我从上往下打，刚打下去一批，下面的又涌了上来。急中生智，我顺手扯了几片芦叶一样的草，不顾一切地一顿猛扫。脚不跺还不行，我踩在黑乎乎如同煤炭一样的蚂蚁堆中，蚂蚁正源源不断从下面爬上身来。

我与通讯兵站在这块小平地上手舞足蹈，没有任何可回避的地方。我像疟疾发作一样不停地又跳又扑。

好一阵才从前面传来信息：原来大塌方大大扩展了，它不停地坍塌着，已经无法绕过去了。前面的人又折转回来，传话来往后撤。崖下面的人终于挪开了地方，我往回爬下了这个蚂蚁窝。在这片原始森林中，许多动物的尸体就是被它们消灭的。只要想想那黑压压爬动的情景，就令人毛骨悚然。

惊魂未定，我们下到悬崖下的一道坡上，王副政委又冲到前面，没有犹豫，就从悬崖下往上攀登。他打定主意要爬上山顶。我们谁都没有说话，只是紧紧跟上。

从悬崖荡过去

我们正好处于一个中间凹陷两侧凸出的巨大岩壁下，要上山，必须从它的左侧攀缘，那里虽同为绝壁，但有密集的树丛。然而，要过去，却非易事。头上的巨岩形成的绝壁直插下去，只有靠一根长树枝荡过去。

王副政委一马当先，第一个荡过绝壁。两个战士也紧跟着荡过去了。

轮到光C，他紧张得很，先立稳脚跟后，看准一块凸出的只有玉米棒子大小的石尖，上身扑了过去，双手紧紧抱住那块石头，再一使劲，双脚离开了地面，全身临空，脚尖紧张地在石壁上划过来划过去，寻找踏脚的石缝。最后找到一个只有小酒杯大小的浅坑，脚尖踏在上面，根本使不上多大的劲，一使劲脚就往下滑，身体的重量大部分吊在手臂上。他的身体像蝙蝠一样紧紧吸附在石壁上。

光C吓得全身都在发抖，低头一望，脚下就是那条奔突着的多雄拉河。只要手一松，人就会直直落入河床。有人叫他不要往下看。

他冷静了几秒钟，再分出左手，全身的重量就全集中在右手上了。然而，他的手臂太短，抓了几次也没有抓住那根伸在悬崖边的树枝。一位荡过去的战士，急忙找了一根长树枝伸了过来，刚刚够到他的指尖。那战士做了一个危险的动作，把自己卡在一块岩石上，扑下身子把树枝再次伸向光C。

我在一旁既担心光C一只手支持不住，又担心那石头会松动，一个劲叫："坚持！坚持！不要慌！"

树枝伸到了光C的面前，他一把抓住，转身一扑，双手吊在树枝上荡了过去，被那位战士拉了上来。

轮到我了，我不敢再重复刚才的一幕。我在那块巨壁上寻找，在脚下方发现了一条凸出的只有几厘米宽的石棱。我滑了下去，双脚落在上面，身体紧紧附在岩石上。稳住身体的重心后，再小心翼翼伸出手，抓住那个战士伸过来的树枝，奋力攀了上去。

王小姐重复我的动作。我发现她的眼角盈满了泪花。

我们又进入了高大的香蕉树和乔木的地带，再也看不到身后的江和四面的山，完全被森林淹没。光线变得十分幽暗，就像进入了傍晚时分。只有山坡没有一点平缓的迹象，仍是悬崖一个接着一个。

我们的体力已经大大消耗，肚子饿，口也渴了。动摇的情绪开始在人群中弥漫。谁也不知道这座山到底多高，有几次好像快到顶了，山上的树干间露出了小块的天空，光线透了进来。满怀希望爬上去后，依然是同样的景象，重复来重复去。

我绝望了。我一个劲地要前面的人右转,现在应该可以过塌方了。我估计我们已垂直爬了1000多米高了。

医疗队的一位负责人一屁股瘫坐在地上,命令上面的人不要爬了。他要原路撤回去,他不想再听王副政委的了。他与人争辩:"天一黑,林子里什么情况也不清楚,一点东西也没带,那更危险!"

大家都在犹豫。欧阳仁生从脖子上抓下一条蚂蟥,他的身子有一片血迹,蚂蟥咬出的血把衣服都濡红了。在攀缘悬崖时,有一条小蚂蟥咬到我的嘴唇里面来了。我急得怎么扯也扯不出来,又害怕它溜进喉咙,急得叫走在我前面的光B帮我捉掉它。光B也弄了半天,好不容易才把它揪出来。我的嘴里已经满是碎叶和泥沙。

由于长时间的攀缘,我受伤的手痛起来了,白色的伤痛膏变成了黑色,雨水已经渗进了伤口。更糟糕的是,伤痛膏已部分失去了黏性,随时可能脱落。在这个细菌多如牛毛的原始森林里,一旦感染个什么奇怪的病来,我就别想再活着走出这片森林这片大山了。我握拳用手指压紧膏布。

前面的人开始骗我们,不停地喊:"快到顶了,快到顶了!"我们一段又一段地跟进。那位内科副主任刘伟宏昏迷过去了。灌了他两口水,又醒了过来。他睁开一双无神的眼睛,瞳仁里露出的是绝望的光。他再也不肯往前走了。

我从树林的空隙望到了峡谷对面的山,但见云雾缠绕,一块又一块幽蓝的山体斑斑驳驳与云团交织在一起。我推理:既然是同一条峡谷,一般来说,两边的山脉高度相差并不会太多;这就是说,那边的山有多高,我们爬的这座山也会与之相当。

我的判断是正确的,后来的事实也证明了这一点。只是我把这想法一说,大家就立刻瘫软下来,谁也不想爬了,一个个靠在树干上,横躺在碎石上,大口喘着气。

王小姐脸色苍白得可怕,脸颊上一道道污迹,连眉毛也分不清了。她仰面大口吸气,眼睛发出死光,连讲话的力气也没有了。一路上,若不是欧阳仁生的帮助,又是推又是拉,她根本就上不到这里。只是这样一来,欧阳仁生差不多快虚脱了。他的体力消耗最大。

我就是这时想到那个甘肃人的方便面的,光凭中午吃的几粒花生米,我不可能坚持到现在。既然上帝安排他给予我们食物，那么，上帝一定会拯救我们的。我的信念毫无根据地就这样坚定了。我开始调整自己的心理，我已经意识到我们正处于十分危险的处境之中，任何的泄气和意志薄弱都可能导致死亡。

幸亏这时有几位老乡追了上来，他们是沿我们刚刚开辟的路爬上来的，还以为这是一条新开的通道呢。一看到眼前这个场面，他们也傻眼了。几个人用门巴语说了些什么，我们听不懂。犹豫了一会儿，他们就继续往上爬，追上了王副政委。

有了当地老乡，无疑给了我们一些安慰。在这个无人地带，我们的想象中，什么威胁都是存在的。

塌方，一步步紧逼

一种紧张可怖的气氛不知是怎么出现的，我们突然感受到了自己的处境。

当我们一个个表现出可怜人的模样，甚至连蚂蟥吸血也懒得去管它，既没有多余体力，又没有应有理智的时候，一阵雷鸣般的巨响，如泰山压顶，以迅雷不及掩耳之势，从头顶腾空而去。我们个个被震得惊恐万状！

大塌方又开始了。我们冒死闯过的塌方区，就在离我们只有三四十米远的地方。

王副政委在远远的山上大声疾呼，要我们快快上来。他在前面发现了横在我们头上的大裂缝。两边的塌方也在不断地向我们靠拢过来，我们处在一块只有大约50米宽的塌方区间。

死亡的气息顷刻弥漫在这片幽暗的林地中。大约只要20分钟，我们脚下的这片林地就会在顷刻之间化作齑粉。大家这才意识到自己这是在逃命。

攀爬仍然进行得十分缓慢。我好几次从一个不高的悬崖滑下来，落在一棵树根上。悬崖上既无突起的石块,也没有树枝和藤,只有几根稀稀拉拉的草。第一次抓住树枝时,那根枝条随我一起下滑。它是一根枯枝。第二次抓住两根草,它不胜重力,被连根拔起,我第二次滑了下来。后面的人已等在我的下面,我不能再爬不上去了!上帝留给我们的时间不多了。这一分钟安全了,下一分钟谁也保证不了它是安全的。

王副政委和那几个老乡已经在前面消失了。在前面,他们正不断地跨过一道道裂缝。那些裂缝已经使我们所处的山体摇摇欲坠。而我们只知道两边正在一米一米逼近的塌方,它们犹如火车的隆隆轰鸣,不停地震荡着大峡谷,气浪把我们头顶上的树梢都折断了。对于头顶上正在张开的大裂缝,我们全然不知。

王副政委嘶哑的喊声渐渐远去,消失在上面莽莽丛林中了。

我几乎要哭出来了,这一次我不能再失败!我双手再次扑向上面的岩石,死命抠住两块微微凸出的石块,我把脸颊都贴紧在石头面上,连下巴都使上了劲,这样我可以腾出一只手来,把岩石上够得着的草统统都抓在手里。

我四肢同时用力,在人上升的一瞬间,草根在松动,我的右手在身子下坠的一刹那,抓住了离我最近的一条树根。

有了着力点,双腿一缩,再用力一蹬,我扑到了树干上。转过身子后,双脚落到了树根上。

上面坡度平缓了,树枝也多了,我来不及喘息,就继续爬上了第二个坡、第三个坡……

不久,后面的人又跟了上来。我没时间去想他们是怎么上来的。由于我把悬崖上唯一可攀的草都松动了,我当时感觉到自己断绝了后面人的路,心里迅疾掠过了一丝不安。这个时候,没有一个人掉队,生命的潜能都发挥到了极致。

树林低矮了。突然出现了一块草地,我清清楚楚看到了塌方露出的黄色新泥和与黄泥同一颜色的石头。边沿离我不到3米。我往塌下去的山底瞥了一眼,竟看不到尽头。想来,那个我们在3个多小时前闯过的塌方处早已被泥石深埋于地底之下了。

横贯头顶的大裂缝

我又一头钻进树林中,往山上爬去。只有山顶才有安全可言。

我发现了横贯山腰的大裂缝,它张着巨嘴,缝宽达到了半米之多。大裂缝两边还平行分布着无数细小的裂缝,两边的土层已经上下错开,有了十几厘米的高差。

我几步就跨了过去,惊心动魄的时刻,回望了一眼这道地狱般的裂痕。我声音发颤、变调,大叫了几声:"快点上来!快点上来呀!"最后一句几乎是哀求的口气。

待一个个跨过裂缝后,我又快速往前冲刺。没想到第二条裂缝很快又出现!这时,我真正惊慌失措了。我意识到了整个山坡都在松动,我的头上可能还有第三、第四条大裂缝。也许,只有到了山顶才可能逃出死亡的威胁。

一条古旧的羊肠小道奇迹般出现在我的面前。早已看不到前面人的影子了,一时不知该往小道的哪一头走。呼喊了一阵,一片死寂。我选择了斜向上的那一头。

走了三四十米,就到了另一个塌方区,小路在这里被切断了。

我慌忙折转回头,我的牙齿都紧张得上下磕碰起来。不可能再沿小道走了,那一端肯定也被塌方冲掉了。我在山坡边终于找到了被踩倒的灌木,我听到后面人的窸窸窣窣的攀缘声,大声叫他们往这边过来。我也不敢再等,就一个人往上爬了。

不知过了多久,我追上了两个战士。这时,树林已变得十分低矮,已经看得见天空。我紧张的精神稍稍松弛了一下。我决心等一下后面的同伴,也许他们需要我。丢下他们,我于心不忍。尽管我的等待也许毫无益处,但起码我不会受到自己良心的谴责。若真的我逃生了,他们遇了难,我这一辈子都不会安宁的。

每等一秒钟,我的心就如一颗定时炸弹一样一下一下撞击着。我就这样一秒一秒体验死亡的味道、恐惧的味道,好几次我实在坚持不下去了,想放弃。我大声朝下面树林叫喊着,那实在是胆怯的表现。大声的喊叫能帮我暂时克服紧张的情绪。

终于有人在大声问路了,我欣喜若狂,我疯了似的喊着,指挥着他们,看着树枝的摇晃,判断他们的位置。

光B、光C上来了。

4个医生个个面部表情可怖,3个人把刘伟宏医生拖了上来。他面无人色,气息微弱,已经二度昏迷。

一钻出树林,他躺在草地上,断断续续说着:"你……们先……走,不……要管……管……我……"

他身边的王医生说:"想想你的老婆、孩子,好好想一想。"

"我……不想,什……么也不……想……想了!"刘医生有气无力地把手垂了下来,又一次昏了过去。

几个人都在晃军用水壶,只有一个还有一口水,忙把刘医生的嘴撬开灌了下去。他又醒了,依然是:"你们……走!走——啊——"

这是真正的生离死别。3天前,当我们在松林口下车准备翻越多雄拉山时,谁也想不到会有这一幕,甚至是几个小时前也想不到灾难会一步一步不知不觉间逼近。3个战友怎么也不忍心丢下他,他们解下皮带,两根勒紧刘医生的肩膀,一根系在他的裤带上,用哀求的口气说:"你配合一下,稍稍配合一下吧!"

他们硬是把他躺着往上拖。

王小姐上来了,看到他们在往刘医生嘴里灌水,也有气无力地叫着:"水……水……水……"

只有光B的太空杯里有几滴水,光B取下水杯递给了她。

王小姐像捞着救命稻草似的,一把夺过去,横躺在泥地上,闭着眼睛,咕咚两口就吞下去了。瓶子早空了,她还在吞咽着,久久不愿把它拿开。光B拿回杯后,她双手仍在空中划着,闭着双眼,不停地喊着:"水……水……水……"

谁都没有水了。

光C已将外面的厚衣服丢了。这件衣服是他允诺送给冬立的。衣服打湿后变重了，扔了能减轻负担。他开始要丢摄影包了，好在一个老乡愿意收50元钱帮他背，这套数万元的照相机才保住了。

欧阳仁生也累得上气不接下气，一上来就躺在地上，连站的力气都没有了。4个医生往上爬后，他与另外两个战士上去了。他再无力照顾王小姐了。一个战士对我们说："她是跟你们一起来的，只有你们去管她了。"

剩下我们4个了。寂静，如同死亡一样的寂静，让心脏狂跳不已。我好言劝慰："走吧，你不走大家都要送死。"王小姐这才爬起来，一步一步艰难地往上挪。见到一摊浑浊的泥水，她不顾一切扑了下去，像牛饮水张口就喝了起来。

"喝吧，喝吧！"我连连说。既然生命都危在旦夕，喝点脏水又算得了什么。后来，我也干渴得不行，直后悔错过了这洼浊水，到了上面，连这样的泥水都喝不到了。

死亡一刻伸出援手

又爬了一段，大塌方从下面开始了，一节节塌了上来。轰天巨响，声浪排闼而来，群山震荡，所有的树枝都在索索发抖。

王小姐连连喊着救命，要一个老乡背她，"你背我吧，我出1000块钱！"老乡哪里肯理她，他也脸露惊慌，只顾疾疾往上爬。

王小姐在后面还在哀求："你要多少钱都可以，我的钱都给你，求你背——背——我！"

老乡对于她的哀求如同没有听见似的。这个时候逃命要紧！

王小姐瘫倒了，仰卧在草坡上，又紧紧闭上了双眼，口里往外冒着热气，白纸一样的脸上不见一点血色。我们怎么也劝不动，只能弃她而去了。

我们爬了30多米，她在下面嘤嘤哭了起来，不断地喊："救命！救命啊！——"

光B、光C追上我，要我下去帮她。那一刻，我的情绪复杂极了。往回走，就是走向死亡，何况我的体力也耗尽了，放弃爬上来的这节山坡已经很不容易了，哪能背得动她？如果扶着她，也许还能坚持一会儿，但坚持多久，只有天知道！不去呢，光B、光C已经异口同声提出来了，不管他们出于什么动机，毕竟是劝我去救人，何况见死不救，我也心有不安。

正当我犹豫时，王小姐开始往上爬，下面的树枝又在抖动。她边哭边喊边爬。我心一热，本能地冲了下去，在一处悬崖边，我俯身下去，要她靠过来，伸出手。我们的手抓紧在一起时，我用尽全身力气一拉，把她拖了上来。

就在这时，我身上发出了一声清脆的碰撞声。我想起了贴胸衬衣口袋里装着欧阳仁生给的两瓶葡萄糖，我取出一支，用一块石头击开封死的玻璃瓶颈，叫王小姐仰面躺下，把这支只有一小酒杯的葡萄糖液灌进了她的口里。这真是一瓶救命水！

我开始鼓励她："坚持一会儿，坚持就是胜利！……只要往前走，就不会死！……我们不能一起等死。……救了你就是救了大家，救了我。……我不想死啊！……"我扶着她，不但用语言，还以我全部真诚的关切所凝聚成的目光给她以鼓励。王小姐看到了我的目光，她终于露出了一丝微笑。这一个笑容也给了我极大的信心。

欧阳仁生再次援手。我们又爬过了一段山坡。光B、光C也过来帮忙。他们扶着王小姐走在前面，我和欧阳仁生跟在后面。

原以为医疗队人人都备有葡萄糖液，一路上却没有看到有谁喝过。这时我才明白，只有欧阳仁生才有，他可能只有两支，他把它全送给了我。看着欧阳仁生痛苦不堪的表情，感激令我情不自禁涌出了泪花。我拉住欧阳仁生，把这最后的一支葡萄糖递给了他。

欧阳仁生没有拒绝，但他只喝了一半，就递回给我。我接过来后，一饮而尽，那浓浓的甜直渗透心窝。

山坡变得平缓了，树也消失了。从植被只有草地来判断，我们又爬上了海拔三四千米的高度了。从海拔不到1000米的峡谷河床，沿垂直的山坡攀上海拔4000米的山头，我们攀越了3000米的高度。从下午2点多开始上爬，到7点，我们以惊人的毅力创造了生命的奇迹！

轰隆隆的巨响声已在我们脚下变得遥远了，我们可以俯瞰整个群山。它们就像一个神秘的战场，四面八方回荡着的是隆隆炮声。

这"炮声"惊天动地，撼人心魂。如同大兵团作战，接连不断的轰鸣声，从千山万壑的大塌方中发出。它就像一场造山运动，正改变着高原的面貌。我们有幸经历了这场巨变的全过程。

奇迹总在发生

然而，危险并没有完全离我们远去，山下的塌方仍在一步一步排山倒海般向我们逼近。我们在草地上一坐下来，就觉得寒气袭人，刚才逃命时身上的衣服丢的丢、脱的脱，穿着的也被雨水汗水湿透了。海拔高了，气温早已大大降低，寒冷的风把全身的热量几乎全都吸走了。现在，我连站的力量也失去了。

我从背包里找出那袋压缩饼干，大家各分得一块。空空的腹中，饥饿像刀子一样不断地刮过肠胃。没有水，口里干得连一点唾沫也没有，但我们还是用尽气力往喉咙里吞咽。

多么渴望水！多么渴望米饭！多么渴望有一个栖身之地！

看着渐渐暗下来的山地，另一种恐慌又开始弥漫。

在这里，即使逃过了大塌方，也逃不过饥饿和高原夜晚的寒冷。

不能再坐了。我们艰难地站了起来，向前跨出的每一步，都要靠顽强的意志和毅力支撑。

我看了看王小姐，对她表示了由衷的敬佩。坚持到这一步，要有多么惊人的毅力！

我一点一点往前挪，天空就在倾斜的山坡上，山坡却总无尽头，像一匹正在抖开的布，一尺一尺从天空下吐出来，没有止境。

我几乎绝望，无法想象山头的高度。这时，寂静的山上突然有了声音。起初我不在意，接着疑惑，这声音恍惚来自天空。直到"汪汪"声再次响起,听得明明白白,我一时热泪盈眶。这是多么熟悉的声音、多么温情的呼唤!狗吠意味着人群,意味着村庄,意味着我们所希望的一切!

我又看到了飘扬的经幡,还有山坡上的犏牛!我无法叫自己相信眼前的事实,它是天堂般的幻景,还是我心生的意念?山顶怎么可能会有人家?!上帝,你怎么有这样的安排,总在我最危急的时刻,把一切困苦顷刻化为甘饴!

那个通讯兵返回来了,他是来接应我们和医疗队的。当从他口里确证那是个门巴人的村寨时,我的喜悦之强烈不能言说。我想象不到自己会以这种方式,走进门巴人的世界。恐怕今生今世任何幸运的降临,都不可能有如此令人晕眩的幸福感了!我分明听到了几句凭空而来的天语飘拂而过。不是神,怎么会有这般奇遇,这般离奇?!

通讯兵说:"王副政委他们正坐在门巴人的木阁楼上烤着火呢。"

使人百思不得其解的奇迹仍在发生着,它使我对人生产生了怀疑,生出了幻境。而这奇迹过去后,它的背后出现的却又是毫不离奇的现实解说。

当我们爬上山顶村庄时,冬立居然背着我们的行李,站在村头一片高地上,遥遥注视着我们一步一步向他走近!

光C一声大叫,疯了一样扑过去,紧紧拥抱住了冬立。我们的激动是能够想象的,大家齐声大喊:"阿达冬立!阿达冬立!"他简直就是一个神!

奇迹的现实解释是:山头出现村寨,是因为门巴人都居住在山顶。只有山顶的坡地,才能靠刀耕火种种植玉米。这个村庄叫做羊背村,是背崩乡与德兴乡接壤的一个偏远村庄。而冬立出现在村头的解释是:他在我们走后,鬼使神差,决定不再休息,继续追赶我们。他与我们在军转站碰到的那家三口人一起出发,没走多远,就被大塌方围住了。他们也如同我们一样往山上冲来。在冒着生死走过塌方区后,沿着一条羊肠小道走到了这个村庄,与我们奇迹般会合!碰巧的是,我们几乎在同一时间到达山顶!那家三口人在经历这一场大劫大难后,在一起抱头痛哭。

一切都来得这样突然,来得这样神奇,我无法摆脱做梦般的感觉。

姓杨的人居然在这里找到了一家远房亲戚。冬立带着我们穿过村子,与老杨一家住到了那户门巴族人的家里去了。

[第十六章] 高山上的村寨

那一片浮动的金黄

灶膛里的火熊熊燃烧着,发出噼噼啪啪的响声,长长的火舌欢快地舔着炉灶上的石锅。这是一种用皂石凿出来的石头锅。红色火焰扶摇直上,烟火熏烤着的是一副吊在屋梁下的木架。木架分为三层,层层垒得满满的是木柴,它们被斧头劈得整整齐齐。

石锅里的水开了,咕嘟咕嘟冒着热气。玉米的香味立刻溢满了整座木楼。

红色的灶灰里,也是一条条金黄色的玉米,在灼眼的火苗烧烤下,发出细微的爆裂声,喷出另一种香甜。

一位门巴族中年妇女不停地翻动着它们,火光映在她那张消瘦的有着古老表情的脸庞上。

我们团团围住火膛,门巴姑娘用一只优美的有着朝鲜族腰鼓一样造型的金属壶给我们敬茶。茶浓得有点苦涩,里面加了盐,比汤还咸。我接过一碗两三口就饮完了。姑娘再倒,依然如此,她甚至来不及给别的人倒,我喝的速度顶多容她倒满一碗茶。

不知喝了多少碗,她那硕大的金属壶里仿佛有着无穷无尽的茶水。也许是我饿得昏头昏脑,不知道她添还是没添茶进去,我唯一注意到的是她给我倒茶的动作和她始终友善和蔼的态度。我甚至不清楚茶是怎样倒进别人碗里去的,我几乎是在不停地往口里灌,她几乎是在不停地在往我的碗里倒,那壶就没有空过。

这件事现在想起来颇有点魔幻现实主义的味道。它一经逝去,就永难重现,在我模糊的记忆里,它就这样不可理喻地定版了,成了我人生的谜团之一。

我体验到了回家的感觉,没有客套,没有虚饰,展示着一个赤裸裸的本我。姑娘不但包容着我的贪婪,还报以亲人般的爱意。

直到肚子灌得鼓了起来,我的干渴感才开始消失。饥饿感却更突显出来了,它是被面前的食物勾引出来的。

我还像在做梦,迷迷糊糊中,姑娘已经把一根香喷喷闪着金色光芒的滚烫的玉米送到了我的手中,我连它是如何从咕咕直冒水泡的锅里捞起来的也回忆不起来。我的记忆只是从她将食物递到我手里的那一刻开始,接着的就只有啃噬的动作、咀嚼的香甜,我的眼前是一片黑暗,我记不起当时看到了什么,只有一片金黄色,只感觉到那迅速变得光溜溜的玉米棒、不停递给我玉米的那双手,就连玉米的香味也是过了一段时间才有感觉的,起先的几根没有味道的记忆。

我张开眼睛,看到大家,看到炉火,甚至才看清眼前的姑娘时,我的脚前已经是一大摊啃光的玉米棒。我感到饥饿感已经退潮似的,不再把我淹没了。

我久久不愿离开火膛,直到大家都把湿衣服换掉了,又坐回灶边来了,我才十分不情愿地起身去换衣服。

光B给我照了一张相,样子是多么的悲惨:我的嘴角咧向一边,眼神中布满的仍是惊恐不定的光,全身被雨水和树垢浆染过似的,草木的颜色深深染进牛仔裤的每条一皱褶之中。我佝偻着身子,双手拎起胸前湿淋淋的衣服,一副茫然无助的神情。

这张照片使人不得不联想到逃出地狱的情形。

告别医疗队

另一栋木楼里又是一个情景：阁楼上生起了两堆柴火，烟火在木屋里弥漫，医疗队的人分作两堆正在烤火。

一块生铁皮用铁丝吊在房中，上面一堆油松正在噼噼啪啪燃烧，发出橘黄色的光，把房里众多脸庞照得闪闪发亮。熏得漆黑的木板壁仍是一片黑暗，它把一群人置于模糊的背景中，他们就像相融在黑暗里，只有那些面向油松的部位是光亮的。

有人在择辣椒，有人在忙着剁肉。一位扎着绿头巾、穿直花条裙、着粉红色毛背心的老年妇女正在人群中挨个儿敬酒。她拿一个白色搪瓷口杯，一把铜瓢，一个一个敬了过去。你喝一点，她就添一点，一直到你把铜瓢内的酒全都喝完了，她才肯离开，去敬下一位。

那瓢酒有两斤重。

我们打着手电筒，3个小孩像牵大狗熊玩一样，看我们笨拙地在烂泥地上跳来跳去，乐得嘻嘻哈哈，把我们带到了医疗队住下的人家。

对于这一温暖的重逢，大家有说不出的喜悦。医疗队的人忙起身，把我们一个个拉到他们中间，大家挤坐在一块，人人脸上都洋溢着喜气。

刘医生坐在门边，低着个头，他的体力仍没有恢复过来。

趁大家一起热热闹闹聊天，我找几位医生给我看伤口。他们的药品没有带上来，仲小舟先用一瓶白酒淋了淋伤口，又找来一盒先锋霉素，剥开外壳，把粉剂撒在伤口上。光 C 找了两块伤痛膏，把伤口贴了起来。仲医生说："伤口太深太宽，要缝针。现在只能这样处理一下，等明天到背崩营部时再缝针上药吧。"

部队杀了5只鸡，留我们一起吃晚饭。我们已经花60元钱买了一只鸡，正由冬立在做饭，就谢绝了他们的盛情相邀。

已经耽搁了一天，为了去背崩抢救那位战士，医疗队决定明天就下山，向导也请好了。

从羊背村既可到背崩，也可直接去墨脱县城。我极力主张一起走，一则我的伤口需要处理，二则我们路不熟，山下危险依然存在。

医疗队也劝我们一块走，危险时有个照应。

王小姐说她走不动了，一定要休息一两天，光B、光C体力也透支得厉害，倾向于她的意见。我只有少数服从多数。

我们就此与医疗队告别，光C带了相机，为大家合影。

这一夜，在门巴人的地板上沉沉睡去，连一点梦的影子也没有。到睁开眼睛时，早已是阳光普照的白昼了。

"风云突变"的本来意义

久违的太阳终于出现了。火辣辣的阳光直射入房门照在肌肤上，木窗吹来高原的秋风，人轻飘飘的仿佛也透明了。

大家起床，顾不上吃早餐，光B、光C已步出门外，我也背了相机走下了木楼。房里只有王小姐，她爬不起来。

我穿出村子，来到村后经幡飘扬的山坡，立刻被眼前雄伟的山峦震撼了！我惊讶于自己怎么会到这样奇特的地方，这完全是一个陌生而神秘的世界！只是这一眼，昨日的一切苦难就都得到了足够的补偿。我深深感动，轻轻叹息，默默无语。

高大、幽深因而蓝莹莹一片的山，一座一座横亘于面前，山与山之间，是更远的山峰，一层一层紧贴在一起。它们峰头涌动，组成一个无始无终的山的世界！

若说是现代社会遗弃了这个世界，还不如说，这个世界与现代社会本来就没有任何干系，它是一个遥远的新天地，是另一个星球和时空。

多么宁静！多么博大！多么自在！

静，就静得连风吹动经幡的摩擦声都能感觉得出。

博大呢，对面的山，如同从深渊袅袅升起的一团蓝烟。你无法俯瞰几千米深的大峡谷！

对面山的幽蓝叠压在我脚下山坡的橄榄绿上，两大色块相交处只有一条毛茸茸的线。这道毛茸茸闪耀着银光的线，晶亮晶亮，是阳光照射的结果。大峡谷就在这条线的下面，被两大色块掩藏了。

往山坡下走，以为绿色下面就是万丈悬崖，蓝与绿却在纷纷错动、退避，像不断被撕开的双面胶。这里面，我们昨天历经的生死之劫，被两种颜色永远粘合了。只有一团又一团、一排又一排的白雾从里面涌出来，仿佛从地底下冒出来一样，是它显出了蓝与绿之间的一个辽阔巨大的空间——一个你能感受得到却看不到的空间，它被永远掩藏！这是一个魔幻般的世界！

遥望峡谷，云雾正在其间升腾，有的横移，如飘飘舢舨；有的飞升，如灵似神，疾疾而去。阔大的峡谷空间，足有几十里宽。遥遥的山对面，仙国似的，山峰不是被云缠雾绕，就是突然失踪，被云雾深锁，有时偶露一角，恰如茫茫大海上的风帆一叶。而它山脚下那些上千米高的大塌方，小得只像毛笔画出的一根线条。

如此巨大尺度产生出的恢宏气势，有如磅礴的交响诗，无声地奏响，直撼得人魂飞天外。我感到被一个巨大灵魂注视，我慑服于这种沉默的遥遥对峙。

在这个远离外界不为世人所知的神秘边地，我深深体会了"风云突变"的本来意义，看到了大自然阴阳交替的神奇演绎——

首先，火辣辣的太阳君临万山之巅的蓝天，它以强烈的阳光烤炙着大地。山坡上，峡谷里，一团团热气冒出地面。我的脚下也如蒸笼似的，一丝丝白色的水汽从黄土里直冒了出来，让人如踏足于神话的土地。它们汇成一团团一缕缕的云雾，飞也似的升向天空。

渐渐地，蓝天被这些云团一片一片填满，太阳被遮挡了，天空茫茫然一片乳白，大地笼罩在阴影中，不见一缕阳光。

空气中温度骤降。山坡不再冒出地气。

这一过程完成之快，只有十多分钟。那飞腾的云雾如同滑翔的鹰翅，接着，太阳驱散乌云，只一会儿，又是晴空万里，远近山峦都呈现在蓝天之下，阳光又炙烤着大地，山坡上再冒出腾腾雾气，飞奔向天空，直到又一个阴天出现。

如此反复，直面阳光的泥泞之地，只消一天，水就干了。

我就这样呆呆地看着这一出大地与天空的游戏，并裹入其中，一会儿被大雾吞没，一会儿白雾又从我的身上撤走，溜得比兔子还快。大自然的神奇让我进入了虚幻和对于生命秘密的怀想。

太阳落山了，在这个高山深谷地区，不但看不到夕阳的霞光万道，就连黄昏也杳无踪迹，天空仍是一片蔚蓝。

没有比这样的时刻更令人销魂的了。我觉得自己就是这片土地的王。它的自在，在干这一切为我所独有，任我张狂。昨日的惊恐和磨难如烟云骤散。同是自然，人可以被震慑到如同蝼蚁般无助，也可以指点江山，坐拥云城，笑谈间看云起云落，这又是生命的豪迈。苦难之上，是净化的灵魂；生命的失而复得成了人生的大喜剧！我深深体验到了生的无比宝贵和美好！

一个自然本性的我，一个雄奇无比的山莽，天地人的大和谐大融合，成为生命造化的至境。当经幡猎猎，灵魂若飞，与世界一起进入冥冥中的神奇，相望时已经忘言。

又见雅鲁藏布

下午，跟老杨一家爬上后山，去看一个湖。

门巴人的湖小得被我们称为"水塘"。

站在一棵无名树下，听着远处传来的塌方声，如炮仗在山谷里轰然炸响。

一群孩子跟着我们，一群狗和猪跟着孩子。我们说话被他们一声声模仿，引得笑声在山头放浪。

一头犏牛突然就张嘴对着大峡谷"哞哞"直叫，它也像有了情绪要抒发一下。吓得一条狗对着它直吠，旋即又在草丛间狂奔。一只鸡——最初我以为它就是一只鸟——被狗惊得像鸟一样飞了起来。

南面山间有一个村寨，它像一片蘑菇般偎在山坡上。那是背崩的另一个村子，去那里，走得快都要两三天。

东南方一条斜插过来的峡谷，与多雄拉大峡谷相交而过，远远地露出了一块三角形的黄褐色块，那是匆匆流向印度的雅鲁藏布江，它又在我的面前出现了。我们告别3日后，在这里再度重逢，这滔滔逝水可是我策马大渡卡村时所见过的流水？

3天里，我经历了人生最严峻的考验，几乎命丧青山。雅鲁藏布，在这条世界第一大峡谷，在无人敢去的神秘地段，又会有怎样惊心动魄的搏击呢？作为一条江的一滴水和作为一个人的我，同时到达了这个陌生的地域，水还是那滴水，然而，人还能以同样的心情去面对吗？雅鲁藏布，只有你见证了我对于自己灵魂的一次放逐，对于生命的一次涅槃。

羊背村，以古老方式栖息在山坡

羊背村的房子是亲切的，它以人类最自然古老的栖息方式散布在山背上。深棕色的树皮成了面向天空的坡屋顶；粗大的木头，圆的成了柱做了梁，剖平的是木板，横着的是阁楼板，竖着的是墙壁。楼板架空一米多高，也许是为了防湿防潮，也许是防虫防兽。一截圆木，上面被斧头砍了几个缺口，成了上下木房的天然梯级。

在阳光的照耀下，进入乡村的世俗生活之中，我看到的是门巴人古朴的生活。一位妇女带着一个孩子正在茅草搭的棚屋里推动一扇巨大的石磨，玉米粉在石磨下水一样流泻出来。她的身后摆着一副古老的石碓和木杵。几只鸡东张西望，在石磨下转悠，耐心等待掉落的玉米粒。它们像鸟一样能飞善跑，要抓住它非得动用弓箭，门巴族小孩从小就靠它练习狩猎。

几位老人好奇地从窗口探出头来。一群孩子站在木楼的晒台上，举着一个什么瓜，向我晃来晃去，意思可能是问我买不买他的瓜。

再也见不到什么人了，村里一片岑静，连蜂翅的扇动声都能听见。

这天黄昏，我在村里寻找厕所，遍寻不遇，回头问房东，那位姑娘说："随便、随便。"怎么个随便法呢？我总不能在人家屋坪前吧？无奈，找不到厕所就转而寻找有粪便的地方，竟也找不到。

急了，就找了一间粮仓（粮仓也像房屋一样被柱子架空），钻到它的下面方便起来。

一头黑猪跟踪了我，老在我身前身后打转转，我以为是自己占了它的窝，它在抗议呢。

不久，又拱出三四头来，把我团团围住。它们极没耐心，又叫又闹，几次做出攻击的态势，都被我喝退。

它们长着一副长嘴尖牙，与野猪几乎没有区别，面对着我的呵斥，它们竖着双耳，瞪着黑眼，跟木雕似的站在那里。

我不得不赶紧结束"战斗"。才提起裤子，它们就蜂拥而上，把地上的秽物吃得干干净净。我恍然大悟，为什么门巴人四处方便却找不到粪便，为什么这里的猪骨瘦如柴，两年也长不到100斤，人都没东西吃，它们不吃屎又吃什么？

不用碗筷的原始部落

在羊背村吃饭，第一晚还吃了一顿米饭。米是冬立从军转站背来的。第二天，早餐就只有两根玉米可啃了。中餐、晚餐吃的是一种芝麻粒大的小米，它颜色褐红，在锅内要翻动几次才能煮熟，可能是大气压低的缘故，水开了要煮很长时间。吃起来既无黏性又无香味。

菜呢，除了辣椒，什么也没有。我们要冬立去买鸡蛋，他全村挨家挨户问了个遍，连一个也没买到。主人家连油也没有，辣椒只能用清水煮了吃。

房主一家开饭了，见不到桌子，也没有筷子，只有一两个盘子，盛了小米饭往地板上一放，一家人团团围坐在地上，用手你一把我一把抓起来往嘴里送。

主妇怀里抱着一个两岁的孩子，她把他仰面躺在自己的大腿上，抓一把饭送进自己的嘴里，又抓一把放进孩子的口中。小孩吃着吃着就在她的腿上睡着了。我看到他腰枕在大腿上，头和四肢都是悬着的。另外4个孩子仍在不停地抓饭吃着。在昏暗的烛光下，我突然觉得自己回到了数千年前古老的岁月中。

自酿黄酒和刀耕火种

吃过饭后，主人为我们敬开了酒。

灶膛边吊着两个竹筒，原来是酒筒。不等水烧开，主人就用瓢从锅里舀起水，一瓢一瓢淋到竹筒里。竹筒高不到一米，底下接着一个面盆，汩汩流下的黄色液体接了一盆。竹筒里盛的是发了酵的玉米。

主人从面盆里舀了满满一瓢，把一只口杯倒满，端到我的面前，口里不停说着"加米休（喝酒），加米休（喝酒）"，就站在我身边不动了。

我喝下去一点，她就忙给我斟满。我不喝完她瓢里的酒，她就一直站在身边不走。

这种酒度数很低，喝起来有很浓的酸味，也有凉水味。在门巴村寨，男女老少都喝它，家家户户不备茶，只备酒。

酿酒要耗去大量粮食，门巴族人的粮食是刀耕火种种出来的，来得十分不易。

每年的三四月间，他们赶在雨季到来的第一场大雨之前，把村里分给自己的一块山坡地点火烧荒。草木燃烧过后的灰烬随雨水渗入地里作为肥料，烧早了，灰就会被风吹掉，烧晚了，雨季一到就烧不了了。他们对于季节变化准确把握的能力，是在与大自然长期打交道中训练出来的。那些没有烧尽的树枝，就成了他们最理想的燃料，待雨季过后再背回家中。

由于是同一时间烧荒，燃烧产生的大量烟雾，卫星云图上也能拍到。好几次，林业部门还以为是发生了森林大火，特地来电询问情况。

这种原始的耕种，破坏了大量森林。由于地力瘠薄，烧过的地最多只能种植两年，就要另找地方了。

随后，在路上，我就看到了一块块被烧的山坡，一根根焦黑仍挺立着的枯树。

播种了，一把长刀或一根尖木杆，戳一个洞，撒两粒种子，门巴人丢下它就不管了。直到秋天，庄稼成熟了，为了防止狗熊偷食，就得背杆猎枪到地头转转。

收获的粮食极为有限，大部分却被拿来做酒。也许，只有酒这东西，才能使他们在这孤独潮湿封闭的大山谷里生存下来。生活的乐趣大都与这瓢黄黄的酒密切相连。

这一次塌方，很多村寨毁掉了不少玉米地，羊背村东面的玉米地几乎塌光了。有人因此要饿肚子，连生存需求的最简单的温饱都不保了。喝着这酒便别添一种滋味。主人还在不停地劝着，每一次你非得喝完它不可。这显示的是主人的热情好客。

"加米休，加米休"，多么亲切又多么豪爽多么无私的声音啊！

这一夜，一轮明月从山中爬上蓝幽幽的天空，它宛如一块透明的白玉，散出冷冷的清辉，那如霜的月光把羊背村的每一栋木楼都照得冰雪一样闪亮。夜云仍洁白如雪，浮在天边。天穹好不深邃，好不悠远。

我和光C坐于晒台上，心随这夜的星辉，飘向了遥远的天外，有如无边的梦境，那古远，可以同童年比拟，也许比童年更显遥远。

光C进了木屋，取了照相机，对着这轮圆圆的飞升着的光轮，轻轻按下了快门。

晚上，我们仍与主人一家一起睡在地板上。从这夜开始，我的身上开始肿起了一块块红坨，全身奇痒无比。早晨醒来，我发现地板上爬行的小虫，样子像蟑螂，细长、敏捷。

第二天，我们要走了。不断有死人的消息传来。主人急得六神无主，她的丈夫出外至今未归。她的儿子与丈夫一起出去的，儿子已经回来两天了。我们看到他一直躺在床上，那双赤脚走得皮开肉绽，开始腐烂。我找了一盒绿药膏送给了他。主人最小的孩子鼻子和口腔都发了炎，开始溃烂，哭个不停。王小姐给了一板先锋霉素胶囊。

在这深山老林之中，缺医少药，就是一场普通的痢疾也能夺人性命。而痢疾偏偏经常发生。

我们跟这一家人告别，跟这一个奇遇和奇景告别。我来了，认识了，一切就不再是传奇，它只是现实生活中的一部分。我的心和灵魂，从此在这里留下了一线牵挂，沉湎于一个广阔的梦的空间。在逝去的时空里，回忆将把这一切重拾。灵魂的呼唤一定在经幡的猎猎响声中抵达遥远。

[第十七章] 神秘的墨脱

闪现在丛林中的身影

两百多年前,这里只有一个土著民族珞巴族,他们人口稀少,孤独地栖居在雅鲁藏布江的河谷之中。

大约18世纪中叶,一支从主隅(即不丹国)自称为"主巴"和一支从门隅达旺自称为"门巴"的部落,由东西迁,经长途跋涉,来到了这里。

门巴和主巴两部同族,他们早期迁来的人数不多,他们与珞巴人和睦相处。随着迁入人口的逐渐增多,与珞巴人的矛盾发生了。

珞巴族是一个世外桃源一样的原始社会部落,门巴族则是一个封建农奴制的社会。门巴人信仰喇嘛教,要修建寺院,遭到珞巴人的反对。门巴人要扩大耕地和狩猎场地,也与珞巴人发生了直接的冲突。于是,械斗发生了。

珞巴人在械斗中失势,从此,雅鲁藏布江河谷地带大都为门巴人占据,珞巴人大都迁往了高山深谷之中。

在喜马拉雅山脉南面的丛林深处，珞巴人很难找到哪怕大一点的平地居住。从语言中就不难找到他们居住环境的特征，譬如，珞巴语言中没有"城"这个词。"城"的概念是他们去了林芝或拉萨后才有的。"城"的发音是从藏语直接借用过来的。这样的高山深谷无法形成哪怕大一点的居住单位，更别说城了。

他们都以部落氏族为单位聚居，选择在上靠山顶、面向河流，与外界不易通行的险峻山崖上，而不愿意住在临近江河的地方。他们特别爱水却又十分恐惧水，唯恐被水鬼拖入水里淹死。

他们择地而居主要考虑的，一是要阳光充裕，二是泉水溪流众多。

门巴族与珞巴族一样没有自己的文字，其历史最早的记录也只见于藏文的吐蕃和唐朝所立的会盟碑中。这座碑至今仍矗立于拉萨大昭寺门前，碑中的"孟族"即为"门巴族"。

他们迁移到这片崇山峻岭之中后，仍使用着各种石器，穿兽皮衣服——主要为大青猴的皮。年轻的姑娘只是在腰间围一块布，其他人，包括结了婚的妇女，大都不穿衣服。

那时，人们出远门，带上几袋炒熟的玉米，走一段路，就在一个地方放下一小袋，回来时就可以吃一路了。有时，路人把东西放在了同一个地方，那也无妨，各人是各人的，不会有人乱拿。

他们的身影不断在丛林中闪过，人们沿着自己踩出来的险峻山道去狩猎，去贸易。他们用藤竹编织品或者木耳、辣椒，从藏族人手中换取一些生活日用品，如食盐、酥油和布匹等。他们十有八九要当面夸赞一下对方是个精明人，然而，一回到自己家里，向家人朋友讲起这桩买卖，通常都会自我炫耀：自己才是真正的聪明人。他们具有典型的儿童心理。

"文明"只是近几十年发生的事情。20世纪40年代，铁器开始零星传入这一地区，石器才开始淘汰。20世纪50年代，父系氏族的浓厚残余才慢慢消退。20世纪60年代，人们看到解放军的穿着，慢慢学会了穿军装。至今，男人还以部队的迷彩服为最流行时髦的服装。到80年代，一妻多夫和一夫多妻制的家庭变得稀少了。

一个现代人的改造过程

在20世纪即将翻过它最后一页时,作为一个被灌输了这个世纪先进思想和科技知识的现代人,我也许是走上门巴人在险峻丛林中踩出的弯弯山道,走村串寨,目睹古老岁月中的生活是如何在这片丛林中被保留和展开的第一人。

这是一次误入,因为大塌方,我们脱离了马道,转入了隐秘的山顶小道。是这羊肠小道连接着一个又一个村寨。

从羊背村出发,沿东北向的峡谷,我们爬过一个大塌方(其时,塌方仍在继续,水和泥石不断往下冲泻着),经一个多小时的秘密穿越,我们到达了第二个村庄德兴乡的八景村。

从此,雅鲁藏布江就完全展现在脚下的深谷之中了,如一条黄褐色的飘带,大弯大拐,一路蛇行于莽莽苍山之间。

深秋的太阳,如一面金钹,在群山之上闪动着它的万道光芒。峡谷山脊上的小道,除了河流传来的喧哗声,一片寂静。偶有罡风拂过丛林,吹开闷热的湿气,让汗流浃背的我们精神为之一爽。

我们没有任何现实的目的,只有前进的目标。在这条世界上也许是最荒僻最原始的丛林小道行走,这种奇特的长途跋涉算作怎样的一种流浪呢?是放逐灵魂多一点,还是肢体的折磨多一些呢?或者,这不叫做旅行,以我现时的心态与来时的心理作一个对比,或者称之为逃避或释放更恰当一些吧!我的心情从来没有与自然这般协调一致,这般安谧和谐过。踏着古老泥土的同时,也踏着古老的阳光更踏着荒芜的时间——土著们守望着的一片时空。

我眺望到的皆是神秘和陌生,看的乐趣和行的目标,显然让疲惫进入了一种不自觉的休眠状态,一种机械的坚持之中了。

一个又一个塌方出现了,它们被火辣辣的太阳烤过一天后,大部分不再继续滑坡了，只有偶尔的一堆泥土、几块石头坍塌下来，只要你不是太不幸运，它们就总会在你闯过它之前或之后发生。我已经不再惊慌，这种威胁对我已失去了作用。

藏北草原上与狼的周旋，荒原上半夜被冰河挡住了去路，青海湖边的翻车，珠穆朗玛峰冰塔林前掉入冰川大窟窿的瞬间……一个人面对险境时的心理，这一路我已经体验得够多够深刻的了。那时，眼前总是出现无穷无尽的幻影和念头，对周围的声音极度敏感……这些高度紧张的心理早已离我远去了。对待几乎每十几分钟就要出现一次的塌方，我甚至有了种漫不经心。

想想自己来西藏之前，乘飞机心情都不能放松，上高楼也心生恐慌，经历过这一系列的灾难之后，我面对一切终于都变得坦然了。勇气是在不知不觉间培养的。我相信自己现在无论出现怎样的危险，都能冷静地面对了。这与其说是一种胆量和勇气，还不如说是一种能力和态度，经历了、习惯了，就懂得生命并非那么不可把握，那么如想象的一般脆弱，并非一切险境就那么轻易地与死亡挂上了钩。我感到自己在这一过程中毅力与决心不断增强了。

弯弯小道上的一天

在这种孤单寂寞的行路里，最适宜对自己的行动进行反思。我在询问自己为什么投入到了这疯狂的历险中来了，为什么走到了这一条完全没有可能走的山路上了。难道在我的潜意识里会有这样的愿望和动机？一切似乎是偶然，但又不尽然。梦游世界，浪迹天涯，这是我的人生情结。只是在其化作具体的情节时，我才会如此地震撼，如此地出乎想象，超越常规。这样的强烈刺激，是我所企求的吗？人生真的需要这样的历练？生命的必需是现实的生存的内容，还是心理的想象的从虚构到创造？我走着的这条山道却绝非想象，它是多么现实的存在，只不过它本与我的人生无关罢了。我的一切梦想与努力也只是把这个世界上许许多多与我无关的事物变成有关的东西。梦想与现实之间本没有绝对界线的。有关的事物多了，人生就变得丰富了。

太阳实在太毒，我们走得喉干舌燥。几次想喝那些从密林中流出的溪水时，总是想起那位姑娘的叮嘱。她是原墨脱县委书记的女儿，从前她也骑着马，与父亲一起出山，如今她在林芝县委工作，再也不用横穿原始森林了。见我们去墨脱，她只有一句话留给我们：千万别喝树林中流出来的水，只要一喝，就越喝越想喝，越喝越走不动；而且有的水有毒，有的人就是因为喝了水，再也没有走出森林……她的经验，我不能不信。

到达八景村时，我挨家挨户去讨茶喝，除了酒，没有谁家有水。我知道，这又是对我毅力的一场残酷考验。

冬立已经没有力气了，再也走不到前面来。从羊背村出发时，他还哼着那首《心太软》中的一句歌词，可现在，话都懒得说一句。

在八景村，他找到了一个远房亲戚，又跟我们介绍说，她是他的亲妹妹。一个地东村嫁过来的姑娘，今年只有16岁，怀里却抱起了一个几个月大的孩子。

她热情地给我们敬酒，见了冬立如见了亲人似的，硬要留他吃饭。

她的丈夫，一个年轻后生仔，生病躺在床上，拉肚子拉了七八天，已经奄奄一息，连抬手的力气也没有了。

冬立很慷慨，找我们先要了部分工钱，把20元钱塞到了小姑娘手上。他又一个劲要买王小姐的手表，说要多少钱都行。原来，他爱上了羊背村那户人家的姑娘（是她倒给我茶水、送给我玉米），姑娘圆脸，长得很壮实，她曾在八一镇打过一段时间的工，她因此迷上了录音机，主要是它能放流行音乐的盒带。寨子里有录音机的人家极少，我看到有人放了一首歌就赶紧把电池取了出来。她总是一双大眼睛看人，脸上露着浅浅的笑意。想好了才说一句话。冬立打算买了王小姐的手表，再回头送给那位姑娘。这一切我是后来才得知的。门巴人的爱是深深藏在自己心里的，这是我们习惯于表白的现代人所无法体察的。那种隐秘的甜蜜和快乐早已离我们远去了。想起冬立对王小姐近乎哀求的表情，我才想到他的爱是多么的真诚和纯粹。

在八景村的几个小时是冬立最快乐的时候。他得到了亲戚最热情真诚的款待，尽管这款待也只是一锅红米饭，几块存放数月之久已经变味的肉，但这并不影响他的快乐。真挚的情意不仅仅只有物质才能表达。他又在这里遇到了同是地东来的背夫（他称其为堂兄），那人把行李丢在阿尼桥，拄着一根拐棍，空身与妻子一道走到了八景村。他的右脚已经走坏，一拐一瘸非常艰难地向前挪着。

寂寞的旅途有了同伴，而且还是亲戚，这也算得上是人生的一大快事。何况前路还危险重重，不知有什么事情发生。

一碗又一碗的酒，冬立喝了3个小时，几乎醉倒。他的亲戚帮他找了一个15岁的男孩，他是前面荷扎村人，既可帮冬立分背行李，又可当向导。

有少年的帮忙，冬立才肯继续跟我们上路。这3个小时里，他一直不肯走，喝了足足3个小时的酒，我们也足足等了他三个小时，直到过了正午，才又动身出发。

离开八景村，见两个男人正在石碓里舂红米，他们从布袋里倒出带壳的谷物，一个男人举起木杵砸向石碓。木杵极其简陋，一截圆木，一根长长的树枝做的柄。他们抽着烟，有说有笑，神情像做游戏，又像穿一件衣服那样自然。他们想象不到，这样的情景在我的眼里会是十分古老和稀罕的。他们那份安详中所透出的一层含义，就是全世界的人都是与他们一样生活着。

正午的大林莽更加闷热难当，好在路不再又上又下出现大的爬坡。老杨家的嫂嫂仍走得一步一哼，表情痛苦。每次过塌方，她都吓得面无人色，几乎快哭出声来。有几次，她瘫坐在地上，身上沾满了黄泥，脸上的苦难像泥垢一样深厚。他们3个人已经走了整整一个月了。从米林亲戚家带着的肉，每餐拌热吃几块，也已吃了十多天了。

由于能够眺望宽阔的河谷，我的心情开朗多了。我屏息敛气，专心于行走。在这样长时间的行走中，意识也同在流动着。走的与想的只有在这样的山道上才那么步调一致，专心致志，共同朝着一个目标，心里绝没有私心杂念。我念念不忘的是脚下一步一步缩短着的距离，正在一点一点靠近着的目标，全心全意于脚下的一抬一跨，顶多目光所及，偶尔会为新出现的山坡和峡谷投去一瞥,就像平静水面落下了一颗石子,打破了一下单调沉闷。在事后的记忆里,这些不经意的一瞥,却仍留下了深刻的印象。也许,这正是因为一步一步的丈量,它才那么深刻地锲入了记忆。而那时,真的没有多少心情去欣赏它。

神奇的动植物和传说

墨脱有许多神秘的,有时甚至是恐怖的传说,我不能样样加以验证。一路上的所闻所见,虚虚实实,已使人如坠幻境。

传说崩尼的珞巴人有一个"女儿国",位于北部山中一个名叫米育门的地方。年轻的妇女和年老的妇女分居两处。她们都有贵重、古老的串珠、法铃和宝剑。她们最盼望的就是男人的到来。男人们到了那里,无论如何是要被留下来过夜的。她们把过夜的男人当作国王一般款待服侍。

当男人被获准离开时,年轻的妇女就会纷纷送给他串珠和宝剑,而年老妇女送的则更多也更精美。她们都希望他再度光临,还期望其他男子见到这些东西时也被引诱过来。

年轻的妇女怀孕以后,如果生下的是女孩,众人无不兴高采烈;如果是男孩,则要把他弄死。

是真有其事呢,还是以前古老岁月发生的事情?一时无法验证。

去墨脱前,人们传说墨脱树上能长肉,有吃不完的糌粑。

我们到了墨脱,发现有一种叫"达谢"的树,又叫糌粑树,树叶与椰子树的树叶相同,树芯捣碎后可以吃。门巴人断粮时,就靠采集达谢过活。

还有一种叫乌木的奇特的树,目前听说只有墨脱县境内才有发现。墨脱人用它做成筷子。这种筷子经油一炸,越用越黑。它不怕火烧,其坚韧可以打碎瓷碗。墨脱县县委副书记霍增华送了我一把乌木筷留作纪念。

使人难以置信的是,墨脱有一种脆蛇,不咬人,老乡常把它装在兜里玩。这种蛇往地下一摔，就断开成几截，但它会自己接上。

野人，在墨脱不是谜团

　　野人的出现，更使墨脱充满了神秘色彩。神农架的野人传说已是迷雾一团了。对于墨脱野人的传说，我当时的态度也只是一笑了之。没想到墨脱人对我的这种态度大不以为然，这在他们看来是一种确信无疑的事情。遭到别人的不信任，他们当然有点不快。

　　门巴人称雄性野人为"波折"，雌性为"折姆"。野人于他们只是生活中一件普通的事情。大家认为谁看见或遇到了野人，都是一件十分不吉利的事情。

　　墨脱流传着一则野人的离奇故事。说某村一个猎人打猎时，被猎物所伤，危急关头，是一个折姆救了他。当他醒来时，发现自己在黑暗的山洞里。过了好久，折姆回来了，她搬开堵住洞口的大石头，看到猎人醒过来了，十分高兴，把自己采来的野果喂给他吃。猎人十分害怕，折姆就退了出去。

　　从此，每天折姆出去寻食，早出晚归，把猎人养在洞中。猎人想逃，却奈何不了那块巨石。

　　后来，折姆怀孕了，生下一个孩子。她可能以为有了孩子，猎人不会再离开她了，因此而放松了警惕。

　　有一天，猎人终于找到了一个逃跑的机会，跑了出来。折姆抱着孩子一路追到了村子。

　　她在村边嘶哑地喊叫着，围着村子转着圈，哭叫了一夜。

　　第二天，猎人在村里人护卫下，站在了村口。折姆先是一阵惊喜，见村里人用弓箭对着自己，猎人躲在人群中，丝毫不为她和孩子所动，她无望地流下了眼泪，绝望地狂叫一阵后，突然把孩子高高举上头顶，一声惨叫，那孩子被她撕成了两半，鲜血淋了她一头。折姆把血淋淋的一半扔向村庄，自己抱着另半号叫着，转身狂奔，进入了森林……

遇见过野人的门巴人向我描述：野人身材高大，大约有两米高，他们除了脸外，全身都是毛。头发过肩，长的可垂至小腿。

野人长相像猴子，又类似狗熊，眼睛有点红。他们直立行走，脚与人的一样，但长的达到一尺二。

它们会拍手掌，掷石头。有资料记载，1983年8月，猎人次成在雅鲁藏布江大拐弯外侧的马尔康附近设绳套捕猎，几天后，发现套住了一个身高1.3米左右的野人，浑身棕毛，头发披到了胸前，野人是被吊死的，双手还紧抠着脖子上的绳套。

1988年8月，修建扎木至墨脱公路的民工在70公里处，连续两天碰到野人。包工队的陈新民等3人，在中午大约1点钟的时候，看见帐篷外三四十米处的林中，一个长满棕色毛发、高一米二三的野人飞快地跑过。那野人投石又远又准，但似乎对人十分害怕。

第二天，野人又一次出现，几个民工吓得不敢走出帐篷，连晚上都不敢睡觉。

在墨脱工作过20多年的冀文正老人是一个"墨脱通"，他20世纪60年代初就随解放军进驻墨脱，到西藏民政厅工作后，又多次翻越多雄拉山，进入他的"第二故乡"。他说，他每次到墨脱境内大峡谷一带，都能发现或核实一些关于野人的信息。从他20世纪60年代掌握的资料看，墨脱境内发现有20多处野人活动地带，共有11个野人。

20世纪80年代有两个消失。1991年，他找过29个猎人，再一次确定，除原来的9个野人仍在活动外，又有5个地方活动着两个野人，其中一个就在巴日山沟。

这个巴日山沟的野人，额部突出，眼睛无神，塌鼻梁，嘴大牙白，靠近人便龇牙咧嘴，离人远时则发出叫声。它会怒会笑，乳房不大，是个波折。

它直立行走，脚与人无异，脚趾分开，脚窝较深。拉的粪便中有果子的籽和渣，还有树皮草根，味极其酸臭。猎人估计波折15岁上下。

另一个则生活在靠近印占区北侧我方控制的山沟里，高约1.7米，乳房有一尺多长，垂吊在胸前，是个折姆。

折姆毛发为棕黑色，不爱吼叫，喜欢独处。其面部皱纹又多又深，眼睛深陷，无精打采。

猎人观察了它3天，它仅出过一次洞。洞里有厚厚一层树枝和软草，还有兽骨。洞口外有一大堆粪便，形似马粪。洞内外均臭气熏人。

据专家们认为，这些野人可能是幸存下来的尼安德特人，也可能是毛尾猴类的类人猿，还有可能是属于猩猩科的、一种体格高大的猿。

这是大自然又一个留待人类解开的谜团。

崇拜男性生殖器的部落

与迷雾中的野人不同，关于门巴人、珞巴人对生殖器的崇拜和奇异的婚俗，却是日常生活中随处可见的生活场景。也许是严酷的自然环境，也许是来自生存的压力，门巴人、珞巴人患各种疾病的死亡率实在太高。

这里仍盛行巫术，门巴人、珞巴人生病或出行时，会杀鸡取肝，通过观察鸡肝的纹理，来预测吉凶和病因。他们认为万物皆有灵魂，甚至一棵树一块石头，都会有灵魂。人生病就是恶精灵附身的结果，必定要驱鬼才能获救。

他们会很虔诚地用糌粑、黄酒去敬一棵树，或将它砍倒。因此，原始的对于生殖器的崇拜在这里仍然留存了下来，就完全不奇怪了。

人们把用木头雕刻的男性阴茎龟头（当地人称作"卡让辛"），立于村口或自家门前，以求得人丁兴旺、身体健康。没有谁认为这是见不得人的事。甚至"卡让辛"刻好时，人们要端着它行礼，在每一个成年女子的阴部象征性地捅三下，以求多了多福。这种场面极其严肃，人人不苟言笑，表情十分神圣。

为了祈求丰收，生殖器还被置于地头，以求得庄稼有旺盛的生殖力。

这些已经神化的龟头成为了生命力的象征。

现在，随着与外界交流的增加，医药的传入，生殖器已经不多见了。

有的人家开始以更加含蓄的方式——蛋壳——代替了它。

部落间奇异的婚俗

门巴人与珞巴人的婚俗,极富戏剧色彩。

门巴人嫁娶时,女方家最神气。新郎家必须组成一个浩浩荡荡的迎亲队伍上新娘家,一部分人专门去请新娘的舅舅,一部分人要向新娘的父母献哈达、敬酒、道吉祥。回程上,男方还得在路上设三道酒,一道设在女方村边,一道设在半路,最后一道设在新郎家的村口。

这三道酒非常重要,借此可以显示女方享有的至高权威。

当迎接新娘的队伍到达时,这些早已等候在路上的敬酒人,赶忙迎上去,小心翼翼地敬酒、道吉祥,个个脸上都是笑容满面,他们献哈达,唱歌跳舞,好话说了一遍又一遍。

女方家个个趾高气扬,爱理不理。男方一定要让女方个个脸露笑容,并喝下敬奉的美酒,这才算过了一关。如是三关。

新娘终于进到新郎家,新娘一方被要求全部更换衣服,穿上婆家准备的新衣,这才开始举行婚宴。

婚宴上轮到做舅舅的耍威风了。每每把杯换盏、兴高采烈之际,舅舅大摇桌椅,不是嫌酒不好,就是菜的味道不行,或者服务不周全,他说:"是不是因为新娘长得不好?!是不是没有守婆家的规矩?!"新郎家的人赶忙赔上笑脸,一个劲道歉,把舅舅面前的东西撤走,重又换上新酒,端来好肉好菜。有的献上哈达,有的在舅舅面前唱起了歌跳起了舞,一遍遍不停地祝福。舅舅这才罢休。

这种无理挑剔,寻衅闹事,婚宴中往往要进行数次之多,直到闹得媒人出面来调解为止。

这种表现母系氏族社会解体,女权衰落男权确立的争斗性场面,是人们对于过去生活留恋和无可奈何的一种补偿心态。

珞巴人的婚俗又是另外一种场景。

男方的迎亲队伍，大都是年轻力壮的青年，他们身穿长袍，手持长刀，有的牵牛，有的扛了猪肉，还有的背着酒筒，一路浩浩荡荡前往新娘家。

新娘一方也组成了一支年轻人的队伍，他们穿着节日盛装，但个个赤手空拳。

双方在路中相遇，一方要过，另一方不让过，于是，一场模拟的战争开始了。小伙子们挥着长刀，喊杀喊打。双方扭在一起，直打得精疲力竭，新娘一方才让出路来。

婚宴是在新娘家举行的，人们尽情饮酒，载歌载舞。

这种带有"抢婚"痕迹的婚俗，演绎的也许是远古社会真实的生活场面，它把我们带进遥远的幻想。社会在变迁，人们却念念不忘过去，以戏剧化的婚俗形式，重现了古老的生活。

诡秘的那尔东村

这一天，我们从八景村走到了那尔东村。雅鲁藏布江在它的下面转了一个大弯。村口却看不到江，只听见涛声，陡峭的山崖把河床隐藏到了幽深的峡谷之中了。

那尔东村像一群神鹫憩息在这座陡峭的山头之上，其时，夕阳把它染成了古铜色，越发显出神话般的色彩。

我们从巨大的经幡阵中进入村庄，哗啦啦翻飞的经幡在大风中的张扬，让人觉得抵达的是一种非现实的地界。

那尔东村在我们到达前的一天死了一个15岁的女孩，她是在过村子下面峡谷中的一条河时，被洪水卷走的。姑娘当时在帮人背东西。

我们坐于村口简陋的校舍地坪上，久久的，村里一点动静也没有，只有风吹响经幡和树叶的声音。

冬立十分害怕山下的洪水，怎么也不肯走了。我们被迫在这个死一般寂静的村子停留。

冬立突然变得悲伤起来，他说自己出来这么久了，他妈妈一定会想他，替他担心的（冬立的父亲已经过世），他竟因此而哭了起来。

也许，真的有什么心灵感应吧，冬立的姐姐就在这一天，在离我们不远的地方，被一块石头砸中了背篓，旋即被卷入了塌方中。到被人找到时，她的脑袋已被石头砸碎，腿也砸断了。

冬立不在大塌方的时候想家，偏偏在这个时候突然伤心至极，确实显出了某种玄机。

噩耗是两天后冬立赶到县城才得知的。那时，他姐姐刚刚被埋葬。他在坟边哭了一个下午，傍晚到我们的住地时，他双眼已经哭得红肿。也许，他姐姐不愿他看到自己的惨状吧，本来讲好同一天赶到县城的，冬立却鬼使神差一个人住进了德兴乡，只差几公里路了，硬是不走。害得与他一起走的王小姐一个人赶夜路，吓得一路哭到县城，第二天把我们一顿臭骂。

进村庄时，人们都以怪怪的眼光看着我们，连小孩子也躲得远远的，好像我们是什么鬼怪。

冬立不让我们进别人的家，他找了来自地东村的一位小学老师，我们在他的小木屋中自己架锅煮饭吃。

那个下午显得异常漫长，一群小学生坐在教室里读书，为打发时间，我拿着课本带着他们朗读，直到把一本书读完了，时间仍丝毫没有动的意思。孩子们把"下雪"的"雪"念成了xuè，反复几次也纠正不过来，我念我的，他们念他们的，引得两个光头大笑。

光C又去教他们唱《小草》。

我瘫坐在木栏杆上，痴望远山那凝固的幽蓝。突然，我发现阳光只在那尔东村才变了颜色，四面都是透明的蓝色，只有这一块才橙黄一片，像金箔似的，显出了黄昏才有的色泽。

有村民叫我们去喝酒，冬立做了个神秘的手势，随后，不知他与那人说了些什么，那门巴妇女用一种奇怪的眼神瞅了我一眼，就转身走了。

晚上吃晚饭，冬立神秘失踪。

这夜月色皎洁，一切都被它照得明晃晃的。我们却不敢去村里睡觉，最后睡在了学校的地板上，光C还神经兮兮单独睡在另一间房里，说万一有情况，也有个照应的。

这夜，真的提心吊胆。觉得每一处飘动的暗影里，都有着无穷的奥妙。

第二天起来，村子依然是死一般的寂静，人们不喧不闹，连鸡狗也不叫，仍然只有风吹动经幡和树枝的响声，好像村子根本没有住人似的。我望着它，顿生孤独之感。

光C晚上睡不着，半夜曾被月色吸引，一个人爬了起来。惨白的月光让他胆寒，本想拍下这千载难逢的月色，却怎么也没胆量坚持哪怕两分钟，拍不到一半就撒腿跑回了房里。

这地方的神秘真真切切，就像某个实在的物质，甚至可以触摸似的。

走出荷扎，我是真正的流浪汉了

县城就在前面了，上午的阳光照着它，那白色坡屋顶闪闪发亮。

我们从一棵砍倒的大树上过了那尔东村那条峡谷中的河流（过河如同耍杂技，摇摇晃晃走过光溜溜20多米长的树干，树下就是冲走那个女孩的急流）。下到谷底后，又爬到对面山顶，体力几乎耗尽。站在山顶眺望都给了我们巨大的鼓舞。

荷扎村就在山腰上，似可与村里的人喊话了，然而，这看似近的距离都让我们走得汗流浃背，直到下午1点才进入这个村子。

我们在那个15岁少年的家里，用清水煮了一锅南瓜、笋和青辣椒，吃了两碗红米饭，休息到了下午3点40分才又出发。

大家说好，就是走夜路也要赶到县城。我们从八一镇出来已经9天没有洗过澡了，全身几乎发臭，更可怕的是，我一身红肿，奇痒难受，手上的伤口和化脓的脚趾都要马上作消毒处理。加之，腹中空空，营养已经只到维系生存的地步，我们全体都在憧憬着到县城的那一顿大鱼大肉。

从后来冲印出的一张走出荷扎村的照片，可以看出一个十足流浪汉的形象：阳光猛烈，泻满坡地，我脱得只剩一件衬衫，大汗已经把它湿透。在竹筒水槽下冲洗过的头潮湿、零乱，绑腿、拐杖、牛仔裤上的污垢、戴歪的帽子，还有疲惫不堪的神态，一眼就能看出历经长途跋涉的艰辛。

我的身后是荷扎村原始的村寨，那全是茅草搭的棚寮，四面被齐膝的草丛围困。

村子的坡下面有一块水稻地，正是收割的季节，金黄的稻穗溅起一泼刺目的阳光。

我像一个来自遥远的、穿越了原始森林和部落的流浪者，正走向不可知的阳光地带。

在荷扎村待的时间不到3个小时，我们却感受到了这个村庄与那尔东村完全不一样的热情。

走进村里的青石板路，一个老人打开窗子，向我们友善地笑着，拍着巴掌，嘴里说着"欢迎！欢迎！"他的孙子倒了一大口杯水，从窗里递给我们。由于窗户太高，我向他挥了挥手，表示感谢。其实在路上，我因实在忍受不住干渴，顾不得别人的叮嘱，已喝开了山泉水。

在少年家里弄饭时，他妈妈回来了，一个劲地劝我们喝酒。邻居一位老人特意跑过来，请我们去他家坐，又送来南瓜和红米。

少年的妈妈见冬立背不动行李，又要儿子再帮冬立背一段，送到县城。

我们感到的不只是愉快，那种如家的感觉，给了我们这些远离家乡的人以极大的抚慰。

整整9天，我走得太远了

谁也想不到，就在眼前的县城，成了一段充满苦难的路途。一个又一个山坳，一个又一个滑坡，一会儿到了雅鲁藏布江边，一会儿又在宽大树叶的密林中穿行，县城却越走越远了。

我几次瘫坐在地上，不想再往前迈一步了。王小姐脸上又出现了大塌方时的表情，在一处草地上仰面就倒了下去，一双绝望的眼睛呆呆望定天空。她实在没有走下去的力气和信心了。

我们等了她好一阵，她竟左劝右劝也不肯起身了，见后面还有冬立和老杨他们一家，我们便先往前面走了。

王小姐等到冬立出现时，已经是黄昏。冬立不肯往前走，在一条岔路口就去了前面的德兴乡。王小姐犹犹豫豫，还是下决心赶到对岸的县城。这一天，她一个人走夜路，直到晚上10点才到县城。

我们跌跌撞撞摸黑进到县城时，人几乎就要瘫倒在地。那时，看到平坦一点的地方，我便克制不了要躺倒的冲动。假若这时县城仍不肯出现，我肯定要爬着进城了。

在这个渐渐昏暗下来的丛林深处，恐怖的联想的确让人心里难以承受。想起以前听一个歌手唱的一首黑夜的歌，他唱的是黑夜的黑，那对于黑的恐慌，表达了现代人在都市中的孤独无依和文明的荒芜感。那是孤独的黑，荒芜的黑。

歌手是一位来自北方的、流浪到了广州的艺人，我已经不记得他的名字了，但他那对黑的切肤感受，就在这时，在这片原始丛林里又突然淹没了我。墨脱的黑暗让我想起了都市中那种让人不能忍受的黑。我在那样的黑暗里体验了入骨的冷漠、孤独和绝望。我本要冲出混凝土的丛林，却从一种感觉中的黑又进入了大森林中真实的黑暗。我也渐渐明白自己要到高原冒险的缘由是什么。这种内心的反抗几乎让我付出生命的代价！

是远处的灯火，使我再一次浮现出这样绝望的情绪。

想起一位曾在墨脱工作过5年的医生，第一次到墨脱时，看到一面迎风飘扬的五星红旗，心里喃喃自语："我还没有走远，我还没有走远。"

我呢，面对着这个县城，突然间产生了背井离乡的伤感和乡愁，9天的寂寞独行，我已经走得太远了，太远了！

月夜里的野浴

墨脱县城的确是太小了，尽管我已经有了足够的思想准备，但见到它时，仍然令我吃惊不小。它应该称作一个村庄才更合适。

县城没有一条街道，没有一家餐馆，甚至连旅社也没有，只有一片低矮的平房错落散布在平缓的山坡上。在20世纪90年代末，作为全国唯一不通公路的县，这里连一个轮子也找不到，包括单车轮子。现代化的唯一标志是：县城有个5千瓦的小水电站，能够供给部分人家电力，有几户人能够看到电视。

这夜，我们从一条田埂小道，走到一条水沟里，摸到一处红砖砌的围墙边，又从一条独木梯翻进墙内，见有两排平房，一个挑水的男人正好路过，我便问他这是不是县政府招待所。他指了指一面山坡，要我们上那里去找。

沿梯级上到坡顶，县委县政府就到了。办公楼由四栋平屋围成一个小院子，中央有一个水泥花坛，不见花只长草，一根旗杆竖立在中央，那是作为共和国领土标志的五星红旗飘扬的地方。这些简陋陈旧的平房，既作办公，又作宿舍。那时，霍增华正站在他的单身宿舍的屋檐下，看着我们一步一步走近他，问我们是不是工作队。得到否定的回答，又问我们是哪个部门的。我解释说："我们是跟解放军医疗队一起进的墨脱。"我忙掏出身份证、记者证和边境通行证。我想，他那时一定十分失望。他们盼的人没有来，来了一帮毫不相干的人。

专程到墨脱走一走，玩一玩，这种行为对他们来讲，是不能理解的，就差没说我们是"吃饱了撑的"。

我们却要深深感谢他们，若不是县里的接纳，这一晚我们真的不知道该怎样挨过去。霍副书记安排了县里唯一的一间客房，听说我们是与武装部新来的副政委一起进的墨脱，又叫县委办公室的扎西主任打电话与武装部联系，安排吃顿晚饭。县委那里确实没什么吃的，连炊事员也找不到。

扎西主任又把我们带到不远的县武装部部长那里，部长亲自安排给我们煮了一大锅面条，还十分慷慨地在里面不知加了几罐红烧肉。汤上面浮着一层花花闪闪发光的油。我足足吃了4大碗，把所有的肉都一扫而光。也许，进了墨脱的人，都懂得怎样对待来者，谁没有经过这样的饥饿呢，这饥饿可是刻骨铭心的呀！

这顿面条，成了我人生中能够留下记忆的极少数美餐之一。我们个个抚着被撑得圆鼓鼓的肚皮，都觉得自己就是这个世界上最幸福的人了，精神状况也为之大为改观。走出房门竟再一次被东升的圆月迷住，拿出相机，搬来方凳，就把镜头对准这一轮刚爬出山边的大银盘。冰清玉洁的光辉，远处的蛙声，让这个世界变得如诗如画般美好！

接着是处理连自己也不能容忍的肮脏之躯了。

我们3个在一家小卖店买了内衣内裤和毛巾，守店的小伙子十分热情，自告奋勇当向导，带我们去山坡下的一条小河洗澡。

是夜，月色如水，小河似一摊碎银抖动粼粼波光。四面山影如同剪纸。顾不得河水是否冰冷，我脱光了衣服，跳入河中。河水又冷又浅，我站在水中央，用双手不停地往身子上泼水，很冷，但却很舒坦。我嫌不过瘾，又挪步来到一个小水瀑前，俯身水幕，把整个身子浸进水里冲洗了一遍。一不小心，连毛巾也被冲走了。

朦胧的月光，把这块山坡地照得如梦似幻。河水有点硌人，水流从指缝间滑过，给人粗糙的感觉。冲过后的头发，变得僵硬，手指梳理不动它。

第二天才发现，水是浑浊的，头发里夹了不少细砂。但是，洗了一个澡，皮肤感觉十分爽朗，尤其当夜风拂过，每个毛孔都被吹得张开了，有如沐春风的感觉。

晚上睡得很香，直到第二天上午10点才醒来。世界变得无限美好。

世界上物价最昂贵的县城

那时的墨脱县只有唯一一部与外界联系的电话，而且只能打出，不能打进，大部分时间还打不通。王小姐这天排队等了一个上午，才给家里打通电话。她在众目睽睽之下，放声痛哭，把自己的悲惨遭遇告诉了亲人。

人在最困难的时候也是最想念亲人的时候。我也想念起那个远在广州的遥远的家。

她一哭，当天整个县城都知道来了4个外地人，从此，我们每一个细微的行动，都会立即传遍整个县城。这个村庄一样的县城，不过几百号人口。

王小姐两条腿肿得连牛仔裤也穿不上身了，她自己动手把左右两脚的大脚趾甲都拔掉了。我还是相信医生的话，由它自己烂掉，再自动脱落，我不喜欢"揠苗助长"。

县城医院不分什么科，医生只有几个卫校毕业的。医生给我开的消炎粉，竟是1977年北京的什么红卫制药厂生产的，是不折不扣的超级过期药。

我们企盼已久的大鱼大肉并没有如期出现，相反，连红烧肉罐头也不是经常有得吃，还得按计划分配。在县委食堂，天天招待我们的就是发酸的大米饭和一小碟炒冬瓜。餐餐如此。

墨脱的神话，在我们面前彻底地破灭了。这里不但是全中国物资最匮乏的地方，而且是全中国（恐怕还是全世界）物价最昂贵的地方。

我有兴趣打听到了一些食物的价格，有的还只有价格没有货物供应。我把它记录了下来：猪肉50元一公斤，冬瓜4元一公斤，青椒30元一公斤，鸡蛋2至8元一个，大米12元一公斤，鸡150元一只（重约1至1.5公斤），土豆8至12元一公斤，饮料10元一罐。

争饭吃的技巧

为了尽快恢复体力,好在两天后再走出这片丛林,我们不得不四处寻找吃的。肉是没有的,全县城10天才杀一头猪。

第二天,我要联系背夫,留了下来。两个光头上山去县里唯一一所完全小学(墨脱的孩子读中学都得走出大山,去林芝就读),那里有两个刚分来的女大学生,通过她们找学生家长买了一只鸡(没关系有钱也买不到鸡),他俩就在学校煮了吃,与两位藏族小姐及随后赶上来的5位男大学生,共进了一顿午餐。

一位广西籍战士,听说来了4个广东人,高兴坏了,他先找到王小姐,又找到了我,把我们认做老乡,一定要请我们上山去他们的连部吃饭。

吃饭的诱惑力太大了,我十分兴奋,穿了拖鞋就一拐一瘸随他上山。我想,这一顿起码可以吃到红烧肉罐头了。

几个广西兵把我和王小姐当亲人似的,又是带我们去见指导员,说是来了老乡;又是带我们到卫生员那里换药。午餐果然吃到了红烧肉罐头。

下午,连长文豪从山下回来了,检查过所有证件后(到县城这已是第三次被要求检查证件了),又留我们吃晚饭。

连队刚刚收了稻子,院子的水泥地坪上一片金黄。这些稻谷都是战士们自己种自己打的。连队还有一个菜园子,菜虽不多,比县城里却要丰富得多了。

这天下午与文连长聊天,我问他在墨脱当兵,最苦的是什么,他说,战士们最难耐的就是寂寞。

他把这几年来过墨脱的人一口气给我数了出来,他们的名字他烂熟于心。

凡到墨脱的人,必定要来部队看看。有人出去后写文章,把进墨脱的路说得十分艰难,文豪对此还很有些看法。

在墨脱当兵，走路又算得什么！巡逻线比这条路还要难走，出去巡逻一次就是半个月，但听说去巡逻，战士没有一个不高兴的。在这里实在憋得慌啊！走路就这样成了美差。

在连队蹲点的一位副营长也跟我说到进墨脱的路，他说把它写得这样艰险，谁还敢来？很明显，他的意思是希望我不要照实写，这样进来的人也许会多一些，部队也有多一点接触外面的机会。

这真是一个寂寞的下午，我与文豪就坐在兵营中大房间的床上，有一句没一句聊着。我成了他唯一的听众。窗外的阳光好像有了声音，那是被风吹动的声音。我想的更多的是怎么走出去。

文连长说，在墨脱就是被一只毒蚊子咬了，也有可能丢了性命。看来，我对自己的真实处境是过于盲目乐观了。我不止一次问他，从东面去波密那条路与我们来时的路，哪一条更难走。文豪觉得很难回答，最后，他的意见是往波密去的路更危险一些，原因是那边塌方更多，泥石流更凶。

自从听了这一句话开始，我就再无心听他侃侃而谈了，我全部的耐心就是等那声晚餐的哨响，听战士们排着队，唱那首吃饭前唱的铿锵有力的抗日歌曲："说打就打，说干就干，拿起手中枪、刺刀、手榴弹。瞄得准啊打又打得远，上起了刺刀，冲啊，打败日本侵略者，一二三四！"

我甚至怀疑自己是走不出这片群山了。我一直望着窗外的山峦发呆。

与部队相比，县里干部伙食就差劲得多了，他们顿顿吃冬瓜，不但油少，分量也极少。然而，对他们来讲，有米饭吃，顿顿能管饱就已经十分不错了，以前可是连饭也吃不饱的。那时，菜是由炊事员把勺分配的，一人一瓢，绝没有多的。饭呢，说是管饱，从锅里打到一个大盆里，往桌上一放，就任由个人自己盛。结果是，一些人吃得撑死，另一些人还没有到下一顿开饭的时间就已饿得头昏眼花了。

细心的人终于发现了其中的奥妙：那些顿顿撑死的人，开始时给人极为儒雅的感觉，他们使用一种硕大无朋的搪瓷碗，却只盛上小半碗饭。这样做的最大好处还不是在于表面的谦虚文雅，主要是能极快地进入第二碗饭。这种迅速且极自然的递进法，谁也无可置喙。只是这第二碗饭就显示出了海碗的优势和威力，他们把它盛得夯实。

而那些几乎每顿饭都吃不饱的多数人恰恰相反，他们很要面子，用的是一种不大不小的碗，可又不甘心在那些大号碗面前吃亏，往往把第一碗盛得满满的起了尖堆。结果，等到进入第二碗饭时，盆里早已见底了。

住在我们旁边的是5个新分来的大学生，他们都是定向培养出来的，刚到墨脱报到，只比我们早来一个星期。每次吃饭，他们都要比我们早。听到他们的碗筷响，待我们草草收拾一下，跟着出去时，他们已经吃完饭往回走了。好在炊事员把我们的饭菜单放了，否则，我们连那点可怜的冬瓜也吃不到了。

一个外来干部的困惑

在墨脱短暂的两天，县委副书记霍增华给予了我们热心的帮助和照顾，从第一天晚上安排我们食宿，到走的那一天，深夜寻找炊事员，让他一早给我们做饭，并交代要多煮一些米饭，用芭蕉叶包上一包，让我们带着路上吃，甚至找背夫，都是他在给我们帮忙。他是一个有着火热心肠的人。

走的那天晚上，我们特意去他的宿舍里聊天，他跟我们谈了许久。

对于门巴人的葬俗，他一谈起来就充满了恐惧的感情。

门巴人、珞巴人死后，用一根绳索把死者的脖子锁紧，再把死者的头与腿捆绑在一起，往背篓里一放，就由背尸人背着出门。

出殡要将尸体从窗口送出，用以迷惑死者，使其亡魂不再返回。背尸人出门后，只能往前走，不能回头看，唯恐死者的鬼魂知道了回家的方向。背尸人在葬礼后，还不得与人一起吃饭，甚至不能说话，很长一段时间只能孤独地一个人生活（背尸人大都由死者的亲属来担当）。

门巴人、珞巴人有树葬、水葬、火葬、崖葬和土葬。树葬就是把人放在藤筐里吊在树上，任其腐烂，等到剩下一堆骨头时，再捡了回来烧掉或埋掉。水葬是把人分割成一块块，丢入河里。

火葬是用柴堆成垛，尸体放在柴火上面烧掉。崖葬则是把人放入悬崖上的洞里，封闭起来。无论采取哪一种葬法，都不能由自家人做主，而是由喇嘛念经来决定。

这些丧葬方式，当然让只习惯于土葬、火葬的汉族人大为惊异。

我们又结识了一位来自四川的唐老板，他在这里开了两家商店，又大兴土木，正在建一栋全县唯一的二层楼的旅社。他指着商店外面的一片稻田，跟我谈他的宏伟设想：把这块平地征下来，搞一个开发区，把它建成一个娱乐中心。中心有草坪、亭台、游泳池等。县里已同意他的设想。

我不敢相信自己的耳朵，这种连做梦也不敢想的事，唐老板怎么会异想天开？他真能创造奇迹？是不是人一到这里就变得爱做梦了？我曾亲眼见到，一袋水泥，民工要背着走上整整4天才能运到这里。

晨雾缭绕里，我转身而别

走的时刻终于来到了。我又换了一双比自己脚大出3码的胶鞋，唐老板把他仅剩的6包方便面也送给了我们。我们的行李由4个珞巴青年来背，他们是达木乡的，正好顺道回去，其中两个与我们一起去波密。

隔壁的5个大学生赶了一夜，人人写了一封长信（大都是情书），托我们带到波密，从那里发出。

部队那位广西籍的战士一早赶来送行，还有一个月，他就转业了。

王小姐肿起的小腿一点也没有消退下来，她无可奈何地留了下来。我的脚趾尽管仍然继续在腐烂着，但我时间紧迫，作为一个都市人，就算走出去再远，我也无法逃避都市里的生存压力，一条无形的绳索仍然在牵系着我，哪怕情况更糟，我也要试一试了。来时计划5天，我们却走了9天。前路茫茫，不知何日能走出高原，我不敢多停留哪怕一天时间。

我们就此与王小姐分手，希望她交个好运，路上一切顺顺利利。谁也想不到，她一留就是一个多月，一直等到医疗队巡回医疗完毕，才一起出山。欧阳仁生在离开墨脱前突然得了痢疾，持续8天卧床不起，到最后只剩奄奄一息了，不得不含泪写下了遗书。就在他弥留之际，奇迹发生，他的痢疾竟慢慢好转了。

就这样，匆匆而来又匆匆而去，从遥远又到遥远，我们挥一挥手，不带走墨脱的一片云彩。

墨脱县城在我们转过一个山嘴时，从视线里消失了。这一辈子恐怕再也不会有第二次机会看到它了。人生只有一次的事太多了！

我只是在晨雾缭绕的霞光里，凝望了它最后一眼，就转身而去，就此与我们这一路的艰难经历道别。只有在未来岁月的回忆里，才能再一次重温前梦。前面，新的危险和考验又在等待着我。

[第十八章]

走出圣地

真正的"战地记者"

墨脱到波密修过一条公路,那曾是墨脱人做过的一个最美的梦。如今,它又成了一个残酷的记忆。那是一段悲壮的历史!

这条名叫"扎墨"的公路,从20世纪60年代拟建,1974年批准立项,同年由西藏交通设计院设计,全线长140公里。次年开始施工,修了60公里就停了工。直到1978年又再次动工,两年修了40公里。8年后再度上马,又重新修到了80公里处。1990年,中央财政再次拨款继续修建。

由于沿线山坡陡峭,地质情况复杂,塌方泥石流频仍,路几乎是塌了修,修了塌,永无穷期。

这是一条世界上路况最差也是最险的路。

1992年的一天,几十条汉子前面用绳拉,后面用肩推,硬是把一辆东风货车拖到了县城。

人们燃放鞭炮,敲锣打鼓,为公路通车典礼喝彩。中午典礼结束,下午一场大雨，公路塌方，又拖又推弄进来的汽车，再也开不出去了，困在县城慢慢变作了一堆废铁。我见到时，以为是一堆破烂。

我们就在这一条废弃了5年，已经是杂草丛生的路基上行走，有的地方塌了大半，有的塌得连路基也找不到了。

这条路沿着雅鲁藏布江一路逆流而上，在一个叫113K（113K代表的是从波密到这里113公里，这是修公路留下的地名，前面还有108K和80K）的地方拐进雅鲁藏布江的一条支流，翻越海拔5000米的嘎隆拉山后，进入波密。

这一天，路途的塌方之多，让人没有一点喘息的机会。我这才明白，为什么4个珞巴青年不肯走，非得多拖一天。他们是知道危险有多大的，更不会轻易忘记那些被埋进泥石流中的人。我们什么也不知道，英雄壮举完全是在不知情的状况下发生的。

有一个大塌方，从山顶一处崖下开始，几乎呈垂直状直塌到200米深的江底。塌方处平滑，全为松散的砂泥。离我们横穿过它的上面不远，有一棵倒下的树，树根大部分已从土里拔出，它的树梢和叶子正好在手抓得到的地方。而恰恰在倒悬的树梢下，是一个接近90度的陡坡。

人还未过塌方，腿肚子就先发起颤来。珞巴小伙子不敢先冒这个险，站在一边不动，比起冬立来，不知要弱多少。我和光B先冲了上去，光B在先，我紧跟其后。

我一上坡就后悔了。我不知道每一个落脚处都不能站得太久，时间一长，受压的松散泥土就往下滑。人呢，鼻子嘴巴都贴到了新泥上，只要一点闪失，重心向外偏过一点点，身子就会一头栽下去。

糟糕的是，人上去了，只能往前走，无法转过身退回来，后悔都没用了。

我听到自己心脏突突的蹦跳声，气息屏得又细又长。

光B爬到那棵树下，伸手抓住树梢，一用劲，没想到那根树受不了那么大的力，树根被拔动了。光B吓得脸色惨白，一时慌了手脚，四肢像个大螃蟹，欲抱紧泥土，可怎么也使不上劲。他的手慌乱地不停地滑来滑去。

我的心也乱了，我感到这次非滑落悬崖不可，我一点信心也没有了。

光B如果还不能赶快过去，我脚下的土也会滑落，每站一秒钟，土就慢慢下移一两寸，不知何时就会坍塌。我不敢往下看，一旦头晕，连重心也保持不了。

好在光B左手摸到的那边是一块岩石，可以用上力了。他右手再抓住树梢，用劲带一下就可以过去了。他是半爬半滑，落到了对面位于脚下方的小路上。

我也经历了同样的过程，那脚踏空、血往头上涌的感觉，太过刺激了！

光C跟着来了，我叫他不要踩我踏过的脚窝，另外踩点。我在这边用一根长棍接应他。

这一个滑坡过得让人脊背发凉。

又有一个塌方，当我们走在它宽大的滑坡上时，山坡恰在这时开始往下徐徐滑动，4个珞巴青年吓得惊叫起来。我们在前面跑得慢了一点，挡了他们的去路，事后被他们骂了一通。为此，他们个个都涨红了脸。

因为穿过密集的塌方，我后来被墨脱人称为"战地记者"。

珞巴人看到无所不在的灵魂

中午1点，我们走到了一个叫玛迪的村庄。在过一条深沟时，光B一个人走进了森林，差一点迷路。我们走到这个村子上面的山坡上，就着一条溪水，4个珞巴青年开始生火煮饭。

我们3个吃从县城用芭蕉叶包来的米饭，没有一叶菜，也没有碗筷，就用手抓了往嘴里塞。

4个珞巴人中，只有一个能勉强与我们交谈，其他3个连我们的话都听不懂，只能靠手势传达一些最简单的信息。

与门巴人不一样的是，珞巴人似乎更矮小一些，颧骨显得突出，眼神中带着一丝惆然，有一种藏得很深的神秘的光，似乎不是投向现实世界的。他们爱沉默，除了偶尔唱上几句不无忧伤的珞巴人自己的歌，一路上很少有欢笑的时候。路途中，4个年龄不一的珞巴人，互相照顾、谦让，情同手足。

他们人人都在胸前挂了一个用金属制成的类似小神龛形状的密封盒，还有红丝带缠绕在上面。我问那个会说一点汉语的穿黑衣的小伙子，这是什么东西，他总是低头或向左右移开视线，每次都装作没听见。一次，我伸手去摸，他十分紧张地把那东西护了起来，没让我碰到。这个小盒子因此显得更神秘了。

是不是他们的护身符呢？或者是他们生命或灵魂的居所？这小东西须臾都不曾离开他们的身体。我想，同是面对一棵树、一块石头或者一条河流，他们见到的可能完全与我所见的不一样。他们看到的是无所不在的灵魂。

荒废铁桥上一次"文明"的联想

若不是亲眼见到，我真不敢相信，这么完好的钢铁的桥梁，怎么会突然飞架在又高又陡的峡谷之上，它像一个天外来物，把这个原始丛林与现代社会作了某种联结。

我们累得横躺在铁桥的木板上，我脑海里突然掠过一个念头：我和4个珞巴人还有区别吗？我懂微积分、电脑、美术，懂现代、后现代艺术，懂萨特、尼采、艾略特，还可以设计上百层的高楼大厦（我大学读的就是土木结构专业），经历了这么多年的风风雨雨，在文明社会里挣扎过、竞争过，我到底走了多远呢？到了这里，又仿佛回到原点。在大自然面前，一切都显得多余了，我与他们并无二致。

仰面躺在桥上，遥望山尖撑起的蓝天，任阴森峡谷里的冷风一阵阵吹得汗毛收缩，神清气爽，我把走得又肿又大的脚平平坦坦、舒舒适适、直挺挺地伸在木板上，这享受又怎么是桑拿按摩所能比拟的？

要放松身心，找一处四面青山环绕的地方，往有流水的桥上躺一躺，这才是最有效的办法。用时髦话来说，这可是阳光浴、森林浴啊！但就是这最简单的也成了都市人的奢侈。他（她）首先要有金钱，这里虽不花钱，但走出城市要花钱；还要有时间，光有钱没时间也只能耗在都市；最后，还得有一个好的心情，现代人在竞争压力下浮躁起来的心境，肯定是无缘到这样的地方躺一躺的。对于偏远民族举手之劳的事，我们却像做梦一样，这又是谁的幸运谁的不幸？

现在，珞巴人与我们表情一样、身体动作一样、心情一样、舒坦一样、愿望一样、享受一样……中国最具现代意识最繁华的都市广州，与中国最偏僻最原始的墨脱达木珞巴民族乡，偶尔的机缘，我们一群3个与他们一帮4个，在这条险阻重重的曲折小道上相遇了。无论我们有着怎样的文明，只要是处于这样的环境，就只有我们认输的份了。

我们显得虚弱和虚伪，对自然一窍不通，处处寻求帮助，甚至靠显示无能无知来愉悦他们。此时此刻，在我们那个遥远的世界，"文明人"又在干些什么呢？这一切显然与他们无关。

告别大峡谷　我精神恍惚

又穿过了一个村庄，我们进入了珞巴人的地界。这里的山开始变得险峻。

我们没有去达木乡，尽管进出不远，由于双腿实在迈不开步了，只能走下河谷。原计划还往前走几公里的，一看天色不早了，我们就宿在113K。

113K只有三四户人家，一块小平地，搭了4间木楼，猪、牛和狗围着地坪转。山上坡陡林密，两道瀑布直泻而下。几户人家利用瀑布水流的冲击力发起了电，又用一条胶管把水接到了木楼边。山下的雅鲁藏布江来了一个马蹄形的大拐弯，水流声如奔雷，腾空而起，把大峡谷震得没有片刻安宁。

天黑时，穿黑衣的青年煮了饭，菜是煮烂的南瓜，没有油，里面加了几块肉。肉是他随身带着的。这块肉不知放了多久，被熏烤过，已经发黑变味。每次煮饭，这位黑衣青年就从一块布里把它取出来，用腰刀小心翼翼切下薄薄的几片，放进锅里。

他给我盛上一碗饭，又分配一点点南瓜汤。南瓜汤里弥漫的是肉的臭味。

晚上，4个珞巴人都去看录像了，我们早早睡觉。

珞巴人路上背来的一头小猪拴在门边，不停地嚎叫着，几次睡着了都被它吵醒。

第二天一早出发，爬上一个滑坡上面的山腰，雅鲁藏布大峡谷又出现在眼前了。从尼定村入口到这里的纵深处，其树木阴森，水流轰鸣，猿啼虎啸，无不令人震惧。

远眺脚下的大峡谷，雅鲁藏布江从远方的一堵淡蓝色的山脚下流了过来，像一条黄色飘带，又像从地底下突然喷出的蛟龙。两岸山峰从三四千米的高空直插入江底，山坡陡直，不见一处平地。人无法从山上攀缘而过。

清晨的白雾，一条条横卧在江面上，群山在朦胧的晨光里呈现着一派淡青的色彩，像抹在画纸上的丹青，我不敢相信这是现实中的山。雅鲁藏布江如一条地缝，切开两团青绿，早晨的太阳无法照射到它的上面。

只一眼，我的精神就开始恍惚了，怎么也看不清现实中的峡谷。有一种神秘的声音在缥缈中像支催眠曲。

从这里，小路一个右拐，进入了雅鲁藏布江的一条支流，我们就此与雅鲁藏布江告别了。

我明白那些难忘的日日夜夜，将随它一起沉入时间的大海。我听到自己踩踏在深秋落叶上的脚步声，是如此落寞、凄惶。这些山道上厚厚的充满了阳光味道的枯叶，成了我告别雅鲁藏布江的最富诗意的场地。

迷失在黄昏的密林

前面又到蚂蟥区了,这里的蚂蟥比来路更多更大。每走出几十米,全身几乎都爬满了。

钻多雄拉山下的原始森林是雨天,雨披遮盖住了整个身子,蚂蟥奈何不得。这时是烈日悬空,闷热难当,只能穿一件薄薄的汗衫,身体全暴露在外了。往前每走过一段就要清理一次身上的蚂蟥。蚂蟥咬到了手臂,咬到了腰和屁股上。

两个珞巴人没打绑腿,双脚被咬得鲜血淋淋。那个最小的十四五岁的少年,更是可怜,他的脚趾皮烂得一块块在掉,脚踝被蚂蟥咬得猩红一片,他仍是一声不吭,一次次清掉,又一次次默默往前走。

中午饭是在100K一个无人的木屋里煮的,我们3人每人泡了两包方便面。黑衣青年从山坡摘了一个几斤重的菜瓜,我尝了一小块,又脆又甜,是我从未吃过的一种瓜。

在木屋的两个小时里,见不到一个人影,我们鸠占鹊巢,临时当了一回主人。我靠栏坐在木廊地板上,痴望近处的山坡,那满坡的树木被强烈的阳光照射,成了一片白色。我恨不能就这样坐下去,永不起身。

我在上路时偷偷摘了一根玉米。我总感到前面会有什么意外发生,多根玉米,也可抵挡一下,有胜于无吧。

快到80K时,我们3个都走不动了,这时才显示出珞巴人与我们的区别,他们的脚力胜过了我们。休息时,见我们仍坐着不肯起身,他们就先往前面走了。

我们不敢久留,随后也强打起精神往前走。一个足有一百余米宽的大塌方横在面前,珞巴人过了塌方往前方的丛林里一钻就没影了。塌方处都是石头,经太阳一晒,人走过时一点足迹也没留下。

光C自作主张,从靠近河床的下面,走进一条用石头铺就的旧路。

前面又是塌方，还有几条横穿而过的大瀑布，钻过瀑布时，我们衣服被打得透湿。

废弃的路连人走过的痕迹哪怕是踩倒的一根草也没有发现。我劝光C往回走，他竟变得固执起来，认定这个方向，大步向前追赶。

天色已经暗下来了，四处都是水流。我因此担心新的塌方发生。多次提醒光C一定是走错了，他不理我，还气呼呼的，埋头只顾往前走。

我实在没胆量独自往回走，劝不了他们，也只得听天由命了。

身上的蚂蟥越来越多，草也越来越深，路基上到处是流动的小水沟，就是不见一个脚印。

光C也知道自己走错了，但为时已晚，我们已经走得太远了，回头，天黑下来之前已赶不到那个塌方的地方了。我们都寄希望奇迹能够发生：80K也许就在前面。它应该紧挨着公路的。我则担心80K在路边的某个山头上（113K就是在路上面的山垭上），我们一旦错过上山的小路，后果不堪设想。

我们一没有吃的，二没有御寒的衣被，晚上气温一降，就要挨冻了。更可怕的是蚂蟥，无论我们站，或者是坐，或者是躺，都在蚂蟥的四面围困之中，甚至可能被活活咬死。这种阴沉沉的天，天一黑就什么也看不见了，到时，莽莽林海何处可逃？

体力透支快超出我们身体的承受能力了。我们的情绪因此而越来越绝望。

光C在前面跨着大步，我在中间紧紧跟着，光B走不快，一步一步往前挪。他自始至终一句话也没有说。他走得连脑子都有点迷糊了。

路旁一部推土机，被山坡上蜂拥而来的植被全部吞噬了，只有生满了锈的钢铁履带露出一截在外面。它也成了这条公路的陪葬品，被遗弃在这深山老林里，成了一堆无人问津的废铁。这就是现代文明的产物在这个环境里的遭遇。

天色越来越暗，只有四面流动的水声。按珞巴人的说法，最慢也只要20分钟就可以走到，我们走了整整一个小时，仍不见80K的踪影。

我的肚子饿得像被什么东西啃噬着。我忍不住了，几口就把生玉米吞了下去，饥饿却不减半分。

抬头看林子，它再也不是一片神秘的绿色了，而是暗影重重，充满了恐怖，阴森森一片。在黑色的深处，不知潜伏着什么玄机。这一带山中常有熊和虎出没，人被动物袭击的事情经常发生。

这里也是墨脱人说的野人出现的地段。前面直线距离不过几公里，就是修路工人两次目击野人的地方。

眼看着时间已到了晚上8点，我们最多还能走半个小时，天就会完全黑下来。

不知从哪里来的力量，恐怖使我们3个人都加快了步伐，作最后一搏。

山路转来转去，在一道大山坡上绕起了"弓"字，不断升向山头。从地形看，我相信山顶就是80K（它不可能在山底，那样的话就实在是太危险了），也许有一条小路是直线上山的捷径，它应该与我们走的弓形旧路交叉。我一直注意路边的树林，希望能够找到它。

然而，它一点踪迹也没有，仅凭这一点，足可以动摇我的判断，也许，80K在另外一座山头上。

我们没有选择的余地，只能沿杂草丛生、蚂蟥成群的老路基往前走。

垃圾也成了救星

前面又一个塌方，走近时，我惊喜地发现，泥石堆里有啤酒瓶和生活垃圾。以前，从没想过，人类的生活垃圾也会带给人如此的狂喜，它竟成为我们的救星，让我们内心深处为之深深感动。

我奔过去，抓起一截断裂的啤酒瓶颈，我嗅到了另一个生命的气息。抬头仰望高高的上空，什么也看不到，但我肯定那上面一定有人，至少是曾经有过人。

路，仍向前伸展着，我们继续跟着它走，我坚信它一定还会走回来，走上那个高坡。我们将重回人类的怀抱。

就在公路一个180度转弯时，我看到了远处黑暗中闪现的白色坡屋顶，我的脚步瞬间就变得从容了。光C紧绷着的脸也彻底放松，有了生动的表情。光B也终于开口说了一句话。

出乎我们意料的是，80K比县城还要繁荣。它有一条青石板铺的路，有两排木楼组成的街道，店铺里都亮起了电灯，让人感觉它的太虚幻境般的美。

与到达派乡的军转站不同，这次我真的感受到了城镇的味道。我与珞巴人有了相同的眼光。我觉得自己是回到了内地的边远山区中的哪一个曾到过的小镇。

更令人惊奇不已的是：路端停了一部半新的东风大卡车。光C疯了似的扑了过去，双手抚摸起车灯、车头的铁杠，转到驾驶室门边不停摸着它的蓝色铁皮，还情不自禁吻了它一下。

我一下一下拍打着它，听它发出钢铁的声音，脸上绽开着灿烂的笑容。

我们真是百感交集。走了11天的路，13天没有见过汽车，就好像过了半个世纪，差不多快忘了还有这种现代化的交通工具，以为自己就要永远这样走下去了，永远没有个完结。

在汽车粗大的胶轮面前，我立刻感到了自己双腿的弱小。这又是一个由大悲到大喜的戏剧化场景。刚才还在为性命担忧，转眼它就成了杞人之忧，甚至连长途跋涉也在这一刻同时结束了。这台卡车明天就要开往波密，公路在我们抵达的这一天正式通了车！这真是人间奇迹！

一切结束得如此之快，让我们又一次体验了人生幸福而迷人的一刻，一切苦难都成为了幸福到来的有意味的铺垫。

80K的居民只是把我们当作晚一点到达的一批客人而已。刚才的惊心动魄，不过是我们自己内心里进行的一场虚拟的戏剧。（虚拟与现实之间，有时仅是一步之遥。有4个民工曾在距汗密200米的森林挨过了一夜，他们被蚂蟥咬得血流满身、奄奄一息，第二天被人救起，只走了几分钟就到了有住宿的汗密站了。他们是第一次进墨脱。）

与4个珞巴人见面时，他们只是奇怪我们怎么走这么久才到达。而我对于他们如何上的山也琢磨不透，这一直是一件令我迷惑不解的事。那条捷径似乎只在想象中存在。

闻之色变的大雷雨

给珞巴人付过钱后,我们找到了唐老板开在80K的一个店铺。一位姓徐的老人看守着这个由三栋木楼组成的货物中转站(80K是墨脱的一个货物中转站)。徐伯把我们安排在一栋木楼里住。两个光头住一间,要打地铺,我住伙房,里面有一张摇摇晃晃的简易床铺。

晚饭吃上了肉,是徐伯从四川老家带来的腊肉,被我们一顿就吃掉了一半。尽管劳累,却有一种喜气洋洋的气氛在屋子里弥漫着。明天就可以坐上汽车回到山外边那个世界了,这一切磨难行将结束,我们的心里充满了无限的憧憬。

房子里没有电,只有蜡烛发出昏黄的光,照着我们热气腾腾吃饭的场景。不知吃了多少碗饭,吃到最后,才吃出米饭是酸的。但这一点丝毫也不影响我们的胃口。

也许,幸福来得太快,它就不会是真实的。当我们吃过饭,把床铺整理好,准备上床睡觉时,突然电闪雷鸣,山崩地裂,仿佛天地就要毁灭于一瞬。我们刚刚躺下就被惊得弹了起来,对这令人恐惧的变故手足无措。

一个闪电把用纤维塑料布盖的房顶照得一片通明,紧接着巨雷如同从鼻尖上滚过似的,紧贴着脸面炸响。我感到木屋几乎分崩离析瞬间就坍塌了。

眨眼又什么也看不见了,一片黑暗。木屋并没有垮下来。瓢泼大雨轰地砸了下来,木屋摇摇晃晃,雨的宏大的打击声淹没了一切。

光B、光C惊呼,他们房间漏雨,两个人慌得忙在屋里搭起了帐篷。一会儿,我的被子也被一颗颗大雨珠击中,扑扑响了起来。我翻身下床,点燃蜡烛,开始挪动这张笨重的木板床。

床下堆满了东西,塞住了支撑床板的凳脚,先得搬开它。

雨越下越大,犹如决堤之水;闪电一个接着一个,滚过的惊雷震得群山为之颤抖。房子里的雨也越来越大，室内起了一层水雾。我拼力把床铺拖过来挪过去，一会儿这边漏，一会儿那边滴成了一根根银线。床移到了中央，又打横了，总算找了个差不多与床面等大的不漏雨的空间。

已经到了半夜12点了，我支撑不下去了，躺倒在床上。摇摇晃晃的床失去了依靠，差点瘫倒。

这场雨，好似天决地陷，如瀑如倾。尽管我已疲惫之极，仍被它惊吓得不敢入睡。木屋眼看承受不住雨的打击了，大地也像要漂浮起来。

不久，传来了塌方的巨响，声音像从地底下升起来一样，愈加令人惴惴。

我们天黑尽了才住进这栋靠马路外边的木楼，不知房子下面是不是我们走过的那个陡的山坡，那坡上到处是流水，没有大雨的冲击也快坍塌似的，这时山坡会不会连木房一起滑下深谷去？对面那间木房后面也是陡立的山峰，那边会不会塌下泥石流，滚下巨石？光B也在问光C要不要出去，离开这栋木楼去躲一躲。

突然，另一种似裂帛的巨响从半空划过，哗啦啦就响个没完没了，这是山上的洪水冲下来了。河流的喧腾也在陡然间大得如同奔雷，轰隆隆似列车碾过，又如巨岩滚动，声音既沉又嚣张，震得大地都在微微发颤。我想起了地震的恐怖情景。河水的流动声竟是如此的惊天动地，在漆黑的夜晚里，它覆盖了整个山岭，现实的，甚至睡梦中的空间。

自此，我对河流的看法改变了，它不再只是躺倒在大地上，它是穿行在高山和深谷中的神。我知道它有一种怎样的流动，那是比山呼海啸还要来得凶猛的奔腾，它发出的咆哮，能够令你在黑夜里惊悚而惴惴，让你一想起它，哪怕是多年之后，都会面目改色。

80K，我们修炼成了气象专家

挨过了一夜，早晨迷迷糊糊醒过来，摸一摸头，证明自己仍安然无恙。爬起床来,想看看外面的世界。

一棵七八十米高、四人合围的参天巨树,倒在我们的木楼边,离光头他们住的房间只有两米远。它倒的方向只要偏过一点,就将把整个木楼砸成粉末,把我们压成肉饼。昨夜,我们逃过这一劫,连一点感觉都没有。巨树倒地的声音与炸雷的声音混在了一起。

对于灾难,没有发生的,我们紧张得不能自已,像昨晚的迷路时的心境;对发生了的,却一点感知也没有,像这棵倒下的巨树。这一夜,两种经历、双重滋味都被我们尝到了。

一大早,我们把昨晚的剩饭加水煮成稀粥,匆匆吃了两碗就去等车。光B给不慌不忙总在青石板上来回走动的唐司机敬烟,希望能挤进他的驾驶室。

徐伯也来送我们。昨晚他特意与司机打了招呼,请他捎我们去波密。

80K十个月来第一次有车坐,搭车的人不少,珞巴族的那位黑衣青年和另一个骨骼粗大的小伙子也爬上了车厢。

我们见坐驾驶室无望,赶紧占领车厢紧靠驾驶室的位置,把行李绑在上面。

车厢里装满了空油桶,司机见人挤不下,搬了几个下来,腾出空位站人。

司机与道班(80K有一个道班)的人一早去锯那棵倒到路上的大树,9点多了才锯通。司机开车从大树边绕了过去,才向前开了100多米,又在道班的地坪里停了下来,前面拐弯的地方,路被洪水冲断了。

我们怏怏地下车,把绑好的行李解下来,重又背回徐伯的小木屋。

卡车开回原地,装了满满一车民工,前去修路。

这天隆隆的炮声一直响个不停,才修通的路又要重修了。

呆坐在屋檐下,我唯一可干的事就是抬头望天空,看手腕上的表针,嘀嗒嘀嗒走动。

一位吊着大乳房的少妇带着一群小孩从门前走过去又走过来。

一头小黑猪前蹄骑在一头大母猪背上,想与它交配,怎么也够不着,连续尝试两次后,大母猪恼了,吼一声,露出满口的尖牙,吓得小公猪跑到了一边。

实在无聊，从徐伯的桌上找了一本《孙膑兵法》来看，又翻完了《墨脱县组织史资料》，时间仍像凝固了似的。

想起在部队要了一本写墨脱的书，从大旅行包里搜寻出来，就捧着读起来了。读在我之前进墨脱的那几个北京人，是怎么走到这里，他们又有什么样的经历和奇遇。书中收录了一个台湾姑娘的信，引起了我的兴趣。

这个台湾姑娘只身进入墨脱，在玛迪村丢了一个日记本，村民拾到后就交给路过的这几个北京人，托他们转交给她。台湾姑娘曾在这个村住过。

北京人一路追到了80K，姑娘已离开这里。台湾姑娘因为没有办证，她是被原路挡回的。她在这里大病了一场，还丢失过一匹驴子。

北京人忍不住打开了她的日记本，偷看了其中的一封信。

信是她写给一个已葬身在珠穆朗玛峰下的男人的，他是这位姑娘的恋人。姑娘写道，5年前，因家里财产分配，兄弟姐妹反目成仇，她无法忍受小时候自己敬爱的哥哥姐姐，如今变成了这个模样。她因此而离家出走，在山上搭了间木屋，租了5分地种些瓜菜。一天，她产生了出外游历的念头。为了筹集钱，她去了一所学校做临时教员。在这所学校，她认识了一位体育老师。共同的志趣使他们走到了一起。

4年里，他们走过了许许多多地方，彼此成为了无所不谈的朋友，直到发展成为难舍难分的恋人。

正当他们准备婚礼时，男的在攀登珠峰时遇难。姑娘赶到拉萨，在登山协会获悉了他的噩耗。这突然的变故，使她作出了一个决定：浪迹天涯，做大自然的女儿，以天地为家，晨行暮宿，人人为至亲。

从此，姑娘开始了为爱为自己的精神之旅而选择的新生活。

掩卷沉思，我想起了自己出游的因由，是什么力量在推动着我一往无前，毅然决然走过了一个又一个危险的神秘地带呢？难道只是一时盲目的冲动？难道仅仅是周游世界为着猎奇？

显然不是，尽管我没有明确的动机，但我似乎感觉到了那越来越清晰的隐蔽在深处的缘由。

年轻的时候，我们都有自己远大的理想和抱负。别人创造的奇迹我们同样可以创造，甚至能够超越，正是这样的信念给予了我们蓬勃向上的生命活力和人生幻想。但岁月匆匆，时光不再，回头看时，许多人都已功成名就，而许多事情我们却已错过了去完成它的最佳年龄阶段。人到中年，我们不得不检讨，是不是走错了路，高估了自己？我们不能不感到自己的平庸。与年轻时的傲慢相反，我开始进入了中年的平庸生活，变得随遇而安、庸庸碌碌，一切皆顺其自然。偶尔如梦方醒，我就因此而感到了深深的不安和恐惧，想起了自己遥远的梦想。人生的大限有如无底黑洞，它如幽深冰川里的窟窿，不时恫醒我：某一天我将滑下去，从这个世界彻底消失。也许，就是这种对于生命的恐惧感情，使我踏上了冒险的旅途。人总有一死，安逸的生活不过是我们自己构筑的梦想。冒险使我忘记自己的平庸，并感受生命，感受自然的美好。

也许，正是生命的空虚，使我在这个年龄段爆发出了火花，如同生活的幻想让青春爆发出诗情。

我不讳言，也许我的"动力因"中所包含的内容，还不只是这般单纯。文人们总是在遨游山水中排遣着自己在现实生活中的失意情绪。文化本来是轻松的，也许是历代的文人把它越弄越厚重了，李白写了一生的山水诗歌，一生也都在郁郁不得志中感受一份人生的悲凉。这几乎成了文人的宿命，大自然成了他们抚慰灵魂的场所，只有它不会显示亲疏、不会排斥异己。

傍晚，乌云从一角山尖迅速扩大，本以为是晚霞满天的黄昏，不久却成了阴云垒砌的仓库。一场大雨无法避免了。

80K的气候神奇就神奇在乌云准在黄昏时出现，哪怕这天是晴空万里，到了晚上，"忠于职守"的雨从不失约。黄昏一到，乌云哪怕只在山后露出一点尖角，它都让人心悸。正是这朵小小的乌云，带来一夜又一夜的大雨，让我们在这里等了一天又一天，个个差不多修炼成了气象专家。

半夜，汽车开进转运站

这天晚上，乌云渐渐爬满对面山头时，天空里还出现过几颗星星。一会儿，星星不见了，天地之间又是漆黑一团。光B、光C搭起了帐篷，我也把床移到了昨晚那个位置。

刚躺到床上，雨就来了。与昨晚不同的是，它先试探性地在屋顶上东敲敲、西碰碰，接着，越来越急促，越来越密集，不久，河床里的水又发出了雷鸣般的咆哮，豪雨重演了昨夜的一幕。流水声大得让人时时从睡梦里惊醒，一次次受它的折磨，我们几乎成了惊弓之鸟。

第二天起来，唐司机又开着卡车载了一车民工去修路，他把喇叭揿得响彻山谷。

昨天把徐伯不知留了多久的腊肉吃完了，连他种的萝卜也吃了。今天剩下的萝卜叶也一扫而光，接下来再吃什么呢？

书也看完了，连乱七八糟的一本杂志也翻完了。抵御时间与无聊的"武器"一件也没有了，我们赤手空拳地挨。

中午睡午觉时，我的左脚被一条蚂蟥咬了，厚厚的袜子被鲜血染红，结成了一层痂。脚上一股浓得发黑的血迹，如同一条蚯蚓凝结在皮肤上。四处找也找不到那条蚂蟥，不知它是如何钻进睡袋，又如何钻出去的。

红肿的丘疹，开始从四肢到腰身，密密麻麻冒了出来，一个比一个大，痒得人全身发抖，打起了冷颤。我跑到路边的一条溪流里，顾不得冷水刺骨，就咬着牙冲进了水里，拼命往身上泼水、揉搓，让身子舒服了一会儿。才过了两个小时，奇痒又开始了。再熬下去，我的皮肤都会烂掉。

隆隆的炮声又响了一天。

据传，上面下了命令，晚上就是干通宵，也要把路修通。墨脱全县的粮食和生活用品至今还没运进来，时间已经到了9月中旬，还有半个月将是大雪封山，如果不赶在封山之前把粮食抢运进来，许多人就会饿肚子。

又听说从波密开过来的货车队已经出发了，推土机在前面开路，一边修路一边走，已经走到了离80K不远的地方。

到了天黑，也不见动静。

在一阵密一阵疏的雨声中，我们又一次躺到了床上。我想，明天若再不通车，我就是步行也要走了。我的忍受力到了极限。

半夜里，一阵喇叭声响，汽车发动机喘着粗气过来了，灯光从木板缝里射进了木屋。我听到有人打开房门，有人在喊叫，我翻起身子，从门缝中数着一辆一辆开过去的车,那份惊喜,像当年解放军进城,又像儿时等来了新年的第一声炮响。

路终于在凌晨时分修通了,4辆货车和一台吉普车开进了80K。80公里路,他们走了整整两天两夜。

司机丢下一句话:"你们不走我走!"

我们又早早起床了,这一次应该可以走了,我们的心情再度激动。

4台货车拉来的都是大米,一部分是面条、饮料、酒等副食品,全是吃的。

藏区货车都作了"地域化"处理,驾驶室顶全用铁花焊出花花绿绿的图案,内容均与佛教有关,它们像吉卜赛人的车一样五颜六色。我们在一家小卖部前找到一位藏族司机,他答应我们坐他的车走。

后面还有二三十辆货车没有开过来,可能路上出了问题。由于路窄,无法会车,必须等那边的车开过来,这边才能发车回去。这4台货车卸起货来慢腾腾的,有一台连帆布还没揭开。

我们回到木屋,胡乱吃了一碗稀饭,又把帐篷拆了,把行李扎好后,就一心一意坐在路边等。

大约9点,货车卸完了货,开过来了。那位司机在我们面前停下车,往道班那里指了指,要我们到那里去。

徐伯又帮我们一起背了行李,送我们到道班。

4台货车加唐司机的一共5台车都停在地坪里,我们挑了一台,把行李绑在车厢里,3个人坐进两部车的驾驶室。

司机在地坪上转悠着,有的检查车况,有的闲聊,没有走的意思。过了一阵,他们连人影也不见了。

又过了好久,司机全从道班宿舍里出来,上了车,发动车子,倒到一侧的仓库门前,开始装车。他们把存放在仓库里的方木一根一根抬上车,一台一台装得满满的。装完车，我以为要走了，没想到司机又都熄了火跑得无影无踪。

地坪再度寂静，只有晃眼的太阳在慢慢移动着。一个上午就这样过去了。

我们每人吃过一碗方便面，中午就在驾驶室里打盹。其间来了一台货车，我们好不兴奋。结果，这台车卸了货也加入了等待的行列，再也听不到什么动静。眼睁睁看着火辣辣的太阳变凉，从头顶一点一点移到了西边的山尖上，魔鬼一样的乌云又开始出现在山巅。我差不多快疯了，忽儿跳下车，忽儿又爬上去，像头困兽，憋得连气也透不过来了，觉得自己每过一分钟都会死掉似的。我用指甲尖戳肿块。把手脚上的衣服挽起来，伸在毒日下炙晒。一条奇形怪状五彩斑斓的长虫爬上汽车脚踏板，被我一脚结果了性命……

到了下午5点半了，今天再也没有走的可能了，我们绝望地解下行李，又背着它走回了徐伯的木屋。

我们像3个木雕一样蹲在路边，谁也不想多说一句话。光B一个人喝起了闷酒。傍晚时分，一个司机走过来了，他对我们说："明天天不亮就走。"我忙问是几点钟，他答："5点。"

这天晚上，半夜我就醒了，怎么也睡不着，一个人打着手电筒在外面转。夜雾好大，在黑暗中浮动着，树林里全是雨水的滴答声，像一声声轻轻的叹息。静谧的世界，万物都进入了梦乡。

5点还不到，大家就起床了，天还是黑沉沉的，比我半夜看到的天还要黑。正是黎明前的黑暗。

吃完稀饭后，时间到了6点，木屋外下起了小雨。融在夜幕中的团团水雾，四处流窜，把地面上的一切物体濡得透湿。

7点天才开始放亮，木屋轮廓慢慢清晰，突然起了茫茫大雾。仍不见有车响，我们等不及了，背了行李赶到了停车坪。

司机都起来了，没有谁发动车子。我们在地坪站了一会儿，天已大亮。一位瘦个子司机丢下一句"你们不走我走！"就冲上了驾驶室，重重地把门一关，启动了发动机。

我们赶忙从后面翻进了用油布盖着的车厢，司机一踩油门，车开出了地坪，冲上了公路。

我放弃了自己对生命的把握

　　扎墨公路只有货车车厢宽，绕在山腰上，司机开车就像踩钢丝。一处处小塌方，把碎石的陡坡塌到了轮胎边。每一次车子冲过去，都是一次生死考验。

　　虽然我一路练就了虎胆，但只要往这条公路上一走，最大的胆量也会给吓回去。那种心虚，以至后来再往滇藏线上走时，只要听到司机说要翻山，我的心就缩成一团，脚关节就发软。

　　车厢里，我不敢坐，双手死死抠紧支撑油布的铁管，站在紧靠车尾的地方，我做好随时跳车的准备。

　　货车剧烈颠簸，一次次把我抛离车板，有几次差一点弹出车厢外。憋足了劲的司机，不顾一切往前开，像个亡命之徒。这种时时刻刻都有可能翻下山的威胁，使我的精神紧张到崩溃的边缘。

　　一个转弯，司机来了个急刹。汽车突然往下滑，眼看就要掉下山去。我心一紧，准备往下跳。车又刹住了，原来货车要倒退，才能转过弯去。转弯的地方是斜坡，刹车稍有不准，车就会滑下深渊。每个急转弯，汽车都要倒一两次才能过去。

　　这种险况，让人无法判断跳与不跳。

　　与我同车的一个民工，以前就是因为刹车失灵掉下山去的，肋骨摔断了几根，一车人只有他保住了一条性命。他居然还有胆量坐。

　　我这样坚持了不到10公里就受不住了。一是手指关节上的皮肤被油布磨破了，血糊糊的肉继续被摩擦着，疼痛难忍；二是一路上险象环生，时时刻刻都像大难临头，我无法决定该不该跳车，长时间的紧张，我的心脏和神经都顶不住了。

　　我终于放弃了自己对自己生命的把握，完完全全把它交给了司机，要么一切平安无事，要么大家同归于尽。我再也无力为我自己的生命多做哪怕一点点的努力了，我像放弃了一根救命稻草一样，一屁股瘫坐在车厢内的油布上，望着车厢口往后退着的山峰，两眼发出了绝望的光。我身子像皮球似的一抛就弹跳起半米多高，再又重重地砸了下来。

货车队果然堵在路上。一辆汽车前轮陷进了路边坍塌的坑里，眼看就要滚下悬崖了，一条钢绳把车身绑在了一棵大树的根上，悬崖勒"车"。

车队堵了一夜，藏族司机们正在坡上煮茶吃糌粑，几个坐推土机来的修路工抬着大石头和木条往那个坑里填着。

这段险路，在山腰绕来绕去，全是由一根根纵横交错的圆木垒起来的。车在上面走跟玩杂技没什么两样。

修路、推车，从上午8点直忙到下午1点，那台货车从坑里顶出来时，司机连发动机都不敢启动，硬是边推边顶边解钢缆，让车滑到前面路上来的。

会完车，继续前行，我和光C爬过这段路才敢坐上车。

翻上这道山坡就进入了冷杉的原始森林，它竟是一片高山平地。车子穿越它用了近两个小时。

嘎隆拉山在下午4点出现，它在蓝天之上，被团团白云簇拥，如铜的岩石，如银的积雪，都在太阳的照耀下闪烁着光芒，浮金烁银。其质犹如男人的铮铮铁骨，其势犹如金戈铁马铜琶铁板，英雄气概横贯寰宇。纤尘不染的蓝天，成了它吐纳天地之气的广阔空间。

到了它的北面又是另一番景象：其岩黑如铁器，势若斧削，白云如生其间，雪雾如出其里，点点残雪洒落于千折万皱嶙峋石缝中，恍若随云而行，沉浮无定。

汽车要靠四个轮子翻过这座雄伟之山。

嘎隆拉，汽车像飞机一样翱翔

汽车从森林里开出后，由一条峡谷爬上了一面山坡。这面山坡，其巅峦隐没在云雾深处,只露出岩石与灌木杂陈的山麓。公路上有几匹马,车一来,它们就奋蹄疾奔,由于路太窄,它们无法避让。

公路在180度的急转弯中,一层叠一层,升向天空。为不至于把马赶上山去,司机在接近一个拐弯时停了车,叫他的副手爬到上一层公路去拦截马群。马被挡住了,在拐弯的地方从车旁赶到了车后面。

再往上爬,货车一头钻进了寒冷的雾里。山,骤然陡了,连拐弯都是陡坡。转弯时,汽车猛打方向盘,转到一半,再往下退,轮子快到悬崖边了,司机一个急刹,这一瞬,就像人在往崖下掉,突然被人拉住。

这种玩命的游戏,玩一次就已经让人快休克了,想不到有了一个开始,就没有了休止。

汽车在不停升高,温度在不断降低,直到冻得人全身抖了起来,我却不知是冷的还是吓的。再往下看,车厢外什么也看不到了,只是一片虚空,汽车像飞机一样悬浮在空中,它不是在路上行走,而是在空中翱翔着。

一条瀑布临空而下,砸在车棚顶,淋到了我的头上。风一吹,冷得上下牙直磕碰。我这才意识到自己的衣服也被打湿了。这时,脑子里只有空白,意念全集中在紧咬的牙根上,我在暗中使劲,往上提自己的身子,仿佛这样就能使车快一点爬到山顶。

山,越翻越高,越爬越陡,直翻得云雾深深不知天几重。遇到马群时,路边还有一些灌木丛,到后来就只有岩石了,岩石又变化着,越高变得越尖利,上面还生出了一层暗绿色像霉一样的东西。整座山就像石头垒砌的,荒凉、原始。

突然出现了一个湖,让我大吃一惊。它是在转过一个山嘴、进入一条峡谷时出现的。这个在雾里看不到边际的湖湖面一片惨白,水面纹丝不动,若非仔细观察,你还发现不了它。它被寒雾笼罩着,雾的颜色和倒影让它几乎隐形。湖岸都是尖尖的石头,没有一点水浸泡过的痕迹。清冽透彻的水,湖中的石头同样也看得清清楚楚。

货车绕湖而行,左边是乱石坡,右边是雾与水不分的湖。公路尽头,我想,那该是下山的地方吧?转而一想,如果这是山顶的话,湖里的水又来自何处呢?它是天上的神湖还是地上的圣湖?我有点意识朦胧了。还没有弄明白是怎么一回事,汽车一个左拐弯,又爬上了乱石坡上的路。

我明白这不是什么神湖了,就凭它如此大的湖面,上面的山峰一定矮不了。

货车爬上坡后,又是一个湖,我第二次经历相同的场景,我不再天真地设想自己已上到山顶了。

这时,我的意念里除了冷和用力握拳外,什么也没有。行驶在"之"字形的路上,重又玩起了死亡的游戏。

终于看到玛尼堆和经幡了,一个多小时的惊魂告一段落。货车冲过了山口。

我们到了嘎隆拉北面山坡了。

一条幽深的峡谷横切在面前。

对面山下,一条长长的冰川,从东面一座雪山下倾斜着,伸向西边一条低低的峡谷。那条低矮的峡谷与嘎隆拉大峡谷在冰川的尽端交汇。那里,松林幽黑,玉色冰川闪着迷离的冷光。

嘎隆拉山两翼都是雪峰,对峡谷形成合抱之势。公路在一个很窄的山崖上又绕起了"之"字,像一团捆住山体的绳索。

山北,雾奇迹般不见了。蓝天如屏,夕阳把雪峰灼亮。处于阴影中的峡谷更显幽深、昏暗和神秘。两翼雪峰涌起一团浓雾,那里正在下雪。

山坡出现了白色、黄色和红色的小花。

也许是因为可以眺望夕阳和远处的雪峰,分散了注意力,下山时,我心虽也惴惴,但只要坚持不往山下看,就不会有上山那么大的精神压力了。

偶尔一抬头,我看到山顶上的一团浓雾,像个活物似的,突然向我扑来,转眼就到了跟前。一时把我弄得疑神疑鬼。

下山时间一长,我在心里本能地默诵着什么,我不知道是在数数还是在念什么文字,下一个坡我就念一遍,眼睁睁看着车子一个坡一个坡走下山来。

到了山底,进入那条黑松林峡谷,我真想就此昏倒过去,我的脚还是软的,心还是悬着的,我真想踏踏实实躺在土地上,伸开四肢,拥抱大地。

司机在翻山时一句话也没有说，到了谷底，他真的把车停了，一屁股坐到了草地上。他比我们还要紧张。

我们终于踏上了波密的土地。

峡谷尽头，一座大山横切过来，它的岩石被夕阳镀上了一层金箔，像透明的水晶一般，散发出神话的光辉。峡谷两边的山却在黄昏的阴暗中，黑如剪影了。

波密，就在那座水晶般放射迷人光芒的山下。

下 卷

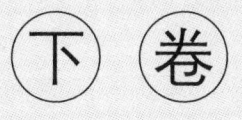

XIA
JUAN

[第十九章]

翻越横断山脉

波密，心似波动的海洋

这是波巴人的城市。夕阳已经在西山沉没。走在暮色倏然黯去的大街上，路灯渐次亮了起来。

帕隆藏布江深秋的风灌满我的每一个衣袋，习惯了跋涉山道的双脚，在平坦的水泥大道上一如飘然滑行。海市蜃楼的感觉来自黑暗中久违的五彩灯火，来自暗蓝天幕下干净整齐的楼宇，以及楼宇后那俯瞰河谷的高高山影。

迷离的城市情调，让我恍惚，像逍遥在异国他乡，梦境般的感觉，让人觉得，要么我来自天外，要么这一切只是一种背景，是为我虚构的一个舞台。我甩开膀子，走得淋漓尽致，像在诗歌的意境里面行走，从未感觉御风而行有如此奇妙的感受——

陌生的城
曾经熟悉的家园
阔别的时光里
不再有苦楝的婆娑
灯火潜入思想的深处
街道在踝骨的记忆里

滞留在衣袖上的黄昏
路人的询问恍若梦游
从前的灯光
让藏民的面容
无法真实

光明的街照亮了时间
我抚摸得到
肩头上的梦
在黄昏的里面
和它的外面
我放逐着夸张的步子
我像是自己的乘客
……

  我们衣冠不整、蓬头垢面、行色匆匆，走过一间又一间店铺，寻找着住宿的地方。
  波密粮食局招待所的服务员看了我们的身份证，不相信我们来自广州，交过房租，还扣押了身份证。
  县城里没有谁相信我们是从墨脱出来的。
  我们在一家小餐馆把猪肉、牛肉、鸡肉、猪肠点了一大桌，并一扫而光，老板娘询问我们从八一镇到波密路上的情况，我告诉她，我们刚从墨脱出来，她不耐烦地一挥手，说："别给我吹牛了！"

一个分到波密人民医院的女大学生，她与父亲从老家昌都来波密报到，与我们同住一家旅馆，她问我们来自哪里，我回答她刚从墨脱来，她那纯真的目光立即转换成了怀疑和戒备。那张圆圆而白净的脸出现的表情拒人于千里之外。

晚上，电视里播放着令人眼花缭乱的节目：股市行情、伊拉克核查风波、巴以和谈进程、流行服装、亚洲金融风暴、印尼骚乱、普及艾滋病知识、巨额骗汇案、抗洪英雄、克林顿性骚扰案……我们竟然连俄罗斯最年轻的总理基里延科下台了也不知道，当新总理年老的普里马科夫出现时，竟没有反应过来。

我躺在席梦思床上，躯体仍在一伸一缩有节奏地运动着；蹲在厕所，像腾云驾雾，腿下还在一起一落跳动。我的身体还保持在颠簸的状态中，不肯回到现实的舒适中来。

一首流行歌在唱："流浪的脚步走遍天涯，没有一个家。冬天的风啊夹着雪花，把我的泪吹下。走啊，走啊，走啊走，走过了多少年华……"我又想起了那个北方歌手，他唱的那首黑夜的歌。

大地上流浪的又何止是无家可归和有家难回的人呢？还有佛国的灵魂，还有土地上的万物，它们都在迁徙、流浪。江河在奔流，不舍昼夜，却不知自己流向何方；白云在飘浮，不知风把它吹向哪一隅；时间也在流浪着，走过了春夏秋冬，只有大地把岁月的记忆悄悄刻进古木的年轮；生命在来来去去中循环往复，我们走过了童年、少年、青年，又到了中年，前方却是一片渺茫。虔诚的信徒相信有一个遥远的天国，而无神论的我，只相信生命是土地的神话，来于斯、归于斯，像一个梦境，从大地上飘过。

"走啊，走啊，走啊走，走过了多少年华，春天的小草正在发芽，又是一个春夏。"

我们从一片热土消失，在另一片守望灵魂的门巴人、珞巴人的森林中出现，做了一次人生短暂的放逐。亲人们却因此而焦虑，四处打听着我们的消息。光B的母亲打电话问到了机场，从机场问到光C的下落，又从光C的同学处打听到他的电话，光B的父亲常常一个人埋头喝闷酒，靠酒精来麻痹自己；光C的哥哥，不管有用无用，每天总要打一次他的手机。他们的脑海里一定常常出现不祥的念头；光A把电话打到了林芝县委，再追下去，就是一片空白了，谁也不知道我们的消息；王小姐在墨脱的一个月，电话再也打不出来了，她先生四处寻人，把寻人启事登上了卫星电视；我的太太在我失去联系的那段时间，常常失眠，头发一绺一绺脱落，女儿也在梦里呼唤着我。

这一切，我们无从知晓。

流浪的感觉就是在即将告别高原，而又路途遥遥无期的时候，越来越强烈的。我们归心似箭，却又有家难回。

夜色中抬头望一眼深蓝色天空中静穆的雪峰，我感受到了"遥远"也是一种人生况味。远离的凄惶，陌生的酸楚，熟悉的怀念，上路的渴望，在波密的这一夜，我的心真像一片波动的海洋。

大塌方隔绝了音讯

波密因大塌方而陷入了孤立的境地。往西，中断了与林芝、拉萨的联系；往东，白马大塌方切断了内地的来路；而人们还不知道盐井的大塌方，塌掉了半边山。

挤在邮电局内等待往外打长途电话的人，深夜12点钟了，还不见人散。全县只有这部电话与外界保持联系。

所有的车都只是在街上跑跑，没有一辆车肯往东去。

我们从菜市场找到汽车修理厂，从县政府寻到部队，一无所获。盼望上路的焦急心情，让人对所有的事物都没有了心情。一路上，我还简单地记记日记，这时也无心记了。照相机也收起来了，甚至都差不多遗忘了它。岗乡是波密一个具有瑞士风光的自然保护区，而此时我们也无心去看了。

我们呆呆地站在大路上，希望能找到一辆东去的车。

终于等到了一位个体老板的车。这是一辆破旧的老式北京吉普，在我们开到哪里算哪里的保证下，他同意出租。对于刚刚从大峡谷出来的我们，走路与挨饿早已是家常便饭，何况还有这么宽的马路，有一顶帐篷。我们欢天喜地冲进旅店，草草收拾了行李，就开始了一段凄苦又浪漫的行程。

这是一条充满了乡愁的路，是一条长途跋涉、品味艰难旅程的路，也是一条精神漫游之路。

波密真是这个世界上少有的风光最美丽的地方。若不是当时那种心神不定、渴望逃离陌生的心境，我不知会有一种怎么样的陶醉。

路上，沿着帕隆藏布而行，从念青唐古拉山脉与喜马拉雅山脉交错的缝隙间，走向横亘于东方的横断山脉，平坦的地方，都是如茵的绿草，藏族同胞用巨大杉木垒砌的木楞房，偶尔在墨绿色的林中空地闪现。木片围绕的小牧场，黑亮的牦牛、白色的羊羔、褐色的马群，还有瓦蓝色天穹滑过的苍鹰。

高耸入云的、由铁黑色锐利岩石交错的山峰，把刀砍斧削的巨大岩石垒成迷宫似的大峡谷，钢青色的山峰仿佛可以弹铗而歌，又仿佛是英雄史诗年代的遗存。耀目的积雪在阳光下熠熠生辉。咆哮着的帕隆藏布江，左冲右突，一路向西，叠起巨浪千重。

糟糕的是，车子离开波密不久，路面就坑坑洼洼，一块块大石头如同锯齿，颠得人五脏六腑翻江倒海。

一处处冲到路面上的泥石流，雨季刚过去几天，就被太阳烤干了，留下车轮碾出的两道深沟，坚硬无比，不管你愿不愿意，车轮都得乖乖地就范。

公路傍着帕隆藏布，江边有不少冲得剥了皮的树木。落差大的地方，起了水瀑，涛声盈耳。

路上突然横了一根圆木，司机一个急刹，从一块大岩石后突然扑出一个人影，此人又黑又脏，看得出，他在这里藏了一些时日了。他右手握枪，几个快步就到了跟前。

原来是个公安，他以为我们是通缉的逃犯。挨个看过之后，他失望地搬开了树。他是我们这一路遇见的第一个人。

看来，他不知还要寂寞地在这个人影都难见到的地方待多久。他的眼圈都黑了，嘴唇干得起了一层皮。他自己更像一个逃犯，在他冲出岩石的那一瞬间，我以为遇到了土匪打劫。

走不多久，吉普车就要停下来加水。它的冷却系统完全不起作用，司机每次提了水往水箱上一浇，立即嗞嗞腾起一股白雾。

这个时候，我的心情却出奇的好。我高兴自己又向前走出了一段路程。可以站在高原清新爽朗的阳光下，听着脚下帕隆藏布的流水声，看四面山峰千姿百态的形状。我的心境是如此宁静，直让我觉出一种人生的恬美境界。

世界上最雄伟的两大山脉，喜马拉雅山脉与念青唐古拉山脉在这里交会。前者，平均海拔6000多米，我两度徒步翻越，从它的冰天雪地，到古木参天的原始丛林，种种景象仍如在目前。我几乎从它的最西端，沿着北麓，走到了它东边的末端。数千公里的旅途，寂寞时光，种种遭际，转眼就成为了过去。前面就是横切过来的又一大山脉——横断山脉。我既对自己走完了这条世界上最雄伟的山脉深感骄傲，又对这一段形同流浪的日子的远逝感慨万端。前路茫茫，归途处处皆成险阻，又不能不令人感到惶恐不安。

吉普车在这两大山脉相夹的大峡谷里穿行，刀砍斧削的巨岩，组成了连绵不断的钢铁一般的山峰，阳光下，呈现出一幅幅奇特而古远的画面。

一路上没有遇见过一辆车。渐渐地，森林开始消失，满地是砂石。我们不知什么时候离开了帕隆藏布，海拔悄悄升高了。藏民的房屋变成了石头的碉楼。

前面的路被一条河冲断了，吉普车走了一段不得不折了回来，从另一条若有若无的路上，试探着往前开。

一个村庄在山坡边突然出现。

这时候，正是这个村庄收割青稞的季节。

这一带属于农牧区，藏民主要靠种植青稞生活，有固定的房屋，它们在山坡上组成了寨落。

他们也放牧牛羊，但比起西部的阿里地区，规模就小得多了。西部高原，尤其是羌塘，很难看到房屋，只有一顶顶偶尔出现在草原上的帐篷。那里的人是孤独的。而在藏东，人们居住在一起，用石头建起了一栋栋美丽的碉楼。当外人出现在他们眼前时，也绝不像西部高原人们那么激动——远远地跑过来，好奇地看着你。而这里的人们只冷冷地瞟你一眼，也就算交代了。

100年前的法国女子大卫·妮尔，她在走过这一地区时，总是昼伏夜行，尽量绕开村子。有时实在是饿极了，冒险摸到村子（她扮成一个乞丐兼信徒，脸上、头发和手指都涂抹了锅灰，由义子、藏民出身的喇嘛庸登相伴，从澜沧江悄悄潜入西藏，为的只是看一看这个不准外国人进来的神秘高原），她得到的并非慷慨的相助，尽管她冒了被发现并驱逐出境的危险。她不是被拒之门外，就是获得十分有限的施舍。只有靠了庸登帮人做一些宗教仪轨，为人卜卦，才不至于饿死。

一次在翻越雪山时，她迷了路，又跌到了雪坑里，差一点就冻死了。那时还有强盗出没，时时还得提防遭人剪径。

我想，自己不会再有她那样的遭遇了。但陌生的地方那种本能的担忧和恐慌还是不时掠过脑际。

这一块地方依然充满着神秘。

一个藏族老人赶着几头犏牛，从山坡上走过。他只是回头看了我们一眼，就又与他的牛一起往前走了。

循着车辙，车子开进了村子。

村头一群孩子嘻嘻笑着，一位妇女在平房顶上收粮食，老人与少年正往房顶抛青稞秆，人人脸上洋溢着欢乐的情绪。

几乎每一栋碉楼前都堆满了草垛，它们在西斜的太阳照耀下，金黄一色，与黄色的高原成一种浑然一体的厚重。几乎没有人对我们的到来感到兴趣，他们全在不急不慢中干着农活。

但村庄是美丽、宁静的，那抛扬着青稞的老人和孩子，他们晶亮的眼神中闪烁着快乐；那中年妇女收青稞秆的动作也充满着快乐；牵牛的小伙子的高声呼唤里传递着快乐；四处追打的孩子的笑声里盈溢着快乐……"那里没有痛苦，那里没有忧伤"，藏族人民向往的香巴拉就应该是这样的地方。这一天，我的路途不再充满长旅的寂寞。

小车涉水过河，转眼之间，村庄就消失了。

我突然觉悟到一个完全不同的世界，因为空间的不同，哪怕我们生活在同一个时代，生活所表现出的形态也是全然不同的。这里与100年前大卫·妮尔所看到的并没有什么太大的不同。它依然与外界缺少有效的联系，没有电，过的仍是一种自给自足的田园牧歌式的生活。我们之间，心灵与精神的差异大相径庭，几乎没有可以沟通的地方。彼此只是作为对方的一道风景，一闪而过。

然乌湖，拉开横断山序幕的地方

然乌湖突然出现在车前。最初，还以为它是一口水塘，周围是农田，其水混浊，一座山陡立在水边。吉普车沿着湖边左侧的路绕着。那座孤山渐渐退远，一个色泽如玉的湖展现了出来，越来越空灵迷幻，越来越不平凡，直让人震惊！

然乌湖是一个堰塞湖。在地表岩层活跃的藏东南，许多湖是由于山体滑坡，或是泥石流堵塞河道而形成的。

它湖面不大，北面有一条拉古冰川，融化的冰雪直接流入湖中。到了东面，出现了一条岔路，往南可以去察隅。那里生活着一支神秘的少数民族。一位在墨脱县工作的汉族干部告诉我，他曾去过那里。那时，人们还穿兽皮衣，不与外界通婚。为防御外人撞入寨子，房屋周围的稀泥里布满了锋利的竹签。他们与大峡谷中的门巴人一样，用手抓饭，吃老鼠肉，甚至有的还靠刻木记事。

然乌湖就像高原打出的一个地结，一个句号，喜马拉雅山脉、念青唐古拉山脉都在这里终结。横断山脉在此拉开了它雄伟的序幕。

离开然乌湖，沿着一条小河溯流而上，不出数百米，地貌大变。吉普车像钻入了一个迷宫。上下左右全是暗红色的岩层，形态似砂页岩，有的发紫，有的红艳，有的似火烧过，凝结成铁黑一片。

那条河流落到深谷，不见了踪影。两岸刀削斧劈一样的巨岩，直直地升向天空，切出一条狭窄的天。光线从那里洒了下来。

路是从峡谷石壁上挖出来的，颇似一条地道。让人产生到了地外星球的感觉。

没有多久，就钻出了这个让人压抑的路段，前方又是开阔无比的茫茫荒原。我们已进入了横断山脉的土地，拥有了另一片天空。

这是一个愈加荒凉的不毛之地，漫地砂石荒坡，黄褐一片。天地之间只剩下两大色块，蓝的天，黄的地，连一点生命的气息也没有。

一辆东风大卡车掉到了几十米深的山坡下，路面塌了一个大缺口。不知从哪里冒出来的十几个藏民，正在塌方处吊那一辆卡车。他们分别在左右两处地方打下一根木桩，用滑轮往上吊车。吊车的钢绳紧绷着横在路面，我们的车无法过去。

这辆卡车完好无损，不知它是如何掉下去的。

藏民们齐心协力，已把卡车吊在了半山腰。我测算了一下距离，路面宽不到3米，以卡车的长度，是无法拖上路来的。

天色已经不早了，我们的车是无法开过去了，八宿不知还有多远。我与两个身体健壮的藏族青年边说边做手势，他们正吃力地在打一个木桩，我要他们挪一个方向，这样卡车拖上来时，才有空间拖到路面上来。他们只是对着我友善地笑。

由于语言不通，我怀着无可奈何的心情，看着他们做着无用的努力，干等着太阳由热变冷，一寸一寸落向西天。

艰难的抉择

盐井这个名字，是在八宿时听到的。它是人生旅程中那种可遇不可求，又稍纵即逝的一类东西。我在八宿得作一次艰难的抉择了。已被大塌方弄得心惊胆战的我，对自己能否走出这片荒凉的高原，没有一点把握。

一位广东籍的武警战士，劝我们不要往前走了，还有一个最后的机会，那就是转向北面，从邦达机场乘飞机出西藏。他愿意帮我们买机票。

即使这样，等待我们的还有一座海拔4618米的业拉山要翻越。那个战士说起这座山，有一股难以掩饰的惊惶。他的连队就在山上。5年前，连长喝多了酒，要他连夜下山，用卡车把他拉到山下的八宿县医院急救。

入伍不久的他，在长长的陡坡上转来转去，越转越心虚，大气都不敢出一口。到了山下，人都快瘫倒了。

山下海拔一低，连长的病也好了。

从此，他再也不敢晚上翻山了。

我竟无法作出选择。在一个满地都是瓜子和痰的饭馆里，喝着啤酒，我的心情阴郁而迷惘。

现在说起盐井，并不是因为它的美丽，或者是我多年后对于它的怀念。而是它的大塌方，如果我们仍然要往东，就要做好步行的准备，从西藏走到云南。也正因为这一点，盐井的名字传到了离它上千公里之遥的八宿。

因为盐井的大塌方，滇藏线瘫痪了半年多。一条在荒芜高原上穿越的公路，整日静悄悄的，连一个车影也见不到，一片死寂。这确实让人犹豫。

但是，当我从满是尘土的旅行袋里，打开那张大地图，我的心又不由得怦怦直跳。20年前，当我还是一个青年，刚刚进入大学，我就开始在地图上凝视这块地方了。它那又深又密集的阴影，代表的是巨大的高山峡谷；那随怒江、澜沧江和金沙江而直线指向东南的山脉，就是著名的横断山脉。它是世界上最伟大的山脉之一。其巨大的落差，诞生了世界上最汹涌澎湃、最壮阔的河流！一段时期，我曾把自己的想象久久地停留在它的上面，任思绪缥缈不已。

怒江、澜沧江、金沙江与业拉山、东达山、脚巴山和拉乌山创造出了一个气势更加宏伟的高山深谷地带，只要往这无可名状的巨大山川里一走，你的魂魄将永远羁留于那些冰雪山峰和汹涌浪涛之上，那是些大名鼎鼎、充满了神话和传奇的地方，只是一瞥，她就成为了生命中的永远，成为了血脉中不停的呐喊。

我终于要作一次人生最激动的穿越了！

八宿，勇士山脚下的村庄

高原流浪两个月了，由于我的这一副尊容，被人一再当作逃犯和吸毒贩毒分子，沿途公安人员三番五次追赶上来，一次又一次拿着我的身份证，端详着我这一张黑脸（我的脸由于高原紫外线的辐射，起了红斑，结了痂）。衣服也全是风尘，几乎找不到一根干净的纱。由于经常挨饿，已经瘦了20斤。疯长的胡须盖在了嘴唇上。

到达八宿，天已擦黑，是一辆西行的卡车救我们逃出困境。当时这辆车在我们的对面，也被钢绳挡住，只得掉头。

八宿，藏语意为"勇士山脚下的村庄"，它东面有一座多拉神山。山坡石灰岩上，刻满了年代久远的佛像和六字真言。有一座500多年的八宿寺，保存有不少珍贵的历史文物和大量经卷、唐卡以及佛像、活佛灵塔等。

藏东南县城已有不少汉人。八宿县城大都是四川人，他们在这里开了几家餐馆、旅店和商店。

这一路，我们都是吃的川菜。让人纳闷的是，这些猪肉和蔬菜是怎么来的呢？即使是在阿里那么荒凉的无人地区，四川人开的餐馆仍能吃到肉和蔬菜。

当地藏民却吃得十分简单，那实在是一种无法再简单的生活。他们只需要一把炒熟的青稞粉（藏民称之为糌粑），一碗酥油茶（一种由砖茶、盐和酥油混合的茶），就对付了。只是过节的时候，才吃上一点牛羊肉。一路上，只有那些拉萨、日喀则这样的大地方，才找得到藏餐馆。它们一律用厚厚的棉胎当作门帘，挡住了人们的视线。他们好像是在做一件十分难为情的事情，遮遮掩掩，绝不像四川人那样主动热情地把你迎进门，又是泡茶，又是搬凳椅。他们即使在你找上门来了，也不闻不问，好像吃饭是你自己的事，与他无关一样。

在日喀则时，我撩开厚厚的棉胎，进到一家藏餐馆，主人正在扫地，他只是瞟了我一眼，又照样继续扫他的地。弄得我坐也不是，站也不是，加之语言不通，封闭的房间，空气也不好，最后知难而退。从此，再不敢轻易撩那道门帘，进藏餐馆了。

上次吃上藏餐，还是在从阿里沿着喜马拉雅山脉与冈底斯山脉相夹的大峡谷往东而行时，在一个藏民家里。这条通向阿里的南线，沿路无人，别指望找到餐馆。

往阿里，还有一条从藏北无人区穿过去的北线，在改则、革吉，只有几栋干打垒的平屋，这样一个全中国最简陋的县城，居然也有四川人开的川菜馆，真不知让我如何感激。在这片无人区，我们是带着米、罐头、方便面和高压锅走过来的。

在这个号称世界屋脊的地方，吃永远都是一个让人关心的重要问题。

藏餐，其实也是十分简单的食物，菜的含义就是土豆。也许是饮食的简单吧，在这辽阔大地行走，藏族人民也潇洒了很多。他们只要装一袋糌粑，往肩上一拎，就可四方而去，有的步行数千里，为的是去转神山圣湖，有的则为了生计，长途跋涉，带着羊毛羊皮、酥油和盐巴，去农牧区交换粮食和日用品。藏族司机跑长途，也是带上一袋糌粑，遇上泥石流，或者是塌方，汉族司机急得团团转，他们好像是在家一样，不急不恼。

其实，人需要向大自然索取的并不多。只是人类天性中要追求一种侈奢和虚荣的排场，才变成暴殄天物、贪得无厌、挥霍无度，使得自然无法承受。

汉族人把他们什么都吃的习惯带到了西藏。天上的飞鸟，河里的鱼，地上珍贵的虫草、泥鳅……藏民们一看到他们举刀相向，就口念六字真言，向神祷告。

八宿也叫白马镇，这时我才知道到了塌方的地方。

小镇只有路两旁建起的两排石头房，稀疏的几棵树。四川人开的饭店和日杂店，已经亮起了灯。

屋后河水的流泻声浩大。这些河流来得让人不可思议。这里极少落雨，土地上全是一片干渴的褐黄，就连一点绿意也寻不到。河床里的水却流得那么声势浩大、汹涌湍急。它一路卷带泥沙，几乎成了一条黑色的河。

这种肆意的流水与干燥的土地构成了强烈的对比和反差。人们有时会面对河水沉入幻想。后来有一位武警战士跟我探讨河流从何而来的问题。当时,我们同坐在卡车驾驶室里,左侧就是一条喧哗的河流。他在这已经当了5年兵。我不容置疑地告诉他,是高山积雪融化的结果。他却不信,说那么一点雪,怎么可能有这么大的水,怎么永远也流不尽,永远这么水势浩大。我说是一点一滴累积的结果,他就是不信。他宁愿相信这是神来之水。这条河不知叫什么名,前面不远,它流入了滚滚怒江。

卡车停在公路段的大院里,院内稀稀拉拉停了几台货车。

一离开车,我就有一种被抛入绝境的感觉。一下车,也管不得肚子饿,顾不得去找住的地方,在一种本能的驱使下,我挨个车找了过去。

这时的院落静悄悄的,明知道车内不可能有人,我仍是不死心,直到查遍了这几辆卡车,确认都空无一人,我这才失望地背了行囊,走出大院,去外投宿。

我们找到了一家汽车旅店,不大的院子,停满了货车、中巴车,还有一台吉普车,车牌上写了一个"滇"字,这让人喜出望外。

开店的老板热情地把我们迎进房门,不等他开口,我们就急切地问有没有往东去的车,他摇了摇头。

见我们一脸的失望,忙说,晚上还会有车来的,还是先住下来。我们就问他那台云南来的车,主人是否住在这里。

店主带了我们去房间找。房里没人。我们只得先住了下来。3个人被安排住在一间房内。

吃晚饭时,几个司机与一个女人正在嘻嘻哈哈、打打闹闹喝着酒,又是猜拳,又是喝交杯酒。我们没有一点吃饭的心情。

如果没有车东去,我们要在这里待多久呢?

晚上找到了那台云南车的主人,他们一伙正在打牌,在这里停留两个多月了。

唯一令人高兴的是,白马大塌方刚好修通了。但停了一院子的车就是没有一台往东的。我们的钱不多了,只有赶到云南的丽江,才可以用信用卡从银行取到钱。也就是这个时候,遇到了一帮业拉山上下来的武警战士，那位广东籍战士告诉了我们盐井大塌方的消息，劝我们回头。

顾不上吃东西，我们3人就分头找车去了。

我又一次到了公路段的大院，等在门口。天色已经很晚了，我的肚子饿得咕咕叫。夜色里只有河水哗哗流过的声音，它是那么宏大，溢满了这片荒凉的高原。

终于，院角的一辆车有了动静，两位武警战士上驾驶室取东西。

我跑了过去，忙问车明天是否往东开。司机看了我半天，才吐出一句："要搭车?"然后就不理我似的，转身就往他们住的房间走。

我急了，跟在后面忙说，我们可以坐在后面车厢，可以给你钱。

他又问："你们几个人？"

我答："3人"。

他说："给600元吧。"

我既兴奋，又惶恐，说："能不能500元？"

他答应了。

我问他车到哪里，他说"竹卡"。

这是数月来往东开的第一辆车。后来，我才知道，他看我这副模样，疑心我是个逃犯。

翻过业拉山

我们坐的车又成了往东开的第一辆车。这一天，要翻两座大山，赶到一个名叫左贡的地方。

左贡藏语的意思是"犏牛背"，这一路确实有不少黑色的犏牛。左贡人把梅里雪山当成神山。这座著名的山峰，我第一次从朋友口中听说到它时，确实被它美丽的名字吸引了。

但要保持住沿途那些大山的完整记忆，实在是一件十分困难的事。对于业拉山的记忆，在两年后的今天，还算庆幸，我依然能记起它的模样。

它毕竟是我进入横断山脉翻的第一座大山。后面的山就没有这么荣幸了（准确地说，这应是我的悲哀，用生命冒险换得的经历，居然被时间糟蹋得如此面目全非），它们中有不少山峰混同在一起竟区分不开，有的还是十分奇特的山。

这真是一个山的海洋，万山攒聚，遥相呼应。记得在业拉山上，放目四极，竟全是白皑皑的山脉，酷似一个波涛汹涌的大海，全世界最伟大的山系都冲这片高原而来了。

罡风拂面，让人直面生命的伟大与渺小，生出人生的大迷惑大悲哀来。

业拉山是那种英雄盖世力拔千钧的山。它就那么不藏不躲，以一种坡度，直直地升到海拔4618米的高度。那种直观那种雄壮，撼人心魄！

公路犹如一条凌空起舞的银蛇。那两座奇特的山峰，就总是在我的视线里晃动着。一座光溜溜的，如一座红色的土山。紧挨着它的一座，却是有着铁黑色的锋利岩石的山，岩缝里积了一层雪。它们更像人们想象出来的山，神话中的山。

瓦蓝的天穹只有一朵白云，飘浮在一座山的尖顶上，凝固了似的。

我就这样注目着它，在和暖的阳光下，让卡车吃力地向它慢慢靠近，忘记了危险。

山麓峡谷里，溪水潺潺。稀疏的树林里，一个几十户人家的村庄隐蔽在深谷。石头的楼房，大都为两层，方方正正，不少是由两个正方体咬合在一起的，由于山的坡度，自然高低错落，建筑造型颇有学院气。可见艺术来自于人的天性和悟性。

山势越来越高，山下的怒江和村庄早不见了踪影。

早晨，从一条隧道钻过一座突兀的石山时，怒江突然出现在面前。怒江上的桥连接了隧道口。我是在桥上看到怒江的。它色泽暗绿，如同玉色石头。江上波涛不似雅鲁藏布那么大，但却十分密集。它是因为河床平坦、水流湍急而颤动出的波澜。涛声不大，但水流声却溢满峡谷。这是一种沉着有力的奔流。

大多数公路是沿着峡谷与河流同行的，滇藏线却是横切过山脉与江河的。这注定了它的惊险。

公路边的山坡上,一栋十分简陋的房子孤立在那里。已经快到顶峰了,不明白主人为何离群索居。山上十分荒凉、寒冷,只生长一些极稀薄短浅的红草、翠草。我四处搜寻,只发现了两只羊,一条极小的溪水。

卡车缓缓转过一个山凹,从一处山嘴悬崖绕到了另一面山峰,很快就到了山顶。

面对如此庞大而雄壮的山,我瘫坐在地上,仰望着天空中那轮行走着的太阳,任它的光芒把我的眼刺出泪来。我为自己而感动。

天地之大,生命之渺小,一切只在乎经历了。尽管随着岁月的流逝,我甚至难以完整地回忆起今天的一切,但我看到了,经历了,人生毕竟也只是一个过程,生命却因此而充实。

流浪,对于人生来说,时时能让你保持一份对生命的清醒意识,不会被俗世的生活蒙蔽了眼睛。也是这一刻,我决定沿滇藏线走下去。

光 B、光 C,他们几乎每年都要出来,遇到什么艰难险阻也从没有退缩过。他们都不缺钱,说不清楚自己为什么年年都要出门。多亏了他们,若是按我当初一个人走滇藏线,情况可能要糟糕得多。

这天,他们坐在货车车厢上,早晨出发时,气温还很低,肯定要挨冻。到了中午,高原太阳暴晒,又热得难熬。上了山顶,又开始冷了。第二天,我坐在车厢后就体会了其中的滋味。冷风吹得我把雨衣都穿上了。

司机以为我第一次走滇藏线,翻这样的山一定会恐惧。他不知道我刚刚翻越了嘎隆拉山。

司机见我并不害怕,就不停地说,这山多危险啊!

我就说:"是呀是呀,我害怕翻山。"

但是,这座山并没有让我害怕。一路上,我想起的是自己的所作所为。我突然明白了自己不是一个安分的人。平淡无奇的生活,让我觉得窒息。我不愿因此而浪费生命。我有时好发奇想,把那些看起来永远也不会与自己相干的事情,当成一份追求。当我想去唱歌时,就会为此而激动不已,并想方设法混进文工团。当我想画画时,就买了颜料和纸笔,涂鸦起来。知道自己画不好了,于是去拜师。当写作令我着迷时,我便毫不犹豫把自己的建筑专业舍弃在一边。

我时时对那些偏僻的省界国界充满了幻想,一有机会就跑了去。有的令人失望，但更多的是不忍离去。那些默默告别的日子，就是这样时常进入了我的梦乡，让我麻木的都市生活，带着一份牵挂。

我总是爱打开地图，思绪随那些奇异的陌生的地区而展开。我知道，我的心已经去到那里了。我的生命也因此而充满了豪情与传奇。

来西藏，也是这样的冲动。那些著名的山峰江河，让我心潮起伏。我要去，哪怕是荒无人烟没有路的地方，我也要去的。未上路之前，我就决定从拉萨，一路东行，翻过横断山脉，从梅里雪山进入云南，从滇西北的德钦、中甸、丽江、大理，直到昆明。我并不清楚那些偏僻的高山深谷地区是否有了公路，是否通班车。至于旅途中的危险，我尽量少去想它。一切听天由命。

因此，当出现险境时，我虽害怕，但我不会退缩。在大峡谷，当山崩地裂的大塌方差一点把我埋掉时，我没有惊慌失措；在珠穆朗玛峰的绒布大冰川，当我滑入冰窟窿的时刻，当雪崩压向我的瞬间，我依然保持了冷静；在青海湖汽车冲下公路的那一刹那，我已经做好了翻车的准备……

我的记忆变得不那么可靠了

司机是位武警，河南人，参军就学开车，已经开了8年。过去在青藏线上走，跑滇藏线也有好几年了。

随他出车的是一位湖南籍战士，还有两个月就要转业回老家了。在这当兵5年，也没有好好看过这里的山川，这一次是偷偷跑出来兜风的。

货车途经他所在的连队时，连长正好在查路况，吓得他扑在我身上，装作睡着了。

他们这一支武警是专门维护从波密到芒康这段路的。

从业拉山往东走，几乎没下什么坡，邦达就到了。

这是个三岔路口，有一条路去昌都和邦达机场。

这是一片平坦的草原，海拔有4300米。温泉众多。三岔口有一家饭店，老板说，几个月没来过车，好不寂寞。看来，云南与四川的路都塌了。

司机去连队卸货，又捎上不少日用百货，是熟人介绍的，司机收的钱不多。

我们在饭店吃到了一种高原鱼，无鳞，雪白。吃起来又鲜又嫩。

走的时候已过了正午。路面平坦，车跑得也快。

在这个漫长的下午，我的记忆变得不那么可靠了。我只记得有一座山，最初是出现在路的尽头。公路是斜向天空的，让人产生了迷幻的感觉。那座山像个由人堆积起来的纯几何的锥体。它竖立在天空中，总是一动不动，公路两旁的山纷纷退出了，大地变得异常开阔，只有它那巨大的金字塔屹立着。公路像走进了它黑色的体内。我感到一种魔幻现实主义的真实。

好像草原上，出现过羊群；天空中乌云滚滚，雨夹着冰雹刷刷砸了下来。只是一会工夫，这一切又全都消失了。时间之短，以至现在我都不敢肯定，这是真实发生的，还是我的记忆出现了问题。山也转眼到了路边，从视野里消失了。

不知走过多少条河，在我的记忆中保持了一座木桥的形象。它是用圆木垒出来的桥，从众多木柱组合成的桥墩上，由下向上，圆木一层长过一层，直到与对面伸过来的木头相接。

这种古老粗犷的木桥，让时空作了某种微妙的转换。我敢肯定，当年大卫·妮尔一定悄悄走过这样的桥。如果没有这条滇藏公路，我将重复妮尔的经历。

我还可以肯定的是，我看到过一个十分气派的庄园，石头的碉楼上，又筑了有挑檐的木楼，雕梁画栋，明显有汉民族建筑的影响。它也是古老的建筑，一定有自己的传奇故事。也一定在这个法国女子穿过这一带时，同样呈现在20世纪初的时空里。

藏东之行，因为不时有这样的建筑出现，就有了穿越古老文明和逝去年代的联想。就连这里的寺庙也是平和亲切的。一个民族，因为先民把自己的艺术审美和智慧留在了大地上，于是，这个民族就有了根，有了与这片土地的亲和力和相同的血源。我能感受到那种古老习惯与生命气息的传承，这传承除了生命，就是文化了。它们都是能够被感受的。我也因而有了强烈的异乡人的感觉。

荒凉的远去，是随着树木和村庄的出现而成为现实的，它们把生活的气息带到了高原。穿过村子，喧闹的人群，四处可见的牛羊，杂乱无章的院落……让人不再感觉孤独。

这里又进入了一个低谷，出现了绿色的小山岭。要搭车的藏民在路边拼命向司机挥手。直到天色暗下来的时候，司机才停车，让那些苦苦等在路边的藏民爬上了车厢。他们把大大小小的背篼也搬到了车上。

路边曾有一个老人，十分恳切地向我们招手，司机理都不理就冲过去了。既然这时可以捎人，为什么不可以照顾一下这个老人呢？我由此感到了交通对这片土地上的人的重要。

司机一路上放着一盒磁带，一首叫做《流浪歌》的歌，让我感慨万千。

天空由瓦蓝变成深蓝，再变成暗蓝一片，高原之夜开始降临。最早出现的那颗星，就像点起的天灯，雪亮的光发散成光束，像海上的夜航灯。只是一眨眼，漫天的星星，又大又密，犹如一朵朵蒲公英，绽放在天庭。它们闪烁着，发出幽蓝的光。远远近近的山，变成了黑黢黢的剪影，最后与天空交混在一起了。

汽车的灯照射在砂土路上，公路下河水的喧哗声响成一片。

走过一个塌方，司机说前面快到了。但走了好远，还是看不到一点灯光。

晚上10点，前面终于出现了灯光。汽车开上了左贡的街。只见一串由红色灯泡组成的方形图案，挂在一家大门的上面，这是舞厅无疑了。从波密出来，第一次看到这样的灯。它代表了高原上的现代气息，我有一种久违了的感觉。

司机和那位战士商量如何找搭车的藏民要点钱。也许藏民搭便车从不给钱的。司机一时还找不出要钱的理由。最后想出要他们每人给买包烟抽抽。

话一出口，刚从车厢翻下来的藏民，轰地一下就跑光了。

卸了货，我们到县政府招待所来登记住宿。行李刚刚放下，两辆三轮摩托车就尾随而来了。车上下来的全是带枪的公安，他们把我们三人围在小房子里，逐个检查身份证。我们又一次被人当成了逃犯。

司机这时候对我们更加疑心重重，第二天上路，他终于憋不住，向我问起了这个问题。我把身份证和记者证全掏出来给他看，他仍然是一副半信半疑的表情。我很尴尬，只好把话题引开。我主动谈都市里的生活，又跟着他们谈起了女人。跟都市一样，高原也来了干特殊行业的女人。

我们住的地方，与八宿一样，也有一条江，水流声湍急。从地图上看，它的名字叫伟曲，在下游很远的一个叫甲郎的地方，突然拐向西面，流入怒江。

这天晚上，我们终于打通了长途电话，与家人取得了联系。尽管声音听不清楚，打上好几次才通上话，但总算报了个平安。在家里人看来，我们已失踪20天。

这20天让他们寝食难安。

高山峡谷里的生活

横断山脉，从西藏北部那曲以东地区开始成形。流经那曲的黑河即为怒江的上游。这里海拔高达5200米，地势较平坦。山顶与谷地高差自北向南逐渐增加，到了滇藏线，峡谷与山顶的高差达到2500米之巨，海拔降到4000米上下。

山脉自西往东，到昌都开始转向东南偏南。三大江河怒江、澜沧江、金沙江（长江的上游）与伯舒拉岭——高黎贡山、他念他翁山——怒山、宁静山——云岭，几乎成平行状，由南向北，再转向西，一直延伸向它们藏北与青海交界处的源头地区。这些闻名于世的江河，源头竟紧挨在一起。

印度洋的暖湿气流，沿着这些大峡谷和江河，逆流而上，形成了河谷地区的温润气候。它们沿着峡谷北上，其影响直到昌都以西的丁青，甚至更西面的比如。

于是，滇藏线出现了这样的自然奇观：高山顶上白雪皑皑，山谷里却是草木葱茏，高大的云杉、冷杉、红松、白桦、槲树、核桃树和油松，遍布山麓；各种动物栖息于林间草地，哗哗的山泉水长年奔流不息；地里的青稞迎风起舞……

每翻过一道大山脉，就是完全不同的另一片天地。有的这面山谷还是石头砌的碉楼，地上仍是砂砾成堆，翻过山就变成了木头垒的阁楼。

木楼的周围绿草如茵，它们美得就像人工培植的一样。一棵一棵孤立的大树，伫立在绿草之上，每一棵都是一幅画。

白色的羊群撒在山坡，在晨光与夕照里，就是仙境。

有时突然就换成了红土地，低矮的松树和生命顽强的野草，都掩饰不了这种土地的贫瘠。

怒江、澜沧江和金沙江，三条江就有三种不同的颜色，怒江石青，澜沧江褐红，金沙江浑黄。它们对应的是不同类型的地质地貌。

在这样的山地穿越，犹如一次梦幻之旅。

这一带的景色，直到如今也没有见到有人作过具体的描写。大卫·妮尔在她那本《一个巴黎女子的拉萨历险记》里，也只是以记述个人的经历为主。由于她是昼伏夜行，几乎都是在黑暗中走过这一地带，因此，更多的是其经历的奇特。对这位女子徒步翻过这么多的山脉，我既感到惊讶，又敬佩不已。那时，冰雪已把那些古老山道封锁了，翻山者必须在一天之内翻过一座山。

我是在一种急迫的心态下，走过这一地区的。这使我至今都感到懊悔。如果人的一生不是如此的短促，这片高山峡谷是值得花一二年来慢慢游历的。至少是用一个夏季的时间，以骑马的方式，来体验自然的壮美。

在这个神秘的为高山峡谷所阻隔的地区里，峡谷中生活的人几乎与世隔绝，他们的生存状态是怎样的呢？

在林芝，我了解到，藏民种田从来是自己吃多少种多少，即使种多了也不愿拿出去卖。有一个村主任，家里存放了4万斤粮食，就是不肯卖掉。

那些从广东来的援藏干部想推广科学种田，肥料要当任务派送。

藏民的生活十分悠闲，在讲效率的沿海人眼里，就难以忍受了。

广东人认为林芝遍地是宝，林芝人是住在聚宝盆里受穷。单是采摘野生的松茸，一个人采一个月，收入就有好几千，哪有不致富的？藏民呢，也去采，卖了钱够用了就懒得再去了。你若问为什么不去多赚一点钱，他们有的还会反问你：要么么多钱干什么？

相反，没有报酬的义务劳动，他们都争着去干，每人每年要干一百多天。他们认为自己这是在行善，是在修来世的福。

在峡谷地区，见不到庞大的寺院，也很难见到在藏区随处可见的红衣喇嘛。偶尔看到的寺庙，也与村庄在一起，有着浓厚的世俗气息。

有关这一地区人文方面的记载，翻遍了西藏的书籍，少之又少。与卫藏和后藏的中心地区比起来，它显然是一个被中心文明遗忘的角落。他们有着什么样的文化呢？

尽管关山阻隔，这些深谷之中还是建起了自己的寺庙。在八宿，远离县城250公里之遥的同卡乡，就有一座名为学呢八宿嘎登桑珠林寺的庙，它的边上有一座泽培波公切塔，底宽36米，高25米，是昌都境内最高大的佛塔之一。

峡谷里也发现了岩画。它在八宿县城以西五公里处的巴冬村牧场上。这里同样山高坡陡，即便骑马也得走上一天。

在一块巨大岩石上，先民们雕凿了人、动物、日、月、塔、藏文字母，有张弓射箭的，有骑马骑牛的，有奔跑的，反映的都是人类早期原始的狩猎生活，以及他们对自然的认识和最初的佛教思想。虽然比起拉萨一带及阿里地区大量被发现的岩画来，它还算不上什么，但那毕竟是从其规模和影响上而言。如果就它们的意义而言，是不应有什么区别的。

在这些高山峡谷，它虽然从不引人注目，没有名闻遐迩的高僧活佛，没有著名的寺庙丛林，甚至是轰动一时的考古发现，但它的一切却在一种悄然的状态下进行着，文明就在这一种悄无声息中孕育。

在穿越这些深谷中的村庄时，我看到了最具艺术匠心的民居，有的可以与现代建筑艺术大师的作品媲美。他们的服饰、日常用品、房屋的雕梁画栋，有着丰富的色彩，它们艳丽而又和谐，古朴却充满着奇思异想。

形形色色的面具，表现了人们天真而又浪漫的想象。其狰狞逼真，能使你的精神陷入幻想。

跳神的舞蹈，舞姿古拙典雅，其服饰整齐华丽，音乐配器简约清越。人类的童心和想象力在这里得到了充分展示。

尤其是唐卡，用刺绣或笔绘，把画绘在布帛和丝绢上，随处可见。

在我们的车抵达竹卡之前，一群藏民搭上了车。他们中有的是收购松茸的，这种只有高原树林里才产的菌种，是专销日本的。他们要在几天之内，把东西运到，否则就一钱不值了。他们中的一部分人也有了现代人的生意头脑。

有的是走村串户放电影的。一头筐里装着电影胶片，一头用绳绑着一台小发电机。对于外面的世界，他们并不拒绝。

还有一位妇女是走亲访友的，这是一种纯感情联络，一种质朴的亲情乡情。在繁忙的都市，人们早已不屑于这种感情了。

一位青年，一路唱着歌，对着大峡谷厉声尖啸，其放浪与气势，显示了无拘无束的天性。

这是一个充满自由与创造精神的民族，有着剽悍的民风。他们头上爱系上一条红布带，身上挎着藏刀，康巴人如同西藏的吉卜赛人，高原上处处都有他们的身影。

在这片大峡谷，众多的民族杂居在一起，纳西、独龙、傈僳、怒族，有的一个乡就有七八个民族，就是藏民，也可区分出不同的部落。但他们都能和睦相处，晚上围着篝火一起跳锅庄。

在与云南交界的地方，西方的天主教、基督教，竟与喇嘛教并存，也能在这里修建教堂，扎下根来。

人们普遍信奉神灵，认为万物皆有生命。他们虔诚地相信灵魂，相信六道轮回，人有来世。漫长的世俗生活，犹如梦幻；而如梦幻般的未知世界，却成了现实生活的一部分。日常生活里的每一个细节，都能找到它们的影子。就连每一座山，每一个湖，都成了神的传奇和化身。

比起西藏的其他地区，这里肯定有着更独特的文明，更神秘的文化。往往因为高山峡谷阻隔，才保持了文化的多样性。这些边缘文明在与强势文明相遇的过程中，由于地理的原因，才得以保全。

每当我在夜深人静的时候，忆念起这些十分短暂的日子，就总是充满着一份深深的感动。人生能记住的东西少之又少，每当新年钟声敲响的时

- 361 -

刻，看看身后的日子，记忆里竟是空白的，想不起哪些事情时过境迁之后，还可以旧事重提，还可以让自己陷入一种缅怀的情感之中。喧嚣都市，生活始终离不了为生存而奔波。大峡谷里纯朴民风孕育出的那种生活情调、人情习俗，就成了最好的心灵抚慰。我不能不产生出对另一类文明的向往之情。

记得在左贡的那一晚，房子里没有电，点了蜡烛，打水洗了一把脸。尽管是9月，高原的水也冷得刺骨。我们敲开别人的房门，热情的主人知道我们还没有吃饭，顾不上休息，赶忙为我们生火做饭。待我们走出大门，外面早已是漆黑一团，没有一家亮灯的。

半夜里躺在床上，想着第二天还得赶路，到了竹卡还不知怎么办，不知道那里是否还有车，是否有人愿意去芒康，一时难以入眠。

盐井的大塌方依然没有修通。这一路，我们没有遇到过一台外来车。听说川藏公路也是大塌方，四川的理塘塌得很凶，3个多月了，仍不能通车。到云南，我们只得走路了。

值得庆幸的是，这一路还算顺利。尽管出现过不少小的塌方，但武警战士很快就修复了。

我的伤口正在愈合，掉了指甲的大脚趾正在一天天消肿。只要丢掉一些行装，我相信自己是能走进云南的。我已开始感到此行对我所产生的重大影响。

我在日记本上，又记下了一座山的名字：东达山，它的海拔是5008米。今天，当我开始对这些雄壮的山记忆模糊时，这个简单的记录能够帮助我找回当时的记忆。

这座山，山顶上有一堵巨岩，由于我的视力不佳，以为那上面有一道天门，近了才知是雪。

下山所见到的情景，让我不知如何表达它。那座金字塔一样的山，是如此巨大，山体竟全是大小不一的碎石块，连一根草也没有，荒芜得如同到了一个没有生命的星球。它们堆砌得高入云霄，仿佛一有震动，就会天崩地陷。

连绕都唯恐不及，但一条公路竟从它的山腰插了过去。

下到谷底，却出现了一个原始森林的世界，巨大的杉树满布山坡；喧腾的溪水，在林中深沟奔流，堆起雪浪无数。

再翻脚巴山，就进入了险峻的澜沧江大峡谷。

卡车一路下山，我的心提到了嗓子眼。这一段算得上滇藏线最危险的路了。

峡谷中的澜沧江像一根彩色线条，划开了两面直直伸下来的气势磅礴的山坡。它们在阳光下，一片幽蓝，几团飘散的云雾，浮在山腰上，并在山坡投下淡淡的阴影。

竹卡就在山下的江边上。

卡车轮子发热，司机在一处山泉边停车给车轮泼水。

车上装满了货物和藏民，两个青年藏民也下车来帮忙。因为他们的松茸要运到芒康，司机收了他们的钱，车也要开到那里，我们借了他们的光。

一座见证历史的古老哨卡

澜沧江是世界第七大河流。出国境后，它被称作湄公河，成了老挝与缅甸、泰国的界河，再横穿过柬埔寨和越南，全长4667公里，流域面积达79.5万平方公里，最后，从越南的胡志明市流入南海。

在我青年时代，读着关于澜沧江的诗篇，我曾是那么激动。人们称它为红河，它像血脉一样哺育了它土地上的人们。每当我默念起"澜沧江"这个名字，心中就油然涌起一股诗意，就有一股幻想的风从脑海里卷过。

我没有设想过自己能看到它，它离我的故乡是那么遥远，更想象不到今日能与它结下不解之缘。当我沿着江岸山脉，翻越西藏的最后一座山红拉山，听藏族司机用汉语跟我说"澜沧江"，语气里满是珍爱，我竟莫名的感动。

当我背着行囊，听着它湍急的流水声，一路向云南走去，我的心是那么宁谧、安详，没有半点不快。

澜沧江使我充满了莫名的感激，对生命、对大地江河、对世界上一切美好的东西。

车一到竹卡，我就下了车，独自一个人背着相机，顶着中午火辣辣的太阳，来到了江边。

在20世纪初，大卫·妮尔到了竹卡，她写道："周围的自然景色变得更为荒凉。在我们的左边矗立着一座岩石裸露的大山，其山峰勾画出了一种奇怪的轮廓，它似乎背负着一座真正巨大的城堡……大片的巨石是由古代的一次崩塌造成的，恰恰位于距我们很近的地方，可以作为我们的藏身地。

"竹卡山口现在正矗立我们眼前，在黄昏灰色的天空勾画出一种使人产生深刻印象的外形。这是巨石建筑城墙中一处不太明显的低洼地，巨石建筑那尖尖的脊顶于此下沉，就如同通过河流而拉紧作为桥梁的绳索一般。它标志着禁地门户，我觉得这一事实又增加了其外貌的朴实无华。

"山口附近的地面被用于供神。藏族朝圣者在那里建起了大批小祭坛，由三块竖起来的石头和作为顶盖的第四块石头组成，其下面是供奉神的各种小供品。"

这天早晨，她和庸登看到山麓的竹卡，竟莫辨真假："我们居于高处，可以遥望到这条河流的一个急转弯及对面一座建筑于山坡上的村庄。在那里，有几间孤零零的房屋，位于紧靠我们的路旁。

"这是什么村庄呢？它未被标注在任何地图上。在我出发之前，曾在该地区作过间接调查的人从未提及过它，其建筑式样与农民住宅很不相同。这不是一般的庄园和茅屋，而是一些小型的别墅和城堡，既小又窄，却以其庄严的外表而引人注目。"

而这一切竟是他们两人同时出现的幻觉。夕阳西下，他们从一条小道来到山下，却什么也没有看到。

时光流逝，物是人非，不变的是眼前的山河。当年，他们从与我相反的方向抵达竹卡，黄昏时看到山口，在山上露宿了一夜。为躲避哨卡，他们整个白天也都藏在山上的岩石和树丛里，大卫·妮尔还发着高烧，说着胡话。路上与她的义子庸登为是真是幻的问题争执不休。

这一切，若非一本流传于世的书，那才真会变为一场大梦幻，永远不为世人所知。

一代人又一代人就如过客一般，从土地上走过，最悲壮和最平凡的事，都一样逝如云烟。

中国最古老的智者，两千多年前，就是站在大河边，对生命发出了"逝者如斯"的浩叹。

澜沧江充满了野性，巨大的流水声就像不曾驯服过的烈马，一路奔腾，一路咆哮，一路汹涌。奔腾是它急遽的流速，咆哮是它卷起的漩涡，汹涌则是它翻起的浪花。峡谷底的河床，就像突然塌陷下去似的，两岸全是褐红的岩石，看不出流水冲击给它留下的痕迹，全如刀砍斧削似的，悬崖峭立，伤痕累累。江水也与岩石褐红一色。

澜沧江是无法靠近的，甚至走近崖边都是危险的。它没有让人产生沉思默想的习惯。它给你的只有山野之气、蛮横荒莽之气，强悍匪徒一样的气焰。

一座钢筋水泥桥，嵌在两岸兀立的两块岩石间，从桥上走过，才看得到奔流的江水。

它是直裸着的，在竹卡一带，见不到一棵树，硕大无比的山峰，一个接着一个穿插过来，全是光秃着的，长长的山坡只生长了稀疏的草。澜沧江就在其间曲曲弯弯，一路向前。

一座由石头垒筑的碉堡，立在桥头的高地上，依然完好无损，占据着峡谷中的有利地形。这是过去年代的哨卡。在它的旁边，两栋雕梁画栋的藏式新楼，十分引人注目。

西藏一直以来就严禁外国人进入，沿路设卡，全民皆哨。以致大卫·妮尔要靠化装，且昼伏夜行，才胆战心惊混进高原，一时竟成为莫大的荣耀。青藏高原也因如此而显得更加神秘。

我站在桥上，对着迎面而来的江水，拍下了两张照片。镜头里，我看到下车的地方离我远了。由于我还没有来得及看上一眼竹卡，也没有与司机打招呼，就往江边跑，直到走到桥上，才看清澜沧江是个什么样子。

远远望去，小镇只有一排平房，坡屋顶在阳光下闪着一片银光。镜头里，那里是唯一有树木的地方。

我这时才想到自己离开卡车有一段时间了。我突然紧张起来，也许车等得不耐烦开走了。这时我对自己的判断——卡车一定会经过这座桥——产生了怀疑。这里也可能是个三岔路口。毕竟我在江边待得太久了。

我一路小跑赶到停车的地方，果然卡车不见踪影。我问一个藏民，比画来比画去，它依然不懂我的意思。

这里只有几栋民房，有一个餐馆，我看到一个藏民抹着嘴巴从餐馆里出来，似乎有点面熟，我半天才想起来，他是与我同车的。我又比画了一阵，他明白我的意思后，指了指北面。

那里有一道红砖砌的围墙，围墙有个门。我半信半疑走了进去。院子里空荡荡的。我仍不甘心，绕过一栋楼，终于看到了那辆卡车，它停在里面卸货。这里是武警的营房。

卡车上路时已是下午。我坐到了车厢里。紧挨在驾驶室的后面，有一个轮胎，上面有一捆油布，我把它抱到轮胎上，当作座位，又把旅行袋挪到背后，作为靠背。我的左右紧挨着那几个卖松茸的青年藏民，其中一个盘腿坐在空汽油桶上，一个就坐在车门上。坐在汽油桶上的对着山谷，紧逼着喉咙，放声一唱。声调就像下坡一样，一路下滑音，一口气完了，歌也打住了。

不知是路上寂寞，还是一阵一阵的情绪，一路上，他唱几句，歇一会，又唱几句。

车过桥后，就沿着一条峡谷，开始缓缓爬坡。本就不像路，又经洪水一冲，一段段路与河滩一样，全是石头。

卡车绕来绕去，有几次眼看差一点就爬不出来了。

经过一个村庄，一个少女站在山坡上看卡车过一段冲塌的路，我在车厢里看她那副专注的表情，心情竟很轻松。

从没有与藏民这么靠近，身子挨在一起，闻着他们满身的酥油味、汗臭味，就突然生出了漂泊异乡的滋味。

一部手扶拖拉机装了满满一车厢人，在一条水沟前停了下来。

我们绕过去后，拖拉机上的人纷纷跳下车来追赶卡车。不少人爬了上来。最后一个爬上来的是一个老人，看上去大约70岁了。他们嘻嘻哈哈，好不得意。

这座山名叫拉乌，山坡平缓，到上面才慢慢变陡。

第十九章·翻越横断山脉 下 卷

卡车坐满了人，爬起山来很吃力。

不久，手扶拖拉机追上来了，车上的藏民得意地挥手高呼。

山上，出现了木楼、羊群、草地、炊烟，还有一棵棵亭亭玉立的塔松。夕阳正从西边的脚巴山上，慢慢沉落。金色的阳光镀在山坡草地，像童话般，有着梦幻的景象。

这位上车的老人，是一位汉族人。他跟另一位汉族老人谈起了四川。他说变化多大啊，只是10年没有回去，变得都认不出来了。

他是个四川人，也许年轻的时候到了竹卡一带，为了什么在这里留下来了。上车的藏民对他都很尊重。有一个青年向老人坐的地方挤了一下，他不客气地揍了他几拳。一路还不停地奚落他。

青年很不安分，对身边一位女子动手动脚。车上的人起哄，说他不敢抱，但他真的就抱了她。

那女子也不恼，还对他笑了笑，像是在鼓励怂恿。

晚风渐冷，我冻得连雨衣都穿上了。

我背靠驾驶室，目光所及，只有山脉和天空。

卡车上到山顶，车厢上的藏民向着玛尼堆齐呼"神必胜，啦嗦罗……罗……"声音很快就被风刮跑了。

下山卡车快多了，一会儿就追上了那辆手扶拖拉机，同车的藏民再次得意地大喊大叫。

山坡陡了，一处处悬崖，坐在卡车厢里，就觉得卡车是悬空的，不站到车门边，是看不到路基的。一颗心又紧缩着。

看着"之"字形的山路走个没完，天也黑了，我终于放弃了对自己安危的关心，又一屁股瘫坐在油布上，看着四面山影越升越高，我像向黑暗的深渊陷落。

卡车忽左忽右，就在松弛的一瞬，我发现了拉乌山在围着我旋转，忽而上升，忽而下降，像一场游戏，充满了无穷的乐趣。我感到朦胧中某种诗意的存在。

今晚的目标是西藏境内最后一个县城芒康。连日的奔波，终于就要到达边界了，西藏的两个月快成为历史，尽管前路更艰险，横断山脉还有着不尽的山峰，但想着自己眼看就要走出西藏了，心情还是激动不已。

- 367 -

黑夜里，卡车剧烈的颠簸，让人不再觉得是件难受的事。

芒康，飘扬在黑夜里的情歌

果然盐井大塌方还没有修复，芒康县城，既无开出去的车，也没有外面开进来的车，三省通衢之地，成了一个死角。这样一个现实，我们到第二天才知道。

夜里，当司机突然把车一停，告诉我们芒康到了，我既兴奋又犹疑。一路的提心吊胆，害怕遇上塌方，走不出这片高山，如今这一切突然成为过去，又让人不敢相信。

司机停车的地方仍是一片漆黑，只有几栋房子，紧挨在路边。

我害怕司机把我们抛在半路，先要同伴待在车上，我一个人从车厢翻下来，问了房子里的人，确证这就是芒康，才把行李搬下来。

卡车不一会儿就开走了，路边只有我们孤零零的3个人影，四野里一片寂静。

这是个三岔路口。四川、云南两条公路在这里交会，司机要我们在这里等车。

下车的地方，有一家旅店，一个很大的厨房，地上堆了不少萝卜、大蒜。住宿先得从厨房里穿过去。一个瘦老头点着一支蜡烛，领着我们进到房里。

芒康，在藏民眼里是个"善妙之地"，县城嘎妥的海拔为3780米，它属于金沙江流域，一条小河从嘎妥镇流过，向着南方的红拉山方向潺潺流去，在进入云南境内不远，汇入金沙江。

芒康人擅编竹器，用芒康的红土烧制陶瓷。同样尊梅里雪山为神山，莽措为神湖。

在河谷平地，人口也变得稠密了。与它相邻的八宿，面积达12564平方公里，人口却只有3.3万。芒康面积相差不大，人口已达6.6万，是藏东人口最多的县。尽管相对内地,其人口十分稀薄,但如果与阿里地区比较,其人口密度已经大了几十倍。

坐在黑暗中,对后面即将发生的事,我一点也不知情,这时的心情就像突然遭到遗弃。我不知道这是个什么样的地方,不知道这里的人善不善良,我们是否会遇到麻烦,甚至是不幸的事情。

虽然知道在地图上我所在的位置,但现实中,四处是高山,它们在夜色里只有一道道朦胧的黑影。在这个世代康巴汉子居住的地方,所有的传说和现实,都沉入到了黑夜的神秘之中。天一亮,呈现于我面前的是一个什么世界呢?

我们不能坐等,一定可以做点努力。从旅行袋里摸出手电筒,也顾不上肚子饥饿,我们就出了门。

打听到嘎妥离这里不远,我们便在手电光里,沿着一条马路向黑暗中走去。

芒康的邮局、商店、政府大门,都是在我们手电光里出现的。县城停电,路上四处狗吠,有藏族女子唱着康定情歌,声音从藏楼里飘向夜空。我们高一脚低一脚,有人影走过来时,就用电筒照一照。无意中走到了武警的营地。

找到一位广东惠州的战士,他带我们到县政府餐厅填饱了肚子。又找人开车把我们的行李取回来,在部队招待所找了两间房,把我们安顿下来。

我们终于明白自己的处境还不算太坏:往四川去的公路,理塘的大塌方快修好了,这两天就会通车。但往云南去的路,盐井的大塌方,仍无法修复。战士劝我们走四川回去。

我不明白自己为什么一定要坚持去云南,是不是对那片土地有过太多的幻想,倾注过太多的情感?德钦的梅里雪山、中甸的香格里拉、丽江的泸沽湖、大理的苍山洱海,这一切一直都在诱惑着我。我不愿背弃当初的选择,做自己不愿意做的事情。我从来就是一个凭喜好做事的人。因为喜欢文学,我放弃了自己的建筑专业,因此而改变了人生轨迹。因为时刻向往远方,我的生活总是漂泊无定。人生的梦太多,而能实现的却总是太少,我不愿人生旅程又增加一次抱憾。

那位战士见我非得走滇藏线，就告诉我明天一早起来去路边等车。可以找车去盐井，但车只能开到那里，到塌方的地方就靠自己走路了。运气好，在云南说不定能碰上车。滇藏线最危险的就是这一段，他劝我们一定要小心。

招待所是座木楼，去厕所要穿过院子。路上，我看到星星把天空照得很明亮，天成了一团幽蓝的色彩。晚风拂面，似有春天的气息。万物沉睡，高原静得可怖。我想，这一路心情是否太急迫了，总是担忧找不到车。经过大峡谷半个月的徒步穿越，每当看到汽车的那一瞬，自己是多么激动，竟会紧紧抱住车头。我终于知道了，在高原，车对于生命的重要。从此，我总害怕找不到车，这种恐惧感挥也挥不去，以致多少美好的风景因此而没有能切身地体味。

现在知道没有车了，做好了步行的打算，心里反而轻松了许多。

芒康街头，比八宿和左贡都要热闹。它不像前者只有一条道，它的街道是十字形的。

街市有了分工，有了农贸市场和服装市场；街头有不少云南和四川的饮食店，它们很早就开了门。

一群群牛羊也从水泥的街道上走过，藏民们穿的衣服与汉族服装差异不大。

四面山岭，郁郁葱葱，生长了低矮的松树，与南方的地貌十分相近。

我们又租到了一辆吉普车，开车的是两个藏族人，一个二三十岁，大个头，蓄着浓粗的胡子；一个40岁上下，小个子，却挎着一把十分夸张的藏刀。他们两个轮流开车，康巴人活泼开朗的性情，从他们两人身上得到了很好的体现。

一路上，他们都在唱歌，年轻的唱的是刚流行不久的港台歌，走调得厉害，但由于得到我们的鼓励，唱得十分得意。小个头唱的都是老歌，他说自己曾是县文工团的。

这些歌都是我们熟悉的，听着从他们口中唱出来，自然亲切了很多，不再有那种身在异乡的强烈感受。

也因为心境的变化，沿途所看到的景色无不充满着乡土气息和乡村情调，久违的乡情像和煦的阳光，洒满了这一片山川。

第十九章·翻越横断山脉 下卷

青稞一片金黄，藏民们正在挥镰收割，他们伏身青稞穗中，身子一起一伏。捆穗的妇女，把金色青稞抛向空中，稞秆在空中几个空翻，落到地上时就已捆好了，其动作就像表演似的。中途两次下车拍照，藏民们高兴地向我挥手。

谷地平坦，从嘎妥流来的河，波光粼粼。开阔的平地里，还生长了翠绿的萝卜、卷心菜，它们像油画，色彩饱和、鲜明。

小个头司机是个有趣的人，他去过成都、昆明等地，他认为自己去过的地方都是很美的。他有着典型的流浪汉性格：衣冠不整、一身迷彩服，不知多久没有洗过了，都快变成黑色了。他在内地四处游走时，有时就露天睡在外面，他却快活无比，整天乐哈哈的。这一路也是这样，高兴起来就吹口哨，唱情歌。手抓方向盘，就像抓了个玩具，把开车也当成了游戏。

开始我十分欣赏他的风度，但车到了红拉山上，下面是万丈之深的澜沧江大峡谷，而这时，偏偏前轮不听方向盘的指挥，一颗石头都能使方向失去控制，他却依然唱他的歌。

在一片菜地前，一位藏族姑娘向他招手。她皮肤白净，脸庞圆润，眼睛又黑又大，是我入藏以来见过的最漂亮的藏族少女。她走到吉普车前，挨着小个子司机叽里咕噜用藏语说了一阵，然后塞给他一张纸条，就退在一旁，微笑着，看我们的车离去。

路上，小个头得意地说，那姑娘塞给他一封情书。

到了一个道班，吉普车停了下来，他冲一栋平房叫了两声，不久，又一个姑娘走了出来，竟与那位少女十分相像。

她也是莞尔一笑，就来到车门边，与司机说着话，开心地大笑。司机把一张纸条塞给了她。

我弄糊涂了。车离开道班后，我忍不住问小个子，"不是写给你的情书吗？怎么给了别人？"他哈哈大笑，原来，这是两姐妹，妹妹要结婚了，托他带信给姐姐，告诉她办喜事的日子。

[第二十章] 谜一样的盐井

从溜索上滑过大塌方

澜沧江又在海拔4300米的红拉山下出现，它画了一道优美的弧线，从万山丛中流到了红拉山下。

原以为这座山只是一座普通的山岭，从芒康的方向爬山，它一点都不显得高大。当澜沧江出现，一个巨大的峡谷陡然就到了山脚下。它是那么气势恢宏，深渊万丈，江水似游龙出山。

接下来的路，都是在大峡谷的斜坡上向着谷底下降。我紧张得大气都不敢出一口，心悬了起来。

若在城里，这台老爷车早就报废了。这时，它偏偏前轮松动，方向盘失灵。一块小石头就碰得它像散了架似的，直往山下冲，小个子把方向盘连转了几个圈，才把前轮扳过来。我吓得血直往脑门上冲，小个子竟还有心绪唱他的歌。

还有一次过泥石流，轮子被晒干的泥沙卡住，顺着一条沟往悬崖边开，若非刹车及时，车子早掉进江里去了。我再也无法忍受，非得要他停车检查。我知道那位广东籍战士说的最危险路段并非夸张。如果不是大塌方很快就到了，我准受不了这种惊吓。

这个沿滇藏线上上千公里的大塌方，终于出现在面前了。我们是凭着一股勇往直前的劲头，才可能走到这里的。它一路上都在令我忧心忡忡，像一道阴影永远笼罩在头顶。

盐井，因为它，成了一个让人揪心的名字。

大塌方超出了我的想象。它几乎塌下了半边山，莫说车过不了，就连人也过不去，必须爬上千米高的大山顶，才能绕过去，没有一定的体力和时间是办不到的。

站在路这头往下看，路塌成了悬崖峭壁，深不见底。那些塌下去的泥石早被湍急的澜沧江水冲得无影无踪了。往对面看，一道二三百米宽的口子，成了一个大峡谷，山和那头的路都是垂直坍陷的，三面形成了峭壁，看一眼都令人头晕目眩。

一台推土机在半山腰的悬崖上推土，想从那里推出一条路来。我一时还没发现，等到又有从山体塌下去的沙土，"哗——"一下落入深谷，我才看到它像个甲壳虫，一动不动待在那里。

我想，刚才的小塌方说不定就是它铲动土的缘故。若不是命大，它早掉下去，像块石头，消失得无影无踪了。

我吓得赶紧退后，离悬崖远远的。这样的险境，修路就像往虎口里钻，没有不怕死的勇气是不敢上的。

要修通这个塌方，还得数月时间。

不知是道班还是什么人，从路的两端拉了一根钢索，也不知是靠什么办法把钢索架过去的，人要过去，只有从钢索上溜了。随后，我沿着澜沧江一路步行，就发现很多的钢索架在两岸，人们要过江，就从溜索上溜过去。

有一个藏民从那端溜过来了，溜了一半，被卡在中间，身子随钢索晃荡着。

这边有一根钢绳是连在吊住他的滑轮上的，两个人拼命地拉，一点点拉了上来。

这个满脸络腮胡子的中年男子，竟木无表情，也许，他们早已习惯于这样的险况了。

这边只有我们，过不过去，决定了我们能否走通滇藏线。

那两个藏族司机还没有走，等在那里，看我们是否过得去。

负责溜索的是个中年男人，他一直没有问我们过不过溜索，总是铁板着一张面孔，没有任何表情。

我试探地问："溜索危不危险？"他一声不吭。

过了一会儿，我又问："溜一次多少钱？"

他回答："10元。"

见我们犹豫不定，他又以低沉沙哑的声音说："溜不溜你们自己定。"就再也不说话了。

最后，我们决定溜。经历过几次大难不死，我们并没有太多的恐惧。

为保险起见，我们先把行李捆绑在一起，让它先溜过去。

接着，我的两位同伴溜了过去。看得出来他们紧张慌乱的心情。

等到他们全都过去了，这边只剩我一个了。

那个中年男子，让我站在一块石头上，然后拿绳把我五花大绑，还没等我作好心理准备，他就把我推向了那一片虚空。

我只觉得鼻尖下的滑轮在嗞嗞响着，对面的悬崖峭壁向我迎面扑来，我眼睛死死盯着鼻尖下的滑轮，我知道自己的性命全维系在它的上面。我双手紧紧抓着滑轮的下半节，一则是要靠它来平衡身体，免得翻倒；二是万一情况不对，我可以迅速抓住钢索……

一切只不过是眨眼之间的事，由于我们这边高，那边低，滑轮越滑越快，我像是飞一样就到了。

滑到悬崖边才慢下来，一个藏民一把抓住我，就势把我拉了上来。

松了绑绳，这才为自己感到庆幸。

马蹄踏响的茶马古道

在过去年代,这里是茶马古道的一段。远在北面的丝绸之路形成之前,马帮们幽幽的铃铛声,就在这片高山峡谷里响了起来,那曾是一种多么寂寞的声音。

高原的宁静犹如巨大湖泊,当一颗小石子冒失地投入湖中,短短地漾过几圈波纹后就再无声息了。

漫漫长途跋涉,是一次没有边际的泅渡。

当马帮们踏上古道,进入这片高山深谷,他们也就销声匿迹了,去拉萨,回来时也是第二年了。

一路上,饿了,就吃随身带的糌粑,在岩石下点燃一堆火,煮点茶喝。茶马古道因此而留下一处处被柴火熏黑的岩石。

天黑了,在山腰上找一处平地,搭一顶帐篷,伴着江水的流逝声进入梦乡。

他们会有怎样的梦呢?跋涉者的心思与情感,留不下任何痕迹。

这条古道,穿越了两千余年的岁月,至今,仍有马帮的蹄声在山间踏响。

从云南往察隅,依然有马帮们在山间小道上闪现的身影,他们驮着各种现代的生活用品,送到那些偏远的部落。

两千余年的岁月,马蹄在古道上留下的是石板上深达两寸多的蹄印;马帮留下的是道边玛尼堆上刻画的各种神像和宗教箴言。

有些跨江的铁索吊桥和木架悬臂桥,就是当年马帮用买路钱修架的。当年,马帮们用竹笼把马和货物溜过江去。

那时还没有钢索,架索人把篾藤从两岸峭壁上拉过,篾索上再套大竹筒,过江者必须拉着竹筒滑动才能溜过江去。

20世纪30年代,曾一位美国人拍过一张过溜索的照片,一匹马和它驮的货物，过江时，滑了一半，就卡在溜索上了。马和货物吊在半空中，下面是翻腾的江水，马在挣扎着，四蹄似在踢动，马脖子垂向了江面。

江岸上，一群人正在用力拉马。

如今澜沧江上，每隔不远就有一道铁索，它由上下两根组成，相距几百米，一般选择在悬崖峭壁间。溜索两端的相对高差大约30米，长则在200米至400米之间，它用水泥固定在岩石上，靠自身的重力就可滑过江去。

江边的居民，出门要过江，必得带上一样东西，那就是用质地十分坚硬的栗木做的溜梆和一根羊皮绳。溜梆上挖有一个深槽，用它卡住钢索。羊皮绳则用来兜住大腿的两侧，把人系在溜梆上。过江时，一只手抓紧羊皮绳，另一只手抓住溜梆，人就嗞嗞溜溜过江去了。

古道上的马帮，远没有人们想象的那么浪漫。横断山脉对试图从它的高山深谷跨越的征服者从来都是无情的。无论你是朝圣者，还是商人，那些大塌方、泥石流和落石，随时都能把你吞没。就是寒流与冰雪，饥饿和疾病也可能致命。在那些洞穴中，在陡峭的岩壁下，常常可以发现森森白骨。

在德钦，还有一座专门保佑生意人的神山来灵山，它也是汉族人的保佑地，位于茶马古道上一个叫奔子栏的地方。可以想见当年的马帮在进入藏地的高山峡谷区时心情是怎样的紧张。

为了保全财产和性命，他们唯一能做的就是祈求神的保佑。

然而，马帮对于那些深居于峡谷中的人来说，他们简直成了无所不知的伟大人物。每当他们的铃铛声在远远的山口传来，人们就激动地走出家门，前来迎接这些令人尊敬的人。他们给古老的生活带来了永无穷尽的惊叹，带来了对另一个世界最遥远的想象与期盼。那不仅仅只是稀罕的物品，它夹带着的是另一种生活和另一个世界的消息。

在泸沽湖，一位叫杨二车娜姆的摩梭族女孩，在远离家乡后，写到自己小时候每听到马帮的铃铛声时那种欣喜的心情：她总是最先冲出家门，对着那些长途跋涉的人有问不完的问题。对那些长途运来的货物也充满了好奇。望着他们消失在山口的背影，她恨不得跟着他们去山外的世界看一看。马帮，成了她最羡慕的人。

这些事情，发生的年代并不遥远，离现在不过一二十年。

也就是在我进入云南数日后，我沿着马帮走过的路线，翻越重重山岭，到达这一个神秘的"女儿国"。当年的茶马古道已开辟成公路。当我翻上山口，向着那个摩梭人的母湖眺望时，我不曾想到，十几年前，也有一双少女的眼睛在张望着这个山口。她是渴望着从这里走出去，正如我当时渴望走入山下的泸沽湖，她热切地盼望走到我所在的那个喧嚣都市的生活中来。

正是这世界的千差万别，才有了这样不同的人生传奇。杨二车娜姆终于经不住外面世界的诱惑，只有十几岁就一个人走出了家门，走出了那些高山深谷，最后走到了美国。

这说明人的天性中，就有着对远方陌生事物的追求。它使人生充满了梦想。

在茶马古道所经之地，生活着二十几个民族。他们既有自己独特的文化和语言，又有不少共同之处。强势文化的冲击，如中原文化、西氐羌文化、百越文化、印度文化等，都成了本土文化的新鲜血液，留下了印记。

今天，在藏族人的碉楼里，五音阶的丝竹旋律隐然有傣家凤尾竹的清音，歌中衬词反复咏叹着的是大理苍山洱海的明月；雪山脚下，还找得到纳西族先民弃下的城堡和山寨遗址；每座寺庙，壁画里飞动的线条与艳丽的色彩，可以辨别出不同地域的风格特征；河谷上的山坡，偶然可以发现岩画和棺墓；那些不为外人所知的村寨，仍保留着古朴原始的风俗……是一条茶马古道使这一切联系到了一起，并交融为一体。

"古道"，在昔日的大地上，是习以为常的事物。人们对丝绸之路和茶马古道感兴趣，不外乎它们都有十分漫长的距离，经过许多荒凉险恶的地区，前者连接了欧亚大陆，后者穿越了世界屋脊；另一个重要原因，就是它们都曾经起到了传播与交流不同文明的作用。

它们形成的最初原因，竟是两样东西：一个是丝绸，一个是茶叶。这也是它们被人称作丝绸之路和茶马古道的原因。

云南是茶树的原产地，大约在1200年前的南诏时期，云南元江以南的地区盛产茶叶。

也就是在这一时期，雅鲁藏布江流域的藏族人开始向东发展，其中一支越过了横断山脉，发展到了川西和滇西北。他们曾靠武力征服过南诏。

藏人一接触到茶叶，就再也离不开它了。它成了藏族人的两大主食之一——酥油茶的主要原料。茶叶成了以肉和乳制品为主要食物的藏族人的生活必需品。

然而，高原不能产茶。于是，联系两地的茶马古道便翻越了茫茫横断山脉，一直延伸到了吐蕃时期的都城拉萨。

一条滇藏线，弯弯曲曲写上了这座冰雪高原。抒写者是马蹄和人的双脚。

18世纪一本《滇海虞衡志》写道："普茶名重天下……普洱茶所属六茶山，周八百里，入山作茶者数十万人，茶客收买，运于各处，每盈路。"

历史上从滇入藏的古道有5条，一条由云南西双版纳等地经缅甸、印度入藏；一条由云南普洱经大理、丽江、德钦、盐井入藏；一条从云南泸沽湖进入四川，再由川入藏；一条先到四川，再到陕西，由唐蕃古道入藏；最后一条是从云南大理经腾冲翻越高黎贡山进入缅甸，渡恩梅开江和迈立开江，到达西藏察隅。这条古道至今仍有马帮在走。

茶马古道主要指的是从德钦、盐井入藏和从泸沽湖进入四川，然后由理塘、巴塘入藏的通道。1960年修筑的滇藏公路，走的就是第一条古道的路线。

滇藏公路直到1972年才修通。茶马古道上马帮们千年的铃铛声，才渐行渐远，慢慢成为了历史的回音和传说。

大峡谷深处的盐田

我们清理好行装，打听到盐井离这里不远，便急着上路。

滇藏之行，我们一直运气不错。本来到盐井有一段长路要走，我们已作好天黑前赶到的打算。一辆手扶拖拉机突突响着，吃力地爬着坡，向这里开来，就像专为接我们而来。等车到了跟前，问司机，他真是来拉客的。

见只有我们3个,也就不等了,我们又把行李扔到了车斗里,3人同时翻上车厢,拖拉机又突突突往山下开。

从冷却水箱喷出的水珠,随风飘落到身上。车颠得人一蹦老高,若不是双手抓紧车厢铁板,人都得抛下公路。

迎着大峡谷吹来的风,正午的阳光下,澜沧江两岸的景色尽收眼底。

对面山腰有一条浅白的线,我不敢肯定那是不是一条公路。

接着,我看到了山坡上的村寨,一片片,很有规模。我心里想着一个问题:当他们跨出家门时,会不会滚到江里去呢?特别是当喝了酒,或者是晚上出门的时候。

我知道自己的想法很好笑,但我确实是第一次见这么陡的山腰还住人的。再想一想,这片地方也实在找不出一块平地。

那些巨大的山坡只有小小的一块种上了绿色的庄稼,村边上还有树,我无法分辨出是什么树和庄稼。

一些单独砌的房屋,也难分辨出是岩石还是房子,它们都太小了。

这个峡谷之巨大,比我所见的世界第一大峡谷雅鲁藏布大峡谷还要惊心动魄!第一大峡谷虽然有海拔7782米的南迦巴瓦和海拔7294米的加拉白垒峰,其高差最深处达到了5383米,但毕竟它们不是直接组成江岸,山峰是一座座叠起来的,到了峰顶,已离江边很远了。加之,峡谷不开阔,显不出它的气势。而这条大峡谷,是那么直观,两岸山峰就像两块斜插入江心的巨型铁板,赤裸裸无遮无拦。这种巨大的空间尺度,真正让人感受到恢宏是什么,磅礴是什么!

我的心情也因此而异常振奋。

那时,我并不知道盐井产盐,江边像屋顶一块块挨在一起的,并非房屋,而是盐田。

我在注意到盐井这个名字的时候,脑子里也曾掠过这一念头,就自然不往下想了。叫盐井,就一定产盐?就是从井里挖盐?名不副实的事太多,何况这是一个藏族人的地名,更可能的它只是一个音译名。这样的地方产盐是不可想象的。

这一次就真的犯下一个错误,这里就是因为产盐而得名,而且还是从江边挖的井里，把卤水挑到盐田里晒成盐巴的。盐井人就靠它吃饭，因它而富甲一方。

这么一个显而易见的事实，虽然我们在盐井住了一夜，竟也发现不了。这让我震惊！

也许是因为它太著名了，显而易见，人人皆知。为着盐，过去年代还发生过战争。正因为如此，大家都知道的事情，谁还会刻意去告诉别人呢？我们因为不知，也就不会发问。

盐井还有更多特别的事情在发生着。

作为茶马古道进入西藏的第一站，也因为盐，纳西人进来了，天主教也来了。

手扶拖拉机在长长的下坡路上向着下盐井开来，澜沧江两岸山坡，错落有致的平屋顶，一片片依附在大峡谷的底部。它们在正午阳光的照耀下，浮起一片银白的光芒。

那时，我并不知道这就是盐井最壮观的盐田，那雪似的屋顶并非阳光如此耀目，而是纳西人晒出的盐。

他们在险峻的羊肠小道上，用大木桶从江边的井里把卤盐水背到山坡上搭建的平台上来。然后等着太阳和风把水风干，留下结晶的盐巴。

在江边岩石交错的河床上，卤水是从地底涌出的泉水，人们把它用井围了起来。在山坡平缓一些的地方，人们用木头架起小片的平台，平台一头搭在岩石上，又用木条支撑，再用江边的泥土在平台上夯成"土巴"，于是，盐田就建成了。

这是自然与人最和谐的生存方式，其独一无二原始古朴的晒盐景观，构成了大峡谷一处古老的文化遗址。

下盐井，充满迷人情调的边镇

这片神奇的土地隐藏得如此神秘，几乎不为外界所知。即便如我这样四处游荡的人，冒冒失失闯了进来，也不能对它有起码的了解。

这一天正午，我只是为着自己即将走出西藏进入云南而高兴着，大峡谷里的一切，让我感到亲切，尤其是对于在荒凉高原终日见不到人影的我，突然呈现出的村寨是多么令人感动。

直到拖拉机下到一块平坦的台地，又一个"U"形大转弯，进入一条狭小的街道，在一栋楼房大门前停了下来，我才看到下盐井纳西族民族自治乡的招牌，我才意识到自己到了另一个民族的生息地。在滇西北的崇山峻岭之中，许许多多少数民族，仿佛正在向我走近。

我打量着这个突然出现在面前的下盐井镇，简陋的街道，一面是由砖石砌的楼房，虽然挑檐和门窗的处理还带着藏式碉楼的特征，但已经十分弱化了。另一面则全是平房，由木板搭建，坡屋顶，黑瓦，大都是店铺。

从灼热而又刺目的阳光下，进到一间低矮的小木屋，立即感到了阴凉。这是来自云南的一对年轻夫妻开的饮食店，他们拿过小板凳，热情招呼我们坐下。每人沏上一杯绿茶。房顶上一把吊扇呼呼转着。门边铁桶里，几尾活鲤鱼在清水里游动。米饭的清香溢满了木屋。

我猛然有了走下高原，进入内地山区小镇的感觉，好不惬意。

感觉西藏突然之间已经离我远去了，就连空气也湿润了，有了大地植物的芳香。

下盐井的海拔只有3000米了，气温明显升高。而谷底的澜沧江，海拔只有2200米。

我们吃了一餐地道的云南菜，我一连吃了好几碗米饭。当天没有车去云南的德钦，我们就在乡政府招待所住了下来。这里离滇藏线交界处只有18公里了。

这一个下午是人生难得的一段美好时光。盐井的风光和小镇宁静而迷人的情调，令人陶醉。

只听得到风吹过的沙沙声，那是高耸于村口的大树、田野、青纱帐发出的声音。澜沧江已落到了深深的峡谷中，河床切入了大地的深处，不闻半点声息。

阳光如水，下午太阳向着西边高耸的横断山脉走去，那数千米高的山像一道屏风，由于处在背光的阴影中，山体蓝莹莹一片。而山脚下平坦的河谷，如同青纱帐一样的玉米地，抽出的穗线，正好在金质的阳光照耀下，闪出一片炫目的银白逆光，恰与幽深的山影形成强烈对比。纳西人和藏民用石头和树木做的民居，就坐落在金光一片的玉米地里。秋风一吹，仿佛不是玉米秆在纷纷摇摆，而是那金币般的光芒被风吹得哗哗作响。青葱玉米组成的青纱帐，那些嫩黄的玉米穗，展示了大地旺盛的生命力，它们在向着大峡谷宣示和呐喊。我能感到来自大地的一股股生命的汁液正沿着青葱的叶秆向上喷发，是它们把秆叶鼓胀得绿油油，是它们在迸溅着，在逆光里闪动着粼粼波光，是它们把生长的清香洒播到了空气中，随风飘向远方。

下盐井，终于不再让人感受到高原生命的荒凉！

西边的巨大山脉，幽蓝一片，如烟如影，阳光从背光的山影划过，留下一道道光的迷雾。

卧听忽近忽远的铃铛声，纳西人的说话声，有了世外桃源的感觉。

人生是多么不同，在我们眼里的上网、黑客、音响、版权、减肥、流行色、艾滋病、按摩、房产证、股票、纹眉……没有一样是他们所知和需要的，它们对于生命都不再显得重要，没有它们生活依然美好。

"采菊东篱下，悠然见南山。"这样的生活形态，能使人心灵与肉体高度和谐。现代人空虚、孤独、焦虑，早已迷失了生活的本真，坠入了疯狂的物质追逐之中不能自拔。

在高原的日子，这天是最放松的。

我穿着拖鞋在小街上闲逛。留着辫子的康巴人，在哪里都是最闲的一群，他们围在一张桌球边，球杆把台布戳得东一道西一道印子，不时从那里爆发出阵阵喧哗。卖牛肉的摊档也同在一个木棚里。

街上，偶尔走来几个跑短途的马帮，有马，有骡子，也有驴，这些牲口往街边电杆或门框上一拴，主人便钻进餐馆里喝酒去了。若是不想赶路了，他们就在小馆子里的长凳上将就一夜。

我从一个个店铺看过去，见到的人很少。店主有的枯坐，有的与人站着闲聊，有的不知跑到哪里去了，不见踪影。

有一条溪水从街头穿过，哗哗作响。

没人对我的出现特别在意。小镇来往的人多了，大家早已习惯了陌生人。

我想见识一下纳西人。坐在村口一堆圆木上，注视着路上来来往往的人。

我见到的男人很少穿民族味浓的服装，不少喜欢戴黑褐色的圆毡帽，人人都在腰间别着一把藏刀。

妇女穿的大都是民族服装，白衬衫，外套黑色无袖长褂，腰系一块七彩围裙，下身着长裤，穿布鞋。我一时分不出这是藏族服装还是纳西族服装。与我在阿里普兰所见到的藏民服饰比起来，这一带藏民的穿着要简单得多。

阿里人穿长袍、长裙，都只着左袖，将右袖从后面拉到胸前搭在左肩上。妇女把各种各样的宝石、玛瑙穿成一串，挂在胸前，戴在手腕上，织在发辫里，再盘到头上。加上衣服的艳丽花纹，全身珠光宝气，五彩缤纷。

下午去洗澡（从波密出来，就没有洗过一次澡，盐井居然有一个小小澡堂），见一位妇女穿着鲜艳，服饰颇有特色。洗完澡，我大胆走进了她家大院。

这栋新楼房建在山坡上，挑檐居然用上了色彩华丽的斗拱，门窗装饰用的色彩也同样繁复，想象大胆绮丽。澡堂就是这家人建的。

从衣服的色彩和搭配上，我认定女主人是纳西族人，我想验证一下自己的猜想。

穿过宽敞的院子，我敲响大门的铜环，答话声从侧门传来。

走进客厅，里面家具全都描有五彩缤纷的植物图案。这种华丽，大大出乎我的意料，竟让我不敢轻易跨进去。

他们一家四口正在吃点心，见我进来，有点意外，他们全站了起来，邀我入座。她给我倒了一杯酥油茶。我注意到茶是用电动杯搅拌出来的。

我一时不知说什么好，忙声明自己是来送澡堂钥匙的。坐了一会，我问他们是不是纳西族的，结果是我弄错了，他们全家都是藏族。

他们家算得上是盐井的富户。

晚上，小镇突然失去了白天的宁静，白炽灯大放光明，街上的人多了不少。木棚房的小店都放起了录像，一律是"武打加枕头"的片子。还有电子游戏机厅也不知什么时候开门的，嘈嘈杂杂的声音通过喇叭放大后，几乎全镇的人都能听见。唱卡拉OK的，也在释放着噪声……就连夜色中经过盐井的那些悠远的铃铛声，不仔细分辨，也听不出来了。

现代社会几乎千篇一律的生活模式，不肯放过下盐井的任何一个角落。它就像电视一样，代表着一种商业文化，永远只有一种思想，一个腔调。文明与生活的多样性，在它强大的攻势面前，分崩离析，趋于一统。

直到夜深了，喧哗才结束，小镇恢复了它本来的宁静。

一场淅淅沥沥的小雨下了起来。这是滇藏之行遇上的唯一的一次夜雨。

[第二十一章] 在滇西北的大地上

走近红土地

终于踏上了去往云南的路。

这一天阴云密布,偶尔还落下几滴小雨。我们搭上了一辆运松茸的卡车。

松茸全装在白色塑料桶里,里面一半是松茸一半是水。车厢垒满了这种半米多高的桶。我们只得坐在高高的塑料桶上。

为防止被从车顶抛下车,我们找了几根粗麻绳把自己绑在车门上。

卡车在公路上行走,就像压在悬崖边上。澜沧江水哗哗喧腾,车一晃就觉得自己会翻入江中。不敢往下看,就抬头仰望上面的山。

才走了一会,前面路上堆积了山上冲下来的泥石流,司机拿了铁锹去铲。

我们不敢坐在车上,等卡车倾斜着开了过来,才又爬上车。

大约冲过滇藏界碑200米,我们为进入了云南境内而兴奋不已。一道山洪，把公路开膛破肚，切开了一道3米多宽的深沟，深处达七八米。沟两旁的路面上也堆起了一二米高的稀泥。

车是无法过了，我们赶紧把行李拿下来，扎好衣服，背上大旅行包，准备步行。

由于已经作好了走路的心理准备，大家心情并无不快。刚才卡车上的一幕，也让人胆战心惊。走路反倒心里踏实，再不用担惊受怕。

澜沧江两岸的泥石流与塌方就像习惯性流产，一场毛毛小雨就可以让公路瘫痪。往往不是车过不过得去的问题，多数情况下连人也是过不去的。

不知谁弄了根树木，搭在深沟上。最窄处也有2米多。沟底泥浆水在奔泻，直冲进滚滚澜沧江。

要过去，唯一的办法就是通过这根树爬过去。危险是显然的，万一不慎掉下去，就会被冲入澜沧江，连人影都找不到。不爬，就只有回头了。过不过去呢？

同车的一位藏族青年，也跟我们站在一起。他捡了石头往稀泥上堆，显然他是想过去的。

我也加入捡石头的行列。要过沟，先得从稀泥上踩过去，不垫石头就会陷进泥里。

待这边的石头垫得差不多了，又胡乱向对岸抛了一些，藏族青年就开始试探着过沟。

他先以脚踩了踩，树上全是稀泥，十分滑，又退了回来，把树木翻动了一下。这一面较平，再用脚把它踩进泥沙里，他像走平衡木一样，慢慢踩了过去。

我的一个同伴早已失去了耐心，对于这样的挑战也早已视作平常事了。在大峡谷过那些深涧河谷，也是一根树砍倒做桥，河床有几十米宽，桥下是怒吼的水流，我们也这样走了过去，不知曾过了多少条河。

他快到对岸时，那青年找了一根棍子，伸了过来接应他。

我们相继过了这道难关，只是大家差不多成了一个泥人。

在澜沧江边行走是一件十分诗意的事。我们与滔滔江水一路同行，两岸景色不断地变化着，因为不知道前面任何情况，更增添了一层神秘的气氛。

河床不断地弯曲，江涛在峡谷激起浩大的回声。我们都穿着在雅鲁藏布大峡谷买的高帮军用胶鞋，它最适宜于这样的山中行路。

我的大脚趾已经生出了一层薄薄的指甲，让我感到既惊奇又欣慰。对于已经踏足的云南土地，我的心里不时荡起一种幸福的感情。我不停地默默地念着：红土地、红土地……两岸的山真的全变作了红色。

对岸不知什么时候出现了一条羊肠小道，到了离江面很近的地方，忽然消失了。这才发现，一条溜索横过江面。

我们没有准备任何吃的东西，身上又背了一米多高的旅行袋，走了一段路就有点气喘吁吁了，不得不停下来休息。

藏族青年一路陪伴我们。他戴一顶圆边的黑色毡帽，穿一身藏青色便装，样式有点像中山装。脚上穿的是轻便的黑布鞋。他身子骨单瘦，个高，手里提着个妇女才拿的布包，显得文质彬彬。

一路上，他都在微笑。见我们走不动了，他也停下来等我们。没有他，在这片茫茫崇山峻岭，我们一定会感到恐惧。我害怕他突然从一条溜索上消失，毕竟只有他熟悉这片大山。

远处出现了一座山寨，建在路边的山坡上。是什么民族呢？

路旁有几棵果树，高达数丈。藏族青年捡了几颗石子，往树上扔。一个个水果打落地上。他拾起几个送给我们吃。不知是什么水果，桃子一般大小，样子像苹果，吃起来又有梨的味道，又酸又甜，十分爽口。

我们都加入打水果的行列，打了半天，也没打下几个。

吃了水果，肚子不饿了。我们穿过村子，继续前行。

原以为已经离开了西藏，穿过村子时才知道，这里依然是藏区。江对岸就是西藏芒康的土地，这多少有点让人沮丧。

时间已过正午，峡谷里有点闷热。我们走出了一身大汗，全都脱了衣服，只穿着一件衬衣。由于负重前行，我已经又累又渴，最初的兴奋和浪漫，渐渐消失了，代之而起的是一种急切而无望的情绪。

若是能遇上一台车，那该有多好。这样的念头一动，人的心思就全都到了它的上面。云南德钦毕竟还有一百多公里。

路上看不到一个人影，就连澜沧江的浪涛声也像是在呜咽，显得孤立无依。行囊越来越沉，压得人直不起腰。我们之间慢慢拉开了距离。

吉普车是突然出现的。起先我还不敢相信这是真实发生的。在高原，难道人的意念与现实之间会有某种神秘的关系？它给我们带来了一个信息：前面没有出现泥石流或者是塌方！

我们兴奋地向它跑去，一点也不担心它是去向我们相反的地方。只要我们告诉他前面塌方的消息，他就会掉头。但他相信我们吗？不论怎么样，它总会掉头的。

塌方，现在对于我们而言反而变成了一个令人欣喜的事情。但对于吉普车司机无疑是个坏的消息。我们告诉他这个消息时，我无法掩饰自己兴奋的心情，我简直是有点迫不及待，激动不已。

司机很平静就接受了这样的事实，也许这在他看来是最平常的事情。他的身子在位子上只是定格了数秒钟，就平静地对我们说："你们往前走一点，我到前面村子把货先卸了。"

他这几秒钟的反应，成了我们全神贯注观察的内容。

前面不远就是一个村庄，我们只能无条件相信他。这台吉普车经过改装，变成了一部小货车，里面装满了货。不卸下货物我们是无法坐上去的。

司机卸完货，果然在村子里等我们。我爬上车，抱着麻木的双腿，百感交集。

天气又转晴了，初秋的太阳照在大峡谷里，零星的植被，青色的石头，红色的泥土和江水，全在阳光底下秋毫毕见。

看着两岸山峰纷纷退向身后，迎面扑来清新透明的山风，不知是一种怎么样的心情，觉得一切都让人感动。这样的心情，许多年后，仍能清晰地忆起，并深深感动。这在都市生活中是不可能体验得到的。有时我想，人在旅途，虽然吃尽了常人难以想象的苦，但也体味了平庸生活中永远也体验不到的心情。这也许是我出门流浪的重要原因和最好的回报。

司机也许意识不到，他做的这一切，在他看来只是十分平常的一件事，但它对于我，却是终生难忘的。

司机是个善良的人。他把我们拉到一个叫佛山的地方，他就到家了。他没有收我们的钱。

我们要租他的车，他劝我们不要租，也不要租别人的车，这要花很多钱。他告诉我们在佛山一定可以等到去德钦的车。

　　中午，我们每人吃了一碗面条，就坐在马路边等车。

　　果然有一辆卡车过来，他们知道前面塌方的消息，就在佛山卸起货来。我们要搭车，司机却不同意。

　　等车的每一分每一秒都是漫长的。我坐在木凳上，迷迷糊糊打了一个盹，醒来后，依然不见车影。

　　小食店的对面有一个木笼，用粗大的树木钉起来的，里面关的并非老虎，而是一头猪。这头黑白相杂的猪足有几百斤重。中午，它在笼子里还叫几声，现在连它也懒得叫唤了。

　　路上几乎没有什么人。有两个妇女手挽着手从门前走过，她们是从公路下一座带围墙的院子里出来的。沿公路而建的街道不过一百多米，用不了多久她们就回来了。这里是没有街可逛的。

　　坐累了，我就站到街头无人的公路上，对着山坡发一阵子呆。茶马古道的溜筒江渡就在佛山，我们刚刚经过，那是一座铁索桥。以前，那只是一条溜索，有不少当地人以帮人过溜为业。过路的商贾、旅人、马帮和前来朝拜梅里雪山的信徒，都从这条溜索上过。康熙年间，云贵总督蒋陈锡从这里去西藏平叛，竟被吓死。

　　又有一辆货车来了，再跟司机交涉，勉强同意。但他们的车要修理。

　　直到天色向晚，来了一部吉普车，我们讲定价钱，又开始往前走了。

雨夜，穿行在澜沧江上

　　注定这一路不会顺利，这台吉普车，出发时发动机就出了问题，修了很久。路途上又连续修了3次。本以为这下可以快马加鞭，晚上赶到德钦，没想到司机一个拐弯就开上一道山坡，开进了一个藏民的村子里。

　　原来，这是他家。司机把车一停，抛下我们不管，就独自一个人回去了。

我们被一群藏民包围着,他们拿各种眼神看我们。

中午吃了不洁的面条,我开始拉肚子了。慌慌忙忙在山坡下找到一个茅厕,一连上了3次。看着蓬头垢面一身红泥的自己,是如此肮脏,我对自己也充满了厌恶的情绪。我的心情糟糕透了。

一对父女中途上的车。男的脏得像从垃圾堆中挖出来的,全身弥漫着刺鼻的怪味,他却紧紧往我身上挤。我以为可以看到梅里雪山了,他东指一下,西指一下,在剧烈颠簸的车上,我的脖子都扭酸了,结果什么也没看到。

我不知自己怎么会落到这步境地,望着阴沉沉的天空渐渐昏暗下来,高高山影把这空间挤得异常的逼仄,我突然觉得十分的荒诞。

等到司机又发动车子,光线已经十分幽暗了。沿途又上来了一个青年,背着一个大竹筐,看样子也是采松茸的。

天完全黑下来时,下起了小雨。经过一个小镇,吉普车再次停车,司机说是加点水。我们就挤在车上等。

好一阵了,也不见动静,大家都下了车。司机连人影都不见了。

雨,越下越大,天地漆黑一片。我又烦又急。

在一家杂货店找到司机,我问为什么不开车,他说车没油了。就再也不理我们了。

他们几个人围着一张方桌,大声说着话。听了半天,我明白他们是在谈收购松茸的事。看来,他是不愿往县城去了。

无可奈何,我们既不可能冒雨走夜路,也不可能催促司机上路。只能傻傻地站在杂货店里,看着惨白的荧光灯管发呆。

杂货店的老板娘给她的小女儿洗完脚,就在一边织毛线衣。经过这一天的喜怒哀乐,我已经困倦了,对这种流浪的日子实在无法忍受,回家的渴望是那样强烈。

肚子饿得咕咕叫,我们每人买了一包方便面充饥。

可能是司机也过意不去了,他告诉我们,等一会儿有一辆收松茸的车来,到时他负责把我们送上车。

这台车也是吉普车,比我们坐的这辆还要破。小小车身内已经坐满了人，再加上我们几个，足足挤了10个人。还有这么多的行李塞了进来，我的胸前压着别人的手，脚放在不知谁的身上，别人的脚也放到了我的腿上，连身子动弹一下都十分困难。

就这样，这台被挤得连一点空隙也没有的车，开上了雨夜的澜沧江峡谷，这是一次亡命之旅。

尽管我知道这样上路意味着什么，我却不能不这样去做了，对于生命，我已经无法把握。一切只有听天由命，如果上天注定我今夜永远也走不出澜沧江峡谷，我是无力抗争的，我觉得自己失去了这样的能力，在这样的情势下，也只好用生命赌一回了。

一会儿是风雨，一会儿是茫茫雾气，澜沧江的涛声时而近时而远。在这样泥泞而又陡峭的峡谷公路上行走，就是一台性能良好的新车，也会走得让人胆战心惊的。这台车，后篷一顶就破了，行李差一点掉下去。冷风冷雨直往车里灌。我担心车子随时可能失去控制，翻下深谷。

我紧张地注视着前方，其实，除了车灯照着的那一块，四周黑乎乎的，什么也看不到。就是知道翻车，谁也动弹不得。但我无法放弃这样的关注。

吉普车每隔一阵就熄一次火。刹车也不太灵。团团夜雾涌来，车灯连路面都照不到，只有白蒙蒙一片。司机却不停车，照旧往前开。

不知他是仗着路熟还是仗着胆大，我知道只有彻底放弃对于自己生命的把握，我才能克服恐惧的感情。我试着不看外面，心情果然放松了许多。由于不知是在悬崖上，还是在河谷底，不知是一直伴着澜沧江还是早就偏离了它，我心里想的无非是时间快点过去，德钦早一点出现。这种焦虑与期盼远比恐惧好。

坐在我边上的中年男人，一路都在向我介绍德钦。国庆节快到了，县城正在布置，他问我是不是来参加他们庆祝活动的。

又说起梅里雪山，说县里正在组织开发，在我们经过的路口，已经建了一个观景台，还有望远镜，是专门组织看山的最佳地点。但一定要天气晴朗，才看得到梅里雪山。他让我感到一种亲切。在紧张的氛围里，说说轻松的话题，情绪立即变得平缓。

晚上10点钟了，车下面出现一片颤动的灯光，有点像梦幻。又似晴朗夜空中的银河系，让人觉得这车像飞船，我陡然有了腾空的感觉。

灯光是斜向上的，它一会出现在左侧，一会又出现在右侧，像捉迷藏。

我知道这是德钦无疑，让我不解的是，它为什么是倾斜的？为什么出现得如同幻觉，刚出现又马上消失？

不久，我就想明白了，全因为我们是在一座山上。

在这凄冷的雨夜，闪烁的灯光消解了恐惧。仙境般的幻梦，使亡命之夜突然变得浪漫无比。

人生之变幻无常，总在弹指之间，显出玄机。

滇西北的崇山峻岭

在走廊听到粤语，感觉像在梦游，又恍惚从佛的世界走入了现世。4个广州游客到了德钦，与我们住在同一个旅馆。

这天晚上，我们冒着大雨冲进了县政府招待所。大院内停满了漂亮的小车，大厅里灯火辉煌，红色地毯铺在长廊上，房间里洁白的床单、席梦思、彩色电视机，明亮的盥洗室……一切都来得太快，让人目不暇接。

一段凄苦浪漫的旅程终于结束了。

从此，归路变坦途，文明的世界又接纳了我，把它一成不变的方式也同样给予了我，然而，我还能认同它吗？我还能超越于现实，做一个精神自由和独立的人吗？

在随后的旅程中，都市一个大过一个；车一辆比一辆豪华；广州一步步向我靠近，我感受到的却是越来越增加的恐惧。我的脑海里回想起了都市的冷漠表情，纸醉金迷的人与为着温饱挣扎而备受凌辱的人，冷酷的竞争，同情心的丧失，忙忙碌碌后的空虚……这一切全都因为没有了爱，因为没有爱而变得恐怖。

高原之行，也许是一次心灵上的逃避，是一种心情的释放，但它只是人生短暂的喘息而已。

然而，它却从根本上改变了我。只有当我投入到原来生活的轨迹中去时，才凸显出了这一变化，我不再是原来的我。对于现实生活，我有了全新的认识和姿态。

走过西藏，见识的不只是高原，更多的是自我的发现。

这一晚，我们带的手机也有了信号，再次与家人取得了联系。我们激动地在房间里走动着，电视大开，这个地球上才发生的事情，已经在这里播出了。

尽管很累，却无法入眠。我知道，这个世界还有许许多多的事，并不是都能为人所知。那一场发生在雅鲁藏布大峡谷的大塌方，山川为之改变，门巴人有的被洪水冲走，有的被埋到了塌方下，当我们九死一生逃出大峡谷时，连近在咫尺的波密人也不相信我们才从那里出来。每个人所经历的一切，别人是无从知晓的。

天刚蒙蒙亮，我们就起床收拾行装了。去中甸的车都在7点开，我不能再耽搁了，必须在国庆节前赶回广州。

大院里就有一台中巴是开往中甸的。我们急急忙忙买了票，在门口买了几个包子几根油条就上车了。

坐在我们前排的两个姑娘，偷偷回头看过我们3次了。是我的两位同伴的粤语，让她们感到吃惊与迷惑。她们就是晚上说粤语的广州游客，昨天才到德钦。

我想是不是我们这一副尊容让她们感到好奇了？尽管同是广州人，我明显感到我们已不是同类人了。他们是那样衣着时尚、鲜亮，并且干干净净，我们蓬头垢面，甚至连面部表情都显得僵硬，除了语言之外，没有任何共同之处。这种邂逅的流浪汉形象，使我们连打招呼的勇气也没有了。我知道她们是不会相信我们来自同一个城市的。

事过一年后，她们中的一个跟我说起见面时的情景：当听到你们说粤语时，感到十分惊奇，实在不敢相信你们是广州人。你们一脸胡子，满是沧桑，一定是过苦行僧日子的那一类人，经历了不少磨难甚至死亡，一看就是从西藏那边过来的。

我们情绪兴奋，喜出望外，为着坐上了干净舒适的新车，为着再不用走路，不用饿肚子，不用担惊受怕，我像回到大家庭，感到了一股难以言表的温暖。

梅里雪山出现了。它是云南境内的最高峰，兀立的雪峰绵延数百里，海拔6000米以上的山峰达十几座，最高峰卡瓦格博峰海拔6740米。

在藏传佛教里，卡瓦格博传说是噶举派的保护神，这一教派把它当作了一大修行圣地。

卡瓦格博赞神掌管着雪山脚下人间的幸福和死后的归宿。每年农历三月十五日，附近一带的藏民在山对面的贡卡湖边燃起柏枝、杜松子枝，人们坚信袅袅香烟能招来巡游的卡瓦格博神，他会在燃尽的香灰里留下马蹄印，藏民根据印迹来预测一年的吉凶。

在滇藏川青等地，人们认为不朝拜梅里雪山，死后就没有好归宿。每年朝山转经者络绎不绝，有的一路磕着长头，五体投地，用自己的身躯丈量着这片圣地。

一个多月前，从雪山发现了17具尸体。8年前，中日登山队攀登梅里雪山，欲征服这座处女峰。在冲顶时突遇雪崩，17名勇士不幸全部遇难。在发现他们的尸体时，据说全都尸首分家，人只有骨头了，衣服却依然完好无损。

梅里雪山神秘莫测，它高山湖泊众多，森林里奇花异木密布，据说，在它的山涧凹地，藏民在穿越时，都敛声静气，高声喧哗就能引来一场风雨。

我们的车在山顶公路上行驶，山下是一片辽阔的低谷，早晨的峡谷与天空迷蒙成一片，蓝幽幽如同晕染过。

梅里雪山从平缓而宽大的深谷里拔地而起，高耸云天。它是那么雄伟阔大，气贯九霄。一线青云，徐徐展开，浮在山腰，犹如一条哈达。梅里雪山长长的山脉堆积了浓重的云层，它与山峰上的积雪交叠于一体，卡瓦格博峰承接了第一缕阳光的照耀，积雪的山巅，亮闪出一道白光，一座金字塔似的山峰，巍峨壮丽，傲视寰宇。

我们要司机停车，向梅里雪山发出欢呼。

才别了梅里雪山，中巴车就开始翻另一座山。在我的脑海里，高山已经随西藏的远去而消失了。德钦的山像江南的山岭一样，早晨一出城，就发现到处是树林了，再也不是光秃秃的。

从芒康向南而行，时时在我脑子里转的就是海拔，走出高原，一定是以海拔的渐次低落为趋势的。我在脑子里设计了一幅海拔图，既然盐井的海拔不到3000米，德钦就只有2000多米了。这座山也就顶多3000来米。我好奇地向坐在我边上的一位乘客打听中甸的海拔，他告诉我是3000多米。我疑心重重地问：你是不是搞错了？他又肯定地答复我是3000多米。

这一疑问直到我回到家了，在翻阅地图时，才发现自己是想当然，犯了一个主观错误。事实是德钦的海拔比盐井还高，达3480米，这座名叫白茫雪山的山，其最高峰海拔5640米，公路穿过的垭口海拔也达到4230米。横断山脉的三大江河怒江、澜沧江和金沙江流到了这里，山顶与深谷的高差竟达到了3380米，形成了三江并流的壮丽景观。

白茫雪山的东西两侧分别是金沙江和澜沧江，这里是两条大江挨得最近的地方。

过垭口，正赶上一场大雪。昨天那4个广州游客从这儿过时，不见一片雪花。但只是一夜工夫，山上就是白雪皑皑，银装素裹了。才进入秋天不久，在广州正热得开空调，这里已早早飘下了第一场雪。

进入冬季，公路就不能走了，厚厚的积雪有二三米之深，德钦就形如一座孤岛，隔绝了与外界的联系。

中巴车偏在这个时候没有油了，只得停在路边等车，找别人弄一点油。

停车的地方，四面山坡郁郁葱葱，公路上面，高山灌木丛与亚高山暗针叶林，上面都积了一层雪；路基下的山谷，则是红、黄、绿各种低矮的树木，交织成秋景的斑斓色彩；大朵大朵的雪花，压在枝叶上，组成一幅绮丽的画面。

在高原的时间长了，高海拔的反应在我身上完全消失了；或者是我认为这个地方海拔低了的缘故（海拔4000米以上的山，只有到了云南境内才突然变得树木葱茏，这种景观也影响了我对于海拔的估算），我跳下车，兴奋地与我的两个同行者打起了雪仗。

我又一个人钻进山下的树林中，想看一眼至今仍未得见其尊容的金沙江。我只看到长长山坡尽头处的玉色天空，泛出明亮的光辉。

金沙江一直到了一个叫奔子栏的小镇才出现。它横在这座古镇与四川甘孜藏族自治州的得荣县之间，江面如泥沙似的一片浑黄，水像开锅一样，从江底往上翻。

不得不扔了那双胶鞋

横断山脉到了迪庆，进入了它的西南腹地，从东往西并列的山脉是中甸雪山山脉、云岭雪山山脉、梅里雪山山脉，它们又向南延伸出哈巴雪山、玉龙雪山、碧罗雪山、怒山、高黎贡山。在这片高山深谷区，海拔在4000米以上的山峰就达211座之多，平均海拔达到3380米。迪庆境内最高与最低的地方，相差达5260米。这里同样是一山分四季，隔里不同天。

迪庆仍是一个以藏族为主体的自治州，在它的崇山峻岭之中，有26个民族生息在山林之中，有17个民族人数不超过1000。他们几乎不为世人所知。

这一天，呈现在眼里的全是高山密林。山谷里偶尔看到的村寨，许多房子是用木头做的。傈僳、普米、纳西、白族……他们的房屋式样各异，让人想象他们所保持的古老生活方式，他们对于这个世界的解释，这一切构造出了一种独特的文化。这个世界因为不同民族的文化，才保持了一份神秘，才有了多样性的存在，才使得人类在地球上能够诗意地栖住。

路面大都是油路，中巴车快如风驰。作这样写意的观览，无疑是人生最快慰的事情。风光风情，在想象与现实之间，在似有若无之间，转瞬即逝，又接连不断，全是诗情画意的流泻。

到奔子栏已是中午。这个茶马古道的重镇，如今十分繁荣了。从前它是出马脚子的地方，其名远扬于滇川藏一带。

古镇出来给马帮赶马的大都是藏民，他们除了通藏语、擅爬雪山、体能好外，还特别能驾驭骡马。内地的马夫一人只能照顾四五匹马，而奔子栏的马脚子一人能赶七八上十匹马。

马脚子随马帮跑一次拉萨，大都能挣回一个家庭大半年的开销。但一年一个来回，再加上路途上的凶险，这点钱算不得什么。比如有时为了赶时间，马队要强行翻过一些大雪山，有时抄近道，走强人出没的小路。穿过辽阔的邦达草原，那里又冷空气又稀薄，不少马脚子就冻死在那里了。中途若是生病，则小命更加难保了。

因此，一些大商号大马帮为马脚子定了一个行规：除了给马脚子一份工钱外，赶上3年马的，商号要分一匹骡子给马脚子。这匹骡子的开销归商号出，而骡子赚的钱则全归马脚子。如果马脚子跑的时间长了，等到自己也有了三五匹马，他就可以不再做马脚子，而是赶自己的马，做起马锅头了。

奔子栏的街头到处是车和饭店，白花花的大米饭又香又软，都很便宜。看着古镇上了年纪的老人，我想，他们之中说不定就有当年的马脚子。岁月更替，生活就是一幕幕戏，不等你清醒，就已经换了戏班和脚本。

在金沙江边，车过山腰上的一段黄泥路，突然打滑失去了控制，险些翻下山底江中。全车人都惊叫起来，司机也慌了神，是坐在边上的一个司机抓过方向盘，才转危为安。而我们3人表现得异常平静。这也许是高原给予我们的一份沉着的勇气吧。很多的改变都是在日后的生活里显现出来的。在这个世界上，山川河流能改变人的地方，可能就只有西藏高原了。

越往现代化气息浓郁的地方跑，就越使人感到尴尬。我们虽然来自最开放的城市广州，但我们已深深打上了高原的烙印：仍然是那双看不出底色的胶鞋，它在藏东南的土地上行走，无论是走在澜沧江畔，还是在卡车、手扶拖拉机里，它显出的也许是一种浪漫，但在越来越豪华的空调车里，在一双双打抹得油光锃亮的皮鞋面前，它显出的就只是肮脏。

我们就像一群另类，全身尘土，皮肤粗黑，眼神迷惘，却又充满了莫名的兴奋，撞入了文明的世界，于是，无论到了何方，总引来不少好奇的目光，受到特别的注目。

快到中甸时，车又被拦住，公安上车检查，全车人，只有我的一个同伴被要求挽起袖子检查。也许，公安把他当成了吸毒犯。

到了丽江，为不再处处招人耳目，我不得不扔了那双原打算穿回广州的胶鞋，换上了一双新买的皮鞋。

一路上，我像一个饿鬼，胃口大得惊人，我们3个一起吃饭时，谁也没有感觉到这一点。当我一个人参团去泸沽湖，在永胜县与别人共桌吃饭，我的吃相与饭量，几乎引起了全桌人的侧目。

我面红耳赤，自我解嘲，告诉他们我在西藏挨饿的故事。那时，我的脑子里转动着一个念头：我决不亏待自己的胃了！这种惊人的胃口，大半年之后才转入正常。

尽管我每向前走一站，就有一些改变：衣服在一件一件减少，并换上了新裤子；每天都洗一次澡，全身用沐浴露擦洗，长发用飘柔洗了又洗；路上又结识了许多北京、广州的新朋友，我自己觉得与大家的心理距离正在缩小……

在昆明西山缆车上，一对新婚夫妻开口就问我走过了多少地方，他们仍看出我经历过长时间的流浪；一直到了广州，我从飞机场坐上的士，司机第一句话说的就是："你们搞野外地质工作一定很辛苦吧？"我怔了一怔，一时无言以对。

我相信高原对我的影响，绝非只是表面上的，它一定从表情、气质到灵魂，都使我发生了改变。

数月之后，我才完全感到自己人生态度的变化。这个世界几乎没有什么事情能使得我不快和压抑，我几乎是笑呵呵对待眼前的一切。这也许是我西藏之行最大的收获。它是我终身受用不尽的财富。人生的种种不顺和艰难，在我都只是一种经历与过程而已。

夜闯碧塔海

一半是出于时间，一半是出于浪漫？如今我猜想当初我们与在德钦相识的4个广州人夜闯碧塔海的原因，竟弄不明白那晚的遭遇是如何莫名其妙发生了的，犹如命中注定的劫数，在毫无心理准备的情况下就降临了。

两年后，我问起同行的女孩，当初为什么与我们采取了一致的行动。她同样讲不清决定是如何作出的。她说，当初觉得有我们在，就不会有安全问题，我们不去，他们是肯定不会去的。我说，你那时并不了解我们呀。她又说，当时真的觉得你们很陌生、很遥远、很神秘。这样相互矛盾的心理让人同样不可理喻。

神秘的一夜，留下的是同样迷离的回忆。生命确有非理性的一面，因为它，有时真的险些就会铸成大错。

中巴车赶到中甸的时候，时间尚早，大约是下午5点钟光景。"晚上住到碧塔海去"，这建议一经提出，就得到大家的响应。我们一下车就上街去拦车，租了一部面包车。只是打听了一下碧塔海离中甸的距离，问清了那里面有住宿，我们就毫无犹豫地上路了。然而我们谁都不了解碧塔海。

一条流水湍急的河流，分开了两种地貌：河对岸是一片黑松林，它生长在低矮的丘陵上；这面是我们的来路，土地只有微小的起伏，藏民用一种高高的木架竖在田野上，架上面挂着干草，十分壮观，遍地生长着一种红如火焰的花草，宛若落霞。

已是暮色苍茫，小面包车停在河边，流水哗哗，乌云低垂，空气中充满着雨意。

几个藏民从一座简易木桥上走了过来，身后立着几匹马。他们问我们要不要向导，骑不骑马。一个藏民说山上有老虎。这句话引起了大家的反感，我们坚决拒绝了。

几个藏民全都露出了疑惑的表情。对于我们天黑要进山，他们好像难以置信似的。

过了河，是一条峡谷，两边山脉低缓，木楼组成的一个村寨，依偎在山麓。

一条马行道，沿着峡谷伸向深处。我们认定这就是通往碧塔海的路。

大家收拾好行装，我背起自己的大旅行包，右手提了帐篷，就大跨步向前走了。

藏民说，前面8公里就是碧塔海，如果我们走得快，天黑就可以赶到。

我们完全忽视了这是个陌生的地方，有许多情况是我们想象不到的。尤其是刚从西藏走出来，一切似乎都变得顺利、舒适，再也不会经受什么磨难了。当看到这条黄色的泥土路，已经多次负重前行的我，几乎没有任何犹豫，就开始了一次夜行。

峡谷里偶有鸟啼。湿漉漉的树林里，静得连水珠滴落的声音都清晰可闻。一条溪流在谷底树丛中穿行，呈现铁锈般的颜色。我感到一点点异样，问过同行人为什么是这种水，谁也说不清。

我们都没有多想，眼看天就要黑下来了，潮湿的空气，似乎马上就有一场大雨要来了。我们一个个顾不上说话，只是往前匆匆赶路。

路似是刚开不久的，新色的泥土上，连锹的铲痕都历历在目。再走，路就越来越泥泞了。有的地方几乎变作一摊稀泥，一个踩脚的地方都没有。

我们3个从西藏下来的，早已是满身尘土，既然胶鞋里避免不了灌泥水，也就由它去了。但4个新同伴，他们个个干干净净，尤其是那两个女孩，也许从没走过这样的路，哪里肯打湿鞋、弄脏裤子。两位男士扶着她们，像跳芭蕾舞一样，小心翼翼往前走。我既没有足够的耐心，肩上一米多高的大行囊，也压着我，不敢不快速前行。没多久，他们就落下了一大截。

我不得不站着等他们。中午还是在奔子栏吃的饭，这时肚子已开始饿了。大家到齐后，决定由我和我的一个同伴先往前赶，提前去目的地弄好饭。

天色越来越暗，我们两人走得很快。马行道在峡谷里转来转去，一会儿就到了三岔路口。谁也没想到会出现这种情况，一时不知往哪一条路走。

我认真辨别着路上的特征，想找出正确的方向。一条路上有几坨马粪，马蹄印稀疏，另一条路上，有不少马蹄印、脚印，同伴认为应是有马粪的路，我认为是马蹄印多的这一条。为此，我们还争执起来，谁也说服不了谁。

我冷静下来，决定等后面的人，即使我们选择了正确的路，后面的人也不知我们的方向，有可能因此而失去联系。

地上一片泥泞，我们既不能坐，也不能放下行李，就这样站着。河水哗哗，树林里黑得什么也看不清了。

上路时碰到一群藏民，又看到远处山麓下的房子，以为这块地方住有人家。走了这么远，连一个人影也找不到，更别说村落了。山谷里弥漫的是一股荒野的蛮横之气。

大家赶上来了，最后决定按我的判断，走左边的路，从溪上圆木桥上过河去。

向前走了100多米，又一条路从溪的对岸斜插了过来，被溪水中断。这条路应该就是刚才马粪多的那一条。它们又汇合到一起了。

沼泽地上的泥人

我与同伴又快步往前赶。我们走得气喘吁吁，胶鞋里全是泥浆，我的牛仔裤也溅满了泥水。这种赶法已经失去了游玩的目的，成了一种自虐。我后悔自己作出了这一盲目的决定。

才从西藏的艰险中闯出来，刚刚喘息了一天，又陷入了困境之中。想象在湖边别墅里过一个特别而浪漫的夜晚，现实里却变成了一次漫无边际的艰难跋涉。

天色完全黑下来的时候，我们与后面的人拉开了很长一段距离。

路被黑暗吞没了，连一点朦胧的影子也找不到。抬头看时，四周竟浓黑如墨，天地似乎消失了，或者是粘合到一起了，一点芝麻粒大小的光亮也寻觅不到。同伴站在我的面前说话，只听得到声音，人连个影子也看不到，我突然感到一种莫名的恐惧。

在这片无人的峡谷丛林里，不知隐藏着什么样的危险，不知会有什么意外发生。因为一无所知，黑暗中似乎藏伏着什么令人不安的东西，在注意着我们的一举一动。

我们带了一支大手电筒，在大峡谷时都没有用上，没想到到了中甸还派上了用场。往前面照路时，只看得到一块光斑，无法看清路的走向。

有一座圆木架的桥，有几十米长，桥下并无水，而是稀泥。谁都不知道，我们走入了沼泽地带。我只感到踩入泥中时，脚越陷越深。四周到处是踩下去的陷坑，路几乎四面都是，走了一阵，连东南西北都分不清了。

我锐声叫了两次，声音空洞洞的，没有半点回音。黑暗似乎有一股吸力，我感受到一种力量的压迫。

想想后面人连电筒也没有，两个女孩怕也与我们一样全是泥浆了。那时还恼她们都到什么时候了还怕湿了鞋，这时倒有点怜悯起她们了。饭是没办法帮他们弄的了，能走出这一片无边无际的泥淖，就要谢天谢地了。

我们之中没有谁见识过这种地形地质，也就没人知道它的危险。看着四面都是稀泥，我感到惊惶。

好不容易找到了一处硬的山坡，我和同伴卸下了一直压在背上的行囊。我从行李袋中摸出了一把藏刀，紧紧握在手里，以防什么野兽的突然袭击。在这漆黑的夜色里，就是有什么东西悄悄靠到了你面前，只要它不发出声音，你一点也察觉不了。

为节省电池，我们不得不关了电筒。站在黑暗中，觉得自己也成了黑暗的一部分，只有思维是存在的。

远处出现了一点光斑，似乎还有牛的叫声，待认真看时，又好像什么也没有。我无法判断这是自己的幻觉，还是真实发生的事实。如果它是真实的，对面也许是个村庄，我们之间可能隔着一条十分宽阔的大峡谷。因为中间有树林和山，都不可能看到灯光。

等待是漫长的。除了深深的呼吸，我们两个谁都没有说话。也是那时，我萌发了对于舒适生活的向往。

在我的潜意识里，长期以来，我好像一直在抵触着这样的生活。我总是不能全身心去享受，有时还有一种空虚无望的感觉。我不知道这是一种教育的结果，还是良心的发现，在我的周围，毕竟还有那么多的人还在为着生存而努力，我无法平衡某种心理。我的人生之路，似乎早已决定了自己未来的生活方式，偏离了它，就会失去心理的平衡。

我深知此时此刻对于享乐生活的向往，也不过是一时的情绪，时过境迁，最本质的东西又会浮出来，规范着你的人生方向。人的念头和想法可以无穷无尽，但现实的永远只有一种，谁都难以突破。我的高原之行，不会只是偶然的决定，它一定是我生命运程中自然发展的结果。

大家又会合了。只是分开了一段时间，会合时却让人激动不已。幸亏他们带了微型手电筒，否则寸步难行。

大家稍作休整后，又出发了。估计前方不远就是目的地。

人一多，胆也壮了。但我们前进的速度无法快起来，有时绕一个大圈，回到路上，不过走了几十米。

为安全起见，我们3个轮流探路。一是要寻找一条能够安全通过的路，二是要在前面找到看起来像路的地形特征。这确实是件不容易的事，尤其是背着沉重的行李。那两个女孩就由他们自己人来照顾了。

有一次，我试图从右面绕行，采取快速踩过泥淖的办法，还没有走几步，身子就陷进泥中了。好在我的同伴及时援手，我才不致陷入沼泽里。

这一次事情后，大家都小心起来。我尽量往左边找路，那一侧是山坡的方向，但情况同样糟糕。那些低凹下去的谷地，表面覆盖着一层草皮，有的走过时一点问题也没有，有的走过时，却会突然下陷，淤泥在拔腿之间就过了膝盖，吓得人直冒冷汗。有的地方只有手牵手才能通过，甚至有一次是攀着树枝，从树杈上爬过去的。我们个个都成了泥人，有个女孩差一点哭出声来。

走了很久，按说早应该到了，前面却仍是黑暗一片。我们感到绝望。

肚子饿得不行了，他们4人中不知谁带了巧克力，每人分得一块。我又从包里找了沙琪玛，一人分得一块，这也就是晚餐了。这时我看了看表，时针已过10点了，我们差不多走了4个小时。

大地进入了睡眠，万籁俱寂，不闻半点声息。两个女孩开始走不动了，她们的同伴也疲惫不堪，显得信心不足。

在一处高地休息了一会儿，经过讨论，大家认为应该快到目的地了，与其站在这里等，不如慢慢朝前走，只是再放慢速度，保证安全第一，不管走到什么时候，天总会亮的。

黑暗里，有几滴稀疏的雨珠飘下，打在脸上，空气潮湿了很多。一阵阵植物腐败的气味飘过，我们靠近了一片原始森林。

又一片开阔的草地横在面前，没有任何可以绕过去的地方。

我以为不远可以找回马行道，试探地往前走，草地上寻不到一点踩踏的痕迹，人却越陷越深，我吓得赶紧往回跑。

我的另一个同伴，个子矮小，他拄着一根棍子，试着从另一个地方踩过去。待他走出去一段距离，我按他走的路线跟了过去，结果我仍往地下掉，我不得不跑起来。这一来，我很快就超过了同伴。前面是什么，我无法知道。我也没可能停住脚步，一停下来，我就会陷进去，只得冒险往前奔了。

我终于跑过了草地，心仍狂跳不已。我把大电筒向后面的人照过去，高喊着要他们冲着电筒光跑过来。每一次探路，都是前面的人拿大电筒，探对了，就用电筒回照后面的路。但这一次离得太远了，他们只能看到光，却无法看清黑乎乎的地。有的朝我跑来，有的按我同伴的路线踩了过去。

过了这块草地不久，就到了参天的树林里，路明显在向着山顶爬。我们又开始担心走错了路。按理，目的地是在一个湖边，怎么会上山呢？但脚下确有一条明显的马行道，没其他的路，只有沿着它往山上走了。

原始丛林生起的篝火

我们在丛林里穿插，偶尔一个闪电，那些又高又密的树木露出各种奇形怪状的剪影。一阵风刮过，松涛骤起。估计这里的海拔不到4000米，也许因为负重，不一会我就爬得气喘吁吁。

我一点也不清楚，这条山路是否通向我们的目的地，这山到底有多高？走了这么远怎么还没有到达碧塔海？想起峡谷入口处前来带路的藏民和马，后悔真不该拒人千里之外的。

不一会，从树隙间看到了两颗星星，它幽蓝、冷清，不再为暴雨担心了。林中寂静得只听到我们吧嗒吧嗒踩在泥水里的声音。林中动物不知都藏匿到了什么地方去了。想起在大峡谷原始森林穿越的情景，整日看不到天空，一直没有停过的暴雨，使满世界湿淋淋的，连找一块干燥的地方都是梦想，林中幽暗如同薄暮。那时，是没有退路的，一行人只得往前走，就这样走了半个月。这一切才过去一个多星期，我的趾甲还没有长出来，就又鬼使神差走到了森林里。我一时无法接受这样的遭遇，这完全出乎我的意料。

我们在左侧山坡发现了一间茅棚，用木搭的架子，只有上面盖了一层草。棚子里有一个泥砌的土灶，两张方桌，几条木凳，一堆木柴，一把劈柴的斧头。一堆烧过的火，用木棍拨开，还有火种。我们欣喜若狂，目的地离这间茅棚一定不远了。

大家情绪一上来，脚下的步子也加快了。路面变得宽大了，还有几级台阶。这些应该证明旅馆就在山上，而不是湖边。

上山的路变陡了，没过多久，我们就爬到了山顶上。

一块石碑，上面刻了有关碧塔海的字，还有一个箭头，指向山下。我们以为下坡几十米或一二百米就是住地，想也没想，就按箭头所指的方向朝山下走。

越走路越窄，中间还出现了一条深沟，这样的地方不可能有一个大的旅馆的。大家不得不停下来。也许，旅馆还是在湖边，是这座山下的湖边。这意味着目的地仍然遥远。

再想想山顶，人活动的痕迹十分明显，说不定上面也有一二处住宿的地方。要下山，再绕着湖来寻找旅馆，这绝非我们的体力能够办得到的。我主动要求再上山去寻找，他们4人中的一个男士与我一起上山。

我们很快又回到了山顶。这时起风了，潮湿的空气刮过树梢，林海发出一片喧哗。我双手做成喇叭状，大声呼喊："有——人——吗——""有——人——吗——"除了林涛声，什么声息都没有。我突然觉得害怕。

黑暗中，我们往山顶另一个方向走。我发现了一栋小木屋，已有一边倒塌。推开门，用手电一照，原来是一个厕所，里面干干的，还覆盖了一层枯叶，早已废弃不用了。

我仍不甘心，打着电筒再往前走。小路已不明显，树木越来越密，要用手分开树枝才能往前走。黑暗像一团团浓雾，紧紧裹着我，连电筒的光也显得十分微弱。我心里有点虚，看看后面，同来的人没有跟上来，这下连我的脊背也发凉了。在这片遮天蔽日的苍松古栎中，活动着众多云豹、黑熊等凶猛动物，总使人不自觉想起危险的情景。

山下的人在喊,叫我们别找了。这么久了,他们可能担心我们的安全。我只得折回头,快步离开。

回到大家停步的地方,觉得还是应该再往前找一找。我的两个同伴主动要求下山,从我手里拿了大手电筒,就沿这条山坡小路往下走。

手电筒的光在山下树林中慢慢消失了,大家的心也悬了起来。谁也不说话,只是站在路边静静地等待着,希望他们平安回来,带来好消息。

时间在悄无声息中一分一分地过去,黑暗里各种奇怪的联想飘浮在眼前。

我再看表时,时间差不多12点了。两个人消失的地方,仍没有出现光,听不到一点动静。

大风在高空猛烈地刮着,刚刚还看得到三五颗星星的天空,这时黑如锅底。雨点噼噼啪啪砸了下来,打在树枝上,簌簌作响。我们焦急起来,一齐朝山下呼喊,要他们回来。喊了一遍又一遍,只有回声在峡谷空荡地应和着。

雨又停了。终于看到了一个光点,在远处的林中晃动着,我们齐声唤他们的名字,没有回答。站在我身边的女孩吓得紧紧抓住了我的手臂。他们害怕这个晃动在密林深处的光点。只有我坚信不疑,这一定是他们探路回来了。

光斑越来越近,连脚步声、粗重的呼吸声都听得清了,来人才说话。

原来,他们一路跌跌撞撞走到山下,手电光里出现了一片平坦的地方,他们其中的一个才在上面走了两步,人就往下陷,被后面的拉了上来,吓得腿都发抖。也许这就是一个湖,他们壮着胆子喊了一阵有没有人,四面静悄悄的。

再不敢往前了,两人于是原路返回。

旅馆是找不到了,吃饭更没可能,在这片巨大而又陌生的森林中,不出意外就是万幸了。我们决定返回原路经过的那个茅棚,在那里等待天明。

找到这座茅棚,放下行李,这才感到倦意阵阵袭来。下身全都湿淋淋的,我们把木柴架在火堆上,拨开灰,使劲用嘴吹,火苗慢慢升了起来。

有了火,身子暖和多了,心也安定了不少。望着不断闪烁的红色火焰，我脑子里竟一片空白。

原答应去找水的，大家个个干得嘴唇都裂开了口，我在附近转了转，除了泥浆，水的影子也找不到，我的腿实在迈不动了，只得回到茅棚。

大家围着火堆烤衣服，脱了鞋烤脚。我的牛仔裤经火一烤变得硬邦邦的。待烤干衣服，时间已是深夜一两点钟了。在德钦时很晚才睡着，一大早又起来，坐在火边一烤，我连眼皮都难睁开了。

大家商量睡觉的事。他们4个带了睡袋，原是为去稻城准备的，现在派上了用场。两张桌子拼在一起可以睡一个人，其余的都挤到我们带的帐篷里面睡。

大家搬桌子，搭帐篷，取睡袋，都忙开了。等到一切就绪，我脑子都迷迷糊糊了，往睡袋里一钻，就要睡了。这才发现，地太湿，防水帐篷都有水渗透过来。我睡的位置正好有一个小树蔸，顶在我的背上，人挤人，身子无法挪动。但人太困，折腾了几下就迷糊了。

在这样完全陌生的森林里过夜，危险是处处都有的。我们虽然也意识到了这种危险性，特意安排留人值班，但谁都顶不过瞌睡，于是，大家不一会儿就都进入了梦乡。

森林里突然一声巨啸

事情是三四点钟发生的。我们身后的森林里突然传出一声巨啸，吼声低沉，震荡峡谷，觉得树木都在抖动。只一声就把我们都吓醒了，我一个激灵爬了起来，意识到了所处的危险境地。

大家都醒了，迅即起身。有人说快拿斧头，有人说快点把火生起来，动物大都怕火，大家在黑暗中慌乱地穿衣。

睡在桌子上的小伙子最先起来，拧亮电筒，寻到了那把大斧头。火很快就生起来了，茅棚里一下亮堂起来。

有了火和光，我们的胆量也增大，变得沉着了。我起身后抓了条长板凳，这也算得上一件武器。有的找了长棍，放在身边，5位男士全作好了搏斗的准备。两个女孩则躲藏在帐篷里。

我们不敢喧哗，说话也压低了声音，大家围在火边，竖耳听着森林中的动静，哪怕最细微的声音也不放过。

从那声长嗥，不难判断，其胸腔共鸣如此浑厚，有巨大的肺活量，其体形一定庞大。这声长啸虽声震山林，令人恐惧，但可以感受到它并不是发出攻击信号。我们采取的对策是尽量不惊动它。

黑暗中的对峙，是在假想中展开的。我们既不知这是什么动物，也不知道它是否靠近了我们。四周的黑暗掩盖了一切。

先是听到了一阵簌簌声，继之是一片可怕的寂静，也许，它正在注视着我们，考虑是进攻还是退却。

我不时瞟一眼发出过声音的那片林子，除了黑暗还是黑暗。想到有一双庞然大物的眼睛在注视着自己，就不由得用力抓紧了板凳。危险往往是骤然而至的。如果它要攻击，一定是凶猛动物，且会突然扑过来。

这样紧张的对峙，没过多久就使人不能承受了。林子中除了雨珠滴落的声音，静得像个波纹不起的湖面。阵阵睡意袭来，我又顶不住了。最后大家商量了一下，决定留两个人值班，火要一直烧着，不能熄灭。到凌晨时再由另外两人来顶替。

我们和衣躺下，在帐篷外火的噼啪声和两个人的谈话声中，很快就进入了梦乡。

我梦见老虎在围绕着我的帐篷转圈，我想起来，却怎么也迈不动腿……好像下起了大雨，帐篷打得嘭嘭响，我想喝水，碧塔海却总是走不近……

这一夜我发起了高烧，我的两个同伴主动爬起来接班。直到天慢慢放亮，林中晨雾缭绕，各种鸟醒来了，全都亮开喉啼叫起来。高大的树木一棵棵清晰了，既有长苞冷杉、松木，又有高山栎和白桦树，阔叶林与针叶林交织在一起，这才看清楚林子里就只有这间茅棚。

大家都爬起来了，为白昼的到来而兴奋不已。

收拾行装，我们再一次上山，然后沿着昨晚我的同伴探过的路往山下走。

走了不到一个小时，就到了一处平地，一条一二里长的木桥，从一片沼泽地上伸向远方，那里，一个泛着青光的小湖泊出现在低矮山岭包围的杉树丛中。湖中有一座小岛，同样生长了又密又高的杉树，一片倒影映在湖面……

这景色令人大为失望，这样的湖泊一路上何止见过千万，何必历尽这般痛苦赶到如此偏僻的地方来看这么一个不起眼的小湖?!

谁都觉得失望，大家若不是想找地方解决肚子问题，都没兴趣再往前走了。

走过木桥，又过了一片开阔的草地，就到了湖边上。小路绕到山脚，沿着湖畔伸向远处。走了一段，见还没看到房子的踪影，大家都说放弃，宁肯饿着肚子往回走。

最后由我的一个同伴再往前走一节路，若还是不见，就真的往回撤了。

居然在前面不远处出现了房子，于是，我们在这天的上午9时赶到这个由一栋栋小木屋组成的旅馆。

我们每人吃了一大碗面条，又喝掉了几热水瓶的开水，半躺在靠背椅上，听着林中的鸟啼，湖中水面映着曙光，色彩斑斓。直到这时才感到一种人生难得的美好境界。

往回走的路上，碰到了第一批游客，他们都是骑着马，由当地藏民带进来的。他们还奇怪我们怎么这样早就往山外走了。

经过那间茅棚，两个藏民向我们打招呼。他们正在生火，其中一个藏民对我们说："谢谢你们给我们生了火。"我们都低着头，怕他们找我们赔木柴呢。

昨晚发生在这里的一切，好像是另外一个世界的事情了。

看着这么多游人兴致勃勃往这面过来，我就觉得好笑。人是多么盲目的动物，即使我们告诉他前面不值得去看，也没有一个相信我们的。原因是我们已经看过了。如果我们没有看过呢？那就更没人相信了。

天慢慢放晴了。我们也租了两匹马来驮行李和两位女士，她们实在没力气走回去了。

在阳光下，昨晚走过的路尽收眼底。原来这是条大峡谷，两边山上都生长着茂盛的树木，宽阔的谷底却是一片巨大的沼泽地。那河水的铁锈色就是沼泽地上积水的颜色。如果昨晚我们不慎走入谷底,那就不堪设想了。

在峡谷的对岸确实有一个村子,昨晚的那点光斑不是幻觉。现实与梦想之间,有时是可以互换的,它们像变戏法似的,条件一变,就变成两个完全不同的世界了,我尤觉白昼如同梦幻。

[第二十二章] 泸沽湖的神话

走进女儿国

带着碧塔海溅的一身黄泥,一到中甸我们就上了去丽江的公共汽车。那4个广州来的游客,有3个宿在中甸,他们买了第二天去稻城的车票,另一个女孩与我们同路,从丽江回广州。我的两位同行西藏的旅伴,也打算从丽江乘飞机经昆明转机飞回广州。只有我继续旅行,去泸沽湖,一个摩梭人世代居住的地方。它离丽江有300余公里路程,位于四川云南交界处,被人称为女儿国。

记得抵达丽江时已是黄昏,一下车,同伴先陪我找到一家旅行社,一打听,第二天有去泸沽湖的车。这是一个散客中心,去泸沽湖的车已等了几天才凑了十来人。这是第一次发车,那里的路也塌了,不久前才修好。导游告之一大早就走,去泸沽湖要走一整天。

我绝想不到自己的形象会把导游吓一跳,我还是碧塔海的那一身穿着,一条牛仔裤从西藏一直穿到了丽江,难怪他要看我的证件。我不得不简要讲了一下自己的经历，登记处的小姐们表情这才由惊讶转为笑脸。

第二天，当我登上中巴车，车上的游客全都向我鼓掌，我一时不知所措，更感到迷惑不解。我不习惯于在陌生场面引人注目。我只是尴尬地笑了一笑，就在后面找一个位子坐了下来。

原来，导游在我到来之前已经把我的故事告诉了大家，他们已经商量好了，在我到来时全体为我鼓掌。他们把我当成了英雄。

就是到了现在，我也没有认为自己是个英雄，我习惯于自己是个普通的人，这样人才生活得真实，否则生活就像表演。我只有最大限度保持自己的本色，我才能找到自如而真实的自我。

大家纷纷自我介绍了一番，尽管我不习惯于这种方式，我也极不自然地作了一番介绍。当他们问起西藏的情况时，我这才变得兴奋，话匣子一打开就很难关住。

就这样，大家因为西藏很快就拉近了距离，彼此变得熟悉。

车子又过金沙江，不久到了一个叫金官的地方。这是一片辽阔而平坦的土地，云南人称这样的地方叫坝子。正是丰收的季节，金色的稻田如同大地铺下的一张巨型地毯，有的已经收割了，有的正在收割，更多的仍未开镰。

自入藏以后就几乎与水稻隔绝了，突然见到如此壮观的稻田，竟感慨万千。我又看到了丰饶的土地，回到了富有的地方，这该有多好啊！山河之美，土地之腴，让人目爽神怡。

稻田齐整而划一，纳西人青瓦的坡屋顶点缀在中间；如镜的湖面，盛开着莲花；远处钢蓝的群山……俯瞰这一切让人充满了感动。

这里，有了金色的秋天！再想象春天的时节，这一片坝子灌满了雨水，平展宛如湖泊，把雾蒙蒙的天光反射成一面镜子，村子像镶在上面的浮雕，如同岛国……那又是怎样的充满了生命的蓬勃气象！

对比西藏，那里的土地是多么贫瘠、荒凉。藏民们在青稞丰收之际，都要过盛大的望果节，以自己的方式来庆贺丰收，感谢土地神的馈赠。他们打着彩旗，排着队伍，从田间地头走过，向土地行最隆重的礼仪。人人穿着五彩新衣，向神祈祷丰年。而汉人是被丰腴的土地"宠坏了的"，人们看不到土地年年慷慨的馈赠，而这些是多么值得赞美和称奇的事啊！这是生命的诗歌。但是，却听不到丰收的赞歌，看不到收获的喜悦，只有沉默的劳动。

临时停车，我到稻田里扯了一根稻穗，它短而小，放到鼻底下闻了又闻，熟悉又亲切的芬芳，粮食的香味，让我有了归家的感觉。我把它放在手掌里搓，让皮肤与它接触着，最后小心地放进摄影包里。我知道自己回家了。

太阳格外明媚。大地辽阔无垠。群山在天际起伏。云南的天灰淡了很多，不再如西藏的天色彩饱和，天空与大地，云朵与山川不再有强烈的对比。远处的山也无法像西藏的那么清晰，像蒙上了一层轻烟。它的云层层叠叠，也不像西藏的那么一朵一朵，独立不依，形状怪异。从这个时刻开始，我竟开始怀念起了西藏。我的灵魂好像随着这一段生死之行，永远留在了那片神奇的高原，她竟让人魂牵梦萦。有时，独自一人时，由于突然想起西藏，想起西藏的生活，我的眼眶会变得湿润。

在永胜吃过午饭，我们又匆匆上路，往宁蒗走。

山势越来越高，路况也越来越糟。土地渐渐变成了红色。突然，山坡上出现一团兀立的黑影，从窗外一闪而过。初以为是巨鹰，再次出现时，发现竟是人，是彝人。这人站在那里一动也不动，俯视着我们的车从山坡下走过。

分不出是男还是女，只见他（她）的头上顶着一块方形的黑布，也不知是用什么支撑起来的，绷成了一块黑板，黑布从四面披挂而下，足有一把伞大小，山风一吹，镶边的黑布迎风而飘，给人以飞扬的感觉。第一次在野外见到这样的装束，让人觉得有点可怖。彝族人叫它擦尔瓦。

我们进入了有小凉山之称的彝族人居住的地方。当年红军长征渡过金沙江向大渡河挺进，进入彝族人的地盘时受阻。为借道，司令刘伯承按彝民的习俗，与彝族果基家头人小叶丹饮鸡血酒，结拜为兄弟。部队因此顺利通过彝族人的地方并成功地抢渡了大渡河。

彝族人与纳西人一样对火有着特殊的崇敬，每年都要举行隆重的火把节。

每年农历六月二十四日这天夜里，先是一户人家点着了火把，主人举着火把，一路唱着歌，来到第二家。第二户人家也点起火把，跟着第一个点燃火把的人，一起走向第三家……

队伍越来越大，火光越来越亮，歌声随着火把蔓延，响彻山谷。

他们来到一处大地坪上，围着大火把跳起了舞。三天三夜，彝人都在狂欢中度过。

穿过宁蒗县城，继续往前。太阳西斜，山峦起伏。沿着茶马古道而行，路上可以看到各式各样的古老房屋。彝族人色彩艳丽的服饰不时从眼前闪过，男人大都穿黑色窄袖右斜襟上衣和多褶宽裤脚长裤。女子爱穿各种颜色的背心，胸前总有三道彩色的横线，加上围腰和腰带，显得五彩缤纷。

当出现木楞房的时候，车已经开进了一条深谷。夕阳余晖也从山巅跃上了云端，只有暮色在山间氤氲。

泸沽湖是在翻过一个山口时出现的。它已在幽暗的夜色里隐约成一片银灰。当年的马帮出现于这个山口时，曾吸引了多少摩梭人渴盼的目光。那个远涉重洋的女子杨二车娜姆，曾把自己对于外面世界的梦想，随马帮的铃铛声从这个山口放飞。这是一条摩梭人与外部世界保持联系的唯一通道。

中巴车在晚上8点多钟下到山脚湖边，开进了一个院落。我们住进了摩梭人的木楞房。

维系母氏社会的阿注婚姻

泸沽湖，摩梭名叫黑纳咪，意思是母亲湖。湖面海拔2680米，面积50多平方公里，平均湖深45米，最深处达93米。湖中有大小7座小岛。湖的周围群山环绕，西北最高的山格姆山是摩梭人最崇拜的女神之山。湖面大约三分属四川，七分属云南。

摩梭，古称"摩些"，其本意是"放牦牛的人"。摩梭人对泸沽湖和格姆山的解释充分表现了这个民族的特点：这是一个看重并懂得享受爱情的民族，也是一个没有爱情悲剧史诗的民族。

相传，远古时期，泸沽湖四周没有山。格姆女山、则支男山、哈瓦男山都从遥远的北方古介哩飞来湖中洗澡。他们夜里来，拂晓走，为的是在湖里谈情说爱。

有一天晚上，格姆女山姗姗来迟，男神们苦等了一夜，直到快天亮了，格姆女山才飞来。大家谁都不愿放弃温柔之乡的享受，正在他们嬉戏时，雄鸡报晓，东方发白，晨光将他们的归路阻断了，大家再也回不去了。于是，他们都变作了泸沽湖畔的神山。

又相传，格姆女神山是一个浪漫的女神，有许多情人，遥远的玉龙雪山、贡嘎岭，近处的则支山、哈瓦山都是她的情人。而她最钟情的是天神瓦如卡那。她常骑着一匹白马，吹着一支竹笛，其姣美的容貌和聪明才干，令所有的男神都拜倒在她的石榴裙下。

又是一个令人销魂的夜晚，久别重逢的男神忘了时光的流逝，突然传来公鸡的打鸣，黎明已经悄悄光临。于是，他们匆匆告别。

男神一步一回头，不忍遽然离去。由于马缰绳勒得太紧，马失前蹄，踏下一个深深的蹄窝。

这时，天已放亮，男神回不去了，只能永远勒马站在远处，回望女神。

女神的泪流满了马蹄窝，积成了泸沽湖。

男神一挥手，撒出了一把珍珠，变作了一个个岛屿。

他们就这样成了两座爱的雕像。

传说都是离奇的，它代表的往往是一个民族的理想生活。但只要走近摩梭人，就会发现，这样的故事是摩梭人自己生活的写照，是他们婚姻爱情生活的投射。

摩梭，来自北方蒙古的游牧民族羌族的一支，唐初，摩些部落从金沙江雅砻江流域迁徙到了现在的永宁，摩些的泥月部落把当时居于这里的吐蕃人赶走，便在这里定居下来。摩梭语称该地为吕底，后来元世祖忽必烈南征大理，途经这里，定名为永宁。

摩梭人仍保持着自己的母系社会，女人无疑是一个家庭中最有权威的人。男女不嫁不娶，实行摩梭人特有的"走婚"，即阿注婚姻。

他们终生都在自己的母系大家庭生活，男的每天晚上去自己的阿注（亦称阿夏，意为亲密的伴侣）家过夜，天亮就回到自己家从事劳动生产。走婚所生子女归女方家庭所有，姓氏亦随母姓，由女方家庭抚养。生父没有抚养的义务。如果女方需要帮忙，男方可以短期内在女方家生活，除非入赘，男子一般不成为女方家固定的成员。但父亲可以关心照顾其子女的生活，子女也会常去看望父亲。

　　年轻的时候，男子可以结交许多阿夏，女孩也同样可以交数个阿夏，但一般不能同时交。

　　中年以后就交得少了，慢慢有了固定的。但不是终身固定，一旦感情破裂便可分手，双方不会有怨言和嫉恨，旁人亦无非议。男女结合完全以感情为基础。

　　这种婚姻不带门第观念与金钱关系，无人干涉，更没有家庭和社会纠纷。

　　阿注婚姻也有男到女家或女到男家的，但都是自愿的。如果双方感情破裂，无论哪一方，都可以回自己母亲家。

　　在《永宁纳西族的母系制》一书中，记载了一位摩梭女子走婚的真实经历。这是发生在20世纪60年代的事情。她住在泸沽湖北岸的里格半岛，有母无父，母亲名叫拉克达施，共生了9个儿子，40多岁了，才生下她。她叫甲阿玛，成了这家唯一的女继承人。她结交过很多阿夏，生有4个小孩，全都跟她姓，随她生活在这个母系大家庭里，与父亲们几乎没什么往来。

　　到了20世纪80年代，温泉乡瓦拉片一位名叫阿基品初的赶马人，也叙述了自己走婚的浪漫故事。他十分自信，见了自己喜欢的女子，就去追，往往都能得手。一直玩到30好几了，不知与多少女孩睡过觉，直到自己有点倦了，才想到要找个长期一点的过日子的人。《永宁纳西族的母系制》一书里也记载了他真实的故事。

　　正是这种独特的阿注婚姻，形成了摩梭人特殊的大家庭，使得母系社会保留至今。它与父系社会有着天壤之别。

　　在摩梭人的传统词汇里没有"父亲"这个词，过去一律称作"舅舅"。如今，父亲的形象慢慢清晰了。男人的地位也在变化着，他们要看清自己的血脉。孩子们开始亲近父亲，父亲也对孩子倾注更多的心血。20世纪60年代的走婚，阿注之间并非独占；现在越来越明确，特别是有了孩子，这种关系几乎变得牢不可破。

在摩梭人眼里，母亲并非一个，而是一群。"妈妈们"是摩梭人常挂在嘴边的称呼。摩梭人将自己母亲的姐妹都认做妈妈，比母亲大的叫大妈妈，小的叫小妈妈，这些妈妈们的孩子都是自己的兄弟姐妹。妈妈们待孩子都如同亲生的，甚至比亲生的还要好。

孩子们对母亲的感情是最深的，他们会问：一个人怎么能离开自己的阿妈，到一个陌生的人家去呢？那样的话，他不成了天底下最可怜的人！

泸沽湖，格姆女神山最受人崇敬；一个大家庭，母亲最令人敬重。

摩梭人的阿注婚姻虽然还在走着，但是，走婚的区域却越来越小了，过去可以和藏、普米等走婚，但随着马帮的铃铛声渐渐远去，走婚的就只有当地的人了。

现代生活带来的烦恼

泸沽湖正是涨水的季节，几十年都没涨过这么大的水了。湖水都淹没了湖边的路，有的人家大院都进了水。我们住的木楞房，出门也得蹚水。

天早已黑了，打开木窗，伴着轻轻涛声，吹来一股股湿润又清香的风。尽管泸沽湖一片黑暗，什么也看不到，我却感受到了她的气息。

一位中年妇女，身子很单薄，却显得精明能干。她与导游接洽后，给我们派发房间钥匙。

给我们开房的是一位姑娘，不清楚是找的帮工，还是自家人。

我在厨房里又看到了一位60岁上下的妇女，尽管年纪大了，双眼却十分有神。她家有几栋木楼房，最高的这一栋是座新楼，有3层，20多间房，专门用来接待游客。

在院子内的一栋旧楼里看到一个中年男子，慢悠悠干着农活，以漠然的眼神看人。

晚上吃的是泸沽湖水煮的鲫鱼,味道极鲜。酥理玛酒是摩梭人特制的一种酒,酒曲是用山上采来的一种药做的,味道酸甜可口,有点像糯米甜酒。摩梭人的主食是土豆,用水煮熟,一个个剥着皮吃。9月,正是收挖土豆的季节,我们吃的都是才从土里挖出的新鲜土豆。

一个小伙子打着电筒到了院子里,问我们去不去看摩梭青年的舞蹈表演。他皮肤黝黑,个子高大,戴着一顶圆毡帽,一张四方脸,有一副洁白的牙齿。看他穿着胶鞋蹚了水过来,一片诚意,我们便跟着他出了大门。

水里铺了木板,我们从上面绕到房子后的玉米地里。

满天星斗闪烁在泸沽湖的上空。从又高又密的玉米丛里仰望它,又是另一种意境与心境。西藏已经离得那么遥远了,只是一个意念,我又到了一个陌生的地方。

我在这个世界上行走,有时是为了生存,有时是一种精神与灵魂的需要,有时仅仅是为了逃避,仿佛走出去很远了,最终又总是回到原地。

然而,原地就是自己的归宿吗?它甚至也不是最初出发的地方。我的归宿又在何方?当故乡也不能再祛除我灵魂的孤独,她也让我心生漂泊,感觉自己像个天涯孤客,我就只能永远在路上了。

再与同行人说起西藏的经历,感觉竟是那样遥远,像在说起别人的故事。只有脚趾甲内黑色的淤血才能证实那段旅行不是梦幻。

一行人在青纱帐里钻,话题总是离不开走婚,玩笑开得肉麻。我问身边的摩梭小伙子,现在来泸沽湖的人多了,大家生活也富裕了,是不是觉得比以前好呢?没想到我随意问的问题,引发了他的情绪,他用很冲动的语气说:好个屁!现在在白天要划船,晚上还要组织跳舞,一天到晚都在为了钱忙,累死了,一点意思也没有。以前多好,青年人聚在一起谈情说爱,那才快乐呢!

我们所住的地方叫落水村,为了旅游,全村人都组织起来了,有的负责开旅馆、饭店,有的从事导游,有的专门划船跳舞,村里根据每人的劳动量来分配收入。今天的篝火晚会就是专为游客开的,几乎每晚都要跳舞。

这一晚我们到得太迟,等我们赶到,晚会都快结束了。

摩梭，寻根问祖的民族

随着晨曦的降临，泸沽湖仿佛从遥远的地方醒过来了。她是寂静而浩大的。轻轻的波涛像耳边的呢喃，带着一丝丝亲昵和温柔。早晨的薄雾，犹如她的睡眼迷蒙，似有若无笼在宽阔的湖面上。细细的波纹是微微抖动的绸缎，随清风徐漾。初看，湖面是白蒙蒙的，细看，波光下透着湖水的深蓝。只有涌到岸上的波浪才发出叹息般的声音，"哗——，哗——，"一下又一下，它成了泸沽湖最早醒来的声音。

推开木窗，泸沽湖像是一位空灵女子，周身缭绕着丝丝缕缕的仙气，那么娴静，那么纯朴，就突然站到了面前，怔怔地望着你，连她的呼吸都感触到了。我是那样呆呆地望着窗下的湖面，看着曙色把湖水染成波光潋滟的迷阵。四周静极了，只有一条离岸的猪槽船（独木舟），在细密又平和的波浪拍击下，发出脆而碎的声音。这样的瞬间，让人生充满了诗意和遐想。

上午去湖中的小岛。湖边聚集了不少木船，没有一条机动船。摩梭人不想机器声惊扰了母湖的宁静，更不想让机油污染了这一汪碧透，他们宁可自己挥动木桨，慢慢把游客一拨一拨送上岛。

我坐在船里，就像浮在少女清澈的眼眸里，无穷的奥秘藏于湖底，透彻的情怀探手可掬。青碧的湖水，从指间滑过，竟如丝巾般柔和。

太阳高悬天穹，阳光空明。格姆女神山幽蓝如黛，头上围着一条白色云带。她既秀丽又威武，立于湖面之上，没有一点倒影。

船向着里务比岛划去。这个岛过去住过摩梭人的总管。岛上建有一座寺庙，筑了一个白塔，是总管的儿子——现在的活佛洛桑益世修筑的，里面埋的是总管。

阳光下，小岛失去了距离感，不像现实中的岛屿。岛上有座小山，草木葱茏，远远看去，就似浮在水面。

渐渐地，里务比寺翘然的檐角隐约可见，佛家之净地凌波而来。一部摩梭人的宗教史也渐次打开——

藏传佛教大约在宋末元初从四川传到摩梭。摩梭人也变成了虔诚的佛教徒，连名字都改为了藏名，它们大多是由活佛起的。每一栋木楞房里都有一间装饰得富丽堂皇的房子，它是摩梭人每天要烧香拜佛的经堂。

但摩梭人还是有所保留的，作为氐羌族的后裔，游牧民族对火有着特别的崇拜，摩梭人拜火的原始情结是始终不渝的。摩梭人没有选择天葬而是保持了火葬。尤其是对于灶神火神的虔诚祭拜，让藏传佛教无法不融入摩梭人的本土宗教。

摩梭人认为火葬是把死者的灵魂送入光明的境界。灵魂随着火焰升入祖先们所在的天堂。那些蓝色火焰，就是灵魂的舞蹈。因此，只有正常死亡的成年人才配火葬。其他非正常死亡的人及婴儿只能土葬，其灵魂将永远不得转世。

摩梭人认为人死后其灵魂会远涉千山万水，回到他们始祖生活过的地方，与祖辈们生活在一起。因此，"上路前"，必须用松树或柏枝烧的水净身，甚至洗尸的水也必须用同一母系的人使用的水。

人们同样深信灵魂不死。为使亡魂守体，洗净后的尸体膝盖与脚尖并拢，双手交错于胸部，被捆扎成坐姿。七窍塞满了茶、米、酥油及钱币，这些是给死者享用的。

停尸期间，前来祭奠的人除了表达对死者的哀思外，还有一个心愿就是托死者给自己死去的亲人或祖先捎信，把自己各种各样的要求和愿望说给亡魂听。他们坚信亡灵将到达他们祖先和亲人生活的地方。

是因为对于自己民族迁徙的刻骨铭心，才有了这样冥冥中的执着信念？还是因为有这份世代传承的信念，才永远铭记了一部民族大迁徙的悲壮史？摩梭人为了回到自己永远也回不了的遥远的过去、精神与灵魂的家园，而把这份用时间无法抹去的心痛，变作了自己的宗教信仰。洗马，是摩梭人葬礼中最特殊的地方。既然灵魂要返回祖先生活过的地方，必定路途遥远，充满艰辛，亲人要为死者准备一匹良马，戴上华贵的马鞍，再由达巴（摩梭的神职人员）主持洗马仪式。摩梭人心灵深处的诗从达巴的祷词中得以表达：

天地中间奔腾着的骏马，
为你返回故乡准备的骏马，
用天上降下的雨水洗马，
用雪山上流下来的清泉洗马，
用大江大河里的金水洗马，
用汪洋大海里的清水洗马。
从马身洗到马脚，
从马头洗到马尾巴。
把毛上的灰尘洗净，
把蹄上的泥土洗净。

这是匹像风一样跑得快的骏马，
这是匹像雷声迅猛的骏马，
这是匹像燕子一样矫健的骏马，
这是匹像猛虎一样雄浑的骏马。
从头到尾的毛油光发亮，
从上到下没有一点伤疤。
高山上有爪子的野兽，
没敢抓的骏马，
高原上生蹄子的动物
没敢碰过的骏马，
今天是吉祥的日子，
你骑上这匹骏马走吧！
……

  达巴以铁蘸水，一边向马洒水，一边吟唱。游牧民族后裔对于马的热爱，从这里得到了淋漓尽致的表现。人们以口耳相传的形式来保存自己的历史。他们记住了漫漫迁徙路上的每一座大山、每一条河流和路口，甚至长辈们的名字。

尸体装入棺匣，由4人抬往焚尸场。同行的两匹马，经过洗马仪式的表示驮着死者的灵魂，另一匹马驮的是死者生前的衣物用品，表示陪葬。

焚尸场搭了一个一二米高的木堆，里面堆放了许多易燃松明柴。摩梭人认为尸体焚化后，亡灵仍在附近徘徊，必须举行送魂仪式，使灵魂沿着达巴所指的路回到"斯布阿纳瓦"（大约在四川与青海交界的地方，藏名叫"公介哩"）。死者亲属把骨灰带回来后，仪式就在死者的家里举行。方桌上供着死者生前的用具、熟食和活鸡或活绵羊。灵魂的归途在达巴的念诵声中展开——

> 你竖起耳朵仔细听，
> 我们给你准备了充足的盘缠，
> 我们给你挑选了肥壮的快马，
> 你不要犹豫徘徊了，放心地走吧。
> 你从丫卡窝启程，穿越腊住窝。
> 那里是我们同斯日的地方，
> 他们会送你一程的，
> 但你千万不要贪食酥理玛和猪膘肉，
> 你看太阳已爬到一竿高，赶快再走吧。
> 穿过腊住窝要渡三丫河，
> 那里水急浪高，你要小心渡河。
> 过了腊住窝就到黄腊老，
> 你就休息一会儿，再到喇夸沟，
> 你就在那里烧火吃午饭吧。
> 吃饱喝足了，你就一气翻过狗钻洞。
> 见了泸沽湖就像见到了亲人，
> 但是你别留恋青山绿水，
> 因为你的祖先还不在那里，
> 你要振作精神，赶到格姆山下窝入坝子里，
> 那里有我们的祖先，但还不是最早的祖先。
> 你在那里歇息几天后还要往前走，

再翻九十九座山，再渡九十九道河，
最后赶到"斯布阿纳瓦"，
那里才是我们远祖生活的地方。
上面有岩洞，你不能去，
那是野兽住的。
中间的那些树洞，你也不能去，
那是飞禽住的。
下面的石垒房和木垒房，
才是你阿斯、阿咪、阿乌住的房屋，
你住在那些屋里和祖先们生活。
你不要忘了替××村××家人捎信，
你不要忘了替××窝××家人传话。
你和祖先亲友们热闹地生活，
不要回来寻找家里的亲人，
不要回来寻找家里的牲畜，
待到谷子收割、宰年猪的时候，
待到烧松毛香、吹奏海螺的时候，
我们接你回家过年。

一个民族追根认祖的情结是如此执着，它是对生命的追问。

生命就是一次大流浪，人生在历史的长河中，不过短暂的一瞬，放眼苍茫时空，冥冥中幻想翩跹。我们总会不由自主地想到祖先，想到血脉，想到根。生命之延续，就像一条藤，不断地有新芽绽放，不时有叶片凋零。藤，就是一条血脉，延伸在辽阔时空。

仪式完了，骨灰放置到同一个母系血缘亲属的公共墓地里，或者装在小布袋里，裹上锦缎，在青松下祭奠后，在河里搓洗掉。来于自然亦归于自然，生命就是一个循环。

只有山河依旧，泸沽湖的碧波永远翻动着，不知疲倦。她总是一点声响也没有，像一位老祖母在阳光下回味着往事，不时吹过的风，踏着莲花碎步从湖面轻盈地掠过，不知去到何方。

声音有时也会有的，打鱼的猪槽船，木桨也会划破湖面，木头与木头撞击的声音偶尔会在湖上空荡地回想着，但它们都像掉进泸沽湖的什么东西，响过一二声就再无声息了。

里务比岛荒草萋萋，林木葳蕤。也许因为它四面是水，寺庙里也是少有的清静，香火纱纱，只闻鸟语啁啾。

站在小山顶，四面全被高山所困，泸沽湖一览无余，反显得小了许多。

群山幽蓝，天空明净，飘浮着大朵大朵的白云，泸沽湖像一面带水的玻璃，一切都只在她的上面留下朦胧而模糊的映像。

我终于明白了，摩梭人南迁的脚步为什么到了永宁就止住了，并长期居住下来。尽管这里高山阻隔，在大草原驰骋惯了的游牧民族，不得不走下马背，那些高大的骏马只能在山间小道上充当驮夫。因为泸沽湖值得。

百年老屋里的地尔家族

下午去摩梭人家里做客，我们为买些什么礼物颇费踌躇。最后由小卖店的人替我们作了选择。在木楞房间转来转去时，我看到一栋很有一些年代的老房子，便选择进入了这户人家。

木楼烟熏火烤，已经变黑了。屋顶上的青瓦也生满了苔藓和杂草，很有一点荒芜的味道。

摩梭人的老房子都是四合院，分为正房、东厢房、西厢房和门楼。正房叫做"一梅"，是长者居住的地方，又是一家人做饭、吃饭和活动的地方。西厢房是经楼，有钱人家请了喇嘛养在家里专门念经。经楼的下层用来贮存柴草。东厢房叫做"花骨"，是成年女子住的地方，下层关牲畜。

我们进的人家大门朝北，进门右侧为"花骨"，正对着大门的是经楼，走进天井大院，才看到坐西朝东的正房。它是主楼，最气派。

房子全是原木垒的，削掉树皮，剖成两半，平的朝里，交错的地方采取卡口的办法拼拢，它们组成了木楞房的墙壁，显得粗犷而又古朴。

进到"一梅"，房子里很幽暗，木壁几乎是黑色的。木窗外的光照进房里，如同射灯。屋里空无一人。

等了一会，进来了一位老人，她搬了木椅，用摩梭语跟我们说着话。从她善意的表情和手势上，我领会是叫我们坐。

老人看上去过了古稀之年，脸和手干瘦得筋骨都露了出来。她围着一条红绿两色的头帕。上衣是深褐的灯心绒镶边大襟衣，布扣，样式像蒙古袍。腰系一条曙红大围巾，下穿浅灰长裙。她应该就是这家最有威望的人了。

老人见跟我们无法沟通，急着出去找人去了。摩梭人的正房讲究很多，我们不敢随便落座。

待眼睛适应暗淡的房子，这才看清楚正房原来很大，进门有一个类似照壁所形成的前廊，挂着各种辟邪物，放着农具；正房后面还设有一个夹壁，这是摩梭人生孩子和停放尸体的地方。平时则用来存放生活用品，这是木楞房最神秘的地方，外人是不准进的。

正房占地最大最夸张的地方就是火塘了。一个直径足有一米多的圆形三角铁架，摆放在房子中间显眼的位置，上面搁着一口巨大的鼓形锅。它与墙壁之间隔着一个低矮的灶台，它是摆放供品的地方。它的上面墙壁上有一个神龛，两边木壁刻画了花瓶和类似向日葵一样的花，正中贴着一张画像，只看得到蓝色底，中间的红色为叶形，像是莲花座，最上面的黄色部分什么也看不清了。

火塘正前方供着一块石头，名叫"刮鲁"，它是摩梭人的女祖先取火英雄昂姑咪的灵魂住处。据说，摩梭人的锅庄舞就是为了纪念这位英雄。

火塘分左右，右为大是女位，左为小是男位。火塘下方的两根柱子很有讲究，左边的是阳柱（男柱），右边的是阴柱（女柱）。举行成丁礼仪式的时候，女子一律靠在阴柱上，男子靠在阳柱上。

火塘是摩梭人最神圣的地方，它充分体现了拜火民族对于火的迷恋。建房时安置火塘与生火仪式最为隆重。点火时，火种一定要由男子到喇嘛寺的老喇嘛手里去接，并从后门入房；水要由女子从泸沽湖去背，并从正门入。

火塘的禁忌最多，不能往里面吐痰，不能把脚踏在锅庄上，添柴时不能柴尖向里……

老人进屋的时候，同来了一位胖胖的中年男人，他皮肤黝黑，穿蓝色短袖衬衣，披着白色背心，憨憨地笑一笑，露出一口白牙。他的普通话说得不错，像见过世面的人。我以为是叫来了村干部，一问，原来是她的儿子。

他叫地尔家彬马次里，汉名曹如明，今年51岁。我们送上礼物，放在灶台上的香炉边。彬马次里给我们摆上瓜子、水果，他的阿妈又端来煮熟的土豆，取来酥理玛酒招待我们。

我询问他全家人的情况，他扳着指头给我算人头。他的妈妈们有三个，生母排在第二；他有一个姐姐和一个妹妹，姐姐和妹妹有一儿一女，女儿在永宁二中读书，男孩在宁蒗一中读书；他自己有二男二女四个子女，由于是走婚，都在女方那边家里。

说到走婚，彬马次里并不忌讳。他说，摩梭人过完十二生肖到13岁就算长大了，这一年要举行成丁礼，男孩子由穿长衫改为穿裤了，女孩子则穿裙子。女孩子成丁后就要单独睡姑娘房了，十七八岁就开始走婚。男女双方只要愿意就可以晚上睡在一起。

女方有孕，生下孩子，男方可以认，也可以不认。认的，就在女方坐月后，由男方的母亲出面张罗，到女方家里公开办一次酒席，也就宣告男女双方认了这门亲。公开关系后，男女双方就不应再去走婚。

彬马次里当年走过好几个，最后才认定了这个阿夏。他说，跳舞时，我用肘子往她的胸口捅了几下，她明白我的意思，两个人就走到一块了。

现在的年轻人也有不好意思开口的，就在跳锅庄时扣对方的手心，如果对方也反过来扣，就表示晚上可以去她的闺房走婚了。

随后因历史原因，走婚这种形式中断了一段时间。到了20世纪80年代，摩梭人又偷偷恢复了。彬马次里说，主要是团结不好，兄弟之间分家，兄弟间团结还可以，但妯娌间却不和睦。走婚，一家人不用分开，女方有困难，男的可以帮助，农忙也可以去帮工。男的生病了，妻子儿女也都会过来照顾。逢年过节，儿女都来拜年。这多好！不好的地方，就是儿女大了，他们也开始走婚，自己就不好意思再走了。一般40多岁就不去阿夏家里了。

在地尔家，与所有摩梭人家一样，阿妈主管家务，掌管钱财，如儿女读书、伙食安排、添置衣物等，都由老人掌握。舅舅主要负责耕作劳动和建房这样的大事。所谓建房大事，像地尔家这栋老屋都住了几百年，不过是说说而已。

但彬马次里忧心忡忡的却是担心走婚不会长久，现代生活方式的冲击，已经影响到了泸沽湖。落水村有50多个外来人，13户人家。他们都是夫妻两个建立小家庭的，引得摩梭年轻人也来学。摩梭老人因此而忧虑，他们担心大家庭将分崩离析，家族血缘再难延续，还有什么比这样的事更让人担忧的呢！

走婚，是维系母系社会的根子。它像地尔家族这栋数百年的老屋，虽年深月久，却有点风雨飘摇了。

说起摩梭人的祖先，彬马次里陷入了沉思。他叹息道：以前的事毕竟太久远了，大都忘得差不多了。政府把他们划入纳西族，摩梭人怎么也不承认自己是纳西的一支。虽然他们语言与纳西族的可以相互听懂，而生活习俗，如喝酥油茶，信仰藏传佛教等更靠近藏族。摩梭人只承认自己是蒙古族的一支，其身高骨骼、偏长脸型、刚毅气质和衣饰打扮，与蒙古人十分相似。"摩梭"，是经过他们自己的努力才争取来的。他们的人口还不到2万。

彬马次里带我们看他家华丽的经堂。以前请过一个喇嘛住在经堂专为地尔家念经，现在喇嘛早已走了，他们自家人每天都去经堂点酥油灯和念经。

火边，跳不完的锅庄舞

离开地尔家时，落水村已经是炊烟袅袅。彬马次里和老人家一直送我们到门外，与我们依依告别。

在穿过一片开阔地时，一老一少两个摩梭妇女正在挥锄挖土豆。一群孩子在一堵矮墙和沟渠间玩过家家的游戏。他们小的四五岁，大的也只有上10岁，男孩女孩在一起玩得很投入。

我突然好奇地问："小朋友，知道你们的爸爸是谁吗？"

他们头也不抬就回答说："知道。"

我又问："爸爸是不是跟你们在一起？"

有几个答："晚上才来。"却仍专心做自己的游戏。

我又继续问："爸爸和妈妈谁最好？"

这下孩子们都停下了手中干着的活，抬起头来，像遇到什么重要问题，竟异口同声地回答："妈——妈——好——"

一路上，我在想，走婚是不是更合符人性一些呢？人确实是会变化的，一张婚纸怎么能维系得了人的情感？情感只有靠情感本身维系，纸维系的显然是其他的东西。婚姻，包含了太多社会的因素，因其变化而发生着变迁。它虽是情爱的，却从来是一种妥协的产物。这种完全以感情为纽带的自由婚姻，之所以保留了下来，是与摩梭人的母系社会形态分不开的。

导游跟我们说起纳西人的婚姻变迁史。与摩梭毗邻的纳西，过去也是自由选择伴侣，但明末清初，中央集权废除了世袭的纳西土司，在丽江一带实行"改土归流"，中原主流文化开始大量传入，孔孟礼教的生活方式，影响了纳西人的自由婚姻，"父母之命""媒妁之言"开始在丽江盛行。

从此之后，纳西人婚前尽管可以与异性自由交往，但结婚就由不得自己了。悲剧就在这样的情况下发生了。这一时期，纳西青年大量死去，他们都是男女双双自杀身亡的。无一例外，全都是为情而死，以致形成了纳西人的殉情风俗。

东巴教专为情死者设计了一个可怖的形象——风鬼，也就是恶鬼，必须超度，死者灵魂才能进入祖先的居地，否则永远都是孤魂野鬼，为害人间。纳西著名的叙事诗《游悲》《鲁般鲁饶》，就是情死诗。情死者坚信他们在这一个世界不能在一起，在彼岸世界一定有自己幸福的爱情生活。

相对于纳西人的悲剧而言，摩梭人则幸运得多。

这一晚，来泸沽湖的游客多了，篝火晚会又开起来了。我们第二次穿过浩荡的青纱帐，与摩梭青年共度最后一个夜晚。

篝火点燃了，一位瘦高个男子，身穿蓝色大襟褂，头戴毡帽，腰系红围巾，拿着一支短笛吹了起来。笛声急促、悦耳、优美，几个男子手挽手，踏着节拍跳起来了。他们都戴着帽子，腰系红围巾，衣服全身都是黑色，或白色和蓝色。

姑娘们上场了，她们一律着白色百褶长裙，头盘大辫子，上插红花两朵，额前挂着两串珍珠，上身穿红色大襟衣，腰系花带，个子有一米六七。只有少数几个穿了蓝色和黄色上衣。男女青年手拉手，绕篝火而跳。他们依音乐节奏踢脚顿足，脚步干脆、齐整而有力。做完一组动作，男女齐声放歌，歌声高亢而又婉转，在夜空里传得很远——

> 会跳舞的来跳舞，
> 不会跳的请来看。
> 如果腰上没有伤，
> 你就使劲扭；
> 如果脚上没有刺，
> 你就使劲踩。
> 远天远地的阿哥们，
> 你今晚不跳何时跳？
> 四山八寨的姐妹们，
> 为了跳舞来这里，
> 不跳回去脚会痒，
> 为了唱歌聚起来，
> 不唱回去心不甘
> ……

这就是锅庄舞，每个民族对这个舞都有不同的传说。对拜火的摩梭来说，它是从敬祭火神和火塘而来的。这种舞蹈围绕篝火而跳，动作集中在脚上，快速而有力，显得十分矫健。

游客被邀加入舞蹈行列。我也被感染，在两位姑娘之间拉起手，跳起了锅庄，有一种融入集体中的感受。想起彬马次里扣手心的动作，这对于没有勇气的男人，真是一个自然得体、隐蔽而有效的办法。谁也不知道，哪一对有情人在这欢快的舞蹈中已经悄悄有了约定，哪一位男子或者姑娘被悄悄拒绝了。

清晨离开，泸沽湖又是另一番景象：晨曦落在湖中，让水的柔波轻轻摇晃。空荡荡的湖面起了一缕缕浅白的反光。格姆女神山仍处在幽暗之中，仿佛还没睡醒。这景象让人忆起水乡生活的种种感受，竟与许许多多水乡清凉早晨的境界交织了。我想，曾经有过的感受被激起时，我不会再感觉到陌生。我以为在我情感和精神上，从这一刻始，流浪就打上了句号。

然而，没想到在滇西北的整个穿越过程中，当西藏真正从感觉上离我远去时，我却再也投入不到沿途的风光之中去了。在它的山水之上，总叠映着西藏的影子，整个旅途充满的是对于高原的回忆。过去的一切依然还在陪伴着我，以至我时时怀疑，我是否真的能从高原走出来？

当我在丽江小桥流水的大研古镇，听江南丝竹般的纳西古乐，那种今夕何夕的感受已经彻底把我带入了虚幻的空间——西藏的高原远去了，云南的红土地又真实不起来，我就在自己的精神和想象中漫游。

我坐上丽江开往大理的瑞典名牌汽车沃尔沃，车上有彩电、冰箱、卡拉OK和航空座椅，连厕所也被搬进了车厢。大玻璃的窗外，田野不再炎热，也不再是我能触摸到的真实山水，它如同屏幕上的风景，只付诸视觉了。车内的豪华空间也因之而与红土地隔离，最后，连我自己也闹不明白，这一点一点的变化，是怎样把一个同自然呼吸与共的流浪者，变成了一个现代意义上的游客的。面对咫尺山水，我有的只是梦游的感觉。

在大理洱海，倚着大型游轮的栏杆，湖光山色，轻歌曼舞，我却在不断地走神。

多好的山河，人们却在为生计奔忙，生命是这样无奈，就如鱼儿争食。鱼饱了，就知寻乐，人饱了，却仍不知满足。壮美的山水，人在其间，却总是不思量、两相忘。

离别大理的那一夜，我在寻找一位朋友不遇后，写出了如下的诗句：苍山极目，洱海留烟／记忆的波涛卷不动你的岸渚／我只是你的游客／带着过期的船票，踏上归途／穿过了午夜的梦境，今夜的不眠／迷离的不是深街的灯火……

从大理到昆明的那个晚上，卧铺车在高速公路上奔驰，我突然觉得自己一动未动，只是车厢外面那些白色的线条和朦胧夜色中的灯光和树影自己在飞。里程数像时间一样被记录着。

我突然感到莫名的恐慌，感到了比在那些原始丛林和世界上最高大的山脉下所感到的渺小还要微不足道的小，感到了比身处无人大草原更深刻的孤独。我意识到我终无法摆脱这个逐步紧逼过来的文明社会，用不了几天，我的肉体将再度承受它巨大的生存压力，像一个飞转的轮子般融入忘我的工作。

我突然觉得高原离我而去了，但也只是在这时我才真正意识到西藏对于我的生活的意义。

后记
hou ji

　　高原普蓝的天空和它庞大的山脉都已远去了，不再成为我躯体能够触摸的东西。我应该相信这是已经发生的、确切的事实。我所面对的已是城市的高楼大厦、车水马龙。整整两个月，我埋在对于她的记忆里，展开了我的写作。过去的一切又都浓缩到了这一堆文字之中了，回忆变成了可观可触的墨汁。它是我对高原的一次精神漫游的见证，我靠着它又一次走完了那片高原。我是在以文字的方式追念和抚摸那片山水。

　　现在，连精神上的漫游也结束了。高原，更加遥远。

　　但是，怀念仍然没有完结。

　　我曾经认为，走遍高原的东南西北，今生就再也不用第二次去西藏了，不会给自己留下什么遗憾。在高原的日日夜夜，我并不曾感到她有多么神奇多么玄奥，甚至走出它的最后一夜，也没有太多的恋恋不舍。

　　现在我终于明白了：高原，它的魅力并不在于你看到她的时候，而在于你离开她后，面对着俗世时，她就像一团神秘的火光，越来越放射着光芒。我明白了，为什么有的人一旦去了高原，就终生迷恋着她，不管山遥路远，一次又一次爬上她那高高的山脉。

　　高原，我感觉到了她对于我灵魂的呼唤。

　　有了西藏的存在，我才懂得了什么才是大地上的永恒，她只能是爱，

是关怀和善良，是对土地的感情，是对于亲情的守护。

  因为高原的昭示，我懂得了什么样的生活才不会让人生感觉空虚，使人活得坚实。这就是如同太阳升起又落下一样自然简单却真实的生活。这是永远与自然浑然一体的生存，是对于来世的更遥远更神秘的幻想。人们因此而真诚、朴实。

  在水泥森林包围着的大都市，我们不但与自然隔绝，也同时与人隔绝，那是一道道冷漠的目光砌筑的墙。

  直到如今，我仍不时从梦里惊醒，怔怔望着洁白的有木线装饰的天花板，意识在急速的运动后，终于清醒地识别出自己的家。我的意识就像电脑中的鼠标一样，带领我穿越新世界的道道门槛。我们大家都成为了新世纪的客人。我们熟悉的家园正在我们的身后变成一片废墟。当我们折转头来希望寻到自己熟稔的家门时，一切为时已晚。

  高原就这样成为了我们大家共同的精神家园。

1998年12月29日定稿

2005年3月20日修订